Bten
Für
von Helga

C.M

Das Buch
Im London des endenden 19. Jahrhunderts nimmt der Arzt und Schriftsteller Arthur Conan Doyle an einer spiritistischen Sitzung teil. Doch was für den leidenschaftlichen Okkultisten als Nervenkitzel beginnt, wandelt sich bald schon zum Alptraum: Die Séance endet mit einem schauerlichen Gemetzel, aus dem sich Doyle nur mit Hilfe eines geheimnisvollen Beschützers retten kann. Von zu allem entschlossenen Verschwörern und ihren Kreaturen – den lebenden Mumien – gejagt, gerät Doyle immer tiefer in ein Labyrinth des Grauens. Gemeinsam mit Jack Sparks, seinem mysteriösen Retter, stellt er sich dem Kampf gegen die Mächte der Finsternis, die ihre höllischen Heerscharen zum entscheidenden Schlag zu sammeln scheinen ...
»Wenn Mark Frost in die Tasten greift, mischen sich Witz, Thrill und Esprit zu einer irrwitzigen Melange.« *Wiener*

Der Autor
Als David Lynchs Co-Autor war Mark Frost maßgeblich an dessen Fernseh-Meisterwerk *Twin Peaks* beteiligt. Bei dem hochgelobten Kinofilm *Storyville*, zu dem er das Drehbuch schrieb, führte er selbst auch Regie. Die Verfilmung seines von Kritik und Publikum begeistert aufgenommenen Debütromans *Sieben* ist in Vorbereitung. Mark Frost lebt in New York und Los Angeles, wo er an seinem neuen Roman arbeitet.

MARK FROST

SIEBEN

Roman

Aus dem Amerikanischen
von Ronald M. Hahn

WILHELM HEYNE VERLAG
MÜNCHEN

HEYNE ALLGEMEINE REIHE
Nr. 01/9777

Titel der Originalausgabe
THE LIST OF 7
Erschienen 1993 bei William Morrow & Co. Inc., New York

Umwelthinweis:
Dieses Buch wurde auf
chlor- und säurefreiem Papier gedruckt.

Copyright © 1993 by Mark Frost
Lizenzausgabe mit freundlicher Genehmigung
der vgs verlagsgesellschaft, Köln
Copyright © 1994 der deutschen Ausgabe
by vgs verlagsgesellschaft, Köln
Wilhelm Heyne Verlag GmbH & Co. KG, München
Printed in Germany 1996
Umschlagillustration: Archiv für Kunst und Geschichte, Berlin
Umschlaggestaltung: Atelier Ingrid Schütz, München
Gesamtherstellung: Elsnerdruck, Berlin

ISBN 3-453-09303-8

Für Jody

Dieses Buch verdankt sein Leben Ed Victor, der das Feuer entfacht hat.
Vielen Dank an Howard Kaminsky, weil er eine Chance genutzt hat, an meine Lektoren Mark Gompertz und Paul Bresnick sowie den Rest der Mannschaft bei Morrow.
Vielen Dank auch an Rosalie Swedlin, Adam Krentzman, Rand Holston, Alan Wertheimer, Lori Mitchell und John Ondre.
Besonderer Dank gebührt Bill Herbst; er ist über den nächsten Hügel gestiegen und hat über das, was dahinter liegt, die Wahrheit gesagt.

Inhalt

Ein Briefumschlag
15

13, Cheshire Street
24

Das wahre Gesicht
34

Flucht
46

Leboux
57

Cambridge
67

HPB
84

Jack Sparks
97

Über Land und Meer
107

Topping
145

Nemesis
187

Bodger Nuggins
229

Uralte Artefakte
255

Joey
325

Theatermimen
340

Prediger
387

Mutters Hausgemachte
415

Es ist angerichtet
445

Victoria Regina
483

Brüder
500

Epilog
509

Der Teufel braucht weder Kampf noch Auseinandersetzung ... ihm genügt Nachgiebigkeit.

Nachgiebigkeit.

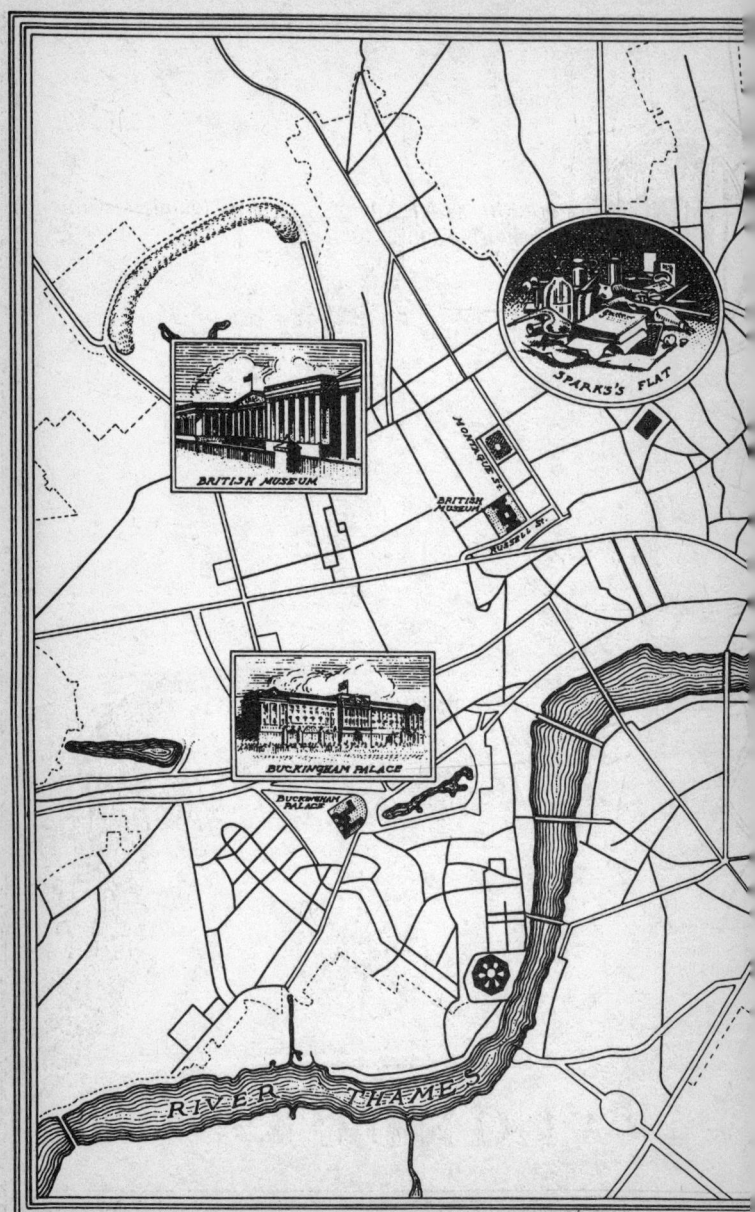

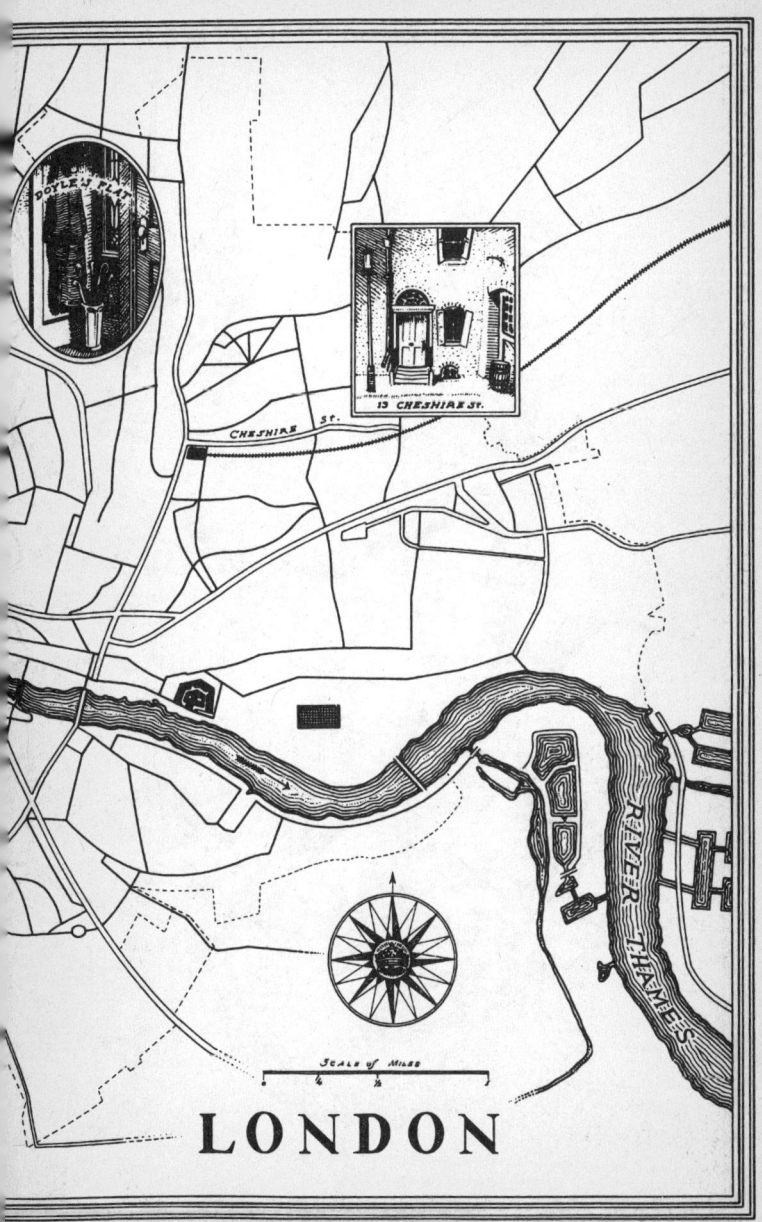

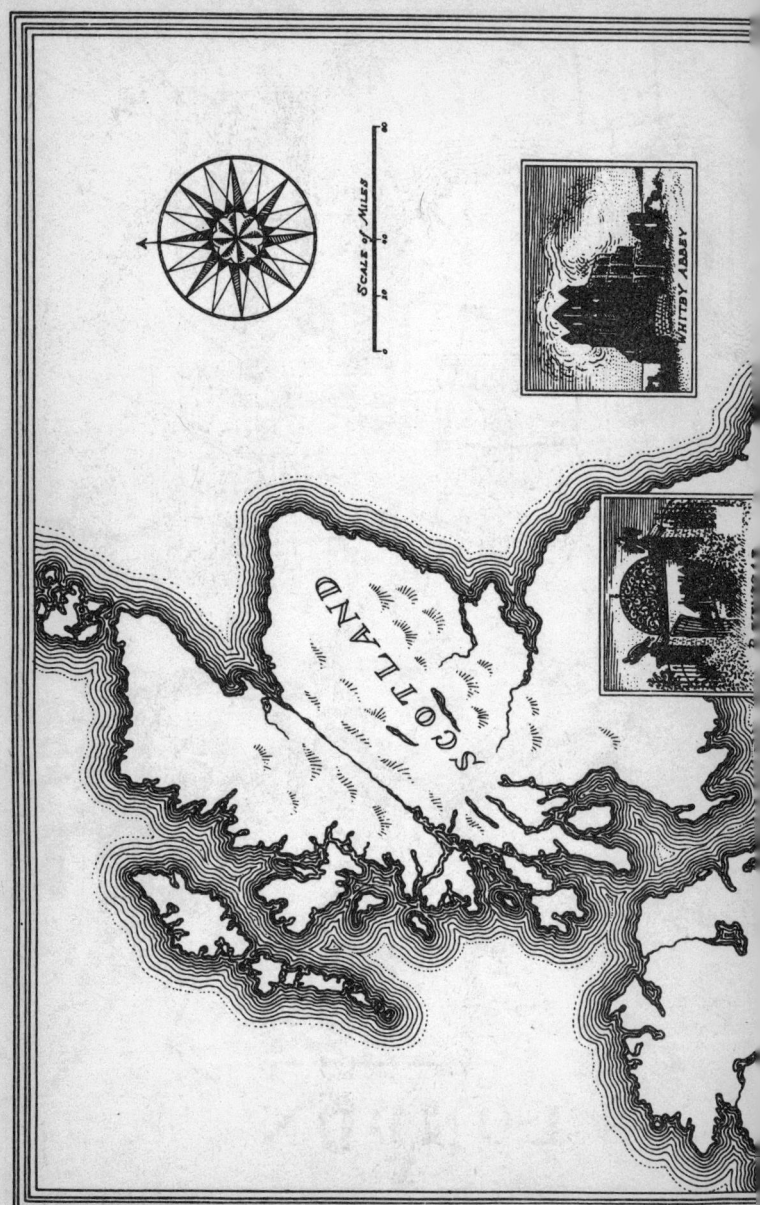

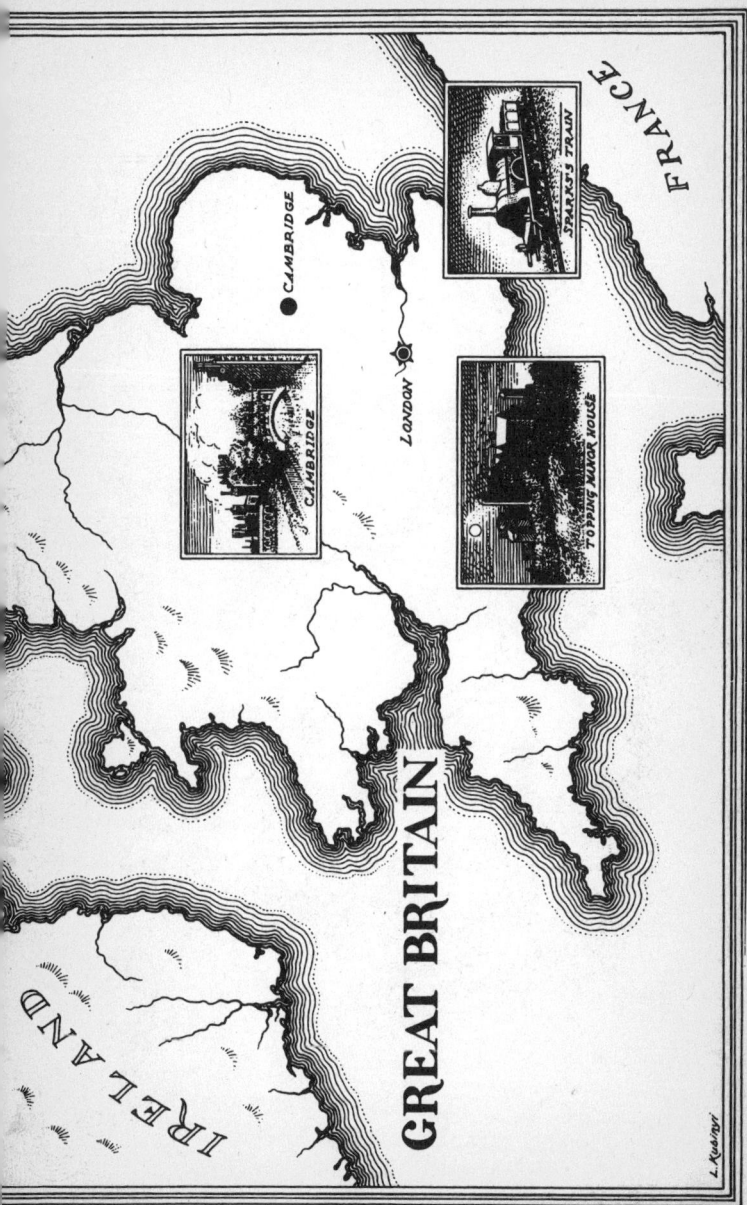

1
Ein Briefumschlag

DER BRIEFUMSCHLAG WAR cremefarben, zart gestreift und ohne Wasserzeichen. Teuer. Man hatte ihn lautlos unter der Tür hindurchgeschoben, weshalb seine Ecken angestoßen und beschmutzt waren. Der Arzt hatte nichts davon bemerkt, obwohl sein Gehör und seine anderen Sinne so scharf und fein waren wie die einer Raubkatze.

Er hielt sich in dem Zimmer auf, das zur Straße hinausging. Er hatte den ganzen Abend dort verbracht, um sich in ein obskures Buch zu vertiefen. Noch vor fünfundvierzig Minuten hatte er von seiner Lektüre aufgeschaut, denn da war die Petrovitch die Treppe hinaufgegangen. Die scharrenden Tatzen ihres Dackels hatten sie zum trägen Geruch schmorenden Rotkohls und einem Abend voller schwermütiger Seufzer zurückgeführt. Der Arzt hatte ihren spinnenhaften Schatten unter der Tür über die gebohnerten Dielen tanzen sehen. Zu dieser Zeit war der Umschlag noch nicht da gewesen.

Er erinnerte sich verschwommen daran, sich mehr als einmal gewünscht zu haben, es gäbe eine leichtere Methode, auf das Chronometer zu sehen, als es aus der Weste zu ziehen und aufzuklappen. Aus diesem Grund ließ er es, wenn er den Abend zu Hause verbrachte, stets geöffnet auf dem Lesetisch liegen. Die Zeit – beziehungsweise die Eliminierung ihres sinnlosen Vergeudens – faszinierte ihn. Daher hatte er einen Blick auf die Uhr geworfen, als der Köter und sein dürres, schwermütiges russisches Frauchen vorbeigeschlurft waren: neun Uhr fünfzehn.

Danach hatte das Buch erneut seine Aufmerksamkeit in Anspruch genommen. *Isis Entschleiert*. Diese Blavatsky schien eindeutig einen Dachschaden zu haben. Sie war Russin, wie auch die Petrovitch mit ihrem Pflaumenwein. Wenn man Zarentreue wie sie entwurzelte und auf englischem Boden neu einzupflanzen versuchte, war dann Wahnsinn die unausweichliche Konsequenz? Zufall, dachte er. Eine todunglückliche alte Jungfer und eine größenwahnsinnige, zigarrenrauchende Transzendentale brachten noch keinen Trend in Gang.

Er wandte sich der Fotografie der Helena Petrovna Blavatsky auf dem Frontispiz zu – ihrer ungewöhnlichen Reglosigkeit, dem klaren, durchdringenden Blick. Die meisten Gesichter schrumpften vor dem insektoiden Wirrwarr der Kamera unweigerlich zusammen. Sie hingegen hatte sie durchdrungen und gänzlich verschluckt. Was sollte er von diesem wunderlichen Wälzer halten? *Isis Entschleiert*. Bis jetzt waren es acht Bände; weitere waren angedroht, und keiner von ihnen umfaßte weniger als fünfhundert Seiten. Und dies war nur ein Viertel des Gesamtwerkes dieser Frau – ein Werk, das zu vergleichen und zu verdunkeln vorgab und dessen Mangel an Ironie ebenso auffiel wie das Nichtvorhandensein jedes bekannten spirituellen, philosophischen und wissenschaftlichen Denkens. Anders ausgedrückt, es war eine revisionistische Theorie der gesamten Schöpfung.

Allerdings hatte HPB laut der biographischen Angaben unter ihrem Bild einen Großteil ihres etwa fünfzig Jahre währenden Lebens damit verbracht, die Welt zu bereisen, um in diesem oder jenem okkultistischem Aschram zu leben. Sie schrieb das Entstehen des Buches bescheiden der göttlichen Inspiration zu – dank einer beeindruckenden Namensliste von gen Himmel aufgefahrenen Meistern, die sich wie Hamlets Geist vor ihr materialisiert hatten und von denen sie behauptete, einige dieser Über-Heiligen seien hin und wieder in ihren Kopf eingefahren und hätten die Zügel übernommen. Sie sprach von *automatischem Schreiben*. Sicher, das Buch zeigte eindeutig zwei unterschiedliche Stile – er zögerte noch, sie als »Stimmen« zu bezeichnen –, doch was seinen Inhalt anbetraf, war das Werk ein einziges Kauderwelsch-Sammelsurium: Da ging es um versunkene Kontinente, kosmische Strahlung, Urzeitvölker und die bösen Kabalen Schwarzer Magier. Um der Wahrheit die Ehre zu geben: Er hatte sich in seinen eigenen Schriften zwar ähnlicher Motive bedient, aber sie waren Fiktion – Herrgott noch mal –, wohingegen die Blavatsky das Ganze als Theologie verkaufte!

Während er noch innerlich mit sich stritt, schaute er auf, und sein Blick fiel auf den Briefumschlag. War er eben erst angekommen? Hatte womöglich irgendeine unterbewußte Perzeption registriert, daß er über die Türschwelle geschoben worden war, und deshalb seine Beachtung auf sich gezogen? Er konnte sich nicht daran erinnern, etwas gehört zu haben – weder Schritte noch das Knacken eines sich beugenden Knies, auch keine Handschuhberührung auf dem Holz oder dem Papier; niemanden, der sich schnell zurückzog. Dabei hätte ihm die vom Zahn der Zeit angenagte Treppe jeden Besucher wie ein Fanfarenstoß ankündigen müssen. Konnte die Beschäftigung mit der Blavatsky seine Sinne dermaßen eingeengt haben? Unwahrscheinlich. Selbst im Chirurgentheater, bei den angeschnallten Sterbenden, die um sich spuckten und einen anschrien, vernahm er noch, wie eine nervöse Katze, jeden Laut.

Trotzdem, der Umschlag war da. Vielleicht lag er sogar schon ... Es war jetzt zehn Uhr ... seit einer guten Dreiviertelstunde dort. Vielleicht war der Kurier aber auch gerade erst angekommen und stand jetzt regungslos vor seiner Tür.

Der Arzt lauschte nach Lebenszeichen, spürte, daß der Schlag seines Herzens sich beschleunigte und empfand den beißenden, irrationalen Geruch der Angst. Er war ihm nicht fremd. Leise zog er seinen dicksten Spazierstock aus dem Schirmständer, umklammerte ihn fest, hielt ihn vor sich und öffnete mit dem knorrigen, geschwärzten Griff die Tür.

Das, was er im flackernden Gaslicht des Korridors sah oder nicht sah, sollte für ihn noch lange Zeit ein Thema privaten Haders bleiben: In dem Moment, als die Tür die Luft ansaugte und nach innen schwang, fegte mit der Schnelligkeit, mit der ein Zauberer ein schwarzes Seidentaschentuch von einer elfenbeinfarbenen Tischdecke reißt, ein diffuser Schatten aus dem Hausflur. Jedenfalls kam es ihm in diesem Augenblick so vor.

Der Hausflur war leer. Er nahm nicht den geringsten Sinneseindruck von der Person wahr, die gerade noch da gewesen sein mußte. Von irgendwo ertönte das Winseln einer falsch gestimmten Violine, und aus etwas weiterer Ferne drangen das Greinen eines kolikgeplagten Säuglings und Hufschlag auf Straßenpflaster an sein Ohr.

Die Blavatsky spielt mir Streiche, dachte der Arzt. Das hat man davon, wenn man ihre Werke nach Einbruch der Dunkelheit liest. »Ich bin beeinflußbar«, murmelte er, als er sich in seine Wohnung zurückzog, die Tür abschloß, den Stock wieder an seinen Platz legte und sich auf das konzentrierte, was anstand.

Der Umschlag war quadratisch. Keine Anschrift. Er hielt ihn gegen das Licht. Das Papier war dick, undurchsichtig. Es sah äußerst gewöhnlich aus.

Er entnahm seiner Arzttasche eine scharfe Lanzette und öffnete mit der chirurgischen Exaktheit, die ihn in seinem Beruf auszeichnete, die Umschlagfalz. Ein einzelnes Blatt Briefpapier, dünner als der Umschlag, jedoch zu ihm passend, glitt mühelos in seine Hand. Obwohl es von keinem Wappen oder Monogramm geziert war, handelte es sich eindeutig um das Briefpapier eines Herrn oder einer vornehmen Dame. Der Bogen war einmal gefaltet. Er klappte ihn auf und las:

SIR:
Ihre Anwesenheit ist in einer Angelegenheit, die die betrügerische Anwendung der spiritistischen Kunst betrifft, äußerst dringend erforderlich. Man weiß von der Sympathie, die Sie den Opfern solcher Abenteurer entgegenbringen. Ihr Beistand für jemanden, der hier ungenannt bleiben muß, ist unerläßlich. Als Mann Gottes und der Wissenschaft erflehe ich Ihr rechtzeitiges Erscheinen. Es geht um ein unschuldiges Leben. Morgen abend, 8.00 Uhr, 13 Cheshire Street.
GODSPEED

Zunächst die Schrift: saubere und präzise Blockbuchstaben, eine gebildete Hand. Die Worte tief ins satte Pergament gemalt; die Feder fest im Griff; die Hand fest aufgesetzt. Obwohl nicht in Eile geschrieben, vermittelten die Zeilen das Gefühl von Dringlichkeit. Geschrieben vor etwa einer Stunde.

Es war nicht das erste Schreiben dieser Art, das der Arzt erhalten hatte. Sein Feldzug, der sich gegen betrügerische Medien richtete, war gewissen dankbaren Kreisen der Londoner Gesellschaft wohlbekannt. Er war weder ein Mann der Öffentlichkeit, noch suchte er nach gesellschaftlicher Anerkennung. Obwohl sehr darauf bedacht, eine etwaige Prominenz zu verhindern, drang hin und wieder eine Nachricht über seine Tätigkeit an die Ohren jener, die in Bedrängnis waren. Doch dieser Appell war bis jetzt eindeutig der dringlichste.

Der Brief war geruchlos und unparfümiert. Keine identifizierbaren Schnörkel. Die Person, die ihn geschrieben hatte, war eifrig darauf bedacht gewesen, so geschlechtslos zu erscheinen wie das Papier. Hier hatte man absolute Anonymität zu wahren versucht.

Eine Frau, sinnierte er. Wohlhabend, gebildet; sie fürchtet sich vor einem Skandal. Verehelicht oder verwandt mit einem Mann von Einfluß oder Stand. Eine Dilettantin in den Untiefen der »spiritistischen Kunst«. So ließen sich oft jene beschreiben, die kürzlich einen großen Verlust erlitten hatten oder befürchteten, einen solchen zu erleiden.

Ein Unschuldiger. Ein Ehemann oder Kind. Der ihre? Das ihre?

Die angegebene Adresse befand sich im East End, nahe Bethnal Green. Ein heißes Pflaster. Kein Ort, an den sich hochwohlgeborene Damen allein vorwagten. Für einen selbst inmitten schlimmster Ungewißheit von Zweifeln größtenteils freien Menschen mußte seine Reaktion feststehen.

Bevor er sich wieder der Blavatsky zuwandte, beschloß Dr. Arthur Conan Doyle, seinen Revolver zu reinigen und zu laden.

Es war der erste Weihnachtstag des Jahres 1884.

Die Wohnung, in der Doyle zur Miete lebte und arbeitete, lag im zweiten Stock eines alten Hauses in einem Arbeiterviertel Londons. Das bescheidene Quartier bestand aus einem Wohnzimmer und einem beengten Schlafraum und wurde von einem anspruchslosen Menschen mit begrenzten Mitteln und festem, selbstsicherem Charakter bewohnt. Von Natur aus – und nun auch in der Praxis – zum Heiler geboren und seit drei Jahren praktizierender Chirurg, war Arthur Conan Doyle ein junger Mann, der sich dem sechsundzwanzigsten Lebensjahr näherte und kurz vor der Aufnahme in jene stillschweigende Verbindung stand, deren Angehörige trotz des Wissens um ihre eigene Sterblichkeit nicht aufgaben.

Sein ärztlicher Glaube an die Unfehlbarkeit der Naturwissenschaften war zwar tief verwurzelt, doch zerbrechlich und von einem Spinngewebe aus Fehltritten gesäumt. Obwohl vor einem Jahrzehnt aus der katholischen Kirche ausgetreten, existierte in ihm noch immer der Glaubenshunger. Seiner Meinung nach war es den exklusiven Fächern der Naturwissenschaft vorbehalten, die Existenz der menschlichen Seele empirisch zu beweisen. Und er rechnete fest damit, daß ihn die Wissenschaft irgendwann in die höheren Weihen spiritistischer Entdeckungen führte. Dennoch ging mit dieser unerschütterlichen Gewißheit ein wildes, schwereloses Sehnen nach Verzicht einher, ein Verlangen nach Demaskierung der willfährigen Realität, nach einer Verschmelzung mit dem Mystischen, einem Tod im Leben, der zu einem höheren Dasein führen sollte. Diese Sehnsucht spukte in seinem Bewußtsein umher wie ein Gespenst. Doch er hatte nie, kein einziges Mal, mit jemandem darüber geredet.

Um seinen Hunger nach Hingabe zu stillen, las er die Werke Blavatskys, Emanuel Swedenborgs und einer Vielzahl anderer langatmiger Mystiker und kämpfte sich auf der Suche nach rationalen Beweisen und handfesten Bestätigungen, die er quantifizieren konnte, durch obskure Buchläden. Er hatte auch an den Versammlungen der Londoner Spiritistenallianz teilgenommen, hatte Medien, Hellseher und Parapsychologen aufgesucht, selbst Salon-Séancen durchgeführt und Häuser untersucht, in denen die Toten angeblich keine Ruhe gaben. Bei jeder dieser Gelegenheiten hatte Doyle seine drei Grundprinzipien angewandt: Observation, Präzision und

Deduktion. Dies war das Fundament, auf dem er sein Selbstgefühl erbaut hatte. Er hielt seine Erkenntnisse nüchtern, geheim und ohne Schlußfolgerungen fest, als Präambel für ein größeres Werk, dessen Form sich ihm irgendwann im Laufe der Zeit enthüllen würde.

Als sich seine Studien vertieft hatten, war das Gefühl des Hinundhergerissenseins zwischen Naturwissenschaft und Spiritismus, diesen beiden unversöhnlichen Gegensätzen, nur noch stärker, lauter und trennender geworden. Er hatte trotzdem weitergemacht. Er wußte nur zu gut, was denjenigen passieren konnte, die sich in diesem Kampf aufgaben: Auf der einen Seite standen die selbsternannten Säulen der Sittlichkeit, die als Schutzwälle von Kirche und Staat fungierten und eingeschworene Gegner der Veränderung waren. Sie waren zwar innerlich schon längst tot, aber ihnen fehlte die Vernunft, sich hinzulegen. Ihnen gegenüber standen die zahllosen armen Tröpfe, mit Ketten an die Wände der Irrenhäuser gefesselt. Sie waren mit ihrem eigenen Schmutz bekleidet, und ihre Augen brannten, wenn sie mit illusionärer Perfektion mit sich zu Rate gingen. Doyle sah davon ab, eine subjektive Wertung der beiden Extreme vorzunehmen: Er wußte, daß der Weg zur menschlichen Vervollkommnung – der Weg, den er zu gehen beabsichtigte – genau dazwischen lag. Und es blieb seine Hoffnung, daß ihm, falls die Wissenschaft nicht in der Lage war, ihm den Mittelweg aufzuzeigen, der Spiritismus unter Umständen den Weg dorthin weisen konnte.

Dieser Beschluß hatte zwei unerwartete Ergebnisse hervorgebracht: Zum einen wollte er, wenn er in diesem Geiste ermittelte und zufällig auf einen Betrug oder Vorteil stieß, den Schurken zur Erringung hinterhältiger Ziele über jemanden erlangten, der schwach im Geiste oder im Herzen war, die Täter ohne Zögern demaskieren. Niedere und verdorbene Charaktere wie sie entstammten im allgemeinen der Schicht der Verbrecher und verstanden einzig und allein die Sprache der Gewalt: Harte Worte, umgeworfene Tische und Prügel, die man androhte oder austeilte. So hatte Doyle auf Drängen eines Gewährsmannes bei Scotland Yard nach der

Entlarvung einer falschen Zigeunerin, die ihn mit einem Dolch angegriffen und beinahe zur persönlichen Bekanntschaft mit dem Jenseits verholfen hatte, erst vor kurzem begonnen, einen Revolver zu tragen.

Zweitens: Das Zusammenleben mit diesen einander widersprechenden Impulsen – dem Sehnen nach Redlichkeit und dem Ziel, die Redlichkeit als wahrhaftig zu beweisen, bevor man sie umarmte – zwang Doyle zu dem einfachen menschlichen Wunsch, seine unschlüssigen Reaktionen zu ordnen. Er glaubte, im Verfassen von Romanen und Erzählungen das ideale Forum gefunden zu haben; hier konnte er seine nicht faßbaren Erlebnisse in der obskuren Unterwelt umgehend zu Papier bringen. Seine Geschichten handelten von mythischen Welten und schaurigen Untaten, von abgefeimten Schurken, denen Männer aus der Welt des Lichts und des Wissens – ihm nicht unähnlich – gegenüberstanden, die sich freiwillig und meist unbekümmert in diese Finsternis vorwagten.

Um dieser Vision gerecht zu werden, hatte Doyle im vergangenen Jahr vier Manuskripte erstellt. Seine drei ersten Versuche hatte er pflichtbewußt an eine Reihe von Verlagen gesandt, die sie einmütig abgelehnt und zurückgeschickt hatten. Daraufhin hatte er sie in den Tiefen eines aus der Südsee mitgebrachten Weidenkorbes verschwinden lassen. Momentan erwartete er eine Reaktion auf sein neuestes Werk, eine spannende Abenteuergeschichte mit dem Titel »Die dunkle Bruderschaft«, das er aus einer Reihe von Gründen – nicht zuletzt, um sich endlich aus der jämmerlichen Armut zu lösen – für seine reifste Arbeit hielt.

Was seine körperliche Erscheinung betraf, so konnte man sagen, daß Doyle Manns genug war, die Aufgaben, die er sich stellte, zu bewerkstelligen: Er war kräftig, aber athletisch gebaut und nicht eitel, jedoch auch nicht über das Zwicken der Scham erhaben, das sich einstellte, wenn er auf gesellschaftlich Gleichgestellte traf und bei diesen Gelegenheiten Manschetten oder Kragen trug, die seine finanziellen Grenzen dokumentierten.

Er hatte genügend Laster gesehen, um für die Opfer ihrer

Reize und Fallen Sympathie zu empfinden, ohne selbst je in sie verwickelt gewesen zu sein. Er prahlte nicht, und es entsprach seinem Charakter, anderen lieber zuzuhören als selbst zu reden. Als Humanist glaubte er an einen gewissen Grundanstand und reagierte auf die unausweichlichen Enttäuschungen in dieser Hinsicht ohne Groll oder Überraschung.

Zwar erweckte das schöne Geschlecht in ihm ein gesundes und natürliches Interesse, doch nur gelegentlich zapfte es unter seinem ansonsten massiven, granitenen Überzug eine verletzliche Ader an – einen Hort der Schwäche und Unentschlossenheit. Diese Neigung hatte jedoch nie mehr von einer Zwangslage entboten als den üblichen Verdruß und die übliche Furcht, die jeder junge Mann erlebt, der nach Liebe strebt. Doch wie er bald herausfinden sollte, hielt sie weit ernstere Konsequenzen für ihn bereit.

2
13, Cheshire Street

CHESHIRE STREET 13 lag inmitten einer Reihe von Wohnbaracken, die so dünn wie Spielkarten waren. Vier Treppenstufen führten zu einer Tür, die sich deutlich nach Steuerbord neigte. Man konnte das Gebäude zwar noch nicht als Baracke bezeichnen, aber der Tag war nicht mehr fern. Es erweckte auch nicht den Anschein, als verfüge es über irgendwelche verborgenen Qualitäten. So, wie es aussah, schien es überhaupt keine Qualitäten aufzuweisen.

Doyle musterte das Haus von der anderen Straßenseite aus. Er war eine Stunde früher erschienen, als der Brief ihn gebeten hatte. An seinem Standort gab es nicht viel Licht, und der Fußgänger- und Kutschverkehr war gering. Also verharrte er im Halbdunkel und wartete. Er war sicher, daß man seine Anwesenheit noch nicht bemerkt hatte und beobachtete das Haus durch ein kleines Fernglas.

Eine bleiche Gaslicht-Aureole umsäumte die Vorhänge des zur Straße gerichteten Wohnzimmers. Während der ersten Viertelstunde hatte Doyle zweimal einen Schatten am Fenster bemerkt. Einmal hatte sich die Gardine bewegt, eine Hand war erschienen, und ein dunkles Männergesicht, das nur schemenhaft zu erkennen gewesen war, hatte einen Blick auf die Straße geworfen und sich dann zurückgezogen.

Um 7.20 Uhr ging eine in schwarze, verschlissene Umhängetücher gehüllte Gestalt durch die Straße, stieg die Treppe hinauf, klopfte methodisch dreimal an, wartete und klopfte ein viertes Mal. Größe: knapp über einen Meter fünfzig. Gewicht: etwa neunzig Kilo. Kopf und Gesicht gegen die Kälte verhüllt. Knopfstiefel mit Absatz. Eine Frau. Doyle hob das Fernglas vors Auge. Das Schuhwerk war neu. Die Tür öffnete sich, die Gestalt trat ein. Doyle konnte weder das Innere des Hausflurs noch denjenigen erkennen, der sie einließ.

Fünf Minuten später lief ein Junge in sein Blickfeld und

eilte geradewegs zur Tür, wo sich das gleiche Klopfritual wiederholte. Es war ein schäbig gekleideter Straßenbengel, der ein sperriges, unregelmäßig geformtes Bündel trug, das in Zeitungspapier eingeschlagen und verschnürt war. Bevor Doyle das Fernglas genauer auf das Bündel richten konnte, war der Junge im Haus verschwunden.

Zwischen 7.40 und 7.50 Uhr trafen zwei Paare ein. Das erste kam zu Fuß. Arbeiterklasse. Sie: blaß, hochschwanger. Er: grobschlächtig, für schwere körperliche Arbeit wie geschaffen. Er fühlte sich sichtlich unwohl in den Kleidern, von denen Doyle annahm, daß es seine besten waren. Auch sie bedienten sich des Klopfzeichens. Doyle beobachtete durch das Fernglas, daß der Mann die Frau während des Wartens schikanierte. Ihr Blick war zu Boden gerichtet, sie wirkte besiegt, wahrscheinlich war sie immer so. Er konnte nicht genau erkennen, was der Mann sagte; der Versuch, von seinen Lippen zu lesen, erbrachte die Worte *Dennis* und *Schwatz*. Schwatz? Sie traten ein. Die Tür wurde geschlossen.

Das zweite Paar kam per Kutsche. Keine gemietete, eine private. Dunkles Leder, eiserne Felgen, gezogen von einem ansehnlichen Kastanienbraunen. Nach dem dicken Schaum zu urteilen, der das Roß bedeckte, waren sie mit hoher Geschwindigkeit und etwa eine Dreiviertelstunde unterwegs gewesen. Da sie aus Richtung Westen kamen, konnten sie aus Kensington stammen, im äußersten Fall aus Regent's Park.

Der Kutscher stieg vom Bock und öffnete den Schlag. Sein Anzug und sein respektvolles Benehmen widersprachen nicht dem, was er zu sein vorgab: ein fest angestellter Diener, um die fünfzig, muskulös und mürrisch. Zuerst entstieg ein schlanker, blasser junger Mann, der den zurückhaltenden Dünkel des privilegierten Studenten zur Schau stellte, der Kutsche. Deutlich hochgezüchtete Typen wie er waren bei Doyle nicht übermäßig beliebt. Da er eine sorgfältig gebundene Krawatte, eine Hemdbrust und eine Studentenmütze trug, kam er entweder gerade von einem gesellschaftlichen Termin, oder er überschätzte die Förmlichkeit der bevorstehenden Zusammenkunft erheblich. Er schob den

Kutscher schroff beiseite und streckte eine Hand in die Droschke, um dem zweiten Fahrgast beim Aussteigen behilflich zu sein.

Sie trug Schwarz und war so groß, biegsam und geschmeidig wie ihr junger Begleiter. Ihre Haltung verriet eine beträchtliche emotionale Anspannung. Hut und Umhang umrahmten ein ovales Gesicht. Sie ähnelte dem jüngeren Mann. Seine Schwester, wie Doyle vermutete, mochte etwa zwei oder drei Jahre älter sein. Doch ein genauerer Blick auf ihr Gesicht fiel nur kurz aus, da der Mann ihren Arm nahm und sie rasch zur Tür führte. Er klopfte freimütig an, das Zeichen war ihnen allem Anschein nach nicht bekannt. Während sie warteten, schien der junge Mann die Frau auf irgend etwas hinzuweisen – vielleicht fluchte er über die unerfreuliche Umgebung; in jedem Fall wirkte er so, als begleite er sie nur unter Protest – doch trotz ihrer Grazilität verriet die Festigkeit ihres Blicks, daß sie über den stärkeren Willen verfügte.

Die Frau schaute ängstlich über die Straße. Sie ist die Verfasserin des Briefes, dachte Doyle. Und sie hält nach mir Ausschau. Er wollte gerade zu ihnen hinübergehen, als sich die Tür öffnete und das Haus sie verschluckte.

Hinter den Wohnzimmergardinen spielten Schatten. Doyle beobachtete durch das Fernglas, daß die Hereinkommenden von dem Mann begrüßt wurden, dessen dunkle Gesichtszüge er zuvor am Fenster gesehen hatte. Ihm zur Seite erkannte er die Schwangere; sie nahm die Mütze des Bruders und den Umhang der jungen Frau in Empfang. Der dunkelhaarige Mann machte eine Geste, die seine Besucher dazu aufforderte, ihm in einen anderen Raum zu folgen. Als die Frau voranging, verschwanden auch die anderen aus Doyles Blickfeld.

Sie handelt nicht aus Trauer, schloß er. Kummer zerbricht innerlich. Es ist Furcht, was diese Frau antreibt. Und wenn Cheshire Street 13 eine Falle war, hatte sie sich bereitwillig dort hineinbegeben.

Doyle gab seinen Beobachtungsposten auf und ging über die Straße auf den Kutscher zu, der schüchtern an seinem Wagen lehnte und sich eine Pfeife anzündete.

»Verzeihung, mein Freund«, sagte Doyle und setzte ein leutseliges, leicht angetrunkenes Lächeln auf. »Hier kann doch nicht das Haus sein, wo der Spiritistenquatsch stattfindet, oder? Mir hat man Cheshire 13 gesagt.«

»Keine Ahnung, Sir.« Glatt, nichtssagend. Aller Wahrscheinlichkeit nach die Wahrheit.

»Aber waren das nicht eben Lady ... Lady Soundso und ihr Bruder ... Aber sicher, Sie sind doch ihr Kutscher, oder? Sie heißen doch Sid, nicht wahr?«

»Tim, Sir.«

»Ach ja – Tim. Sie haben doch meine Frau und mich zum Bahnhof gefahren, als wir damals das Wochenende draußen auf dem Land verbracht haben.«

Der Mann schaute Doyle unbehaglich an; schien sich verpflichtet zu fühlen, auf sein Gegenüber einzugehen. »In Topping, nicht?«

»Ja, draußen in Topping, als alle da waren wegen der ...«

»Wegen der Oper.«

»Stimmt, wegen der Oper ... Im letzten Sommer, oder? Nun mal frei heraus, Tim, erinnern Sie sich überhaupt noch an mich?«

»Im Sommer lädt Lady Nicholson ständig Leute ein«, versuchte Tim sich zu entschuldigen. »Und besonders ihre Opern-Freunde.«

»Um ehrlich zu sein, ich erinnere mich heute auch nicht mehr an alles. War ihr Bruder eigentlich damals auch anwesend, oder war er in Oxford?«

»Cambridge. Nein, ich glaube, er war dabei, Sir.«

»Na klar, jetzt fällt's mir wieder ein ... Ich war nämlich erst einmal draußen in Topping.« Das reicht, dachte Doyle. Man sollte es nicht zu weit treiben. »Gehen Sie auch gern in die Oper, Tim?«

»Ich, Sir? Das ist nicht mein Bier. Ich geh lieber zum Pferderennen.«

»Guter Mann.« Ein Blick auf die Uhr. »O je, fast acht; ich gehe lieber hinein. Bis dann. Und erkälten Sie sich nicht.«

»Vielen Dank, Sir«, sagte Tim, dankbar für die Empfehlung oder vielleicht auch nur für Doyles Abmarsch.

Doyle ging die Treppe hinauf. Lady Caroline Nicholson – der Name sprang ihn förmlich an. Der Vater ihres Gatten war bei der Regierung. Erbadel. Und Topping, das Landhaus ihrer Ahnen, lag irgendwo in Sussex.

Wie anklopfen? Das Zeichen: dreimal, Pause, dann noch einmal. Wenn jemand öffnete, konnte er den Rest aus dem Stegreif erledigen. Er hob seinen Spazierstock, doch bevor er die Tür traf, schwang sie auf. Er konnte sich nicht erinnern, das Klicken des Schnappschlosses gehört zu haben. Wahrscheinlich war sie nicht richtig geschlossen gewesen: die Neigung des Türrahmens, ein Windstoß.

Er trat ein. Der Hausflur war dunkel und kahl. Unter seinen Füßen: nackte Dielen, auf denen nie ein Läufer gelegen hatte. Links und rechts geschlossene Türen, wie auch geradeaus. Eine Treppe, die sich wie ein schlechtes Gebiß nach oben schraubte. Bei jedem vorsichtigen Schritt protestierten die Dielen unter seinen Füßen. Nachdem er drei Schritte gemacht hatte, schwang die Haustür hinter ihm zu. Diesmal vernahm er auch das leise Klicken des Schlosses. Doyle war sich sicher, vor dem Schließen der Tür einen Windzug gespürt zu haben, und zwar einen solchen, der ausgereicht hatte, um das Schloß einschnappen zu lassen.

Nur, daß die einsame Kerze in der ovalen Schale auf dem Tisch, deren fahle Flamme nun allein zwischen ihm und der absoluten Finsternis stand, weder gezuckt hatte noch ausgegangen war. Doyle schob eine Hand über das Licht; es tanzte angenehm, dann bemerkte er, daß neben dem Kerzenleuchter eine Glasschale auf dem Tisch stand. Die flackernde Lohe umgarnte sie mit tiefschwarzen Schlaglichtern.

Die Öffnung der Schale war so breit wie seine beiden Hände. Das Glas war dick, verrußt und mit einem üppigen Muster verziert. Diese Filigranarbeit, dachte Doyle, als er die zwei konisch zulaufenden Hörner in der Luft nachzeichnete, die von einem aufgerichteten Tierschädel in die Höhe ragten, beschreibt einen Schauplatz. Sein Blick fiel auf eine dunkle, nasse, verkohlte Masse im Inneren der Schale; sie war flockig, geschwärzt und strömte einen unangenehm reifen, scharfen Geruch aus. Er kämpfte die in ihm aufwallende

Ekelwoge nieder und wollte gerade einen forschenden Finger in die Flüssigkeit schieben, als sich etwas unter ihrer Oberfläche mit einem feuchten *Gluck zu* regen begann. Etwas, das nicht träge war. Die Schale begann zu vibrieren, ihre Kanten auf dem Tisch erzeugten ein hohes, glasiges Summen. Nun ja, dachte er, darum können wir uns später noch kümmern. Er zog sich zurück.

Jetzt vernahm er leise Stimmen aus dem Raum hinter der Tür, die sich genau vor ihm befand, rhythmisch, fast musikalisch, in Übereinstimmung mit der vielleicht für sie verantwortlichen Vibration. Es war kein Lied, eher so etwas wie ein Singsang aus unverständlichen Worten ...

Die Tür rechts von ihm ging auf. Da stand der Junge, den er schon zuvor gesehen hatte und schaute ihn an. Er schien nicht überrascht zu sein.

»Ich bin wegen der Séance hier«, sagte Doyle.

Der Junge runzelte die Stirn, prüfte ihn auf mysteriöse Weise. Er war älter, als Doyle ursprünglich geschätzt hatte, und ungewöhnlich klein für sein Alter. Er war viel älter. Sein Gesicht war schmutzig. Er hatte eine Kappe über die Ohren gezogen, doch sie und der Dreck konnten die Falten auf seiner Stirn und an den Schläfen nicht ganz verbergen. Er hatte eine Menge Falten. Und sein entnervender Blick war nicht im geringsten kindlich.

»Lady Nicholson erwartet mich«, fügte Doyle gebieterisch hinzu.

Hinter den Augen des Jungen wurden Berechnungen angestellt. Plötzlich wurde sein Blick beunruhigend leer – im Sinne von leergeräumt. Doyle wartete ganze zehn Sekunden, rechnete fast damit, daß der Junge gleich lang hinschlagen würde – vielleicht aufgrund eines epileptischen Anfalls –, und wollte ihn schon anfassen, als seine Geistesgegenwart schlagartig zurückkehrte. Er öffnete die Tür, machte eine steife Verbeugung und winkte Doyle hinein. Ein Epileptiker, eindeutig oft mißhandelt, Wachstum aufgrund mangelnder Ernährung verkümmert, möglicherweise taubstumm. Die Straßen im East End sind die Heimstatt von Legionen dieser Verlorenen, dachte Doyle unsentimental. Man kauft und verkauft sie für weniger Geld, als ich in der Tasche habe.

Er ging an dem Jungen vorbei ins Wohnzimmer. Der Singsang kam näher, drang durch die genau vor ihm liegende Schiebetür zu ihm. Hinter Doyle fiel die Tür ins Schloß, der Junge war verschwunden. Der Arzt wandte sich leise der Schiebetür zu, da verstummten die Stimmen; lediglich das gedämpfte Zischen der Gasdüsen war noch zu vernehmen.

Die Tür glitt auf. Der Junge stand nun direkt vor ihm und winkte ihn herein. Hinter seinem Rücken, in einem überraschend geräumigen Zimmer, war die Séance bereits in vollem Gange.

Die Geschichte der neuzeitlichen Spiritistenbewegung begann mit einem Betrug. Am 31. März 1848 vernahm man im Heim der Familie Fox, einer ganz normalen Familie aus Hydesville, New York, geheimnisvolle pochende Geräusche. Sie traten monatelang und immer nur dann auf, wenn die beiden heranwachsenden Töchter sich zusammen im gleichen Zimmer aufhielten. In den darauffolgenden Jahren funktionierten die Fox-Schwestern die daraus resultierende landesweite Hysterie zu einer blühenden Landhaus-Industrie um: Bücher, öffentliche Séancen, Vortragsreisen und Plaudereien mit den gefeierten Persönlichkeiten ihrer Zeit. Erst auf dem Sterbebett gestand Margaret Fox ein, daß das Geheimnis ihres Unternehmens lediglich in einer ausgetüftelten Serie gewöhnlicher Zaubertricks bestanden hatte, doch da war es schon zu spät, um die *vox populi*, die nach echten übernatürlichen Erlebnissen hungerte, zum Schweigen zu bringen. Die Behauptung der Wissenschaft, die überholten Lehren des Christentums könnten ihr nicht das Wasser reichen, hatte ein Treibbeet erzeugt, in dem der Spiritismus wie ein wildes Nachtschattengewächs gedieh und Wurzeln schlug.

Das eingestandene Ziel der Bewegung: die Existenz von Bereichen zu beweisen, die jenseits des Physischen liegen – durch direkte Verständigung mit der Geistwelt über Medien beziehungsweise über sogenannte *Empfängliche*; Individuen also, die auf die höheren Frequenzen körperloser Existenz eingestellt sind. Wenn ein Medium diese Fähigkeit an sich entdeckt und entwickelt hatte, nahm es stets eine »Beziehung« zu einem Geistführer auf, der als Gesprächspartner eines kosmischen Fundbüros fungierte: Da die meisten, die zu einem Medium Kontakt aufnahmen, in der Regel Hinterbliebene kürzlich Verstorbener waren, wollten diese kaum mehr in Erfahrung bringen als die Zusicherung, daß der geliebte Verblichene unversehrt am anderen Ufer des Styx angekommen war. Die Aufgabe des Geistführers bestand vornehmlich darin, den Kontakt zu beurkunden, indem er von Tante Minnie oder Bruder Bill einen Nachweis verlangte – meist in Form einer persönlichen Anekdote –, die außer dem Verstorbenen und dem Trauernden niemandem bekannt war.

Als Reaktion auf solch einfache Anfragen entströmten daraufhin dem Geist mittels einer Reihe von Klopfgeräuschen auf einem Tisch die Informationen. Vollendetere Medien verfielen in einen Trancezustand, in dem sich der Geistführer ihre Stimmbänder »auslieh« und das Organ des lieben Verstorbenen mit überraschender Akkuratesse nachahmte. Einige zeigten ein noch selteneres Talent: Sie produzierten große Mengen milchigen, formbaren Dunstes, der aus Haut, Mund und Nase quoll; eine Substanz, die zwar äußerlich wie Rauch aussah und auch dessen Eigenschaften aufwies, aber kein solcher war. Weder löste sich die Substanz auf, noch reagierte sie auf atmosphärische Gegebenheiten. Sie benahm sich eher wie eine dreidimensionale Tabula rasa, die die Fähigkeit aufwies, die Form jedes Gedankens oder jeder Entität anzunehmen. Tante Minnie auf den Tisch pochen zu hören oder sie in einer Wolke klumpigen, autonomem Nebels vor sich Gestalt annehmen zu sehen, waren zwei verschiedene Dinge. Das eigenartige Zeug wurde *Ektoplasma* genannt und bei unzähligen Gelegenheiten fotografiert. Es war unerklärbar.

Neben den Trauernden und Verwirrten verlangten auch zwei weitere, kleinere Gruppen fortwährend nach den Diensten der medial Geneigten. Von vergleichbaren Impulsen motiviert – wenn auch mit diametral entgegengesetzten Zielen – trennten sie sich an einer deutlichen Demarkationslinie: Sucher des Lichts und Anbeter der Finsternis. Doyle zum Beispiel wurde von der Überzeugung angetrieben, derzufolge man, falls es gelang, die Sphäre des Wissens zu durchdringen, in die Nähe der ewigen Geheimnisse von Gesundheit und Krankheit vordringen konnte. So hatte er den bis ins letzte Detail dokumentierten Fall eines gewissen Andrew Jackson Davis erforscht, eines amerikanischen Analphabeten, der 1826 geboren worden war und lange vor seinem zwanzigsten Lebensjahr an sich die Fähigkeit entdeckt hatte, Krankheiten durch Einsatz seiner *Geistaugen* zu diagnostizieren. Dies war ihm gelungen, indem er den menschlichen Körper als transparent und dessen so sichtbar werdende Organe als Zentren von Licht und Farbe wahrnahm, deren Farbtöne und Schattierungen mit seinem Wohlbefinden oder dem Mangel daran korrespondierten. Mit Hilfe einer solchen Fähigkeit, so nahm Doyle an, dürfte es eines Tages möglich sein, einen Blick auf das kommende, zukünftige Genie der Medizin zu werfen.

Die Jünger der Finsternis hingegen strebten danach, die Geheimnisse der Jahrtausende zu ihrem privaten exklusiven Nutzen zu entschlüsseln. Zum Vergleich möge man sich nur vorstellen, die Pioniere des Elektromagnetismus hätten beschlossen, ihre Entdeckung für sich selbst zu behalten. Bedauerlicherweise – und dies sollte Doyle noch erkennen – waren die Angehörigen dieser Gemeinschaften bedeutend besser organisiert als ihre Gegenspieler, und sie waren ihrem Ziel ein gutes Stück nähergekommen.

An diesem Abend, zur gleichen Zeit, torkelte knapp eine Meile entfernt von den Ereignissen, die in der Cheshire Street 13 noch ihren Lauf nehmen sollten, eine arme und elende Hure aus einem Pub am Mitre Square. Der zweite Weihnachtstag war ein völliger Reinfall gewesen; die wenigen Münzen, die sie für ihre Dienste eingenommen hatte, hatte sie schnellstens wieder ausgegeben, um ihren unlöschbaren Durst zu stillen.

Ihr Auskommen hing von der Dringlichkeit ab, jene Menge billigen Gins zu besorgen, die Jammergestalten wie sie benötigten. Denn er allein bot dieses dürftige Maß an Trost, welcher das schale Gefühl vergessen machte, das dreiminütiger Geschlechtsverkehr in nach Abfällen und Abwässern stinkenden Einfahrten hinterließ. Ihre Schönheit war längst verblaßt. Sie unterschied sich durch nichts von den zahllosen anderen ihres Gewerbes, die sich in den Niederungen Londons herumtrieben.

Ihr Leben hatte in irgendeinem ländlichen Idyll seinen Anfang genommen, wo sie einst die Freude ihrer Eltern und das hübscheste Mädchen des Dorfes gewesen war. Hatten ihre Augen geglitzert, hatte ihre Haut vor Gesundheit gestrotzt, als sie für den vorbeiziehenden Schäfer, der den schönen Schein der Großstadt in ihr Hirn gepflanzt hatte, die Schenkel spreizte? War sie mit wahrhaftiger Hoffnung hier angekommen? Waren ihre süßen Träume vom Glück ebenso dahingesiecht wie sie, als der Schnaps ihre Zellen zerfressen hatte, oder war sie wie eine Tonpfeife an einem einzelnen katastrophalen Herzeleid zerbrochen?

Die Kälte biß durch ihren fadenscheinigen Mantel. Sie dachte vage an Familien, die man durch eisblumenverzierte Fensterscheiben beim Weihnachtsessen sehen konnte. Vielleicht war es eine echte Erinnerung, vielleicht aber auch nur ein Holzschnitt auf einer fast vergessenen Glückwunschkarte. Das Bild löste sich auf und wurde durch den Gedanken an das schmutzige Zimmer am anderen Flußufer verdrängt, das sie mit drei anderen Frauen teilte. Die Vorstellung an Schlaf und der Gedanke an die armselige Behaglichkeit ihres Zimmers beflügelten sie. Ihre Beine trotteten steif voran, und in ihrem erschöpften Zustand beschloß sie, sobald sie den Fluß überquert hatte, die Abkürzung nach Aldgate zu nehmen – über das leere Grundstück an der Commercial Street.

3
Das wahre Gesicht

ALS DOYLE IM offenen Türrahmen stehenblieb, erblickte ihn Lady Nicholson als erste. Er sah, daß sie ihn wiedererkannte und schnell errötete, als sei sie erleichtert, doch dann hatte sie sich wieder gefangen, als wolle sie eine Entdeckung vermeiden. Ein wacher Geist, dachte er, und fast in der gleichen Sekunde: Sie hat das hübscheste Gesicht, das mir je untergekommen ist.

Der Tisch war rund, von blassem Leinen bedeckt, und stand in der Mitte des dunklen Raumes. Zwei Petroleumlampen beleuchteten ihn von rechts und links, die Wände verloren sich in der Finsternis. In der Luft hing der schwere, widerliche Geruch von Patschuli, aber auch das trockene Knistern statischer Elektrizität. Als sich Doyles Pupillen weiteten, konnte er vor dem Hintergrund dicker, frei schwebender Brokatgobelins sechs Gestalten ausmachen, die, sich an den Händen haltend, rund um den Tisch Platz genommen hatten. Rechts von Lady Nicholson saß ihr Bruder. Die schwangere Zofe befand sich rechts von ihm, daneben saß der Mann, den Doyle als ihren Gatten identifiziert hatte. Es folgte der dunkelhaarige Mann vom Fenster und schließlich das Medium, dessen rechte Hand Lady Nicholsons linke hielt. Medien bedienten sich für den größten Teil ihrer Theatralik geradewegs aus dem liturgischen Standardrepertoire: Rauch, Finsternis und todernstes, unverständliches Gewäsch. Dies war also die Versammlung, die den Singsang ausgestoßen hatte, eine Frage-und-Antwort-Beschwörungsformel, vom Medium initiiert, der rituelle Prolog, um eine passende Atmosphäre aus Angst und Zeremoniell zu erzeugen.

Die Augen des Mediums waren geschlossen. Der Kopf, nach hinten geneigt und zur Decke gerichtet, enthüllte fleischige Kehllappen. Es war jene untersetzte, rundliche Frau mit den neuen Schuhen, nun der Last ihrer Überhänge entledigt. Doyle hatte die zahlreichen Praktizierenden der Stadt – ob es sich nun um echte oder um Scharlatane handelte – im Laufe der Jahre erfaßt und katalogisiert. Doch diese Frau war ihm gänzlich unbekannt. Sie trug ein schwarzes Wollgeflecht, das weder billig noch extravagant war, dazu einen weißen Halskragen, und ihre von Fleisch gefüllten Ärmel waren an den Handgelenken zugeknöpft. Das Gesicht war blutleer und wie ein Streuselkuchen von Muttermalen übersät. Ihr Solarplexus klopfte im heftigen Takt ihrer Atemzüge. Falls sie es nicht gekonnt simulierte, befand sie sich an der Schwelle zur Trance.

Lady Nicholson, die diese Vorstellung gebannt verfolgte, wurde blaß, ihre Fingerknöchel traten weiß hervor, und sie zuckte in Erwiderung auf den zunehmend festeren Griff, den die Hand des Mediums auf die ihre ausübte. Die häufigen besorgten Blicke, die ihr Bruder ihr zuwarf, verrieten ebenso wie seine sardonisch erstarrten Gesichtszüge, daß er ihnen die Vorführung abnahm. Die Art, wie der Kopf der Schwangeren nach oben gerichtet war, signalisierte Doyle die traditionelle Aufgabe der bedingungslos Andächtigen. Im Profil besehen arbeiteten die Halsmuskeln ihres Gatten wild, und sein verengter Blick war auf das Medium gerichtet. War er wütend oder verärgert?

Nun erblickte der Finstere Doyle. Sein Blick schien die Luft zwischen ihnen zu durchbohren, seine obsidianschwarzen Augen lagen wie Edelsteine in tiefen, runden Höhlen. Fahlgelbe Wangen von der Farbe polierten Teaks, voller Pockennarben, die sich entlang der geschmeidigen Wangen bis über sein Kinn ausbreiteten. Lippen wie ein Rasiermesser. Der Ausdruck seiner Augen war inbrünstig, doch undurchdringlich. Er ließ die Hand des Mannes zu seiner Linken los und richtete sie, die Finger ausgestreckt, den Daumen abgespreizt, auf Doyle.

»Gesellen Sie sich doch zu uns.« Es war beinahe ein Flüstern, doch seine Stimme trug weit.

Der Blick des Mannes wanderte von Doyle zu dem Jungen, der sich umdrehte und sich ihm gehorsam stellte. Er erhielt einen Befehl. Der Junge hob den Arm und ergriff Doyles Hand. Seine Finger fühlten sich rauh und unerfreulich an. Als Doyle sich von ihm in den Raum hineinziehen ließ, stach eine mißtönende Strömung durch seinen Nacken und soufflierte ihm den Satz *Jetzt bist du anderswo*.

Der Junge geleitete ihn zu einem Stuhl zwischen den beiden Männern. Lady Nicholsons Bruder schaute mit lässiger Verwunderung zu ihm auf, als bestehe sein Erscheinen aus zu vielen Komponenten, um sie zwingend zu verarbeiten.

Als Doyle mit der Rechten die Hand nahm, die der Finstere ihm reichte, und sich auf dem wartenden Stuhl niederließ, ergriff der Mann zu seiner Linken seine andere Hand und drückte sie fest. Als Doyle sich der ihm genau gegenübersitzenden Lady Nicholson zuwandte, begegnete ihm der glühende Blick einer Frau, deren lebenslange freundliche und gesellschaftliche Heuchelei gerade vom wundersamen und entsetzlichen Tonikum ihrer Umgebung hinfort gerissen worden war, so daß sie sich nun zum ersten Mal unverschämt lebendig fühlte. Diese Vitalität ließ ihre außergewöhnliche Schönheit erstrahlen. Ihre wasserblauen Augen tanzten wie ein Kaleidoskop, und helles Rot erschien auf ihren blassen Wangen. Trotz seiner Verwirrung bemerkte Doyle, daß sie geschminkt war. Ihre Lippen formten den stummen Satz *Ich danke Ihnen*. Er spürte ein unwillkürliches Klopfen und Springen in seiner Brust. Adrenalin, dachte er gefesselt.

Der aufdringliche Ruck einer fremden Stimme unterbrach die Verbindung.

»Heute abend sind Fremde hier.«

Es war eine Männerstimme, sonor, satt und glatt, wie Steinchen in einem kalten Bachbett, durchzogen von einem verführerischen, kiesigen Tremolo.

»Alle sind willkommen.«

Doyle wandte sich dem Medium zu. Die Augen der Frau waren offen, die Stimme kam aus ihrer Kehle. Es erschien ihm, daß sich die Physiognomie ihres teigigen Gesichts, seit er sie zuletzt wahrgenommen hatte, merklich geändert, rötlichere, knochigere und eckigere Züge angenommen hatte.

Ihre Augen glitzerten reptilienhaft, ihr Mund entgleiste zu einem obszönen Grinsen der Wollust.

Bemerkenswert. Doyle konnte sich anhand seiner Studien nur an zwei Gelegenheiten erinnern, bei denen ein Medium in Trance ein solches Phänomen – *physiologische Transmogrifikation* – zustande gebracht hatte, aber es war ihm noch nie *in situ* begegnet.

Der träge Blick des Mediums wanderte ohne Hast rund um den Tisch, ließ Doyle aus und kündigte ein Beben an, dessen Näherkommen er durch die Hände des Paares zu seiner Linken spürte. Das Medium fixierte den Bruder Lady Nicholsons, bis dieser sich gezwungen fühlte, den Blick wie ein beschämter Hund von ihr abzuwenden. Dann wandte sie sich seiner Schwester zu.

»Du ... suchst meine Führung.«

Lady Nicholsons Lippen zitterten. Doyle fragte sich gerade, ob sie fähig sein würde, eine Erwiderung zu geben, als der Finstere neben ihm das Wort ergriff.

»Wir alle ersuchen demütig um deine Führung und möchten für dein heutiges Erscheinen unsere Dankbarkeit zum Ausdruck bringen.« Seine Worte wurden von einem Zischen begleitet, als seien seine Stimmbänder beschädigt. Sein Akzent war fremdländisch, er kam möglicherweise aus dem Mittelmeerraum. Doyle konnte ihn nicht eindeutig lokalisieren.

Dieser Mann war also der Gehilfe des Mediums, ihr Bindeglied zur zahlenden Kundschaft und in der Regel der Kopf des Unternehmens. Er hatte die inbrünstige Überzeugung des wahren Gläubigen, der sich selbst die beste Reklame war, eindeutig kultiviert. Und hier fing der Betrug an; ein opportunistischer Vertreter beutete das aus, was Medien mit wie auch immer gearteten meßbaren Fähigkeiten und einem in der Regel kindischen Unverstand für die kaufmännischen Realitäten der Alltagswelt waren. Oder, wie es ein Mann aus Gloucester Doyle gegenüber bei der Beschreibung der sensitiven Fähigkeiten seines ansonsten zurückgebliebenen Sohnes ausgedrückt hatte: »Wenn man dir ein Fenster zu einer anderen Welt schenkt, garantiere ich dir, daß du ein paar Ziegelsteine einbüßt.«

Dies war die Mannschaft: Medium, Vermittler, Mädchen beziehungsweise Junge für alles; Zofe mit Kind, für die emotionale Glaubwürdigkeit; ein stämmiger Ehemann, der die Muskeln beisteuerte, und jene, die man zwar nicht sah, die aber bereitstanden. Lady Nicholson war eindeutig ihr Opfer. Zwar kein völlig ahnungsloses – denn sie hatte sich zur Vorsicht an Doyle gewandt –, doch eines, dessen Qual zwingend ausreichte, um alle Ängste zu überwiegen. Nun mußte sich erst zeigen, wie die anderen auf sein unerwartetes Hiersein reagierten – doch bis jetzt war *unerwartet* wohl kaum der passende Begriff.

»Wir alle sind Geschöpfe des Lichts und des Geistes, sowohl auf dieser Seite als auch auf eurer physischen Ebene. Leben ist Leben, Leben ist eins, die ganze Schöpfung ist Leben. Wir ehren das Leben und das Licht in euch, wie ihr dasselbe in uns ehrt. Auf dieser Seite sind wir alle eins, und wir wünschen euch auf eurer Seite Harmonie, Segen und immerwährenden Frieden«, stieß das Medium atemlos hervor, aber es klang wie eine standardisierte, eingeübte Präambel. Dann wandte sie sich dem Finsteren zu und nickte freundlich: Sein Zeichen, die Vorbereitungen in Angriff zu nehmen.

»Der Geist heißt Sie willkommen«, sagte er an Lady Nicholson gewandt. »Er ist sich Ihrer mißlichen Lage bewußt und möchte Ihnen auf jede ihm mögliche Weise helfen. Sie können ihn direkt ansprechen.«

Lady Nicholson rang plötzlich mit einer tiefgründigen Unsicherheit. Sie antwortete nicht – als könne die erste Frage das Eingeständnis sein, daß alle Überzeugungen, die sie in ihrem Leben gesammelt und erfahren hatte, falsch gewesen seien.

»Wir können auch gehen«, bot ihr Bruder an und beugte sich vor. »Wenn du willst, gehen wir.«

»Beginne mit deinem Sohn«, sagte das Medium.

Sie blickte überrascht auf und heftete ihren Blick fest auf das Medium.

»Du bist gekommen, um dich nach deinem Sohn zu erkundigen.«

Ihre Augen schimmerten feucht. »O mein Gott ...«

»Was möchtest du den Geist fragen?« Das Medium setzte ein Lächeln auf, doch es wirkte gekünstelt.

»Woher wissen Sie davon?« Tränen liefen über ihre Wangen.

»Ist dein Sohn hinübergegangen?« Das Lächeln blieb.

Sie schüttelte verständnislos den Kopf.

»Hat es einen Todesfall gegeben?« fragte der Finstere.

»Ich bin mir nicht sicher. Das heißt, wir wissen es nicht ...« Sie gab erneut auf.

»Es geht darum«, warf ihr Bruder ein, »daß er verschwunden ist. Seit vier Tagen. Und er ist erst drei Jahre alt.«

»Sein Name ist William«, sagte das Medium, ohne zu zögern. Wahrscheinlich war es die Aufgabe des Finsteren gewesen, dies herauszufinden.

»Willie.« Lady Nicholsons Stimme war voller Emotion; sie hatte angebissen.

Doyle schaute sich verstohlen im Zimmer um. Er musterte die Decke und die Gobelins, suchte nach Drähten und Projektionsapparaten, die von oben herabhingen. Doch er entdeckte nichts.

»Bei der Polizei sind wir nämlich schon gewesen. Es hat nichts genützt ...«

»Wir wissen nicht, ob er tot ist oder noch lebt!« Lady Nicholsons aufgestauter Kummer explodierte. »Um Himmels willen, wenn Sie soviel wissen, dann wissen Sie auch, warum ich hier bin.« Ihr Blick suchte für einen kurzen Moment den von Doyle, und sie spürte sein Mitgefühl. »Bitte, bitte, sagen Sie es mir. Sonst werde ich noch verrückt.«

Das Lächeln des Mediums flaute ab. Sie nickte ernst. »Einen Moment«, sagte sie. Sie schloß die Augen, ihr Kopf kippte wieder nach hinten. Der Kreis der Hände blieb ungebrochen. Die nun folgende Stille war dicht und drängend.

Die schwangere Frau stieß ein Keuchen aus. Sie blickte auf eine Stelle, etwa einen Meter achtzig über dem Tisch, an der sich nun ein perfekter Kreis aus weißem Dunst materialisierte, der sich wie ein Globus auf einem zentralen Angelpunkt drehte. Aus seinem Innersten spritzten sich ausdehnende, flockige Verlängerungen hervor und zerlegten ihn nach und nach in eine flache, viereckige Ebene. Indem sie ihre Dichte veränderten, breiteten sich Einzelstücke aus und nahmen zielbewußt die Dimensionen einer willkürlichen Topographie an – Vorgebirge, Spalten, Halbinseln, alles innerhalb der unsichtbaren Begrenzungen, die so starr waren wie ein vergoldeter Rahmen.

Eine Landkarte? Die Verschiebungen verlangsamten sich, Bezugspunkte kristallisierten sich heraus, bis mit einem Ansturm an Verdichtung die wahre Natur des Abbildes sichtbar wurde: Ein Werk aus Schatten und Licht, in ausgebleichten Farben, zwar weniger genau als eine Fotografie, doch lebendiger, Bewegungen und ferne Geräusche andeutend, als sähe man die Szenerie aus großer Entfernung durch irgendeine primitive, unpersönliche Linse.

Das Bild zeigte einen kleinen Jungen, der sich an die Wurzeln eines Baumes kauerte. Er trug kurze Hosen, ein loses Hemd und Strümpfe. Kein Schuhwerk. Hände und Beine waren mit Stricken gefesselt. Auf den ersten Blick wirkte es, als schliefe er, doch genaueres Hinsehen ergab, daß seine Brust sich hob. Er hustete oder weinte. Es war schwer zu sagen – bis das unheimliche und unmißverständliche Geräusch mitleiderregender, jämmerlicher Kinderschreie in den Raum gefiltert wurde.

»Herr im Himmel, er ist es, er ist es!« ächzte Lady Nicholson. Der Anblick schien sie zu beruhigen, denn sie verfiel nicht in Verzagtheit, sondern in eine entzückte, fieberhafte Munterkeit.

Weitere Einzelheiten der übernatürlichen Daguerreotypie wurden sichtbar: Einige Schritte von der Stelle entfernt, an der der Junge auf einem vom Frost getönten Blätterteppich lag, strömte ein Bach durch den Wald. Ein Strick band die Handgelenke des Jungen an den niedrigen Ast des benachbarten Baumes. Hinter ihm war der Wald dichter, standen die Bäume enger zusammen. Tannenwald. Auf dem Boden, zu den Füßen des Jungen, lag ein Gegenstand: klein, viereckig, von Menschenhand erschaffen. Eine Blechdose mit Buchstaben ... K-U-I ...

»Willie!« rief Lady Nicholson.

»Wo ist er? Wo ist er?« fragte ihr Bruder, die mögliche Tatsache, einen Frevel begangen zu haben, durch verblüffte Verwunderung mildernd.

Das in sich selbst versunkene Medium zeigte keine Reaktion.

»Heraus damit!« verlangte der Bruder, womit er meinte, sie solle weiterreden. Doch die Luft im Raum wurde von mißtönendem Trompetengeschmetter zerrissen, einem irrsinnigen Schrillen, das von keiner erkennbaren Harmonie und keinem Rhythmus zusammengehalten wurde. Doyle fühlte sich von dem niederdrückenden Gewicht der Vibrationen wie gelähmt, attackiert und an die Stelle genagelt.

»Gabriels Posaune!« schrie der Mann zu seiner Linken.

Nun kroch etwas Schwarzes und Ekelhaftes an den Rand des über ihnen schwebenden Bildes: Ein Schatten, den man mehr spürte, als daß man ihn sah. Ölig, faulig, bösartig und Masse ansammelnd, die dennoch nicht miteinander zu verschmelzen schien. Die Präsenz, nur eine Andeutung, brachte sich selbst ins Bild, sickerte durch das gespenstische Gehölz und näherte sich dem hilflosen Kind.

Die unweigerliche Überzeugung, daß er diese Entität am vergangenen Abend im Hausflur vor seiner Tür gesehen hatte, ließ Doyle vergeblich nach einer vernünftigen Erklärung tasten. Sein Bewußtsein schrie ihm zu: *Dies bedeutet nicht den Tod, sondern die Vernichtung.*

Der kakophone Alptraum wurde ohrenbetäubend. In der Luft, neben dem Bild, tauchte eine unstet tanzende, lange Posaune auf. *Und das ist ihr erster Fehler ...* Der Gedanke fraß sich in Doyle fest. Sah er da nicht das verräterische Schimmern von Fäden am Posaunenkelch?

Das Phantom schlängelte sich in einer hungrigen Spirale um den Jungen, saugte den letzten Lichtrest aus dem Bild, verschluckte die Geräusche seiner Schreie und schien kurz davor, ihn an einem Stück zu verschlingen. Lady Nicholson kreischte auf.

Doyle sprang auf und riß seine Hände los. Er hob seinen Stuhl und schleuderte ihn auf das Bild; es zerbrach wie flüssiges Glas, löste sich auf und verschwand im Nichts. Die

Drähte, an denen es hing, zerrissen; die Posaune schepperte laut auf den Tisch.

Um dem Hieb zu entgehen, von dem er wußte, daß er kam, warf Doyle sich zur Seite und spürte, wie die Faust des Mannes zu seiner Linken genau unter seinem Schulterblatt auftraf. Mit einer raschen Bewegung riß er die Posaune vom Tisch, schwang sie wütend herum und traf den Vierschrötigen seitlich im Gesicht. Blut spritzte aus einer Wunde, als der Mann stolperte und auf die Knie fiel.

»Gauner!« schrie Doyle wütend. Er griff in die Tasche, um den Revolver zu ziehen, doch ein fester Schlag landete auf seiner rechten Halsseite und lähmte seine tastende Hand und den Arm. Als er sich umdrehte, sah er, daß der Finstere einen Totschläger hob, um ihn erneut zu benutzen. Doyle hob den linken Arm, um ihn abzuwehren.

»Narr!« stieß die Stimme aus dem Mund des Mediums hervor. Mit flammenden Augen und einem bösartigen Grinsen stieg es rasch in die Luft über dem Tisch auf. Der Finstere, nun abgelenkt, drehte sich, den Totschläger noch erhoben, um sie anzusehen. Doyle spürte, daß die Hände des Verletzten von hinten grob nach ihm griffen.

»Du hältst dich für einen *Wahrheitssucher*?« höhnte das Medium.

Sie hielt ihm ihre Handflächen entgegen; die Haut quoll und wogte in scheußlicher, subkutaner Überfülle. Als sie den Mund öffnete, schoß eine Unmenge grauen, wäßrigen Dunstes aus ihrem Schlund und ihren Händen. Der in der Luft schwebende Nebel zeichnete einen Umriß und erfüllte dann das Bild eines mannshohen Spiegelrahmens. Als die Oberfläche des Spiegels sich verfeinerte, tauchte die Reflexion des Mediums in dem gespenstischen Glas auf.

»So schaue denn mein wahres Gesicht.«

Aus dem Nichts hinter ihrem Spiegelabbild schwebte eine andere, trübe und verschwommene Form heran, die sich auf ihrer Reflexion niederließ und sie schließlich überlagerte. Sie floß in das Bild hinein wie im Sand versickerndes Wasser, bis nur mehr ein einziges, völlig neues Antlitz übrigblieb: schädelartig, mit roten, triefenden, von Wucherungen gesäumten Augenlöchern und grauer Haut, die an zahlreichen Stellen bis auf die Knochen zerfressen war. Dazu erblickte Doyle sich krümmende Nester schwarzen strähnigen Haars, die nicht nur an den üblichen Stellen sprossen. Im Gegensatz zu dem reglosen, lächelnden Medium sah das Geschöpf auf ihn hinab und öffnete das verzerrte Loch, das ihm als Mund diente. Die Stimme, die ertönte, war zwar mit der identisch, die er schon während der ganzen Zeit gehört hatte, doch kam sie nun geradewegs von der Ausgeburt aus dem Spiegel.

»Du glaubst, du bewirkst *Gutes*. Nun sieh, wozu deine gute Tat geführt hat.«

Hinter dem Gobelin traten zwei mit Kapuzen verhüllte Gestalten hervor, die sich so schnell bewegten, daß Doyle keine Zeit zum Reagieren hatte. Die erste schlug Lady Nicholsons Bruder mit einer Waffe, von der er nur einen kurzen Blick erhaschte, über den Schädel. Als er zu Boden fiel, verspritzte seine klaffende Wunde scharlachrotes Blut. Die zweite Gestalt packte Lady Nicholson, schlitzte ihr mit einer langen, dünnen Klinge genüßlich die Kehle auf und durchtrennte ihre Gefäße. Das Blut ihrer Adern pumpte wild. Der aus ihrer Kehle kommende Schrei erstarb in einem alles übertönenden Schoppern, als sie hinter dem Tisch zusammenbrach und aus Doyles Blickfeld verschwand.

»Gott!« schrie er auf. »Nein!«

Das wahnsinnige Gegacker des Ungeheuers erfüllte den Raum, dann explodierte der ektoplasmische Spiegel in einem lauten Knall aus Licht.

Einer der Mörder richtete seinen Blick nun auf Doyle. Er sprang behende auf den Tisch und setzte gerade dazu an, sich auf ihn zu werfen, um ihn mit dem Kricketschläger niederzustrecken, der bereits die Stirn von Lady Nicholsons Bruder zerschmettert hatte, als Doyle etwas an seinem Ohr vorbeizischen hörte: Ein Gegenstand mit einem schwarzen Griff ragte aus der Kehle des Meuchelmörders. Der hielt auf dem Tisch inne, ließ seine Waffe fallen und griff impulsiv an sein Kinn. Der Dolch hatte seinen Hals durchbohrt, den Stoff seiner Kapuze an seine Haut genagelt und sie ihm über die

Augen gezogen. Der Vermummte taumelte, dann fiel er vornüber und blieb reglos liegen.

Sein Komplize, der Doyle festhielt, stieß ein Grunzen aus und wich zurück. Doyle war frei.

An seinem Ohr sagte eine ihm unbekannte Stimme drängend: »Ihre Pistole, Doyle.«

Als Doyle aufschaute, erblickte er den Finsteren, der mit erhobenem Totschläger auf ihn zukam. Er riß die Pistole aus seiner Tasche und feuerte. Der Finstere stieß einen lauten Schrei aus und sank mit zerschmetterter Kniescheibe zu Boden.

Plötzlich bewegte sich eine Gestalt hinter Doyle, sie trat gegen den Kandelaber und beraubte das Zimmer der Hälfte seines Lichts. Doyle hatte gerade noch genügend Zeit, um zu erkennen, daß das Medium verschwunden war, dann richtete er seine Aufmerksamkeit wieder auf einen grauen Schatten: den heranstürmenden zweiten Meuchelmörder. Sein noch immer unsichtbarer Wohltäter warf den schweren Tisch um und stieß den Kerl zurück. Doyle wurde hochgezogen.

»Folgen Sie mir«, instruierte ihn die Stimme.

»Lady Nicholson ...«

»Zu spät.«

Doyle folgte der Stimme in die Dunkelheit hinein. Sie kamen durch eine Tür und gingen durch einen Korridor. Doyle fühlte sich desorientiert – dies war nicht der Weg, auf dem er gekommen war. Die Tür am Ende des Korridors flog aus dem Rahmen, als sein Bundesgenosse sie auftrat. Von irgendwoher fiel Licht in den Raum. Sie waren noch nicht draußen. Doyle erkannte ein langes, schlankes Profil und sah, daß der Atem seines Begleiters in der Kälte verdunstete, doch das war auch schon alles.

»Hierher«, sagte der Mann.

Er wollte Doyle gerade durch eine weitere Tür führen, als etwas mit einem barbarischen Knurren aus der Dunkelheit hervorsprang und sich in das gerade vorn befindliche Bein seines Lebensretters verbiß. Doyles Helfer taumelte und schrie erschrocken auf. Doyle feuerte einen Schuß auf die verschwommene Gestalt des angreifenden Tieres ab. Es winselte, ließ von dem Bein ab und heulte vor Schmerz. Doyle feuerte erneut, um auch das zu beenden.

Der Mann schob sich mit der Schulter durch die Tür. In dem Lichtpfeil, der durch den Türrahmen fiel, erkannte Doyle die reglose Leiche des Straßenbengels. Rotes Blut strömte aus seinen Schußwunden. Seine zu einer Grimasse des Todes verzerrten Züge enthüllten gefletschte Fangzähne, an denen Fleisch und Blut klebte.

»Wir haben es fast geschafft«, sagte der Mann, und sie verließen das grauenvolle Haus.

4
Flucht

Doyles Retter übernahm die Führung, als sie Hals über Kopf in eine dunkle Gasse rannten. Doyle, im ersten Augenblick nicht in der Lage, das Für und Wider irgendeines anderen Kurses zu erkennen, hatte Mühe, den fließenden Umhang des Mannes nicht aus den Augen zu verlieren. Sie bogen einmal, zweimal ab, und dann erneut. Er scheint zu wissen, wohin er will, dachte Doyle, der Mühe hatte, sich an den von Ratten wimmelnden Elendsquartieren aus Ställen und Hütten, durch die der Weg des Mannes sie führte, zu orientieren.

Als sie aus der Gasse auf eine gepflasterte Straße kamen, hielt der Mann abrupt inne. Doyle wurde von der eigenen Schwungkraft halb auf die Straße gestoßen, ehe der Mann ihn in die schützende Dunkelheit zurückriß. Sein Griff war von bemerkenswerter Kraft. Doyle wollte etwas sagen, doch der Mann brachte ihn mit einer scharfen Geste zum Schweigen und deutete auf die Ecke der sich kreuzenden Gassen auf der anderen Seite.

Dort trat soeben der Mörder mit der grauen Kapuze in ihr Blickfeld: vornübergebeugt, mit festem Schritt, den Blick zu Boden gerichtet, ein sprungbereites Raubtier, das seiner Beute nachspürte. Nach welchen Zeichen kann er wohl auf dem harten Pflaster suchen? fragte sich Doyle. Und dann, ziemlich erschreckt: Wie ist er so schnell hierhergekommen?

Als sein Gefährte, dessen Gesicht noch immer von der Dunkelheit verborgen wurde und dessen Profil sich von der Wand abhob, den Griff eines versteckten Degens aus seinem Spazierstock hervorzog, vernahm Doyle das Schaben von Eisen auf Eisen. Er griff instinktiv nach seinem Revolver. Die Hand seines Freundes schien auf dem Degenknauf zu kleben und war so unbeweglich wie ein Fels.

Von links tauchte eine Kutsche auf. Vier riesige schwarze

Rösser kamen in Sicht, deren lauter Hufschlag nun auf dem Bodenpflaster verstummte. Die sechssitzige Kutsche war groß und pechschwarz. Der Kutscher war nicht zu sehen. Der Mann mit der grauen Kapuze trat neben das Fahrzeug. Ein Fenster glitt auf, doch von innen kam kein Licht. Der Mann nickte, doch es war nicht zu erkennen, ob dort auch Worte gewechselt wurden. Außer dem schwerfälligen Gekeuche der Pferde durchdrang nichts die Nacht.

Der Mann mit der grauen Kapuze wandte sich von der Kutsche ab und blickte genau in die Gasse, in der sich Doyle und der Fremde verbargen. Sie preßten sich gegen die Ziegelwand. Der Lump machte ein paar Schritte auf sie zu, blieb stehen und legte den Kopf schief, als spüre er Frequenzen nach, die das menschliche Ohr nicht empfangen kann. So blieb er eine ganze Weile stehen. Seine eisige Ausdruckslosigkeit fand in der leblosen Fassung seiner Maske perfekten Ausdruck. Doyles Atem erstarb in seinem Brustkorb. Hier stimmt etwas nicht, dachte er. Und erst dann wurde ihm bewußt, daß sich in der Kapuze keine Augenlöcher befanden.

Die Tür der schwarzen Kutsche schwang auf. Ein kurzes, grelles, hohes Trillern erfüllte die Luft – eine Mischung aus einem Pfeifen und irgendeiner kaum menschlichen Ausdrucksform. Der Vermummte drehte sich auf der Stelle um und sprang in die Kutsche. Die Tür schlug zu, die Rösser zogen den schweren Wagen mit hämmernden Hufen fort. Schmieriger Nebel umwirbelte das Loch, das er im Dunst zurückließ.

Als das Huftgeklapper erstarb, schob Doyles Begleiter seine Waffe in den Spazierstock zurück.

»Was, zum Teufel ...«, setzte Doyle an und stieß erregt die Luft aus.

»Wir sind noch nicht in Sicherheit«, fiel der Mann ihm mit leiser Stimme ins Wort.

»Na schön, aber ich glaube, es ist an der Zeit, daß wir ein paar Worte miteinander ...«

»Nichts lieber als das.«

Damit verfiel der Mann wieder in Schweigen. Doyle blieb

keine andere Wahl, als ihm zu folgen. Sie hielten sich im Dunkeln und blieben zweimal stehen, als erneut das schrille Pfeifen erklang – jedesmal aus unterschiedlicher Entfernung, so daß Doyle die unangenehme Möglichkeit in Erwägung ziehen mußte, daß ihnen mehr als ein Vermummter auf den Fersen war. Er war schon bereit, die Stille zu durchbrechen, als sie um eine Ecke bogen und auf eine wartende zweirädrige Kutsche stießen, deren Führer, ein kleiner gedrungener Mann, auf dem Bock hockte. Der Fremde gab ihm ein Zeichen, und der Kutscher wendete, so daß eine schartige Narbe sichtbar wurde, die schräg über seine rechte Gesichtshälfte verlief. Als der Mann die Tür des sich bewegenden Fahrzeugs öffnete und einstieg, nickte der Kutscher kurz, wandte sich seinen Pferden zu und ließ die Peitsche knallen.

»Steigen Sie also ein, Doyle«, sagte der Mann.

Doyle trat auf die Stufe, drehte sich jedoch noch einmal um, als er rechts von sich ein schwaches Pochen hörte. Eine lange, bösartige Klinge hatte die geöffnete Kutschentür durchdrungen, und ihre zitternde, rasiermesserscharfe Spitze war nur wenige Zentimeter von seinem Brustkorb entfernt. Die Kutsche fuhr an. Eine schrille, beharrliche Variante des abscheulichen Pfeifens erfüllte die Luft. Die Kutsche beschleunigte. Doyle schaute zurück: Der Vermummte stand zwanzig Meter hinter ihm, zog einen neuen, ebenso gefährlich aussehenden Dolch aus dem Gürtel und jagte mit unglaublicher Schnelligkeit hinter ihnen her. Jetzt sprang er mit einem erstaunlichen Satz auf das Trittbrett der dahinjagenden Kutsche und suchte im offenen Türrahmen Halt. Doyle wurde ins Innere des Fahrzeugs gerissen. Er zog sich in die hinterste Ecke zurück, versuchte sich daran zu erinnern, in welche Tasche er die Pistole gesteckt hatte und hörte, daß die Tür auf der anderen Seite geöffnete wurde. Er schaute auf und sah einen wehenden Rockschoß. Der Fremde war geflohen und hatte ihn mit dem gnadenlosen Verfolger allein in der Falle zurückgelassen. Wo war die Pistole?

Als die vermummte Gestalt im Türrahmen die Balance zurückerlangt hatte und den Dolch hob, hörte Doyle, daß sich auf dem Dach ein Gewicht verlagerte. Dann sah er durch das offene Fenster, daß sich sein Freund nach unten schwang, mit seinen Füßen gegen die offene Tür trat, sie zuschlug und hochschnellend die Spitze des in ihr steckenden Dolches tief in die Brust des Angreifers trieb. Mit einem widerlich miauenden Schrei trat der Vermummte um sich und zerrte panisch an der in ihm steckenden Klinge, wobei er seine Hände übel zurichtete. Dann wurde er schlagartig steif und hing wie ein aufgespießtes Insekt an der Tür.

Doyle rappelte sich in der schaukelnden Kutsche auf und sah sich den Vermummten näher an. Grobe Kleidung. Fast neue Nagelstiefel. Er suchte nach dem Puls, ohne Erfolg. Er wollte gerade zu einer Bemerkung darüber ansetzen, daß der Tote nicht blutete, als sein Retter durch das Fenster griff, der Leiche die graue Kapuze herunterriß und sie fortschleuderte.

»Herr im Himmel!«

Ein schraffiertes Muster symmetrischer Narben zog sich über das kalkweiße Gesicht. Augen und Lippen des Mannes waren auf primitive Weise mit grobem, gewachstem, blauem Zwirn zugenäht.

Doyles Begleiter hielt sich am Dach fest und öffnete die Tür erneut. Die Leiche schwang ins Freie. Neben der dahinrasenden Kutsche schwebend, löste das durch die Schlaglöcher verursachte Rucken und Poltern bei dem Toten ein unkontrolliertes Zucken aus. Plötzlich zog Doyles Gefährte den Dolch mit einem kräftigen Ruck aus der Tür. Die Leiche fiel zu Boden und verschwand hinter ihnen.

Der Mann drehte sich mit einer geschickten Bewegung in die Kutsche hinein, zog die Tür hinter sich zu und nahm gegenüber dem entsetzten Doyle Platz. Er holte zweimal tief Luft, und dann ...

»Möchten Sie etwas trinken?«

»Was hätten Sie denn?«

»Cognac«, sagte der Mann. »Für medizinische Zwecke.« Er hielt ihm eine silberne Taschenflasche hin.

Doyle nahm sie und trank. Es war *tatsächlich* Cognac, und ausnehmend guter noch dazu. Der Mann musterte ihn, und Doyle sah ihn im blassen, bernsteinfarbenen Licht der Kutschenleuchte zum ersten Mal in aller Deutlichkeit. Sein Gesicht war schmal, Farbstreifen zogen sich über seine ausgeprägten Wangenknochen; hinter seinen Ohren kräuselte sich langes pechschwarzes Haar. Hohe Stirn. Römische Nase. Kräftige Kieferknochen. Auch die Augen waren bemerkenswert, hell und durchdringend zugleich, und von einer gewohnheitsmäßigen Heiterkeit geprägt, die nach Doyles Meinung zumindest im Moment völlig fehl am Platze war.

»Jetzt können wir uns unterhalten«, sagte der Mann.
»Richtig. Fangen Sie an.«
»Womit?«
»Sie kennen meinen Namen.«
»Doyle, nicht wahr?«
»Und Sie sind ...?«
»Sacker. Armond Sacker. Es ist mir eine Ehre.«
»Die Ehre, Mr. Sacker, ist ganz auf meiner Seite.«
»Trinken Sie noch einen.«
»Zum Wohl.« Doyle nahm noch einen weiteren Schluck und gab ihm die Flasche zurück.

Der Mann legte seinen Umhang ab. Er war von Kopf bis Fuß in Schwarz gekleidet. Als er das Bein anhob, enthüllte er den blutigen Biß des barbarischen Jungen.

»Schlimm«, sagte Doyle. »Soll ich es mir ansehen?«
»Machen Sie sich keine Umstände.« Der Mann zog ein Taschentuch hervor und tränkte es mit Cognac. »Das Loch ist halb so schlimm. Schlimmer ist es, wenn die Herrn Doktoren erst einmal ihr Geschwafel anstimmen.«
»Dann verstehen Sie also etwas von Medizin.«

Sacker lächelte und drückte das Taschentuch, ohne mit der Wimper zu zucken, fest auf die Wunde. Das Schließen der Augen, dachte Doyle, ist wohl die einzige Konzession, die er an den starken Schmerz macht. Als Sacker sie wieder öffnete, sah er aus, als sei nichts gewesen.

»Stimmt. Also, Doyle, erzählen Sie mir, was Sie heute abend in dem Haus gemacht haben.«

Doyle berichtete ihm von dem Schreiben und seinem Beschluß, an der Séance teilzunehmen.

»Schön«, sagte Sacker. »Nicht etwa, daß es unbedingt nötig ist, daß Sie mir das alles erzählen, aber Sie sind ein bißchen in der Klemme.«

»Bin ich das?«

»Oh, das kann mal wohl sagen.«

»Und wie genau?«

»Hm. Das ist eine lange Geschichte«, sagte der Mann. Es klang mehr nach einer Warnung als nach einer Entschuldigung.

»Haben wir Zeit dafür?«

»Ich glaube, im Moment sind wir aus dem Schneider«, sagte Sacker und teilte den Vorhang, um einen Blick nach draußen zu werfen.

»Dann werde ich also ein paar Fragen stellen.«

»Es wäre wirklich besser, Sie täten es nicht ...«

»Nein, ganz im Gegenteil«, sagte Doyle. Er zog die Pistole aus der Tasche und legte sie auf sein Knie.

Sackers Lächeln wurde breiter. »Ich verstehe. Schießen Sie los.«

»Wer sind Sie?«

»Professor in Cambridge. Altertum.«

»Könnte ich irgend etwas sehen, das dies beweist?«

Sacker zog eine Visitenkarte aus der Tasche, um seine Behauptung zu erhärten. Sieht echt aus, dachte Doyle. Auch wenn so etwas wenig zählte.

»Ich behalte sie«, sagte er und steckte die Karte ein.

»Auf keinen Fall.«

»Gehört die Kutsche Ihnen, Professor Sacker?«

»Ja.«

»Wohin fahren wir?«

»Wo möchten Sie denn hin?«

»Irgendwohin, wo es sicher ist.«

»Das ist schwierig.«

»Weil Sie nicht wissen, wo es sicher ist, oder weil Sie es mir nicht sagen wollen?«

»Weil es in diesem Augenblick nicht allzu viele Orte gibt, die man wahrhaftig als sicher bezeichnen kann. Doyle und Sicherheit ... Da gibt es inzwischen, wie ich befürchte, nicht mehr viele Gemeinsamkeiten.« Er lächelte erneut.

»Finden Sie das amüsant?«

»Ganz im Gegenteil. Ihre Lage ist eindeutig ernst.«

»*Meine* Lage?«

»Allerdings neige ich stets zum Handeln, anstatt mir angesichts von Unglück Sorgen zu machen. Dies sollte man im übrigen in jedem Fall beherzigen. Grundsatzprinzip: Handeln.«

»Und das tun wir gerade, Professor?«

»Aber ja doch, ja.« Sacker grinste erneut.

»Ich höre«, sagte Doyle finster, dessen Frustration angesichts dieses vergnügt-geheimnisvollen Menschen nur dadurch gelindert wurde, daß dieser ihm innerhalb einer Stunde zweimal das Leben gerettet hatte.

»Wollen Sie nicht zuerst noch etwas trinken?« fragte Sacker und hielt die Flasche wieder hoch. Doyle schüttelte den Kopf. »Ich würde es Ihnen wirklich empfehlen.«

Doyle nahm noch einen Schluck. »Also kommen Sie zur Sache.«

»Sie haben kürzlich den Versuch unternommen, einen Roman zu veröffentlichen.«

»Was hat das mit dieser Sache zu tun?«

»Ich werde mich bemühen, es Ihnen zu erklären.« Sacker lächelte wieder.

»Die Antwort ist: Ja.«

»Hmm. Die Verlagsbranche ist ein rauhes Geschäft. Ziemlich entmutigend, könnte ich mir vorstellen, aber an sich erscheinen Sie mir nicht wie der Typ, der leicht zu entmutigen ist. Hartnäckigkeit bringt einen zum Ziel.«

Doyle biß sich auf die Zunge und wartete, bis Sacker einen weiteren Schluck genommen hatte.

»Haben Sie kürzlich eins Ihrer Manuskripte versandt, das den Titel – ich hoffe, er stimmt – ›Die dunkle Bruderschaft‹ trägt?«

»Genau.«

»Ich fürchte, ohne merklichen Erfolg.«

»Sie brauchen nicht auch noch Salz in meine Wunden zu reiben.«

»Ich zähle nur die Fakten auf, alter Knabe. Habe es selbst nicht gelesen. Ich habe jedoch gehört, daß sich Ihre Geschichte über eine gewisse Ausdehnung von etwas beschäftigt, das man als ... thaumaturgische Verschwörung charakterisieren könnte.«

»Teilweise.« Woher kann er das wissen? dachte Doyle.

»Um eine Art Magierklüngel.«

»Sie sind nahe dran – zumindest an den Schurken meiner Geschichte.«

»Ein Hexensabbat bösartiger Genies, die mit, sagen wir mal, straffälligen Geistern unter einer Decke stecken.«

»Es ist halt eine Abenteuergeschichte«, sagte Doyle, um sich zu verteidigen.

»Mit übernatürlichen Elementen.«

»So ungefähr.«

»Gut gegen Böse, etwas in dieser Art.«

»Der ewige Kampf.«

»Anders ausgedrückt – ein Schundroman.«

»Ich habe mein Werk in einem etwas höheren Lichte gesehen«, murrte Doyle.

»Hören Sie nicht auf mich, mein Freund, ich bin kein Kritiker. Haben Sie eigentlich schon mal irgend etwas veröffentlicht?«

»Ein paar Kurzgeschichten«, erwiderte Doyle, wobei er nur bescheiden übertrieb. »Ich bin ständiger Mitarbeiter einer Monatszeitschrift.«

»Welche könnte das wohl sein?«

»Es ist eine Zeitschrift für Kinder; ich bin sicher, Sie kennen sie nicht.«

»Heraus damit, wie heißt sie?«

»*The Boys' Own Paper*«, sagte Doyle.

»Stimmt, davon habe ich nie gehört. Ich kann Ihnen aber sagen, was ich dazu denke: Es ist nicht falsch, die Menschen ein bißchen zu unterhalten. Im Grunde ist es doch alles, was sie wollen: Ein bißchen Ablenkung, eine spannende Geschichte, damit sie Sorgen und Leid vergessen können.«

»Und wenn wir schon davon reden«, fügte Doyle verlegen hinzu, »um sie ein bißchen zum Denken anzuregen.«

»Und warum auch nicht? Edle Bestrebungen erbringen höhere Leistungen.«

»Ich weiß feinfühlige Empfindungen durchaus zu schätzen, aber würden Sie mir jetzt bitte erzählen, was mein Buch mit dem zu tun hat, was heute nacht geschehen ist?«

Der Mann hielt inne, dann beugte er sich vertraulich vor. »Das Manuskript ist ... herumgekommen.«

»Durch wen?«

»Durch jemanden mit *Beziehungen*.«

»Und bei wem war es?«

»In den falschen Händen.«

Doyle hielt inne und beugte sich vor, um Sacker auf halbem Wege zu treffen. »Ich fürchte«, sagte er, »da müssen Sie schon ein bißchen mehr in die Einzelheiten gehen.«

Sackers Blick wurde hypnotisch, seine Stimme leiser.

»Wenn Sie wollen, stellen Sie sich eine Gruppierung von außergewöhnlichen Individuen vor. Umbarmherzige, intelligente – ja, sogar geniale Menschen. In hohen Positionen, von der Welt aufgrund ihrer Fertigkeiten und Leistung enorm belohnt. Doch ihnen allen fehlt eindeutig das, was Sie und ich als ... moralische Grundsätze bezeichnen würden. Ein gemeinsames Ziel vereint sie: grenzenloser Machterwerb. Der Hunger nach mehr. Sie sind von dunklen Machenschaften wie besessen. Es ist unmöglich, zu sagen, wer sie sind. Seien Sie jedoch versichert, daß sie wirklich existieren. Kommt Ihnen all dies nicht bekannt vor?«

Doyle hatte es fast die Sprache verschlagen. »Mein Buch!«

»Ja, Doyle. Ihr Buch. Sie haben einen Roman verfaßt, aber aus irgendeinem schwerfaßbaren Grund haben Sie in Ihrem Werk eine unheimliche Einschätzung der moralisch verderbten Intrigen einer bösartigen Sekte von Praktikern der Schwarzen Magie vorgenommen, die ein Ziel haben, das dem Ihrer Figuren gar nicht unähnlich ist. Es besteht darin ...«

»... die Hilfe böser Geister herbeizubeschwören, um die Membran zu zerstören, die die physikalische und ätherische Welt voneinander trennt.«

»Um dann ...«

»... die Herrschaft über die physikalische Welt und jene zu erringen, die sie bewohnen.«

»Richtig. Und falls die Séance heute abend irgendein Anzeichen dafür war, mein Freund, dann haben sie die Zinnen erreicht und stehen mit einem Fuß auf der Türschwelle.«

»Das ist unmöglich.«

»Glauben Sie nicht einmal Ihren eigenen Augen, nicht mal das, was Sie in dem Zimmer gesehen haben?«

Doyle war nicht gewillt, sich seine eigene Antwort anzuhören.

»Es ist möglich«, beharrte Sacker.

Doyle empfand einen Ruck der Delokalisation. Ihm war, als träume er. Sein Bewußtsein kämpfte darum, über der Flutwelle des Entsetzens und der Bestürzung zu bleiben. Tatsache war: Er hatte sich nicht nur den Titel seines Buches, sondern auch die Motive der Bösewichte aus den indifferenten Werken der Madame Blavatsky ausgeliehen. Wer hätte denn annehmen können, daß sein geringfügiger Diebstahl sich so abscheulich rächen würde?

»Aber wenn ihnen mein Buch in die Hände gefallen ist ...«

»Versetzen Sie sich in ihre Lage: Welchen Lebenszweck haben diese kranken Ungeheuer ohne die – ob nun real oder eingebildet – sie bedrohende Existenz schrecklicher Gegner, die überhaupt nur dazu dienen, ihre wahnsinnige Selbsterhöhung noch zu steigern?«

»Man glaubt, ich wäre ihnen irgendwie auf die Schliche gekommen ...«

»Wenn sie vorgehabt hätten, Sie einfach umzubringen, hätten sie sich den ganzen Ärger gar nicht erst aufgehalst – was mich zu der Annahme bringt, daß man Sie lebend haben will. Falls dies Sie beruhigt.«

»Aber man muß doch ... Ich meine, sie können doch nicht glauben ... In Gottes Namen, es handelt sich doch nur um ein Buch!«

»Ja. Bedauerlicherweise.«

Doyle starrte Sacker an. »Und was hat all das mit Ihnen zu tun?«

»Ach, ich bin dieser Brut schon länger auf der Spur als Sie.«

»Aber ich bin ihnen doch nie auf der Spur gewesen! Ich

habe bis zu diesem Augenblick nicht einmal gewußt, daß sie überhaupt existieren.«

»Nun ja, aber das würde ich ihnen nicht unbedingt auf die Nase binden. Sie etwa?«

Doyle war sprachlos.

»Glücklicherweise hat meine Beschattung heute abend etwas erbracht. Aber leider bin ich nun auch so etwas wie ein Gezeichneter.«

Sacker klopfte gegen das Dach. Die Kutsche hielt.

»Seien Sie versichert: Heute abend haben wir ihnen einen echten Knüppel zwischen die Beine geworfen. Halten Sie die Ohren steif und vergeuden Sie keine Zeit. Ich würde mir auch nicht die Mühe machen, mit dieser Geschichte zur Polizei zu gehen, weil man sie dort für *verrückt* halten würde. Oder jemand in einer hohen Position könnte davon erfahren und Ihnen dann möglicherweise noch mehr schaden.«

»Mehr schaden als Mord?«

Sackers Lächeln erlosch. »Es gibt Schlimmeres«, sagte er. Dann öffnete er die Tür. »Viel Glück, Doyle. Wir bleiben in Verbindung.«

Er streckte die Hand aus. Doyle schüttelte sie. Er kam erst wieder zu sich, als er auf der Straße vor dem Eingang seines Hauses stand. Er sah, daß der narbige Kutscher an seinen Hut tippte, wendete und die Peitsche schwang. Die Kutsche tauchte eilig in die Nacht hinein.

Doyle öffnete die Hand, die er Sacker zum Abschied gereicht hatte. In ihr lag ein kleines, vorzüglich gearbeitetes silbernes Abzeichen in Form eines menschlichen Auges.

5
Leboux

DOYLES VERSTAND GLICH einem wirbelnden Mahlstrom. Er schaute auf seine Uhr: 9.25 Uhr. Der Karren eines Metallwarenhändlers ratterte vorbei. Er fröstelte in nostalgischem Sehnen, während die nüchterne Welt, in der er bis auf die letzten zwei Stunden sein gesamtes Leben verbracht hatte, sich wie erlöschender Sonnenschein von ihm zurückzog. In einer Zeit, die man zum Brotbacken braucht, hatte er gesehen, wie sein Leben, wenn nicht gar die gesamte Vorstellung, die er vom Universum hatte, auf den Kopf gestellt worden war.

In der Stille, die der vorbeifahrende Karren zurückließ, trieben Gestalten und Gesichter aus dem Dunkel; sämtliche Schatten schienen vor verborgenen, scheußlichen Gefahren zu pulsieren. Doyle beeilte sich, die relative Sicherheit seiner Türschwelle zu erreichen.

Aus einem Fenster hoch oben schaute ein Gesicht auf ihn hinab. Es war seine Nachbarin, die Russin Petrovitch. Moment mal – war da hinter ihr nicht noch ein zweiter Kopf gewesen? Er sah noch einmal hoch: Die beiden Gesichter waren verschwunden, die Vorhänge schwangen lautlos hin und her.

Strömte die Treppe, sonst stets ein Vorbote der erfreulichen Aussicht auf sein Heim und die dazugehörige Behaglichkeit, plötzlich eine Aura bösartiger Bedrohung aus? Doyle, ganz und gar nicht mehr sicher, ob er seinen Sinnen noch trauen konnte, nahm den Revolver in die Hand, vertraute darauf, daß die gefüllte Trommel mit allem fertig wurde, was ihn erwartete, und erstieg langsam die einundzwanzig Stufen. Die Tür zu seiner Wohnung kam in sein Blickfeld. Sie stand offen.

Dort, wo einmal der Türknauf gewesen war, war das Holz zersplittert. Die Bruchstücke lagen überall auf dem Boden zerstreut; der Knauf war herausgerissen, nicht abgetreten worden. Doyle lehnte sich an die Wand und lauschte atemlos. Als er sicher war, daß sich drinnen nichts rührte, schob er die Tür mit einer leichten Berührung auf und starrte fassungslos auf das sich ihm bietende Bild.

Jeder Quadratzentimeter des Zimmers sah aus, als hätte man ihn mit einer klaren, zähen Flüssigkeit getränkt; gestreift und strukturiert, als wäre ein riesiger Pinsel wie wahnsinnig vom Boden zur Decke bewegt worden. In der Luft hing der Geruch angesengter Matratzen. Dort, wo die Substanz am dicksten war, quoll träger Rauch auf. Als Doyle eintrat, spürte er, wie der Schleim unter seinen Schuhsohlen schmatzte, doch als er einen Fuß hob, blieb an ihm kein Rückstand haften. Das Zeug bewegte sich, wenn man es berührte, es hatte Masse, doch seine Kruste blieb intakt. Doyle konnte das tessellierte Muster seines Perserteppichs im Inneren der Substanz wie einen in Bernstein erstarrten Skarabäus erkennen. Er untersuchte den Sessel und den kleinen Sekretär. Den Beistelltisch, die Öllampe, die Ottomane. Kerzenleuchter. Tintenfaß. Teetasse. Die Oberfläche jedes einzelnen Gegenstands in diesem Raum hatte sich partiell verflüssigt, war dann abgekühlt und hatte sich wieder gehärtet.

Wenn es eine Warnung war – er zog diese Schlußfolgerung unausweichlich –, was genau wollte man ihm damit zu verstehen geben? Wollte man vielleicht die Frage ins Spiel bringen, welchen Schaden man auf diese Weise einem menschlichen Körper zufügen konnte? Doyle nahm eins der Bücher vom Schreibtisch auf. Es schien das gleiche Gewicht zu haben wie früher, doch es gab in seiner Hand nach, als hätte es keinen Rücken. Es war weich wie verkochtes Gemüse. Zwar ließen sich die monströs verdickten Seiten noch umblättern, und auch der verwaschene, grotesk verzerrte Text war noch irgendwie zu entziffern, doch es lag schlaff in seiner Hand und ähnelte nur noch aus der Ferne der allgemeinen Vorstellung dessen, was ein Buch zu einem Buch machte.

Doyle begab sich, so schnell der schlüpfrige Boden es erlaubte, in Richtung Schlafzimmer. Als er die Tür öffnete, klappte die obere Ecke wie ein Eselsohr nach hinten. Er sah, daß die seltsame Flüssigkeit einige Zentimeter weit in den Nebenraum eingedrungen und dann abrupt zum Stillstand gekommen war: Sein Schlafzimmer war der Erniedrigung entgangen.

»Gott sei Dank«, murmelte Doyle.

Er zerrte die Gladstone-Reisetasche aus dem Schrank, warf das rückgratlose Buch, Wäsche zum Wechseln, sein Rasierzeug und die Munitionsschachtel hinein, die er in einem oberen Fach des Schranks versteckt hielt.

Als er wieder durch den malträtierten Raum ging, blieb er an der Wohnungstür stehen. Da draußen war jemand. Er hörte ganz deutlich das Scharren eines Schuhs. Doyle bückte sich, um durch das gewaltsam vergrößerte Schlüsselloch zu sehen, und erblickte die Petrovitch, die sich über das Geländer beugte und die Hände auf ihren flachen Busen gepreßt hielt.

»Mrs. Petrovitch, was ist hier passiert?« fragte er, als er in den Hausflur hinaustrat.

»Doktor ...«, sagte sie und griff ängstlich nach seiner ausgestreckten Hand.

»Haben Sie irgend etwas gesehen? Haben Sie hier unten irgend etwas gehört?«

Sie nickte nachdrücklich. Er wußte nicht genau, wie gut ihr Englisch war, aber wie es schien, war es zumindest im Moment äußerst unzureichend.

»Groß, groß«, rief sie aufgeregt. »Eisenbahn.«

»Ein Geräusch wie ein Zug?«

Sie nickte erneut und machte den Versuch, das Geräusch nachzuahmen, das sie mit einer Reihe übertriebener Gesten begleitete. Sie hat schon wieder getrunken, dachte Doyle, nicht wenig verärgert. Als er an ihr vorbeischaute, sah er eine fremde Frau, die auf der nach unten führenden Treppe zurückgeblieben war. Das andere Gesicht, das er aus dem Fenster hatte blicken sehen; eine untersetzte, kleine Frau mit durchdringendem Blick. Irgend etwas an ihr kam ihm bekannt vor.

»Meine liebe Mrs. Petrovitch, haben Sie ... irgend etwas *gesehen*?«

Ihre Augen wurden groß und rund, als sie mit den Händen den Umriß einer riesigen Gestalt nachzeichnete.

»Groß? Sehr groß?« versuchte Doyle ihr zu helfen. »War es ein Mann?«

Sie schüttelte den Kopf. »Schwarz«, sagte sie einfach. »Schwarz.«

»Mrs. Petrovitch ... Gehen Sie in Ihre Wohnung. Bleiben Sie dort. Kommen Sie vor morgen früh nicht wieder herunter. Verstehen Sie mich?«

Sie nickte, doch dann, als er sich zum Gehen wandte, zupfte sie an seinem Ärmel und deutete auf die Frau am Treppenabsatz.

»Meine Freundin ist ...«

»Ich werde Ihre Freundin ein anderes Mal kennenlernen«, sagte Doyle und streifte ihre Hand freundlich ab. »Tun Sie bitte, was ich Ihnen gesagt habe, Mrs. Petrovitch. Ich muß jetzt wirklich gehen.«

»Nein, Doktor ... Nein, sie ...«

»Gönnen Sie sich jetzt etwas Ruhe. Trinken Sie ein Gläschen Wein. Lassen Sie es gut sein, Mrs. Petrovitch. Und nun gute Nacht. Gute Nacht.« Er eilte die Treppe hinunter und verschwand aus ihrem Blickfeld.

Doyle nahm nicht nur den Weg durch die geschäftigsten Straßen, sondern wählte auch ihre jeweils belebteste Seite. Er suchte das Licht und tauchte nach Möglichkeit in der dichtesten Menge unter. Niemand näherte sich ihm, niemand sprach ihn an. Obwohl er den Blicken der Menschen auswich, spürte er das Brennen tausend bösartiger Augen.

Er verbrachte den Rest der Nacht im St. Bartholomew Hospital, wo er bekannt war, doch er schlief nur eine Stunde auf einer der für diensttuende Ärzte reservierten Pritschen – in einem Raum, in dem er von einem Dutzend anderen umgeben war, auch wenn ihm keiner von ihnen die Sicherheit einer Zuflucht zu bieten vermochte. Seiner grundlegenden Redlichkeit gemäß, vielleicht auch aus Furcht, verspottet zu werden, sprach er mit niemandem, nicht einmal mit den engsten Kollegen, über seine Probleme.

Bei Tageslicht besehen wirkte das Abenteuer vom vergangenen Abend irgendwie klarer. Es muß, redete Doyle sich ein, für alles, was während der Séance passiert ist, eine eindeutige physikalische Erklärung geben. Ich bin nur noch nicht auf sie gestoßen. Nein, halt. Selbst dies ist eine Täuschung, der ich mich hingebe. Der Verstand ist abhängig vom Gleichgewicht und sucht um jeden Preis danach. Es bedeutet zwar nicht, daß ich alles, was Sacker mir erzählt hat, für das Evangelium halte, aber es ist die ungeschminkte Wahrheit, daß ich durch eine Tür gegangen bin, die hinter mir verschwunden ist, also kann ich nicht zurückkehren. Deswegen muß ich vorwärts gehen.

Als er in die kühle Morgenluft hinaustrat, spürte er, wie sein hilfloses Entsetzen von ihm abfiel und der Wut über den brutalen Mord an Lady Nicholson und ihrem Bruder wich. Dennoch, er konnte ihr Gesicht einfach nicht vergessen; ihren flehentlichen Blick, den Schrei, als sie gefallen war. Sie hat um meine Hilfe ersucht, und ich habe versagt. Und er schwor sich: Das wird mir nicht noch einmal passieren.

Trotz Sackers Rat war sein erster Haltepunkt nach dem Verlassen des Krankenhauses an diesem Morgen Scotland Yard.

Eine Stunde später traf Doyle zusammen mit Inspektor Claude Leboux in der Cheshire Street Nummer 13 ein. Auch das fahle, schmutzige Sonnenlicht trug nicht dazu bei, den Ort zu erhellen; es betonte nur seine beklemmende Neutralität.

»Du sagst also, sie sind hier hineingegangen?« fragte Leboux.

Doyle nickte. Er hatte seinem Freund die Einzelheiten der Angelegenheit erspart. Doch das Wort *Mord* hatte er klugerweise wirklich ausgesprochen. Er hatte Leboux Lady Nicholsons Brief gezeigt. Die Geister, die Vermummten und den blauen Zwirn hatte er noch nicht erwähnt. Auch nicht Professor Sacker.

Leboux ging als erster die Treppe hinauf und klopfte an.

Er war ein Mann, der an einen breitschultrigen Ochsen aus den Midlands erinnerte. Ein leuchtend roter Schnauzbart war der einzige dekorative Schnörkel, den er sich erlaubte. Er war jedoch makellos gepflegt und so beeindruckend, daß er jede andere individuelle Besonderheit überflüssig machte.

Doyle hatte gemeinsam mit Leboux ein Jahr als Schiffsarzt auf einem Marinekutter verbracht, der nach Marokko und zu den Häfen im Süden gefahren war. In dieser Zeit hatte ihre Freundschaft schrittweise gekeimt. Leboux verkörperte gewissermaßen die Royal Navy, war fünfzehn Jahre älter, ansatzweise gebildet und ein Mensch, dessen zuückhaltende Art dazu geführt hatte, daß er von den Raffinierteren an Bord regelmäßig unterschätzt wurde. Doch wie Doyle im Laufe zahlreicher Kartenspiele und Unterhaltungen in der Bugtakelage entdeckt hatte, während sie träge durch tropische Kalmenzonen gesegelt waren, verbarg Leboux' Schüchternheit lediglich ein empfindsames Herz und einen Charakter von niemals schwankender Moral. Sein Verstand verließ nur selten die parallelen Gleise von Fakt und Wahrheit – er war sogar stolz auf seinen Mangel an Fantasie. Und so hatte ihn das Gleis geradewegs von der Marine zu Scotland Yard gebracht und kurz darauf in seine gegenwärtige Position als Inspektor.

Eine hübsche kleine Irin, die Doyle noch nie zuvor gesehen hatte, öffnete die Tür.

»Is was?«

»Scotland Yard, Miß. Wir würden uns gern mal umsehen.«

»Was'n los?«

Der vor ihr aufragende Leboux beugte sich vor und sagte: »Unannehmlichkeiten, Miß.«

»Ich wohn nämlich nich hier, ich besuch nur meine Mama«, sagte die junge Frau und machte den Weg frei, als die beiden eintraten. »Sie is oben, liecht im Bett, is krank, is seit Wochen nich aufgestanden. Hat doch nix mit ihr zu tun, oder?«

»Wohnt Ihre Mutter hier zur Miete?«

»Ja ...«

»Und wer wohnt im Parterre?« fragte Leboux und blieb an der Tür zu seiner Rechten stehen, die der merkwürdige Junge am Abend zuvor für Doyle geöffnet hatte.

»Weiß nich. Ich glaub, 'n Ausländer. Is nich oft da. Ich auch nich, um die Wahrheit zu sagen. Erst seit Mama krank is.«

Doyle nickte Leboux zu. Die Beschreibung »Ausländer« paßte auf den Finsteren, und er hatte ihn Leboux gegenüber erwähnt. Leboux klopfte an die Tür.

»Wissen Sie, wie der Mann heißt, Miß?« fragte er.

»Nee, Sir, weiß ich nich.«

»Waren Sie denn letzte Nacht hier?«

»Nee, Sir. War zu Hause. In Cheapside unten.«

Doyle bemerkte, daß die sonderbare Glasschale vom Tisch verschwunden war. Die Reste des verschütteten Wachses waren ein Hinweis darauf, daß jemand die Kerze eilig fortgebracht hatte. Leboux öffnete die Tür, sie traten ins Wohnzimmer ein.

»War es hier, Arthur?«

»Ja«, erwiderte Doyle. »Hier hat die Séance stattgefunden.«

Doyle öffnete die Schiebetür und erstarrte. Der dahinter liegende Raum sah völlig anders aus als der, in dem er die schrecklichen Minuten verbracht hatte. Er war vollgestopft mit verstaubten, geschmacklosen Möbeln. Nirgendwo ein runder Tisch oder hängende Gobelins. Sogar die Decke kam ihm heute niedriger vor.

»Hier stimmt etwas nicht«, sagte Doyle, als er weiter in den Raum hineinging.

»Is dem Kerl was passiert, der hier wohnt?«

»Gehen Sie jetzt nach oben und sehen Sie nach Ihrer Mutter«, sagte Leboux. »Wir rufen Sie, wenn wir Sie brauchen.« Er schloß die Tür vor der Nase der jungen Frau.

»Sie haben die Möbel ausgetauscht. Der Raum war fast leer.«

»Wo ist die Tat geschehen, Arthur?«

Doyle trat an die Stelle, an der sich der Tisch befunden hatte. Dort, wo Lady Nicholson zu Boden gefallen war, stand nun ein pralles Plaudersofa.

»Hier«, sagte er und ging in die Knie. »Hier lag aber keine Brücke. Der Boden war nackt.«

Als Doyle die Brücke beiseite schob, bemerkte er, daß die Abdrücke des Sofas auf dem Boden tief und staubverkrustet waren. Leboux half ihm, das Möbel auf die Seite zu ziehen, dann rollten sie den Teppich zurück. Die darunter liegenden Holzdielen waren fleckenlos und glänzten verschlissen.

»Sie sind gereinigt worden, siehst du?« sagte Doyle leicht erregt. »Der ganze Raum, jeder Quadratzentimeter. Sie haben alle Spuren beseitigt.«

Leboux stand aufgerichtet, gleichmütig und unverbindlich neben ihm. Doyle bückte sich, um den Boden noch eingehender in Augenschein zu nehmen. Er zog einen Pfeifenreiniger aus der Tasche und kratzte in der Fuge zwischen zwei Dielenbrettern herum. Seine Bemühungen erbrachten eine kleine Portion getrocknetes, dunkles Material. Er streifte die Brösel in einen Umschlag, den er Leboux gab.

»Ich nehme an, ihr werdet herausfinden, daß diese Substanz menschliches Blut ist. Lady Caroline Nicholson und ihr Bruder sind gestern abend in diesem Raum ermordet worden. Ich empfehle, daß unverzüglich Anstrengungen unternommen werden, um ihre Familie zu benachrichtigen.«

Leboux steckte den Umschlag ein, zückte eine Schreibunterlage und Papier und schrieb pflichtgemäß die Namen nieder. Dann nahmen sie eine eingehendere Untersuchung des Raumes vor. Doch nichts von dem, was sie entdeckten, brachte ihnen irgendwelche brauchbaren Erkenntnisse über die begangenen Verbrechen oder die Identität des Besitzers oder Mieters. Das Abschreiten des Korridorlabyrinths, das Doyle und Sacker auf die Gasse geführt hatte, erwies sich als ebenso fruchtlos.

Als sie in der Gasse standen und einen Blick auf das Haus zurückwarfen, skizzierte Doyle die Einzelheiten der mörderischen Verabredung. Freilich erwähnte er auch diesmal weder Sacker noch den Einsatz der Pistole, die Leboux ihm Monate zuvor geschenkt hatte. Leboux verschränkte die Arme vor der Brust, stand stocksteif da und verriet mit keiner Empfindung, wie er zu den Enthüllungen stand, die ihm zu

Ohren kamen. Bevor er etwas sagte, verging eine ganze Weile. Doyle war daran gewöhnt, daß sein Freund auf alles mit epischem Schweigen reagierte: Man konnte fast hören, wie es hinter seiner Stirn klickte – als bedienten langsame Hände einen Abakus.

»Du sagst, der Angriff auf diese Lady Nicholson sei mit einem Messer erfolgt?«

»Ja. Ein scheußlich aussehendes Ding.«

Leboux nickte, dann sagte er, wobei irgendeine neue Zweckempfindung in seinem Blick auftauchte: »Dann solltest du lieber mal mitkommen.«

Sie gingen drei Häuserblocks weiter, zu dem leerstehenden Grundstück an der Ecke Commercial und Aldgate. Die Polizei hatte das Gelände abgesperrt. Bobbys standen an den Ecken und dirigierten die Fußgänger. Leboux geleitete Doyle durch den Kordon zur Mitte des Grundstückes, wo in der vergangenen Nacht, als Doyle gerade in seine Wohnung zurückgekehrt war, das kurze, elende Leben einer unter dem Namen Fairy Fay bekannten Straßenhure ein brutales und böswilliges Ende gefunden hatte.

Die grobe Leinwand, die ihr als Leichentuch diente, wurde hochgehoben. Sie war unbekleidet. Die Leiche war ausgeweidet, ihre Organe entfernt worden. Einige fehlten, der Rest lag ordentlich aufgestapelt neben der Toten, in einer Anordnung, deren Bedeutung unmöglich zu erahnen war. Die Arbeit war schnell und präzise – und wie Doyle aufgrund der Abwesenheit von Rissen an den Eintrittsstellen und Wundrändern vermutete, mit äußerst feingeschliffenen Instrumenten – bewerkstelligt worden.

Doyle nickte. Das Tuch fiel schwer auf die Leiche zurück. Leboux ging ein paar Schritte weiter. Doyle folgte ihm. Und wieder brach eine typisch Lebouxsche Stille aus.

»Könnte sie Lady Nicholson sein, Arthur?« fragte er schließlich.

»Nein.«

»War diese Frau gestern abend auf der Séance?«

»Nein. Ich habe sie noch nie zuvor gesehen.«

Doyle wurde mit Entsetzen klar, daß Leboux in seiner Geschichte nach irgendeiner Schwachstelle suchte. Nun ja, dachte er, in erster Linie ist er nun einmal Polizist, und die Stimmung unter den Beamten war grimmig und angespannt. Nur wenige von ihnen hatten, falls überhaupt, das Ergebnis einer solch barbarischen und bewußt ausgeführten Tat je mit eigenen Augen gesehen, und ganz sicher war dies kein Routinefall für die Londoner Polizei.

»Hat niemand etwas gesehen?« fragte Doyle.

Leboux schüttelte den Kopf. »Das Messer, das du beschrieben hast – hätte man sie mit dieser Waffe so schrecklich zurichten können?«

»Ja. Sehr wahrscheinlich.«

Leboux blinzelte kurzsichtig. »Könntest du die Angreifer beschreiben?«

»Sie trugen Kapuzen«, sagte Doyle, der bewußt verschwieg, daß die beiden Mörder längst zur Strecke gebracht worden waren. Angesichts ihrer scheußlich zusammengenähten Gesichter und der Tatsache, daß aus ihren tödlichen Wunden kein Blut geflossen war, hatte er nicht das Gefühl, Leboux Fragen stellen zu können, die da lauteten: Wie bringt man etwas um, das bereits tot ist?

Leboux spürte, daß Doyle entscheidende Details seiner Geschichte zurückhielt, doch war ihm auch ihre Freundschaft wichtig. Und so genügte ihm vorläufig das Wissen darum, daß Doyle ein wirklich gräßliches Erlebnis gehabt hatte, um ihm zu erlauben, sich nun von ihm zu trennen. Als er Doyle nachsah, fühlte Leboux sich von der Flut der noch ungeklärten Fragen entmutigt. Aber immerhin, wie er stets zu sagen pflegte, wenn man ihn mit komplizierten Aufgaben konfrontierte, hatte er genügen Zeit.

Doch schon beim ersten Blick auf den abscheulich zugerichteten Leib hatte sich Leboux ein Gedanke aufgedrängt, der ihn noch immer beschäftigte: Dies hat ein Arzt getan.

6
Cambridge

DIE ERSTE GRUNDVORAUSSETZUNG eines sorgfältigen mentalen Manövers bestand in einem vollen Magen. Doyle hatte, seit seine schwere Prüfung in der vergangenen Nacht begonnen hatte, nichts mehr gegessen. Er betrat die erste überfüllte Taverne, auf die er stieß, setzte sich an den Kamin und bestellte ein ausgiebiges Frühstück – dankbar, daß das wenige Geld, das er in seiner Wohnung zurückgelassen hatte, der gelatinösen Zerstörung nicht zum Opfer gefallen war.

Danach schob er den Teller zurück, steckte sich eine Pfeife an, legte die Beine hoch und genoß das Eintreten des entspannten, doch erhöhten Bewußtseinszustandes, in dem sein Geist mit maximaler Kraft funktionierte.

Wenn – Sacker hatte es angedeutet – hinter den Ereignissen eine Verschwörung stand, waren berechtigterweise nur wenige Individuen in sie verwickelt. Verschwörungen erforderten Geheimnistuerei. Je mehr Personen von ihr wußten – so war nun einmal die menschliche Natur –, desto schwieriger konnte man sie geheimhalten. Die Dimensionen, mit denen man die Cheshire Street 13 in diesen wenigen Stunden aufpoliert hatte, deuteten in der Tat auf eine Verschwörung hin. Wie hielt man die erforderlichen Untergebenen bei der Stange? Mit Angst. Ihre Fähigkeit, Angst zu erzeugen, mußte demnach ungeheuer sein. Schwarze Magier? Doyle kannte zwar keinen persönlich, aber das war keine Garantie dafür, daß sie nicht wirklich existierten.

Und was sein Manuskript betraf ... Sicher, er hatte die Identität der Schurken selbst ersonnen, und wenn er ehrlich war, war seine Erfindung gar nicht übel. Doch was ihre tatsächlichen Ziele, Mittel, Motive und dergleichen anging, sah die verfluchte Wahrheit so aus, daß er in diesen Punkten für »Die dunkle Bruderschaft« das Wesentliche mehr oder weniger bei der Blavatsky abgekupfert hatte. Was die Frage aufwarf:

Wenn sie wegen seines Romans hinter ihm her waren, wie nahe war die irre Russin der Wahrheit wirklich gekommen? Und wenn sie auf der richtigen Spur gewesen war, welchen Glauben sollte man dem Rest ihrer verrückten Werke schenken?

Die Séance. Schon problematischer. Vielleicht. Das schwebende Medium: Drähte und Rollen. Den Spiegel hätte man eventuell recht gut mit, nun ja, Spiegeln erzeugen können. Der Kopf des Ungeheuers war irgendeine Marionette, die vielleicht in dem Bündel versteckt gewesen war, das er den Jungen ins Haus hatte bringen sehen. Schlußfolgerung: Es gab möglicherweise logische Erklärungen für die Effekte, deren Zeuge er gewesen war, wenn auch von raffinierterer und ausgeklügelterer Art, als sie ihm je zuvor untergekommen waren ...

Moment mal. Er wandelte wie ein Vikar an einem Feiertag durch einen Garten unirdischer Freuden. Es blieb noch immer die Tatsache, daß sich in London blutleere blinde Menschen herumtrieben, die orientalische Dolche schwangen und versucht hatten, ihn wie eine Weihnachtsgans auszunehmen. Und er hatte noch andere Dinge gesehen: Eine dikke Frau, die in der Luft schwebte; schwarze Schatten, die sein Herz fast zum Stillstand gebracht hatten; ein rotäugiges Individuum in einem Phantomspiegel und die aufgeschlitzte arme Hure. Den tot zu Boden sinkenden Bruder. Lady Nicholsons Sohn, allein im finsteren Gehölz. Der Ausdruck auf ihrem Gesicht, als man die Klinge über ihren Hals ...

Doyle schüttelte sich, zog den Mantel enger um seine Schultern und sah sich im Raum um. Niemand schaute ihn an.

Ja, in Ordnung, gestand er sich ein, ich war schon halbwegs in sie verliebt. Vielleicht sind sie hinter mir her, dachte er, doch das, was sie der armen Frau und ihrer Familie angetan haben, läßt mein Blut kochen. Sie glauben, sie hätten mich vertrieben, in die Flucht geschlagen, aber Rache ist ein Gericht, das man in Irland seit zahllosen Generationen kalt serviert. Wer diese gottlosen Teufel auch sein mögen, sie werden noch erfahren, wie sehr sie den auf diesem Stuhl sitzenden Iren unterschätzt haben.

Sacker. Die Begegnung in der Kutsche, sämtliche damit

verbundenen Schrecken. Er hatte kaum die Zeit gehabt, eine sachdienliche Frage zu stellen. Doyle zückte Sackers Visitenkarte. Er mußte mit diesem Mann sprechen, solange er selbst noch geistig beieinander war. Wenn er die Eisenbahn nahm, war Cambridge kaum zwei Stunden entfernt. Der Kutscher Tim hatte ihm erzählt, Lady Nicholsons Bruder habe dort die Universität besucht. Vielleicht gab es da eine Verbindung? Endlich hatte er Gelegenheit, seinem Mangel an ärztlichem Erfolg dankbar zu sein, denn er hatte keine schwerkranken Patienten, für die seine plötzliche Abwesenheit eine Katastrophe darstellte. Er wollte auf der Stelle zur Liverpool Station aufbrechen.

Doyle steckte die Karte wieder ein, und sein Blick fiel auf den Umschlag des verschandelten Buches. *Isis Entschleiert*. Er war in einem solchen Zustand gewesen, daß er es nicht einmal bemerkt hatte. Er hob es hoch und schirmte es vom Rest des Raumes ab. Blavatsky: Eine passende Gefährtin für die Reise, auf die er sich begeben wollte. Ihr Foto war durch die gewellte Schicht noch immer zu erkennen ...

Gütiger Himmel. Nein, das konnte nicht sein. Er schaute es noch einmal an. Tatsächlich!

Die Frau, die er in der vergangenen Nacht zusammen mit der Petrovitch auf der Treppe seines Wohnhauses gesehen hatte, war Helena Petrovna Blavatsky!

Die Droschke fuhr vor. Doyle rannte ins Haus.

»Mrs. Petrovitch!«

Als er an seiner Wohnungstür vorbeilief, zeigte ihm ein kurzer Blick ins Innere, daß sich seit der vergangenen Nacht nichts verändert hatte. Er nahm jeweils drei Stufen auf einmal, und als er Mrs. Petrovitchs Etage erreicht hatte, klopfte er heftig an ihre Tür.

»Ich bin's, Mrs. Petrovitch – Doyle!«

Er warf sich ein-, zweimal mit der Schulter gegen die Tür, trat zurück, nahm Anlauf und drückte sie ein.

Die Petrovitch lag mitten im Zimmer – auf dem Boden. Regungslos. Dicker Rauch war überall, doch der Raum selbst war noch nicht in Flammen aufgegangen. Die schweren Vorhänge schmorten vor sich hin, die Spitzengardinen hatten sich bereits entzündet.

Doyle riß die Vorhänge herunter und drosch wie wild auf die Flammen ein, um an die gestürzte Frau heranzukommen. Als er sie berührte, erkannte er auf der Stelle, daß sie tot war. Er verdoppelte seine Anstrengungen an den Gardinen, und einen ängstlichen Augenblick später war das Feuer erstickt. Er drückte die Augen der Toten zu und setzte sich hin, um den Versuch zu machen, den Ablauf der Ereignisse zu rekonstruieren.

Der Dackel der Petrovitch kam unter dem Sofa hervor und rieb seine Schnauze am Ohr seines Frauchens.

Doyle musterte den Raum. Auf dem Tisch stand eine offene Weinkaraffe. Der Stöpsel lag daneben – und neben ihm eine geöffnete Blechdose mit Digitalistabletten und ein paar Tropfen Kerzenwachs. Auf dem Boden neben der Toten lag ein kleines Kristallkelchglas; aus ihm floß eine scharlachrote Flüssigkeit, die langsam im Teppich versickerte. Der Tisch, von dem die Kerze gefallen war, stand zwischen ihr und dem Fenster. Das Fenster war offen.

Sie hatte eine Kerze angezündet. Hatte Schmerzen in der Brust verspürt; sie hatte Herzprobleme gehabt, soviel wußte er. Sie hatte sich ein Glas Wein eingeschenkt und die Pillendose geöffnet. Der Schmerz war stärker geworden, alarmierend stärker. Sie hatte sich beengt gefühlt und das Fenster geöffnet, um Luft hereinzulassen, und dabei war ihr die Kerze aus der Hand gefallen. Als die Vorhänge Feuer gefangen hatten, war sie in Panik verfallen. Ihr Herz hatte aufgehört zu schlagen. Sie war gestürzt.

Zwei Einwände. Erstens befand sich auf dem Tisch ein frischer Wasserfleck. Das Weinglas war abgestellt worden – es hätte zusammen mit dem Kerzenhalter zum Fenster hin fallen müssen. Zweitens lagen mehrere Tabletten neben der Toten auf dem Boden. Der kleine Köter war gerade im Begriff, eine davon vom Läufer weg aufzufressen. Vielleicht hatte sie die Dose fallen gelassen und war gerade im Begriff gewesen, die Tabletten aufzulesen, als … Nein, in ihrer Hand befanden sich keine.

Er untersuchte die Dose. In ihr befanden sich Fusseln und die Kügelchen selbst. Also hatte sie die Tabletten verschüttet und aufgelesen ...

Doyle vernahm ein Winseln und ein Husten, und als er sich umdrehte, sah er gerade noch, daß der Hund der Petrovitch zuckend nach vorn fiel und still liegenblieb. Tot. Irgendwie ist er nun besser dran, dachte Doyle. Er war kein Hund, den jeder mochte. Schaumbläschen traten aus einem Winkel seines Mauls. Vergiftet.

Also hatte jemand die Petrovitch vergiftet. Vielleicht nicht einmal heimlich. Doyle hob die Tote ein Stück an. Auch unter ihr lagen Tabletten. Auf ihren Wangen sah er bläuliche Schrammen. Sie hatte sich gewehrt, die Dose weggeworfen, die Pillen verstreut. Der Mörder hatte sie gezwungen, das Gift zu nehmen, dann hatte er rasch versucht, die Tabletten wieder in die Dose zurückzulegen und war durchs offene Fenster geflüchtet. Ja, auf der Fensterbank war eine Schleifspur. Der Kerzenhalter war während des Kampfes umgefallen, vielleicht aber auch bewußt vom Mörder umgestoßen worden, um die Untat zu verschleiern. Die Leiche war noch nicht erkaltet. Der Mörder mußte den Raum innerhalb der letzten zehn Minuten verlassen haben.

Schon wieder lag eine Tote auf seiner überfüllten Schwelle. Arme Petrovitch. Es war unmöglich, sich vorzustellen, daß die Frau selbst dazu beigetragen hatte, Opfer eines Mordes zu werden.

Als Doyle die Dose schloß und in seine Reisetasche legte, achtete er sorgfältig darauf, die Pillen nicht zu berühren.

Erst als er an der Tür stand, fiel ihm etwas Weißes auf, das unter dem kleinen Wandspiegel hervorlugte.

Er nahm den Zettel an sich und las:

DOKTOR DOYLE,
wir dringend sprechen müssen. Ich weg nach Cambridge. Petrovitch Ihnen sagen, wo mich treffen. Niemand vertrauen. Nichts ist so, wie scheint.
HPB

Das Datum von heute. Die Blavatsky war in Cambridge. Der Mörder hatte die Petrovitch zum Schweigen gebracht, aber die Notiz übersehen. Doyle überließ die Tote dem Himmel; er hatte nun keinen Zweifel mehr über sein persönliches Ziel.

Doyle bemerkte niemanden, der ihm zum Bahnhof folgte. Auch als er den Fahrschein löste und den Zug betrat, fiel ihm niemand auf, der ihn beobachtete. Nachdem er sich auf einem Ecksitz niedergelassen hatte, der ihn in die Lage versetzte, die Tür ungehindert im Auge zu behalten, kam niemand in den Waggon, der auch nur beiläufig von ihm Notiz nahm.

Als der Zug schließlich losfuhr, fiel Doyles Blick auf einen Stapel herrenloser Sensationsblätter, in denen er erfolglos nach einer Erwähnung des Verschwindens von Lady Nicholson suchte. Die Rauchwolke der Lokomotive vermischte sich konturenlos mit der morgendlichen Ruß- und Rauchdecke über der Stadt. Während Doyle das an seinem Fenster vorbeiziehende alltägliche Leben beobachtete, wurde sein Neid auf die simple Ereignislosigkeit der normalen Existenz zu nervöser Erregung. So gefahrenbeladen er auch war, er befand sich auf einer Mission, und Missionen setzten Absichten voraus, den Magneten seines inneren Kompasses. Trotz seiner Erschöpfung waren seine Sinne in Hochform: die süße Schärfe des Sandwiches, das er für die Reise erstanden hatte, der angenehm warme Schaum des Flaschenbiers, das reife Aroma von maurischem Pfeifentabak in der Luft.

Eine beleibte Inderin nahm Doyle gegenüber Platz. Ihr gebräuntes Gesicht war hinter einem Schleier verborgen, der nur ihre mandelförmigen Augen und einen Klecks dekorativen Scharlachrots mitten auf der Stirn freiließ. Eine symbolische Darstellung des mythischen dritten Auges, erinnerte sich Doyle, der sich nur oberflächlich mit dem Hinduismus beschäftigt hatte. Das Fenster zur Seele, das Sichentfalten des tausendblättrigen Lotus. Er ertappte sich dabei, daß er sie anstarrte, doch dann brachte ihn das Rascheln, als sie die Päckchen, die sie trug, neu verteilte, wieder zu sich. Er zog den Hut und lächelte zuvorkommend. Die Reaktion der Frau war unergründlich. Eine hohe Kaste, dachte er, wie man an ihren Kleidern und ihrem Betragen ersieht. Er fragte sich müßig, warum sie nicht in der Ersten Klasse fuhr und von ihrer Familie oder Anstandsdame begleitet wurde.

Das rhythmische Klappern und Rollen der Gleise begünstigten seine nach dem Essen eintretende Schläfrigkeit, und als der Zug die Gegend von London hinter sich ließ, nickte er allmählich ein. Hin und wieder erwachte er aus seinem Schlummer, manchmal für längere Zeit, und erinnerte sich vage daran, seine fremdländische Reisegefährtin über ein kleines Buch gebeugt gesehen zu haben, wobei sie mit einem Finger den Zeilen nachfuhr. Schließlich übermannte ihn ein tiefer Schlaf. Seine Träume waren heiß und schnell, ein fantasmagorisches Amalgam aus Flucht, Verfolgung, finsteren Gesichtern und weißem Licht.

Als der Waggon urplötzlich ruckend anhielt, war Doyle hellwach und nahm einen Tumult wahr. Zusammen mit dem Rest der Waggoninsassen schaute die Inderin links von ihm aus dem Fenster.

Sie befanden sich in bäuerlichen Regionen. Neben den Gleisen verlief ein unbefestigter Weg, der weiträumiges, braches Land teilte, auf dem man Winterweizen gepflanzt hatte. Ein großer Heuwagen, von zwei riesigen Gäulen gezogen, war neben dem Weg in den Graben gestürzt. Eins der Pferde, ein riesiger Brauner, war noch angeschirrt, bockte wild und trat in die Luft. Der andere, ein grauer Schecke, lag zuckend und panisch wiehernd auf dem Rücken in einer Rinne, tödlich verletzt. Ein junger Bursche – der Fahrer des Wagens – wollte sich dem verwundeten Tier nähern, wurde jedoch von zwei erwachsenen Knechten zurückgehalten. Als Doyle einen Blick über den Weg warf, erblickte er das, was höchstwahrscheinlich die Ursache des Unfalls gewesen war.

War es eine Vogelscheuche? Nein, auch wenn sie auf den ersten Blick die typischen Umrisse des Feldbeschützers aufwies. Das hier war größer, viel größer und maß an die drei Meter. Und es bestand auch nicht aus Stroh: Das Ding wies deutliche Proportionen auf. Vielleicht Weidenflechtwerk. Eine Gestalt war an etwas befestigt, das ein Kreuz zu sein schien ... Waren das Nägel – Schienennägel –, mit denen ihre Arme an das Holz geschlagen worden waren? Ja, tatsächlich. Die Gestalt an dem Kruzifix ragte weit über die schwankenden Kornreihen direkt vor dem Weg und blickte auf die Gleise. Aber auf ihrem Kopf war keine Dornenkrone. Das waren eindeutig Hörner, konisch zulaufend, spitz und gewunden. In Doyles Erinnerung blitzte das eingravierte Ungeheuer auf, das er auf der Glasschale in der Cheshire Street 13 gesehen hatte. Dies hier war, wenn ihn die Erinnerung nicht trog, nahezu das gleiche Bild.

Als die Passagiere die Ungeheuerlichkeit der Szenerie erfaßt hatten, wurde zunehmend die Ansicht laut, man solle eine Fackel an diese blasphemische Zurschaustellung halten, doch bevor es zu einer organisierten Aktion kam, ertönte die Pfeife, und als der Zug Fahrt aufnahm, fiel der scheußliche Anblick rasch zurück. Als letztes sah Doyle, daß einer der Knechte mit einem Schießeisen auf das Pferd zuging, während der Junge verzweifelt protestierte.

Nachdem die Inderin Doyle einen langen Blick zugeworfen hatte – den sie niederschlug, als er ihn erwiderte –, wandte sie sich wieder ihrer Lektüre zu. Der Rest der zweistündigen Reise verlief ohne Zwischenfälle.

Da war das Plakat. Und dazu das Foto, falls es noch Zweifel gab: Es war direkt vor dem Bahnhof von Cambridge an eine Säule angeklebt.

HEUTE ABEND: VORTRAG. THEOSOPHISCHE GESELLSCHAFT. H. P. BLAVATSKY. Acht Uhr abends, im Gildensaal am Marktplatz. Nun, da Doyle genau wußte, wo sie um welche Zeit war, und da ihm noch vier Stunden verblieben, machte er sich auf zum King's College und zu Professor Armond Sackers Büro.

Das fahle Licht des Nachmittags fing gerade an zu verblassen. Doyle folgte dem Weg an der Marsch entlang, die direkt am River Cam lag, dann ging es die King's Parade hinunter zum Zentrum der Altstadt. Er schob den dicken Schal wegen des frischen Windes, der über die breite, offene Seitenstraße wehte, höher. Diesen Weg war Charles Darwin als Student gegangen. Ebenso wie Newton, Byron, Milton, Tennyson und Coleridge. Die altehrwürdigen Colleges erinnerten ihn an seine jugendliche Enttäuschung, da die bescheidenen Lebensumstände seiner Familie es erforderlich gemacht hatten, die finanziell weniger anspruchsvolle Universität von Edinburgh zu besuchen. Die Nachteile, die das Erwachsenwerden in einem Klassensystem hervorbrachten, erzeugten in seinem stolzen Herzen noch immer kleine Wellen des Unbehagens.

Gegenüber der bürgerlichen St. Mary's Church stand die großartige klassizistische Fassade des King's College. Doyle schritt durch ein Pfefferkuchen-Torhaus und stellte fest, daß der Hof völlig verlassen war. Und die Dunkelheit sank schnell hernieder.

Als er das einzige Gebäude betrat, in dem Licht schien, hörte er ein schlurfendes Geräusch und ein schnaufendes Pusten, das ihn an den Eingang einer scheinbar langen Bibliothek zog. Ein hutzeliger Angestellter schob auf einem gigantischen Wägelchen Bücher in einem scheinbar ziellosen Muster zwischen den Regalen umher. Sein Gesicht war tükkisch, rot und lief spitz zu, und das verschlagen wirkende schwarze Gewand und die schiefsitzende Perücke schienen seine vertrocknete Gestalt förmlich zu verschlingen.

»Verzeihung, könnten Sie mir vielleicht den Weg zu Professor Sacker weisen?«

Der Angestellte schnaubte erneut und beachtete ihn nicht.

»Professor Armond Sacker«, sagte Doyle, beträchtlich lauter werdend. »Altertum. Hauptsächlich Ägyptisch. Und etwas Griechisch ...«

»Herr im Himmel, Mann!« Der Angestellte nahm ihn aus den Augenwinkeln wahr und machte einen Satz zum Wagen zurück, wobei er sich ängstlich an die Brust faßte.

»Tut mir schrecklich leid. Ich wollte Sie nicht erschrecken ...«

»Da ist eine Glocke!« brüllte der Angestellte. »Sie müssen die Glocke ziehen!« Er machte einen Versuch, Haltung zu gewinnen, indem er sich gegen den Wagen lehnte, doch seine unkörperliche Masse reichte aus, um die Räder dazu zu bringen, leicht nach hinten zu rollen. Daraus folgte, daß Mann und Wagen sich langsam von Doyle durch den langen Bibliotheksgang entfernten.

»Tut mir leid«, sagte Doyle, »aber ich habe keine Glocke gesehen.«

»Was ist nur mit der Jugend von heute los? Früher hatten die Studenten noch Respekt vor der Autorität!«

Das rührt von der Angst vor körperlicher Züchtigung, war Doyle verlockt zu sagen. Der Angestellte schob den Wagen lahm vor sich her und zog sich weiter zurück. Er war noch immer nicht fähig, das Gleichgewicht zurückzuerlangen. Doyle blieb ihm auf den Fersen.

»Vielleicht sollte man die Glocke so aufhängen«, baute Doyle dem Mann eine goldene Brücke, »daß man sie leichter erkennen kann.«

»Welch intelligente Antwort«, fauchte der Angestellte boshaft. »Wenn die Schule wieder anfängt, werde ich dafür sorgen, daß man Sie ins Büro des Aufsichtführenden ruft.«

»Sie irren sich. Ich bin nämlich gar kein Student.«

»Sie geben also zu, daß Sie überhaupt keine Legitimation haben, sich hier aufzuhalten?!«

Der Angestellte hob einen langen, knochigen Finger und grinste triumphierend. Doyle sah an seinem Blinzeln, daß der unangenehme Wicht fast so blind wie taub war. Und wenn er sich nicht sehr irrte, war der giftige alte Bücherwurm selbst ein ehemaliger Aufsichtführender. Doyle hatte zu seiner Zeit mehr als genug unter den ausgelassen sadistischen Händen der Vertreter dieser Zunft gelitten.

»Ich suche das Büro von Professor Armond Sacker«, sagte er und zückte Sackers Visitenkarte. Sie hatten inzwischen zwanzig Meter durch den Saal zurückgelegt, und er verspürte nicht die geringste Lust, dem alten Miesepeter wieder richtig auf die Beine zu helfen. Er hielt sie dem Mann so hin, daß er sie nicht berühren konnte. »Und ich kann Ihnen versichern, Sir, daß meine Geschäfte mit ihm außergewöhnlich legitimiert sind.«

»Um was für eine Art von *Geschäften* geht es?«

»Um Geschäfte, die ich nicht mit Ihnen diskutieren möchte, Sir«, sagte Doyle. »Sie dulden keinen Aufschub. Ich gehe sogar soweit, zu behaupten, daß es meine Stimmung in der Tat vergrätzen könnte, wenn Sie mir nicht auf der Stelle helfen.« Er richtete seinen Spazierstock auf den Mann und lächelte entschlossen.

»Das Semester ist zu Ende«, sagte der Angestellte. »Er ist nicht hier.« Es war Angst oder Erschöpfung, die ihn geneigt machte, kooperativ zu werden.

»Das ist doch immerhin etwas. Also gibt es tatsächlich einen Professor Armond Sacker.«

»Sie wollen ihn doch besuchen!«

»Und nun, wo sich herausgestellt hat, daß der Professor unter uns weilt, könnten wir unsere Aufmerksamkeit vielleicht auf die Frage richten, wo er sich momentan aufhalten könnte ...«

»Ich weiß genau, daß ich es *nicht* weiß ...«

»Beachten Sie bitte die exakte Wahl meines Ausdrucks, Sir: *sein könnte* – nicht *ist*. Ich befleißige mich des Spekulativen, wie in Spekulation, Sir. Wo *könnte er sein*?«

Der Wagen kollidierte ruckartig mit der Wand am Ende des Ganges. Der Angestellte rutschte mit gespreizten Beinen zu Boden, den Rücken an den Wagen gelehnt, seine bedrückte Miene war so rosa wie ein sauber geschrubbtes Schwein. Er deutete nach oben und dann nach rechts, zu einer nahen Tür.

»Aha«, sagte Doyle. »Das Büro des Professors?«

Der Angestellte nickte.

»Sie waren mir eine vorzügliche Hilfe. Sollte ich zufällig mit Ihren Vorgesetzten sprechen, werde ich Ihren angebrachten und großzügigen Beistand nicht zu erwähnen vergessen.«

»Es war mir eine Ehre, Sir, wirklich.« Das süßliche Lächeln des Angestellten enthüllte ein jämmerlich angepaßtes Gebiß.

Doyle tippte an seinen Hut, öffnete Sackers Tür und zog sie hinter sich zu. Der Raum war hoch, viereckig und von Regalen aus dunklem Holz umgeben, zu denen auch eine an der Wand stehende Leiter gehörte. Auf dem in der Mitte befindlichen Schreibtisch stapelten sich aufs Geratewohl aufgeschlagene Bücher, Landkarten, Kompasse, Zirkel und andere kartographische Hilfsmittel.

Der schwelende Bodensatz eines Pfeifenkopfes entließ aus einem Aschenbecher schwachen Dunst in die Luft. Die sorgfältig gearbeitete Meerschaumpfeife war noch warm, als er sie berührte. Der Mensch, der in diesem Büro gewesen war, hatte höchstens vor fünf Minuten das Weite gesucht. War sein Abgang durch Doyles Stimme draußen im Saal provoziert worden? Dieser Sacker war zwar ein eigenartiger Bursche, aber warum sollte er ihm, nach allem, was sie miteinander durchgemacht hatten, aus dem Weg gehen? Und wenn doch, aus welchem einsehbaren Grund?

Doyle nahm den Tisch in Augenschein. Er sah zwei Standardlehrbücher über das alte Griechenland, einen Band Euripides, eine Monographie über die Sappho und eine zerlesene *Iliade*. Landkarten der türkischen Küste, mit Punkten, Strichen und Berechnungen. Doyle wagte die Vermutung, daß der Gegenstand der Suche die legendäre Stadt Troja gewesen war.

An einem Gestell an der gegenüberliegenden Tür hingen ein Überzieher und ein Hut. An der Wand lehnte ein Spazierstock. Ein bißchen klein für den schlaksigen Sacker, dachte Doyle. Er öffnete die andere Tür, die in ein kleines Vorzimmer führte – zweifellos ein solches, in dem Studenten ihren Tutorenkurs ausschwitzten –, dann nahm er eine weitere Tür, die in einen geräumigen Korridor führte.

Auf den Endpfosten zu beiden Seiten des großen, nach oben führenden Treppenhauses standen wie Wachtposten große, geflügelte Wasserspeier, die einander finster anschauten: der eine ein Greif mit langen Zähnen und Klauen; der andere ein schuppiger reptilischer Basilisk. Das letzte Licht des Tages, das durch die bleiverglasten Fenster fiel, malte einen gespenstischen Schein auf die marmornen Wände und Böden. Die absolute Dunkelheit war nur noch Minuten entfernt, und da man während der Ferien jeden Penny sparte, war keine der Gaslaternen angezündet. Doyle lauschte, doch er vernahm keinen Schritt.

»Professor Sacker! – Professor Sacker!«

Keine Antwort. Doyle fröstelte. Er drehte sich um. Die Wasserspeier glotzten ihn von ihren Pfosten herab an. Doyle machte sich auf, um Indizien für die Möglichkeit zu suchen, daß Sacker lediglich einem Ruf der Natur gefolgt war. Hatten die Statuen *ihn* angeschaut, als er gekommen war? In ihm war die Erinnerung, daß sie *sich* angesehen hatten.

Er stellte fest, daß sämtliche Türen in diesem Korridor verschlossen waren. Doyle, der sich wiederholt umdrehte, als der Gang sich dahinwand, merkte plötzlich, daß er die Hand kaum noch vor den Augen sehen konnte und über seinen genauen Aufenthaltsort immer unsicherer wurde. Die Luft fühlte sich so kalt und schwer an, wie die Schwärze undurchdringlich war. Er wischte sich den Schweiß von den Händen. Die Furcht vor der Dunkelheit gehörte zwar nicht zu den Dingen, denen er für gewöhnlich zum Opfer fiel, doch nach den vergangenen zwei Tagen konnte ihn eine etwaige Überheblichkeit in diesem Punkt das Leben kosten. Als er den Versuch machte, den Rückweg zu finden – in Sackers Büro hatte Licht gebrannt, und in der Erinnerung erschien ihm dieser Raum nun wie ein Ort der Wärme und Sicherheit –, behielt er eine Hand auf dem kühlen Marmor und maß jeden Schritt vorsichtig ab.

Eine Kreuzung. *Bin ich hier nach links oder rechts gegangen?* Seine Entscheidung stimmte ihn nicht zuversichtlich. Also nach rechts.

Furcht vor der Finsternis, erinnerte er sich, ist ein primitives, instinktives Überbleibsel. Unsere Ahnen haben den größten Teil ihres Lebens damit verbracht, blindlings im Dunkeln umherzutappen – und da zu ihrer Zeit hinter jeder Ecke ein großes, gefräßiges Raubtier lauern konnte, handelte es sich insgesamt gesehen wohl um eine äußerst sensible Reaktion. Was aber nicht bedeutet, daß die gleichen Gefahren auch in der modernen, zivilisierten ... Was war das?

Doyle hielt an. Ein Geräusch. Es war entfernt. Was war es? Ruhig bleiben. Vielleicht war es hilfreich; ein neutrales oder freundlich gesinntes Lebewesen. Vielleicht war es gar Sacker selbst. *Vielleicht hören wir's gleich wieder. Vielleicht wäre es eine gute Idee, wenn wir uns nicht von der Stelle rühren würden, bevor wir es hören. Seien wir übervorsichtig, nicht nur deswegen, weil wir in der absoluten Finsternis in einen unergründlichen Irrgarten eingetaucht sind und hier gnadenlose, unheimliche Schrecken exi-*

stieren, die uns, Gott weiß, von welcher Seite der ätherischen Membran, jagen ...

Moment ... da war es wieder.

Versuche, es zu bestimmen. Das waren doch keine Schritte, oder? Nein. Kein Fersenaufschlag, kein schlurfendes Rutschen oder ein Tritt auf den Marmor irgendwelcher Art.

Geh weiter, Doyle, du weißt doch ganz genau, was du gehört hast.
Schwingen. Das regelmäßige Klatschen von Schwingen. Ledrig, knorpelig.

Nun ja, vielleicht ist ein Sperling oder eine Taube durch ein Fenster gekommen und hat sich in den Gängen verflogen ... Wir wollen doch mal realistisch bleiben, oder? Es ist Ende Dezember! Selbst wenn noch Vögel in der Gegend wären: Das, was er vernommen hatte, war eindeutig keine kleine oder mittelgroße Flügelspannweite. Und selbst wenn irgendwo auf dieser Welt ein Vogel existierte, der ein solches Geräusch erzeugen und soviel Luft verschieben könnte ...

Es kommt in meine Richtung. Die beiden ersten Schläge waren aus einer stationären Position erfolgt, befreiende Lockerungsübungen, ein Aufwärmen, als wenn ... Doyle – nimm dich zusammen, Mensch! Wenn du deinem Hirn den Gedanken erlaubst, daß sich steinerne Wasserspeier in die Luft erheben könnten, wirst du dich in Kürze festgeschnallt auf einer Pritsche in Bedlam wiederfinden.

Andererseits nähert sich da irgend etwas immens Großes durch die Luft, also wollen wir vom Standpunkt der reinen Vorsicht aus weitergehen. Nicht rennen, Doyle, schiebe den Spazierstock vor dir her. Ja, so ... Leise, bitte ... Such dir eine Tür. Da ist ja schon eine. Wie lieb ... Egal welche. Die da. Abgeschlossen. Verdammt. Weiter zur nächsten.

Wo wir gerade ornithologische Fakten erwägen – sehen Vögel eigentlich gut in der Dunkelheit? Kommt auf den Vogel an, oder? Wie ist ihr Geruchssinn? Haben sie überhaupt einen? Sie müssen einen haben: Ihr ganzes Leben besteht aus ununterbrochener Nahrungssuche. Wie entsetzlich beruhigend. Was haben wir über die Freßgewohnheiten von Wasserspeiern ausgesponnen?

Es ist zwar unmöglich, aber der Flügelschlag scheint sich gleichzeitig zu nähern und zurückzuziehen. Ob es zwei sind? Einer an jeder Treppenseite, das macht dann zusammen ... Jetzt reicht's!

Eine Tür, Doyle! Also beeil dich, weil einer von ihnen soeben um die Ecke gebogen ist, die wir gerade hinter uns gelassen haben und rasch näherkommt ...

Da! Pack den Griff, dreh ihn, drück, tritt ein und mach dir Tür hinter dir zu. Kannst du sie verschließen? Sie hat keinen Riegel. Sind dir zufällig irgendwelche ornithologischen Fakten bekannt, die die Wahrscheinlichkeit unterstützen, nach der ein Vogel einen Türknauf zu drehen vermag? Jetzt aber ernsthaft, Doyle. Hat diese Tür ein Fenster? Solides Eichenholz. Gelobet seist du, dicke alte Tür; Gott segne den englischen Zimmermann ...

Du hast es doch gehört, oder? Das sich niederlassende Gewicht, das leise Kratzen auf dem Marmorboden. Woran denken wir bei Schwingen? An Krallen. Und wenn Krallen an dieser guten, alten, stabilen Eichentür kratzen, müßte sich das Geräusch, das sie hervorrufen, ungefähr so anhören wie das, das wir gerade vernehmen ...

Es wird Zeit, herauszufinden, in welcher Art Zimmer wir eigentlich sind, und noch wichtiger, welchen zweiten Ausgang es uns anbietet. Greif in die Tasche, such ein Streichholz, geh von der Tür weg, zünde es ... Gütiger Gott!

Doyle ließ das Streichholz fallen und duckte sich, um einem Schlag auszuweichen, der nie kam. Dies überraschte ihn, denn in dem Bruchteil der Sekunde, in dem das Streichholz gebrannt hatte, hatte er das Gesicht eines Ghuls gesehen, der ihn aus einem eindrucksvollen Winkel ansprang: Eine auf abscheuliche Weise ihrer Haut entkleidete Fratze, deren gelbe Zähne in einem aggressiven Grinsen gefletscht waren. Er wartete. Bestimmt würde er gleich den übelriechenden Atem der Bestie auf seinem Gesicht spüren. Mit zitternden Händen entzündete er ein neues Streichholz.

Eine Mumie. Aufrecht stehend, in einem Sarkophag. Daneben, auf einer Auslage, der spiralförmige Stab des Ra. Doyle bewegte das Streichholz, um mehr von der Umgebung zu erkennen, und er begriff, daß er in einen Raum gestolpert war, der mit Ägyptologie zu tun haben mußte. Amphoren, Edelsteine, mumifizierte Katzen, goldverzierte Dolche, Schiefertafeln mit Hieroglyphen. Ägypten und sein Schutt waren dieser Tage hochaktuell. Keine Weltreise konnte sich vollständig nennen ohne einen Besuch bei den Pyramiden von ...

Wumm! knallte es gegen die Tür. *Wumm!* Die Scharniere ächzten vor Schmerz. Dank seines in Panik erfolgten Ausrufes wußte nun das, was dort draußen war, daß er sich hier drinnen aufhielt ...

Das Streichholz versengte seine Finger. Doyle ließ es fallen, riß ein neues an und schaute sich nach einem – Gott, bitte! – Fenster um. Da war eins. Er näherte sich ihm so schnell, wie das brennende Streichholz es zuließ, warf einen Blick auf das Schnappschloß, packte es, drehte es – die Schläge gegen die Tür waren beharrlich, da mußte sich ein massiver Körper gegen die Füllung werfen –, und das Fenster flog auf. Doyle starrte in eine ungewisse Tiefe. Er hatte keine Zeit zum Zögern; warf seine Reisetasche und den Spazierstock hinaus und folgte ihnen. Er fing die Wucht des Aufpralls mit den Knien ab, duckte sich, rollte sich ab, nahm hastig seine Sachen auf und floh vor der altertümlichen Gruft.

Unter dem gewölbten Außenbogen der St. Mary's Church hielt er an und rang nach Luft. In der Finsternis wartete er zehn bange Minuten lang auf die schrecklichen Flügelschläge, die aus dem Dunkel hervorbrachen – auf irgendeinen grauenvollen Schatten der Rache, der die Sterne verdunkelte und sich vom Himmel herab auf ihn stürzte. Als sein Atem sich beruhigt und der sein Hemd durchtränkende Schweiß sich abgekühlt hatten, wurde ihm kalt, und er fröstelte. Im Kirchenschiff brannten einladende Lichter. Er trat ein.

Wem war er entkommen? Im warmen, vernünftigen Licht der Kirche stellte er sich unweigerlich diese Frage. Hatte die Fantasie eine völlig normale Situation so fehlinterpretiert, daß er von namenlosem Grauen erfüllt wurde? War er vielleicht einem übereifrigen Nachtwächter begegnet, dessen Cordhosen – wenn sie sich beim Gehen aneinander rieben – eine Art Zischen erzeugten? Er wußte, daß die Anspannungen einer Schlacht im Bewußtsein von Soldaten alle möglichen halluzinatorischen Phänomene erzeugen konnten. Arbeitete er im Moment nicht unter einem noch heimtückischeren Druck, da seine Widersacher ihm unbekannt waren und, wie Sacker angedeutet hatte, mit jedem Fußgänger auf der Straße identisch sein konnten? Vielleicht war ihnen dies die liebste Methode des Angriffs, und sie trieben ihre Opfer mit einer konstanten, unkörperlichen Bedrohung, die man eher spürte als sah, allmählich in den Wahnsinn. Wenn man einem Menschen ein Ziel zeigte, auf das er zugehen konnte, bekam er festen Grund unter die Füße. Doch wenn man ihn mit unerklärlichen nächtlichen Geräuschen, Irrlichtern und makabren Vogelscheuchen, die neben Bahngleisen hockten, angriff und den Schrecken seiner persönlichen Alpträume zum Leben erweckte, konnte einen die suggestive Unklarheit dieser Dinge durchaus in den Irrsinn treiben.

Als Doyle vor einem der Querschiffe stand, verspürte er den Impuls, eine Kerze anzuzünden, um an irgendeine höhere Macht zu appellieren, ihn zu leiten oder ihm zu helfen. GOTT IST DAS LICHT, lautete die Inschrift, UND IN IHM IST KEINERLEI DUNKELHEIT.

Er nahm einen der brennenden, dünnen Anzünder zu Hand und hatte sich fast auf frischer Tat ertappt. *Merkwürdig: Ich stehe tatsächlich im Angelpunkt der ewigen menschlichen Spitzfindigkeit zwischen Glaube und Furcht. Sind wir Geschöpfe des Lichts; Götter, die darauf warten, geboren zu werden; oder nur Schachfiguren in einem Kampf höherer Mächte, die um die Herrschaft über eine Welt ringen, die unter ihren getrennten, nie geschauten Reichen liegt?* Unfähig, sich der einen oder anderen Seite dieses Arguments zu verpflichten, löschte Doyle den Anzünder, ohne eine Kerze angesteckt zu haben.

Da die Frage, ob er zurückkehren sollte, um nachzusehen, ob Sacker wieder in seinem Büro war, nur sehr begrenzten Reiz auf ihn ausübte, schien ihm die Aussicht auf etwas zu essen und zu trinken die hinreichend bessere Alternative zu sein. Ein satter Körper beruhigte den Verstand. Anschließend stand sein Besuch bei einem Individuum an, das wie kein anderes qualifiziert war, ihn aus diesem metaphysischen Sumpf herauszubringen: HPB.

7
HPB

EINEN VOLLEN MAGEN und zwei Stunden später saß Doyle mitten in einer bescheidenen Transzendentalen-Versammlung in der örtlichen Grange Hall und lauschte H. P. Blavatsky, die ihren Vortrag von der Bühne hielt. Sie benutzte weder ein Manuskript noch einen Stichwortzettel. Sie sprach frei, und wenn der Kerninhalt und die Kontinuität des Vortrags sich im nachhinein auch als schwer faßbar erwies, war seine Wirkung unbestreitbar hypnotisch.

»... hat es nie einen religiösen Führer, gleich welchen Formats oder Wichtigkeit gegeben, der eine neue Religion *erfunden* hat. Neue Formen, neue Interpretationen, ja, derlei hat man uns geschenkt, aber die Wahrheiten, auf denen diese Offenbarungen basieren, sind älter als die Menschheit. Diese Propheten haben selbst eingestanden, daß sie nie Urheber waren. Das Wort, das ihnen am liebsten war, ist *Übermittler*. Keiner von ihnen – von Konfuzius über Jesus bis hin zu Mohammed – hat je gesagt: ›Ich habe diese Dinge geschaffen.‹ Sie haben ausnahmslos gesagt: ›Ich empfange diese Dinge und gebe sie weiter.‹ Und so ist es bis heute geblieben.«

Je größer ihre Erregung wurde, desto stärker flackerten ihre Saphiraugen. Die runde, winzige Gestalt der Blavatsky nahm amöbenartige Ausmaße an, als ihr stark betontes Englisch, das eben noch gebrochen und zaghaft aus ihrem Munde kam, nun in einem grammatikalisch einwandfreien Wortschwall aus ihr heraussprudelte.

»In der Welt von heute existiert eine geistliche Weisheit, gegen die unsere fragmentarische Wahrnehmung der Geschichte zwergenhaft wirkt. Ich spreche von Büchern vorzeitlicher Herkunft, die ein gigantisches Vermächtnis darstellen, den Augen des Westens jedoch verborgen sind. Allein die Buddhisten Nordtibets besitzen dreihundertfünfundzwanzig Bände – fünfzig- bis sechzigmal mehr Informationen, als die sogenannte Bibel enthält –, und sie berichten über zweihunderttausend Jahre Menschheitsgeschichte. Lassen Sie es mich wiederholen: zweihunderttausend Jahre aufgezeichnete Menschheitsgeschichte. – ›Aber das ist doch vorchristlich! Welch eine Behauptung! Sie muß irrsinnig sein! Man muß sie zum Schweigen bringen!‹ höre ich den ehrwürdigen Erzbischof von Canterbury bis hierher ausrufen.«

Sie legte eine Hand hinters Ohr, und der komische Effekt entging ihrem Publikum nicht. Doyle bemerkte, daß die Inderin, die mit ihm hierher gefahren war, in der Reihe vor ihm saß; sie lächelte HPB zu und nickte anerkennend.

»Was war die verheerendste Tat, die die Christen gegen ihre Vorläufer begangen haben? Wie hat ihre fanatische und systematische Ausrottung des uralten Wissens begonnen? Die Antwort? Der gregorianische Kalender. Ganz einfach: Jahr eins. Die Zeit *beginnt* mit der Geburt des Propheten aus Nazareth. Oh, es gab da zwar ein paar wenige, unbedeutende Ereignisse vor ihm, aber die Jahre laufen rückwärts, entfernen sich von diesem überragenden Augenblick – hinein in die Leere des Unwichtigen. Wir Männer der *wahren* Kirche bestimmen, wo die Zeitrechnung beginnt. Und so beweisen wir mit einem deutlichen Streich, daß die Feder *wirklich* mächtiger ist als das Schwert.

Verstehen Sie, wie schädlich, wie trivialisierend dieser Beschluß für die gesamte Geschichte ist, die davor stattgefunden hat? Wie diese eine, nicht aus der traditionellen Pietät der Christenheit, sondern aus *Angst* vor unwillkommenen Wahrheiten – beziehungsweise jenen Wahrheiten, die im Widerspruch zu den Interessen der momentanen Machthaber stehen – geborene Tat den Fortschritt der Menschheit vom stärksten spirituellen Kapital abschneidet, den sie je hatte oder je haben wird?«

Für ein christliches Land waren dies deutliche Worte. Doyle mußte den Schwung und den deutlich zutage tretenden gesunden Menschenverstand der Frau bewundern. Sie war keine verdrehte Mystikerin, deren Kopf in den Wolken schwebte.

»Eines muß man den ersten Christen zugestehen: Sie waren hartnäckig. Haben ihre Arbeit gut gemacht. Sie haben die Welt nach den uralten Doktrinen durchstöbert. Und sie haben sie in der westlichen Welt fast gänzlich ausradiert. Sie haben die Bibliothek von Alexandria, das letzte große Archiv, dessen Bestand die vor und nachchristliche Welt in zwei Lager gespalten hat, angezündet. Glauben Sie etwa, daß dieser Akt von geplantem spirituellen Vandalismus Zufall war?

Daher müssen uns Theosophen unsere Reisen und Unternehmungen stets gen Osten führen. Dort befindet sich das Wissen. Und von dort ist es auch stets gekommen. Zum Glück hatten die östlichen Adepten den gesunden historischen Verstand, ihre Quellen vor den Marodeuren des Westens zu verbergen – vor den heiligen Kreuzzüglern, die lediglich auf ihre eigene engstirnige Bestimmung aus und blind für die wahren Interessen des Menschen waren: die humane spirituelle Evolution. Deswegen werden Sie sich fragen: Warum ist das Wissen um diese Geheimwissenschaften den Massen des Westens verborgen geblieben? Wäre es nicht im Interesse all dieser Erleuchteten, ihre Geheimnisse mit den neuen Kulturen zu teilen? Ich möchte Ihnen eine andere Frage stellen: Würden Sie einem Kind in einem Raum voller Schießpulver eine Kerze schenken? Diese Wahrheiten wurden seit Anbeginn der Zeit von der spirituellen Führung von einer Generation zur nächsten weitergegeben. Sie bleiben geheim, weil zu ihnen der Schlüssel zum Verständnis dessen gehört, was die grundlegenden Geheimnisse des Lebens ausmacht. Weil sie Macht darstellen! Und wehe uns, sollten sie jemals in die falschen Hände geraten!«

Ihr Blick richtete sich zum ersten Mal auf Doyle, dann sprach sie weiter.

»So ist es unser Los. Selbst wenn wir endlos arbeiten, um diese Wahrheiten in ihrer verkürzten, akzeptablen Form der Öffentlichkeit mitzuteilen, sollten wir uns nicht zu der Annahme verleiten lassen, daß man unsere Bemühungen noch während unseren Lebzeiten willkommen heißt. Ganz im Gegenteil: Wir müssen damit rechnen, daß man uns ablehnt, angreift und der Lächerlichkeit aussetzt. Man wird es keinem Gelehrten oder Wissenschaftler erlauben, unsere Bemühungen auch nur mit dem geringsten Grad an Ernsthaftigkeit zu betrachten. Unsere Arbeit besteht einfach nur darin, das Tor zu öffnen, und sei es auch nur so weit.« Sie hob zwei leicht gespreizte Finger. »Es wird einer jeden uns nachfolgenden und gleichgesinnten Generation von Forschern obliegen, das Tor ein Stückchen weiter zu öffnen.«

Nun wirkte sie so, als wende sie sich direkt an Doyle. Er spürte die Kraft ihres Blicks, als sie ihn freundlich in Augenschein nahm.

»Wie kann man dies erreichen? werden Sie sich fragen. Stellen Sie sich vor, Sie sind Tourist und reisen durch ein Ihnen wohlbekanntes Land; ein Land, in dem Sie das ganze Leben verbracht haben. Sie sind äußerst vertraut mit seinen Straßen, Flüssen, Städten, Menschen und Gebräuchen. Es stellt die Summe all dessen dar, was Sie kennen. Deswegen gehen Sie natürlich davon aus, daß dies auch die Summe all dessen ist, was es ausmacht. Dann stellen Sie sich vor, daß Sie, während Sie auf Reisen sind, ziemlich unerwartet die Grenze eines anderen Landes erreichen. Eines Landes, das in Ihrer beeindruckenden Landkartensammlung nirgendwo verzeichnet ist. Es ist auf allen Seiten von unüberwindlichen Gebirgsketten umgeben, so daß Sie nicht fähig sind, von Ihrer Position aus einen Blick auf dieses Land zu werfen. Aber Sie haben fest vor, ihm einen Besuch abzustatten. Sie sind begeistert. Sie haben Mut. Sie haben auch – in Ermangelung eines treffenderen Begriffs – einen gewissen Glauben. Was also müssen Sie tun?«

Den Berg ersteigen, dachte Doyle. Die Blavatsky nickte.

»Und vergessen Sie nicht«, sagte sie, »wenn der Pfad unpassierbar erscheint, wenn Ihre Aussichten zunichte sind, wenn Ihnen gar der Tod droht: Sie werden keine andere Wahl haben, als den Berg niederzureißen. Auf diese Weise – und nur auf diese Weise – werden Sie das Neuland betreten.«

Mit dieser verblüffenden Empfehlung beendete HPB ihren Vortrag. Der Applaus fiel kurz und freundlich aus. Die Blavatsky deutete eine Verbeugung an. Auf ihren Lippen lag ein nicht unironisches Lächeln, das Doyle zu sagen schien: Sie applaudieren mir nicht, weil dies eigentlich nicht *meine* Worte sind. Ich bin nur ein Spiegel für die lächerliche Selbstherrlichkeit unserer zutiefst bigotten Gesellschaft und gratuliere Ihnen, da Sie es durchschaut haben.

Der größte Teil der Zuhörer strömte hinaus, zufrieden mit dem Abend. Manche waren selbstgefällig abweisend, andere beglückwünschten sich zu ihrer neuen geistigen Offenheit. Einige waren zu höheren Gedanken stimuliert, die im Erforschen der Seele enden würden, um für den größten Teil des Abends anzudauern, oder in ein, zwei Fällen gar bis zum nächsten Tag, bevor die alltägliche Routine das rastlose Sichrühren wieder abstumpfte.

Doyle, der mit der Frau reden mußte, hielt sich am Rand des Akoluthenkreises auf, der sich nun um die Blavatsky drängte und nach weiteren jener direkten Wahrheiten hungerte, in denen sie reiste. Ein Helfer in den frühen Zwanzigern – Doyle hielt ihn aufgrund seines andächtigen Verhaltens für einen solchen – baute in der Nähe einen Tisch mit den Werken der Blavatsky auf und bot zu erstaunlich niedrigen Preisen die Bände an, mit denen er bereits vertraut war.

Die Fragen, denen sie sich stellen mußte, waren ernst, aber auch berechenbar. Sie beantwortete sie mit Geist und in einer Kürze, die schon an Unhöflichkeit grenzte. Sie gehörte eindeutig nicht zu jenen Charismatikern, die Doyle hin und wieder über den Weg gelaufen waren und deren ausdrückliches Ziel darin bestand, unter ihren Anhängern eine gefühlsmäßige und schließlich finanzielle Abhängigkeit aufzubauen. Sie war mehr oder weniger unzufrieden mit ihrem Ruf als gesellschaftlich kuriose Figur und an den glamourösen, selbsterhöhenden Aspekten des Lehrer-Schüler-Verhältnisses deutlich desinteressiert. Dies, dachte Doyle, ist ihre Gabe. Sie rührt den Topf um. Was der einzelne mit den Informationen anfängt, ist nicht ihre Sache. Sie ist sensibel, pragmatisch und äußert kaum Appelle.

»Was sagen Sie zur Vielfalt der Religionen?«

»Nichts. Es gibt keine Religion, die über der Wahrheit steht.«

»Wieso glauben Sie, daß die Führer anderer Religionen sich vor dem fürchten, was Sie zu sagen haben?«

»Weil sie selbstgerecht und materialistisch sind.«

»Behaupten Sie, Jesus war nicht Gottes Sohn?«

»Nein. Wir sind alle Kinder Gottes.«

»Aber behaupten Sie, er sei nicht göttlich gewesen?«

»Ganz im Gegenteil. Nächste Frage.«

»Was ist mit den Freimaurern?«

»Jedesmal, wenn man mich nach den Freimaurern fragt, muß ich gute Nacht sagen. Lesen Sie meine Bücher und bemühen Sie sich, wachzubleiben. Vielen Dank.«

Damit zog sie sich durch eine Tür neben der Bühne zurück, und der Rest der Menge zerstreute sich. Eine untersetzte, elegant gekleidete Frau mit Monokel und Spazierstock tauchte neben Doyle auf.

»Mr. Doyle?«

Ja?«

»Mein Name ist Dion Fortune. HPB möchte gern mit Ihnen sprechen. Würden Sie bitte mitkommen?«

Doyle nickte und folgte ihr. Der Name der Frau war ihm vertraut. Sie war Gründungsmitglied der Londoner Filiale der Theosophischen Gesellschaft und eine bekannte Autorin in der esoterischen Welt. Als die Fortune ihn durch die Tür geleitete, bemerkte Doyle, daß die Inderin sich am Büchertisch aufhielt.

Ihr Händedruck war fest und kühl. Sie blickte ihm besorgt und verständnisvoll in die Augen.

»Ich bin sehr geehrt, Sie kennenzulernen, Mr. Doyle.«

Nachdem Dion Fortune sie einander vorgestellt hatte, nahm sie neben der Tür Platz. Sie befanden sich neben einem knisternden Kamin in einem engen Garderobenraum. Auf einem Tisch stand ein geräumiger, abgeschabter Tornister – HPBs einziges Gepäckstück. Ihre Habe und ihre Veranstaltungen waren zweckmäßig und ermangelten ebenso der Protzerei wie ihre Kleidung.

Doyle erwiderte die Begrüßung. Er wußte, er würde sich nachlässig fühlen, wenn er ihr nicht sofort sagte, was in London geschehen war.

»Mrs. Petrovitch ist tot«, sagte er.

Ihre Gesichtszüge erstarrten. Sie bat ihn auf der Stelle um genaue und ausführliche Einzelheiten. Doyle erzählte ihr alles; er äußerte sogar seine Schlußfolgerungen und zog schließlich die Dose mit den Giftpillen aus seiner Reisetasche. Die Blavatsky untersuchte sie, roch daran und nickte.

»Möchten Sie etwas mit mir trinken?« fragte sie. »Ich empfehle Ihnen etwas Starkes.«

Sie zog eine Flasche aus dem Tornister. Die Fortune kam mit Gläsern.

»Wodka«, sagte sie und bot ihm das erste Glas an.

»Ich dachte, die spirituelle Lehre ist gegen den Konsum harter Getränke«, sagte Doyle ohne Ernst.

»Die meisten spirituellen Lehren sind Quatsch. Wir müssen uns noch immer als die Persönlichkeiten durch die Welt bewegen, in die wir hineingeboren sind. Ich bin eine russische Bäuerin, und Wodka übt auf mich eine angenehme Wirkung aus. *Na sdrowje.*«

Sie kippte das Getränk hinunter und schenkte nach. Doyle nippte nur. Die Fortune verzichtete. Die Blavatsky ließ sich auf einen Stuhl sinken, schwang ein Bein über eine Lehne und zündete sich eine Zigarre an.

»Sie möchten mir doch noch mehr erzählen, oder?«

Doyle nickte. Er war dankbar für den Wodka, denn er schien eine glattere Rezitation seiner Geschichte zu fördern. Sie unterbrach ihn nur einmal – um eine genauere Beschreibung der Wunden und der Anordnung der Organe neben der toten Prostituierten zu erbitten.

»Wären Sie wohl so freundlich, sie mir, so gut Ihre Erinnerung es zuläßt, zu skizzieren?«

Die Fortune reichte Doyle Feder und Papier, und er tat, worum man ihn gebeten hatte. Dann reichte er der Blavatsky das Ergebnis. Sie studierte die Zeichnung, grunzte einmal, faltete das Papier zusammen und warf es in ihren Tornister.

»Fahren Sie bitte fort«, sagte sie.

Doyle unterrichtete sie über seinen Ausflug nach Cambridge, seine Beinahe-Begegnung mit Gott weiß wem in der Geschichtlichen Fakultät und zeigte ihr das veränderte Buch aus seiner Wohnung.

»Was könnte dies hervorgerufen haben?« fragte er.

»Eine ektoplasmische Detonation. Eine von der anderen Seite durchgebrochene Entität. Deswegen hat Mrs. Petrovitch mich gerufen. Ich sollte es mir ansehen. Sehr schlimm. Damals bin ich natürlich davon ausgegangen, man sei hinter Mrs. Petrovitch her. Vielleicht war man es auch, wenn auch nur in zweiter Linie. Sie können sich freuen, daß Sie nicht zu Hause waren. Fahren Sie fort, Doktor.«

In Doyles Kopf drehte sich alles. »Madame Blavatsky, was können Sie mir über die Dunkle Bruderschaft erzählen?«

Seine Frage führte zu einem schnellen Blickaustausch zwischen HPB und der Fortune, den er nicht im geringsten interpretieren konnte.

»Bösartige Lebewesen. Materialisten. Feinde des heiligen Geistes. Sie sollten mein Werk zu diesem Thema lesen ...«

»Ich *habe* Ihr Werk zu diesem Thema gelesen, Madame.« Vielleicht sogar zu konzentriert, dachte Doyle. »Ich muß wissen, ob sie an die Existenz dieser Wesen glauben.«

Sie klopfte auf den Tisch. »Ist dieser Tisch real? Ist Glas real?«

»Es scheint so, ja.«

»Dann haben Sie die Antwort.«

»Aber sind diese Wesen Menschen? Ich meine, haben sie menschliche Gestalt, oder treiben sie bloß willkürlich im Äther umher?«

»Es sind Geister, die sich eine menschliche Gestalt ersehnen. Sie *hungern,* sie schweben um uns herum und suchen einen Eingang.«

»Wozu sie, wie Sie schreiben, die Mitwirkung der Lebenden benötigen.«

»Mitwirkung und Opferbereitschaft, ja«, sagte sie, irgendwie desinteressiert. »Sie müssen durch Ausübung von Ritualen und dergleichen auf diese Ebene eingeladen werden. – Beschreiben Sie mir, falls es Ihnen nichts ausmacht, Professor Armond Sacker.«

»Hochgewachsen, schlank. Mitte dreißig. Vorstehende Nase, hohe, intelligent wirkende Stirn, helle Augen. Lange Finger. Athletisch.«

Dies führte zu einem weiteren Blickaustausch zwischen seinen Gastgeberinnen.

»Stimmt irgend etwas nicht?« fragte Doyle.

»Zufälligerweise«, erwiderte die Blavatsky, »werde ich heute abend mit Professor Sacker zu Abend essen.«

»Dann kennen Sie ihn also«, erwiderte Doyle aufgeregt.

»Seit vielen Jahren.«

»Sie kennen ihn gut.«

»Ich kenne ihn wirklich sehr gut. Ich nehme an, daß die Schritte, die Sie gerade vor der Tür hören, die seinen sind.«

Tatsächlich wurden vor der Tür Schritte laut – und zwar die von zwei Menschen. Es klopfte. Die Fortune öffnete die Tür, und der junge Assistent wurde sichtbar.

»Professor Sacker möchte Sie besuchen, Madame«, sagte er.

»Führen Sie ihn herein«, erwiderte die Blavatsky.

Doyle stand auf. Der Assistent machte den Eingang frei, und Professor Sacker trat ein. HPB begrüßte ihn herzlich mit einem Kuß auf beide Wangen.

»Wie schön, Sie wiederzusehen«, sagte sie.

»Ganz meinerseits, meine Liebe, ganz meinerseits«, erwiderte Sacker mit lauter Stimme.

Die Fortune hieß Sacker ebenso vertraut willkommen, dann stellte sie ihn Doyle vor. Doyle schüttelte die gebrechliche Hand des gebeugten, kleinen, weißhaarigen Mannes, der vor ihm stand. Er war weit über achtzig Jahre alt.

»Verzeihung«, fragte Sacker, »wie war noch mal Ihr Name?«

»Doyle.«

»Boyle?«

»Doyle, Sir. Arthur Doyle.«

»Schön. Werden Sie uns zum Essen begleiten, Oyle?«

»Ehrlich gesagt, ich ... Ich weiß es nicht, Sir!«

»Professor, bitte gehen Sie mit Mrs. Fortune doch schon ins Restaurant voraus«, machte sich die Blavatsky dem alten

Mann verständlich, ohne die Stimme zu erheben. »Ich werde Sie nicht lange warten lassen.« Sie gab der Fortune ein Zeichen, und diese führte Sacker geschwind aus dem Raum.

Die Blavatsky wandte sich nun wieder Doyle zu und sah den Schreck auf seinem Gesicht.

»Hören Sie gut zu, Doktor«, sagte sie. »Ich reise morgen in aller Frühe nach Liverpool, und von dort aus zwei Tage später nach Amerika. Sie müssen sich bemühen, sich alles einzuprägen, was ich Ihnen erzähle. Und wie Sie mir bereits bewiesen haben, dürfte es Ihnen nicht schwerfallen.«

»Ich will es versuchen. Wenn ich Sie bitten dürfte ...«

Sie hob eine Hand, um ihn zum Schweigen zu bringen. »Bitte, stellen Sie keine Fragen. Sie können nur dazu dienen, mich durcheinanderzubringen. Ich weiß, daß es Ihnen pressiert, ich bezweifle auch nichts von dem, was Sie mir erzählt haben, aber diese Zeit ist für viele Eingeweihte an vielen Orten die gefährlichste überhaupt, und meine Anwesenheit ist anderswo dringend erforderlich. Ich erwarte nicht, daß Sie mich verstehen. Bitte, glauben Sie mir, daß das, was ich Ihnen zu sagen habe, Ihnen irgendwann nützlich sein und Sie weiterbringen wird.«

»Wenn ich keine andere Wahl habe ...«

»Gut. Optimismus ist gut. Gesunder Menschenverstand ist gut.« Sie drückte ihre Zigarre aus. »Wie Mystiker im Okkulten gibt es auch Hexer in der Magie. Die Hexerei ist der linkshändige Pfad zum Wissen und der kürzeste Weg zur Erleuchtung, die wir alle suchen. Er verlangt jedoch einen höheren Preis. Mir scheint, daß das, was der Mann, der sich Ihnen gegenüber als Professor Sacker ausgegeben hat, gesagt hat, in vielen Einzelheiten korrekt war: Sie scheinen *tatsächlich* das Ziel einer Gruppierung zu sein, die sich auf dem linkshändigen Pfad bewegt.«

»Um wen handelt es sich dabei?«

»Das ist unbekannt ...«

»Die Dunkle Bruderschaft?«

»Es gibt viele Namen für dieses lose Bündnis von Seelen. Ihre Hand ist hinter den sinistren Handlungen zahlloser Fraktionen auf der ganzen Welt sichtbar. Halten Sie sie nicht für irgendeinen mildtätigen Orden von Logenbrüdern. Sie sind unsere Gegenspieler in der Erforschung dessen, was das Jenseits bereithält, aber ihr einziger Ehrgeiz ist greifbare Macht. Sie sind über alle Maßen bösartig und mehr als fähig, Ihr Leben zu beenden, wie wir bei meiner lieben Freundin Petrovitch gesehen haben, die übrigens eine weit fortgeschrittene Adeptin war und Ihre Fortschritte für einige Zeit interessiert beobachtet hat ...«

»Meine Fortschritte?«

Sie unterbrach ihn erneut und maß ihn wieder mit diesem hypnotischen Blick, den er schon auf der Bühne beobachtet hatte.

»Sie dürfen in Ihrer Entschlossenheit nicht wanken. Sie ist Ihr stärkster Aktivposten. Sie dürfen keine Angst haben, da Angst sie hereinläßt. Bezüglich sämtlicher Phänomene, die Sie beschrieben haben, von denen mir einige, wie ich zugeben muß, neu sind – der blaue Zwirn, der eigenartige Zustand Ihrer Wohnung und so weiter –, dürfen Sie eins nie vergessen: Sämtliche Manifestationen, die sie erzeugen, sind absolut bedeutungslos.«

»Ist das wahr?«

»Eigentlich nicht, aber ich rate Ihnen dringend, sich diese Einstellung ab sofort zu eigen zu machen, sonst geht die Angelegenheit nicht gut für Sie aus. Übrigens ... Kann ich Ihr Buch haben? Ich würde es gern untersuchen. Es scheint, als hätte etwas den Einband durchdrungen und seine Molekularstruktur verändert. Wenn es stimmt, bedeutet es nichts Gutes.«

Er reichte ihr das Buch und schluckte den Impuls, sie nach dem Warum? zu fragen, hinunter. Sie musterte das Buch eine Weile, dann verstaute sie es in ihrem Tornister und wandte sich wieder zu Doyle um. Sie schenkte ihm einen langen Blick.

»Wenn die Dinge am finstersten erscheinen, haben Sie unbekannte oder unsichtbare Freunde ...«

»Professor Sacker ...«

»Der Professor Sacker, den Sie heute abend kennengelernt haben, ist Experte für geheimnisvolle alte Kulte. Er ist ein

Mensch, der mit uns sympathisiert, ein Akademiker, der kein direktes Wissen über Ihre bedauernswerte Lage hat. Die Tatsache, daß der Mann, dem Sie begegnet sind, seinen Namen verwendet hat, ist von großer Bedeutung, und ich rate Ihnen, in dieser Hinsicht zu ermitteln.«

»Was schlagen Sie vor?«

»Was *ich* vorschlage?« erwiderte sie ernst. »Das ist wirklich eine hervorragende Frage. – Was sollten Sie Ihrer Meinung nach tun?«

Doyle dachte kurz nach.

»Ich denke, ich sollte Lady Nicholsons Landsitz aufsuchen. Topping.«

»Eine vernünftige Idee. Sie stecken in einem wirklich interessanten Dilemma, Doktor. Ich hoffe wirklich, daß sich unsere Wege eines Tages wieder kreuzen werden. Haben Sie Exemplare all meiner Bücher?«

»Offen gestanden, sie sind verlorengegangen, als ...«

»Gehen Sie bitte zu dem jungen Mann hinaus. Er wird Sie mit kostenlosen Neuausgaben versorgen. Ich nehme an, sie können sich Ihnen als dienlich erweisen.«

Sie drehte sich um und packte ihren Tornister. Doyle fiel plötzlich der Talisman in seiner Hosentasche ein.

»Entschuldigen Sie, Madame ... Aber was halten Sie hiervon?« Er zeigte ihr das eiserne Auge, das der falsche Sacker ihm in die Hand gedrückt hatte. Sie nahm es ihm aus der Hand, betrachtete es von allen Seiten, machte einen Versuch, es zu verbiegen und biß hinein. Als sich keine Abdrücke zeigten, nickte sie anerkennend.

»Es ist sehr gut. Ich würde es an Ihrer Stelle um den Hals tragen.«

Sie gab es zurück und schloß ihren Tornister.

»Aber welche Bedeutung hat es?«

»Es ist ein Symbol.«

»Ein Symbol wofür?« fragte er, leicht wütend.

»Es würde zu lange dauern, es zu erklären. Ich muß jetzt gehen. Ich würde Sie zwar gern zum Abendessen einladen, aber ich möchte den Professor nicht über Gebühr in Schrecken versetzen. Um seine Gesundheit steht es nicht zum besten, und wir brauchen ihn, damit er seine Arbeit beendet, bevor er heimgeht – und das sieht der Terminplan irgendwann in diesem Jahr vor.«

»Der Terminplan?«

»Ich bitte Sie, Doktor! Es gibt mehr Dinge zwischen Himmel und Erde ... und so weiter. Shakespeare war ein äußerst weit fortgeschrittener Adept. Ich nehme doch an, Sie haben ihn fleißig gelesen?«

»Ja.«

»Ah, das englische Bildungssystem! Es nützt uns allen. Ich segne Sie, Doktor Doyle. *Do svidanja.*«

Ihr Umhang wirbelte, dann war sie aus der Tür. Doyle war wie benebelt. Auf dem Boden, neben ihrem Tornister, sah er ein großformatiges Buch. Er hob es auf und folgte ihr.

Sie war nirgendwo zu sehen. Auch von dem jungen Helfer keine Spur. Ein kleiner Stapel ihrer Bücher war auf dem Tisch in der leeren Grange Hall zurückgeblieben. Er musterte den Umschlag des dicken Buches in seiner Hand.

Psychische Selbstverteidigung, von H. P. Blavatsky.

8
Jack Sparks

JETZT SITZE ICH aber wirklich in der Klemme, dachte Doyle: Die Blavatsky bestätigt zwar, daß an meinen Fersen Meuchelmörder kleben – was nicht gerade beruhigend ist –, aber praktische Hilfe kann sie nicht leisten, weil sie eindeutig mehr daran interessiert ist, ihren rätselhaften und unbedingt erforderlichen Terminplan einzuhalten. Wer hätte gedacht, daß man nach all den überstandenen Gefahren so weit unten in der Hierarchie ihrer spirituellen Fürsorge steht?

Aber was habe ich denn auch erwartet? Daß sie sofort alles stehen und liegenläßt und mir zu Hilfe eilt? Selbst wenn sie es getan hätte: Welche Hilfe hätte sie schon leisten können? Eine dickliche Frau in den mittleren Jahren mit normalen persönlichen Gewohnheiten und einem Kader von kraftlosen intellektuellen Bücherwürmern? Ich beneide die armen Tröpfe wirklich nicht, die sie an meiner Stelle zu retten bemüht ist; nein, wirklich nicht. Ein ernstes Gespräch und eine Flasche Wodka sind wirklich nicht das, was ich jetzt brauche. Nein, Sir. Ich brauche eine schwerbewaffnete Kompanie beinharter Dragoner, die mit gezücktem Säbel eine Kette bilden und bereit sind, ihr Leben einzusetzen.

Er ging wieder durch die Bürgerviertel zur King's Parade.

Meine Wohnung ruiniert, die Petrovitch ermordet. Was denkt wohl Leboux, wenn die Leiche gefunden wird? Eine Prostituierte, wie ein Hundefrühstück auf der Straße zerlegt; ein entführtes Kind, dessen Mutter vor meinen Augen umgebracht wird, während Hexenmeister über mich herfallen und ein Hochstapler mich rettet. Eine Verfolgungsjagd, bei der ich in die Irre geführt werde und beinahe als Futter für irgendwelche Steinbasilisken ende. Ich habe Cambridge nie ausstehen können, diese Brutstätte der Hochnäsigkeit der herrschenden Klasse, die das ganze verrottete System in alle Ewigkeit festschreibt ... Immer mit der Ruhe, Doyle: Wir wollen doch nicht die komplette Litanei deiner Beschwerden an die

Gesellschaft herunterbeten. Immer schön eine Katastrophe nach der anderen, alter Knabe.

Das Wichtigste zuerst: Unterkunft für die Nacht. Er hatte nicht mehr viel Geld und niemanden, den er um Hilfe bitten konnte. In dieser Hinsicht war die Blavatsky seine größte Hoffnung gewesen. Ihre verdammten Bücher wogen in seiner Reisetasche so schwer wie ein Anker. Die weibliche Eitelkeit: Bitte um Hilfe, doch sie überschüttet dich mit ihren gesammelten Werken und verläßt das Land.

Aber immerhin hatte er einen Plan: Topping. Doch was sollte er ihrem Gatten sagen? »Ich bin erfreut, Sie kennenzulernen, Lord Nicholson. Ja, das Wetter ist in der Tat äußerst ungewöhnlich für diese Jahreszeit. Ihre Forsythien gedeihen ja wirklich prächtiger, als man sich vorzustellen wagt. – Wußten Sie übrigens, daß man Ihrer Gattin Caroline und Ihrem Schwager in einem heruntergekommenen Londoner Miethaus kürzlich die Kehle durchgeschnitten beziehungsweise den Schädel eingeschlagen hat? Nein? Tja, tut mir wirklich leid. Rein zufällig war ich im gleichen Raum zugegen ...«

Na schön, er hatte Zeit genug, um zu überdenken, wie er vorgehen wollte, wenn er erst einmal dort war. Das dringendere Problem bestand darin, die nächste Nacht lebend zu überstehen.

Eine Herberge. Gut. Immerhin ein Anfang.

Auch wenn Doyle sich so sicher fühlte, um seinen Mantel auf dem Bett zurückzulassen, beschloß er, die Reisetasche mitzunehmen. Er nahm in der Gaststube am Kamin Platz und blieb mit der Tasche in ständigen Fußkontakt. Ein halbes Dutzend anderer Gäste bevölkerte das gemütliche Stübchen: zwei ältere, lehrerhaft wirkende Herren, ein jungverheiratetes Paar und zwei Einzelreisende, von denen keiner in irgendeiner Hinsicht eine Bedrohung darzustellen schien.

Doyle genehmigte sich einen Grog und musterte das eiserne Auge. Er dachte an den Ratschlag der Blavatsky. Vielleicht sollte ich einen Anhänger daraus machen; was kann es schon schaden? Dann fing sein Blick etwas ein: Schon wieder die Inderin, sie ging die Treppe hinauf. Bleibt wohl auch über Nacht. Ist nur zum Vortrag angereist. Kehrt wahrscheinlich morgen wieder nach London zurück.

Der falsche Sacker fiel ihm ein. Er hatte sich zwar als rettender Freund dargestellt, doch wenn er wirklich ein solcher gewesen war, warum hatte er dann einen falschen Namen angegeben? Und warum gerade diesen? Bestand nicht auch die Möglichkeit, daß er mit den Schurken unter einer Decke steckte, daß er sich aus irgendeinem finsteren Zweck in sein Vertrauen einschleichen wollte? Woher sollte Doyle wissen, ob er während der Fahrt mit der Kutsche dem Großmeister der Bruderschaft nicht direkt gegenübergesessen hatte?

Aufkommender Wind klatschte Äste gegen das Fenster. Eine Bö erfaßte das Feuer und riß Doyle aus seinen Träumen. Der Becher in seiner Hand war leer. Draußen hörte er das nervöse Wiehern von Pferden. Mit einiger Überraschung stellte er fest, daß er allein im Raum war. Wieviel Zeit war vergangen? Halb zwölf. Er hatte fast eine ganze Stunde hier verbracht.

Mit dem Heulen des Windes flog die Eingangstür auf. Die Gasflammen neigten sich unter dem Ansturm der Luft, der Raum verfinsterte sich, und eine hochgewachsene, schwarzgekleidete Gestalt trat ein, deren Gesicht von einem Umhang mit Stehkragen und einem Dreispitz verborgen wurde. Der Mann schlug ungeduldig auf den Empfangstisch und schaute sich um. Doyle gehorchte einem Impuls; er duckte sich hinter einen Sessel und wich dem Blick des Eindringlings aus, obwohl er nun sein Gesicht nicht zu sehen bekam. Als er einen zweiten Blick riskierte, sah er, daß der Inhaber aus einem Hinterzimmer kam. Das Lächeln auf dem Gesicht des Wirtes erstarb sofort. Obwohl Doyle nicht verstehen konnte, was der Fremde sagte, war sein wetternder, kehliger Tonfall eindeutig bedrohlich.

Doyle hob seine Reisetasche auf, ging diskret zur Hintertreppe und sorgte dafür, daß der Mann am Empfang ihn nicht sah. Als er hinaufging, waren die einzigen deutlichen Worte, die er vernahm, die nachdrücklich geäußerte Frage, einen Blick ins Gästebuch zu tun – und da wußte Doyle intuitiv, daß der Mann nach ihm suchte.

»Na schön«, murmelte er vor sich hin, als er durch den Korridor schlich und den Schlüssel ins Schloß steckte. »Dann will ich mal meinen Mantel holen und mich auf den Weg machen.« Gönn dir eine kleine Pause, Doyle; wenn sie schon wieder deinetwegen gekommen sind, erscheinen sie zumindest diesmal eindeutig in menschlicher Gestalt.

Er trat ein und sah, daß das Fenster an der Wand gegenüber offen stand. Der Regen setzte gerade ein und benetzte die Fensterbank. Doyle trat heran, um es zu schließen, doch als er zum Griff hinauslangte, lief es ihm angesichts des Bildes, das sich unten auf der Straße bot, eiskalt über den Rücken.

Vor dem Eingang der Herberge stand die gleiche pechschwarze Kutsche, die Sacker und er in der Nacht der Séance gesehen hatten. Eine Gestalt mit einer schwarzen Kapuze hielt die Zügel vier schwarzer Rösser. Doyle zog das Fenster zu. Die Gestalt schaute im gleichen Moment hoch. Die Kapuze rutschte nach hinten, und Doyle sah, daß das Gesicht von einer grauen Vermummung bedeckt war. Die Gestalt deutete in seine Richtung und stieß ein ohrenbetäubend schrilles Winseln aus.

Doyle knallte das Fenster zu, griff in der Reisetasche nach der Pistole und eilte zur Tür. Als er durch den Flur schritt, hörte er von unten Schmerzensschreie. Sie mißhandelten den armen Wirt. Schweinehunde, ich werde euch mit Blei vollpumpen! Er wollte gerade die Treppe hinuntereilen, um sich ihrer anzunehmen, als er sich nähernde Schritte vernahm. Dann ein anderes Geräusch ...

»Pssst.« Wo kam das her?

»Pssst.« Am Ende des Korridors stand die Inderin in der halb geöffneten Tür und winkte Doyle mit einem Finger heran. Doyle zögerte.

»Beeilung, Doyle, um Gottes willen«, sagte die Frau. Mit der Stimme eines Mannes.

Doyle eilte zu ihrer Tür und trat ein, als die Angreifer hinter ihm das Stockwerk erreichten und zu seinem am Ende des Flurs liegenden Zimmer eilten. Sein Gegenüber nahm den langen Schleier ab, und Doyle sah zum ersten Mal sein Gesicht.

»Sie ...«

»Helfen Sie mir aus den Kleidern«, sagte der Mann, der sich ihm in London als Professor Armond Sacker vorgestellt hatte.

Doyle starrte ihn mit offenem Mund an. Auf dem Korridor ertönte das Geräusch schwerer Schläge und splitternden Holzes.

»Seien Sie nicht affig, Doyle – die haben gerade gemerkt, daß Sie nicht in Ihrem Zimmer sind.«

Doyle half dem Mann beim Ablegen des ausgepolsterten Saris. Darunter enthüllte er die gleichen schwarzen Kleider, die er in der Nacht ihrer Begegnung getragen hatte. Er griff nach einem Handtuch und wischte sich hastig die braune Schminke aus dem Gesicht.

»Sie sind mir gefolgt«, war alles, was Doyle herausbrachte.

»Man hat Sie schneller gefunden, als ich erwartet habe«, sagte der Mann. »Es ist ganz allein meine Schuld.« Er warf das Handtuch beiseite. »Ist Ihre Pistole geladen?«

Doyle überprüfte die Trommel. »Nein, ich habe es völlig vergessen.«

Der Lärm des Türeinschlagens und die erschreckten Schreie der anderen Bewohner der Etage kam näher.

»Ich schlage vor, Sie beeilen sich, alter Knabe«, sagte der Mann gelassen, trat die Sandalen von seinen Füßen und schlüpfte in weiche Lederstiefel. »Wir müssen übers Dach.«

Doyle durchwühlte seine Reisetasche nach Munition, dann hörte er ein Knarren und schaute hoch. Einer der Vermummten öffnete das Fenster über dem Bett. Doyle griff nach dem erstbesten festen Gegenstand, der ihm in die Hände fiel, zielte damit auf die Kreatur und traf sie so heftig im Gesicht, daß sie vom Fenster zurückfiel. Man vernahm das Scheppern von Dachziegeln, und dann, unten, einen heftigen Aufschlag.

Der Fremde hob den Wurfgegenstand auf, der vor dem Fenster lag.

»Die gute alte Blavatsky«, sagte er mit einem kurzen, ehrfürchtigen Blick und gab Doyle das Exemplar *der Psychischen Selbstverteidigung* zurück. »Also dann los.«

Der falsche Sacker schob seinen zuvor getragenen Schleier in die Tasche und stieg durchs Fenster. Doyle hatte seine Pistole fertig geladen; er wuchtete seine Reisetasche ins Freie, nahm die dargebotene Hand des anderen und gesellte sich zu ihm aufs Dach.

»Sie werden mir eine Menge zu erklären haben«, sagte Doyle zu ihm.

»Recht haben Sie, Doyle«, erwiderte der Mann. »Was halten Sie davon, wenn wir zuerst eine gewisse Entfernung zwischen uns und unsere blutleeren Freunde bringen? Einverstanden?«

Doyle nickte. Der Mann bewegte sich voran, schritt breitbeinig über das Dach. Doyle folgte ihm dicht auf, jeder Schritt auf den regennassen Dachziegeln war gefährlich. Um sie herum tobte das Unwetter.

»Wie soll ich Sie nennen?« fragte Doyle.

»Wie bitte? Hier draußen hört man so gut wie nichts.«

»Ich habe gefragt, wie Sie heißen.«

»Nennen Sie mich Jack.«

Sie kamen ans Ende des Daches. Die etwa sieben Meter unter ihnen liegende Straße war leer. Jack schob zwei Finger in den Mund und pfiff gerade so laut, daß er den Wind übertönte.

»Also wirklich, Jack ...«

»Ja, Doyle?«

»Ich weiß nicht, ob es eine gute Idee ist, zu pfeifen.«

»Ist es aber.«

»Ich meine, daß das Gehör dieser Kerle meiner Einschätzung nach unheimlich gut ist ...«

»›Gut‹ scheint mir leicht untertrieben.«

Sie warteten. Jack zog den Schleier aus seiner Tasche und entfaltete ihn. Doyle stellte fest, daß er fast drei Meter lang und an beiden Enden beschwert war. Er hörte hinter sich eine Bewegung. Schon wieder einer dieser Vermummten; er eilte über die Dachspitze zu ihnen herab.

»Würden Sie es bitte übernehmen, ihn zu erschießen?« bat Jack.

»Wenn Sie nichts dagegen haben«, sagte Doyle, indem er die Pistole hob und den Angreifer ins Ziel nahm, »warte ich lieber, bis er etwas näher heran ist.«

»Ich würde nicht zu lange warten.«

»Falls Sie es gern tun möchten – ich hätte nichts dagegen ...«

»Nein, nein ...«

»Könnte doch sein, daß Sie glauben, Sie könnten es besser ...«

»Ich vertraue Ihnen voll und ganz, alter Knabe ...«

Der Vermummte war nun nur noch drei Meter von ihnen entfernt. Doyle feuerte. Die Kreatur wich der Kugel unheimlicherweise aus und kam langsam näher.

»Seien Sie nicht zu kritisch mit sich«, sagte Jack, der nun anfing, den Schleier in einem engen Kreis über seinen Kopf zu wirbeln. »Aber es ist halt so, daß sie viel schneller sind, als sie gemeinhin wirken. Es ist besser, sie mit einer Salve einzudecken und darauf zu hoffen, daß eine der Kugeln trifft.«

Doyle feuerte erneut. Die Kreatur wich nach links aus. Die Kugel durchschlug ihre Schulter. Sie taumelte, richtete sich auf und ging weiter. Doyle wischte sich den Regen aus den Augen und zielte erneut.

»Diese Dinger«, sagte er, »leben doch nicht richtig, oder? Ich meine, im traditionellen Sinn.«

»So ungefähr«, sagte Jack und ließ den Schleier fliegen. Er pfiff durch die Luft und erwischte das Geschöpf an der Kehle. Die beiden beschwerten Enden wickelten sich um seinen Hals und nahmen Tempo auf, bis sie den Schädel mit einem Geräusch einschlugen, das sich anhörte wie ein Wagenrad, das eine Melone zerquetscht.

»Jetzt, Doyle!«

Doyle feuerte aus nächster Nähe in das Gesicht des Vermummten. Das Ding fiel, rutschte an den Dachziegeln abwärts und stürzte in die Tiefe.

»Verdammt«, sagte Jack.

»Ich dachte, es wäre ganz gutgegangen.«

»Ich wollte den Schleier dazu verwenden, uns vom Dach herunterzubringen.«

»Es ist wohl ein Mehrzweckschleier ...«

»Eigentlich südamerikanischer Herkunft, obwohl man im Punjab seit Jahrhunderten eine Variante anwendet.«

»Falls meine Frage Sie nicht stört, Jack: Wie kommen wir nun von diesem Dach herunter?«

Doyle glaubte, unter ihnen eine Kutsche herannahen zu hören.

»Tja, wir werden wohl springen müssen, was?«

Jack schaute konzentriert auf die Straße und die nun sichtbar werdende, näherkommende Kutsche hinunter.

»Wirklich? Auf gebrochenen Beinen werden wir aber nicht weit kommen ...«

Bevor Doyle weitere Einwände formulieren konnte, packte Jack ihn am Gürtel und sprang vom Gebäude. Sie landeten geradewegs auf dem Dach der fahrenden Kutsche, rutschten glatt durch den reißenden Stoff und fanden sich im Inneren des Fahrzeugs auf einem Kissenstapel wieder.

»Gütiger Gott!«

»Sind Sie heil?«

Doyle nahm eine rasche Überprüfung vor. Abgesehen von einem leicht unbehaglichen Gefühl an den Rippen und einem leicht verdrehten Knöchel war er überraschend intakt.

»Ich glaube, ich bin in Ordnung.«

»Gut ...«

Als die Kutsche an der Herberge vorbeifuhr, machte Doyle dunkle Gestalten aus, die ihnen im strömenden Regen nachsetzten. Jack klopfte an das, was vom Dach noch übrig war, und der Kutscher – der gleiche kleine, narbige Mann, der sie schon damals gefahren hatte – tauchte über dem Loch auf.

»Ausweichmanöver, Barry«, rief Jack. Barry nickte und widmete sich wieder seiner Arbeit. Doyle hörte das Knallen einer Peitsche, und die Kutsche wurde rasch schneller.

Jack nahm seinen Platz gegenüber Doyle wieder ein und hob eine Hand in die Wasserflut, die durch das kaputte Dach hereinströmte.

»Tut mir leid wegen des Regens.«

»Geht schon in Ordnung. Können wir uns nun wieder unterhalten?«

»Jetzt noch nicht. Aber gleich sind wir draußen.«

»Draußen?«

Die Kutsche ratterte über eine kurze Brücke und kam plötzlich zum Stehen. Jack sprang aus dem Gefährt und riß die Tür auf.

»Kommen Sie Doyle«, sagte er, »wir haben nicht die ganze Nacht Zeit.«

Doyle folgte ihm hinaus in die Sintflut. Jack gab Barry ein Zeichen, und die Kutsche entschwand in die Dunkelheit.

»Hier entlang«, sagte Jack und geleitete ihn über einen steilen Erddamm unter die Brücke, die sie gerade überquert hatten. »Hier hinein.«

Jack zog ihn in die relative Trockenheit unter der Brücke. Da Doyle seine Reisetasche in der Hand hielt, nahm er die andere, um sich auf eine tragende Strebe zu ziehen; ein gefährlicher Sitz, nur wenige Fuß über der anschwellenden Strömung.

»Sind Sie sicher?« Jack mußte schreien, um sich verständlich zu machen.

»Ich glaube schon«, erwiderte Doyle, doch seine Antwort wurde vom ohrenbetäubenden Donnern eines Viergespanns verschluckt, das nur wenige Meter über ihren Köpfen die Brücke passierte. Das Geräusch entfernte sich und wurde rasch vom Unwetter verschluckt.

»Waren sie das?« fragte Doyle schließlich.

»Barry wird sie rund um den Trafalgar Square fahren lassen, bevor sie merken, daß wir gar nicht an Bord sind.«

Doyle nickte und bewunderte widerstrebend die Findigkeit des Mannes. Einige Zeit verging. Doyle schaute Jack an, der liebenswürdig lächelte.

»Was sollen wir nach Ihrer Meinung jetzt tun?«

»Ich schlage vor«, sagte Jack, »wir bleiben hier sitzen, bis der Regen aufhört.«

Noch mehr Zeit verging. Jack schien es darauf anzulegen, die Wartezeit schweigend zu verbringen. Was man über Doyle nicht gerade sagen konnte.

»Hören Sie, Jack«, sagte Doyle, dem allmählich klar wurde, daß es mit seiner Geduld nicht mehr weit her war, »oder wie Sie auch heißen ... Bevor wir weitergehen, möchte ich gern genau wissen, wer Sie sind.«

»Sie müssen mir die Ausflucht verzeihen, Doyle, aber hinter all dem steckt eine bestimmte Logik, die Sie bald zu würdigen wissen werden«, sagte Jack. Er lächelte erneut, griff in seine Jacke und entnahm ihr die silberne Reiseflasche.

»Wer also sind Sie?«

»John Sparks – für meine Freunde Jack. Sonderagent Ihrer Majestät der Königin. Freut mich, Ihre Bekanntschaft zu machen.« Er hielt Doyle die Flasche hin. »Einen Schluck Brandy, Doktor – um die Kälte zu vertreiben?

9
Über Land und Meer

An die Unterseite der Brücke geklammert, mit der Angst im Herzen, in den eisigen Katarakt zu stürzen, der sich unter ihnen befand, konnte Doyle sich für den Rest der Nacht keiner Minute des Ausruhens erfreuen. Sparks hingegen schien hin und wieder in einen ruhigen, meditativen Schlummer zu versinken; aufrecht, die Arme nonchalant um einen robusten Spant geschlungen.

Als das erste Licht des Morgengrauens im Osten den Himmel wärmte, hörte der Regen auf. Am westlichen Horizont war kein Wölkchen zu sehen. Jetzt schlug Sparks die Augen auf; er wirkte frisch und wachsam, wie ein junger Vollblüter auf dem Derby.

»Ein vielversprechender Morgen«, gab er munter bekannt, nachdem er sich wie ein ungarischer Turner aus ihrem Versteck auf die Brücke geschwungen hatte.

Doyle – steif wie eine Leiche, durchnäßt, arg lädiert und dem Hungertode nah – schleppte sich auf die Straße hoch und unterdrückte mit beträchtlicher Mühe seine Irritation über den Enthusiasmus dieses Menschen. Sparks vollführte rasend schnell eine Reihe von haarsträubenden Yoga-Posen, die von Lauten begleitet wurden, die an das nächtliche Geplärr von räudigen Katzen erinnerten. Der schlaffkinnige und glasigäugige Doyle mußte feststellen, daß seine Gedanken sich zunehmend auf die Vorstellung von in Sahne ertrinkenden Kesselpauken voll heißem, gebuttertem Haferschleim und darauf konzentrierten, Sparks auf kunstvolle Weise vom Leben zum Tode zu befördern. Und eine dieser Methoden hatte durchaus mit dem Gebrauch des eben erwähnten Haferschleims zu tun.

Mit einem tiefgründigen Ausatmen und einem Salut an die aufgehende Sonne beendete Sparks seine Gymnastik und nahm Doyles Anwesenheit zum ersten Mal zur Kenntnis.

»Wir sollten uns auf den Weg machen«, sagte er.

Er lächelte und wanderte mit festem Schritt die Straße entlang. Erst als Sparks fast um die nächste Ecke verschwunden war, durchdrang der Gedanke, in seiner Nähe zu bleiben, die Niederungen von Doyles umnebeltem Geist. Er eilte Sparks nach, wobei seine Stiefel bei jedem Schritt ein schmatzendes Geräusch erzeugten. Doch auch als er ihn eingeholt hatte, mußte er einen Schritt zulegen, um mit dessen zügiger Gangart mitzuhalten.

»Wohin gehen Sie?« fragte Doyle schnaufend.

»Sich bewegende Ziele setzen Bewegung voraus, Doyle«, erwiderte Sparks zwischen den tiefen Atemzügen eines Naturfreundes. »Unvorhersehbarkeit ist der Schlüssel.«

Herrgott, die Unbekümmertheit dieses Menschen machte ihn fast krank! »Und wo also gehen wir hin?«

»Wo gehen *Sie* denn hin?«

»Ich bin mir ziemlich sicher, daß ich es nicht weiß.«

»Schauen Sie sich an; Sie gehen doch *irgendwo* hin.«

»Ich habe dennoch nur den Eindruck, daß ich mit Ihnen gehe.«

Sparks nickte. Dann folgte wieder eine lange Pause.

»Wo also gehen wir hin?« fragte Doyle.

»Wir sollten diesen Weg recht bald verlassen, das kann ich Ihnen sagen.«

Der schmale Weg war zu beiden Seiten von dichtem Wald umgeben. »Halten Sie ihn für unsicher?«

»Gegenwärtig ist dies eine treffende Beschreibung für fast jeden Weg.« Plötzlich blieb Sparks stehen. Er bewegte den Kopf vor und zurück, wie ein aufmerksamer Vogel, doch um welche Art der Sinneswahrnehmung es sich handelte, war schwer einzuschätzen.

»Da entlang«, sagte er und lief eilends in den Wald hinein.

Doyle folgte ihm erschreckt. Sparks führte ihn so tief in den Busch, daß die Straße nicht mehr sichtbar war. Als sie durch ein Senkloch voller mittelgroßer Farne über den Waldboden schritten, verlangsamte sich Sparks' Tempo. Er blieb stehen, schob vorsichtig einen Brombeerstrauch beiseite und enthüllte einen pickeligen Stachelbeerstrauch.

»Wir wollen essen«, sagte Sparks.

Sie plünderten den Strauch und ernteten eine Handvoll Beeren. Sie waren deformiert und bitter, doch Doyle schmeckte jede einzelne wie Sahnetorte.

»Sie mögen unsere Nahrung, was, Doyle?« fragte Sparks, der ihm zusah. »Sie sehen aus wie ein wirklich guter Esser.«

»Eine anständige Mahlzeit würde ich nicht stehenlassen, ja.«

»Nahrungsmittel. Das ist ein Thema, über das es in nicht allzu ferner Zeit eine Menge zu sagen geben wird. Der allgemeine Gesundheitszustand.«

»Jack, wenn Sie nichts dagegen haben, würde ich im Augenblick lieber nicht über den Gesundheitszustand im allgemeinen diskutieren.«

»Tu ich ja gar nicht.«

»Und ebensowenig möchte ich über mein Befinden im speziellen reden. Ich meine, vor dem Hintergrund dieser eindeutigen Anschläge auf mein Leben. Denn meine Gesundheit ist mir lieb und wert, und ich möchte sie mir gern noch lange erhalten. Vielen Dank.«

»Ich verstehe Sie vollkommen.«

»Gut, Jack. Freut mich, daß Sie Verständnis haben.«

»Nun, ich brauche doch nicht in Ihre Haut zu kriechen, um zu erkennen, wie schrecklich öde die Lage aus Ihrer Sicht aussieht«, sagte Sparks. Er stand auf und reckte sich, bereit zum Aufbruch.

»Ach, könnte ich doch sagen, es wäre ein kleiner Trost für mich.«

»Trost ist ein Luxus, an dem wir momentan etwas knapp sind ...«

»Jack, wohin ... gehen ... wir?« sagte Doyle, der keine Anstalten machte, sich in Bewegung zu setzen.

»Wohin möchten Sie denn?«

»Ich würde lieber gern Ihre Antwort hören.«

»Das ist gar nicht so einfach, Doyle ...«

»Schön und gut, Jack, aber um ehrlich zu sein, ich habe in dieser Angelegenheit auf Ihren Rat und Beistand gezählt ... Ich habe mich sogar darauf verlassen.«

»Nun, hier haben Sie ihn: Wohin ich in diesem speziellen Moment gehen möchte, tut nichts zur Sache. Überhaupt nichts.«

»Darum geht's doch nicht.«

»Nein. Es geht um die Frage, wohin *Sie* gehen wollen.«

Doyle zog in Erwägung, ihn zu erschießen, doch die konsumierten Beeren hatten, trotz ihrer ästhetischen Unvollkommenheit, die rauheren Kanten seiner Stinklaune irgendwie abgeschliffen. »Ich hatte den vagen Plan, nach Topping zu reisen. Zum Haus von Lady Nicholson. Zumindest war dies meine letzte Absicht.«

»Gut«, sagte Sparks. »Dann gehen wir mal dort hin.« Und er setzte sich in Bewegung.

»Einfach so?«

»Sie wollten doch dorthin, oder?«

»Also heißen Sie die Idee gut, oder?« sagte Doyle.

»Sie klingt sachdienlich. Wissen Sie, wo Topping liegt?«

»Habe nicht die geringste Ahnung.«

»Wie wollten Sie dort hinkommen?«

»So weit war mein Plan noch nicht gediehen.«

»Im Osten von Sussex. In der Nähe der Ortschaft Rye. Kommen Sie, Doyle, vor uns liegt eine lange Reise«, sagte Sparks und bahnte sich einen Weg durch das Dickicht.

»Ich habe aber noch andere Fragen an Sie«, sagte Doyle und stand auf, um ihm zu folgen.

»Sind sie passend für eine Diskussion auf offener Straße?«

»Ich glaube schon.«

»Aber nicht auf dieser Straße, wenn Sie nichts dagegen haben. Unsere Route wird notwendigerweise etwas umwegig ausfallen.«

»Das hätte ich mir gleich denken können.«

Die Sonne setzte ihren morgendlichen Aufstieg fort, vertrieb die Kälte aus ihren Knochen und taute die erste Tauschicht auf ihren Kleidern auf. Sie hielten sich eine knappe Meile auf der Hauptdurchfahrtsstraße, dann erreichten sie eine fast unsichtbare Kreuzung mit einem zugewachsenen Karrenpfad. Nach einigen persönlichen Überlegungen führte Sparks Doyle nach links, über die vergessene Seitenstraße.

Von nun an demonstrierte er einen außerordentlichen Orientierungssinn und zögerte nie, wenn ein Richtungswechsel anstand oder der skizzenhafte Weg, dem sie folgten, hin und wieder für eine Weile völlig verschwand.

Irgendwann wandte sich der Weg vom Wald ab und lief auf ein wellenförmiges Tal opulenten Farmlandes zu. Im hellen Sonnenschein belegte und erfreute der üppige Lehm der Felder die Sinne. Ein Singvogelchor hielt den Glauben an die sich ausbreitende Vornehmheit des Tages aufrecht. Es fiel Doyle schwer, seine Sorgen stur für sich zu behalten, und einmal ertappte er sich dabei, daß er anfing zu pfeifen. Sparks ergriff eine Handvoll trockenen Grases, untersuchte es nachdenklich und aß die Halme dann einen nach dem anderen auf.

Auf Sparks Aufforderung hin berichtete Doyle dann alles, was er seit ihrer Begegnung in London erlebt hatte. Da ihm einfiel, daß Sparks ihm geraten hatte, die Polizei aus dem Spiel zu lassen, ließ er seine Tatortbesichtigung mit Inspektor Leboux aus. Und da er sich ziemlich gerissen dabei vorkam, beglückwünschte er sich dazu.

»Und nachdem Sie den Inspektor zur Cheshire Street 13 geführt hatten«, sagte Sparks, »fanden Sie die Leiche von Mrs. Petrovitch.«

Der erschreckte Doyle machte einen Versuch, sich durchzubluffen.

»Erlauben Sie mir, Ihnen eine Last abzunehmen, Doyle. Machen Sie sich nicht die Mühe, mich zu belügen ...«

»Woher wissen Sie davon?«

»Welche Rolle spielt es? Der Schaden ist angerichtet.«

»Aber Sie müssen es mir erzählen! Wie sind Sie darauf ...«

»Ich bin Ihnen gefolgt.«

»Damals schon? Vor der Verkleidung als Inderin?«

»Mehr oder weniger ständig.«

»Mit dem Ziel, mich zu beschützen, oder in der Hoffnung, daß ich den Ärger anziehe?«

»Wenn man nicht zusammenarbeitet, kommt man zu nichts ...«

»Daher also Ihre Anwesenheit in Cambridge ...«

»Ich hatte dort auch andere Ziele ...«

»Zum Beispiel?« fragte Doyle, der nicht lockerlassen wollte, da er den Eindruck hatte, verhörtechnisch im Vorteil zu sein.

»Lady Nicholsons Bruder hat in Gronville und Caius studiert. Ich habe einige Anfragen im Büro des Quästors gemacht.«

»Während ich nach ›Professor Sacker‹ suchte.«

»Es war die günstigste Zeit, ja.«

»Ich nehme an, das war Ihr Grund, mir einen falschen Namen zu nennen«, schlußfolgerte Doyle. »Wenn ich nach Cambridge fahren würde, um Sie aufzusuchen, hätten Sie mich im Auge behalten und gleichzeitig in Sachen Lady Nicholsons Bruder tätig werden können ...«

»Gut mitgedacht, Doyle.«

»Doch zufälligerweise hätte Ihr meisterhafter Plan mich beinahe Kopf und Kragen gekostet.«

»Leider, leider.«

»Ich nehme an, Sie haben auch keine Erklärung für das Teufelsding, das mich in den Gängen der Historischen Fakultät gejagt hat.«

»Nein«, sagte Sparks ohne eine Spur von schlechter Laune. »Tut mir leid.« Dann sagte er munter: »Es ist aber nicht uninteressant, was?«

»Es vergeht kaum eine Minute, in der ich nicht daran denke. Was also haben Sie über den Bruder in Erfahrung gebracht?«

»Sein Nachname ist Rathborne; es ist der Mädchenname der Lady. Vorname George. Er hat die Universität drei Tage vor den Ferien verlassen; wie der Quästor sagt, angeblich in einer dringenden Familienangelegenheit. Seither hat er nichts mehr von ihm gesehen oder gehört.«

»Wird man auch nicht mehr. Der arme Teufel. Was ist mit Madame Blavatsky?«

»Eine faszinierende Frau.«

»Einverstanden. Aber was hat sie mit der Sache zu tun?«

»Ich würde sagen, sie ist eine interessante und verständnisvolle Beobachterin.«

»Heißt das, sie hat nichts damit zu schaffen?«
»Sie haben doch mit ihr gesprochen. Was meinen Sie?«
»Kennen Sie sie denn nicht?« fragte Doyle, dessen Verärgerung allmählich wieder zunahm.
»Ich bin der Frau nie zuvor begegnet. Sie ist freilich eine Rednerin, die etwas bewirkt. Eine verwirrende Mischung aus pilgernder Kreuzzüglerin und Patentmedizin-Hausiererin. Man könnte sie fast für eine Amerikanerin halten.«
»Verzeihen Sie, Jack, aber ich muß Sie einfach fragen: Was soll das Gerede, daß Sie in den Diensten der Königin stehen?«
Sparks blieb stehen und schaute ihn mit unanzweifelbarer Offenheit an.
»Sie müssen mir versprechen, daß Sie keiner Menschenseele gegenüber je ein Wort über diese Verbindung fallenlassen. Nicht einmal hier, auf dieser abgelegenen Lichtung, kann die Rede davon sein, daß wir in Sicherheit sind. Das Leben von Menschen, deren Erhalt für das Empire unendlich wichtiger ist als das unsere, hängt ganz allein von Ihrer Diskretion ab. Ich habe mich Ihnen – wenn auch nur höchst widerwillig – offenbart, um die Wichtigkeit der Sache zu betonen, in die Sie nun bedauerlicherweise verwickelt sind. Es wäre mir wirklich viel lieber, wenn es nicht so gekommen wäre.«
Sparks' tiefempfundene Beschwörung der Krone sprach Doyles royalistische Sympathien an, was wiederum seine Fähigkeiten beschnitt, einen weiteren Einwand in bezug auf die Geheimnistuerei zu machen.
»Interpretiere ich Sie richtig, wenn ich annehme, daß es auch um die Bedrohung gewisser ... hochwohlgeborener Personen geht?« fragte Doyle vorsichtig.
»So ist es. In der Tat.«
»Kann ich ... Ihnen in dieser Angelegenheit von Hilfe sein?«
»Das waren Sie schon. Sie sind ein äußerst fähiger Bursche.«
Jemand bedrohte die Königin. Doyle konnte seine Gefühle nur schwer bezähmen.

»Da Sie meine Fähigkeiten nicht für völlig wertlos erachten, würde ich Ihnen gern fortwährend zur Verfügung stehen.«

Sparks musterte ihn mit einer Mischung aus Mitleid und kalter Einschätzung.

»Ich nehme Sie beim Wort«, erwiderte er dann. »Haben Sie das Abzeichen noch, das ich Ihnen kürzlich gegeben habe?«

»Ich hab's bei mir.« Doyle zog das gravierte Auge aus der Tasche.

»Nehmen Sie es bitte in die linke Hand.«

»Madame Blavatsky meint, ich soll es mir um den Hals hängen.«

»Das kann nicht schaden«, sagte Sparks, »solange Sie dafür sorgen, daß man es nicht sieht.« Er holte ein Abzeichen gleicher Art – in Gestalt eines Amuletts – unter seinem Kragen hervor. »Heben Sie nun die rechte Hand und sprechen Sie mir nach.«

»Ist das eine Art Freimaurerritus?«

»Wir haben nicht den ganzen Tag Zeit, Doyle.«

»Stimmt. Machen Sie weiter.«

Sparks nahm Haltung an und schloß die Augen. Als Doyle schon begann, sich aufgrund der eintretenden Stille unbehaglich zu fühlen, nahm Sparks das Wort wieder auf.

»Aus dem Lichtpunkt im Bewußtsein Gottes möge das Licht in den Geist der Menschen strömen. Möge das Licht zur Erde hinabsteigen.«

Doyle wiederholte die Worte und bemühte sich, ihnen Leben einzuhauchen, auch wenn er Schwierigkeiten hatte, ihre Bedeutung zu verstehen. Bewußtsein Gottes. Licht. Licht in Form von Wissen: Weisheit.

»Aus dem Zentrum, in dem man Gottes Willen kennt«, fuhr Sparks fort, »möge Entschlußkraft den verzagten Willen der Menschen leiten – das Ziel, das die Meister kennen und dem sie dienen.«

Das war schon problematischer. Unchristlich, wenn auch nicht besonders unangenehm. Die Meister. Die Blavatsky hatte über sie geschrieben; mythologische alte Wesen, die den Torheiten der Menschen leidenschaftslos zuschauten.

Jede Kultur hatte ihre eigene Version: Olymp, Walhalla, Shambala, Himmelreich ...

»Aus dem Zentrum, das wir als menschliche Rasse bezeichnen, möge der Plan der Liebe und des Lichts zum Vorschein kommen und das Tor versiegeln, hinter dem das Böse haust.«

Nun kamen sie der Sache schon näher. Das Tor, hinter dem das Böse haust. Doyle war sich ziemlich sicher, daß er, auch wenn er den genauen Standort des Tors nicht angeben konnte, eindeutig etwas klopfen gehört hatte.

»Mögen das Licht, die Liebe und die Kraft den Plan auf Erden wieder einsetzen.«

Der Plan. Wessen Plan? fragte er sich, und wie genau wollten sie – wer sie auch waren – nun, da er offenbar einer von ihnen war, vorgehen, um ihn wieder einzusetzen?

»Was tun wir jetzt?« fragte Doyle. »Gibt es einen geheimen Händedruck. Irgend etwas, um den Vertrag zu besiegeln?«

»Nein«, sagte Sparks. »Das war alles.« Er schob das Amulett wieder unter seinen Kragen.

»Was genau bedeutet es, Jack?«

»Was hat es denn für Sie bedeutet?«

»Tue Gutes. Bekämpfe das Böse.« Doyle zuckte die Achseln.

»Das ist für den Anfang nicht schlecht«, sagte Sparks und nahm den Weg wieder auf.

»Nicht sehr dogmatisch – für eine solche Sache.«

»Erfrischend, nicht wahr?«

»Ich hatte nämlich einen Eid auf Königin und Vaterland erwartet, eine Art Eid wie bei den Rittern der Tafelrunde. Doch dies war pantheistisch und ausdrücklich unkirchlich.«

»Freut mich, daß er Ihren Beifall findet.«

»Und was stellt das Auge dar?«

»Ich habe Ihnen alles erklärt, was ich im Moment erklären kann, Doyle«, erwiderte Sparks müde. »Alles weitere würde gegen Ihre ureigensten Interessen verstoßen.«

Sie gingen weiter. Die Felder verliefen ununterbrochen in alle Richtungen. Am Stand der aufgehenden Sonne ersah Doyle, daß sie sich nach Osten bewegten.

Dann erhob der Hunger seine beharrliche Stimme und verdunkelte Doyles Laune. Ja, Sparks hatte ihn mehr als einmal von der Schaufel des Todes geholt. Nichts an dem, was er tat, deutete an, daß er etwas anderes war als das, was er zu sein vorgab, doch er blieb undurchdringlich, und die Hülle aus königlicher Geheimnistuerei, die seine wahren Ziele verbarg, klang mißtönend. Doyle war nicht in der Position, den Beistand des Mannes zurückzuweisen, und ebensowenig hatte er die Absicht, seine überraschend willkommene Gesellschaft zu verwirken, doch der gesunde Menschenverstand verhütete die volle Zuteilung seines Vertrauens. Ihm war, als sei er mit einer exotischen Dschungelkatze unterwegs, deren defensive Fähigkeiten unvorstellbar waren, deren ureigenster Charakter jedoch von ihren Hütern eine unermüdliche, wachsame Prüfung verlangte.

Vielleicht würde Sparks, wenn er ihn etwas gerissener ausfragte, versehentlich Einzelheiten ausplaudern, aus denen ein scharfsinniger Beobachter sich ein deutlicheres Porträt dieses Menschen zusammenbasteln konnte. Eine Anzahl von Doyles spekulativen Mutmaßungen verdichteten sich allmählich zu Schlußfolgerungen. Es blieb ihm überlassen, den richtigen Augenblick zu wählen, in dem er Sparks mit ihnen konfrontieren und – anhand seines Erschreckens oder der falschen Heftigkeit des Leugnens – ihre Akutheit bestimmen konnte.

Entlang dem Karrenweg kamen sie des öfteren an Hecken und gelegentlichen Eindämmungen und an einer Stelle an den zerfallenen Überresten einer Ziegelsteinmauer vorbei. Doyle hatte die Trümmer zwar mit kaum mehr als oberflächlicher Neugier betrachtet, doch als sie ein ziemlich ausgedehntes Ruinenfeld durchquerten, entlockte sein forschender Blick Sparks eine Bemerkung.

»Dies ist eine alte Römerstraße. Eine Handelsroute, die zum Meer führt.«

»Gehen wir ans Meer?« *Gut gespielt, Doyle; mit welch teuflischer Gerissenheit du das wieder eingebracht hast.*

»Natürlich waren diese Wege schon längst in Betrieb, als die Römer über den Kanal kamen«, fuhr Sparks fort und ignorierte Doyles Frage völlig. »Die alten Kelten haben diesen Weg schon genommen und vor ihnen die Menschen des Neolithikums. Eigenartig, nicht wahr? Der gleiche Weg wurde von verschiedenen Kulturen durch die Jahrtausende hindurch benutzt.«

»Aus Bequemlichkeit, könnte ich mir vorstellen«, sagte Doyle. In Wahrheit war ihm der Gedanke gerade erst gekommen. »Eine neue Bande zieht umher, der alte Weg ist da, oder jedenfalls seine Überreste. Warum sollte man sich die Mühe machen, sich einen neuen zu bahnen?«

»Ja, wirklich, warum? Es erleichtert die Dinge. Die Geschichte der Menschheit in einem Fingerhut, was, Doyle?«

»Na ja, so ungefähr.«

»Warum, glauben Sie, haben sich unsere prähistorischen Ahnen diesen Weg überhaupt ausgesucht?«

»Weil er die kürzeste Strecke zwischen zwei Orten ist.«

»Könnte aber auch sein, daß die Tiere, die sie gejagt haben, sie schon vor ihnen benutzten.«

»Klingt irgendwie annehmbar.«

»Und warum, glauben Sie, haben die Tiere ausgerechnet diesen Weg genommen?« Sparks hatte nun den Tonfall eines Sophisten angenommen, der einen Unwissenden Schritt für Schritt ins Land der Wahrheit führt.

»Muß etwas mit dem Vorhandensein von Wasser oder Nahrung zu tun haben.«

»Also aus Notwendigkeit.«

»Notwendigkeiten haben ihr Leben doch bestimmt, oder?«

»Sind Sie mit der chinesischen Feng shui-Philosophie vertraut?«

»Habe noch nie davon gehört.«

»Die Chinesen glauben, daß die Erde ein lebendiger, atmender Organismus ist und ebenso wie der menschliche Körper über Adern, Nerven und Lebensenergie verfügt, die sie durchziehen und ihre Funktionen und Reaktionen regulieren.«

»Ich weiß, daß die chinesische Medizin auf solchen Annahmen basiert«, fügte Doyle hinzu und fragte sich, ob dies alles auch nur entfernt mit den Römerstraßen in Essex zu tun haben konnte.

»Genau. Feng shui geht von der Präsenz dieser Kraftlinien aus und versucht, die menschliche Existenz mit ihnen zu harmonisieren. Praktizierende des Feng shui werden als Angehörige jedweder Priesterschaft ausgebildet und geweiht, erhöhen ihre Empfänglichkeit für diese Kräfte und ihre Fähigkeiten, sie genau zu interpretieren. Der Bau von Häusern, Straßen, Kirchen, das gesamte fünftausend Jahre alte chinesische Reich – die älteste Zivilisation, die unsere Welt hervorgebracht hat – wurde in strengster Übereinstimmung mit diesen Prinzipien konstruiert.«

»Was Sie nicht sagen.«

»Abgesehen von seiner offensichtlichen Unwissenheit, seinem Mangel an Hygiene und Intellekt – welche Eigenschaft könnte uns den prähistorischen Menschen am meisten empfehlen?«

»Er war wahrscheinlich recht geschickt mit seinen Händen«, erwiderte Doyle, der sich bemühte, mit den geistigen Sprüngen dieses Mannes Schritt zu halten.

»Er lebte mit der Erde in Harmonie«, sagte Sparks, ohne seiner Antwort Beachtung zu schenken. »Er war eins mit der Natur. Er war ein *Teil* von ihr, er war nicht von ihr getrennt.«

»Der edle Wilde. Rousseau und so weiter.«

»Genau. Und als Folge davon verfügte der Mensch der Frühzeit über eine ausgezeichnete Sensitivität hinsichtlich des Bodens, über den er schritt, der Wälder, in denen er jagte, und der Bäche, aus denen er trank. Er brauchte kein Feng shui zu praktizieren; er war damit zur Welt gekommen, es war ihm angeboren, so wie den Vögeln, von denen er aus Überlebensgründen abhängig war.«

»Also stimmten die Wege, denen er folgte, mit den Linien irgendeines vibrierenden Musters innerhalb der Erde überein.«

»Obwohl diese Wege die Landschaft scheinbar willkürlich durchziehen, bilden sie möglicherweise nichts Geringeres als das elektromagnetische Nervensystem des planetaren Lebewesens.«

»Andererseits könnten sie aber auch einfach nur Straßen sein«, konterte Doyle.

»Könnte sein. Aber was würden Sie davon halten, wenn ich Ihnen erzählte, daß an den Kreuzungen der Kraftlinien, die – wie Sie es auch nennen wollen: die Chinesen bezeichnen es als den ›Drachenatem‹ – pulsierende Energie am stärksten ist, daß der Frühmensch dort seine Tempel und heiligen Stätten errichtet hat, wo nun die Kirchen der Christenheit stehen, derer wir uns heutzutage bedienen?«

»Ich würde sagen, man müßte die Angelegenheit einmal eingehend untersuchen ...«

»Stonehenge ist ein solcher Ort. Ebenso die uralte Abtei von Glastonbury. Und Westminster Abbey, die auf dem Platz des römischen Diana-Tempels erbaut wurde, steht mitten auf der stärksten Verbindung sämtlicher Kraftlinien in England. Was sagt Ihnen dies?«

»Daß es eine Menge zwischen Himmel und Erde gibt, und so weiter.«

»Ja, Horatio. Noch faszinierender wird es, wenn man bedenkt, daß die griechische Gottheit Hermes – die alten Griechen waren sich dieser Kräfte zweifellos bewußt – nicht nur, wie Diana, der Gott der Fruchtbarkeit war, sondern auch der Gott der *Straßen*. Und was haben unsere keltischen Ahnen getan, um Hermes zu ehren? Sie haben an wichtigen Straßenkreuzungen Steinsäulen errichtet. Waren es nur simple Signalpfosten? Oder primitive Leiter für die erdgebundene Kraft?«

»Aber die Kelten haben doch keinen griechischen Gott angebetet«, protestierte Doyle in zunehmender Verwirrung.

»Nein, die Kelten haben ihn Theutates genannt. Aber als die Römer die Eroberung von Britannien abgeschlossen hatten, hat Cäsar selbst gesagt, wie leicht man die Einheimischen daran gewöhnen konnte, Merkur anzubeten – die römische Version des Hermes. Theutates wird mit einem langen Stab beschrieben, um den sich eine Schlange windet – ebenso wie Hermes und Merkur mit dem Merkurstab ...«

»Auf ihm sind zwei Schlangen ...«

»Und was symbolisiert der Merkurstab, Doyle?«

»Heilung. Die Kraft des Heilens.«

»Genau. Sie deuten folgendes an: Wenn man die Kraft der

Schlange – beziehungsweise die des ›Drachen‹ – anzapft, zapft man die Kraftlinien in der Erde an. Die *natürliche* Kraft. So erringt man die Kraft des Heilens. Was ist, wenn das ganze Gerede über ›Drachen‹ in den keltischen Legenden sich gar nicht um Ungeheuer im wörtlichen Sinne gedreht hat? Wissen Sie noch, was der alte St. Georg plötzlich konnte, nachdem er den ›Drachen erschlagen‹ hatte?«

»Ähm ...«

»Er konnte Kranke heilen! Der tapfere Ritter zieht aus, spießt mit seiner Lanze – in unserem revidierten Szenarium keinen echten Drachen, sondern eine ›aufgerollte Schlange‹ der natürlichen Kraft auf. Als würde man eine Stromleitung in ein riesiges Energiereservoir werfen und so die ›Bestie‹ zähmen. Dann macht Georg sich auf und wird zum Schutzheiligen Englands, wie wir es als Kinder in der Schule gelernt haben! Die Kraft, Doyle, die elementare Kraft des Planeten, läuft unter uns her, um uns herum, und in diesem Moment sogar durch uns hindurch, aber wir sind zu blind und vom lumpigen Geschwätz des Lebens zu abgelenkt, um es zu bemerken!«

Jede neue Vorstellung verursachte Doyle Kopfschmerzen. Vielleicht befand sich unter diesen Steinen wirklich eine lebenaufsaugende Unterströmung, die ihn austrocknete.

»Und was haben die Zivilisationen als erstes mit dieser Kraft zu tun versucht, als sie die erworben hatten? Wozu haben wir die uralten Tempel gebraucht? Los, Doyle, denken Sie nach!«

Doyle gab einen Schuß ins Blaue ab. »Tieropfer?«

»Heilen! Kranke heilen; Tote wiederzuerwecken. Wir haben an die Götter appelliert, uns heilzumachen. Der medizinische und der theologische Berufsstand waren damals ein und dasselbe. Je länger ich darüber nachdenke, etwa so, wie zwei Schlangen, die sich um eine gerade Kraftlinie wickeln.« Sparks schien über seine eigene Entdeckung überrascht zu sein. »Wissen Sie noch, wer der älteste Sohn des Hermes war?«

»Verzeihen Sie, aber es ist mir entfallen«, sagte Doyle, dem nun leicht schwindelte.

»Der große Gott Pan, der Vater des Heidentums und der Anbetung der Erde; der, den die Christenheit auszuradieren beschloß, indem sie ihn zum Teufel machte, da der arme alte, seinen Späßchen frönende Pan außerdem das unchristlichste aller menschlichen Attribute darstellte: die hemmungslose männliche Sexualität.«

»Schade drum.«

»Zugegeben, Pan hatte auch eine boshafte Seite. Es hat ihm ganz besonders gefallen, sich in desolaten Gebieten auf die Lauer zu legen, aus dem Busch zu springen und ahnungslose Reisende zu erschrecken. Was in ihnen dann ein Gefühl erzeugte, das man *Pan-ik* nennt.«

»Ich brauche wirklich etwas zu essen«, sagte Doyle. Die ihn umgebende Landschaft erschien ihm trotz ihrer idyllischen, sonnenbeschienenen Schönheit allmählich zunehmend bedrohlich.

»Ist der Verstand nicht außergewöhnlich? Ein loser Stein auf der Straße bringt uns von Feng shui zu Pan. Bei Gott, vielleicht ist etwas an der Energie dieses alten Weges: Ich fühle mich wunderbar gestärkt!«

Als Sparks seinen Blick über die Felder schweifen ließ und wie ein stolzer Bauer die Früchte seines Denkens zu begutachten schien, wischte sich Doyle mit einem Taschentuch über die Stirn.

»Wenn die Kraftlinien-Geschichte stimmt«, sagte Doyle, nicht ohne Genugtuung über die Scharfsinnigkeit seiner Retourkutsche, »wenn dieser Weg tatsächlich geheiligt ist – wie erklären Sie dann die Tatsache, daß er in diesem saumäßigen Zustand ist?«

»In dieser einen Bemerkung, Doyle, drücken Sie mit epigrammatischer Präzision die grundlegende Tragödie des modernen Menschen aus. Wir sind in Ungnade gefallen, haben unsere uralte, instinktive Verbindung zur natürlichen Welt vergessen. Wir sind Gäste, die das Haus, in dem wir leben, nicht mehr respektieren, weil wir es eigentlich nur noch wie einen Lehmhaufen behandeln, den wir unseren niedrigsten Bedürfnissen anpassen. Denken Sie an die Leichenhausfabriken Londons, die stinkende Luft, die Gruben, die Kinderarbeit. An die zahllosen entwerteten Leben, die die infernalischen Maschinen unserer Zeit zerbrechen und beiseite werfen. Die beredten Ruinen dieses simplen Landweges beschreiben den schlußendlichen Niedergang unserer prahlerischen Kultur.«

Doyle spürte, daß ein Kitzeln seinen Körper durchlief, doch ob daran der überraschend milde Ausbruch seines Gefährten oder irgendeine Kombination aus Hunger und Sonnenstich schuld war, vermochte er nicht zu sagen. Es war inzwischen fast Mittag und ungewöhnlich warm für die Jahreszeit. Flimmernde Hitze massierte die Horizontlinie.

»Was ist das?« fragte Doyle und deutete auf den Weg hinter ihnen.

Als sie auf ihrem Weg durch das Tal eine Abfolge sanfter Hügel erstiegen und hinter sich gelassen hatten, bemerkte Doyle, daß ihnen eine dunkle Erscheinung auf der Straße wie eine Fata Morgana entgegenflatterte. Ihre rhythmischen, flüssigen Bewegungen erinnerten an den Flügelschlag einer Riesenkrähe.

»Vielleicht verschwinden wir lieber von der Straße«, sagte Doyle.

»Nein.«

»Halten Sie das für ... ähm ... klug, Jack?«

»Wir sind nicht in Gefahr«, sagte Sparks und blieb stehen.

Kurz darauf vernahmen sie Hufschlag. Es war ein einzelnes Pferd; es lief in gleichbleibendem Galopp. Plötzlich durchdrang die Gestalt das flirrende Band aus reflektierenden Sonnenstrahlen und entpuppte sich als einzelner Reiter, den ein langer schwarzer Umhang umwehte. Als er näherkam, wurde er langsamer, und Doyle erblickte zu seiner Überraschung ein vertrautes Gesicht.

»Na so was, es ist Barry. Er ist es doch, oder?« Die Aussichten verliehen ihm unerwarteten Auftrieb.

»Nein«, sagte Sparks. »Es ist nicht Barry.«

Er ging weiter, um den auf dem Pferd sitzenden Ankömmling zu begrüßen, und der Mann, der laut Doyles Augen Barry, ihrem vorherigen Kutscher, wie aus dem Gesicht geschnitten war, saß ab und schüttelte Sparks die Hand.

»Gut gemacht, Larry«, sagte Sparks. »Dann hat es also keine Probleme gegeben.«

»Hab die Augen immer auf'm Boden gehabt, Sir«, sagte Larry, von dem Doyle noch immer fest annahm, daß er Barry war. »Gab nich's kleinste Problem.«

»Larry meint die Beeren und das, was ich auf dem Weg verstreut habe«, erklärte Sparks Doyle, als sie bei ihm waren. »Es gibt keinen zweiten Fährtensucher in England, der einer solch mageren Spur folgen könnte.«

»Außer Ihnen, Sir«, fügte Larry bescheiden hinzu. Er kam aus dem East End und war so drahtig und kompakt wie Barry. Doyle, der noch immer der festen Überzeugung war, ihren Kutscher aus London vor sich zu haben, bemerkte, daß er das gleiche lockige braune Haar und die gleichen blauen Augen wie Barry hatte.

»Larry und Barry sind Brüder«, sagte Sparks, der Doyles offene Verwirrung bemerkte. »Eineiige Zwillinge.«

»War'n wir wenigstens mal«, sagte Larry. »Barry hat nämlich 'ne Narbe, Sir, daran kann man erkennen, wo wir uns unterscheiden.« Er hielt Doyle zum Beweis seine glatte rechte Wange hin.

»Stimmt«, sagte Doyle. »Er hat keine Narbe.« Als hätte er es von Anfang an gewußt.

»Larry und Barry sind in gewissen Londoner Kreisen eine Art Legende«, sagte Sparks. »Die gerissensten Schränker, die Sie in Ihrem Leben je kennenlernen werden.«

»Schränker?«

»Einbrecher«, sagte Larry mit einem freundlichen Lächeln, als unterhielte er sich mit seiner jungfräulichen Tante über die Etikette einer Teeparty. »War früher mal in der Zunft der Einsacker und Klaubrüder; Fachmann für Keil, Brecheisen und Zentrumsbohrer, wenn Sie verstehn, was ich mein.«

»Ich verstehe ganz genau, was Sie meinen«, sagte Doyle, brüskiert darüber, wie selbstverständlich der Mann über seine Verbrecherlaufbahn sprach.

»Eine perfekte Partnerschaft«, erklärte Sparks. »Niemand wußte, daß sie Zwillinge sind. Schon rein technisch waren sie jedem anderen in der Branche haushoch überlegen.«

»Wir haben zwar keine Bildung nich«, führte Larry aus, »aber 'ne Erziehung hatten wir schon, wenn Sie verstehn, was ich mein.«

»Sie werden die Eleganz ihrer Methoden schätzenlernen, Doyle. Einer der beiden geht in die Stadt, sucht einen Pub auf, schnorrt Getränke, lärmt, zecht und macht sich allgemein bemerkbar.«

»Und das is nich etwa der Jux, den Sie sich vielleicht vorstellen, Sir«, sagte Larry ernst. »Wir sehens als Form von Unterhaltung, mit 'nem Schwerpunkt auf der *Darstellung*. Barry is nämlich 'n Sänger mit 'nem riesigen Reppertwar, von dem er zehren kann. Ich bin eher der Spetzjalist für die ›epische Rezitatzjon‹ von schmutzige Limericks.«

»Während der eine Bruder sich in der Öffentlichkeit zeigt und bemerkbar macht, geht der andere seiner Arbeit nach.«

»Ja, da geht's dann zur Sache. – Rein, die Tasche gefüllt und wieder raus«, fügte Larry hinzu.

»Die beiden sind so schnell wie Mäuse und kommen so fix überall hinein, daß man es für menschlich unmöglich hält«, fuhr Sparks fort. Doyle war der Meinung, daß dieser sich etwas zuviel an dieser Geschichte erfreute.

»Wenn's für Barry eng wird, kann er sich auch 'ne Schulter ausrenken und wie 'n Regenschirm zusammenfalten ...«

»Sie sind nie zusammen in der Öffentlichkeit gesehen worden. Selbst wenn einer der beiden auf frischer Tat ertappt wird, schwören in einem Pub vierzig Augenzeugen, daß sie den ganzen Abend in der pompösen Gesellschaft des Beschuldigten verbracht haben. Die Sache ist absolut narrensicher.«

»Und ich will tot umfallen, wenn's nich immer so war, Sir«, fuhr Larry fort. »Das heißt, bis Barry sich eines Tages 'n Stück Hartkäse gekauft hat. Barry war immer hinter 'n Damen her – 'n Trauerspiel. An einem besondern Abend hat er mit 'ner Fischhändlertochter rumgemacht. Er hatte die Zitadelle von ihrer Ehre schon lange belagert, und je mehr Bollwerke sie auffuhr, desto mehr Geschütz fuhr Barry auf 'm Schlachtfeld auf. Vier Uhr morgens, mitten im Laden, zwischen den Sardinen. Barry hat ihre Bollwerke gerade abgebaut, die Palastwache überwältigt und will gerade in ihr ›Sanctum sartorum‹ eindringen, als plötzlich ihr Papa mit 'ner Ladung Schellfisch aus der Nordsee reinplatzt, und bevor Barry die Hosen auch nur halb anhat, haut der Alte ihm 'n Hackebeil durch's Gesicht und säbelt bis auf den Knochen ...«

»Die medizinischen Einzelheiten können wir, glaube ich, außer acht lassen, Larry«, sagte Sparks.

»Stimmt«, sagte Larry ernst und suchte in Doyles Gesicht nach Spuren verletzter Empfindlichkeit. »'zeihung, Sir.«

»Es gibt einen Ort für Leute wie Sie und Ihren Bruder«, erwiderte Doyle. »Man nennt es Gefängnis.«

»Bestreit ich nich im geringsten, Sir. Da wären wir beide noch heute, und zwar mit Recht, wenn sich unser Mr. Sparks nich unserer angenommen hätte.«

»Eine lange Geschichte«, sagte Sparks gebieterisch, »mit der wir den Herrn Doktor in diesem Moment nicht belasten wollen. – Hast du irgend jemanden auf der Straße erspäht?«

»Ich kann mit ziemlicher Zuversicht sagen, daß Ihr Fluchtweg unentdeckt geblieben ist, Sir.«

»Angenehme Neuigkeiten. Doch nun, mein Freund, was hast du uns mitgebracht?«

»Ich bitte um Verzeihung, Gents. Da steh ich hier und plausche, wo Sie wahrscheinlich schon so ausgedörrt sind wie das Manuskript eines Betbruders im Mittelalter.«

Es stellte sich heraus, daß Larrys Satteltaschen bis zum Rand gefüllt waren mit Dingen, die Doyle, wäre er nicht so am Ende gewesen, fast dazu verführt hätten, seine Ansichten zu revidieren und in lauten Jubel über die beiden Ganovenbrüder auszubrechen. Zum Vorschein kamen Sandwiches unterschiedlichen Belags; gewürzter Schinken, rohes Roastbeef, scharfer Cheddarkäse, Truthahn, Mayonnaise und Hammelfleisch, dick mit Meerrettichsauce bestrichen. Dazu gab es Tütchen mit Nüssen und Süßigkeiten, Wasser und kühles Bier. Doch am dankbarsten waren sie für die trockenen Kleider zum Wechseln.

Sie tafelten neben der Straße, während das Pferd in der Nähe in hohem Alfalfa graste. Larry informierte sie über den aktuellsten Stand der Dinge. Nachdem er die letzten eineinhalb Tage am Bahnhof von Cambridge verbracht hatte, hatte er aus London von Barry – dieser hatte die Verfolger auf einer fröhlichen Jagd durch die halbe Stadt geführt und sie dann abgeschüttelt – ein kodiertes Kabel erhalten und Sparks' und Doyles Spur mit dem Pferd aufgenommen. Obwohl Doyle annahm, daß sich dies mit ihrem Berufsbild vereinbaren ließ, fiel es ihm schwer, die exakte Natur der Beziehung zwischen Barry, Larry und Sparks auf einen Nenner zu bringen, und er fühlte sich leicht unbehaglich, danach zu fragen. Die Nähe eines so eindeutig kriminellen Menschen, auch wenn er sich angeblich gebessert hatte, erweckte in ihm eine alttestamentarische Galligkeit, zu deren Eliminierung trotz Larrys heiterer Versuche, sich beliebt zu machen, auch Sandwiches und Bier nicht beitrugen.

Frisch gestärkt und mit trockenem Schuhwerk versehen nahmen Sparks und Doyle die alte Römerstraße erneut in Angriff. Larry saß auf und ritt ihnen voraus, um irgendeine nicht enthüllte Aktion auszuführen. Der Anblick seines hinter dem nächsten Hügel verschwindenden wehenden Umhangs erinnerte Doyle wieder an eine erst kürzlich erfolgte, noch sinistrere Beobachtung.

»Wer ist hinter mir her, Jack? Wer ist der Mann in Schwarz, den ich gestern abend gesehen habe?«

Die Ernsthaftigkeit der Lage umnebelte seinen Enthusiasmus. »Ich weiß es nicht genau.«

»Aber Sie haben eine Vorstellung.«

»Er ist jemand, nach dem ich suche. So nahe wie gestern abend bin ich ihm noch nie gewesen. Er ist auch der Grund, weshalb ich damals bei der Séance dabei war.«

»Gehört er zu der Verschwörung, auf die Sie angespielt haben?«

»Ich glaube, der Mann, den Sie gesehen haben, ist ihr General im Außendienst.«

»Sie kennen ihn, nicht wahr?« fragte Doyle in einem Aufblitzen intuitiver Gewißheit.

Sparks musterte ihn eingehend. Zu Doyles Erstaunen sah er in seinem kühlen Blick das Aufflackern von Angst. Diese

Zurschaustellung echter Furcht, ihre schiere Präsenz, machte den Mann menschlich und führte ihn näher an die allgemeinen Grundlagen des Doyleschen Verständnisses heran.

»Ist Ihnen eigentlich klar, wie wenig Grund ich habe, irgend etwas von dem, was Sie mir erzählt haben, zu glauben?« sagte Doyle ohne Groll.

»Gewiß.«

»Ich kann auf die Erfahrungen meiner Sinne bauen, aber die Geschichten, die Sie erzählen ... Wieso könnte es nicht ebenso leicht tausend andere plausible oder gar plausiblere Erklärungen geben?«

Sparks nickte in traurigem Konsens. »Was ist unser Dasein am Ende schon – außer einer Geschichte, die wir uns selbst erzählen, um im Schmerz des Lebens einen Sinn zu finden?«

»Wir müssen glauben, daß das Leben einen Sinn hat.«

»Vielleicht kann es nur soviel Sinn haben wie unsere Fähigkeit, es zu leben.«

Welches Spektrum an Emotionen sein Freund in dieser kurzen Zeitspanne zur Schau gestellt hatte. Doyle war von der Elastizität seiner Gefühlswelt fasziniert; sie war veränderlicher als das Sommerwetter. Und er sah seine Gelegenheit.

»Ich bin ganz Ihrer Meinung«, sagte er. »Beispielsweise weiß ich faktisch so gut wie nichts über Sie, Jack, doch bin ich durchaus fähig, mir eine Vorstellung von Ihnen zu machen – Ihre Geschichte zu entwickeln, wenn Sie so wollen –, die vielleicht eine Beziehung zu dem hat, was Sie sind. Oder auch nicht.«

»Zum Beispiel?« fragte Sparks, nun plötzlich heftig.

»Sie sind etwa fünfunddreißig Jahre alt, geboren auf dem Landsitz Ihrer Familie in Yorkshire. Sie sind ein Einzelkind. Als Junge haben Sie an einer ernsten Krankheit gelitten. Sie waren zeitlebens ein Mensch, der gern liest. Ihre Familie ist während Ihrer Jugend viel durch Europa gereist und hat beträchtliche Zeit in Deutschland verbracht. Nach der Rückkehr gingen Sie auf eine staatliche Schule, und nach dem Abschluß haben Sie ein College in Cambridge besucht. Ich glaube, Sie haben mehr als nur ein College besucht. Sie haben unter anderem Medizin und Naturwissenschaften studiert. Sie spielen irgendein Saiteninstrument, wahrscheinlich die Violine, und Sie sind nicht mal schlecht als Musikant ...«

»Erstaunlich!«

»Sie haben kurz mit dem Gedanken gespielt, den Beruf des Schauspielers zu ergreifen. Möglicherweise haben Sie sogar tatsächlich einige Zeit auf der Bühne gestanden. Sie haben auch eine Karriere beim Militär in Erwägung gezogen, und möglicherweise haben Sie während des Afghanistan-Feldzuges von 1878 Indien bereist. Als Sie im Osten waren, haben Sie einige Zeit damit verbracht, Religionen zu studieren, unter anderem Buddhismus und Konfuzianismus. Ich nehme an, Sie haben auch die Vereinigten Staaten bereist.«

»Bravo, Doyle. Sie versetzen mich in Erstaunen.«

»Das war auch meine Absicht. Wollen Sie wissen, wie ich darauf gekommen bin?«

»Mein Akzent, beziehungsweise das, was noch von ihm übrig ist, hat Sie auf Yorkshire gebracht. Aufgrund meines Auftretens und meiner anscheinenden Mittel haben Sie korrekt angenommen, daß ich einer Familie entstamme, deren Einkünfte mich in einigem Komfort leben lassen, ohne daß ich gezwungen wäre, mein Leben dem Kommerz zu widmen ...«

»Genau. Ihre lebhafte Fantasie läßt den Schluß zu, daß Sie in der Kindheit krank waren – vielleicht die Choleraepidemie in den Sechzigern –, und so haben Sie sich damit beschäftigt, viel zu lesen; ein Habitus, den Sie auch heute noch pflegen.«

»Richtig. Und meine Familie ist regelmäßig in Europa gewesen, besonders in Deutschland. Aber ich kriege ums Verrecken nicht heraus, wie Sie darauf gekommen sind.«

»Eine fundierte Annahme: Deutschland ist das bevorzugte Reiseland der Oberklassenfamilien Ihrer Elterngeneration, die ihren Kindern etwas systematische Wertschätzung der Literatur und Kultur einbleuen möchten. Ich vermute, die deutsche Abstammung unserer letzten Herrscherhäuser hatte einiges – wenn nicht gar alles – mit dieser Neigung des Landadels zu tun.«

»Gut begründet«, sagte Sparks. »Doch einen Fehler haben Sie gemacht: Ich habe einen älteren Bruder.«

»Offen gesagt, das überrascht mich. Sie weisen eindeutig die natürliche Zuversicht eines ältesten oder Einzelkindes auf.«

»Mein Bruder ist beträchtlich älter. Er ist nie mit uns verreist und hat den größten Teil meiner Kindheit in einer Schule verbracht. Ich habe ihn kaum gekannt.«

»Das erklärt alles.«

»Ich war wirklich in Cambridge – Caius und Magdalene –, und ich habe auch Medizin und Naturwissenschaften studiert. Darauf sind Sie durch meine Vertrautheit mit der Stadt und die scheinbare Ungezwungenheit gekommen, mit der ich an die Informationen über den jungen Nicholson herangekommen bin.«

»Wieder richtig.«

»Ich war auch kurz auf der Christ Church in Oxford.«

»Theologie?«

»Ja. Und ... Es ist mir peinlich, es zu sagen: Auch an einem Amateurtheater.«

»Darauf haben mich Ihre Fertigkeiten in Sachen Schminken und Maskieren gebracht. Und da Ihre indische Verkleidung so perfekt ausgefallen war, habe ich vermutet, daß Sie auch im Orient waren.«

»Ich bin zwar leider nie beim Militär gewesen, aber ich habe den Fernen Osten bereist und tatsächlich viele Stunden mit dem Studium von Religionen zugebracht.«

»Und in den Vereinigten Staaten?«

»Ihnen ist wohl nicht entgangen, daß ich manchmal amerikanischen Jargon verwende.«

Doyle nickte.

»Ich bin acht Monate an der Ostküste herumgezogen«, sagte Sparks im Tonfall eines Büßers im Beichtstuhl. »Als Schauspieler bei einer Tournee der Sasanoff Shakespeare Company.«

»Ich wußte es doch!«

»Ich habe den Mercutio für meine beste Stunde auf der Bühne gehalten, obwohl man in Boston meinen Hotspur am meisten bejubelt hat«, sagte Sparks im Tonfall spöttischer Eitelkeit. »Jetzt kann ich Ihrer Denkweise in jeder einzelnen Deduktion folgen, nur nicht in einer: Woher, zum Henker, wissen Sie, daß ich Violine spiele?«

»Ich habe einst einen Violinisten des Londoner Orchesters behandelt, der sich bei einem Fahrradunfall das Gelenk verzerrt hatte. Er hatte ein deutlich erkennbares Muster kleiner Schwielen an den Fingerspitzen der linken Hand – vom Druck auf die Saiten. Sie weisen das gleiche Muster auf. Ich nehme an, sie spielen das Instrument, wenn auch nicht ganz so fachmännisch, mit der gleichen Hingabe wie mein Patient.«

»Erstaunlich. Ich gratuliere Ihnen zu Ihrer Beobachtungsgabe.«

»Vielen Dank. Ich bin selbst ziemlich stolz darauf.«

»Die meisten Menschen treiben in einem fortwährenden Dunst befangener Ichbetrachtung durchs Leben, der völlig verhindert, daß sie die Welt so sehen, wie sie ist. Ihre diagnostische Ausbildung hat Sie mit der unbezahlbaren Eigenschaft ausgestattet, Einzelheiten zu beachten, und Sie haben mit ebensolchem Fleiß eindeutig an einer fortschrittlichen Lebensphilosophie gearbeitet.«

»Ich schätze, ich bin immer davon ausgegangen, daß es um so besser ist, je weniger man über solche Dinge spricht«, sagte Doyle bescheiden.

»Mögen Taten den weltlichen Menschen erklären, während die Musik seiner Seele für ein Publikum spielt, das nur aus einem besteht.«

»Shakespeare?«

»Nein, Sparks«, sagte Sparks mit einem Grinsen. »Soll ich also jetzt über Sie loslegen?«

»Was? Sie meinen, was mein Äußerliches über mich enthüllt?«

»Die Vorstellung, daß ich hinsichtlich der Ausübung observierender Deduktion mein Ebenbild gefunden habe, kann meine konkurrierenden Neigungen natürlich nicht kalt lassen.«

»Woher soll ich wissen, ob es sich um berechtigte Schlußfolgerung handelt, und nicht um Tatsachen, die Ihnen auf irgendeine Weise zugänglich gemacht worden sind?«

»Sie werden es nie erfahren«, sagte Sparks und zeigte erneut sein aufblitzendes Lächeln. »Sie sind in Edinburgh geboren. Ihre Eltern waren Katholiken irischer Abstammung und lebten in bescheidenen Verhältnissen. Sie haben in Ihrer Jugend viel geangelt und gejagt. Sie wurden in kirchlichen Schulen erzogen, bei den Jesuiten. Die Passionen Ihres Lebens sind Literatur und Medizin. Sie haben die medizinische Fakultät der Universität von Edinburgh besucht, wo Sie bei einem intelligenten Professor studiert haben, der Sie angeregt hat, Ihre Deduktions- und Beobachtungsgabe weit über den Umfang diagnostischer Anwendung hinaus zu entwickeln. Trotz Ihrer medizinischen Ausbildung haben Sie sich Ihren Traum, eines Tages ausschließlich vom Schreiben zu leben, nie erfüllen können. Trotz Ihrer Indoktrinierung durch die katholische Kirche haben Sie den Glauben Ihrer Familie abgelegt, nachdem Sie an Séancen teilgenommen und Erfahrungen gemacht haben, die zu kompliziert sind, um an irgendwelchen religiösen Dogmen kleben zu bleiben. Sie halten sich für einen zwar bestätigten, aber freigeistigen Agnostiker. Sie können sehr gut mit dem Revolver umgehen ...«

Und so verbrachten sie den Rest des Nachmittags in einer Begegnung des Geistes, was eine besondere Erfahrung für die beiden Männer darstellte, die so sehr an die einsame Ausübung ihrer brennendsten Fähigkeit gewöhnt waren. Obwohl in der Ferne Bauernhöfe und ein, zwei größere Ansiedlungen auftauchten, blieben sie auf dem urzeitlichen Pfad und stillten ihren Hunger und Durst, wenn er sich meldete, mit dem Proviant, den Larry ihnen gebracht hatte. Sie gingen über Wiesen und durchquerten Birkenwälder und vernichtetes, brachliegendes Flachland, bis der Sonnenuntergang sie am Ende des Weges wiederfand, an den Ufern des River Colne, einem breiten und trägen Wasserweg, der sich durch die Felder und abgelegenen Bauerndörfchen von Essex schlängelte. Nach einem stillen Abendessen unter einer sie beschützenden Eiche kam schließlich die Dunkelheit, und

Larry tauchte wieder auf – diesmal in einem Boot, das er in der Nähe ihres Lagers ans Ufer steuerte. Es war eine sieben Meter lange Schaluppe, seetüchtig und stark, und an ihrem Bug hing eine Laterne. Während Larry das Dollbord hielt, gingen sie an Bord. Mittschiffs boten ihnen ein verschlissener Leinwandaufbau und ein Deckenlager Obdach. Unter dem klaren Nachthimmel und im Licht des Dreiviertelmondes stießen sie sich vom Ufer ab und trieben lautlos mit der Strömung flußabwärts, wobei sie unbemerkt eine schläfrige Ortschaft passierten. Da Sparks darauf beharrte, begab sich Doyle als erster zur Ruhe, und noch bevor sie kaum eine Meile flußabwärts zurückgelegt hatten, trug das sanfte Rollen des Gewässers den erschöpften Arzt in die traumlosen Arme dankbaren Schlafes.

Der Fluß trug sie ohne Zwischenfälle durch die Nacht – vorbei an Halstead, Rose Green, Wakes Colne und Eight Ash. Im Morgengrauen passierten sie die weitverzweigten Ausläufer des uralten Colchester, dann ging es weiter an Wivenhoe vorbei, wo der Fluß breiter wurde und sich darauf vorbereitete, ins Meer zu strömen. Obwohl sie im Laufe der Nacht an einer ganzen Reihe verankerter Frachtkähne und kleinerer Boote vorbeigekommen waren, begegneten sie hier zum ersten Mal größeren Schiffen, die unter Dampf standen. Larry zog das Hauptsegel auf, um ihr Vorwärtskommen gegen die Flut zu sichern, und der darauf folgende Südost blähte das Segel auf und trieb sie an dem hinderlichen Frachtverkehr vorbei, der den Kanal zu einem Wirrnis machte.

Zwei kurze Nickerchen im Stehen waren alles, was Sparks sich während der Reise erlaubte, und mehr schien er auch nicht zu benötigen. Doyle schlief die ganze Nacht. Er erwachte erfrischt und nicht wenig erstaunt, als er sah, daß sie das Land hinter sich ließen und aufs offene Meer hinausfuhren. Mit dem Wind in ihrem Rücken kamen sie rasch voran und hielten nach Süden zu. Als sie in kräftigere Dünung kamen, übernahm Sparks das Ruder. Larry nahm eine Mütze voll Schlaf, und Doyle gesellte sich achtern zu seinem Reisegefährten. Obwohl die Umstände zu ihrem Vorteil waren, erkannte er daran, wie Sparks das Ruder hielt und mit dem Wind umging, daß er ein ausgezeichneter Seemann war. Bald darauf geriet der Fluß hinter ihnen außer Sichtweite, und Steuerbord erstreckte sich nur noch der öde Abschnitt zwischen Sales und Halliwell Point.

Die rastlose Berührung durch die Wellen und der Salzgeschmack der Luft weckten in Doyle eine ganze Reihe längst vergessener Erinnerungen an seine Zeit auf See. Der Spaß, die sie ihm bereiteten, mußte an seinem Gesicht abzulesen sein, denn Sparks bot ihm zu seiner Freude kurz darauf das Ruder an. Dann ließ er sich bequem auf einem zusammengerollten Tau nieder, zog ein Päckchen Tabak aus dem Stiefel und stopfte sich eine Pfeife. Da die Stille nur durch das mürbe Knarren der Takelage und das Gekreisch der Möwen durchbrochen wurde, ergötzte sich Doyle begierig an den Reichtümern der Meereslandschaft. Zu welchem Ziel sie auch unterwegs sein mochten – hier draußen, in einem angesichts der Größe des Ozeans zwerghaft kleinen Boot, schien es ihm viel leichter handhabbar. Und zu dieser Erkenntnis war er schon in viel rauheren Gewässern als diesen gelangt.

Warum die Fluchtnummer nicht zu Ende bringen und zum Kontinent übersetzen, fragte er sich plötzlich. Als ehemaliger Seefahrer wußte er, daß es tausend ferne, exotische Häfen gab, in denen ein Mensch verschwinden und sich verändern konnte – Orte, die seine namen- und gesichtslosen Verfolger niemals finden würden. Als er diese Möglichkeit in Erwägung zog, wurde ihm klar, wie wenig ihn an sein gegenwärtiges Dasein band – Familie, Freunde, ein paar Patienten –, aber keine Frau, kein Kind und keine schwerwiegenden finanziellen Verpflichtungen. Durchtrenne das Band zu deinen Empfindungen und entdecke, wie gefährlich zerbrechlich die Bindungen an die vertraute Welt sein konnten. Wie verlockend die Möglichkeit eines radikalen Bruches doch war. Mehr konnte Doyle nicht tun, um der Versuchung zu widerstehen, das Ruder nach Backbord zu drehen und den Kurs ins Unbekannte einzuschlagen. Vielleicht war dies das wahre Lied der legendären Sirenen, die Verlockung, allen Ballast der Vergangenheit fahrenzulassen und schwerelos und unbelastet durch den finsteren Tunnel der Wiedergeburt zu eilen. Vielleicht war dies trotz alledem die Bestimmung der Seele.

Doch als er vor der Entscheidung stand, kehrte seine Urüberzeugung in das von strahlender Verlockung geschaffene Vakuum zurück: Wenn man dem Bösen gegenüberstand – und er wußte genau, daß es ihn verfolgte – und kampflos das Weite suchte, beschwor man das noch Bösere herauf. Das Böse, das aus Versagen und Feigheit bestand. Vielleicht konnte man ein ganzes Leben – oder eine ganze Kette von Leben – verbringen, ohne je einem unzweideutigen Angriff dieser Art zu begegnen, trotz der Zusicherung dessen, was ein Mensch über sich als wahr erachtete. Es war besser, das Leben im Verteidigungskampf seiner Heiligkeit einzubüßen, als den Schwanz einzuziehen und das zu Ende zu leben, was von den zugeteilten Jahren eines geprügelten Hundes übrigblieb. Es war eine wertlose Zufluchtsstätte, die keinen Schutz vor dem Selbstekel bot.

Also steuerte er ihr Boot nicht nach Osten. So zahlreich und mächtig seine Feinde auch waren, sie mochten ihm die Haut abziehen und seine Knochen sieden, sie würden niemals über ihn triumphieren. Doyle fühlte sich wütend, geistig klar und im Recht. Und wenn sie über irgendeine teuflische Macht geboten, um so besser: Sie waren letztlich Menschen, und Menschenfleisch konnte man zum Bluten bringen.

»Ich gehe wohl recht in der Annahme, daß Sie den Namen des letzten Verlegers vergessen haben, dem Sie das Manuskript zuschickten, oder?« fragte Sparks, der seinen Blick träge über die Reling schweifen ließ.

»Könnte jeder Beliebige gewesen sein. Mein Notizbuch ist im Chaos meiner Wohnung leider verlorengegangen.«

»So ein Pech.«

»Wie haben sie es gemacht, Jack? Ich kann mir für fast alles, was passiert ist, eine Erklärung zurechtbiegen – für die Séance und alles andere –, aber *das* begreife ich ums Verrecken nicht.«

Sparks nickte verständnisvoll und biß auf den Stiel seiner Pfeife. »Ihrer Beschreibung zufolge sieht es so aus, als sei die betreffende Gruppierung auf eine Methode gestoßen, mit der man eine Veränderung in der Molekularstruktur fester Gegenstände hervorrufen kann.«

»Aber das würde heißen, daß sie tatsächlich im Besitz irgendeiner furchtbaren geheimnisvollen Kraft sind.«

»Ja, ich nehme an, das bedeutet es«, sagte Sparks trocken.

»Ich finde diese Vorstellung unerträglich.«

»Wenn sie genau das getan haben, wird unsere Meinung darüber kaum für eine große Abschreckung sorgen, alter Knabe. Und wo wir gerade beim Thema unzulängliche Erklärungen sind ... Es steht noch die Frage der Vermummten offen.«

»Sie haben gesagt, Sie glauben, daß die Männer nicht ... *richtig* leben.«

»Sie sind doch hier der Arzt.«

»Um mir eine fundierte Meinung zu bilden, müßte ich zumindest einen von ihnen näher untersuchen.«

»Angesichts der Hartnäckigkeit dieser Burschen wage ich die Behauptung, daß Sie noch eine faire Chance bekommen werden, diese Gelegenheit wahrzunehmen.«

Ihre Unterhaltung hatte Larry geweckt. Er kroch unter dem Aufbau hervor und rieb sich den Schlaf aus den Augen.

»Larry hat einen der Burschen aus nächster Nähe gesehen«, sagte Sparks. »Stimmt's, Larry?«

»Um was geht's denn, Sir?« fragte Larry und kramte in seiner Satteltasche nach einem Sandwich.

»Um die Vermummten. Erzähl's Dr. Doyle.«

»Richtig. Is schon 'n paar Monate her, Sir«, sagte Larry und riß hungrig an seinem westfälischen Schinken und Käse. »Ich war grad damit beschäftigt, 'n bestimmten Gentleman zu beschatten, den wir schon 'ne ganze Zeit im Visier hatten ...«

»Einen wesentlichen Verdächtigen bei meinen Ermittlungen«, fügte Sparks hinzu.

»Genau. Bei diesem Gentleman isses so Sitte, jeden Dienstagabend sein schönes Haus in Mayfair zu verlassen, um als

Gast 'n berüchtigtes, wenn nich gar berühmtes Freudenhaus in der Gegend von Soho aufzusuchen, wo sein Geschmack immer dazu neigt, 'ne leicht unkonventjonelle Richtung einzuschlagen ...«

»Die uns aber im Moment nicht interessiert, Larry«, warf Sparks ein.

»Ich versteh Sie eindeutig, Sir«, fuhr Larry mit vollem Munde fort und genehmigte sich während seines Vortrags hin und wieder einen großzügigen Schluck Bier, um die gewaltigen Bissen hinunterzuspülen. »Nachdem der Gentleman also wieder mal 'ne ganze Weile seinen fragwürdigen Neigungen nachgeht, denk ich mir: Statt ihm, wie üblich, nachzusteigen, geh doch mal in sein Haus, solang er weg is, und kuck dich da mal um, damit du 'n Eindruck kriegst, was da so los is.«

»Die Macht der Gewohnheit«, sagte Doyle trocken.

»Aber nich doch, Sir, so war's nich gemeint. Ich hab der Brangsche abgeschworen. Ich und Barry sind sauber. Gott sei mein Zeuge.« Larry bekreuzigte sich. »Nee, ich bin nur bei ihm eingestiegen, weil ich dachte, vielleicht hat der Gentleman in seinem Haus ja was rumliegen lassen, das uns was sagt, damit wir 'n besseres Verständnis von den unaufrichtigen Absichten kriegen, die er und seine Spießgesellen haben.«

»Eine Liste oder irgendeine Art Kommuniqué«, fügte Sparks hinzu.

»Genau. Selbst wenn er so was im Haus hätte, das zum Beispiel in 'nem Tresor, der hinter 'ner Landkarte mit 'ner hyperboräischen Wildnis oder 'nem imposanten Ölgemälde von seiner Alten – also seiner Gattin –, die vielleicht auf'm Bild 'n bißchen schöner is als im richtigen Leben ... also, die Zähne 'n bißchen kürzer, und mittschiffs schlanker – falls man die Wahrheit kennt, die ja schließlich 'n Künstler-Vorrecht is, nich wahr? Und ich wette, der Kerl hat auch ordentlich was für seine Plackerei bezahlt gekriegt. 'nem Künstler braucht man nämlich nich zu sagen, auf welcher Seite von sein Brot die Butter is ... zeihung, Sirs, ich schweif ab. Na ja, ich war fest drauf aus, entschlossen und hatte das nötige Talent, um so 'n Gegenstand, wo er auch zu finden war, zu sichern.« Larry aß sein Sandwich auf, leerte die Bierflasche, rülpste explosiv und warf die Flasche über Bord.

»Also hab ich den Tresor aufgemacht. Leider konnte ich in dem engen Ding nix entdecken, das interessant gewesen wär, außer 'nem dicken Wertpapierstapel, der auch noch unheimlich viel wert war. Ziemlich schwierig auf der Straße zu verscherbeln, glaub ich; die Leute hätten wohl die Stirn gehabt, sie bei ihrem Anblick zu runzeln, obwohl Larry und Barry, die alten Knaben, keine Sekunde daran gedacht haben, sie einzusacken. Dann waren da noch 'n paar schmutzje Fotos mit jungem Gemüse drauf, die den Neigungen des Gentleman in keiner Weise widersprachen, sondern ganz im Gegenteil alles bestätigt haben, was ich schon am Anfang über seine unorthodoxen intimen Präferenzen gesagt hab – und dann noch sein Testament, in dem er Haus und Hof und alles andere von seinem ansehnlichen Besitz keiner anderen vermacht als der feisten Frau, die auf dem Gemälde so verschönt worden war.«

»Anders ausgedrückt«, sagte Doyle ungeduldig, da ihm die unverbesserliche Weitschweifigkeit des Mannes auf die Nerven ging, »Sie haben nichts gefunden.«

»Nicht das, worauf ich aus war, Sir, nein. Doch als ich auch den Rest von dem Plunder ebenso enttäuscht in 'n Tresor zurückgeworfen hatte und mich durch 'n Keller schlug, wo ich durch 'n Fenster Zugang gefunden hatte, hab ich durch 'ne angelehnte Tür gelugt. 'n Abstellraum oder 'n Kartoffelkeller, der meiner Aufmerksamkeit beim Reinkommen entgangen war. Jetzt, wo sich meine Augen an die Dunkelheit gewöhnt hatten, fiel mir hinter der Tür 'n Schuh auf, 'n Stiefel, um genau zu sein; und er bewegte sich nich. Ich hab auch 'n Hosenbein gesehen, das eindeutig zu dem Stiefel gehörte. Ich blieb so still stehen wie Nelsons Statue und schaute mir das Ganze volle zehn Minuten an. Es war 'n genagelter Stiefel, Eisen um die Zehen, und so sauber wie 'n Lätzchen von 'nem Säugling. Es war 'n sehr ernsthafter Stiefel. 'n Stiefel, mit dem man nich aneinandergeraten wollte. 'n flinker Tritt ins Mittelteil, und meine Innereien wären so komplett umgestellt gewesen wie die Möbel von 'nem frisch verheirateten Ehepaar. Während der zehn Minuten hat sich der Stiefel nicht einmal bewegt. Ich hab 'n Penny in den Raum geworfen, der in dem stillen Keller wie 'n Kanonensalut klang. Es hat sich nix gerührt. Da wurd ich natürlich mutig. Also hab ich die Initiative ergriffen und die Tür aufgemacht.«

»Einer der Vermummten«, sagte Doyle.

»Genau das, Sir. Er saß auf 'nem Stuhl, im Dunkeln, das Gesicht vermummt, die Hände auf 'n Knien ...«

»Und er hat sich nicht gerührt?«

»So wenig, Sir, daß ich mir inzwischen dachte, ich wär über die Beute von irgend 'ner geheimnisvollen Dieberei aus'm Gruselkabinett von Madame Tussaud gestolpert. Die Gestalt vor mir hat nämlich absolut nix getan, um mir zu zeigen, ich tät den Raum mit 'nem lebendigen Menschen teilen.«

»Was haben Sie dann getan?«

»Ich hab 'ne Kerze aus meiner Tasche angezündet, um mir die Sache genauer anzusehn. Ich hab vorsichtig 'n Arm ausgestreckt und seine Hand angefaßt. Eigentlich mehr so ruck, zuck. Nix. Ich hab heißes Wachs auf ihn tropfen lassen. Als auch das nix gebracht hat, hab ich meinen Katzendolch gezückt und ihn gepickst. Er hat sich nich gerührt. Und obwohl seine Haut grau und kalt war wie 'n Fisch auf 'm Teller, hat mir irgendwas gesagt, daß der Kerl nich tot is – jedenfalls nich so richtig tot. Da lief's mir kalt 'n Rücken runter. Mir standen die Haare zu Berge, und ich hab schon mehr als einmal 'n frisch Verstorbenen gesehn, ohne daß ich Angst gekriegt hab. Aber so was hab ich noch nie erlebt.«

»Haben Sie seinen Puls oder Herzschlag gefühlt?«

»Ich muß zugeben, es war 'n bißchen viel verlangt, den Kerl noch mal anzufassen. Ich hab dann das gemacht, was mir als das Naheliegendste erschien. Ich hab ihm die Kapuze abgenommen.«

»Der blaue Zwirn ...«

»Ja, Sir, da war jede Menge blauer Zwirn, der schnürte ihm die Lippen zusammen. 'ne harte Arbeit, wie's aussah ...«

»Die Augen auch?«

»Die Augen warn zwar zu, aber die Lider warn nich zugenäht ...«

»Hat er geatmet?«

»Lassen Sie ihn weitererzählen, Doyle«, sagte Sparks.

»Ich weiß nich, Sir, ich hatte wirklich keine Traute, das angesichts der Lage nachzuprüfen, weil ich nämlich, als ich den ersten Blick auf ihn warf, erkannte, daß der Bursche mir nich unbekannt war ...«

»Sie *kannten* ihn?«

»Ja, Sir. Lansdown Dilks, 'n Schlagetot aus Wapping. Er war mal 'ne große Nummer. Wir haben ihn alle gekannt, als er noch am Leben war. 'n ziemlich fieser Zeitgenosse. Jedenfalls bis man ihn erwischt hat, wie er 'nem Ladenbesitzer in Brixton den Hals umgedreht hat ...«

»Er kam ins Gefängnis?«

»Ja, wegen 'nem ganz üblen Mord, da hat man ihn eingelocht, is drei Jahre her. Sie können sich bestimmt vorstellen, wie überrascht ich war, den alten Knaben in 'nem Kartoffelkeller in Mayfair zu treffen – mit zusammengenieteten Lippen und steif wie 'n Aufziehsoldat, der darauf wartet, daß einer den Schlüssel in seinem Rücken dreht ...«

»Was haben Sie dann getan?«

»Ich hab gehört, wie oben die Haustür aufging. Und bei dem Geräusch hat Lansdown die Augen aufgemacht.«

»Die Augen aufgemacht?«

»Wie ich gesagt hab, Sir.«

»Hat er ... Sie erkannt?«

»Das is schwer zu sagen, Sir, weil ich die Kerze ausgeblasen hab und abgehauen bin – ich war schon durchs Fenster und halbwegs durch die Gasse, bevor der Raum dunkel wurde. Und wenn ich's noch mal machen müßte, würde ich das gleiche tun. Lansdown Dilks war schon zu Lebzeiten so'n unangenehmer Patron, daß man ihm lieber aus'm Weg gegangen is. Ich schätz, die Wahrscheinlichkeit is nich sehr groß, daß er sich in seiner neuen Position zum Besseren hin verändert hatte.«

Doyle war sprachlos. Der Wind wechselte. Im Westen

sammelten sich Wolken. Es erschien ihm, als sei es plötzlich zehn Grad kälter. Die Schiffsplanken ächzten, als sie eine Welle kreuzten.

»Wem gehörte das Haus?« fragte Doyle schließlich.

Sparks und Larry tauschten einen vorsichtigen Blick, den Doyle auffing und auf den hin er sofort einen Einwand machte.

»Herr im Himmel, Mann!« sagte er vorbeugend. »Wenn diese Leute hinter mir her sind, habe ich das Recht, es zu erfahren. Wer A sagt, muß auch B sagen ...«

»Es ist zu Ihrem eigenen Schutz, Doyle ...«, protestierte Sparks.

»Das ist mir scheißegal! Ich war Zeuge eines Mordes ... Zeuge von zwei Morden ... Von dreien, wenn man die Petrovitch mitzählt! Ich kann nicht nach Hause zurück! Mein ganzes Leben ist aus den Fugen geraten! Und nun kann ich mich darauf freuen, vertrauensvoll einem Leben endloser Schrecken entgegenzusehen, bis sie mich wie ein für den Markt bestimmtes Rind abschlachten!«

»Nun machen Sie aber mal halblang, Doktor ...«

»Entweder gehöre ich nun zu Ihnen, Jack, und erfahre sofort alles, was Sie wissen, oder Sie und die ganze Sache scheren sich zum Teufel. Dann können Sie sofort das Ufer anlaufen und mich absetzen. Dann nutze ich meine Chance allein!«

Trotz seiner angeborenen Scheu, Skandale zu entfachen, weidete sich Doyle insgeheim an der reinigenden Wirkung seines Ausbruchs. Er schien im Begriff zu sein, in Sparks eine Tür aufzustoßen, auch wenn sie sich im Augenblick noch nicht ganz öffnen wollte. Doyle zückte seinen Revolver und richtete ihn auf den Schiffsrumpf.

»Sie haben zehn Sekunden Zeit, es sich zu überlegen, dann schieße ich ein Loch in das verdammte Boot!« sagte er kühl und spannte den Hahn. »Und dann können Sie von Glück reden, wenn einer von uns es bis zum Ufer schafft. Ich meine es ernst.«

Larrys Hand tastete beiläufig in seine Tasche.

»Nicht, Larry«, sagte Sparks, ohne ihn anzusehen.

Larry zog die Hand zurück. Sie warteten ab.

»Die Zeit ist um, Jack«, sagte Doyle und hob das Schießeisen. Er war feuerbereit.

»Das Haus gehört Brigadegeneral a.D. Marcus McCauley Drummond von den königlichen Füsilieren. Stecken Sie die Waffe ein, Doktor.«

»Der Name ist mir nicht vertraut«, sagte Doyle. Er nahm den Finger vom Abzug, ohne jedoch den Hahn zu entspannen.

»General Drummonds Personalakte zeichnet sich in erster Linie durch ihre Blaßheit aus«, sagte Sparks knapp und ohne Schroffheit. »Den Offiziersrang hat er sich mit dem Geld seiner Familie erkauft, was auch seinen unerklärlichen Aufstieg in diesen hohen Dienstgrad erklärt: Die Drummonds gehören zu den bekanntesten Munitionsfabrikanten des Landes und sind unsere wichtigsten Lieferanten von Kugeln und Mörsergranaten. Ihnen gehören Fabriken in Blackpool und Manchester sowie drei deutsche Unternehmen, die schwere Geschütze produzieren. General Drummond war allerdings kein eifriger Verbraucher seiner eigenen Bestände; in den zwanzig Jahren, die er beim Militär verbracht hat, hat keine ihm unterstellte Einheit je einen ernsthaften Schuß abgefeuert.

Nach dem Tod seines Vaters – vor sechs Jahren – ließ er sich in den Ruhestand versetzen und übernahm die Leitung des Familienkonzerns. Die Aggressivität, die er während seiner Militärzeit vermissen ließ, hat ihre Stimme im Handel gefunden: seither haben sich Umsatz und Gewinne verdreifacht. Im vergangenen Jahr hat er die älteste Tochter der Essener Familie Krupp geheiratet, seines größten Konkurrenten auf dem Kontinent. Das Ergebnis ist ein potentielles Monopol. Der General ist nun auf bestem Wege, sowohl den internationalen als auch den inländischen Markt zu beherrschen. Momentan verhandelt er über den Erwerb eines Unternehmens, das den Revolver herstellt, den Sie in der Hand halten. Möchten Sie sonst noch etwas wissen?«

Doyle entspannte den Hahn und ließ die Waffe sinken.

»Was hat Ihre Aufmerksamkeit überhaupt auf Drummond gerichtet?«

»Befehle«, sagte Sparks. Es gelang ihm, das Gewicht von achthundert Jahren Monarchie in ein Wort zu legen und damit jede weitere Frage in dieser Richtung abzublocken.

Doyle war der Stärke einer solchen Andeutung gegenüber nicht immun. Er legte die Waffe in seine Reisetasche zurück und setzte sich. Befehle von der Königin. In seinem Kopf wirbelten die Gedanken.

»Mein Vater hat immer gesagt, die nützlichste Tugend eines Menschen bestünde darin, zuzugeben, daß etwas seinen Horizont übersteigt«, sagte er müde.

»Essen Sie 'n Sandwich, Chef«, sagte Larry und hielt ihm freundlich den Korb hin.

Doyle griff zu. Er fühlte sich mit vollem Magen immer besser. Zumindest darauf konnte er sich noch verlassen.

»Ich nehme an, Sie können Drummond wohl nicht anzeigen, weil er einen entflohenen Sträfling versteckt?«

»Als Larry in das Haus des Generals zurückkehrte, fand er keine Spur mehr von Mr. Dilks oder irgendwelchen anderen Vermummten«, sagte Sparks. »Aber auch sonst ist dieser Fall von einigen unüberwindlichen Schwierigkeiten gekennzeichnet.«

»Wie das?«

»Laut den Akten im Central Criminal Court ist der Sträfling Lansdown Dilks im letzten Februar in der Schlinge des Henkers gestorben. Die Behörden waren so nett, uns eine Fotografie seines Grabsteins zu schicken.«

Doyles Hand mit dem Sandwich sackte nach unten, und er gaffte Sparks mit offenem Mund an.

»Die andere Sache, die ich zum besseren Verständnis erwähnen sollte, Doyle«, sagte Sparks leise, »ist die, daß mein Hauptziel, ganz allgemein gesprochen, keineswegs darin besteht, in Ausübung meiner Pflichten irgendwelche Gegenspieler anzuzeigen. Anders ausgedrückt, ich bin nicht unbedingt gehalten, meine Pflichten innerhalb der strengen Begrenzungen auszuüben, die das Gesetz vorschreibt.«

»Nicht?«

»Jedenfalls nicht im engeren Sinne. Dies räumt mir die Freiheit ein, mich auf die Fähigkeiten meiner Helfer zu verlassen, die die Vorbedingungen für ein Arbeitsverhältnis im Rahmen festgeschriebener Strafrechtsgesetze ansonsten ... für ungebührlich streng halten würden.«

Doyle wandte sich zu Larry um. Larry lächelte, öffnete mit Hilfe einer Zahnlücke eine Bierflasche und reichte sie ihm.

»Ach so«, sagte Doyle und nahm das Bier.

»Nun habe ich Sie in die wahre Natur meiner Branche eingeweiht, Doktor«, sagte Sparks. Er lehnte sich zurück und zündete die Pfeife wieder an. »Haben Sie noch immer vor, mit mir zusammenzuarbeiten, oder soll ich Larry anweisen, den nächsten begehbaren Strand anzulaufen?«

Sparks schien tatsächlich darauf vorbereitet zu sein, seine Antwort auszusitzen. Für einen Augenblick tauchte unvernünftigerweise Südamerika als dritte, immens anziehende Alternative vor Doyles geistigem Auge auf. Er trank sein Bier und bemühte sich, das sich in seinem Verstand drehende Glücksrad anzuhalten.

»Ich mache mit«, sagte er dann.

»Gut«, sagte Sparks. »Wir freuen uns, Sie auf unserer Seite zu haben.« Er schüttelte Doyle fest die Hand.

»Willkommen an Bord, Sir«, sagte Larry strahlend.

Doyle dankte ihnen, lächelte blaß und wünschte sich insgeheim die geringste Zuversicht in die Klugheit seiner Entscheidung. Nachdem die Frage seiner Anwerbung geklärt war, beschäftigten sie sich damit, die Leinen und Segel in die richtige Position zu bringen, um sich den wechselnden Bedingungen des Meeres anzupassen. Als die Sonne am höchsten stand, tauchte am südlichen Horizont Land auf.

»Die Insel Sheppey«, sagte Sparks und deutete nach Süden. »Wenn der Wind anhält, müßten wir bei Sonnenuntergang in Faversham sein. Von dort bis nach Topping ist es eine volle Tagesreise. Wenn Sie nichts dagegen haben, halte ich es für ratsam, ohne Unterbrechung weiterzumachen.«

Doyle sagte, daß er nichts dagegen habe.

»Der Gatte der verstorbenen Lady Nicholson ist ein Mann namens Charles Stewart Nicholson. Er ist der Sohn von Richard Stanley Nicholson, dem Grafen von Oswald, der im Laufe der Zeit zu einem der reichsten Männer Englands geworden ist«, sagte Sparks in geringschätzigem Tonfall. »Ich kann es kaum erwarten, Charles Stewart Nicholson kennenzulernen. Möchten Sie wissen, warum?«

»Ja«, antwortete Doyle leidenschaftslos, nun darauf bedacht, Sparks das Tempo seiner Enthüllungen selbst bestimmen zu lassen.

»Der junge Lord Nicholson errang vor einem Jahr meine Beachtung, als er einen großen Landbesitz seiner Familie in Yorkshire an eine Strohmann-Firma verkaufte. Die nur scheinbar gewöhnliche Transaktion war von einem juristischen Miasma umgeben, das sich als äußerst schwierig zu durchdringen erwies: Jemand hatte beträchtliche Verwirrungsmanöver unternommen, um die Identität des Käufers vor den Augen der Öffentlichkeit geheimzuhalten.«

Sparks hielt inne und musterte Doyles Verwirrung mit erheitertem Interesse.

»Würde es Sie überraschen, zu erfahren, daß der Mann, der Nicholsons Land erwarb, Brigadegeneral Marcus McCauley Drummond war?«

»Ja, Jack. Es würde mich überraschen.«

»Nun, mich hat es auch überrascht.«

10
Topping

SIE ERREICHTEN FAVERSHAM tatsächlich bei Einbruch der Nacht. Nachdem sie die äußeren Bezirke der Insel Sheppey hinter sich gelassen hatten, segelten sie einen weitläufigen Meeresarm hinauf, der bei den Einheimischen unter dem Namen Swale bekannt war, fuhren flußaufwärts in einen sich verengenden Kanal und legten in den seichten Gewässern vor der alten Ortschaft am Rand der Austernbänke an.

Larry sprang von Bord, zog sie ans Ufer, nahm ihre Taschen, kraxelte einen Erddamm hinauf und verschwand außer Sichtweite. Doyle und Sparks packten den Rest ihrer Habe zusammen und folgten ihm bergauf. Auf dem Gipfel warteten ein Brougham und ein Gespann frischer Pferde auf sie, und der Mann, der Larry beim Einpacken half, war kein anderer als sein Bruder Barry. Es war Doyle unmöglich, die beiden auseinanderzuhalten, was sich erst änderte, als er nahe genug herangekommen war, um Barrys Entstellung erkennen zu können. Es bereitete Larry sichtlich Vergnügen, Barry seinem hochgeschätzten Freund Dr. Doyle neu vorzustellen. Barry war zwar nicht im geringsten so redselig wie sein Bruder, doch zwischen den beiden belief sich Larrys freigebiges Sprachtalent auf eine nur recht und billige Verauslagung verbalen Kapitals. Doyle stellte fest, daß, je länger er Larrys heimeliger Herzlichkeit ausgesetzt war, seine frostigen Ansichten über die Zwillinge um so mehr auftauten. Der einzige Mißton, den er erlebte, tauchte auf, als er den Versuch machte, Barrys saure Miene und zurückhaltende Art mit Larrys Charakterisierung des zügellosen und unersättlichen Schürzenjägers in Einklang zu bringen.

Als die Kutsche beladen worden und reisefertig war, entbot Larry Doyle ein herzliches Lebewohl – er verschwand, um sich irgendeinem noch nicht enthüllten Auftrag zu widmen – und tauchte vergnügt in der Nacht unter. Barry nahm den Kutschbock ein, Doyle gesellte sich zu Sparks in den geschlossenen Wagen, und sie fuhren ab.

»Wo geht er hin?« fragte Doyle und warf durch die Vorhänge einen Blick auf Larrys verschwindende Gestalt. Er fehlte ihm schon.

»Er verwischt unsere Spur und kehrt nach London zurück«, sagte Sparks. »Dort wartet Arbeit auf ihn.« Mit dem Einbruch der Nacht schien sich seine Stimmung zu verdüstern. Er war geistesabwesend, vermied Blickkontakt und schien über irgend etwas Übles und Unangenehmes nachzudenken. Da er Doyle nicht einlud, dabei mitzutun, bestand dieser auch nicht auf einer Konversation und schlief schließlich ein.

Er erwachte, als sich über ihnen ein Gewicht verlagerte. Die Kutsche war noch unterwegs. Sparks saß nicht mehr auf seinem Sitz. Doyle tastete nach seiner Uhr. Es war halb eins.

Die Tür ging auf, in der Öffnung wurde ein kleiner Überseekoffer sichtbar.

»Sitzen Sie nicht rum, Doyle«, hörte er Sparks sagen. »Fassen Sie mit an.«

Doyle half Sparks, der den Koffer schob, diesen auf den Sitz gegenüber zu verfrachten. Dann kam er herein und schloß die Tür hinter sich. Sein Gesicht war nun weniger finster; sein Verstand brannte wieder in altgewohnter Helligkeit.

»Wie steht's mit Ihrer Wochenend-Etikette?« fragte Sparks.

»Mit meiner was, bitte?«

»Den Fähigkeiten des gebildeten Wochenendgastes: Billard, Tischgespräche und der ganze Quatsch.«

»Was hat das mit …«

»Wir statten dem Landhaus eines feinen Herrn am Silvesterabend einen Besuch ab, Doyle. Ich möchte nur in Erfahrung bringen, ob Sie sich zu benehmen wissen.«

»Ich weiß, wie man mit Messer und Gabel ißt, falls Sie das meinen«, sagte Doyle, dessen Ohren vor Stolz rot anliefen.

»Nehmen Sie's mir nicht übel, alter Knabe, aber ich muß mir darüber klarwerden, welche Rolle Sie spielen können. Je weniger wir den Argwohn Lord Nicholsons und seiner distinguierten Gäste erwecken, desto besser.«

»Welche Wahl habe ich?«

»Herr oder Kammerdiener«, sagte Sparks und klappte die beiden Kofferhälften auseinander. Sie waren mit Kleidern gefüllt, die für beide Rollen paßten.

»Warum sagen wir nicht einfach, ich sei Arzt?« fragte Doyle in der Hoffnung, seine bequeme Mittelklassehaut nicht für eine Seitwärtsbewegung in die eine oder andere Richtung ablegen zu müssen.

»Wie *gerissen*, Doyle! Wir haben jeden Grund zu der Annahme, daß Ihre Feinde uns dort erwarten. Wenn wir schon einmal dort sind: Warum lassen Sie sich nicht gleich Karten drucken? Dann könnten Sie bei dieser Gelegenheit auch noch Patienten werben.«

»Ach so«, sagte Doyle. »Sie meinen, wir sollten inkognito auftreten.«

»Baron Everett Gascoyne-Pouge nebst Kammerdiener; um Antwort wird gebeten«, sagte Sparks und zückte eine Einladung zur Silvesterfeier, die auf einen Herrn dieses Namens ausgestellt war.

»Wo haben Sie die her?«

»Faksimiliert.«

»Aber was ist, wenn der echte Gascoyne-Pouge den Beschluß fassen sollte, zu kommen?«

»Es gibt keinen Menschen dieses Namens«, sagte Sparks, der seinen Unmut über Doyles schwächliche Fantasiesprünge kaum verhehlte.

»Ah! Selbst gedruckt! Jetzt verstehe ich!«

»Gut, ich habe mich schon gefragt, wann das sein würde.«

»Verzeihung«, sagte Doyle mit einem Gähnen, »aber wenn ich geschlafen habe, habe ich eine ziemlich lange Leitung. Da brauche ich immer einen Moment, bis die Zellen wieder arbeiten.«

»Schon in Ordnung«, sagte Sparks und reichte ihm die Kleidung der Arbeiterklasse. »Außerdem bin ich sicher, daß die Bedienstetenquartiere in Topping Ihnen äußerst gut gefallen werden.«

»Aber glauben Sie denn, Jack«, stotterte Doyle, als er auf die Amtstracht des Kammerdieners heruntershaute, »man wird diese Scharade nicht durchschauen? Natürlich kann ich mir vorstellen, daß ich die Rolle so gut spiele, daß ...«

»Kein Mensch beachtet Diener, Doyle. Sie werden sich dort so unauffällig bewegen können wie eine schwarze Katze in der Kohlengrube.«

»Nun, aber ... Was ist, wenn sie mich *doch* bemerken, Jack? Auch wenn man vielleicht nicht genau weiß, wie Sie aussehen ... Mein Äußeres kennen sie ganz bestimmt.«

Sparks musterte ihn eingehend. »Stimmt«, sagte er. Er kramte in dem Koffer herum und entnahm ihm ein Rasiermesser. »Wir lassen Barry anhalten, damit nicht die Gefahr besteht, daß Sie den Geruchssinn verlieren.«

Doyles Hände hoben sich beschützend zu seinem Schnauzbart.

Im Morgengrauen des letzten Jahrestages durchfuhren sie einen Torbogen und näherten sich Topping Manor auf geradem Weg über eine schmale Allee stattlicher Eichen, deren kräftige Äste so weit hinausreichten, daß sie über ihnen einen knorrigen Baldachin bildeten. Doyle, mit den unvertrauten Kleidern seines neuen Berufsstandes angetan, war es gelungen, noch ein paar Minuten unruhigen Schlafes zu ergattern. Im Traum hatte er ein hoffnungslos inkompetentes Verhalten an den Tag gelegt: Unbekannte Gestalten hatten ihn verfolgt, gefangengenommen und demaskiert. Aus dem Traum war besonders Königin Victoria hervorgestochen. Er erinnerte sich daran, ihr Tee serviert und eine tote Maus im Kessel schwimmen gesehen zu haben. Dies hatte ihm viel mehr zu schaffen gemacht als die brutale Behandlung, die er unter den Händen seiner finsteren Häscher erlitt. Er wachte schlagartig auf und war in glänzend kaltem Schweiß gebadet.

Dann wurde ihm klar, daß seinem Erwachen das plötzliche Anhalten der Kutsche vorausgegangen war. Bevor seine Augen ihm sagten, daß Sparks die Kutsche verlassen hatte, hörte er, daß sich die Tür öffnete und schloß. Doyle tastete nach ihr und schleppte sich ins Freie.

Die Reihen der Eichen endeten abrupt an der Stelle, an der

Barry angehalten hatte. Die Allee der majestätischen Bäume hatte sich dem Anschein nach hier früher einige hundert Meter weiter fortgesetzt. Nun hatte man nicht nur sie, sondern auch jeden anderen Baum gefällt, der hier gewachsen war: die Strünke gesprengt und verbrannt und den gesamten Boden abgeflämmt. Vor ihnen ragte aus dem versengten Flachland abrupt ein fester, zehn Meter hoher, nicht im Gleichgewicht befindlicher, aus den ungeschnittenen Leibern gefällter Bäume errichteter Behelfswall auf, der grob mit Felsen, Ziegeln, Stroh, totem Gras und Flechtwerk verputzt war. Das Licht des frühen Morgens spiegelte sich auf Glasscherben, die in die sich härtende Abdichtung des gesamten Walls eingesetzt waren. Die Barriere verlief über eine beträchtliche Strecke in beide Richtungen und machte dann einen Knick. Sie schien das hinter ihr liegende Landhaus und das dazugehörige Grundstück völlig zu umschließen. Die höchsten Brustwehren und Zinnen von Topping Manor, eines spätgotischen Meisterwerks, waren oberhalb und hinter der mysteriösen Befestigung sichtbar. Aus keinem Schornstein stieg Rauch auf. Kein Tor und kein Eingang unterbrachen den Wall. Von ihrem Standort aus betrachtet, sprach das primitive Hervorbrechen dieser Barrikade ausschließlich von Entsetzen, Eile und Wahnsinn ...

»Gütiger Gott!«

»Man könnte fast meinen, das Schicksal unserer Party sei irgendwie in Gefahr«, sagte Sparks.

»Was ist hier passiert?«

»Barry«, instruierte Sparks den Kutscher, »fahr einmal mit der Kutsche um den Wall und schau nach, ob es eine Einfahrt gibt. Der Doktor und ich machen uns zu Fuß auf den Weg.«

Barry tippte an seine Mütze und fuhr los, um die Festung zu umrunden. Sparks und Doyle suchten sich einen Weg durch das verwüstete Feld.

»Was sehen Sie, Doyle? Was sagt Ihnen dies?«

»Das Feuer ist erst kürzlich gelegt worden. Ich würde sagen, in der letzten Woche. Die Verfärbung der Baumstümpfe untermauert es. Ich nehme an, sie sind innerhalb eines kurzen Zeitraumes gefällt worden.«

»Von einer großen Anzahl zusammenarbeitender Männer«, sagte Sparks.

»Wie weit ist der nächste Ort entfernt?«

»Mindestens fünf Meilen. Den Wall haben aber keine Fachleute angelegt, Doyle. Die Dienerschaft des Landhauses muß ihn errichtet haben.«

»Ohne Beaufsichtigung oder irgendeinen erkennbaren Bauplan.«

»Ohne Fugen und Zapfenlöcher. Man hat keinen Gedanken an Qualität oder lange Haltbarkeit verschwendet.«

»Jemand wollte die Barrikade schnell errichtet haben.«

»Warum, Doyle?«

Doyle blieb stehen und sah sich den Wall aus etwa drei Metern Entfernung an. Er bemühte sich, die Panik und Bedrängnis seiner Erbauer nachzuempfinden. »Weil man keine Zeit hatte. Weil etwas im Anmarsch war. Etwas, das man nicht im Haus haben wollte.«

»Man hat den Bau vor dem Tod Lady Nicholsons und ihres Bruders begonnen. Wie lange, hat sie gesagt, wurde ihr Sohn vermißt?«

»Drei Tage vor der Séance.«

»Also bevor er entführt wurde. Das könnte der Grund gewesen sein. Angst vor Mißhandlung. Beschütze deine Jungen – der älteste Instinkt des menschlichen Herzens.«

»Ein Kind kann man fortbringen, wegschicken«, konterte Doyle. »Der Grund ist mir fast zu vernünftig. Ich habe eher den Eindruck, als hätten wir es hier mit dem Werk eines Wahnsinnigen zu tun.«

»Oder eines in den Wahnsinn Getriebenen.«

Sparks musterte grimmig die Höhe des Walls. Zwei helle Pfiffe einer Kutscherpfeife lenkten ihre Aufmerksamkeit nach rechts.

»Barry«, sagte Sparks. Er begann zu laufen und rief seinem weniger agilen Gefährten über die Schulter zu: »Kommen Sie mit, Doyle, trödeln Sie nicht herum!«

Doyle rannte ihm nach, umrundete die Ecke und bog nach links ab. Barry winkte ihnen zu. Er stand neben dem Brougham, etwa vierhundert Meter entfernt, auf der Hälfte der sichtbaren Länge des Walls. Zwar gelang es Doyle, mit Sparks Schritt zu halten, doch als sie schließlich bei Barry ankamen, war er völlig außer Atem.

Sparks' Faktotum hatte sie zu einer primitiv in die Barriere geschlagenen Passage gerufen, die einen Kopf größer war als ein Mensch und etwa doppelt so breit. Der Boden war von Holzsplittern übersät, die meisten davon vor dem Eingang. Auch eine verwitterte Axt lag in der Nähe. Als sie durch die Öffnung schauten, erkannten sie die Stallungen und dahinter das Haus. Sowohl in seinem Inneren als auch auf dem Anwesen selbst gab es keinerlei Anzeichen oder Geräusche von Leben.

»Mach weiter, Barry«, ordnete Sparks an. »Ich wette, dies ist der einzige Zugang zum Haus.«

Barry sprang auf den Kutschbock und fuhr weiter am Wall entlang.

»Hier hat sich jemand einen Eingang verschaffen wollen, keinen Ausgang«, sagte Doyle, der die Ränder der Lücke eingehend untersuchte.

»Und zwar nach Fertigstellung des Walls.«

Doyle nickte zustimmend. »Aber wer? Freund oder Feind?«

»Wenn man jemanden abwehren will, spricht einiges für die letztere Möglichkeit, finden Sie nicht?«

Obwohl sich hinter dem Wall nichts rührte, blieben sie dort, wo sie waren – als bestünde zwischen ihnen und dem Grundstück von Topping Manor irgendein festes Hindernis, das so solide war wie der Wall selbst. Dann kehrte Barry von seiner Inspektionsfahrt zurück, um zu bestätigen, daß diese Pforte in der Tat der einzige Durchgang war.

»Sollen wir also einen Blick riskieren?« fragte Sparks beiläufig.

»Nach Ihnen, Jack«, sagte Doyle.

Sparks befahl Barry, bei den Pferden zu bleiben, zog den Degen aus seinem Spazierstock und begab sich als erster durch die Lücke. Doyle zog seinen Revolver und gesellte sich zu ihm. Sie begannen damit, den inneren Umkreis des Walls abzuschreiten, wobei sie sich eng an der Schanze hielten. Es wurde deutlich, daß der Hauptteil der Arbeit an dem Wall von innen bewerkstelligt worden war. Leitern und Stapel nicht verwendeter Stämme lagen reichlich herum. Heuballen und andere Bindemittel lagen neben Gruben voller erstarrtem Ton. Der Wall verlief konstant fünfzig Meter vor der Vorderseite des Gebäudes, doch dahinter, wo die Architektur des Landhauses ein wenig auserte, reichte er deutlich näher heran und war an mancher Stelle kaum mehr als drei Meter vom Gebäude entfernt.

Das Grundstück, zuvor eindeutig unbefleckt, war ein Trümmerfeld. Die Hecken waren niedergetreten, Standbilder umgeworfen, das Gras zertrampelt und aufgerissen. Ein Stück des Walls verlief mitten durch die Überreste eines von fachmännischer Hand geschnittenen Ziergartens. Merkwürdige, dürre Reste der ehemaligen Tierfiguren ragten aus dem Erdreich, als hätte ein Zug sie getrennt. Der Kinderspielplatz war auf ähnliche Weise verwüstet, überall sah man zerschmettertes Spielzeug verstreut. Ein verwittertes Steckenpferd lag dort, wo es hingefallen war, auf einem Sandhügel; seine bemalten Gliedmaßen eine Parodie der Leichenstarre.

Die Parterrefenster waren von innen verrammelt, die Vorhänge um willkürlich ausgesuchte Bretter, Tische und Türen gewickelt, die man aus den Scharnieren gehoben hatte. Manche Fenster waren zerschlagen, das Glas war nach innen gefallen. Alle Türen, die sie überprüften, waren verschlossen und unbeweglich.

»Versuchen wir es an den Stallungen«, sagte Sparks.

Sie überquerten das Grundstück und betraten den freistehenden Stall, der der kiesbestreuten Zufahrt gegenüberlag. Man hatte keine vergleichbaren Anstrengungen unternommen, ihn zu schützen. Das Tor stand offen. Sättel und Zaumzeug waren im Futterraum in Regalen und Gerüsten aufgereiht. Das Quartier des Stallburschen war sauber und aufgeräumt; das Bett gemacht; persönliche Gegenstände füllten Schubfächer und Nachtkonsolen. Auf dem Tisch im Wohnzimmer lag ein halbgegessenes Kidney Pie auf einem Teller, daneben standen eine Teekanne und ein Becher mit kaltem Tee. Der ordentliche Zustand der Wohnung war angesichts des monströsen Durcheinanders in ihrer Umgebung zutiefst verunsichernd. Sparks öffnete eine knarrende Tür, die direkt in den Stall führte. Er schien leer zu sein.

»Hören Sie mal, Doyle«, sagte Sparks leise. »Was hören Sie?«

»Nichts«, sagte Doyle einen Augenblick später.

Sparks nickte. »Dies ist aber ein Stall.«

»Keine Fliegen«, sagte Doyle, als ihm klar wurde, was er vermißte.

»Und draußen keine Vögel.«

Sie schritten durch den Mittelgang und öffneten eine Pferdebox nach der anderen. Sie waren zwar alle leer, doch in einigen hing noch der Pferdegeruch in der Luft.

»Sie haben die meisten ganz zu Anfang freigelassen«, vermutete Sparks.

»Einige werden sie aber gebraucht haben, um das Holz herzuschaffen, meinen Sie nicht auch?«

»Ja, die Zugpferde. Als sie alles hatten, was sie brauchten, haben sie auch die laufen lassen. Aber nachdem der Wall fertig war, haben sich in den Boxen noch wenigstens drei Pferde befunden.«

Die letzte Tür wollte sich nicht öffnen lassen. Sparks deutete schweigend seine Absichten an. Doyle nickte, nahm ihm den Degen ab und hob seine Pistole. Sparks machte zwei Schritte zurück, wirbelte herum und trat mit aller Kraft gegen die Tür. Sie flog mit einem lauten Knall auf. Im Inneren der Box lag jemand im Stroh auf dem Boden; sein linkes Bein stand in einem unheimlichen Winkel von seinem Knie ab.

»Sachte, Doyle, der kann uns kaum noch etwas tun.«

»Muß mit dem Fuß an der Tür gelegen haben«, sagte Doyle und ließ das Schießeisen sinken.

Sie näherten sich vorsichtig der Leiche. Sie trug hohe Stiefel, Reithosen, Hemd und Weste; die Arbeitskleidung eines Lakaien.

»Was ist das denn?« fragte Sparks und deutete auf den Boden.

Das im Stall verstreute Stroh war von den dicken Schlieren einer dunklen, getrockneten Absonderung bedeckt – glänzend, fast phosphoreszierend, ein wirres, wie verrückt gestopptes Muster. Von der Leiche aus lief das Zeug in Streifen auf die Wände zu. Die Substanz war geruchlos, doch irgend etwas an ihrem silbrigen Farbton und der öligen Zusammensetzung drehte ihnen fast den Magen um.

»Die Leiche riecht noch nicht«, sagte Doyle. »Die Verwesung hat noch nicht eingesetzt.«

Sparks musterte den Toten mit eindeutiger Neugier, dann knieten sie neben ihm nieder. Seine Kleider glitzerten wie poliert, auch sie waren mit dem merkwürdigen Rückstand bedeckt. Als sie ihre Hände unter den Leichnam legten und ihn umdrehten, erwies er sich als geradezu schockierend leicht – als wiese er fast keine Masse auf. Dann sahen sie auch den Grund: Sein Gesicht war mumifiziert, nur die Wangen waren noch von einer papierenen Hautschicht bedeckt. Die Augenhöhlen waren leer, eingesunken, die Hände so feinadrig skelettiert wie eine getrocknete Blume in den Seiten einer Familienbibel.

»Haben Sie so etwas schon mal gesehen?« fragte Sparks.

»Nur bei Menschen, die schon zwanzig Jahre tot sind«, erwiderte Doyle. Er untersuchte den Toten eingehender. »Als wäre er präpariert worden. Mumifiziert.«

»Als hätte man ihm das Leben förmlich aus den Knochen gesaugt.«

Sparks drückte auf die geballte Faust des Toten, die er in der Hand hielt. Sie zerbarst in tausend staubende Stücke, wie brechendes Filigran aus erstarrter Spitze.

»Was könnte so etwas hervorrufen?« sagte Doyle mehr zu sich selbst.

Hinter ihnen, vor der Box, bewegte sich eine Gestalt.

»Was ist denn, Barry?« fragte Sparks, ohne sich umzudrehen.

»'ne Sache, die Sie sich mal ansehen sollten.«

Sie verließen die Box und folgten Barry ins Freie. Er deutete auf das Dach des Landhauses. Ein dünner Rauchfaden stieg aus dem höchsten Schornstein auf.

»Hat vor etwa fünf Minuten angefangen«, sagte Barry.

»Dann lebt da drin also noch jemand«, sagte Doyle.

»Gut. Klingeln wir und melden uns an.«
»Halten Sie das für klug, Jack?«
»Nachdem wir diese lange Reise gemacht haben? Ich möchte unseren Gastgeber nicht enttäuschen.«
»Aber wir wissen doch gar nicht, wer da drin ist, oder doch?«
»Es gibt nur eine Möglichkeit, es zu erfahren«, sagte Sparks und schritt zielgerichtet auf das Haus zu.
»Aber alle Fenster und Türen sind doch verrammelt.«
»Für Barry ist das kaum ein Hindernis.«
Sparks schnippte mit den Fingern. Barry tippte an seinen Hut, lief voraus, hangelte sich in Windeseile an der Hausfassade hoch, suchte in den Fugen der Ziegel Halt für Hände und Füße und kletterte mit der Gewandtheit einer Spinne zum zweiten Stock hinauf. Er zog ein Brecheisen aus dem Mantel, hatte Sekunden später ein Fenster aufgebrochen und zog sich in den dahinterliegenden Raum hinein.
Doyle war starr vor Angst, als er sich ausmalte, welches Grauen in dem Haus möglicherweise auf den kleinen Mann wartete. Sparks zog gelassen einen Stumpen aus der Jacke, entzündete ein Streichholz an seinem Daumennagel und steckte ihn an, ohne seinen kühlen Blick vom Hauseingang zu nehmen.
»Kann nicht mehr lange dauern«, sagte er.
Hinter der Tür vernahmen sie eine Bewegung. Das rauhe Kratzen eines schweren Gegenstandes, der über einen gefliesten Boden gezogen wurde. Dann das Öffnen eines Schlosses. Kurz darauf erschien Barry im Haupteingang, und sie betraten Topping.
Im Bereich der Tür, die Barry nun vernünftigerweise hinter ihnen verschloß, waren Tische und Stühle aufgestapelt. Loses Papier und Abfälle bedeckten den Boden der großen Halle. Ein dekorativer Haufen Waffen lag besiegt und zerbrochen auf den schwarzweißen Fliesen. Da kein Tageslicht durch die verhängten Fenster drang, war die Luft finster und abgestanden. Blicke in die weiträumigen Gesellschaftsräume, die zu beiden Seiten des Eingangs lagen, enthüllten

keine wesentlichen Beschädigungen, sondern nur Durcheinander und Vernachlässigung.

»Tja, ich würde sagen, die Silvesterparty ist eindeutig abgesagt«, sagte Sparks und schnippte die Zigarrenasche ab.

»Da is 'n Gentleman oben in 'nem Gang«, sagte Barry zaghaft und deutete auf die große Treppe vor ihnen.

»Was macht er da?« fragte Doyle.

»Sieht aus, als würd er Silber polieren.«

Sparks und Doyle schauten sich an.

»Sieh dich doch mal hier unten um, Barry«, sagte Sparks und ging, jeweils zwei Stufen auf einmal nehmend, die Treppe hinauf.

Barry nickte und verschwand in einem der Nebenräume. Doyle stand nun allein am Fuße der Treppe.

»Und was ist mit mir?« fragte er.

»Ich würde nicht gern allein hier herumlaufen«, antwortete Sparks, der inzwischen oben angekommen war. »Wer weiß, von was man hier angefallen wird.«

Er wartete, bis Doyle bei ihm war. Sie kamen an eine Kreuzung, deren Abzweigungen im Zickzack in zwei Richtungen verliefen. An den sich gegenüberliegenden Wänden reihten sich verschlossene Türpaare aneinander. Hier war es zwar heller, aber die bedrohliche Ausstrahlung wurde fühlbar stärker. Sie gingen nach links, umrundeten die erste Ecke und standen vor einem dicken, weißen Strich aus einer körnigen Substanz, der quer durch den Gang verlief. Sparks kniete nieder, befeuchtete einen Finger, berührte die Substanz, schnupperte an ihr und kostete sie.

»Salz«, sagte er.

»Salz?«

Sparks nickte. Sie traten darüber hinweg und nahmen den Weg durch den Gang auf. Zwischen den Türrahmen hingen Spiegel und Gemälde; alle mit der Vorderseite zur Wand gedreht. Doyle und Sparks überquerten eine zweite Linie aus Salz und bogen um eine neue Ecke. Hier erstreckte sich der Gang, soweit das Auge reichte, in die Finsternis hinein. Am anderen Ende erblickten sie eine Bewegung und ein Licht. Da brannte eine Kerze, und als sie näherkamen und sich an die Dunkelheit gewöhnt hatten, sahen sie den von Barry erwähnten Hausbewohner.

Ein birnenförmiger, kahl werdender Klotz von einem Mann saß auf einem dreibeinigen Hocker. Er war in den mittleren Jahren, käsig und hatte einen leeren Blick. Bekleidet war er mit der fleckigen, schmutzigen Livree eines Butlers, deren Knöpfe fehlten, sofern sie sich nicht gerade ablösten. Der Mann hatte einen feisten Wanst, doch seine teigigen Gesichtszüge wirkten nicht allzu gesund. Sein dicker Hals quoll über einen von Schweiß grauen Kragen. Vor ihm auf dem Boden stand ein silbernes Service für schätzungsweise vierzig Personen, mit allem Drum und Dran, und alles war perfekt ausgerichtet. Seine feisten Hände hielten einen zerfetzten Lumpen und eine Sauciere, die er wie ein Wilder polierte, und zu seinen Füßen stand eine Wasserschüssel. Während er arbeitete, brabbelte er ununterbrochen vor sich hin; seine Stimme war ein kehliges Wispern mit sonoren Untertönen.

»Das Lamm zerlegen ... erfordert drei Stunden ... Zwei Stunden für das Austernragout ... Muß den Schleifstein suchen; die Schneidmesser sind nicht scharf genug ... Rosetten und einen Gebäckkorb für die *Charlotte à la Parisienne* ... Zum Schneehuhn Madeirasauce ...«

Als Sparks und Doyle näherkamen, beachtete er sie nicht.

»Häschen-Croquetten ... gespickte Kalbskeule ... knochenlose Schnepfen mit Füllung ...«

»Hallo«, sagte Sparks.

Der Mann erstarrte – ohne aufzuschauen, als hätte er sich die Stimme nur eingebildet. Dann, als sei ihm der Gedanke gekommen, er müsse sich verhört haben, fuhr er mit seiner Tätigkeit fort.

»Hülsen für die Wachteln- und Taubenpasteten ... Hefeklöße mit Trüffeln und *foie gras* ...«

»Ein wahrlich heller Kopf«, flüsterte Sparks Doyle zu. Dann sagte er: »Hallo, habe ich gesagt!«

Der Mann hielt erneut inne, dann drehte er sich langsam um und schaute nach oben. Seine Augen schienen sie nur unscharf wahrzunehmen. Er blinzelte und kniff sie fortwährend zusammen, als sei ihr Anblick mehr, als er auf einmal ertragen könne.

»Ja, hallo«, wiederholte Sparks, die Gelegenheit nutzend. Und nun, da der Mann sie beachtete, auch weniger laut.

Die Augen des Mannes füllten sich mit Tränen, ein lautes Schluchzen brach aus den Tiefen seiner Seele empor und ließ die Massen wogen, die seinen schlaffen, korpulenten Leib umhüllten. Seine Augen verschwanden in den gewaltigen Höhlen unter den Brauen, und Wogen nasser Tränen liefen hemmungslos über seine hängenden Wangen.

»Also wirklich, Kumpel«, sagte Sparks, der Doyle einen besorgten Blick zuwarf, »so schlimm kann es doch nun auch nicht sein, oder?«

Die Sauciere hüpfte in den baumelnden Händen des Mannes, als das urgewaltige Schluchzen seinen Körper schüttelte. Hätte sein Schwerkraftzentrum nicht so tief gelegen, er wäre gewiß vom Hocker gefallen.

»Na, was fehlt uns denn?« fragte Doyle und befleißigte sich seines besten Auftretens am Krankenbett.

Als der Mann versuchte, die heiße Flut zu steuern, die sein emotionales Bachbett überströmen ließ, folgte eine Reihe von Ächzern, Keuchern und explosiven Rülpsern. Sein feuchter, rosafarbener Mund zuckte wie eine im Uferschlamm gestrandete Forelle.

»Ich bin ... Ich bin ... Ich bin ...« Alles, was er zwischen den ihn schüttelnden Zuckungen herausbrachte, war ein lahmes Stottern.

»Ist schon in Ordnung«, sagte Doyle so nachsichtig, als gelte es, bei einem Glas Holunderbeerwein die Neuralgie einer Witwe zu besprechen. »Lassen Sie sich nur Zeit.«

»Ich bin ... Ich bin ...« Der Mann holte tief Luft, fing sie ein, hielt den Atem an, kämpfte mit sich, als es heiß in ihm vibrierte, würgte sie schließlich – was man deutlich sah – hinunter und entließ sie dann wie in einer Explosion aus seiner Kehle: »... nicht der Koch!«

Der Klang seiner eigenen Stimme schien ihn zu entsetzen, denn seine Lippen formten sich zu einem verwunderten O.

»Sie sind nicht der Koch«, wiederholte Sparks, um die Sache klarzustellen.

Der Mann schüttelte zur Bestätigung heftig den Kopf. Dann, als er den Eindruck gewann, sich möglicherweise mißverständlich ausgedrückt zu haben, nickte er ebenso heftig und äußerte eine anschwellende Melodie schwerfälliger Pruster, Schnaufer und Röchler, da er eindeutig noch nicht fähig war, eine weitere Attacke auf seine Artikulationsfähigkeit durchzustehen.

»Hat Sie jemand ... mit dem Koch verwechselt?« fragte Doyle verständnislos.

Der Mann ächzte äußerst unglücklich und schüttelte erneut den Kopf. Seine Hängebacken schlackerten wie Aspik.

»Machen wir es zweifelsfrei klar«, sagte Sparks, wobei er Doyle einen komplizenhaften Blick zuwarf, »daß wir alle von der gleichen Begriffsbestimmung ausgehen: Sie, Sir, sind ganz eindeutig nicht der Koch.«

Die Logik von Sparks' Erwiderung schien einen Stopfen in das durchlöcherte Jammerfäßchen des Mannes zu treiben, sein Wasserwerk trocknete aus. Sein bebendes Fleisch kam allmählich zur Ruhe. Er blickte nach unten und wirkte tatsächlich fassungslos, als er die Sauciere in seinen schinkengroßen Händen erblickte. Und dann, als sei diese Entdeckung das normalste von der Welt, fing er langsam an, sie weiterzupolieren.

»Wie heißen Sie, guter Mann?« fragte Sparks sanft.

»Ruskin, Sir«, erwiderte der Mann.

»Dann kann ich wohl davon ausgehen, Ruskin«, sagte Sparks, »daß Sie gegenwärtig in den Diensten dieses Hauses stehen.«

»Ich bin der Butler, Sir«, sagte Ruskin nicht ohne einen Anflug von Stolz. »Mir unterstehen die Speisekammer, die Tafel und die Spülküche. – Habe mich von der Pike auf hochgedient. War vierzehn, als ich ins Haus kam. Der Herr und ich sind – sozusagen – miteinander aufgewachsen.«

»Warum polieren Sie das Silber, Ruskin?« fragte Doyle leise.

»Einer muß es doch tun, Sir, nicht wahr?« erwiderte Ruskin gelassen. »Ist doch sonst niemand hier, oder?«

»Der Koch bestimmt nicht«, sagte Sparks, der ihm eine goldene Brücke bauen wollte.

»Nein, Sir. Der Koch ist ein ziemlich schlimmer und fauler Patron. – Ein *Pariser*«, sagte Ruskin, als sei damit alles erklärt. »Hat keine Disziplin. Drückt sich, wo er nur kann. Hat meiner Meinung nach nie gelernt, daß man für seinen Lohn auch etwas leisten muß. Ohne ihn sind wir besser dran. Wenn ich offen sein darf: Man muß sich diese Faulpelze vom Halse schaffen.«

»Dann müssen Sie jetzt also auch kochen«, sagte Sparks und nickte Doyle zu, da er der Verzweiflung des Mannes nun auf die Spur zu kommen schien.

»In der Tat, Sir. Das Menü wurde schon vor Wochen festgelegt. Ich hab es sogar für die Gäste drucken lassen.« Er klopfte auf seine Hosentasche und beschmierte sich dabei mit Poliermittel. »Muß noch irgendwo ein Exemplar davon haben.«

»Ist schon in Ordnung, Ruskin«, sagte Sparks.

»Ja, Sir«, sagte Ruskin. »Es ist auch ein tolles Essen.« Seine Augen zeigten einen geistesabwesenden Ausdruck, der Doyle an einen gefährlichen Geisteskranken erinnerte. Aber vielleicht war es auch nur das Nachdenken über die Speisenfolge, das ihn so abschweifen ließ.

»Aber es gibt ein Problem mit dem Dinner, nicht wahr?« fragte Sparks.

»Wir sind im Moment leider personell ein wenig unterbesetzt, und jetzt, wo der Koch weg ist, bin ich, fürchte ich, wohl etwas überfordert ...«

»Mit dem Kochen«, sagte Doyle hilfreich.

»Genau, Sir. Ich habe vor, mich sofort um das Essen zu kümmern ... sobald ich meinen anderen Pflichten nachgekommen bin. Es steht noch eine Menge Arbeit an, und man braucht viel Zeit für das Essen, aber ich habe das Menü auswendig gelernt, damit nichts verwechselt wird«, sagte Ruskin und klopfte wieder geistesabwesend auf seine Hosentasche. »O je, o je, ich habe meine Uhr verlegt.«

»Viertel vor neun«, sagte Doyle.

»Viertel vor neun, Viertel vor neun«, wiederholte Ruskin,

als sei ihm allein die Vorstellung von Zeit völlig fremd. »Die Gäste kommen gleich ... Ach, sind Sie auch zum Dinner hier, meine Herren?«

»Wir sind etwas früher als geplant eingetroffen«, sagte Sparks, der ihn nicht erschrecken wollte.

»Dann sind Sie ja die ersten!« sagte Ruskin und unternahm einen Versuch, seine Fettmassen vom Hocker zu erheben. »Willkommen, willkommen! O je, meine Herren, bitte verzeihen Sie, daß ich Ihnen nicht angeboten habe, Ihnen das Gepäck abzunehmen.«

»Geht schon in Ordnung, Ruskin«, sagte Sparks, »unser Kutscher hat sich schon um alles gekümmert.«

»Sind Sie sicher? Vielleicht sollte ich Ihre Kutsche in den Stall fahren ...«

»Danke, Ruskin, aber auch das ist schon erledigt.«

»Vielen Dank, Sir.« Ruskin nahm wieder auf seinem Schemel Platz, wobei er sichtlich in sich zusammensackte; seine Haut nahm einen noch dunkleren Grauton an.

»Fühlen Sie sich nicht wohl?« fragte Doyle.

»Ich bin etwas müde, Sir«, sagte Ruskin kurzatmig, wischte sich mit dem Lumpen reichlich Schweiß von der Stirn und beschmierte seine Brauen mit metallischem Schwarz. »Um die Wahrheit zu sagen, ich könnte schon ein Schläfchen vertragen, bevor die Festivitäten beginnen. Ein paar Minütchen würden mir genügen, aber wie Sie sehen, ist noch so viel zu tun.«

»Erwarten Sie denn viele Gäste zum Silvesterabend, Ruskin?« fragte Sparks.

»Ja, Sir, an die fünfzig. Es wird ein großes Fest. In diesem Jahr übertrifft der Herr sich selbst.«

»Der Herr ist im Hause, Ruskin?«

»Ja, Sir«, sagte Ruskin mit einem erschöpften Seufzer, wobei ein Anflug von Feuchtigkeit in seinen Augenwinkeln sichtbar wurde. »Er ist außer sich. Und wie! Will seine Räume nicht verlassen. Schreit mich durch die Tür an. Will sein Frühstück nicht essen.«

»Könnten Sie uns den Weg zu ihm zeigen?« fragte Sparks.

»Ich glaube nicht, daß der Herr in diesem Augenblick gestört werden will, Sir – bei allem gebotenen Respekt. Er fühlt sich in letzter Zeit nicht wohl. Er fühlt sich gar nicht wohl.«

»Ich verstehe Ihre Besorgnis, Ruskin. Vielleicht würde es Sie beruhigen, wenn unser Dr. Doyle ihn kurz untersucht?«

»Oh, Sie sind Arzt, Sir?« sagte Ruskin. Er schaute auf, sein Gesicht erhellte sich und erinnerte nun an einen aufgehenden Vollmond.

»Jawohl«, sagte Doyle und hob zum Beweis die Reisetasche in die Höhe.

»Wenn Sie uns den Weg zu den Räumen Ihres Herrn zeigen könnten«, sagte Sparks, »stören wir Sie auch nicht mehr bei der Arbeit.« Als Ruskin einen neuen schwerfälligen Versuch unternahm aufzustehen, fügte er hinzu: »Es ist nicht nötig, daß Sie uns anmelden, Ruskin, ich bin sicher, daß wir ihn schon finden. Sind seine Räume in diesem Stockwerk?«

»Ganz am Ende des Korridors. Die letzte Tür rechts. Bitte, klopfen Sie vorher an.«

»Vielen Dank, Ruskin. Das Silber sieht prächtig aus.«

»Glauben Sie wirklich, Sir?« sagte Ruskin, dessen Augen in mitleiderregender Dankbarkeit leuchteten.

»Ich bin sicher, das Dinner wird ein großer Erfolg«, sagte Sparks. Er bedeutete Doyle, ihm zu folgen und wies auf den Korridor. Doyle blieb stehen.

»Wozu dient der Wall, Ruskin?« fragte Doyle.

Ruskin schaute ihn an, sein Gesicht war ein einziges Fragezeichen. »Welcher Wall, Sir?«

»Der Wall draußen.«

»Ich weiß nicht im geringsten, was Sie meinen, Sir«, sagte Ruskin mit verdutztem, aber aufmerksamem Interesse.

Sparks signalisierte Doyle, das Thema nicht weiter zu verfolgen. Doyle nickte und schritt vorsichtig über das Silberfeld hinweg. Als er Ruskin näherkam, sah er, daß die Lippen des Mannes völlig ausgedörrt und blasig und seine Augen rot entzündet waren. Er legte eine Hand auf Ruskins bleiche Stirn; sie war fieberheiß. Ruskin starrte mit der blinden Verehrung eines geliebten, sterbenden Hundes zu ihm auf.

»Sie fühlen sich nicht sehr wohl, Ruskin, wie?« sagte Doyle leise.

»Nein, Sir. Nicht sehr wohl, Sir.«

Doyle zückte sein Taschentuch, tauchte es in die Wasserschüssel und wischte vorsichtig den Schmutz von Ruskins Stirn. Wasserperlen liefen über sein breites Gesicht, die er gierig mit der Zunge aufleckte.

»Ich würde es für eine gute Idee halten«, sagte Doyle, »wenn Sie auf Ihre Kammer gingen und sich ein wenig ausruhten.«

»Aber die Vorbereitungen, Sir ...«

»Machen Sie sich keine Sorgen. Ich werde mit Ihrem Herrn sprechen. Und ich bin sicher, auch er ist der Meinung, daß das Dinner viel besser ausfallen wird, wenn Sie sich ordentlich erfrischt haben.«

»Ich bin so schrecklich müde, Sir«, sagte Ruskin. Er war unendlich dankbar für Doyles Freundlichkeit. Sein Mund war schlaff, sein Kinn zitterte und kündigte eine neue Tränenflut an.

»Geben Sie mir jetzt Ihre Hand, Ruskin. Ich helfe Ihnen auf ... Los geht's.«

Doyle mußte seine ganze Kraft zusammennehmen, bis es ihm gelang, den armen fiebernden Teufel hochzuwuchten. Ruskin wankte wie ein Kegel, der gerade den harten Stoß einer Kugel abbekommen hatte. Doyle fragte sich, wie lange der Mann schon hier saß. Er zog eine Phiole aus der Tasche, bat Ruskin, eine Hand auszustrecken, und schüttete vier Tabletten in seine riesengroße Pranke.

»Nehmen Sie die mit Wasser, Ruskin. Sie sind gut zum Einschlafen. Versprechen Sie mir, daß Sie tun werden, was ich Ihnen gesagt habe.«

»Ich verspreche es«, sagte Ruskin mit der ernsten Fügsamkeit eines Kindes.

»Also gehen Sie jetzt«, sagte Doyle, reichte ihm die Kerze und klopfte ihm auf die Schulter. Der Stoff seines Hemdes fühlte sich klamm an.

»Also gehe ich jetzt«, echote der Butler in freudloser Mimikry.

Seine schlurfenden Schritte in dem leeren Korridor erinnerten Doyle an einen mit Fußeisen versehenen, altersschwachen Elefanten, den er einst bei einer Zirkusparade gesehen hatte. Nachdem Ruskin aus seinem Blickfeld verschwunden war, nahmen Doyle und Sparks den gleichen Weg durch den Korridor, den sie gekommen waren.

»In einem können wir uns sicher sein«, sagte Sparks. »Ruskin hat nicht das Loch in den Wall gehauen. Er könnte nicht mal die Haut eines Reispuddings abschlagen.«

»Ich glaube, er hat das Haus seit Wochen nicht mehr verlassen. Er ist wahrlich ein treuer Diener seines Herrn.«

»Und wie es scheint, auch sein einziger. Als dieses Haus seine Hochblüte erlebte, haben hier dreißig Menschen gearbeitet. Momentan wirkt es nicht gerade einladend, nicht wahr?«

Als sie den Kreuzweg erreichten, kam Barry die Treppe hinauf.

»Das Haus is leer«, sagte er. »Alles verrammelt. Küche sieht grauenhaft aus. Hab bis zu 'n Knien in Kartoffelschalen gestanden, aber vom Abwasch hält hier keiner was.«

Kürzer angebunden als sein Bruder ist er auch, dachte Doyle.

»Zweifellos das Werk des beklagenswerten Ruskin«, sagte Sparks.

»Zwei Sachen sind komisch«, fuhr Barry fort. »Jemand hat Salz in alle Gänge und auf alle Türschwellen geschüttet ...«

»Und zweitens?«

»In der Speisekammer neben der Küche is 'ne falsche Wand. Dahinter is 'ne Tür ...«

»Die wohin führt?«

»Hab sie ohne mein Werkzeug nich aufgekriegt. Unten an der Treppe, wo's so riecht ...«

»... geht's zum Keller?«

»War schon im Keller. Das is kein Keller. Und unter der Tür zieht so 'n komischer Wind her ...«

Sparks zeigte großes Interesse. »Hol deine Taschen aus der Kutsche, Barry. Und dann mach die Tür auf.«

Barry lüpfte seinen Hut und eilte die Treppe hinunter.

»Wenn wir also übereinstimmen, daß Ruskin im Haus war und es nicht schaffen konnte ... Wer dann hat das Loch in den Wall gehauen?« fragte Doyle, als sie den Weg durch den Korridor wieder aufnahmen.

»Unser verstorbener Freund aus dem Stall, der Lakai«, sagte Sparks und reichte Doyle ein Stück Papier. »Er heißt Peter Farley und war geschäftlich unterwegs. Hat vier Pferde vom Familienbesitz in Schottland nach Topping überführt.«

»Was ist das?« fragte Doyle und faltete das Papier auseinander.

»Ein Lieferschein: Eine Liste mit den Namen der Pferde und ihrer Beschreibung sowie ihrer Atteste. Unterzeichnet von Peter Farley, wahrscheinlich der Tote. Ich habe ihn in einem Mantel gefunden, der im Schlafzimmer des Stallknechts an einem Kleiderhaken hing. Farley kommt – so stelle ich es mir vor – vor ein paar Tagen mit den Pferden zurück. Man hat den Wall in seiner Abwesenheit errichtet. Für ihn ist in seinem Heim eindeutig der Wahnsinn ausgebrochen. Er muß sich nach einem harten Ritt um vier Pferde kümmern und sie füttern, und vielleicht arbeitet sogar seine Frau hier im Haus. Er muß also eine Möglichkeit zum Einstieg finden.«

»Also hat er sich eine Gasse gehauen, statt über den Wall zu steigen.«

»Obendrauf wimmelt es von Glasscherben, was nicht sehr ermutigend ist. Und vergessen Sie nicht die Dimensionen des Loches.«

»Gerade so hoch und breit, daß ein Pferd hindurchpaßt.«

»Er muß fast einen ganzen Tag dafür gebraucht haben. Er mußte die Pferde schnell hineinbringen. Es sind ziemlich viele tiefe Hufabdrücke rings um den Eingang.«

»Irgend etwas hat sie in Angst versetzt. Etwas, das sich ihnen näherte.«

»Leider hat das Tor, das er geschlagen hat, um die Pferde zu retten, sein Ableben bewirkt.«

»Das verstehe ich nicht.«

»Denken Sie nach: Das Loch ist fertig, er führt die Pferde zum Stall, den er leer, doch ansonsten unberührt vorfindet. Er traut sich nicht ins Haupthaus, weil er nicht dort wohnt.

Er ist ein einfacher Mann, seine Welt ist der Stall. Wenn sein Herr den Verstand verloren und einen großen Wall gebaut hat, geht es ihn nichts an. Er bringt die Pferde hinein, bürstet sie ab und füttert sie. Er setzt sich Tee auf und brät sich ein Stück Fleisch. Er hört draußen etwas; irgend etwas, das die Pferde erschreckt, also läßt er sein Essen auf dem Tisch stehen und geht in den Stall, um nachzusehen. Und da wird er von etwas niedergemacht, das ihm auf das Grundstück gefolgt ist.«

»Armer Teufel. Was hätte ihm so etwas antun können?«

Sie waren nun am Ende des Korridors angelangt und standen vor der Tür, die Ruskin ihnen als die seines Herrn beschrieben hatte. Hier war der Boden vollständig mit einer Salzschicht bedeckt.

»Wozu dient das Salz? Gegen was bedeutet es Schutz?« murmelte Sparks nachdenklich.

Plötzlich wurde die Luft von dem lauten Gescheppcr zerbrechenden Geschirrs und einem wütenden Aufschrei hinter der Tür zerrissen.

»*Merde!* Fatzken! Plunder! Ha!«

Sparks legte einen Finger auf seine Lippen, bat um Ruhe und klopfte an die Tür. Keine Reaktion. Doch der Lärm wurde lauter. Er klopfte erneut.

»Alles in Ordnung, Sir?« fragte Sparks, der nun eindeutig die Stimme Ruskins nachahmte.

»Hau ab! Hau ab, spiel mit deiner Eisenbahn!«

»Bitte um Vergebung, Sir«, fuhr Sparks im gleichen Tonfall fort, »aber es sind einige Gäste angekommen. Sie möchten Sie sprechen.«

»Gäste? *Gäste* sind angekommen?« trompetete die Stimme in einem Ebenmaß von Unglauben und Geringschätzung.

»Ja, Sir, und das Essen ist fertig. Wir sollten nun Platz nehmen. Sie wissen doch, wie wenig Sie es schätzen, wenn das Entree kalt wird.« Wenn Doyle die Augen geschlossen hätte, wäre er nie auf die Idee gekommen, der arme, fettleibige Kerl stünde nicht neben ihm.

Hinter der Tür näherten sich Schritte. Dann wurden mehrere Riegel zurückgezogen.

»Wenn es eins gibt, das ich nicht ertragen kann, du schwabbeliger Bastard«, sagte die Stimme, wobei sie lauter und schriller wurde, »ist es die schmutzige Verewigung von Lügen!« Weitere Riegel wurden entriegelt und Schlösser geöffnet. »Es gibt keine Feier, es sind keine Gäste da. Es gibt auch kein Dinner, und wenn ich noch ein Wort aus deinem dreckigen Schandmaul über diesen elenden Quatsch höre, quetsche ich mit meinen eigenen Händen das Leben aus deinem Schweinehals, siede deine Leiche in einer Grube und mache Weihnachtskerzen aus deinem Fett!«

Die Tür wurde aufgezogen, und sie standen vor einem Mann von durchschnittlicher Größe und Gestalt. Sein mildes und sympathisches Gesicht wurde vom wüsten Nimbus eines dichten blonden Bartes und eines Schopfes umrahmt, der in letzter Zeit weder Bürste noch Kamm gesehen hatte. Die Augenbrauen wucherten wie ungeschnittene Hecken und liefen über die Gebirgskämme seiner Stirn. Seine Augen waren rund, schillernd, so hell wie Kornblumen und standen zu beiden Seiten seiner spitzen Adlernase auseinander. Er war zwar mindestens vierzig Jahre alt, doch sein Gesicht zeigte die glatte Jugendlichkeit eines Schuljungen, was aber weniger an seinem gesunden Erbgut als an der gereizten Sturheit zu liegen schien, Erfahrungen zu sammeln. Über einer losen Bluse trug der Mann einen schwarzseidenen Hausmantel, eigentümliche Stiefel mit Korksohlen und Reithosen. Und er hielt ihnen eine doppelläufige Schrotflinte unter die Nase.

Niemand rührte sich. »Lord Nicholson, nehme ich an«, sagte Sparks so freundlich und ruhig wie ein Missionar bei einem Hausbesuch.

»Sie sind ja gar nicht Ruskin«, sagte Nicholson vorwurfsvoll. Und dann, unfähig, der Gelegenheit einer weiteren Herabsetzung zu widerstehen: »Dieses dämliche Rindvieh!«

»Baron Everett Gascoyne-Pouge«, stellte sich Sparks mit der affektierten Aussprache eines erschöpften Nichtstuers vor und zeigte ihm mit sardonischem Gleichmut die Einladung zur Silvesterfeier. »Ich nehme zwar an, daß Sie das

Fest abgesagt haben, alter Knabe, aber irgendwie scheint meine Einladung noch durchgekommen zu sein.«

»Tatsächlich?« sagte Nicholson. »Wie merkwürdig. Na, macht nichts, kommen Sie rein, kommen Sie rein! Ich bin erfreut!« Er ließ die Flinte sinken, war ganz aufmerksamer Gastgeber.

»Die Taschen, Gompertz«, fauchte Sparks Doyle an, der sich nun schlagartig daran erinnerte, daß er eine ihm zugewiesene Rolle spielen mußte.

»Sofort, Sir«, sagte er.

Doyle schleppte seine Tasche – die einzige, die sie mitgenommen hatten – über die Schwelle. Nicholson schloß sofort die Tür und verrammelte sie. Es gab wenigstens sechs Riegel, die er sämtlich vorlegte.

»Ich hatte die Hoffnung nämlich schon aufgegeben«, sagte Nicholson jungenhaft und schüttelte Sparks' Hand. »Ich habe keinen Menschen erwartet. Ich hatte es wirklich schon ganz vergessen. Es ist wirklich eine Freude, mit der ich nicht gerechnet habe.«

Sollte es noch einen Menschen geben, der sich verzweifelt nach der Gesellschaft Angehöriger seiner Klasse sehnt, dachte Doyle, werde ich ihm hoffentlich nie begegnen. Die gehässigen Ausfälle Lord Charles Stewart Nicholsons gegen seinen bemitleidenswerten, beleibten Diener hatten in ihm eine sofortige Antipathie ausgelöst.

Die schweren Vorhänge des mit einer hohen Decke versehenen Raumes waren zugezogen, was die finstere Stimmung, die die schwerfälligen mittelalterlichen Möbel erzeugten, noch erhöhte. Überall lag Staub. Urin- und Angstschweißgeruch würzte die dicke Luft. Auf dem Boden wimmelte es von zerbrochenen Bechern und Tellern mit alten Essensresten: Knochen, Brotrinden. Über dem kleinen Feuer, das im Kamin knisterte, hingen Schwerter und ein angelaufener, verbeulter Brustpanzer.

Nicholson trat an den Kamin und rieb sich aufgeregt die Hände. »Wir wär's mit einem Brandy?« fragte er, zog den Pfropfen aus einer Kristallkaraffe und füllte, ohne eine Antwort abzuwarten, schlampig zwei Becher. »Ich kann jedenfalls einen vertragen.« Er stürzte die Hälfte seines Glases gierig hinunter und füllte es neu. Erst dann reichte er Sparks das seine. »Na, denn zum Wohl.«

»Danke, gleichfalls«, sagte Sparks beiläufig und machte es sich vor dem Feuer bequem.

»Sollen wir Ihren Diener nach unten schicken?« fragte Nicholson, ließ sich vor Sparks in einen Sessel fallen und schlürfte seinen Drink. »Ich bin sicher, Ruskin, der schwachsinnige Hohlkopf, könnte Hilfe brauchen.«

»Nein«, erwiderte Sparks mit genau dem richtigen Maß von teilnahmslosem Nachdruck. »Vielleicht brauche ich ihn noch.«

»Na, denn nicht«, sagte Nicholson, eifrig dem überlegenen Rang nachgebend, den Sparks' Interesselosigkeit andeutete. »Erzählen Sie doch mal ... Wie war die Reise hier herunter?«

»Ermüdend.«

Nicholson nickte wie eine Marionette, seine Augen waren groß vor leerem Enthusiasmus. Er schüttete einen weiteren Drink in sich hinein und wischte sich mit dem Ärmel über den Mund. »Dann haben wir also Silvester, was?«

»Hmm«, erwiderte Sparks und schaute sich träge im Raum um.

»Sehen Sie meine Stiefel?« Nicholson lüpfte seinen Hausmantel wie eine Varieté-Kokotte, hob ein Bein und wedelte mit ihm vor ihren Augen herum. »Korksohlen. Leiten keinen Strom. Drei Paar Socken. – Nein, Sir, mich trifft kein elektrischer Schlag. Selbst wenn Züge damit schneller fahren. Ha!«

Sparks demonstrierte den erforderlichen Gesichtsausdruck, um dieses als Bemerkung einzustufen, auf die keine bestimmte Antwort nötig war. Nicholson sank in seinen Sessel zurück, als fiele ihm nichts mehr ein. Dann nahm er, von einem Impuls erbärmlicher Höflichkeit belebt, ein rotes, orientalisch lackiertes Kästchen vom Kaminsims, eilte wie ein grinsender, geistesschwacher Affe zu Sparks und öffnete es mit einer schwungvollen Bewegung. »Möchten Sie rauchen, Baron?«

Sparks rümpfte säuerlich die Nase, nahm eine Zigarre, als wäre sie ein fauler Räucherhering, und hielt sie sich vors Gesicht. Nicholsons Hände durchsuchten eifrig die Taschen seines Gewandes, bis sie ein Streichholz fanden. Er entzündete es beiläufig am Zigarrenkästchen und gab Sparks Feuer. Sparks paffte, drehte die Zigarre wie einen Leckerbissen zwischen den Lippen und sorgte dafür, daß sie richtig in Brand geriet.

»Aus Trinidad«, erklärte Nicholson, während er sich selbst eine ansteckte und wieder Platz nahm. »Mein Vater besitzt dort eine Pflanzung. Er wollte, daß ich den Laden für ihn leite. Das muß man sich mal vorstellen! Ha!«

»Da ist es saumäßig heiß«, meinte Sparks in verständnisvollem Ton.

»Und *wie*«, sagte Nicholson. »Saumäßig heiß, und davon abgesehen klauen die Nigger dort alles, was sie in die Hände kriegen. Scheiß-Hinterwäldler. Stinken tun sie auch. Abends singen sie pausenlos und schwitzen sich einen ab. Eins muß ich aber sagen: Tolle Frauen! *Wirklich* tolle Frauen!«

»Wirklich.«

»Sind zwar ausnahmslos Huren, auch wenn ihnen die kleinen Teerbabys am Hals hängen, wie Affen in 'nem beschissenen Zoo«, sagte Nicholson, heiser vor unerlaubter Sinnlichkeit. »Für das Kleingeld, das man in der Weste hat, ziehen die mitten auf der Straße den Schlüpfer aus. Da kann man was erleben, das muß ich schon sagen! Stellen Sie sich einen Brocken schwarzen Fleisches auf Ihrem Schwanz vor, da kann man wirklich was losmachen, das ist 'ne echte tropische Pracht. Ha!« Er fuhr zügellos mit der Hand über seinen Schritt und schenkte sich einen neuen Brandy ein. »Ein bißchen Sport dieser Art könnte ich jetzt wohl vertragen, um den Mann in mir zu befriedigen. Irgendwann kommt der Tag, an dem es einem ziemlich egal ist, in welcher Verpackung die Sachen ankommen.« Er zwinkerte Sparks anzüglich zu.

Die Vorstellung, daß Lady Nicholson seine *Ehefrau* war, daß ihre stattliche Vornehmheit je Subjekt im Auf und Ab dieses degenerierten Pavians gewesen war, schockierte Doyle zutiefst. Falls wirklich irgendein unbeschreibliches Grauen auf den Fersen dieses törichten Taugenichts war – so fühlte er sich plötzlich verlockt, ihm die Arbeit abzunehmen und zu beenden.

»Wie geht es Ihrem Vater, dem Grafen?« fragte Sparks, dessen Tonfall weder eine Reaktion noch ein Urteil verriet.

»Lebt noch immer!« sagte Nicholson, als sei dies der allergrößte vorstellbare Witz. »Ha! Er hängt am Leben, der tückische Schweinehund! Aber keinen Titel für unseren lieben kleinen Charles, der mit einem Hungerlohn auskommen muß und an die Börse des Alten gebunden ist. Und Sie glauben doch nicht, daß es ihm so nicht gefällt? Sie müssen nicht meinen, daß der Gedanke, daß ich in der Klemme sitze und kaum fähig bin, mein Haus mit den einfachsten Notwendigkeiten zu stützen, sein Herz nächtens erweichen könnte, wenn der Todesengel über ihm schwebt? Ha! Er hat sie nicht mehr alle. In seinen Adern fließt Bosheit. Bosheit, Eiswasser und Pferdepisse, und deswegen ist er auch *noch nicht* tot!« In einem Aufflammen von Zorn schleuderte Nicholson seinen Becher in den Kamin, sprang mehrmals in die Luft, wobei seine Knie fast die Schultern berührten, drehte sich wie ein Derwisch und schrie in einem Anfall infantiler Wut.

Doyle und Sparks tauschten einen besorgten Blick und fragten sich, wie gefährlich dieser Verrückte tatsächlich war. Doch so plötzlich sein Wutanfall gekommen war, endete er auch: Nicholson trat an den Kamin, um sich einen neuen Becher zu holen. Er füllte ihn besonnen, wobei er einen fröhlichen Refrain aus der neuesten Operette von Gilbert und Sullivan trällerte.

»Und wie geht es Ihrer Frau?« fragte Sparks.

Nicholson hielt in seinem Gesang inne und drehte ihnen den Rücken zu.

»Lady Nicholson. Wie geht es ihr?«
»Meine Gattin«, sagte Nicholson kalt.
»Stimmt. Ich habe sie kürzlich in London gesehen.«
»Sie haben sie gesehen ...«
»Ja. Sie sah nicht sehr gut aus.«
»Nicht gut ...«
»Ganz und gar nicht gut. Sie war ziemlich blaß.«
Was geht hier vor? dachte Doyle.

»Sie war ziemlich blaß«, wiederholte Nicholson, der ihnen noch immer den Rücken zudrehte, und schob eine Hand in die Tasche seines Hausmantels.

»Wenn Sie mich fragen, so sah sie sogar ziemlich mitgenommen aus. Vielleicht hat sie sich Sorgen um Ihren Sohn gemacht? Wie geht's denn Ihrem Sohn?« Unmißverständliche Feindseligkeit wurde in Sparks' Tonfall hörbar.

»Mein Sohn ...«

»Also wirklich«, sagte Sparks mit einem Kichern, »spielen Sie den Papagei, wenn man Ihnen eine klare Frage stellt, oder hat Ihr Vater Ihnen nie beigebracht, wie man eine passende Antwort gibt?«

Nicholson drehte sich zu Sparks um. Er hielt eine Pistole in der Hand. Seine Lippen waren zu einem boshaften Grinsen geschürzt.

»Wer sind Sie?« fragte er.

»Sie *wollen* also nicht antworten ...«

»Sie hat Sie geschickt, nicht wahr?«

»Sie sind durcheinander.«

»Meine Gattin hat Sie geschickt ... Sie sind ihr Geliebter, nicht wahr? Diese dreckige Hure ...«

»Achten Sie auf Ihre Worte ...«

»Sie ficken sie, nicht wahr? Warum streiten Sie es ab?«

»Legen Sie das Schießeisen weg, Sie dummer Junge!« rief Sparks mit scharfer Autorität und ohne einen Muskel zu rühren. »Legen Sie sie sofort hin!«

Nicholson erstarrte wie ein Hund, der einen Pfiff vernimmt, der oberhalb der menschlichen Hörgrenze liegt. Das verzerrte Lächeln auf seinem Gesicht fiel von ihm ab und enthüllte die aller Hoffnung beraubte Selbstmitleidsmaske eines ungeliebten Kindes. Er ließ das Schießeisen sinken.

»Und jetzt, junger Mann, werden Sie antworten, wenn man Ihnen Fragen stellt«, sagte Sparks.

»Es tut mir leid ...«, winselte Nicholson.

Sparks kam schnell auf die Füße, riß ihm die Waffe aus der Hand und versetzte ihm ein paar feste Ohrfeigen. Nicholson sank auf die Knie und heulte los wie ein Säugling. Sparks leerte die Trommel, steckte die Patronen ein und warf die

Waffe zu Boden. Dann packte er Nicholson an den Aufschlägen seines Gewandes und riß ihn brutal auf die Beine.

»Wenn Sie in meiner Gegenwart je wieder unanständige Worte aussprechen«, sagte er entschlossen, »Ihre Gattin mit schmutzigen Wörtern belegen oder irgendwelche anderen verbalen Ausfälle machen, werde ich Sie ernsthaft bestrafen. Hast du mich verstanden, mein Junge?«

»So dürfen Sie nicht mit mir reden!« Nicholson schniefte. Sparks stieß ihn in den Sessel zurück, wo er mit einem überraschten Aufschrei landete. Nicholsons rotgeweinte Augen waren auf ihn gerichtet. Sparks nahm seinen Spazierstock und ging auf ihn zu.

»Du bist ein tückisches und böses Kind ...«

»Bin ich nicht!«

»Streck die Hände aus, Charles.«

»Sie können mich nicht zwingen.

»Streck sie *sofort* aus.«

Charles heulte und winselte, dann hielt er Sparks die Innenflächen seiner Hände entgegen.

»Wie viele hat denn der böse Junge wohl verdient, Gompertz?« fragte Sparks Doyle und bog den Stock in den Händen.

»Man sollte ihm noch eine Chance zur Mitarbeit geben, Sir, bevor man ihm eine Tracht Prügel verabreicht«, sagte Doyle, der sich alle Mühe gab, seinen Ekel über Nicholsons Zusammenbruch zu verbergen.

»Richtig. Hast du Gompertz verstanden, Charles? Er schlägt vor, daß ich gnädig sein soll. Hältst du das für eine gute Idee?«

»J-j-j-a, Sir.«

Sparks drosch so heftig auf Nicholsons Handflächen, daß dieser vor Schmerz aufheulte.

»Wo ist deine Frau?« fragte Sparks.

»Ich weiß nicht ...«

Sparks schlug wieder zu.

»Au!! London. In London, glaube ich. Ich habe sie seit drei Monaten nicht mehr gesehen.«

»Wo ist dein Sohn?«

»Sie hat ihn mitgenommen«, schluchzte Nicholson. Tränen und Rotz liefen ungehindert über sein Gesicht.
»Hast du deinen Sohn seither gesehen?«
»Nein. Ich schwöre es!«
»Warum hast du den Wall gebaut, Charley?«
»Ihretwegen.«
»Wegen deiner Frau?«
»Ja.«
»Hast du ihn gebaut, nachdem sie fort war?«
Nicholson nickte.
Sparks hob den Stock. »*Warum?*«
»Weil ich Angst vor ihr habe.«
Der Stock sauste erneut auf Nicholsons Handflächen. »Du bist ein äußerst halsstarriger Junge. *Warum* hast du Angst vor deiner Frau, Charley?«
»Weil ... Sie betet Satan an.«
»Du hast Angst vor ihr, weil sie Satan anbetet?«
»Sie betet Satan an und verkehrt mit Teufeln.« Sparks versetzte ihm einen weiteren Schlag auf die Handflächen. »Es stimmt, es stimmt, ich schwöre bei Gott, daß es stimmt«, schrie Nicholson jammernd. Seine Fähigkeit, Widerstand zu leisten, löste sich vollends auf. Doyle erkannte, daß auch Sparks es erkannte; er beugte sich nun zu Nicholson vor, und seine Stimme fuhr wie ein Drillbohrer in ihn hinein.

»Was macht deine Frau, das dich so ängstigt?«
»Sie läßt die ... bösen Dinger kommen.«
»Was sind das für böse Dinger, Charley?«
»Die Dinger, die nachts kommen.«
»Hast du den Wall deswegen gebaut, Charley? Damit die bösen Dinger draußen bleiben?«
»Ja.«
»Und daher auch das Salz?«
»Ja, ja. Es tut ihnen weh.«
»Was sind das für Dinger?«
»Ich weiß nicht. Ich habe sie nie gesehen ...«
»Aber gehört hast du sie, oder? Nachts?«
»Ja. Bitte, tun Sie mir nicht mehr weh. Ich bitte Sie«, sagte

Nicholson, sank auf die Knie und machte einen Versuch, sich um Sparks' Stiefel zu wickeln.

»Du hast im vergangenen Jahr Land verkauft, Charley. Ein ziemlich großes Stück. Erinnerst du dich daran?« Sparks trat ihn beiseite. »Antworte!«

»Ich weiß nicht mehr ...«

»Hör zu: Du hast Land im Norden verkauft, Land, das du geerbt hast; es hat deiner Familie gehört. Du hast es an einen Menschen namens General Drummond veräußert.«

»An den General?« Nicholson schaute auf. Der vertraute Klang des Wortes ließ ihn dumm und dankbar zugleich erscheinen.

»Du erinnerst dich an den General, Charley? Du erinnerst dich an den General?«

»Der General war hier. Er kam mit meiner Frau.«

»Der General ist ein Freund deiner Frau, nicht wahr?«

»Ja, ja. Sie sind eng befreundet. Der General ist ein netter Mensch. Er bringt mir Süßigkeiten und Karamellen mit. Er hat mir auch mal ein Pony mitgebracht. Einen Grauschecken.

Ich habe ihn Wellington getauft«, plapperte Nicholson und zog sich noch weiter in seine Kindheit zurück. Das, was seit der Belagerung von Topping von seiner jämmerlichen Erwachsenenpersönlichkeit noch vorhanden gewesen war, zerbrach soeben vor ihren Augen.

»Als der General das letzte Mal hier war, mußtest du Papiere unterschreiben, Charley. Juristische Dokumente. Mehrere Seiten.«

»Ja, es waren viele, viele Seiten«, sagte er und begann wieder zu weinen. »Sie haben gesagt, wenn ich sie nicht unterschreibe, nehmen sie mir das Pony weg.«

»Und sofort nachdem du die Papiere unterzeichnet hattest, hat deine Frau dich verlassen, nicht wahr? Ist sie mit dem General abgereist?«

»Ja, Sir.«

»Und sie hat deinen Sohn mitgenommen, nicht wahr?«

»J-j-j-a, Sir.«

»Wie lange wart ihr verheiratet?«

»Vier Jahre.«

»Hat sie während der ganzen Zeit hier bei dir auf Topping gewohnt?«

»Nein. Sie kam und ging.«

»Wohin ist sie gegangen?«

»Hat sie mir nie erzählt.«

»Was hat deine Frau gemacht, bevor ihr geheiratet habt?«

Nicholson schüttelte den Kopf; er sah aus, als wisse er es nicht.

»Hat sie dir je etwas über ihre Familie erzählt?«

»Sie hat gesagt, ihr Vater besitzt einen ... Verlag.«

»In London?« platzte Doyle heraus.

»Ja, in London«, sagte Nicholson, nun jedermann gegenüber unterwürfig.

»Wo in London, Charley?« sagte Sparks.

»Ich war einmal da. Gegenüber dem großen Museum ...«

»Russell Street?«

Nichsolson nickte. Jemand hämmerte fest an die Tür.

»Schaun Sie aus'm Fenster!« schrie Barry vom Korridor.

Irgendwo unter ihnen erklang das Geräusch brechenden Glases. Sparks eilte ans Fenster und zog den Vorhang auf. Doyle gesellte sich zu ihm.

Die schwarze Gestalt aus der Herberge in Cambridge ging über den Innenhof auf den Haupteingang zu. Auf dem Grundstück hinter ihm verteilte sich ein halbes Dutzend Vermummter.

»Diesmal sind es mehr«, sagte Sparks ruhig.

»Ist sie es?« schrie Nicholson entsetzt. »Sie ist es, nicht wahr? Sie ist meinetwegen gekommen!«

»Wir lassen dich jetzt allein, Charles«, sagte Sparks nicht unfreundlich. »Lade dein Schießeisen, schließ die Tür hinter uns ab und öffne sie niemandem. Und ein frohes neues Jahr.«

Sparks warf Nicholson die Patronen hin und trat rasch an die Tür. Da er und Doyle zusammenarbeiteten, hatten sie die Schlösser in Sekunden entriegelt und gesellten sich zu Barry in den Gang. Das letzte, was Doyle sah, bevor Barry die Tür hinter ihnen zuzog, war Lord Nicholson, der auf allen vieren und hysterisch heulend die verstreuten Patronen einsammelte.

»Hab die Taschen reingebracht«, sagte Barry, als sie durch den Korridor liefen. »Bin dann zurückgegangen, um die Pferde zu füttern; da kam die Meute auch schon angerannt.«

»Sind alle Ausgänge blockiert?« fragte Sparks und zückte seinen Degen.

»Ja, aber die Kutsche is verloren. Draußen sind noch mehr von diesen Vermummten.«

»Hast du die Tür in der Vorratskammer aufbekommen?«

»Ich hatte weiß Gott alle Hände voll zu tun, oder nicht?« sagte Barry ein wenig eingeschnappt.

»Schnell, Barry – die werden nicht lange brauchen, um ins Haus zu kommen.«

»Sollten wir Lord Nicholson nicht mitnehmen?« fragte Doyle.

»Der hat schon genug Schaden angerichtet.«

»Aber sie werden ihn umbringen ...«

»Für den gibt niemand mehr einen Pfifferling.«

Sie liefen die Treppe hinunter und durch die große Halle. An der Tür wurden heftige Schläge laut. An der Vorderseite des Hauses zerbarsten überall Scheiben; ein Arm griff durch eine Öffnung, eine Hand tastete nach dem Schloß. Barry führte sie weiter, durch ein verzwicktes Labyrinth von Räumen in die Küche und die daneben befindliche Speisekammer.

»Aufgepaßt«, sagte Barry und wuchtete einen Mehlsack von einem Regal. Die Wand gegenüber fuhr hoch und verschwand wie ein von einem Seil gezogenes Fenster in der Decke. Dahinter enthüllte sich die mysteriöse Tür, die er erwähnt hatte.

»Findig«, sagte Sparks. »Mein Kompliment für den Architekten.«

»Die hat ein Schloß, das noch nich mal alle Banken haben«, sagte Barry, während er einen Schwung Werkzeuge auspackte und sich daran machte, das ungeheure Vorhängeschloß zu bearbeiten.

Ein Krachen, das irgendwo aus den Tiefen des Hauses

kam, verriet ihnen, daß die Eindringlinge die äußeren Befestigungen geknackt hatten.

»Fassen Sie mal mit an, Doyle«, sagte Sparks und schob einen schweren Holztisch gegen die Küchentür. Auf ihm stapelten sie den Rest der sich im Raum befindlichen Möbel, hielten ihre Waffen bereit und warteten darauf, daß Barry den Durchgang freimachte.

»Wie lautet Ihre Diagnose über den elenden Charley?« fragte Sparks.

»Wahnsinn im Anfangsstadium«, sagte Doyle. »Wahrscheinlich tertiäre Syphilis.«

»Vom Hals an aufwärts tot. Er hat mehr Löcher im Hirn als ein Bienenstock.«

Auf der Treppe und im oberen Stockwerk ertönten gedämpfte Schritte. Das *Schnack*, das laut wurde, als Barry einen Dorn in das Schloß trieb, warf in dem engen Raum ein Echo wie ein Pistolenschuß.

»Sachte, Barry.«

»Ich würd ja gern 'n *Pfeifenreiniger* verwenden«, sagte Barry leicht verärgert, »aber ich glaub nich, daß er die gleiche Wirkung hätte.«

»Danke, Barry«, sagte Sparks nicht weniger ironisch.

»Hätte er sich doch nur an den Namen des Verlags erinnert«, sagte Doyle.

»Den finden wir auch so leicht. Vorausgesetzt, wir kommen lebend nach London. Wie steht's denn so, Barry?«

»Nur noch 'n Sekündchen.«

»Selbst wenn man die Verblendung in Abzug bringt, die mit seiner Krankheit einhergeht«, gestand Doyle ein, »sieht es so aus, als wäre Lady Nicholson nicht die Unschuld, für die wir sie gehalten haben.«

»Das sind Frauen selten.«

Barry brach das Schloß auf und öffnete die Tür. Der Geruch, der sie mit dem von unten heranwehenden Wind begrüßte, war abgestanden, alterslos und so schal wie der einer Gruft. Sparks übernahm die Führung, und sie stiegen die ersten Stufen hinab. Die Treppe war geradewegs aus dem Boden gehauen worden; steil, von schlüpfrigem Moos bewachsen und primitiv. Das Licht aus der Küche reichte nur eine kurze Strecke über die Stelle hinaus, an der sie standen, danach versanken die Stufen in stygischer Schwärze.

»Da is 'ne Laterne«, sagte Barry und nahm eine Öllampe von einem Haken an der Erdwand. Er entzündete ein Streichholz und steckte den Docht an. Das blasse Glühen erzeugte eine kleine Beule in der unterirdischen Finsternis. Sparks nahm die Laterne und ging weiter nach unten.

»Seien Sie vorsichtig«, rief er. »Die Treppe ist so glatt wie Eis.«

»Ziehn Sie bitte an dem Knauf am Türpfosten, Chef«, bat Barry.

Doyle tat es, und die Geheimwand glitt wieder sauber nach unten und verbarg den Eingang.

»Die Tür auch, bitte«, riet Barry.

Doyle schloß die Tür und verrammelte sie mit einem soliden, ihm sehr willkommenen Eisenriegel, so daß sie nun zum Abstieg verpflichtet waren. Die Treppe schien endlos zu sein. Als die moosbewachsenen Stufen in grob gehauenes Gestein übergingen, warfen ihre Schritte dünne Echos. Bald darauf wichen die Wände zurück; rechts und links in der Dunkelheit waren Nischen zu erkennen. Doch das matte Licht der Laterne konnte die gespenstischen Umrisse der sie umschließenden riesigen Kaverne nur andeuten. Der Wind wisperte und heulte. Unter sich vernahmen sie das Quicken und Rascheln von Ungeziefer, das vor den sich nähernden Eindringlingen Reißaus nahm.

»Wo sind wir hier?« fragte Doyle.

»Das einzige, das hier von Menschenhand geschaffen wurde, ist die Treppe«, sagte Sparks. »Alles andere ist natürlichen Ursprungs. Vielleicht eine Meeresgrotte. Es scheint, man hat Topping darüber aufgebaut.«

»Wir sind gut fünfzehn Meilen vom Meer entfernt.«

»Danke, Barry. Dann eben ein unterirdischer Fluß.«

»Hör aber kein Wasser«, meinte Barry skeptisch.

»Was aber nicht bedeutet, daß es hier keinen gegeben haben kann, oder?«

»Nein«, sagte Barry, wenn sein Tonfall auch andeutete,

daß er dieser Möglichkeit nur eine geringe Wahrscheinlichkeit beimaß.

»Vielleicht hat Lady Nicholson diese Grube ausgehoben, damit sie sich hier bei Vollmond mit Satan unterhalten kann«, sagte Sparks und zwinkerte Doyle zu. Wie kann der Mann nur Witze über solche Dinge machen? dachte Doyle. Und dann auch noch in einer solchen Situation.

»Ob sie uns wohl folgen?« fragte Doyle.

»So einfach werden sie die Tür nicht finden.«

»Es sei denn, Nicholson verrät ihnen, wo sie ist.«

»Der Mann weiß doch kaum noch, wer er selbst ist.«

Sparks hatte den Satz kaum ausgesprochen, als sie auf ebenen Boden traten. Sie legten eine Pause ein, um sich zu orientieren. Die Grotte erschien ihnen so abstoßend wie eine dunkle, verwüstete Kathedrale.

»Von irgendwo kommt 'ne steife Brise her«, sagte Barry und schnupperte die Luft.

»Dann ist es einfach. Wir folgen ihr bis zum Ausgang.«

Sie durchquerten die Grotte und ließen die Treppenstufen hinter sich. Jeder Schritt wirbelte kleine schwarze Staubwolken auf. Über ihnen, im Luftzug, wurde das Flattern kleiner Schwingen laut, die akrobatisch durch die künstliche Nacht fegten.

»Fledermäuse«, sagte Sparks, was Doyle spontan nach seinem Hut greifen ließ. »Kein Grund zur Beunruhigung, Doyle; die sehen hier unten weitaus besser als wir ...«

Sparks prallte mit einem lauten Scheppern gegen ein festes Hindernis und ließ die Laterne fallen. Sogleich fanden sie sich von leerer Schwärze umgeben.

»Teufel!«

»Meinen Sie, bei dem sind wir jetzt?«

Trotz der Umstände begann Doyle allmählich, an Barrys spröder Schalkhaftigkeit Gefallen zu finden.

»Sei bitte still, ja? Hilf mir, die Laterne zu suchen.«

Doyle streckte den Arm aus und berührte den Gegenstand, mit dem Sparks kollidiert war. Er fühlte sich abgerundet, kalt und glatt an, wies maschinell hergestellte Kanten auf und war fest. Doyle wußte, was es war, doch da er nichts sehen konnte, wollte ihm der Name dafür einfach nicht einfallen.

»Ich glaub, Sie haben sie kaputtgemacht.«

»Meinst du wirklich?«

»Nach allem, was ich seh und fühl, sind nur noch 'n paar Bruchstücke übrig. Soll ich die Kerze anmachen, die ich in der Tasche hab?«

»Au ja, Barry! Das wäre wirklich nicht zu verachten!«

Und in der Sekunde, in der Barry das Streichholz anzündete, begriff Doyle, über was sie gestolpert waren.

»Gütiger Gott! Wissen Sie, was das ist, Jack?«

Und schon wieder war es dunkel.

»Was ist denn jetzt wieder los, Barry?«

»Hab die Kerze fallen gelassen. Der Doktor hat mich ziemlich erschreckt ...«

»Jack, wissen Sie, was wir gefunden haben?«

»Wenn Barry die Kerze finden würde, wüßte ich es ...«

»Hab sie schon«, ließ sich Barry vernehmen und zündete ein neues Streichholz an.

»Das ist eine Eisenbahn!«

Und es war eine Eisenbahn. Eine pechschwarze, aus solidem Metall geschmiedete, ausgewachsene Dampflok mit einem angehängten, voll beladenen Kohlentender. Sie standen auf stählernen Schienen, die sich vor ihnen in die Dunkelheit hineinkrümmten.

»'ne Sterling Single«, staunte Barry. »'ne wahre Schönheit.«

Sie kletterten in die Lok und untersuchten im Licht von Barrys Kerze die Mechanik. Die Meßgeräte und Pumpen schienen intakt und einsatzbereit zu sein. Der Wassertank war voll. Im Heizkessel lag eine Kohlenladung bereit.

»Sieht so aus, als hätte jemand eine eilige Abreise geplant«, bemerkte Doyle.

»Erinnern Sie sich an Nicholsons zusammenhanglose Anspielung auf die Eisenbahn?« sagte Sparks, als Barry die Öllampe anzündete, die an der Lokwand hing. »Ich wage zu behaupten, daß wir dem unfeinen Gesundheitszustand Lord Nicholsons für dieses Glück danken müssen.«

»Warum hat er sie nicht selbst benutzt?« fragte Doyle.

»Es besteht die Möglichkeit, daß er ihre Existenz vergessen hat. Verstehen Sie etwas vom Steuern eines Zuges, Doyle?«

Bevor Doyle antworten konnte, sagte Barry: »Zuerst zündet man die Kohlen im Kessel an.«

»Danke, Barry. Warum läufst du nicht mal ein Stück am Gleis entlang und schaust nach, ob ein paar Weichen gestellt werden müssen?«

»Ich kenn mich mit so was aus. Unser Alter war nämlich Bremser. Hat uns durch ganz Südengland mitgenommen, wenn er nich gesoffen hat …«

»Ausgezeichnet, Barry. Glaubst du etwa, ich wüßte gar nichts über Eisenbahnen?«

Barry sprang murmelnd mit seiner Kerze vom Zug und schritt das Gleis ab. Sparks betrachtete sinnierend die Anordnung der vor ihnen befindlichen Hebel und Schalter.

»Stecken wir die Kohlen an, Doyle, wie Barry es vorgeschlagen hat, und dann …« Sparks biß sich auf einen Finger und überlegte. »Welchen dieser vermaledeiten Hebel sollen wir Ihrer Meinung nach zuerst bedienen?«

Sie zündeten im Kessel ein Feuer an und schürten es, bis es rot glühte. Dann kehrte Barry zurück und meldete, daß das Gleis in gutem Zustand zu sein schien und ohne Unterbrechung mindestens eine Meile weit führte. Sparks fragte ihn, ob es irgendeinen Grund gäbe, nicht weiterzumachen – was Barry den gnädigen Hinweis entlockte, den Druckmesser zu überprüfen, um anschließend bescheiden den Vorschlag zu äußern, so lange zu warten, bis der Kessel über ausreichend Dampf verfüge. Dann solle man die Handbremse lösen, den Antriebshebel umlegen und den Motor in den Vorwärtsgang schalten.

»Dann mach mal, Barry«, sagte Sparks, als sei das Zurückgreifen auf seine eigenen reichhaltigen und vertrauten Kenntnisse über die Eisenbahn die ermüdendste Aufgabe, die er sich vorstellen konnte.

»Klar«, meinte Barry mit einem verstohlenen Lächeln und schaltete die Buglampe ein. Ihr zyklopenhafter Strahl durchdrang die Dunkelheit wie das Licht der Weisheit. Doyle und

Sparks standen auf der offenen Plattform am Ende der Lok und warfen hin und wieder furchtsame Blicke in Richtung Treppe. Zwar waren bis jetzt noch keine Geräusche eines Angriffs auf die Tür an ihre Ohren gedrungen, aber das Warten fiel ihnen dennoch schwer. In der Gruft schien die Zeit stillzustehen. Das rhythmische Zischen der Dampfventile echote in der Kammer wie der Atem eines riesigen, schlummernden Ungeheuers. Das Gewicht der Grottenwände erweckte in ihnen den Eindruck, als hielten sie sich im Bauch eines monströsen, wachsamen Drachen auf, der geduldig darauf wartete, daß jedes menschliche Bestreben und jede Ambition – egal wie groß und eigensinnig – bei der Verschleißprobe durchfiel. Die Geschichte des großen Landhauses auf den Felsen über ihnen, ein dreihundertjähriges historisches Spektakel fortwährender menschlicher Historie – Liebe, Geburt, Ränke, Ehe, Sieg, Umschwang, Tod, Intrige, Verrat, Wahnsinn, Melodram, alles zu Staub zermahlen – machte in der Lebensspanne dieses Leviathans kaum mehr als einen Atemzug aus. Herrscher und Königreiche würden untergehen, doch diese Wände würden überdauern, selbstgenügsam und leise spottend. Es gibt nur wenige Dinge, dachte Doyle, die man routinierter und müheloser einschätzt als die menschliche Existenz, vor allem dann nicht, wenn man sich ihrer gerade erfreut. Eine Stunde in den Eingeweiden dieser kalten Urhöhle war eine barsche Erinnerung daran, daß selbst der Natur dieses herzlose Desinteresse zu eigen war.

Barry drückte den Hebel herunter. Die Kolben ruckten zweimal, dann krachte Stahl auf Stahl. Durch Reibung erzeugte Funken sprühten in die Luft. Mit dem protestierenden Kreischen und Ächzen von rostigen Muskeln bewegten sich die Räder auf dem Gleis zentimeterweise voran.

»Wir fahren!« schrie Barry, um die Maschine zu übertönen. Er steckte den Kopf aus dem Seitenfenster, und sie rollten in den Tunnel hinein, wobei er sich beherrschen mußte, um nicht aus schierem Übermut die Dampfpfeife zu betätigen.

»Wohin wir wohl fahren?« fragte Doyle, der vor Erleichterung fast zusammensackte.

»Nach London, wenn der Brennstoff reicht und das Gleis nicht vorher endet«, sagte Sparks und tätschelte die Wände der Lok wie ein gerissener Pferdehändler. »Ich wollte schon immer einen eigenen Zug haben. Dieser kleine Charmeur kommt genau zur rechten Zeit.«

Am anderen Ende wurde die Grotte neben dem Gleis enger, und Barry mußte seinen Kopf in die Lok einziehen, als sie langsam in einen schmalen Tunnel fuhren, der durch die Erde verlief. Die Wände kamen immer näher, bis sie nur noch wenige Zentimeter von ihnen entfernt waren.

»Glauben Sie, daß sie ihn umbringen werden, Jack?« fragte Doyle ernüchtert. Er vermochte den irren Nicholson und seinen Diener noch immer nicht aus seinem Geist zu vertreiben.

Sparks wurde ernst. »Ja, ich nehme es an. Ich kann mir sogar vorstellen, daß sie es schon getan haben.«

»Nicholson hat etwas, das sie haben wollen«, sagte Doyle kurz darauf.

»Zwei Dinge: sein Land und seinen Sohn. Und beides befindet sich schon seit mehreren Monaten in ihrem Besitz.«

»Das Land könnte allen möglichen Zwecken dienen ...«

»Einverstanden. Doch es ist noch zu früh für Spekulationen. Wir brauchen mehr Informationen.«

»Aber warum den Jungen?«

Sparks dachte kurz nach. »Kontrolle. Er dient dazu, seine Mutter zu beherrschen.«

»Aber es ist doch wohl klar, daß sie schon die ganze Zeit über zu ihnen gehörte, oder?« sagte Doyle, auch wenn es ihn schmerzte, an die arme Frau zu denken.

»Es ist möglich – wenn wir auch nicht wissen, welche Art Druck man auf sie ausübte. Beziehungsweise ob und wozu der Junge ihnen genau hätte dienlich sein können.«

»In der Nacht, in der sie umkam, schien dies der Fall zu sein.«

»Man darf auch nicht ausschließen, daß die Séance, ob sie nun vorgetäuscht oder echt war, und Lady Nicholsons Kummer über die ›Entführung‹ des Kindes, geschickt dazu ausgenutzt wurden, um Sie, Doyle, in eine Falle zu locken.

Nachdem man sie nicht mehr brauchte, hat man die Frau und ihren armen Bruder betrogen und ermordet.«

»So könnte es gewesen sein, aber die Rolle ihres Bruders ist irgendwie noch nicht richtig definiert.«

»Er wird wegen einer dringenden Angelegenheit aus der Schule gerufen. Sie versichert sich seiner Hilfe gegen ihre Mitverschwörer, denen sie nicht mehr trauen kann. Vielleicht hat er auch selbst zu ihnen gehört und aus einer anderen Richtung Druck auf sie ausgeübt. Sie haben gesagt, er schien ihr abzuraten, als sie an der Tür warteten.«

»Wenn ich es nicht besser wüßte, Jack, könnte man fast annehmen, daß Sie die Frau verteidigen.« Doch im matten Leuchten der Laterne sah Doyle, daß finstere Unzufriedenheit Sparks' Gesicht umrahmte.

»Irgend etwas stimmt da nicht«, sagte er.

»Andererseits«, sagte Doyle, der sich an das Licht in ihren tiefblauen Augen erinnerte, »haben wir nur eins, was die Vorstellung unterstützt, daß sie mit ihnen unter einer Decke steckte: Das mehr oder weniger zusammenhanglose Geschwätz ihres derangierten und sitzengelassenen Gatten.«

Sparks antwortete nicht. Sein Blick war geistesabwesend; er schien in irgendwelche persönlichen Schlußfolgerungen versunken zu sein. Sie fuhren langsam und schweigend durch den engen Tunnel.

»Vor uns is Licht!« gab Barry bekannt.

Soweit die Wände es erlaubten, spähten sie nun in den vor ihnen liegenden Stollen hinein, in dem der Strahl der Bugleuchte im näherkommenden Tageslicht an Kraft verlor. Augenblicke später befreite sich der Zug aus der beengenden Umklammerung der Erde und brachte sie erstmals, seitdem sie das vom Unglück heimgesuchte Haus betreten hatten, ins Freie.

»Bravo, Barry!«

Das Gleis schmiegte sich an den Abhang einer kahlen Schlucht, unter der ein rascher Fluß dahinströmte. In der Ferne konnten sie hinter den Baumwipfeln die Zinnen der höchsten Türme von Topping ausmachen, eingehüllt von dicken, aggressiven schwarzen Rauchsäulen, die in den grauen Himmel aufstiegen. Bedrohliche Wolken kündeten eventuellen Regen an. Doch nicht einmal eine Sintflut wäre rechtzeitig gekommen, um die ehrwürdige Existenz von Topping Manor zu retten.

»Sie haben es angezündet«, sagte Barry bestürzt. »Das ganze Silber ...«

»Vielleicht haben sie die Tür nicht gefunden. Vielleicht nehmen sie an, daß wir drinnen gefangen sind«, sagte Doyle hoffnungsvoll. »Wenn sie uns für tot halten, blasen sie die Jagd bestimmt ab.«

»Dazu hätte er mich zuvor eigenhändig vierteilen und verbrennen müssen«, sagte Sparks grimmig.

Doyle musterte ihn, als er auf das brennende Gebäude zurückschaute und dann den Horizont nach Anzeichen einer Verfolgung absuchte. Sein Blick war so angespannt und wild wie der eines Raubvogels.

»Wer ist *er*, Jack?« fragte Doyle leise. »Der Mann in Schwarz. Sie kennen ihn doch, oder?«

»Er ist mein Bruder.«

11
Nemesis

Das Gleis verlief entlang der Schlucht in Richtung Süden und Osten sowie während der nächsten Meilen parallel zum Fluß. Der Abhang neigte sich schrittweise nach unten, wo er an der flachen Meeresküstenebene am Fluß endete. Trotz ihrer konstanten Aufmerksamkeit gewannen die drei Männer im Zug keinen Hinweis darauf, daß der Feind ihr Entkommen bemerkt hatte. Kurz nachdem sie auf ebenen Boden gelangt waren, stießen sie auf die schwungvolle Halbmondkurve einer Bahnlinie, die nach Osten abbog. Auf Sparks' Anweisung hin hielt Barry die Lok an, sprang ab und stellte die Weiche, um sie auf ein Gleis zu bringen, das vom Fluß fortführte. Als die Lok ihre alte Geschwindigkeit wieder aufgenommen hatte, machten Doyle und Sparks ihren Oberkörper frei, schaufelten Kohle vom Tender in einen Eimer und schleppten ihn auf den Schultern zum Kessel. Obwohl dem kalten Wind ausgesetzt, führte die schwere Arbeit bald dazu, daß sie in Schweiß gebadet waren. Sie entfachten das Feuer bis zum Maximum und nutzten die Kraft des quellenden Dampfes soweit aus, wie der Kessel sie herzugeben bereit war. Sie jagten mit hoher Geschwindigkeit dahin und nutzten jeden Vorteil, den sie auf der Rückfahrt nach London aus dem robusten Eisenroß herausholen konnten.

Sparks verlor kein Wort mehr über seinen Bruder. Statt dessen verfiel er wieder in einen jener Zustände von Geistesabwesenheit, der keine Fragen duldete, und natürlich lenkte die schwere Arbeit sie auch ab. Barry gab der Lok heftig die Sporen, fuhr mit bedenklichem Tempo in die Kurven ein, verlangsamte nie, wenn sie gelegentlich auf streunendes Vieh stießen. Er setzte nur die Pfeife und die schiere Kraft seines Willens ein, wenn er den Tieren zuschrie, sie sollten das Gleis freimachen. Mehr als ein ländlicher Bahnhofsvorsteher kam aus seinem Häuschen gerannt, als sie an seiner Station vorbeijagten, und starrte Barry sprachlos nach, der sie mit einem Winken und einem verwegenen Tippen an die Mütze grüßte – eine unplanmäßige Lok, die die methodische Ordnung der Eisenbahnwelt gefährdete. Barry demonstrierte eingehendes Wissen über das Gleisnetz, das die ländlichen Gebiete von Kent und Sussex durchzog, und wechselte bei jeder sich bietenden Gelegenheit von der Hauptstrecke auf eine seltener benutzte Frachtverkehrslinie. Einmal, als sie auf einem parallel verlaufenden Gleis den Personenzug überholten, der die Neujahrsurlauber von Dover nach London brachte, peitschte Barry sein Gefährt wie ein Jockey auf der Zielgeraden beim Irish Sweepstakes voran. Als sie an dem fassungslosen Lokführer vorbeirasten, schrie und brüllte er ausgelassen und warf übermütig seine Mütze in die Luft. Barry war einfach ein Teufelskerl.

Als es dämmerte, gingen sie notgedrungen mit dem Tempo herunter, denn nun erreichten sie das Labyrinth der Gleise und Weichen jener Strecken, die nach London führten. Und so verwirkten sie auf den letzten Meilen gezwungenermaßen die Zeit, die sie bei der halsbrecherischen Fahrt über das offene Land gewonnen hatten. Als sie schließlich auf einem Nebengleis des Privatbahnhofs von Battersea anhielten, der irgendeinem Bekannten Sparks' gehörte, war es Nacht geworden. Sie überließen es Barry, sich um die Lok zu kümmern, begaben sich zu einer in der Nähe befindlichen Hauptstraße und hielten eine Mietdroschke an. Sparks nannte dem Kutscher eine Adresse auf der anderen Seite des Flusses, in der Nähe der Strand.

»Wohin gehen wir, Jack?« fragte Doyle. »Die finden mich doch bestimmt überall.«

»Sie haben unsere Schritte zwar vorausberechnet«, sagte Sparks, »aber bis jetzt waren sie wohl notwendigerweise auch berechenbar. Ein neues Spiel fängt an. Menschenmengen sind das beste Versteck auf Erden, und in London gibt es mehr Löcher, als ein Bluthund in seinem ganzen Leben ausbuddeln könnte.« Er wischte sich mit einem Taschentuch geziert den Kohlenstaub aus dem Gesicht. »Offen gesagt, Doyle, Sie sollten sich mal anschauen. Sie sind so schwarz wie ein Kohlentrimmer.«

»Von nun an«, sagte Doyle, der sich ziemlich erfolglos bemühte, den Ruß mit dem Ärmel aus seinem Gesicht zu entfernen, »würde ich es sehr zu schätzen wissen, wenn Sie mich wegen unserer weiteren Pläne und Schritte konsultieren, Jack. – Es wäre nämlich durchaus vorstellbar, daß ich hin und wieder eine Idee oder eine Meinung haben könnte, die auf unsere Bemühungen eine positive Auswirkung haben könnte.«

Sparks musterte ihn mit liebevoller Erheiterung, doch bevor Doyle sich beleidigt fühlen konnte, sagte er: »Das steht wohl eindeutig fest. Die Härten der letzten paar Tage hätten die meisten Menschen in flüssigen Spinat verwandelt.«

»Ich danke Ihnen. Aber um noch offener zu werden: Ich würde gern genau erfahren, was Sie wissen. Das heißt, *alles*, was Sie wissen.«

»Sie sind schon gefährlich nahe dran ...«

»Nahe reicht, fürchte ich, für meine Bedürfnisse kaum noch aus, Jack. Ich werde alle Geheimnisse, die Sie mir bis zu Ihrem Tod anvertrauen, für mich behalten. Ich schätze, mein bisheriges Verhalten gibt Ihnen nicht den geringsten Grund, daran zu zweifeln, daß man mich ins Vertrauen ziehen kann.«

»Ich hege keine solchen Zweifel.«

»Gut. Wann sollen wir anfangen?«

»Nach einem heißen Bad«, sagte Sparks. »Bei Austern, Wild am Spieß, Hummer und Kaviar – begleitet vom Klang knallender Korken eines Weines dieses Jahrgangs. Immerhin ist heute Silvester. Was halten Sie davon?«

»Ich kann nicht verhehlen«, sagte Doyle, dem das Wasser schon jetzt im Munde zusammenlief, »daß dies ein Plan ist, den ich ohne den geringsten Vorbehalt gutheißen kann.«

Die Droschke setzte sie an der Strand, einem der lebhaftesten Boulevards Londons, vor einem nicht sonderlich einladend wirkenden Hotel ab. An diesem mondbeschienenen Silvesterabend wimmelte die Straße von mehr Menschen als je zuvor. Eine schmutzige Markise identifizierte das Etablissement als Hotel Melwyn. Zwei Schritte von einer Pension und eine ganze Stufe von der fadenscheinigsten Mittelklassenherberge entfernt, an die Doyle gewöhnt war, war es aber dennoch einer der wenigen Orte, an dem zwei Herren – beziehungsweise ein Herr und sein Diener –, die von der schweren Arbeit in einem Kohlentender von Kopf bis Fuß schwarz waren, von den Gästen und dem Personal nur mit einen beiläufig interessierten Blick bedacht wurden.

Sparks zwinkerte dem verständnisvollen Mann am Empfang zu, trug sich als »Milo Smalley, Esquire« ein und zahlte bar für zwei nebeneinanderliegende Zimmer im zweiten Stock. Die beiden Männer bestellten sich ein Bad, das sie in einem Gemeinschaftsraum am anderen Ende des Korridors, in dem sich auch mehrere andere Gentlemen säuberten, unsäglich genossen. Eine oberflächliche Einordnung der im Bad geführten Gespräche machte Doyle klar, daß das Melwyn ungeachtet seines Äußeren eine gesuchte Zwischenstation für eine ganze Klasse von kritischen, gut aufgelegten und gebildeten Männern war. Als er das Bad verließ, sah sich Doyle zum ersten Mal, seit er sich seines Schnauz- und Backenbarts entledigt hatte, im Spiegel. Dank der kosmetischen Nickelbrille aus Sparks' Trickkiste und des kurzen Dienerhaarschnittes, den Barry ihm verpaßt hatte, sah er sich von einem Gesicht begrüßt, das er zweimal anschauen mußte, um sicherzugehen, daß es das seine war.

Durch die grundlegenden Veränderungen seiner äußeren Erscheinung ermutigt, geschrubbt, rasiert und als erster in ihre Räume zurückkehrend, fand Doyle dort zu seiner Überraschung ihm unvertrautes Gepäck, frische, auf dem Bett ausgelegte Abendanzüge und Larry, den hochgeschätzten Bruder Barrys, vor, der gerade im Kamin ein Feuer anzündete. Doyle freute sich so über das unerwartete Wiedersehen mit ihrem kleinen Komplizen, der darüber nicht weniger froh zu sein schien, daß er ihn beinahe umarmt hätte. Obwohl Doyle es kaum erwarten konnte, Larry von ihren Abenteuern zu berichten, hob dieser die Hand, um ihn, noch bevor er ein Wort gesprochen hatte, zum Schweigen zu bringen.

»'zeihung, Chef, aber mein Bruder hat mich schon auf'n neuesten Stand gebracht, vom Hölzken bis zum Stöcksken sozusagen, und so weiter. Da haben Sie ja noch mal Glück gehabt ... Und 'ne unglaubliche Geschichte isses noch dazu, Sir ... Übrigens, wenn Sie nix dagegen haben, gratulier ich Ihnen zu dem Haarschnitt. Wie ich seh, hat mein Bruder seine Kunst mal wieder ausgeübt. Er war nämlich vor 'ner langen, langen Zeit bei 'nem Barbier in der Lehre. Um die Wahrheit zu sagen, es war wegen der Barbiertochter, der er an die Wäsche wollte ... Aber ich muß sagen, Doktor, mit dem neuen Schnitt und ohne Kotelettes sehn Sie insgesamt doch mehr aus, wie's Ihrem Charakter entspricht. Offen gesagt, hätt ich nicht gewußt, daß Sie's sind, ich hätt Sie kaum erkannt.«

»Wie ich vermute, warst du sehr beschäftigt, Larry«, sagte Sparks, der sich beim Betreten des Raumes abtrocknete. »Erzählst du uns, was du entdeckt hast, oder soll ich es versuchen?«

Larry warf einen bestürzten Blick auf Doyle.

»Du verletzt schon kein Vertrauen«, sagte Sparks. »Der Doktor hat so feste Wurzeln in den geheimen Boden unseres Feldzuges geschlagen, daß Dynamit erforderlich wäre, um sie zu entfernen. Du kannst ganz offen sein. – Nein, warte!« Sparks kniff die Augen zusammen und maß den zurückhaltend grinsenden Larry, dem völlig klar war, was nun folgen würde, mit einem prüfenden Blick.

»Ganz wie Sie wünschen, Sir«, sagte Larry. Und dann, mit einem Zwinkern in Richtung Doyle: »Das müssen Sie sich anhören ...«

»Bei der Untersuchung von Drummonds Haus«, sagte Sparks, »hast du herausbekommen, daß der General, von dem wir wissen, daß er zwei Tage vor Weihnachten in den Norden gereist ist, nicht zurückgekehrt ist. Du hast die Londoner Adresse von Lord und Lady Nicholson in Erfahrung gebracht. Es ist ein gelbes, zweistöckiges Einzelhaus in Hampstead Heath, und als du es aufgesucht hast, stand es ebenfalls leer. Du hast dich mit Barry in deinem Lieblingslokal – im Elephant and Castle – getroffen, wo er dir von unseren letzten Unternehmungen erzählt hat. Dabei habt ihr zwei halbe Liter getrunken und ein Shepherd's Pie gegessen ...«

Larry schüttelte den Kopf und schenkte Doyle ein breites Lächeln. »Sehn Sie? Isses nich toll, wie er das macht?«

»Also, bitte, Larry, raus damit: Wie war ich?«

»Stimmt alles, Sir ... nur war's kein Shepherd's Pie. Heute abend hab ich mir 'ne Portion Kate und Sydney genehmigt.«

»Natürlich«, sagte Sparks, während er sich anzog. »Steak und weiße Bohnen. Heute ist ein Feiertag, da hast du gepraßt«, und dann an Doyle gewandt, »Krümel auf der Jacke.«

»Und ein Soßenfleck auf der Krawatte«, sagte Doyle, der die Herausforderung nur zu gerne annahm. »Ganz zu schweigen von dem ihm anhaftenden durchdringenden Geruch von schalem Hopfen und billigem Zigarettentabak, wie er in öffentlichen Lokalen üblich ist.«

»Maria und Joseph, das darf doch nich wahr sein! Sie etwa *auch*, Sir?«

»Also los, Doyle, sagen Sie ihm, wie ich meine Schlüsse gezogen habe«, sagte Sparks.

Doyle musterte den ungläubigen Larry einen Moment. »Nach der Rückkehr nach London hätte Ihre Hauptaufgabe darin bestehen müssen, den Aufenthaltsort General Drummonds herauszufinden. Wenn er in der Stadt gewesen wäre, bezweifle ich, daß Sie die Zeit gehabt hätten, mit Ihrem Bruder einen trinken zu gehen, geschweige denn, uns frische Kleider zu besorgen. Deswegen hat die schnelle Erledigung der ersten Aufgabe es Ihnen erlaubt, sich die zweite vorzunehmen. Man braucht sich nicht groß anzustrengen, um zu wissen, daß sie darin bestand, die Unterkunft der Nicholsons in London ausfindig zu machen. An den Knien und Ellbogen Ihrer Kleider befinden sich Rückstände eines feinen gelben Pulvers; da weder Streifen noch Risse darauf hindeuten, daß Sie gezwungen waren, irgendwelche plötzlichen oder heftigen Bewegungen auszuführen, war das zweistöckige gelbe Ziegelsteinhaus, das Sie methodisch erklettert und zu dem Sie sich Zutritt verschafft haben, allem Anschein nach leer. Der deutlich erkennbare rote Lehm an den Rändern und Sohlen Ihrer Stiefel ist typisch für die Hügel von Hampstead Heath. Übrigens ist das Elephant and Castle auch mein Lieblingslokal, in dem ich mir zu meiner Zeit eine ganze Anzahl köstlicher Steaks und weiße Bohnen habe munden lassen.«

»Gut gemacht, Doyle!«

»Potz ... tausend ...«, Larry nahm seinen Hut ab und schüttelte den Kopf.

»Wenn es Larry die Sprache verschlägt, sollte man die Presse benachrichtigen«, sagte Sparks. »Derlei ist seltener als eine totale Sonnenfinsternis.«

»Und da hab ich immer gedacht, Barry und ich wärn die einzigen Zwillinge in der näheren Umgebung«, sagte Larry, schließlich. »Und jetzt haben wir noch zwei. Romulus und Remus. So ähnlich wie 'n Ei dem andern. Da haben wir aber Glück gehabt, Sir, daß Sie auf unserer Seite sind«, sagte er aufrichtig.

»Danke, Larry«, erwiderte Doyle. »Ich kann dieses Lob wirklich gut gebrauchen.«

»Fehlt nur noch, daß ihr euch jetzt herzt und küßt«, sagte Sparks, der die Schleife seiner Krawatte fertig band. Larry und Doyle wandten sich ziemlich verlegen voneinander ab, und Doyle begann, sich anzukleiden, während Larry dazu überging, sich geschäftig die Krümel von seiner Jacke zu bürsten.

»Larry, was ist mit unserem Dinner?«

»Halb zehn im Criterion. Austern auf halben Muscheln, gekochten Hummer – munter und fröhlich – und 'ne Flasche Whisky warten auf Sie.«

Sie kleideten sich für den heiß ersehnten Termin fertig an und standen um Schlag halb zehn nicht weit entfernt auf der Strand vor der ehrwürdigen Tür der Criterion Long Bar. Die elegante Abendgarderobe machte sie in der Flutwelle der den Speisesaal frequentierenden Großkopfeten unsichtbar und war an diesem, dem festlichsten aller Abende in London, die perfekte Tarnung. Als Medizinstudent hatte Doyle seine Nase zahllose Male von außen an die Fensterscheiben gepreßt, um sich, mit der Neugier und dem Neid des kurz abgefertigten Anthropologen, die *haute monde* in ihrer natürlichen Umgebung anzusehen. Doch nie zuvor hatte er die Schwelle dieser mehrstöckigen Festung überschritten.

Sparks war dem Maître wohlbekannt. Eisgekühlter Champagner wartete bereits auf sie, und eine Garde aufmerksamer Oberkellner und Kellner stand bereit, um dafür zu sorgen, daß ihre Gläser nie leer wurden. Ein öliger Geschäftsführer wünschte ihnen im Namen des Hauses Glück, und eine üppige, gichtfördernde Abfolge mundwässernder Leckereien regnete wie die wahllose Freigebigkeit eines kulinarischen Gottes auf sie hinab. Doyle hatte kaum Zeit, zwischen den Bissen und Schlucken etwas zu sagen, er stürzte sich mit bacchantischer Selbstaufgabe in das Schlemmerfest. Der Champagner karbonisierte den Schatten des Verhängnisses, das sie in den letzten Tagen gejagt hatte, und ließ es dem Vergessen anheimfallen. Der sie umgebende Raum erschien ihm unglaublich geschmeidig, fröhlich und lichterfüllt. Die Damen erstrahlten in Athener Glanz, die Herren schienen von irgendeinem herkulischen Ideal gestärkt. Welch ein Ort! Welch eine Stadt, welch dynamische menschliche Rasse! Erst als ein ambrosisches Flambeau aus Kirschen, Baiser und Vanilleeis vor ihnen abgesetzt wurde, sank der schwerelose Ballon der ungeteilten Freude Doyles allmählich wieder in den Bereich bewußter Beachtung. Das Dinner war noch nicht zu Ende, und schon kam es ihm wie ein Traum vor. Er wußte, sobald die Diskussion, die bis zum gigantischen Dessert so sorglos wie der Montag eines Geistlichen gewesen war, sich wieder dem Leben zuwandte, das sie außerhalb dieses klösterlichen Olymps erwartete, würde man ihm die Rechnung in mehr als einer Hinsicht präsentieren.

Die letzten Teller wurden abgeräumt. Sparks steckte sich eine Zigarre an und wärmte den honigfarbenen Nektar seines Brandys über einer Kerze. »Und nun ...«, sagte er, »... zu meinem Bruder.«

Doyle hatte zwar nicht erwartet, daß Sparks mit einem As eröffnen würde, aber er war mehr als bereit, von dessen Offenheit anzunehmen, was er bekam. Er nickte, verriet keine Ungeduld, konzentrierte seinen Geist erneut und wiegte den Benediktiner besinnlich in seinem Schwenker.

»Ist es nicht beunruhigend, daß der *corpus* der menschlichen Hoffnung so unmittelbar mit der Vorstellung des gesellschaftlichen Fortschritts verknüpft ist?« fragte Sparks. Sein Tonfall war offen und einladend, seine Worte waren nicht im geringsten rhetorisch gemeint. Was diese Folgerung allerdings mit Sparks' Bruder zu tun hatte, nun, Doyle hatte weitaus quälendere Abschweifungen mit wesentlich weniger Hoffnung auf eine Rückkehr zum Thema ertragen als diese.

»Ja, Jack, das finde ich auch«, sagte er, bereit sich der Herausforderung zu stellen. »Ich schaue mich in diesem goldenen Raum um. Das Vergnügen, das er mir bereitet; all die netten, stattlichen Menschen; die Mahlzeit, die wir uns gerade haben munden lassen ... Und ich bin verlockt zu sagen: Dies ist das Beste, was die Zivilisation uns zu bieten hat. Die Früchte der menschlichen Bildung, des wissenschaftlichen Fortschritts, der sozialen Evolution.

Doch es sind vergängliche Befriedigungen. Illusionen. Und wie winzig ist doch der Anteil der in unserer Welt lebenden Menschen, den wir repräsentieren. Während wir uns unserer Vornehmheit rühmen, erleiden, keinen Steinwurf von hier entfernt, zahllose Menschen ein so schreckliches Elend, wie keiner es je hat ertragen müssen. Und ich sehe mich gezwungen, mich zu fragen: Wenn so viele draußen bleiben müssen – sind unsere Errungenschaften dann überhaupt etwas wert? Welche Werte schreibt unser persönliches Dasein überhaupt fest? Welches Geschenk – falls überhaupt – läßt unser Zeitalter denen zurück, die nach uns kommen?«

»Es steht uns nicht zu, diese Frage zu beantworten«, erwiderte Sparks. »Die Generationen, die nach uns kommen, werden schon ihre eigenen Schlüsse über unsere Beiträge ziehen. In welcher Form erinnert man sich denn an vergangene Epochen? Denkt man an die Arbeit menschlicher Hände oder an die des menschlichen Geistes? Die Elizabethaner haben uns eine Dichtkunst hinterlassen, die zu uns etwas sagt, weil wir eine gemeinsame Sprache sprechen. Die Ägypter haben die Pyramiden erbaut, aber ihre geheimen Gedanken kennen wir nicht. Ihre größten Entdeckungen wird man vielleicht niemals nachvollziehen können. Vielleicht ist es einfach eine Frage dessen, was überlebt.«

»Aber was ist denn wichtiger? Wird man unser Zeitalter anhand unserer Monumente, Brücken und Bahnhöfe oder anhand unserer Wissenschaft und Künste beurteilen?«

»Unser zunehmendes Wissen in der Medizin hat sicherlich dazu beigetragen, das menschliche Leben zu verlängern«, sagte Sparks.

»Ja, aber die Umstände der uns aufgezwungenen Entwicklung haben die meisten dieser Entdeckungen erforderlich gemacht. Ich stelle zwar nicht in Abrede, daß die Vorteile und Bequemlichkeiten des Lebens für manche – vielleicht sogar für viele – in der Mehrzahl durch die Dinge erhöht werden, die wir nun in Massen produzieren können. Aber wenn man sie gegen ihre Kosten aufrechnet, die Nebenprodukte der Industrie? Unmenschliche Arbeitsbedingungen, Verwüstung der Erde, vergiftete Luft. Ohne den medizinischen Fortschritt würden die meisten von uns unser ›Wachstum‹ nicht lange überleben. Und welchen Wert hat es für viele der überlebenden Unterklassen, selbst wenn es ihr körperliches Leben verlängert, wenn dieses Plus ihr Dasein der Freude und Güte beraubt oder der Zeit, die Früchte ihrer Arbeit auch zu genießen?«

»Vom Leiden der Unglücklichen einmal abgesehen – denn schließlich leiden alle Menschen, jeder auf seine Weise und nach seinem eigenen Maß –, sieht es nicht eindeutig so aus, als hätte uns die Wissenschaft an den Scheitelpunkt einer neuen Epoche gebracht? Denken Sie an die wunderbaren Erfindungen, von denen man sagt, daß wir sie bald genießen werden: Strom in jedem Haus, das Automobil. Telefon, Schreibmaschine. Bessere Kommunikation, Reisefreiheit. Wärme und Licht zu Hause. Und die Bildung vertreibt die Unwissenheit.«

»Sie nehmen an, daß die Einführung dieser neuen, befreienden Dinge, die ihr Für und Wider haben, bestimmte beharrliche Eigenschaften des menschlichen Charakters von Grund auf ändern werden.«

»Welche Eigenschaften meinen Sie?«

»Den Willen, Macht zu erringen. Die Raffgier. Den Instinkt, sich auf Kosten anderer ein schönes Leben zu machen.«

»Den Überlebensinstinkt«, sagte Sparks, als führe Doyle ihn genau dorthin, wo er hinzugehen wünsche. »Die Versicherung, daß die Starken überleben.«

»Auf Kosten der Schwachen.«

»Genau wie in der Natur. Das Leben als Wettstreit, Doyle. Als Kampf um Luft und Licht, um starke, attraktive Gefährten für die Paarung, um Raum und Nahrung. Die Natur sagt ihren Komponenten nicht ›Das Leben erfordert eure Aggression nicht, denn ich, die Erde, habe euch mit einem Überfluß an Reichtümern versorgt‹«, sagte Sparks ungestüm und trommelte mit den Fingern, so daß die Gläser auf dem Tisch klapperten.

»Doch wenn das Menschentier die gleichen starken Impulse auslebt wie alle anderen im Reich der Natur …«

»Herrschaft. Unterdrückung. Materielle Gier. Die Wurzeln des menschlichen Übels.«

»Da stimmen wir überein«, sagte Doyle.

Sparks nickte, seine Augen brannten vor Offenheit. »Es ist unausweichlich. Der Mensch ist gezwungen, dem Instinkt des Herrschens zu gehorchen, weil wir unter dem unbewußten Befehl stehen, zu überleben. Und diese Botschaft ist so überzeugend und gebieterisch, daß sie sich über jeden anderen biologischen Impuls hinwegsetzt: Mitleid, Liebe und alle anderen Nettigkeiten, die den Privilegierten in diesem Raum heilig sind. Und zwar auch noch dann, wenn unsere körperliche Unversehrtheit garantiert und jede ernsthafte Bedrohung unserer Existenz vollständig eliminiert ist.«

»Dann ist es ein Paradox«, sagte Doyle. »Ist der Lebenswille des Menschen die größte einzelne Gefahr für unser Überleben?«

»Wenn die menschliche Natur nicht bald beweist, daß sie die Fähigkeit hat, den Kurs willentlich zu ändern, ist sie auf dem besten Wege dazu«, sagte Sparks. Er beugte sich vor, seine Stimme wurde leiser, und er schaute Doyle fest an. »Zum Beleg schildere ich Ihnen das Leben von Alexander Sparks. Er wurde in einem reichen Elternhaus geboren, als erstes und geliebtes Kind, und er erfreute sich in seiner Kindheit aller Bequemlichkeiten und Zuwendungen, die ein

Mensch sich nur wünschen kann. Er wurde vorbildlich genährt und beschützt und lebte in einer Welt der Privilegien und Besitztümer, die ihm so offenstanden wie die Blütenblätter einer Nachtkerze. Ziemlich frei von diesen Einflüssen beweist der Junge recht bald einen bemerkenswert sturen Charakter. Unersättliche Neugier. Den Intellekt eines kalten und berechnenden Genies. Einen eisernen Willen. Er ist nach Ansicht aller ein außergewöhnliches Kind.

In den ersten Lebensjahren ist er sich der Launen des Glücks, denen das Fleisch unterworfen ist, glücklicherweise noch nicht bewußt. Da sein Vater am anderen Ende der Welt im diplomatischen Dienst arbeitet, wächst der Junge in der Gesellschaft von Frauen heran, die nichts anderes wollen, als all seinen Launen nachzugeben und sie zu erfüllen. Der in der Mitte des ihn anbetenden Kreises eingefaßte Edelstein ist seine Mutter – eine gefeierte Schönheit, eine Frau mit Stil, starkem moralischem Charakter und hoher Intelligenz. Sie ist die Sklavin des Jungen, sie unterwirft sich ihm, kennt keine Grenzen. Er gewinnt den Eindruck, von Gott auserwählt zu sein, ein kleiner Sonnenkönig, der die absolute Macht über ein Reich hat, das sich, so weit das Auge reicht, in alle Richtungen erstreckt. Ein Junge, der durch die Wälder seines Landsitzes streift und nicht nur das Gefühl hat, die Menschen in seiner Umgebung, die er für seine Untertanen hält, zu befehligen, sondern auch den Wind, das Wasser und die Bäume. Seine Welt ist ein Paradies, und er ist der Herrscher, den niemand in Frage stellt.

Doch dann, eines Tages, als er fünf Jahre alt ist, verschwindet die angebetete und geliebte Königsmutter aus seinem Blickfeld, und es vergehen ein zweiter und ein dritter Tag – ohne irgendeine Erklärung. Nicht einmal die stürmische Wut des Jungen, die stärkste Waffe seines beträchtlichen Arsenals, reicht aus, um sie wieder zurückzuholen. Keiner seiner Untertanen nennt ihm einen Grund für ihre Abwesenheit. Man zwinkert sich nur zu und lächelt geheimnisvoll. – Bis zum vierten Tag, als er wieder Zutritt in ihren Schlafraum hat und zu seiner Verwunderung und seinem Entsetzen entdeckt, daß ein scheußlicher Usurpator in ihren Armen liegt. Hilflos, faltig, rotgesichtig, pinkelnd und miauend wie eine Katze. Ein Säugling. Der Junge durchschaut die jämmerlich transparenten, manipulativen Täuschungsmanöver dieses Unholdes auf der Stelle, doch er ist wie gelähmt, als er sieht, daß seine Mutter dem winzigen Dämon völlig verfallen scheint. Und das Ungeheuer hat die Frechheit, vor seinen Augen an der Brust seiner Mutter zu liegen und ihn zu verhöhnen. Sie verlangt und erhält ihre liebevolle Aufmerksamkeit, die in seinem klaren Verständnis von der Welt einzig für ihn – und zwar für *ihn allein* – da ist.«

»Sie?« fragte Doyle.

Sparks schüttelte den Kopf. »Eine Schwester. Sie hat sogar einen Namen. Madelaine Rose ... Der Sonnenkönig ist klug genug, um zu erkennen, daß es am besten ist, den Rückzug anzutreten, wenn der Feind eine überlegene Position hält – um seine Truppen für einen anderen Tag zu ordnen. Er lächelt und äußert keinen Protest gegen diese scheußliche Beleidigung, versteht aber sehr gut, welcher Gefahr er gegenübersteht. Er verbirgt seinen Abscheu darüber, daß ein so winziges, kraftloses Geschöpf genug Einfluß erzeugen kann, um seine glorreiche Herrschaft zu bedrohen. Wie kann dieser widerwärtige Incubus diese Frau, die nie etwas anderes als den größten, guten Sinn bewiesen hat, ihn ohne Ende und Vorbehalte anzubeten, so vollkommen in ihren Bann gezogen haben? Der Junge verläßt den Raum, sein Weltbild ist in den Grundfesten erschüttert. Er gibt niemandem auch nur den geringsten Hinweis auf seine Demütigung. Sein Überlebensinstinkt sagt ihm, daß die sicherste Strategie gegen diese beispiellose Herausforderung an seine absolute Herrschaft darin besteht, seine Untertanen weiterhin glauben zu machen, daß sich im ganzen Königreich – oder im Inneren des Königs – nichts verändert hat. Er wartet eine Woche, zwei Wochen, einen Monat, um zu sehen, ob die geistesgestörte Verliebtheit seiner Mutter zur Prätendentin vergehen wird wie ein Fieber. Er schätzt seine Widersacherin leidenschaftslos ab, befriedigt seine Neugier an ihrer Gestalt und ihren offensichtlichen Schwächen und macht seine Mutter glauben, daß er das abstoßende, wurmähnliche Bündel ebenso unwiderstehlich findet wie sie. Er erträgt die kollektive Versklavung seiner Untertanen durch die hypnotische Verlockung des Ungeheuers: Die dämlichen Weiber haben nichts anderes mehr im Sinn, als unaufhörlich mit ihm über das Ding zu tratschen! Er läßt sie reden, schaut zu, wie seine Rivalin sich in ihrer Zuneigung sonnt und arbeitet während all dieser Zeit an seiner Rache. Er schmeichelt sich in das Vertrauen seiner Mutter ein, ermutigt sie, sich mit ihm über das Ding zu unterhalten, weil er hofft, auf diese Weise den Schlüssel zu dessen unheimlichem Reiz zu finden. Er macht sich mit den Routinen der kleinen Dämonin vertraut – Schlafen, Aufwachen, Weinen, Essen, Scheißen –, mit allem, wozu sie fähig ist, doch das dunkle Geheimnis ihres Magnetismus bleibt. Die Verachtung, die dieses Wissen mit sich bringt, dient nur dazu, seinen Entschluß zu kräftigen, etwas zu unternehmen: etwas Ausschlaggebendes, und zwar rasch und gnadenlos.

Kurz darauf, in einer warmen Sommernacht, als das Haus zur Ruhe gegangen ist, schleicht er sich leise in die Räume seiner Mutter. Sie liegt im Bett, schläft tief. Das Ungeheuer liegt in der Wiege auf dem Rücken, lächelt zahnlos vor sich hin, gurrt, zappelt fröhlich mit Armen und Beinen, als mache es der hochnäsige Glaube an seine Unverletzlichkeit immun gegen den Verrat, von dem der Sonnenkönig inzwischen weiß, daß er hinter jedem freundlichen Gesicht lauert. Von einem Mondscheinstrahl beleuchtet, schaut ihm das Ding in die Augen, als er auf es hinabsieht. Einen Augenblick später muß er sich entscheiden – er wird von Scham und Gewissensbissen überflutet, weil er das kleine Geschöpf haßt. Er möchte den Säugling nehmen und in den Armen halten, seine Glückseligkeit spüren und ihn in eine warme, wohltätige, heilende Sphäre der Liebe und des Vergebens einhüllen. Als er spürt, daß auch er unerbittlich in den Bannkreis des Ungeheuers zu geraten droht, in den er vor sich schon so viele hat gezogen werden sehen, reißt er im letzten Moment seinen Blick von ihm los. Er ist entsetzt, wie nahe er daran gewesen war, sich von dem Ding in die Falle locken zu lassen. Zum ersten Mal versteht er voll und ganz die Gefahr, die dieser böse Geist darstellt.«

»Nein ...«, entfuhr es Doyle.

»Er hebt ein kleines Seidenkissen hoch, legt es auf das Gesicht des Dings und drückt so lange zu, bis es aufhört, mit den Armen und Beinen zu zappeln und sich nicht mehr rührt. Es gibt kein einziges Geräusch von sich, doch als es stirbt, wacht die Mutter mit einem Schrei auf! Wie bösartig das Ungeheuer sie doch im Griff gehabt hat! Es war sogar noch in dem Moment mit der Frau im Bunde, als das Leben seinen winzigen Körper verließ. Der Sonnenkönig rennt aus dem Zimmer – seine Mutter hat ihn erkannt, er weiß genau, daß sie ihn über die Wiege gebeugt gesehen hat –, doch als sie zum Bett des Ungeheuers geht und die reglosen Überbleibsel seiner mitternächtlichen Arbeit findet, gerät ihr Verstand durcheinander. Sie stößt ein derart jämmerliches Klagen aus, daß die Wände des Hauses, wäre es ihnen erlaubt, sich ungehindert in die Nacht zu erheben, die Himmelspforte zerschmettert hätten. Während der Junge still in seinem Bett liegt, treiben die trockenen Schreie seiner Mutter eine Nadel in die vereisten Tiefen seines Herzens. Es ist ein Klang, an den er sich noch viele Jahre später erinnern wird, und er erfreut ihn mehr als tausend Küsse.

Seine Mutter bricht zusammen. Nur wenige Minuten nachdem man sie gefunden hat, schwimmt das Haus in Tränen der Trauer. Zur Überraschung des Königs erhält er den mitfühlenden Trost der ihm abgeworbenen Untertanen und stellt sich vor, daß diese dämlichen Tölpel glauben, er sei ebenso traurig wie sie. Die Verwirrung, mit der er darauf reagiert, scheint diese Überzeugung zu bestätigen, denn sie drücken ihn wie nie zuvor an ihre schwellenden Busen. Seine Mutter entschwindet erneut in bewachte Abgeschiedenheit. Diesmal sind die Frauen sehr eifrig darauf bedacht, ihn über ihren Zustand auf dem laufenden zu halten. Heute hatte sie einen Rückfall; die Nacht war nicht allzu gut für sie; sie ist jetzt eingeschlafen; heute morgen hat sie wieder nichts gegessen. Er frohlockt über die Inbrunst, mit der die Frau ihre gerechte Strafe für ihren Verrat anzunehmen scheint. Eine Woche vergeht, dann kehrt sein Vater aus seiner fernen Stellung aus Übersee zurück. Er hat den kleinen Thronräuber nie zu Gesicht bekommen. Sein Blick ist von Mitleid umwölkt, als er den jungen König begrüßt, doch nachdem er eine Stunde hinter der verschlossenen Tür im Zimmer der Mutter verbracht hat, geht er sofort zu seinem Sohn und nimmt ihn allein mit in sein Zimmer. Er sagt nichts. Er nimmt das Kinn des Jungen in die Hand und schaut ihn sehr lange an. Er betrachtet die Augen des jungen Königs mit Argwohn – sie hat ihn also *doch* in ihrem Zimmer gesehen; er sieht es an seinem Blick, aber es scheint irgendeine Unklarheit zu geben: Mißtrauen, keine eindeutige Anklage. Der König weiß sehr gut, wie man den Eingang zu dem Ort verbirgt, an dem er sein Geheimnis hütet. Er zeigt seinem Vater nichts: keine Reue, keine Schwäche, kein menschliches Gefühl. Der Junge erwidert den Blick offen und nichtssagend, leer und undurchschaubar, und er sieht, daß irgend etwas anderes den Argwohn in den Augen seines Vaters abgelöst hat. Furcht. Der Vater weiß Bescheid. Und der Junge weiß, daß sein Vater machtlos gegen ihn ist. Als der Mann den Raum verläßt, weiß der König, daß der Vater seine Autorität nie wieder herausfordern wird.

Man begräbt das Ding in einer mit Girlanden aus Frühlingsblumen verzierten Kiste aus Lavendelholz. Der Junge steht still dabei, beobachtet seine herzzerreißend weinenden Untertanen und gestattet ihnen, die Hand auf seinen Kopf zu legen, als sie an dem Grab vorbeigehen, um für ihr Vergehen Abbitte zu leisten und ihrem einzig wahren Herrn Gehorsam zu erweisen. Nach der Beerdigung, als seine Mutter wieder da ist und man sich steif in einem Gesellschaftsraum trifft, sieht er, daß zwischen ihnen etwas unwiderruflich anders geworden ist: Sie mißt ihn von nun an nie wieder mit dem liebevollen Blick wie vor dem Erscheinen der Prätendentin. Sie wagt es kaum noch, ihn überhaupt anzusehen. Er darf auch ihre privaten Räume nicht mehr betreten. In den folgenden Tagen belauscht er zahlreiche, tränenreiche Gespräche zwischen Mutter und Vater, die abrupt enden, sobald man seine Anwesenheit entdeckt, doch er ist fest davon überzeugt, daß man nichts gegen ihn unternehmen wird. Sein Vater reist ab, um wieder seinen Pflichten in Ägypten nachzukommen. Der Junge verbringt immer mehr Zeit in zufriedener Isolation, geht seinen Studien nach und spürt die Zunahme seiner Macht bei einzelgängerischen Spaziergängen und friedlichem Nachdenken. Im Laufe der Zeit breitet sich das Leichentuch des Schweigens seiner Mutter auch über alle Untertanen seines Königreiches aus. Man zeigt ihm keinerlei Zuneigung mehr. Die Laufzeit der Wortwechsel mit den Untergebenen reduziert sich auf das Notwendigste: Macht und Herrschaft. Sein Lagerhaus platzt mit beiden Artikeln aus allen Nähten. Er hat seinen Thron zurückerobert.«

»Gütiger Gott ...«, sagte Doyle leise und wischte sich eine Träne aus dem Auge. »Gütiger Gott, Jack ...«

Sparks schien von der Geschichte nicht gerührt zu sein. Er nahm gelassen einen Schluck und fuhr fort; eine kalte, leidenschaftslose Rezitation. »Fünf Jahre später entdeckt die Frau, daß sie erneut schwanger ist. Man sagt dem Jungen nichts, doch zur Vorsicht wird Alexander, Monate bevor ihr Zustand für alle sichtbar wird, in ein Internat geschickt. Es erweist sich für Alexander nicht als Härte. Er ist mehr als bereit, seine Einflußsphäre über die Beschränkungen der Gartenmauern hinaus auszudehnen. Frischfleisch, so denkt er und schaut sich hungrig die neue Welt an, die ihn nun begrüßt; sie ist nicht nur mit Erwachsenen bevölkert, mit denen er inzwischen leicht fertig wird, sondern auch mit Jungen seines Alters, ganzen Bataillonen, und dank seines Geschicks so leicht zu beeinflussen und formbar wie ungeschliffene Steine. Und keiner von ihnen, weder ihre Eltern noch ihre Lehrer, sind intelligent genug, um zu begreifen, daß sie einen Fuchs gekrönt und ihm einen Palast im Hühnerstall eingerichtet haben. Im nächsten Frühjahr – seinem Blick verborgen und fern seiner Reichweite – wird ein zweiter Sohn geboren.«

Diesmal sprach Doyle seine Frage nicht aus.

»Ja, Doyle. Das war mein erster Bühnenauftritt.«

»Hat man ihn je in Ihre Nähe gelassen?«

»Er war sich meiner Existenz viele Jahre lang nicht einmal bewußt – und ich mir der seinen ebensowenig. Alexander blieb während der Schulzeit und in den Ferien im Internat, auch an den Feiertagen und sogar zu Weihnachten. In den Sommerferien wurde er zu entfernten Verwandten nach Übersee geschickt. Meine Eltern haben ihn nur einmal im Jahr besucht, am Osterwochenende. Mein Vater, der während all der Jahre im diplomatischen Dienst gewesen war, ging schließlich in den Ruhestand, um bei mir und meiner Mutter zu sein. Trotz des angerichteten Schadens glaube ich, ist es ihnen gelungen, in unserem Heim etwas Glück zu finden. Zumindest erschien es mir so, da ich von nichts wußte. Es ging mir gut, und ich wurde geliebt. Ich habe von der Existenz meines Bruders erst erfahren, als ich selbst ins Schulalter kam. Ein Mann, der bei uns im Stall arbeitete, den ich am meisten mochte und der mein Vertrauter war, verplauderte sich über einen Jungen namens Alexander, der dort ein paar Jahre zuvor geritten hatte. Meine Eltern hatten den Namen nie erwähnt, aber als ich ihnen sagte, ich wüßte von einem anderen Jungen, der in unserem Stall geritten habe, gestanden sie seine Existenz. Zwar habe ich ihre Zurückhaltung nie so interpretiert, daß sie etwas gegen Alexander hatten – daß der Name meiner toten Schwester nie gefallen war, brauche ich wohl nicht zu erwähnen –, aber als ich erfuhr, daß ich einen unbekannten älteren Bruder hatte, wurde meine Neugier unersättlich. Nachdem ich begriffen hatte, daß meine Eltern mir nicht mehr erzählen würden, übte ich pausenlos Druck auf das Personal aus, damit es mir mehr über den geheimnisvollen Jungen erzählte. Das Personal stand eindeutig unter dem Befehl, mir nichts zu erzählen, doch die Wand des Schweigens, die Alexander umgab, stachelte meinen Eifer nur noch mehr an. Ich wollte ihn unbedingt kennenlernen. Ich versuchte erfolglos, seinen Aufenthaltsort ausfindig zu machen, um ihm zu schreiben. Ich betete zu Gott, daß er mich bald mit dem Jungen bekannt machte, von dem ich überzeugt war, er sei nur dazu auf der Welt, mir ein Gefährte, Beschützer und Mitverschwörer zu sein.«

»Aber sie haben es nie zugelassen, nicht wahr?« fragte Doyle, den die Vorstellung erschreckte.

»Erst nach zwei Jahren unbarmherziger Drängelei und

sechsmonatigem Feilschen: Ich durfte ihm nie Briefe schreiben oder welche von ihm annehmen; ich durfte nie mit ihm allein sein. Ich habe eifrig jede Bedingung akzeptiert, die man mir stellte. In diesem Jahr machten wir den Osterbesuch im Internat meines Bruders gemeinsam. Ich war sechs. Alexander war zwölf. Wir begrüßten uns steif, schüttelten uns die Hand. Er war ein eindrucksvoller Bursche; hochgewachsen, kräftig, mit schwarzem Haar und fesselnden Augen. Auf mich wirkte er wie die Seele der Kameradschaft. Unsere Eltern ließen uns zwar keine Sekunde allein, doch nach ein paar Stunden, in denen er eine derart freundliche und offenherzige Freude über unsere Anwesenheit zur Schau gestellt hatte, ließ ihre Wachsamkeit auf dem Rückweg vom Dinner durch den Park nach. Als wir vor ihnen um eine Hecke bogen, zog Alexander mich aus ihrem Blickfeld, drückte mir einen Brief in die Hand und drängte mich, ihn um jeden Preis vor unseren Eltern zu verbergen und erst dann zu lesen, wenn ich absolut allein sei. Dann gab er mir einen polierten schwarzen Stein – einen Talisman, von dem er mir versicherte, er sei sein am höchsten geschätzter Besitz, und von dem er unbedingt wollte, daß ich ihn bekam. Ich akzeptierte die Bedingungen seines Angebots mit Freuden und verheimlichte meinen Eltern zum ersten Mal in meinem Leben bereitwillig ein Ereignis von großer Wichtigkeit. Damit war der erste Keil zwischen uns getrieben; ein winziger Spalt hatte sich geöffnet, der zuvor nie existiert hatte, aber all das hatte mein Bruder bewußt geplant.«

»Was stand in dem Brief?«

»Das übliche naive Schuljungengeschwätz – der tägliche Ablauf seines Lebens, der in prosaischen Einzelheiten wiedergegeben wurde: Siege und Drangsale im Klassenzimmer und auf dem Sportplatz. Anekdoten über die bunte Vielfalt seiner Mitschüler. Was ich selbst von der Schule zu erwarten hatte. Ratschläge, wie man mit Lehrern und Mitschülern umging – und all dies im Tonfall des klügeren, welterfahreneren Bruders, der einem jungen Schützling, der sich am Vorabend seines eigenen Bildungsweges befindet, Ratschläge erteilt. Der Brief war in einem behaglich vertrauten Tonfall geschrieben, als hätten wir uns schon immer gekannt. Er war freundlich, großzügig, ausgeglichen und auch ein wenig witzig – kurz gesagt, es war genau der Brief, den ich vom idealisierten Bruder meiner Fantasie zu erhalten erhofft hatte. Er enthielt nichts Offenkundiges, das meine Eltern verärgert haben würde, hätten sie ihn je gefunden – was ich natürlich zu verhindern trachtete. Er enthielt kein Selbstmitleid und beweinte auch nicht die Tatsache, daß unsere Eltern ihn sich vom Halse geschafft hatten. Er beschwerte sich nicht über ihr mangelndes Interesse. Ganz im Gegenteil. Er schrieb mit größter Rücksicht und Zuneigung von ihnen, war dankbar für die Chance, die sie ihm an dieser wunderbaren Schule gegeben hatten; drückte aus, wie stolz er sie eines Tages machen würde und wie er sich danach sehnte, ihnen ihre Güte eines Tages tausendfach zu vergelten. Erst im letzten Absatz zeigte sich der Haken, den er rund um die Fiktion gesponnen hatte. Der Findungsreichtum, das Nichtvorhandensein von Groll auf meine Eltern, seine aufrichtige Offenheit über unsere gegenseitige Entdeckung – alles Beweise für eine gerissene, listige, außergewöhnliche Persönlichkeit. Erst im letzten Absatz wurde die gesamte Bandbreite seines bösartigen Genies deutlich.«

»Wie lautete er?«

»›Obwohl klar erscheint, daß wir uns allen schwierigen Prüfungen des Lebens allein stellen müssen, gibt mir schon das Wissen, daß du lebst, lieber Bruder, die geheime Kraft, die ich stets gesucht habe, um weiterzumachen.‹« Sparks sprach die Worte leise und mit gewichtiger Exaktheit aus. »Die stoische Tapferkeit, die angedeuteten, doch unbenannten schwierigen Prüfungen – wie überdimensional, wie opernhaft sie in meiner Fantasie wurden – und die Andeutung, daß ich, der kleine Siebenjährige, den Schmerz dieses glänzenden Exemplars irgendwie hätte lindern können, war für meinen frisch geprägten Geist unwiderstehlich. Ich war viel zu naiv, um einem solchen Appell zu widerstehen. Er flüsterte mir ein, daß er meine Aufnahmefähigkeit besser kannte als ich selbst. Daß er sie mir in seiner Klugheit irgendwann enthüllen und mich dabei anleiten würde, mein wahres Ich zu erkennen, von dem ich natürlich hoffte, es bestünde aus einer Partnerschaft mit ihm. Wir beide gegen den Rest der Welt. Hätte er mich damals, in seinem ersten Brief, darum gebeten, ich hätte mich ins nächste Bajonett gestürzt.«

»Wie haben Sie ihm geantwortet?«

»Der Brief endete mit Anweisungen, wie ich ihm, wenn ich wollte, sicher antworten konnte. Meine Eltern hatten die Schule strikt angewiesen, sämtliche an Alexander gerichtete Post abzufangen und ihnen zu schicken. Ich sollte den Brief an einen seiner Klassenkameraden adressieren. Seit seiner Ankunft im Internat diente ihm ein bedingungslos ergebenes Jungenkader, dessen Zahl von Jahr zu Jahr wuchs. Man würde den Brief diskret an ihn weiterleiten. Natürlich steigerte diese Geheimniskrämerei meine Begeisterung noch mehr: Ich beantwortete seinen Brief auf der Stelle und schüttete ihm mein Herz aus. Ich sehnte mich so sehr nach einem solchen Fürsprecher, daß es aus mir herausrann wie Wasser aus einer Quelle. Und so machte ich mich vollends zum Narren.«

»Sie waren doch noch ein kleiner Junge«, sagte Doyle.

Sparks zeigte keine solche Nachsicht mit sich. Seine Pupillen wurden zu winzigen Nadelspitzen, so wütend war er auf sich. Er leerte seinen Brandy und bestellte sofort einen neuen. »Ich habe keinem Menschen je etwas davon erzählt. Nicht ein Wort.«

Doyle wußte, daß Jack keinen Trost aus dem falschen Mitgefühl annehmen würde, das er anzubieten hatte. Sparks' Getränk wurde aufgetragen. Bevor er fortfuhr, stärkte er sich.

»Ich habe ihm meinen Brief geschickt. Er hatte ihn natürlich schon erwartet und längst Schritte eingeleitet, die einen Briefwechsel ermöglichten. Daß er mir nach Hause schrieb, war problematisch. Es war völlig unmöglich, Briefe direkt an mich zu richten. Mit einem ausschmückenden Bericht über elterliche Grausamkeit hatte er den Vetter eines seiner Jünger rekrutiert, einen stillen, zuverlässigen jungen Mann, der in einem Dorf in unserer Nähe wohnte. Er erhielt Alexanders

Briefe unter der Signatur seines Vetters, die, als das Eis gebrochen war, regelmäßig zweimal pro Woche eintrafen. Er brachte sie mit dem Fahrrad zu unserem Landsitz, wo er sie in einer Keksdose deponierte, die ich neben einer uralten Eiche vergraben hatte, einem Orientierungspunkt unseres Besitzes, an dem ich mich öfter aufhielt, ohne vom Haupthaus gesehen zu werden.

So begann also die Korrespondenz mit meinem Bruder. Sie war von Anfang an sehr umfangreich, inhaltlich umfassend und von akademischem Nachdruck. Alexanders Interesse an der Welt und seine Fähigkeit, in ihre geheimeren Funktionen vorzudringen, was sie für mich wiederum unerklärlich machte, war erstaunlich. Sein Wissen in den Fächern Geschichte, Philosophie, Kunst und Wissenschaft war üppig. Er konnte seine Lehrer auf einem Abhandlungsniveau in Anspruch nehmen, das weit über das hinausging, was die meisten auf der Universität gelernt hatten, und er tat es auf so charmante und bescheidene Weise, daß man in ihm allgemein mehr einen Kollegen als einen Schüler sah. Seine Schule hatte in besseren Zeiten Generationen von Parlamentsabgeordneten und eine Handvoll Premierminister hervorgebracht – man sieht, wie mühelos diese Denkweise Wurzeln schlägt; sie schwärmten, er sei genau der Schüler, den es in jeder Generation nur einmal gibt.

Alexander hatte sich einen Glanz verliehen, der sowohl gesellschaftlich als auch in seinem typisch akademischen Umfeld über Gebühr schillerte. Er begriff, daß seine höchsten Ziele, die in diesem Stadium seines Lebens bereits sehr konkret waren, einen ungewöhnlich entwickelten Körper und einen ebensolchen Geist verlangten: Auftreten, Stimme, Kleidung. Das Ergebnis war, daß er nicht nur als Zwölfjähriger schon Zustimmung fand, sondern sich auch wie kein anderer seines Alters problemlos jeder Klasse oder gesellschaftlichen Umgebung anpassen konnte. Um die Kraft zu entwickeln, die er benötigte, um seine Ziele zu erreichen, unterzog er sich allein einem harten, brutalen Training in der Sporthalle, wo er Stunden verbrachte, wenn die anderen Jungen ihre Zeit mit Spielen oder bei der Familie totschlugen. Alexander behielt diese Disziplin so beharrlich bei, daß man ihn als Dreizehnjährigen nicht selten für einen Mann von zwanzig hielt. Den glänzenden Gesamtgewinn seiner Bemühungen, sich körperlich zu entwickeln – seine Religion, wenn Sie so wollen: die konventionellen Vorschriften der Christenheit, die er zu ertragen angehalten war, behandelte er wie Unannehmlichkeiten, wenn nicht gar als platten Witz –, hat er natürlich in seinen Briefen an mich weitergegeben. Er stellte sich als Vorläufer der Selbstperfektion dar, als ersten Angehörigen einer neuen Rasse: als Übermenschen. Auf entscheidende, doch unaufdringliche Weise, mit einem Plan, den meine Eltern nicht zu ihm zurückverfolgen konnten, hieß ich seine Regeln zur Selbstentwicklung willkommen. Sie wurden zum Grundpfeiler meines frühen Lebens. Ich nahm mir von ganzem Herzen vor, mich nach seinem Ebenbild neu zu erschaffen. Ich wurde sein Jünger.«

»Aber wohl nicht gänzlich zu Ihrem Schaden.«

»Ganz und gar nicht. Das Wachstum und die Geschicke, die er skizzierte, waren, für sich allein gesehen, höchst förderlich. Ich würde ihre Anwendung ohne zu zögern als Grundlage eines jeden ehrgeizigen Bildungssystems empfehlen. Doch was man mit diesen Vorteilen anfangen sollte, wenn man sie erst einmal errungen hatte, hat mein Bruder nie erzählt. Auch seine Lehrer haben sich nie die Mühe gemacht, danach zu fragen. Hervorragende freiwillige Leistungen um ihrer selbst willen sind eine so seltene und bezaubernde Eigenschaft in dieser eintönigen Welt, daß Alexanders Ausstrahlung sie blendete.«

»Was war sein Ziel, Jack?«

»Es wurde erst mit der Zeit klar«, sagte Sparks. »Er hat sich in den frühen Jahren nie dazu herabgelassen, auch nur eine Andeutung zu machen – auch keinem anderen gegenüber.«

»Aber Sie müssen doch etwas vermutet haben.«

»Ich war nicht geneigt, seine Motive in Frage zu stellen ...«

»Aber gewiß hat sich sein Charakter doch enthüllt – wenn auch unabsichtlich.«

»Es gab ein paar Anzeichen, aber sie blieben so geschickt

im verborgenen, daß jede Verbindung zwischen ihnen – oder ihre Interpretationen – sich selbst für den neugierigsten Beobachter als undeutbar erwiesen hätten.«

»Welche Anzeichen, Jack?« fragte Doyle und spürte, daß sich der Würgegriff des Entsetzens erneut um seinen Hals schlang.

»Unfälle. Zufälle. Einen Monat vor unserer ersten Begegnung war ein Junge aus Alexanders Klasse unter mysteriösen Umständen gestorben. Im Internat züchtete man im Rahmen eines naturwissenschaftlichen Kurses Bienen. Man fand den Jungen eines Nachts in der Nähe der Bienenstöcke. Sie hatten ihn totgestochen; in ihm steckten Tausende von Stacheln. Es war ein schwerfälliger Junge, dem man ständig Streiche spielte. Die Schule zog den Schluß, er müsse die Insekten irgendwie aufgeschreckt oder provoziert haben. Der Junge war zwar ein enger Bekannter meines Bruders gewesen, doch nicht so eng, daß es zu einer übermäßigen Überprüfung gekommen wäre. Niemand wußte, daß sie sich kürzlich gestritten hatten. Niemand wußte, daß der Junge sich Alexanders herrischen Anweisungen widersetzt und gedroht hatte, den Kreis seiner Anhänger zu verlassen und ihre Geheimnisse zu verraten.«

»Was waren das für Geheimnisse?«

»Blutschwüre. Das gewalttätige Schikanieren neuer Schüler, die Einlaß in die Gruppe fanden. Das Quälen kleiner Tiere. Dinge zwar, wie sie bei Jungen dieses Alters nun mal Sitte sind, doch ging jede dieser Taten beständig und fortschreitend über die Norm hinaus. Das heißt, bis zu diesem Zwischenfall: Niemandem war bekannt, daß einer von Alexanders Unterführern den Jungen mit einem Zettel in der Nacht zu den Bienenstöcken hinausgelockt hatte. Alexander persönlich hatte die Nachricht in der genauen Entsprechung der Handschrift seines Adlatus abgefaßt. Er bat darin um ein Treffen, drückte ein ähnliches Verlangen aus, sich aus Alexanders Kreis zu lösen. Als der Junge dort ankam, wurde er bewußtlos geschlagen. Man nahm ihm den Zettel ab und warf ihn in die Bienenstöcke.«

»Das muß er Ihnen alles erzählt haben«, sagte Doyle.

»Dazu komme ich noch. Als wir uns das erste Mal sahen, wurde mein Blick von einer eigenartigen Halskette angezogen, die Alexander trug. Eine in Bernstein gefaßte Biene.«
Doyle schüttelte verwundert den Kopf.
»Das ist noch nicht alles. In dem Herbst, in dem Alexander dreizehn geworden war, registrierte man in der Ortschaft bei der Schule eine Reihe eigenartiger Dinge. Mehrere junge Frauen, die ausnahmslos aus angesehenen Familien stammten – in der Umgebung lebten hauptsächlich wohlhabende Angehörige der oberen Mittelklasse – meldeten, sie hätten bei abendlichen Spaziergängen das Gefühl gehabt, verfolgt zu werden. Manche glaubten, jemand spähe am Abend in ihre Schlafzimmer hinein. Keine sah je ein Gesicht, und nur ganz selten erblickten sie eine finstere, ganz in Schwarz gekleidete Gestalt. Einen Mann; einen großen Mann, darin waren sich alle einig. Er hielt jedoch Distanz, näherte sich ihnen nie, stellte niemals eine direkte Bedrohung dar, doch das Gefühl der Bedrohung, die von ihm ausging, war dennoch beträchtlich.
Eines Abends wachte eine dieser jungen Frauen auf und sah, daß die Gestalt vor ihrem Bett stand. Sie war vor Angst wie gelähmt und unfähig, einen Schrei auszustoßen. Der nächtliche Besucher floh lautlos durch das offene Fenster. Dieser Zwischenfall reichte aus, um die örtliche Polizei zu einer raschen gemeinsamen Aktion schreiten zu lassen. Man verbot den jungen Frauen, abends allein spazierenzugehen. Die Vorhänge wurden zugezogen, die Fenster verschlossen. Dort, wo die Gestalt gesehen worden war, zogen Patrouillen auf. Dies schien Wirkung zu zeigen; die Vorgänge fanden ein abruptes Ende und wiederholten sich auch im Laufe des Winters nicht mehr. Als der Frühling kam, wurde man der Sondermaßnahmen, die man Monate zuvor ergriffen hatte, müde. Man riß die Fenster auf, um frische Luft zu haben, und nahm die abendlichen Spaziergänge unter Sicherheitsvorkehrungen wieder auf.
Bis dann eines Abends, Anfang April, die hübscheste junge Frau des Ortes am Flußufer überfallen und sexuell mißbraucht wurde. Nachdem der Angreifer sich an ihr befrie-

digt hatte, überkam ihn ein Wutanfall, und er schlug sein Opfer brutal zusammen. Sie hat sein Gesicht nie gesehen. Er hat kein Wort gesprochen und nie ein Geräusch gemacht. Sie konnte ihn nur als ›schwarzen Umriß‹ beschreiben.«

»Hat man Alexander verdächtigt?«

»Im Zuge der Ermittlungen haben die städtischen Beamten routinemäßig auch den Lehrkörper von Alexanders Schule verhört, obwohl man sicher war, daß der Täter aufgrund seiner Größe und Stärke ein erwachsener Mann sein mußte. Wahrscheinlich der gleiche, den man im vergangenen Frühjahr gesehen hatte. Nach Einbruch der Dunkelheit wurden auch die Schüler einbezogen. Und alle schworen, sie seien zur Tatzeit im Bett gewesen.«

»Das kann man leicht arrangieren. Es war natürlich Ihr Bruder.«

Sparks nickte. »Sein Interesse am schönen Geschlecht regte sich, und er mußte den neuen Hunger stillen. Alexander hatte sich nur selten gezwungen, seinen Appetit zu zügeln, und wenn doch, dann nur als Übung in Selbstdisziplin. Für die tastenden Zusammenkünfte mit Anstandswauwaus, die Schule und Gesellschaft als Riten der Werbung anboten, hatte er nur Hohn übrig. Er lauerte den Mädchen auf, schlug ohne zu zögern und ohne schlechtes Gewissen zu. Moralische Vorbehalte über solche Untaten fielen völlig aus dem Rahmen seiner Philosophie. Derlei Bedenken waren, wie er mir schrieb, ein kindischer Schutz für Schwache und Unentschlossene. Die meisten Menschen lebten der Überzeugung gemäß, daß Jersey-Kühe für den Schlachthof gezüchtet werden. Der Übermensch nehme sich nun einmal das, was er von der Welt haben wolle – und oftmals sei die Welt nur allzu bereit, genau das zu honorieren, ohne auch nur einen Gedanken an die Konsequenzen zu verschwenden.«

»Es sei denn, man wird erwischt.«

»Dafür waren die Chancen, wie er es sah, so gering, daß sie keines Gedanken wert waren. Er war höchst zuversichtlich, was seine Fähigkeit, allen anderen weit voraus zu sein, anbetraf. Der Überfall fand übrigens zwei Tage vor unserer Begegnung statt. Der polierte schwarze Stein, den er mir schenkte, stammte geradewegs aus dem Flußbett, in dem er das Mädchen vergewaltigt hatte: seine Eroberungstrophäe.«

Doyle schluckte eine Woge des Abscheus hinunter. »Man muß doch während Ihres Besuches dort über die Vergewaltigung gesprochen haben. Haben Ihre Eltern die Sache mit ihm in Verbindung gebracht?«

»Trotz ihrer Erfahrungen mit ihm – die, wie Sie wissen, nur in einem entsetzlichen Verdacht, aber in keinem Beweis gipfelten – glaube ich nicht, daß meine Eltern damals schon über die einzigartige Bösartigkeit von Alexanders Verstand im Bilde waren.«

Damals. Doyle fiel auf, wie er das Wort betonte.

»Das marktschreierisch angekündigte Absuchen des Landstriches nach dem Täter erbrachte natürlich nichts. Es war ein Verbrechen aus kalter Berechnung gewesen, keines aus Leidenschaft. Er hatte seine Spuren fachmännisch verwischt.«

»Hat er keine anderen Verbrechen begangen?« fragte Doyle.

»Nicht in diesem Ort. Und nicht zur damaligen Zeit. Auf Alexanders Bitten hin, durch ein Arrangement seiner Lehrer, verbrachte er den folgenden Sommer in Salzburg, wo er an der Universität Chemie und Metallurgie studierte. Aus gutem Grund erlernte er an der berühmten Fechtakademie das Florett- und Degenfechten. Auch dies ein Talent, in dem er es bald zur Meisterschaft bringen sollte. Er war schließlich erst ein Junge von dreizehn Jahren. Seine Übungen folgten einem festen Plan: Tagsüber schärfte er seine wissenschaftlichen Fähigkeiten – ein Welpe unter Graubärten erschuf neue Verbindungen und Legierungen im Laboratorium, sein Wissen nahm enzyklopädische Formen an – und abends seine Tarnungs- und Schleichtechnik. Alexander trainierte sich darauf, mit wenig Schlaf auszukommen – höchstens ein, zwei Stunden, damit er die Zeit zwischen Mitternacht und Sonnenaufgang zum Umherstreifen nutzen konnte. Seine nächtlichen Eskapaden waren in jeder Hinsicht so geplant und zielgerichtet wie seine wissenschaftlichen Studien: Sie dienten dazu, seine Nerven zu testen und abzuhärten.«

»In welcher Form genau?«

»Er verschaffte sich Zugang zu fremden Häusern, nahm vier Stunden lang in fremden Schlafzimmern Platz, verschmolz sozusagen mit der Dunkelheit und den Ecken. Die Leute gingen ein paar Zentimeter vor ihm her, ohne daß sein Herz auch nur einen Schlag mehr machte. Er beobachtete sie im Schlaf und nahm auch bei diesen Gelegenheiten kleine Trophäen mit – niemals Gegenstände von großem Wert: Lappalien, wertlosen Tand, den niemand vermißte. Er erlangte die Fähigkeit, im Dunkeln fast ebensogut sehen zu können wie im Hellen. Die Dunkelheit wurde ihm zunehmend lieber als der Tag, den er nun fast nur noch drinnen verbrachte, in seine Studien versunken. Als Alexanders Sommer zu Ende war, war er imstande, sich wie ein lautloser, unsichtbarer Geist durch die Finsternis zu bewegen.

In der Nacht vor der Rückkehr nach England gestattete er sich eine einzige Schwäche des knospenden Appetits, den er in all den langen Monaten in Schach gehalten hatte. Da gab es ein bestimmtes Mädchen, in dessen Zimmer er zu Anfang zufällig geraten war. Er stellte fest, daß der Anblick des in seinem Bett schlafenden Mädchens ihn so stark erregt hatte, daß er fortan unter dem Zwang stand, sie regelmäßig zu besuchen. Es war eine blonde, siebzehnjährige Schönheit, die einzige Tochter eines wohlhabenden Bürgers, die allerlei sinnliche Reize ausstrahlte, die ihm um so verlockender erschienen, da sie so unschuldig wirkten. Sein Interesse nahm die Form eines perversen Werbens an, indem er sie tagsüber verfolgte. Es erregte ihn, neben ihr in einem Laden zu stehen, auf der Straße an ihr vorbeizugehen und ihr ahnungsloses Lächeln zu erwidern, doch andererseits wagte er es nicht, sie anzusprechen. Ich glaube, daß er irgendwie in den Nischen seines Herzens das echte Rühren einer romantischen Liebe empfand. Er hat Gedichte für sie geschrieben. Einmal hat er eine rote Rose in einer Stielvase am Fenster für sie zurückgelassen. Mit jedem erfolgreichen Besuch wurde Alexander dreister; er deckte sie auf und streichelte ihr Haar. Wenn er seine Geliebte im Schlaf beobachtete, sah er in jeder ihrer unbewußten Gesten ein heimliches Sehnen. Er wollte sich ihr offenbaren, sie in die Arme nehmen und besitzen. Doch im kalten Tageslicht empfand er das Beben und die Schwächen, die aus den Erinnerungen an ihre Schönheit in ihm aufwallten, als unerträglich: Der Übermensch konnte und wollte die sich auftuende Verletzlichkeit der ungebärdigen Fantasien eines anderen Herzens nicht ausstehen.

Und so schlich sich Alexander an seinem letzten Abend in Österreich zum letzten Mal in ihr Zimmer. Er tränkte ein Taschentuch mit Chloroform und legte es über den Mund seiner Geliebten. Er brachte sie, ohne daß man ihn entdeckte, aus dem Haus und in den umliegenden Wald, wo er über sie herfiel und seine Gelüste wie ein nächtlicher Dämon an ihr stillte. Als er gesättigt war, trug er sie noch tiefer in den Wald hinein, betäubte sie jedesmal, wenn sie wieder zu sich kam, mit der Droge, fesselte sie an Händen und Füßen und legte sie vorsichtig auf ein schattiges Plätzchen aus Pinienästen. Als die verschreckten Dorfbewohner sie am Ende des nächsten Tages fanden, war Alexander schon wieder mit dem Schiff nach England unterwegs.«

»Er hat sie nicht umgebracht«, sagte Doyle überrascht und erleichtert.

»Nein. Er hat sie auch nicht geschlagen, als er befriedigt war, wie das andere Mädchen. Ich glaube, die Gefühle, die er für sie hegte, waren komplizierter – persönlicher – als alle zuvor erlebten. Da sich die widerstreitenden Seiten seines Charakters in einer Sackgasse befanden, hatte der räuberische Impuls nicht gesiegt. Nach der Rückkehr schrieb er mir sofort von seiner ›Sommerromanze‹. Als ich etwas erwiderte, das, wie ich annehme, Skepsis ausdrückte – in Wirklichkeit war es Ahnungslosigkeit, denn abgesehen von dem, was er mir erzählt hatte, wußte ich noch nicht, was Männer und Frauen miteinander machen –, schickte er mir als Beweis eine ihrer Haarlocken.«

»Er hat stets versucht, Sie als Komplizen zu gewinnen.«

»Doch so wenig ich auch wußte, als ich die blonde Locke in Händen hielt – ich empfand über die wahre Natur meines Bruders das erste Frösteln einer bösen Ahnung. Sein Geschenk strahlte etwas Unangenehmes aus – es besaß eine kaum wahrnehmbare Aura aus Leid. Ich spürte, daß etwas *nicht stimmte*. Ich schaffte die Locke sofort beiseite, indem ich sie in den Bach warf, der neben meiner alten Eiche herfloß. Ich habe Alexander eine Woche lang nicht geschrieben. In seinem nächsten Brief hat er das Mädchen weder erwähnt noch irgendein Mißfallen über das Fehlen meiner Reaktion zum Ausdruck gebracht. Er überging es einfach. Ich begrub mein Unbehagen dankbar wie einen Fehltritt. Unsere Korrespondenz ging weiter.«

Die Kellner im Speisesaal drehten die Gasdüsen herunter. In einem anderen Raum spielte nun ein kleines Orchester einen Walzer von Strauß. Stattliche Paare gingen auf die Tanzfläche. Die im Raum vorherrschende gute Laune und die umherwirbelnden Tänzer fanden keinen Zugang zum Kern von Sparks' privater Bürde. Er schaute in sein Glas, sein Gesicht war abgespannt, sein Blick beklommen und fiebrig.

»Und so machten wir weiter. Schrieben uns. Der jährliche Osterbesuch. Die einzige Unterbrechung unseres Gedankenaustausches trat ein, wenn ich mit meinen Eltern nach Europa fuhr. Doch selbst dann wartete nach meiner Rückkehr ständig ein Stapel Briefe auf mich. Alexander und ich waren absolut ehrlich zueinander. Er wollte immer wissen, um wieviel ich gewachsen war und welche Fortschritte ich machte. Er hat die Grenzen, die unsere Eltern so wachsam aufrechterhielten, nie überschritten. Er zeigte nie etwas anderes als liebevolles Interesse für meine Entwicklung. Das nahm ich jedenfalls an. Jetzt ist mir klar, daß er meine Fortschritte mit den peinlich genauen Aufzeichnungen verglich, die er über sich selbst anfertigte – wie bei einer Ratte in einem Laborexperiment –, um zu sehen, ob seine Methoden zur Entwicklung des Übermenschen nachprüfbar seien. Und nicht zuletzt, um sich zu versichern, daß das Ausmaß meiner Entwicklung ein gutes Stück hinter der seinen zurückblieb, denn der Schüler darf den Lehrer natürlich um keinen Preis übertreffen.

Als er das letzte Schuljahr vor der Universität absolvierte und ich mich dem Alter und beinahe auch den Dimensionen annäherte, in dem er bei unserem Kennenlernen gewesen war, endeten seine Briefe schlagartig und ohne Vorwarnung. Ich schrieb ihm mehrmals und wurde immer verzweifelter. Keine Antwort. Und was noch schlimmer war: keine Erklärung. Ich kam mir wie amputiert vor. Ich habe ihm wieder und wieder geschrieben und ihn angefleht, mir doch zu antworten, welchen Fauxpas ich, ohne es zu wissen, begangen hatte. Warum er mich aufgegeben hatte.«

»Seine Arbeit an Ihnen war beendet.«

»Nein. Es war seine Absicht, mich zu schockieren, indem er demonstrierte, wie schnell er mir seine Gunst entziehen konnte. Um die Saat des Entsetzens in mich einzupflanzen, die seinen Griff enger und mich noch abhängiger von ihm machte. Vier Monate vergingen. In meiner Fantasie hatte ich tausend schicksalsträchtige Szenarien ablaufen lassen, bis ich schließlich in die Lage versetzt wurde, mich von der Verantwortung freizusprechen: Ich kam zu dem Schluß, daß meine Eltern dahinterstecken mußten. Sie hatten unsere Verbindung entdeckt und entschiedene Schritte gegen uns eingeleitet. Sie hatten Alexander fortgeschickt; irgendwohin, wo ich ihn nicht erreichen konnte; unter Quarantäne gestellt. Vielleicht waren sie wirklich so unaufrichtig und rachsüchtig, wie seine Briefe im letzten Jahr unterschwellig angedeutet hatten. Ihr absolut gleichbleibendes Verhalten mir gegenüber trug nicht dazu bei, meinen Argwohn zu dämpfen. Ganz im Gegenteil, immer wenn ich mich nach Alexanders Wohlergehen erkundigte, was ich nicht allzuoft wagte, versicherten sie mir, es ginge ihm bestens. Ich war sicher, daß sie mich belogen! War sicher, daß er irgendwo dahinsiechte, auf ihren Befehl hin von mir abgeschnitten, und sich ebenso elend und beraubt fühlte wie ich mich. Ich wollte mich rächen, ohne ihnen die Befriedigung des Wissens zu verschaffen, daß ich gekränkt war; also begann ich, ihnen meine Gefühle zu verheimlichen, und umgab mich mit dem gleichen steinernen Wall aus freundlicher, distanzierter Selbstgenügsamkeit, die ich Alexander in ihrer Gegenwart hatte ausstrahlen sehen. Sie spürten sofort, daß mit mir etwas nicht in Ordnung war, doch ich verweigerte mich ihren inständigen Bitten und leugnete jedes Unbehagen. Während der ganzen

Zeit zählte ich die Tage bis Ostern, wenn Alexander und ich wieder zusammen sein würden. Zu meiner großen Überraschung unternahmen unsere Eltern keine Anstrengungen, uns dieses Treffen zu versagen – was nur dazu diente, meine Überzeugung zu bestätigen, daß ihr Verrat von übertrieben hoher Ordnung war.

Als wir uns schließlich begegneten, verriet Alexander nicht das geringste Unbehagen und keinerlei Unzufriedenheit mit unseren Eltern, und in ihrer Gesellschaft war er, wie immer, nett und gesellig zu mir. Als wir auf der Veranda saßen und an unserem Hibiskustee nippten, wirkten wir wie das Modell der aufrechten englischen Familie. Den größten Teil der Zeit verbrachten wir damit, über Alexanders Eintritt in die Universität zu reden, der im Herbst erfolgen sollte. Ich wandte alle Reserven der Selbstdisziplin auf – so, wie Alexander es mich gelehrt hatte – und widerstand dem Impuls, ihn beiseite zu ziehen und ihn anzuflehen, mir den Grund für seinen Rückzug zu berichten. Der lange Nachmittag war fast herum, ehe sich die Gelegenheit bot – auch diesmal wieder nach dem Abendessen beim Spaziergang im Park –, als wir, ritualisiert durch die jahrelangen Besuche, zehn Schritte vor den Eltern gingen. Unsere Gesichter und Gesten verrieten keine Dringlichkeit. Er richtete nur wenige Worte an mich, doch sie schwangen in jenem verschwörerhaften Ton der Zugehörigkeit, nach dem ich mich in langen Monaten gesehnt hatte. ›Sieh zu, daß du in diesem Sommer nach Europa kannst. Im Juli. Allein.‹ Er schlug Salzburg vor, das für seine Musikakademie bekannt ist. Ich war fassungslos. Wie sollte ich das hinkriegen? Mit welchen Hilfsmittel? Das Problem erschien mir unüberwindlich. Er sagte, es läge nun alles an mir; doch wie auch immer ich es machte – dies sei der bei weitem wichtigste Auftrag, den er mir je geben würde. Ich schwor ihm, daß ich es versuchen würde. Ich wollte mein Bestes tun. Du mußt es schaffen, sagte er, um jeden Preis. Dann tauchten unsere Eltern hinter uns auf, und das war das Ende unseres Gesprächs.«

»Er wollte Sie dort treffen«, sagte Doyle.

»Das war natürlich auch meine Annahme. Nach der Heimreise stürzte ich mich zu Hause sofort auf das, was bis dahin allenfalls eine oberflächliche Bemühung gewesen war: das Geigenspiel zu erlernen. Was bis dahin Pflicht gewesen war, wurde nun zum Zwang. Ich übte täglich mehrere Stunden. Meine Hingabe an diese Tätigkeit wurde nie hinterfragt, sondern von meinen Musik liebenden Eltern eher unterstützt. Zu meinem Erstaunen entdeckte ich, daß ich mehr als nur eine kleine Begabung für das Instrument besaß – ich war recht gut. Mehr noch, ich war in der Lage, den Saiten die Musik meines persönlichen Universums zu entlocken, als wäre ich auf eine gänzlich neue Sprache gestoßen, die ich auf vielerlei Arten für eloquenter hielt als die wörtliche Rede. Hin und wieder monierte ich den Mangel an Lehrern, die sich mit dem rapide zunehmenden Niveau meines Spiels messen konnten. Ich erwähnte beiläufig, ich hätte von einem Konservatorium in Österreich gehört, wo die großen Talente unseres Zeitalters Beistand für ihr Können gefunden hatten, so daß sie sogar auf das internationale Parkett gegangen waren.

Als meine Eltern mir ein paar Wochen später den Vorschlag machten, ich solle mich für den nächsten Sommer in eben diese Akademie aufnehmen lassen, täuschte ich Erstaunen vor und überschüttete sie mit grenzenloser Dankbarkeit für ihre Aufmerksamkeit und ihre Großzügigkeit. Ich wußte nicht, was mich stolzer machte: Mein Wagemut, die Verabredung geheimzuhalten, oder meine tatsächlichen Leistungen auf der Violine. Am nächsten Tag schrieb ich Alexander den allerletzten Brief, der nur einen verschlüsselten Satz enthielt: ›Es ist vollbracht.‹ Ich bekam keine Antwort. Mitte Juni begleiteten mich meine Eltern – zusammen mit dem Diener, der mein Reisebegleiter sein sollte – nach Brighton, wo sie sich zu meinem ersten alleinigen Abenteuer in Europa verabschiedeten. Ich schiffte mich zum Kontinent ein, kam zwei Tage später in Österreich an und wurde sofort ins Salzburger Konservatorium aufgenommen, wo ich mich mit meinen Studien beschäftigte und den Juli sowie eine Nachricht von Alexander erwartete.«

Auf der Tanzfläche wimmelte es nun von Ausgelassenen.

Als sich die Stunde des neuen Jahres näherte, stimmte das Orchester die aktuellen Schnulzen an. Eine wahnsinnige, steife Energie trieb die Menge an, deren Freude an dem festlichen Ereignis unsicher zwischen ehrlicher Erregung und Pflichtbewußtsein schwankte.

»Hat er eine Nachricht geschickt?«

Sparks schaute zu Doyle auf, seine Augen waren kalt und transparent. Doyle blickte tiefer in Sparks private Welt, als es ihm je zuvor gestattet worden war.

»Nicht so, wie ich es erwartet hatte. In der zweiten Juliwoche wurde ich aus dem Privatunterricht gerufen und ins Büro des Rektors gebracht. Dort stand mein Diener. Der arme Kerl war in einem schrecklichen Zustand und weiß wie eine Wand. Was ist denn los? fragte ich, aber ich kannte die Antwort schon, bevor er auch nur ein Wort gesagt hatte.«

Doyle lauschte gebannt Sparks' Worten. Alle anderen Blicke im Raum waren auf die große Uhr gerichtet, die über der Theke hing. Als die letzten Sekunden des Jahres vertickten, fing die Menge an laut zu zählen.

»Zehn, neun, acht ...«

»Sie müssen sofort nach England zurückkehren, sagte der Rektor zu mir, und zwar noch heute abend.« Sparks' Stimme wurde lauter, damit sie im allgemeinen Lärm nicht unterging. »Es hat einen Brand gegeben.«

»Sieben, sechs, fünf ...«

»Sind sie tot? Sind meine Eltern tot?«

»Vier, drei, zwei ...«

»Ja, John«, sagte er. »Ja, sie sind tot.«

Das Zählen endete, das Lokal explodierte in Geschrei und Gesang. Luftschlangen flogen durch den Raum. Rasseln schnarrten. Liebende küßten sich, Fremde nahmen sich in die Arme. Die Kapelle spielte weiter. Doyle und Sparks saßen inmitten des Crescendos der Feier, ihre Blicke trafen sich und wichen einander nicht aus.

»Alexander«, sagte Doyle, obwohl er wußte, daß Sparks ihn nicht hören konnte. Er konnte sich nicht einmal selbst hören.

Sparks nickte. Dann erhob er sich ohne ein weiteres Wort

von seinem Stuhl, warf einen Stapel Pfundnoten auf den Tisch und schob sich durch die Menge zur Tür. Doyle folgte ihm, doch seine Passage erinnerte mehr an einen Rugbyrüpel als an Sparks' chirurgisches Manövrieren. Sparks schob sich durch den irrsinnigen Lärm bis an die Tür und drängte sich auf die Straße hinaus. Doyle kämpfte sich gegen den Strom zu seinem Freund durch, der außerhalb des fließenden Fußgängerverkehrs, von den Massen entfernt, an einem Laternenpfahl stand. Bald hatten sie den Fluß erreicht. Auf der anderen Seite der Themse jagte ein Feuerwerk schwingende Funken in die Luft, die von dem eisigen schwarzen Wasser finster reflektiert wurden.

»Nach zwei Tagen war ich zu Hause«, sagte Sparks nach einer Weile. »Vom Haus war nichts mehr übrig außer Asche. Die Einheimischen sagten, man hätte das Feuer meilenweit gesehen. Großbrand. Außerdem hat es fünf Angestellte das Leben gekostet.«

»Hat man die Toten …?«

»Die Leiche meiner Mutter wurde nie gefunden. Mein Vater … ist irgendwie aus dem Haus gekommen. Man hat ihn bei den Ställen gefunden. Zur Unkenntlichkeit verbrannt. Er hat noch fast einen ganzen Tag gelebt. Er hat nach mir gefragt, hoffte auf meine Heimkehr. Als es zu Ende ging, nahm er all seine Kräfte zusammen und diktierte einem Priester einen Brief. Er war für mich. Der Priester gab ihn mir kurz nach meiner Ankunft.«

Sparks warf einen Blick auf den Fluß hinaus. Kalter Wind wehte heran. Doyle fröstelte in seinem Dinnerjackett, aber eingedenk seines Freundes war ihm nicht daran gelegen, dessen Aufmerksamkeit auf die ihn plagende Lappalie zu richten.

»Vater schrieb mir, ich hätte einst eine Schwester gehabt, sie sei dreiundfünfzig Tage alt geworden. Mein Bruder Alexander habe das Mädchen in der Wiege ermordet, meine Mutter hat seine Untat halb mitbekommen. Deswegen hätten sie uns voneinander getrennt gehalten, mir in all den Jahren nie von ihm erzählt. Doch nun, da man ihm und meiner Mutter das Leben genommen hatte, flehte er mich mit dem letzten Atemzug an, der Gesellschaft meines Bruders für immer zu entsagen. Mit Alexander habe von Anfang an irgend etwas nicht gestimmt. An ihm sei irgend etwas Unmenschliches, sein Geist so funkelnd und falsch wie ein schwarzer Diamant. Wider besseres Wissen jedoch sei in ihnen nie der Hoffnungsfunke erloschen, er könne sich geändert haben. Sie hätten dieser Hoffnung erlaubt, sich an den Lügen zu nähren, mit denen Alexander sie getäuscht hatte, und nun zum zweitenmal – wofür mein Vater keinen anderen als sich selbst schuldig sprach – den schrecklichen Preis dafür bezahlt, daß ihre Aufmerksamkeit erschlafft war. Damit endete der Brief meines Vaters.«

»Das kann doch nicht alles gewesen sein.«

Sparks warf Doyle einen Blick zu. »Der Priester wich mir aus. Er gab mir zu bedenken, mein Vater sei in einem schlimmen Schockzustand gewesen, als sie miteinander gesprochen hatten. Es könne sogar sein – möge seine Seele in Frieden ruhen –, daß die Qualen seiner letzten Stunden ihn ziemlich verwirrt hatten. Deswegen sollte ich folglich nicht alles, was er ihm erzählt hatte, für das Evangelium halten. Ich sah ihm in die Augen. Ich kannte den Burschen, diesen Priester; ich hatte ihn gekannt, seit ich ein kleiner Junge gewesen war. Er war ein Freund unserer Familie, ein netter Mensch, und er meinte es gut mit uns. Er war schwach. Ich wußte, daß er mir etwas verheimlichte. Ich war in der geistlichen Lehre versiert genug, um ihm, ohne eine Miene zu verziehen, die Verdammung Judas' anzudrohen, sollte er mir etwas über das Geständnis meines Vaters vorlügen. Dies ließ ihn schnell klein beigeben. Er reichte mir die zweite Hälfte des Briefes meines Vaters. Ich las sie. Es wurde klar, daß das, von dem der Priester angenommen hatte, es sei das irre Gerede eines Sterbenden, dessen Geist vom Schmerz gepeinigt wurde, tatsächlich die entsetzliche Wahrheit war.«

Sparks hielt inne und sammelte sich, bevor er Doyle die wenigen letzten Schritte ins Zentrum seines Alptraums führte.

»Mein Vater gab mir zu verstehen, daß er und meine Mutter nie eine leichte Ehe geführt hätten. Sie hatten beide einen starken Willen und waren unabhängige Geister. Sie hatten große Gefühlsausbrüche erlebt und einander enormen Kummer bereitet. Während ihres Zusammenlebens hatte mein Vater andere Frauen geliebt. Er wollte sich nicht dafür entschuldigen. Er erwartete kein Mitgefühl oder Verständnis. Kurz vor Alexanders Geburt hatten ihre Schwierigkeiten ein solches Ausmaß angenommen, daß mein Vater seinen Posten in Kairo als versuchsweise Trennung akzeptierte. Über seinen Rückzug gekränkt, entwickelte meine Mutter eine unnatürliche Anhänglichkeit zu dem Kleinen und wollte, daß Alexander in ihrem Leben eine Rolle ausfüllte, für die er natürlich nicht geschaffen war. Die Auswirkungen waren ungesund.

Während einer kurzen, erfolglosen Versöhnung wurde meine Mutter mit meiner Schwester schwanger. Vater kehrte, ohne davon zu wissen, nach Ägypten zurück. Er erfuhr erst Wochen nach der Geburt von ihr. Als er sich freinehmen und nach England zurückkehren konnte, war die Katastrophe bereits eingetreten. Mutter ging es schlecht; sie sehnte sich verzweifelt nach der tröstlichen, angeborenen Liebe, die sie von Alexander abhängig gemacht hatte, aber sie war auch unfähig, das Grauen abzustreiten, dessen Zeugin sie mit eigenen Augen geworden war. Vater wollte den Jungen für immer fortschicken, ihn bestrafen, ihn zu einem Mündel des Staates machen. So gespalten meine Mutter auch war, sie drohte ihm an, sich das Leben zu nehmen, falls er in dieser Hinsicht Schritte unternahm. In dieser Pattsituation reiste Vater sofort wieder ab. Vier Jahre später, bei einem letzten Versuch, den dürftigen Vertrag zu retten, der noch zwischen ihnen existierte, kehrte er aus Übersee zurück und entlockte ihr den Kompromiß, der in Alexanders Verbannung, einer dritten Schwangerschaft und der Reorganisation ihrer Ehe mit einem zweiten Sohn bestand. Diesen Sohn wollten sie gemeinsam aufziehen. Es sollte ein Sohn sein, den beide Elternteile liebten. Ich glaube nicht, daß sie, insgesamt gesehen, während meiner frühen Kindheit unglücklich waren. Eher im Gegenteil. Sie ergaben sich dem Leben, das sie geschmiedet hatten, und schlossen Frieden mit ihm.«

Sparks schleuderte den Stummel seiner Zigarre in die reißende Strömung. Doyle empfand inneren Schwindel. Er riß sich zusammen, da er das Gefühl hatte, daß ihm das Schlimmste noch bevorstand.

»Am Abend ihres Todes zog sich mein Vater früh in seine Räumlichkeiten zurück. Er las noch eine Weile, dann nickte er vor dem Kamin ein. Die Stimme meiner Mutter weckte ihn, sie schrie vor Schmerzen. Als er in ihr Zimmer kam, fand er sie an Händen und Füßen an die Bettpfosten gefesselt. Er bekam von hinten einen Schlag auf den Kopf, fiel hin und verlor die Besinnung. Als er wieder zu sich kam, war er an einen Stuhl gefesselt. Meine Mutter lag, wie zuvor, auf ihrem Bett. Auf ihr kauerte etwas, das sie sexuell attackierte. Eine ganz in Schwarz gekleidete Gestalt. Meine Mutter schrie, als hätte sie den Verstand verloren. Als die Gestalt ihre abscheuliche Tat zu Ende gebracht hatte, drehte sie sich lächelnd um – und mein Vater schaute in das Gesicht seines ältesten Sohnes.«

Doyle drehte sich zur Seite und schnappte verzweifelt nach Luft. Er hatte Angst, daß ihm übel wurde.

»Alexander hatte keine Eile, ihrer Gesellschaft zu entsagen. Er hatte bereits sämtliche Hausangestellten umgebracht und beschrieb ihnen nun in den ekelhaftesten Einzelheiten, wie jeder einzelne von ihnen gestorben war. Er hielt meine Eltern über vier Stunden in diesem verdorbenen Fegefeuer gefangen. Dann überschüttete er das Bett und meine Mutter mit Kerosin, zündete eine von Vaters Zigarren an, setzte sich neben sie, blies auf die Spitze und brachte die Asche zum Glühen. Er hielt sie an ihre Haut und riet ihr, sich nicht mit Gebeten aufzuhalten. Er sagte, sie würden nicht ins Fegefeuer kommen, nachdem er sie wegen ihrer Sünden, die sie gegen ihn begangen hatten, umgebracht hätte. Sie seien nämlich schon in der Hölle. Und er, ihr Folterknecht, sei der Teufel.

Alexander löste die Fesseln meines Vaters und stellte ihn vor die Wahl: Du kannst es entweder noch einmal mit deiner Frau treiben oder mit mir kämpfen. Mein Vater stürzte sich in einem Anfall blinder Wut auf ihn. Er war noch immer stark und kräftig, aber Alexander schlug ihn leicht, fachmännisch und gnadenlos. Er brachte ihn mehr als einmal an den Rand der Besinnungslosigkeit, holte ihn jedesmal wieder zurück und begann von vorn, wobei er stets neue Strafen anwandte. Mein Vater bekam Dinge zu hören, die ihn begreifen ließen, daß an dem alptraumhaften Automaten, in dessen Gewalt sie sich befanden, nichts Menschliches mehr war. Und schließlich verlor er die Besinnung.

Als er zum letztenmal zu sich kam, spürte er eine schreckliche Hitze. Seine Haut brannte, der ganze Raum war vom Feuer verschlungen, auch das Bett und der Körper meiner Mutter waren bereits ein Raub der Flammen geworden. Es gelang meinem Vater irgendwie, aus dem Zimmer in den Korridor zu entkommen. Das ganze Haus brannte lichterloh. Mein Vater warf sich durch ein Fenster und brach sich bei dem Sturz die Beine. Er schleppte sich vom Haus fort, wo ihn mein Freund, der Stallknecht, dann fand.«

Sparks atmete heftig aus. Er sackte leicht nach vorn, sein Gesicht verschwand in der Dunkelheit. Doyle beugte sich über das Geländer und übergab sich in den Fluß. Er hustete und spuckte, aber es war ihm nicht unangenehm, seinen Körper von dem Alkohol und dem üppigen Essen zu befreien. Angesichts dessen, was er gerade zu hören bekommen hatte, erschien ihm alles übelriechend. Er wartete darauf, daß es in seinem Kopf wieder klar wurde.

»Tut mir leid ...« Er brachte nur ein leises Flüstern zustande. »Tut mir leid.«

Sparks nickte unmerklich. Er wartete, bis Doyle seine Würde zurückgewonnen hatte.

»Ich bat darum, die Leiche meines Vaters zu sehen. Auch diesmal widersetzte sich der Priester, jedoch ohne Überzeugung. Mein Freund aus dem Stall nahm mich mit zu einem Geräteschuppen, dem einzigen Bauwerk auf dem Grundstück, das die Flammen verschont hatten. Dort lagen die Leichen, die man aus den Ruinen geborgen hatte, unter Gummilaken auf groben Tischen. Ich habe das Gesicht meines Vaters nicht erkannt. Ich schaute mir seine Hände an. Das Gold seines Eherings war geschmolzen und hatte sich um den freigelegten Knochen seines Ringfingers neu geformt. Dann fiel mir auf, daß sich in das noch vorhandene Fleisch seiner rechten Hand ein eigenartiges Muster gebrannt hatte. Ich untersuchte es eingehend und fertigte später aus dem Gedächtnis eine Zeichnung davon an. Und noch später fiel mir ein, wo ich es schon einmal gesehen hatte.

Mein Vater hatte im Laufe der Jahre eine große Anzahl uralter Artefakte aus Ägypten mitgebracht. Ein ganzer Raum in unserem Haus war seiner Sammlung gewidmet. Ein silbernes Abzeichen in der Form des Auges von Toth hatte mich schon immer fasziniert. Da mein Vater von meinem Interesse wußte, hatte er mir eine Halskette daraus gemacht und mir das Medaillon an meinem siebenten Geburtstag geschenkt. Als ich Alexander zum ersten Mal traf und er mir den schwarzen Stein geschenkt hatte – angeblich sein kostbarster Besitz –, hatte ich ihm, um mich erkenntlich zu zeigen, meine hochgeschätzte Kette in einem Brief geschickt. Meinem Vater fiel bald auf, daß sie fort war. Ich erzählte ihm, ich hätte sie beim Schwimmen im Fluß verloren, und war mir nie ganz sicher, ob er mir glaubte.

Ich wußte, daß Alexander dazu übergegangen war, meine Kette bei seinen ›nächtlichen Besuchen‹ zu tragen. Er meinte, sie besäße irgendeine mystische Kraft und daß diese Kraft ihm half, unsichtbar zu bleiben. So wußte ich, daß jedes Wort, das mein Vater zu dem Priester gesprochen hatte, der Wahrheit entsprach: Er hatte Alexander, als sie sich prügelten, die Kette vom Hals gerissen. Er hatte mit ihr in der Hand sterben wollen. Damit ich, wenn ich sie sah, alles erfuhr.«

Doyle hatte inzwischen wieder soviel Kraft zurückgewonnen, daß er sprechen konnte. »Aber Alexander muß sie ihm wieder abgenommen haben.«

»Aber erst nachdem sich ihr Muster in seine Hand eingebrannt hatte.«

»Hat man Alexander gefunden?«

Sparks schüttelte den Kopf. »Er hat sich in Luft aufgelöst. In der Schule ist er nie wieder aufgetaucht. Alexander hatte seinen Kurs seit Jahren festgelegt. Nun hatte er seine beiden dunkelsten Ziele erreicht. Er hatte seine Grenzen längst überschritten. Drei Wochen nach der Beerdigung traf bei unseren Anwälten ein an mich adressiertes Paket ein. Herkunftsort unbekannt. Ein Brief in neutraler Schrift beschrieb den Mord an dem Jungen bei den Bienenstöcken, den Überfall auf die junge Frau am Fluß und die Vergewaltigung des Mädchens in Österreich. Er erklärte die Herkunft der Trophäen, die Alexander mir im Laufe der Jahre geschenkt hatte. Und er schloß diese mit ein: die letzte und abstoßendste seiner Trophäen.«

Sparks hielt das silberne Abzeichen in seiner Hand.

»Sie haben es behalten«, sagte Doyle überrascht.

Sparks zuckte die Achseln. »Die anderen existieren alle nicht mehr«, sagte er mit einem durchdringenden Blick. »Ich habe etwas gebraucht ... Ich habe eine Möglichkeit gebraucht, um meine Gefühle zu organisieren.«

»Wegen der Rache.«

»Mehr als das. Ich will damit nicht sagen, daß es über Nacht passierte. Es hat viele Jahre gedauert. Ich brauchte ... einen Sinn. Ein Ziel. Wenn man zwölf Jahre alt ist und einem mit einem einzigen Schlag die ganze Welt genommen wird, bleibt von dem, was man hochhält, nichts mehr übrig ...«

»Das verstehe ich, Jack ...«

»Auf der ganzen Welt ist das Böse präsent. Ich habe in seinem Schatten gehaust. Ich habe es gekostet. Ich habe seine niederträchtigsten Auswirkungen gesehen. Es ist in einem Körper und einer Seele gediehen, die durch die gleiche Passage ins Leben getreten sind wie ich. Ich habe mich damals bewußt in die Hände des Bösen begeben und zugelassen, daß ich von seinem Überbringer bewußt nach seinem persönlichen Ebenbild geformt wurde.« Sparks schaute Doyle erneut an; er wirkte jugendlich, offen und vom schwarzen Wind seines Schreckens erfüllt.

»Was, wenn ich so geworden wäre wie er? Ich mußte mir diese Frage einfach stellen, Doyle. Was, wenn der gleiche abscheuliche, verdrehte Geist, der ihn zu diesen widerlichen Verbrechen getrieben hat, auch in mir lebendig geworden wäre? Ich war zwölf Jahre alt!«

Als Doyle sich in plötzlichem Begreifen den Jungen vorstellte, der dieser nun inständig flehende, vor ihm stehende Mann einst gewesen war, füllten sich seine Augen mit Tränen. Es war unvorstellbar, einen solchen Kummer zu erleben, einen solchen Verlust zu erleiden. Er konnte seinem Freund keinen Trost entbieten; außer seinen stummen, aus tiefstem Herzen kommenden Tränen konnte er nichts geben.

»Ich mußte einfach glauben, daß ich die Fertigkeiten, die mein Bruder mir beigebracht hatte, nicht ohne Grund erlernt hatte«, sagte Sparks mit kehliger Entschlossenheit. »Diese Fertigkeiten hatten keine angeborenen moralischen Eigenschaften. Sie waren neutrale Werkzeuge und noch immer nützlich. Ich mußte es glauben, ich mußte mir selbst beweisen, daß es stimmte: Es konnte durchaus mehr als eine Art von Übermensch geben. Der ins Auge springende Punkt, an dem ich meinen Kompaß ausrichtete, unterlag ganz allein meiner Wahl. Die Gerechtigkeit sollte mein Polarstern sein, nicht die Verlogenheit und irreführende Selbstvergötterung. Ich wollte für das Leben eintreten, nicht dagegen. Wenn es schon mein Schicksal war, sein Blut zu teilen, dann war es auch meine Verpflichtung, die Waagschale im Gleichgewicht zu halten, die seine Gegenwart hier störte. Ich wollte dieser Welt eine Macht geben, die der Dunkelheit entgegentrat, der mein Bruder erlegen war. Ich wollte den Namen meiner Familie säubern oder bei diesem Versuch sterben. Das war meine Mission. Mich ihm entgegenzustellen, ihm den Weg zu verbauen. Seine Nemesis zu werden.«

Seine Worte belebten den schwankenden Hoffnungsstoß in Doyles Brust. So blieben sie noch eine Weile schweigend stehen und betrachteten den Fluß.

12
Bodger Nuggins

DIE NACHT wurde bitterkalt. Der Fußmarsch zurück zum Hotel gehörte zu den längsten Meilen in Doyles Erinnerung. Sparks zog sich zurück; er wirkte ausgehöhlt, leer. Gleichermaßen fühlte Doyle sich geschmeichelt, daß Sparks ihm genügend vertraute und mit dem Gewicht belastete, das er nun bis zu einem bestimmten Grad schultern mußte. Noch nie hatte die Jahreswende einen solch kläglichen Eindruck auf ihn gemacht. Sie kamen an Betrunkenen, Verliebten und Horden junger Feiernder vorbei, die den Tod des »Alten« und die Geburt des »Neuen« lärmend und johlend feierten, schnell die Farce ihrer Vorsätze für das neue Jahr vergaßen und ihre kleinen Laster in Tugenden umwandelten. Die willkürlichen Versuche der Menschen, die Zeit mit selbstauferlegten Nichtigkeiten dieser Art abzugrenzen, erschien ihm so unrentabel wie das Scharren von Hühnerkrallen im Dreck. Wie konnte man nur annehmen, der essentielle Charakter sei zu Veränderungen fähig, wenn Lebewesen wie Alexander Sparks auf den ersten Blick das Gegenteil bezeugten?

Sie betraten das Hotel durch einen verschwiegenen Hintereingang, begaben sich in ihre Räume, entfachten ein Feuer und öffneten eine Flasche Cognac. Doyle spürte, daß sein beschädigter Organismus vor dem Einflößen neuen Schnapses zurückscheute, doch dann wärmte er sein Herz und wurde zu einer willkommenen, schlaffördernden Linderung. Sparks starrte ins Feuer; die tanzenden Flammen reflektierten sich in seinen dunklen Augen.

»Wann haben Sie gemerkt, daß er wieder aktiv wurde?« fragte Doyle und beendete damit das lange Schweigen.

»Er hat England verlassen, eine gewisse Zeit in Paris verbracht und ist dann nach Süden gezogen. Er hat sich von Marseille aus nach Marokko eingeschifft und ist dann durch

Nordafrika nach Ägypten gereist. Knapp ein Jahr nach den Morden war er in Kairo.«

»Er hat also Spuren hinterlassen.«

»Nachdem er die beiden Urverbrechen begangen hatte – Vatermord, Muttermord: Sind es nicht Urverbrechen, Doyle? Ich glaube, man kann sie in aller Fairneß so nennen –, war das letzte Hindernis auf seinem Weg hin zum grenzenlosen Genuß jeglicher Böswilligkeiten, zum zügellosen Impuls, unter dem er vielleicht noch gelitten hatte, für immer fort. Nachdem er die absolute Herrschaft über die Familie und die Schule – seine ursprüngliche Umgebung – errungen hatte, bestand seine Absicht nun darin, sich in der Welt zu etablieren. Sein erstes Ziel war, sich Kapital zu verschaffen, um finanziell unabhängig zu sein. In der Nacht, in der meine Eltern starben, hatte er vor dem Legen des Feuers die wertvollsten Stücke aus der ägyptologischen Sammlung meines Vaters gestohlen. Es war eine große Anzahl. Alexander reiste nach Kairo, um sie dort zu verkaufen. Das, was sie ihm einbrachten, wurde zum Grundstein seines bald beträchtlich anwachsenden Vermögens.«

»Und natürlich hat er weitere Verbrechen begangen«, vermutete Doyle.

»In diesem Jahr kam es in Kairo zu einer Reihe besonderer Morde. Mein Vater hatte eine Geliebte dort, eine Engländerin, eine Kollegin aus dem diplomatischen Dienst. Sie verschwand kurz nach Alexanders Ankunft. Eine Woche später fand man ihren Schädel auf dem Marktplatz. Da in den moslemischen Kulturen das Köpfen von Ehebrecherinnen üblich ist, hatte man natürlich einen Einheimischen in Verdacht. Aber man hatte in ihre Stirnhaut den roten Buchstaben A eingenäht. Der Name der Frau war übrigens Hester.«

Doyle spürte, daß es ihm wieder hochkam. Ihm wurde klar, daß er seine emotionelle Analyse abhärten mußte, wenn er Jack im Kampf gegen seinen Bruder von irgendeinem Nutzen sein wollte. Wenn für diesen Mann keine Grenzen existierten, und es sah ganz danach aus, würde es sich nicht als Vorteil erweisen, wenn er auf jede seiner Schandtaten mit Übelkeit und Schwindelgefühlen reagierte.

»In der darauffolgenden Woche meuchelte er einen prominenten Kunsthändler sowie dessen Frau und Kinder. Ich nehme an, er hat die Verhandlungen über ein Stück aus der Sammlung meines Vaters über das hinaus ausgedehnt, was Alexanders Geduld ertragen konnte. Der Gegenstand, um den es dabei ging, ein zeremonieller Dolch, war die Mordwaffe. Alexander war sich nicht zu fein, sein Handwerk mit makabren Schnörkeln zu verschönern. Es hatte in Kairo eine Woge der Hysterie über den Fluch der Grabstätte der Mumie gegeben, aus dem der Dolch und eine Reihe weiterer Dinge, die sich im Besitz des Händlers befanden, geplündert worden waren. Die Wohnung des Mannes war voller Abdrücke nackter, staubiger Fußsohlen und wimmelte von Fetzen aus verrottetem Leinen. Leinenfäden wurden auch am Hals der Frau und der Kinder gefunden, die er erdrosselt hatte; in verkrusteter Form auch auf dem Griff des Dolches, mit dem er dem Händler das Herz herausgeschnitten hatte. Man fand das fehlende Organ in einer zeremoniellen Schüssel neben der Leiche. Es war mit Tannisblätterasche bedeckt, die man für die Hauptzutat des Ritus hält, den die Priester ausübten, wenn sie einen Pharao aus dem Mumifizierungszustand wiedererweckten. Erkennen Sie in all diesem Alexanders Handschrift?«

»Ja«, sagte Doyle, und ihm fiel der Tod der Londoner Hure wieder ein.

»Im nächsten Monat wurde auf ähnliche Weise eine archäologische Ausgrabungsstätte in der Wüste überfallen, die man erst ansatzweise freigelegt hatte. Man fand die beiden Wächter erdrosselt in der Grabstätte; viele der verzeichneten Artefakte aus der Krypta waren fort, einschließlich der mumifizierten Überreste ihres Hauptbewohners. Und wieder hielten es die Einheimischen für angebracht, die Morde einem unversöhnlichen Leichnam zuzuschreiben, der auferstanden war, um für die Schändung seines Grabes Rache zu nehmen.«

»Alexander entwickelte wohl ein Interesse am Okkulten.«

»Als er die Beherrschung der physikalischen Welt vervollkommnet hatte, wandte sich sein Interesse ganz natürlich der Magie und der unkörperlichen Ebene zu. Ägypten hat auf mehr als einen Europäer diese Wirkung ausgeübt. In den uralten Tempeln haust eine furchtbare Macht. Und dort empfand Alexander erstmals Geschmack an dem, was das fleißige Studium der Schwarzen Magie ihm nützen konnte. Nachdem der Hunger in ihm erwacht war, wurde er zum Mittelpunkt seiner Existenz. Doch Hunger, der von Gier diktiert wird, läßt sich durch Nahrungsaufnahme nie befriedigen; sie läßt den Appetit nur zunehmen.«

»Wohin ist er dann gegangen?«

»Laut dem, was ich zu rekonstruieren in der Lage war, hat er sich in den nächsten Jahren im Mittleren Osten herumgetrieben und Zutritt zu verschiedenen geheimen Schulen gesucht: denen der Zoroastrier, Sufis, Hashashim – Meuchelmörder –, dem mörderischen Kult des Alten Mannes vom Berge ...«

»Aber die hat man doch schon vor Jahrhunderten ausradiert.«

»Der offiziellen Geschichtsschreibung zufolge, ja. Die Osmanen haben ihre Festung gestürmt und sie fast aufgerieben. Doch es gibt einige Türken in hohen Positionen, die berichten, daß kleine Sekten ihrer Jünger überlebt haben – in Syrien und Persien – und sich in abgelegenen Bergfestungen verstecken. Sie sagen auch, die unübertroffenen Techniken der Hashashim seien noch immer in zahlreichen ungelösten politisch motivierten Morden so deutlich sichtbar, um dieser Theorie erhebliche Zuverlässigkeit zu verleihen. Wenn sie wirklich noch auf irgendeine Weise existieren, seien Sie versichert, daß Alexander nicht nur dazu fähig war, sie aufzuspüren, sondern ihnen auch ihre heimtückischsten Geheimnisse in Sachen Mord entlockt hat.«

»Ich bin froh, daß ich das, was ich jetzt weiß, noch nicht wußte, als er hinter mir her war«, sagte Doyle nicht ohne Ironie. »Wahrscheinlich wäre ich schon bei seinem Anblick tot umgefallen.«

Sparks Blick deutete an, daß diese Möglichkeit durchaus mehr war als nur ein Witz.

»Alexanders nächstes Ziel war Indien«, sagte Sparks, »wo

er sich, wie ich glaube, in den Mörderkult der Thugs einschlich, eine viel immanentere und nachweislichere Bande von Terroristen. Keine leichte Arbeit für einen Engländer, ihrem erklärten Feind, doch inzwischen hatte er Sprachen und die Kunst des Verkleidens erlernt. Die Thugs verstehen sich besonders auf das Garottieren. Das doppelt beschwerte Halstuch, das Sie in der Nacht unserer Flucht in Cambridge so bewundert haben, ist eine ihrer *specialités de la maison*.«

»Sie haben also eine ganze Reihe dieser Techniken selbst erlernt.«

Sparks zuckte die Achseln. »Bei der Verfolgung von Alexanders Spuren ist im Laufe der Jahre natürlich eine beträchtliche Menge an ... profanem Wissen in meinen Besitz gelangt. Macht Sie das besorgt, Doktor?«

»Ganz im Gegenteil. Jetzt kann ich beruhigter schlafen.«

»Guter Mann«, sagte Sparks und gestattete sich den Anflug eines Lächelns.

Doyle hatte erneut das Gefühl, sich mit einem gefährlichen Raubtier in einem Käfig aufzuhalten. Möge Gott verhüten, dachte er, daß er sein Talent je gegen mich einsetzen muß. »Und in all den Jahren, die Alexander im Osten verbrachte, wurde seine Leidenschaft für das Okkulte immer besitzergreifender.«

»Genau«, sagte Sparks. »Während ich noch keine zwanzig Jahre alt war und die Grundlagen der Geometrie und die Konjugation des Intransitivs französischer Verben in mich aufnahm, kletterte Alexander im Himalaja herum und schlich sich in die legendären Yogi-Schulen von Nordindien und Katmandu ein.«

»Ich habe von diesen Orten gelesen. Wenn sie wirklich existieren und ihre Moral so fortgeschritten ist wie ihre angeblichen Geisteskräfte, müßten sie einem Menschen wie Alexander den Zutritt verwehrt haben.«

»Einige haben dies zweifellos getan. Aber es besteht auch kein Zweifel daran, daß es andere gab, die den Wunsch hatten, den ... Wie hat die Blavatsky es noch genannt?«

»Den linkshändigen Pfad ...«

»... einzuschlagen. Wußten Sie eigentlich, daß das Wort ›sinister‹ vom lateinischen Wort für linkshändig abstammt?«
»Es muß mir entfallen sein.«
»Man kann annehmen, daß Alexander von einer Legion schnatternder, pferdefüßiger Dämonen über die Schwelle der Brutstätte für Fortgeschrittene der Dunklen Bruderschaft getragen wurde. Doch so sehr ich mich auch bemüht habe, die Spuren seiner Wanderschaft nachzuvollziehen – der volle Umfang seiner Immatrikulationen im Zeitraum dieser Jahre ist bestenfalls oberflächlich.«
»Die Sie während Ihrer Reisen in den Fernen Osten verfolgt haben«, sagte Doyle und setzte ein weiteres Stück von Sparks' Puzzle an Ort und Stelle zusammen.
»Was auch der Grund war, die Universität vor dem Examen zu verlassen, da ich das Beste, was man mir dort anzubieten hatte, ohnehin schon wußte. Die Verfolgung von Alexanders – zugegeben, nur skizzenhaft vorhandener – Spur hat mich mit einer ausführlicheren Gelehrsamkeit für die ... praktische Arbeitsweise der Welt versehen.«
Doyle beschloß, diese Erklärung nicht weiter zu hinterfragen. »Wann ist Alexander nach Britannien zurückgekehrt?«
»Schwer zu sagen. In Nepal verlor sich seine Spur. Ich fuhr wieder nach Hause und glaubte viele Jahre, er sei in den Mysterien verschwunden, die ihn beschäftigten. Ich kann nur schätzen: Alexander ist vor zwölf Jahren nach England zurückgekehrt, kurz nachdem ich mich aktiv ins Berufsleben stürzte.«
»Wie haben Sie von seiner Rückkehr erfahren?«
Sparks legte die Fingerspitzen aneinander, drückte sie ans Kinn und stierte konzentriert ins Feuer. »Ich war mir der Angelegenheit seit mehreren Jahren bewußt ... Nennen wir es eine leitende Persönlichkeit hinter den Aktivitäten der Londoner Verbrechergemeinschaft. Dieses Netz aus verbundenen Ranken deutete an, daß eine finstere Hand die Figuren auf dem Spielbrett manipulierte – eine lauernde Präsenz, die man eher spürte als sah. Doch die schwachen Anzeichen, die ich überprüfen konnte, deuten übereinstimmend auf eine zielgerichtete Verschwörung hinter den willkürlichen und

brutalen Praktiken hin, aus denen die Mehrheit der Bemühungen der Unterwelt besteht.«

»Haben Sie eine Vorstellung, um welches Ziel es dabei geht?«

»Nicht die geringste. Wie Sie wissen, habe ich eine Anzahl dieser Gauner rekrutiert – natürlich in der Hoffnung, daß ich sie im Verlaufe des Verfahrens bessern kann. Viele von ihnen wissen von Gerüchten, laut denen ein Meisterplaner in der Nabe des städtischen Lasterrades sitzt Glücksspiel, Mädchenhandel, Entführungen, Schmuggel, Prostitution. Und die Erträge aus diesen Verbrechen fließen stets ins Zentrum.«

»Sie glauben also, daß Alexander dieser Meisterplaner ist.«

Sparks hielt inne. »Ich weiß nicht einmal genau, ob eine solche Figur überhaupt existiert. Keiner meiner Bekannten kann bestätigen, daß je jemand direkten Kontakt mit einem solchen Individuum hatte. Doch wenn es ihn gibt, wäre kein anderer Mensch außer meinem Bruder dazu in der Lage. Und wenn er es ist, wäre kein anderer Mensch gefährlicher.«

»Dann ist dies gewiß schon seit längerer Zeit der Status quo in London – und gewiß schon vor Alexanders Amtsdauer. Das Verbrechen war immer schon ein bedauerlich beständiges Element der menschlichen Erfahrung.«

»Unbestreitbar. Aber was wollen Sie damit sagen?«

»Daß es hier um etwas mehr geht, als um die routinemäßige Leitung illegaler Unternehmungen, Jack. Um etwas, das über den geistigen Horizont gewöhnlicher Gauner hinausgeht.«

»Sie meinen die Dunkle Bruderschaft«, sagte Sparks.

»Möglicherweise eine Organisation, die getrennt von der kriminellen Seite arbeitet und bestimmte egoistische eigene Ziele verfolgt.«

»So ist es.«

»Und Sie sind sich ziemlich sicher, daß Alexander der Bruderschaft die Treue geschworen hat?«

»Alexander schwört nur sich selbst die Treue«, sagte Sparks. »Wenn er sich mit ihr zusammengetan hat, dann nur zu dem Zweck, seine persönlichen Ambitionen voranzutreiben. In dem Augenblick, in dem ihre Wege auseinanderlaufen, wird er nicht zögern, das Band zu zertrennen.«

»Doch auch so stellt eine Partnerschaft zwischen zwei derartigen Gruppen, egal wie lose sie auch sein mag ...«

»... eine größere Bedrohung für das allgemeine Wohlergehen des Landes dar als jeder Krieg oder jede vorstellbare Pestseuche. Es hat keinen Zweck, uns hinsichtlich dieser unangenehmen Tatsache etwas vorzumachen.«

Doyle dachte einen Moment darüber nach. »Wann haben Sie Ihren Bruder zum letzten Mal gesehen, Jack?«

»Vor einem Fenster in Topping.«

»Nein, ich meine von Angesicht zu Angesicht.«

»Seit dem damaligen Osterfest nicht mehr. Vor fünfundzwanzig Jahren.«

Doyle blieb am Ball. »Und wann ist Ihnen erstmals klargeworden, daß Alexander der Meisterplaner ist, den Sie mir beschrieben haben?«

»Gestern. Als ich den Landsitz Lord Nicholsons brennen sah.«

Sie schauten einander an.

»Sie verstehen also endlich, welches Spiel wir hier spielen?« fragte Sparks.

Doyle nickte. Nun war die Reihe an ihm, nachdenklich ins Feuer zu starren und sich zu fragen, ob das neue Jahr, das die Massen gegenwärtig auf den Straßen begrüßten, womöglich das letzte war, das er je erleben würde.

Als Doyle versuchte, im Schlaf neue Kraft zu sammeln, stand Larry als Wache vor seiner Tür. Als er erwachte, tauchte er aus einem unsteten Traum auf, dessen Inhalt ihm entglitten war. Dann erkannte er, daß seine Sachen gepackt waren und neben der Tür standen. Sparks saß im Wohnzimmer am Tisch und studierte den Londoner Stadtplan. Es war halb sechs, und das Morgengrauen draußen am Himmel war noch nicht einmal als Gerücht vorhanden. Doyle, der sich den Schlaf aus den Augen wischte, benötigte eine ganze Kanne Kaffee und einen Teller Pfannkuchen, die ihm Larry servierte, um den Rost aus seinen Muskeln und seinem Hirn zu vertreiben. Alles in ihm schrie nach einem Ruhetag, doch wie Doyle vermutete, würde es in absehbarer Zeit keinen solchen Luxus geben.

»Auf der Russell Street gibt es ein ganzes Dutzend Verlage in Museumsnähe«, sagte Sparks energisch. »Haben Sie Ihr Manuskript zufällig an die Firma Rathborne & Sons geschickt?«

»Rathborne?« sagte Doyle. »Das ist doch Lady Nicholsons Mädchenname ... Ja, ich glaube, das habe ich. Mein Gott, glauben Sie etwa ...«

Doyle wurde von einem kleinen, eckigen Apparat abgelenkt, den er als Papierbeschwerer für Stadtpläne noch nie zuvor gesehen hatte. Als er träge die Hand ausstreckte, um ihn zu untersuchen, riß Sparks das Kästchen fort, steckte es in seine Tasche und fing energisch an, den Stadtplan zusammenzurollen.

»Dort werden wir anfangen«, sagte er. »Inzwischen wird Larry uns in eine andere Unterkunft umsiedeln. Ich fürchte zwar, daß unser nachfolgendes Quartier weniger Ihren Beifall finden wird als das Melwyn, aber es wäre klug, wenn wir jede Nacht an einem anderen Ort verbrächten.«

Als Doyle zuschaute, wie Larry ihre Reisetaschen aus dem Zimmer brachte, sagte er kläglich: »Ich könnte eine Rasur vertragen ...«

»Dafür haben wir später noch jede Menge Zeit«, sagte Sparks. »Kommen Sie, Doyle, das Rennen ist für die Schnellen gemacht.« Und schon war er ebenfalls draußen. Doyle nahm sich den letzten Pfannkuchen vom Teller und eilte hinter ihm her.

Auf halbem Wege die Hintertreppe hinunter trafen sie den ihnen entgegeneilenden Barry – zumindest nahmen Doyles verquollene Augen an, daß es Barry war. Ja, da war die Narbe.

»Ich hab 'n Kerl aufgetrieben, mit dem Sie mal reden sollten«, sagte Barry mit für ihn untypischer Dringlichkeit.

»Einzelheiten«, sagte Sparks im Weitergehen.

»'n Australier. Boxer. Behauptet, er hat die Bekanntschaft von Mr. Lansdown Dilks gemacht. Nachdem der aufgeknüpft wurde.«

»Ausgezeichnet«, sagte Sparks, als sie das Hotel verließen. »Doyle, gehen Sie mit Barry. Legen Sie ihm Daumenschrauben an. Stellen Sie fest, ob der Mann uns hinsichtlich des schätzenswerten Mr. Dilks etwas mitzuteilen hat. Wir treffen uns um zwölf in Hatchards Buchhandlung am Picadilly. Viel Glück!« Er sprang in eine kleine Kutsche, deren Zügel Larry hielt, winkte ihm noch einmal kurz zu – es war fast ein Salutieren – und fuhr los.

So habe ich das Spiel eigentlich nicht spielen wollen, murmelte Doyle vor sich hin, als er sich um sechs Uhr morgens – allein auf sich gestellt und noch vor einem ordentlichen Frühstück – auf der Straße wiederfand. Er schaute Barry an, den Sparks' plötzliche Abreise nicht im geringsten zu beeindrucken schien.

»Hierher«, sagte Barry und tippte an seinen Hut. Dann ging er los.

Doyle stopfte sich den Pfannkuchenrest in den Mund und folgte ihm. Am östlichen Horizont wurde das erste Licht des Tages sichtbar.

Barry führte Doyle munter durch das Labyrinth von Covent Garden, wo das Neujahrsgeschäft in den Büdchen der Gemüse- und Blumenhändler in Kürze beginnen würde. Gähnende Blumenmädchen rauchten billige Zigaretten, lehnten sich aneinander, um die Kälte abzuhalten, und warteten, daß sie an die Reihe kamen, die Kiepen der Hausierer zu füllen. Gemüsehändler auf der Straße nörgelten streitsüchtig über die auf den Markt gebrachten Erträge aus den Wintergärten der Bauern. Doyles Verdauungssäfte wurden von der Verbindung der Düfte gepeitscht, die die Morgenluft würzten: arabische Kaffeebohnen, warmes Brot, frisch aus dem Ofen, gebratene Würstchen und Schinken, heißes französisches Gebäck. Doch seine kulinarischen Sehnsüchte hüpften schier der Verzweiflung entgegen, als ihm klarwurde, daß er seine Börse und sein ganzes Geld in der Reisetasche zurückgelassen hatte, die Larry inzwischen Gott weiß wohin transportierte. An Barry gerichtete Appelle, zu einem stärkeren Imbiß auf seine Kosten anzuhalten, stießen auf taube Ohren.

Aufgrund von Barrys wiederholtem Hutlüpfen, das so regelmäßig kam wie bei einem mechanischen Dandy in einer Meißener Turmuhr, deduzierte Doyle, daß er mit mehr als nur einer der Händlerfrauen sowie einer ungewöhnlich hohen Anzahl ihrer weiblichen Angestellten bekannt war. Wo Rauch ist, dachte Doyle, ist auch Feuer. Barrys Ruf als Frauenheld schien also der Wahrheit zu entsprechen.

Ihr Weg führte sie zu einer Sporthalle in der Oxford Street, zu einem gedrungenen, schmutzigen Ziegelsteinhaus, dessen Mauern mit mehreren Plakatschichten beklebt waren, die vergessene, doch epische Kollisionen der Faustkämpfer von gestern hinausschrien. Eine rußbedeckte Moralpredigt spannte sich über den Bogen des altgriechisch anmutenden Eingangs und rühmte den Vorzug des Trainings zur Entwicklung eines gesunden moralischen Charakters.

Im Inneren der Sporthalle, hinter dem Ring, würfelte eine lärmende Schar von Catchern, nacktfäustigen Boxern und Muskelbegeisterten in einem halsabschneiderischen Spiel um die Wette. Zerknitterte Banknoten und Flaschen mit billigem Gin definierten das Gebiet, das sie, nachdem die Würfel gegen eine schmierige Wand geknallt wurden, zum Spielen abgegrenzt hatten. Eine unappetitliche Szene, die mehr als ein Morgengrauen unbemerkt hatte vorbeiziehen sehen. Barry instruierte Doyle, in einiger Entfernung von dem Gesindel zu warten – was er nur allzugern tat –, während er sich näher heranwagte, um das zu verhörende Subjekt aus ihrer Mitte zu holen. Eine Minute später kehrte er mit einer flachgesichtigen Masse gehärteten Fleisches zurück, deren nackte und muskulöse Arme mit Tätowierungen von Nixen und Piraten verziert waren, die in einer Abfolge zweideutiger *pas de deux* agierten. Die Nase des Mannes breitete sich horizontal so aus, daß sie mit der klaffenden Öffnung seines Mundes korrespondierte – das einzige nützliche Organ, das ihm zum Atmen noch geblieben war. Seine Brauen waren ein Omelett aus Narbengewebe und dünnem Haar, seine Augen saßen so tief wie Pißlöcher im Schnee. An seinem Kinn lief ein weitgereister Strom von Kautabaksaft herab. Der Haarschnitt des Mannes war dem, dessen Doyle sich momentan erfreute, so verteufelt ähnlich, daß Barry auch sein Barbier sein mußte, wenn nicht gar sein Vertrauter.

»Ich möcht Ihnen Mr. Bodger Nuggins vorstellen«, sagte Barry, als er die beiden Männer zusammenbrachte. »Ehemals Halbschwergewichtsmeister in Ihrer Majestät Kolonie Neu-Südwales und Ozeanien.«

Doyle schüttelte beide Hände des Behemoths. Sie waren schlaff und so weich und feucht wie die einer schüchternen Soubrette. Eine Ginwolke wehte ihm entgegen.

»Arthur Conan ...«, begann Doyle.

Barry räusperte sich mit betonter Heftigkeit, dem ein starkes Kopfschütteln folgte, das Bodger Nuggins nicht sah, da er hinter ihm stand.

»Maxwell Tree«, korrigierte sich Doyle mit dem ersten Namen, der ihm einfiel.

»Bodger Nuggins, ehemals Halbschwergewichtsmeista von Neu-Südwales und Ozeanien«, sagte der Boxer überflüssigerweise. Er hielt Doyles Hand noch immer mit den seinen fest und bewegte sie in einem Halbkreis. »Nennse mir Bodger.«

»Vielen Dank, Bodger.«

Bodgers Augen schielten leicht, das rechte glotzte nach innen, als wolle es eine bessere Aussicht auf sein unglaubliches Nasenplateau erhaschen, das nach Süden abknickte.

»Dat sagen alle, die mir kennen«, sagte Bodger weitschweifig. »Alle nennen mir Bodger. Reimt sich auf Dodger.«

»Ja, in der Tat«, sagte Doyle und machte einen zaghaften Versuch, seine Hand zu befreien.

»Cedric«, sagte Bodger geheimnisvoll.

»Cedric wer?«

»Dat is' mein Taufname. Meine Mutta hat mir Cedric getauft.«

»Nach ...?« fragte Doyle in dem Versuch, ihm zu helfen, sich an die Anekdote zu erinnern, in der Hoffnung, sich dann aus Bodgers entschlossenem Griff lösen zu können.

»Nach meine Geburt«, sagte Bodger stirnrunzelnd wie der Hofastrologe eines Mandarins.

»Erzähl dem Gentleman, was du mir erzählt hast, Bodger«, drängte Barry. Dann sagte er leise zu Doyle: »Er hatse nich alle auffer Fanne.«

Doyle nickte. Bodgers Gesichtsverzerrung verdoppelte sich noch. Seine Stirn runzelte sich vor Anstrengung wie die mechanische Wellenmaschine in einem stürmischen Melodram.

»Was du mir über Mr. Lansdown Dilks erzählt hast«, fügte Barry hinzu.

»Ach, ja! – Arschloch!« *Zack!* Bodger versetzte sich einen Schlag auf die Nase. Ihrem Zustand nach zu urteilen, schien dies eine typische Reaktion zu sein, doch ob sie dazu diente, sein Erinnerungsvermögen anzutreiben, oder eine ernste Strafe für die sturen Windungen darstellte, die von seinem Verstand noch übrig waren, war schwer zu sagen. »Lansdown Dilks! Quatsch! Bodger Nugs, wat haste nur im Kopf!« Und er versetzte sich noch einen Schlag.

»Na, na«, sagte Doyle. »Macht doch nichts. Immer mit der Ruhe, Bodger.« Wenn der Mann wirklich Meister gewesen war, dann mußte er um jeden Preis verhindern, daß er sich k. o. schlug, bevor er ihn verhört hatte.

»Genau«, sagte Bodger, der sich urplötzlich verzeihen konnte.

»Haben Sie Mr. Lansdown Dilks gekannt?« fragte Doyle.

»Ahh. Da war so 'ne Geschichte mit dem«, sagte Bodger vertraulich, als lauere gleich um die Ecke ein unvergängliches Drama. »Mal sehen ...«

Barry, der mit Bodgers Erzähltechnik etwas vertrauter war, schob eine Pfundnote in seinen Handschuh.

»Genau«, sagte Bodger, als sei das Getriebe nun geschmiert. »Ich komm nämlich aus Queensland. Australien. Brisbane, um genau zu sein. Weit überm Meer.«

»Ja«, sagte Doyle. »Ich verstehe: Sie sind Australier.«

Bodger schnippte mit den Fingern, deutete auf Doyle und zwinkerte fröhlich, als habe er soeben entdeckt, daß sie Brüder in der gleichen geheimen Loge seien.

»So isses!«

»Wir verstehen uns. Machen Sie weiter, Bodger.«

»Stimmt. Boxen ... Da bin ich nämlich ganz doll drauf. Wo Blut fließt. Wenn 'n Mann zeigen will, dat er 'n Mann is, soll er's mit seine Hände machen, die so nackich sind wie 'n neugeborener Säugling, hab ich recht? Für Bodger Nuggins geht dat in Ordnung, nich? War Meista von Neu-Südwales und Ozeanien, im Halbschwergewicht.«

Und indem er seine Qualifikationen auf die Art demonstrierte, wie Boxer es für gewöhnlich tun, versetzte er Doyle einen Schlag in den Bauch, daß dieser aus Atemnot kurz vor einer Ohnmacht stand.

»Also ehrlich«, fuhr Bodger fort, »der Markies von Queensberry, der Geck, der will uns nämlich wat über die nackichten Hände rüberziehen, und dann soll'n wir rumtanzen und uns mit feine Handschühchen Ohrfeigen verpassen.« Unfähig, dem Zwang zu widerstehen, dies zu kommentieren, spuckte Bodger geringschätzig einen ausgelutschten Tabakklumpen auf den Boden. »Wenn der alte Knacker gern sehn will, wie kleine Meedchen kämpfen, warum geht er dann nich auffe Ackerdemie von St. Edna für Frauen und Gecken?«

»Das weiß ich wirklich nicht«, sagte Doyle. »Doch was Mr. Lansdown Dilks anbetrifft ...«

»Dazu komm'wer noch«, sagte Bodger und ließ auf unheimliche Weise seine Muskeln spielen. »Also is Bodger von seine Heimat weg, um 'ne Schangs zu haben, hier überm Meer zu kämpfen. In England. Bin mit 'm Schiff gekommen. Äh ...«

»Ihre Boxerkarriere hat Sie also nach London gebracht«, sagte Doyle.

»Die Kerle ham versprochen, ich solle um 'ne Meistaschaft kämpfen, aber zuerst wolltense, dat ich 'n andern Kerl hau. 's war nämlich so 'ne Art ...« Und der Faden war wieder weg. Bodger blieb wie erstarrt stehen, als hätte er Sand im Getriebe.

»... Testkampf«, sagte Barry nach respektvollem Schweigen.

»Richtig«, sagte Bodger und versetzte sich einen erneuten Hieb auf die Nase, um seine geistige Maschinerie von ihrer Blockierung zu befreien. »Sowat wie 'n Testkampf. So 'n Vogel. Wollten sehen, wat Bodger kann, bevor sie ihren kostbaren Titel an ihn hängen. Also sag ich zu denen, abgemacht. Keiner soll sagen, dat Meista Nuggins 'n Feichling is. Der alte Bodger macht mit bei die Show; macht er wirklich, wenn 'n paar echte Gentlemen 'n paar Mäuse hinlegen, um zu sehen, wat er kann.«

»Sie hatten also einen Testkampf«, sagte Doyle.

Bodger nickte und spie einen weiteren Strahl heißen Saftes aus. »Zuerst sagen die, der Test findet nich in euerm Stadion statt. Auch nich in eurer Sporthalle oder in euerm Ring oder so. Und wat machen die? Die bringen mir in so 'n Lagerhaus, unten am Fluß.«

»Dann war es also kein gesetzlich sanktionierter Kampf«, sagte Doyle, der sich mehr und mehr wie der Pressesprecher eines debilen Prinzen vorkam.

»Kann man wohl sagen«, sagte Bodger, der ihn scheinbar verstand. »Aber um die Wahrheit zu sagen, wir mit die nackichten Fäuste kennen sowat schon.«

»Dann kann ich wohl davon ausgehen«, sagte Doyle geduldig, »daß die Herren Sie, als Sie im Hafen eintrafen, mit Ihrem Gegner bekannt gemacht haben.«

»So 'n Geck«, knurrte Bodger. »Weich. Gesicht wie 'ne betäubte Meeräsche. Als hätt er noch nie in seim Lehm ohne Handschuhe gehauen. Wir machen also los. Der Geck macht nix Besonderes, aber zu Boden gehn will er auch nich. Hat keine Ahnung von Technik. Bodger blendet ihn mit Wissenschaft. Wir machen fünfundsechzich Runden: Sein Gesicht is 'ne Masse aus Blut. Wenn man mir fragt, sein Manager hätt das Handtuch schon inner fünfzichsten werfen solln. Aber wat geht's mir an, wieso solln sie von Bodger 'n Rat annehmen, nich?«

»Hätten Sie wahrscheinlich nicht getan.«

»Und dann sind wir inner fünfundsechzichsten. Dat is die Zahl, die von nun an meine Unglückszahl is.«

Als seine unsterbliche Erzählung sich ihrem spannenden Höhepunkt näherte, packte Bodger seinen Gesprächspartner an den Jackenaufschlägen und zog ihn an sich. Hätte ich meinen Schnauzbart nicht schon abrasiert, dachte Doyle, würde seine Fahne ihn jetzt abflämmen.

»Wir machen los und machens mit Handschlag, warn ja gute Sportler. Dann grüßt Bodger ihn mit 'nem bösen, aber fairen linken Haken auffe Leber. Der Vogel klappt zusammen, und Bodger richtet seine Steifheit mit 'nem Bodger-Spezial auf: 'n Uppercut auf 'n Rüssel, 'n krachend guten Hieb zur Einstimmung aufs knochenbrechende, tödlich tolle Finale, wie's nur Bodger kann – 'ner Kombination, die den Abstinenzler inne Luft hebt. Und als sein Kopp auf'n Boden knallt, hat sein Geist den Körper voll verlassen.«

»Er war also tot«, sagte Doyle so liebenswürdig wie möglich.

»Mausetot«, sagte Bodger, der Doyle so fest an sich zog, daß er dessen Backenzähne zählen konnte.

»Welch ein Unglück.«

»Nich für den Geck; der hatte ja seine Belohnung schon gekriecht, nich? Nach dem ganzen Reinfall is Bodger der, der inner Klemme sitzt. Und schon sind die Bullen da. Totschlach, sagen die. Ohne Handschuhe und so weiter, nich nach Vorschrift vom Markies von Queensberry und so. Dann vor Gericht. Fünfzehn Jahre schwere Arbeit. Hallo, Newgate-Gefängnis. Bye-bye, Bodger.«

Bodger ließ Doyle los und rotzte einen Strom buntscheckigen braunen Schleims zehn Fuß hoch in die Luft, wo es über dem Rand eines Spucknapfes in der Ecke landete.

»Daraus schließe ich«, sagte Doyle und richtete seine Kleider, »daß Sie dort endlich die Bekanntschaft von Mr. Lansdown Dilks machten.«

»Mr. Lansdown Dilks. 'n harter Brocken von 'nem Kerl; nich viel anders wie Nuggermann persönlich.«

»Er war wohl etwas Bodgeresk, meinen Sie«, sagte Doyle.

»'n Kerl, der mich verdammt ähnlich war«, bestätigte Bodger. »Is ja alles nett und schön, mit 'nem Kerl wie dem in 'nem x-beliebigen Knast zu sitzen. Is nur natürlich. Aber wenn man zwei davon in eine Zelle steckt, kommt nur 'ne wilde Schlägerei bei raus.«

»Sie haben sich also mit ihm gestritten, Bodger, ja?« sagte Doyle in einem erneuten Übersetzungsversuch.

»Wie die Kesselflicker, alle naselang«, sagte Bodger und

ließ seine Knöchel knacken, was wie eine Gewehrsalve klang. »Und keiner von uns zwei schmucken Buben is je inner Lage, dem anderen zu übertrumpfen. Zum ersten Mal muß Bodgie zugeben, daß er 'n Ebenbürtigen auf beiden Seiten vom Ring getroffen hat.«

»Und dann haben Sie zusammen gesessen, bis Dilks Strafe zur Ausführung gelangte.«

Bodger runzelte erneut die Stirn. »Zur Ausführung gelangte?«

»Im letzten Februar. Als Dilks von uns ging.«

Bodgers Verwirrung nahm zu. »Von uns ging?«

»Als er abgekratzt ist«, sagte Doyle, der allmählich die Geduld verlor. »Als er den Löffel abgab. Als man ihn gehängt hat – Und die Engel für ihn sangen. Wollen Sie damit sagen, daß Sie davon nichts gewußt haben, Bodger?«

»Genau. Dilksie sah nämlich putzmunter aus, als ich ihm zuletzt gesehn hab'.«

»Und wann war das, bitte?«

»Als wir zusammen aus der Bahn gestiegen sind ...«

»Sie haben sich bestimmt geirrt«, sagte Doyle.

»Wenn Bodger sagt, wir sind zusammen aus der Bahn gestiegen, meint er es auch, hm? Bodger hat gesagt, zusammen aus der Bahn gestiegen, und genau das meint er auch.«

Doyle und Barry tauschten einen irritierten Blick. Barry zuckte die Achseln: Auch für ihn war dies eine neue Ausschmückung der Geschichte.

»Aus der Bahn? Wo?«

»Im Norden. Irgendwo in Yorkshire.«

»Wann war das?«

»Zufälligerweise kann Bodger sich genau dran erinnern, weil's nämlich an sein Geburtstach war – am vierten März.«

»Am vierten März – voriges Jahr?«

»Hörnse mal, hamse wat an 'n Ohren?«

»Verzeihen Sie, Bodger, daß ich so schwer von Begriff bin«, sagte Doyle. »Aber soll das heißen, daß Sie und Dilks einen Monat, nachdem man ihn hängte, und Jahre, bevor Sie Ihre Strafe abgesessen hatten, im gleichen Zug waren? Am vierten März des vergangenen Jahres?«

»Richtig. Lansdown, ich und die anderen, die unterschrieben haben.«

»Was unterschrieben haben?«

»Bei den Kerl, der im Gefängnis kam.«

»Ins Newgate-Gefängnis?«

»Sie kapier'n ja doch ganz gut, Kumpel.«

»Bitte, ich tue mein Bestes, um Sie zu verstehen. Was war das für ein Mann?«

»Kenn seinen Namen nich. Hat er nämlich nich gesacht.«

»Können Sie ihn beschreiben?«

Bodger schlug den Blick zum Himmel. »Bart. Brille. Sah aus wie 'n Geck.«

»Na schön, Bodger, hat der Gentleman, der Sie besuchte, Ihnen vielleicht zu verstehen gegeben, wofür Sie die Unterschrift leisten?«

»Eins kann ich Sie sagen: Er hat uns nich erzählt, wat in der verfluchten Biskwitfabrik los war. Nein, Sir. Deswegen bin ich auch abgehaun. Und glauben Se nich, die wär'n wegen nix hinter mir her gewesen ...«

Plötzlich wurde die Luft von einem durchdringenden Chor von Polizeipfeifen durchdrungen.

»Die Bullen!«

Man gab Alarm. Die würfelnden Männer zerstreuten sich. Bevor Doyle reagieren konnte, drehte sich Bodger auf dem Absatz um und rannte zum Umkleideraum. Die Eingangstür flog auf, und eine Kompanie von mit Schlagstöcken bewaffneten Bobbys stürzte in die Sporthalle. Eine weitere Phalanx kam durch den Hintereingang und stürzte sich mit in die Schlacht, wobei sich ein halbes Dutzend allein mit Bodger abmühten, dessen Schlagkraft, wie man deutlich sah, nicht im geringsten übertrieben war. Barry nahm Doyles Arm und hielt ihn fest.

»Is wohl besser für uns, wenn wir nich rennen, Chef«, rief er, um den Lärm zu übertönen.

»Aber Bodger wollte uns doch gerade erzählen ...«

»Keine Sorge. Wir haben die besten Chancen, daß wir bald zusammen in 'ner Zelle sitzen.«

»Aber wir haben doch gar nicht gewürfelt.«

»Versuchen Sie mal, das den Bullen zu erzählen. Mitgefangen, mitgehangen.«

Zwei Polizisten kamen auf sie zu. Barry legte die Hände auf seine Mütze und riet Doyle, das gleiche zu tun. Doyle jedoch ging lebhaft auf die Beamten zu.

»Jetzt hören Sie mal«, sagte er, »ich bin Arzt!«

»Und ich die Maikönigin«, sagte ein Bobby.

Der erste Schlag traf Doyle an der Schläfe.

Barrys besorgtes Gesicht war das erste, was Doyle sah, als er die Augen öffnete.

»Alles senkrecht, Chef?« fragte Barry.

»Wo sind wir?«

»Im Knast. Eingesperrt. Ich glaub', in Pentonville.«

Doyle machte einen Versuch, sich hinzusetzen, aber in seinem Kopf drehte es sich wie in einem bunten Kaleidoskop.

»Immer sachte, Chef«, sagte Barry. »An Ihrem Kopf is 'n schönes, dickes Horn.«

Doyle hob eine Hand, um die pulsierende Stelle an der Stirn abzutasten und stellte fest, daß dort eine Art Gänseei wuchs. »Was ist passiert?«

»Sie ham die Fahrt in der grünen Minna verschlafen. Als sie uns ins Loch gesteckt haben, is nix Besonderes passiert. Wir sind jetzt zehn Minuten hier drin.«

Als Doyle wieder einigermaßen klar sehen konnte, bemerkte er, daß sie sich in einer großen Gemeinschaftszelle befanden, in der sich eine riesige Horde harter Burschen und Taugenichtse tummelte, unter denen er viele von denen wiedererkannte, die in der Sporthalle gewürfelt hatten. Der Raum war schmutzig und stank zum Himmel. Die Miefspur führte zur Gemeinschaftslatrine, die sich vor der Wand befand. Daumengroße Kakerlaken wieselten furchtlos um die Randzonen des Aborts und über die Stiefel der Männer hinweg, die durchaus so wirkten, als seien sie an ihre Gesellschaft gewöhnt.

»Schon mal im Loch gewesen, Chef?«

»Noch nie.«

Barry schenkte ihm einen verständnisvollen Blick. »Is auch nich zu empfehlen.«

Doyle musterte die Gesichter der sich in der Zelle bewegenden Männer. »Wo ist Bodger?«

»Bodger Nuggins is nich hier«, sagte Barry.

»War er in der grünen Minna?«

»Kann ich nur negativ beantworten.«

»Haben Sie gesehen, daß er aus der Sporthalle entkommen ist?«

»Nein.«

Doyle betastete vorsichtig seinen dröhnenden Schädel. »Wessen werden wir beschuldigt?«

»Beschuldigt? Wir? Wegen nichts.«

»Man kann uns doch wohl kaum hier festhalten, wenn man uns nicht eines Verbrechens beschuldigt.«

»Sie sind *wirklich* zum ersten Mal im Knast, was?« fragte Barry mit einem amüsierten Lächeln.

»Aber das ist doch alles nur ein schrecklicher Irrtum«, sagte Doyle, wobei seine Stimme kaum überzeugend klang. »Sagen Sie den Leuten, daß wir einen Anwalt sprechen möchten. Schließlich haben auch wir unsere Rechte.«

»Tja... Ich schätz' es gibt bei allem irgendwann ein erstes Mal«, erwiderte Barry und bemühte sich, den Eindruck zu erwecken, als denke er tatsächlich darüber nach.

Doyle musterte ihn. Die Ironie von Barrys Schlußfolgerungen machte ihm recht schnell die absolute Sinnlosigkeit dessen klar, was er für ein normales Vorgehen hielt. Also durchsuchte er seine Taschen und entnahm ihm seinen ärztlichen Rezeptblock. Der Anblick des Doktortitels ließ ihn zusammenzucken, als hätte er gerade das Überbleibsel einer längst versunkenen Zivilisation entdeckt.

»Barry, können Sie mir etwas zu Schreiben besorgen?«

Barry nickte und tauchte in der Masse der Verhafteten unter. Minuten später kehrte er mit einem Bleistiftstummel zurück. Doyle nahm ihn und kritzelte eine eilige Botschaft nieder.

»Und jetzt brauchen wir etwas Geld«, sagte er.

»Wieviel?«

»Wieviel können Sie auftreiben?«

Barry seufzte schwer. »Bleiben Sie mal genau da stehen, Chef.«

Doyle richtete sich auf und schirmte Barry vom Rest des Raumes ab. Der drehte sich zur Wand, knöpfte eine verborgene Klappe an der Innenseite seiner Weste auf und entnahm ihr einen dicken Stapel Fünfpfundnoten. »Reicht das?«

»Eine wird, glaube ich, mehr als ausreichen«, sagte Doyle, der versuchte, sein Erstaunen zu verbergen.

Barry behielt einen Geldschein und ließ den Rest wieder verschwinden. Doyle nahm ihn und riß ihn sorgfältig in zwei Hälften.

»Herrjeh ... Was soll denn das?« keuchte Barry.

»Kennen Sie hier einen Beamten, dem man vertrauen kann?«

»Das is schon mal 'n Widerspruch in sich, würd' ich sagen ...«

»Sagen wir es so: Kennen Sie einen, auf den man sich verlassen kann, wenn man ihn für einen Job bezahlt?«

Barry warf einen Blick auf die im Korridor auf und ab gehenden Wachen. »Kann schon sein.«

Doyle faltete die geschriebene Notiz um den halben Geldschein und reichte ihn Barry. »Die Hälfte sofort, die andere, sobald die Botschaft angekommen ist.«

»Versuchen wir's mal«, sagte Barry. Er warf einen Blick auf den Zettel und trat an die Gitterstäbe heran. Dabei sah er natürlich auch, daß die Nachricht an Inspektor Claude Leboux gerichtet war.

Zwei Stunden später wurde Doyle schließlich ohne Erklärung in einen kleinen Raum des Pentonville-Gefängnisses geführt, in dem man für gewöhnlich Sträflinge verhörte. Minuten darauf tauchte Leboux auf; er war allein, sein Schnauzbart war vor Verärgerung gesträubt. Er machte die Tür hinter sich zu und schaute Doyle an.

»Hallo, Claude.«

»Man hat dich beim Würfeln erwischt, Arthur? Ich habe

gar nicht gewußt, daß so etwas auch zu deinen Lastern gehört.«

»Ich war nicht zum Spielen da, Claude. Ich war ganz einfach nur zur falschen Zeit am falschen Ort.«

Leboux nahm Doyle gegenüber Platz, verschränkte die Arme vor der Brust, streckte die Beine aus, spielte mit einem Ende seines gewichsten Schnauzbarts und wartete darauf, daß ihm die nächste Frage einfiel, die er Doyle stellen konnte. Doyle, der bemüht war, Sparks' wiederholt geäußerten Rat zu befolgen, der Polizei kein Vertrauen zu schenken, wägte ab, wieviel er enthüllen konnte, um seine Freilassung durchzuboxen, ohne daß Leboux' Vorgesetzte seinem Fall allzuviel Aufmerksamkeit schenkten.

»Du siehst wie ein Diener aus«, sagte Leboux schließlich.

»Es hat wiederholt Versuche gegeben, mich umzubringen – und zwar von seiten der gleichen Täter wie neulich. Deswegen habe ich mein Aussehen verändert.«

»Warum bist du nicht zu mir gekommen?«

»Seit wir uns zum letzten Mal gesehen haben, war ich nicht mehr in der Stadt«, sagte Doyle, dankbar, sich zumindest ein wenig der Wahrheit annähern zu können. »Es schien mir das sicherste zu sein, London zu verlassen.«

»Und, war es das?«

»Nein, eigentlich nicht. Die Meuchelmörder haben mich gnadenlos verfolgt.«

»Wann bist du zurückgekehrt, Arthur?«

»Gestern abend.«

»Warst du in deiner Wohnung?«

Die Petrovitch, dachte Doyle. Er weiß, was mit ihr passiert ist. »Nein, Claude, war ich nicht. Ich habe sie für nicht sicher genug gehalten.« Doyle wartete ab und setzte den milden Gesichtsausdruck auf, dessen er sich in Gegenwart von Patienten befleißigte, für die es keine Hoffnung mehr auf Genesung gab, die aber nicht kräftig genug waren, die Neuigkeiten zu hören.

»Das Haus ist abgebrannt«, sagte Leboux schließlich.

»Meine Wohnung?«

»Ich fürchte, von ihr ist nichts mehr übrig.«

Doyle schüttelte den Kopf. Schon wieder ein Feuer. Es ist nicht schwer, sich vorzustellen, wer dafür verantwortlich ist, dachte er. Meine Wohnung ist nicht mehr. Es war weniger der Gedanke an seine verlorene Habe, der ihn besorgt machte – er hatte sie längst abgeschrieben. Jetzt waren nicht nur sämtliche Beweise für den Mord an der Petrovitch für immer verschwunden, sondern auch für den Haß, der in seinen Räumen gewütet hatte. Er spürte, daß er innerlich anfing zu kochen.

»Claude, ich möchte dich etwas fragen«, sagte Doyle. »In deiner Eigenschaft als Inspektor.«

»In Ordnung.«

»Ist dir der Name ... Alexander Sparks vertraut?«

Leboux schaute an die Decke und kniff die Augen zusammen. Nach einer Weile schüttelte er leicht den Kopf und zückte ein Notizbuch und einen Bleistift. »Sag mir den Namen noch einmal.« Doyle buchstabierte ihn.

»Das ist der Mann, der hinter mir her ist. Der Mann, nach dem ihr sucht. Der Mann, der für diese und für viele andere Verbrechen verantwortlich ist.«

»Und was bringt dich zu dem Glauben, daß er es ist?«

»Ich habe ihn bei drei verschiedenen Gelegenheiten ertappt, als er mich verfolgte.«

»Wie sieht er aus?«

»Ich habe sein Gesicht nie gesehen. Aber er trägt immer Schwarz. Und einen Umhang, einen schwarzen Umhang.«

»Einen schwarzen Umhang ...· An welchen Orten verkehrt er?«

»Das weiß wohl niemand.«

»Mit wem ist er bekannt?«

Doyle zuckte die Achseln.

»Was hat er sonst kürzlich angestellt?«

»Tut mir leid.«

Leboux' Wangen röteten sich. »Kennst du zufällig seine Hutgröße?«

Doyle beugte sich vor und sagte leise: »Du mußt meine Ungenauigkeit verzeihen, Claude. Er ist eine schwer faßbare Gestalt, aber die Chance ist mehr als groß, daß dieser Mann kein Geringerer ist als der verbrecherische Lenker der gesamten Londoner Unterwelt.«

Leboux klappte das Notizbuch zusammen und rutschte unbehaglich auf seinem Stuhl hin und her. »Arthur«, sagte er, wobei er seine Worte berechnete wie ein nach Zeilen honorierter Autor, »du bist Arzt. Du bist im Begriff, eine Säule unserer Gesellschaft zu werden. Ich sage es dir als Freund: Du bist nicht auf dem rechten Weg, diese Stellung zu erringen, wenn du wie ein Butler gekleidet durch England läufst und Geschichten verbreitest, in denen dich der geheimnisvolle Oberhäuptling des Verbrechens ermorden will.«

»Du glaubst mir also nicht. Du glaubst mir nicht einmal, daß man mir nach dem Leben trachtet.«

»Ich glaube, daß du glaubst, daß man dir ...«

»Was ist mit dem, was ich zwischen den Dielenbrettern in der Cheshire Street 13 gefunden habe?«

»Ja. Ich habe die Substanz von unserem Chemiker analysieren lassen ...«

»Erzähle mir bloß nicht, daß es kein Blut war, Claude.«

»Doch, es war Blut. Es sieht tatsächlich so aus, als wärst du Zeuge eines Mordes gewesen.«

»Habe ich doch gesagt.«

»Des Mordes an einem Mastschwein.«

Stille trat ein. Leboux beugte sich vor. »Es war Schweineblut, Arthur.«

»Schweineblut? Das ist doch nicht möglich.«

»Vielleicht hat jemand beim Zerlegen des Sonntagsbratens etwas zu heftig mit dem Messer hantiert«, sagte Leboux. »Kommt ja bei Schweinefleisch nicht allzu selten vor, wenn du mich fragst.«

Was hatte das zu bedeuten? Doyle hob eine Hand an seinen pulsierenden Schädel.

»Du könntest jetzt wohl auch eine Scheibe rohes Fleisch für das Ding auf deinem Kopf gebrauchen«, sagte Leboux.

»Verzeih mir, Claude, ich bin etwas durcheinander. Ich habe ein paar harte Tage hinter mir.«

»Daran zweifle ich nicht.«

Leboux verschränkte die Arme und schenkte ihm einen

Blick, der eher der eines Polizeiinspektors als der eines engen Freundes war. Als Doyle die Hebelkraft von Leboux' forschendem Gesichtsausdruck bemerkte, sah er sich gezwungen, sich auf einen noch weniger robusten Teil des Astes zu begeben, an den er sich so unsicher klammerte.

»John Sparks«, sagte er. Es war fast ein Flüstern.

»Bitte?«

»John Sparks.«

»Ist er mit dem anderen Gentleman verwandt?«

»Sein Bruder.«

»Was ist mit diesem John Sparks, Arthur?«

»Sagt dir der Name nichts?«

Leboux hielt inne. »Vielleicht.«

»Er hat gesagt, er steht im Dienst der Königin«, sagte Doyle leise.

Leboux schien nichts damit anfangen zu können. »Was willst du damit sagen?«

»Könntest du es vielleicht bestätigen?«

»Was kannst du mir sonst noch über John Sparks erzählen, Arthur?« fragte Leboux ruhig und appellierte damit so offen wie möglich an Doyles Kooperation.

Doyle zögerte. »Mehr weiß ich auch nicht.«

Sie schauten einander an. Doyle hatte das Gefühl, daß seine Freundschaft mit Leboux hart an ihre Grenzen gestoßen war; einen Moment lang sah es so aus, als wäre es fraglich, ob sie hielt. Schließlich schlug Leboux sein Notizbuch wieder auf, schrieb Sparks' Namen nieder, schloß das Buch und stand auf.

»Ich rate dir ernsthaft, in London zu bleiben«, sagte er.

»Dann bin ich also frei?«

»Ja. Ich muß wissen, wo ich dich erreichen kann.«

»Wende dich an das St.-Bartholomew-Hospital. Ich werde mich dreimal täglich dort nach Botschaften erkundigen.«

»Sorge dafür.« Leboux blieb stehen, um eine deutlicher überdachte Meinung auszudrücken. »Ich glaube nicht, daß dieses Spiel für deine Schwierigkeiten ausschlaggebend ist, Arthur; ich glaube auch nicht, daß es dir besonders gutgeht. Wenn ich du wäre, würde ich mich von einem Arzt untersuchen lassen. Vielleicht sogar von einem Nervenarzt.«

Na prima, dachte Doyle. Er hält mich zwar nicht für einen Verbrecher, aber er glaubt, daß ich irre bin.

»Deine Besorgnis hat etwas für sich«, sagte Doyle in einem demütigen Versuch, ihn nicht zu kränken.

Leboux öffnete die Tür, zögerte, drehte sich jedoch nicht um. »Brauchst du eine Unterkunft?«

»Das kriege ich schon hin. Danke der Nachfrage.«

Leboux nickte und nahm den Schritt wieder auf.

»Da ist noch ein Name, Claude«, sagte Doyle. »Ein Mr. Bodger Nuggins.«

»Bodger Nuggins?«

»Er ist Preisboxer. Er war zwar bei den Würflern, wurde aber offenbar nicht mit uns ...«

»Was ist mit diesem Bodger Nuggins?«

»Ich habe aus zuverlässiger Quelle, daß der Mann ein entwichener Sträfling aus Newgate ist.«

»War er mal«, sagte Leboux.

»Bitte? Das verstehe ich nicht.«

»Wir haben Mr. Bodger Nuggins vor etwa einer Stunde aus der Themse gezogen.«

»Ertrunken?«

»Seine Kehle war zerfetzt. Als wäre er von einem Tier angefallen worden.«

13
Uralte Artefakte

Für einen Menschen, der keine Münze in der Tasche und nichts im Magen hatte, war der Weg vom Pentonville-Gefängnis in die Londoner Innenstadt ein beschwerlicher. Doyle hatte es für unvernünftig gehalten, Leboux zur Freilassung Barrys zu drängen. Barry hielt sich noch immer in Pentonville auf, und daran würde sich wahrscheinlich für eine gewisse Zeit nichts ändern. Doch das Gefängnis hielt keine Überraschungen für ihn bereit, und weniger noch als für Doyle. Er hatte seine mittägliche Verabredung mit Sparks in Hatchards Buchhandlung bereits verpaßt und wagte es nicht, ohne die Gewißheit, am Ende seiner Reise für ihre Dienste zahlen zu können, eine Droschke zu mieten. Diese Hoffnung bestand nicht mehr. Die Straße war verschlammt, zog sich endlos dahin, und vorbeikommende Räder bespritzten ihn alle naselang mit Schlamm. Die Leute in den Kutschen schauten von ihren geschützten Sitzen mit Argwohn und Verachtung auf ihn herab oder, was noch schlimmer war: Sie schauten durch ihn hindurch, als sei er aus Fensterglas. Plötzlich fühlte sich Doyle den Stadtstreichern, denen man das Recht auf die Wohlanständigkeit und Engstirnigkeit des vornehmen Lebens aberkannt hatte, näher als je zuvor. Diese rechtschaffenen Bürger, die in ihren privaten Kutschen von einem privilegierten Standort zum nächsten fuhren, sich in einem endlosen Rundgesang mit gesellschaftlichen Verpflichtungen, müßiggängerischen Tafelrunden, Einkaufsfahrten und ihren schmucken, verzogenen Kindern beschäftigten, erschienen ihm auf einmal wie eine Spezies, die ihm so fremd war wie die der Zitteraale. Doyle stellte erschreckt fest, daß er mehr Sympathien für den aus dem East End stammenden Einbrecher Barry empfand als für die Bourgeoisie, die auf der Straße an ihm vorbeiparadierte. Dennoch, waren nicht diese vornehmen Menschen das höchste Ziel einer jeden kultivierten Gesellschaft – diese beständige, expandierende Mittelklasse, die die Produkte der gesellschaftlichen Arbeit in Sicherheit und Freiheit genießen konnte? Waren nicht sie das Publikum, das er persönlich sich so emsig zu unterhalten bemühte, um seine Wertschätzung des menschlichen Charakters zu vertiefen, indem er es seinem Handwerk aussetzte? Wie engstirnig sie doch waren! Wie mühelos man sie doch dazu bringen konnte, die Werte der Schulen, Kirchen und Institutionen zu akzeptieren. Die Vorstellung, sich zu bemühen, die Herzen dieser gefühllosen Tiere in ihren hermetisch abgeschlossenen Kutschen zu rühren, kam ihm plötzlich so leer und sinnlos vor wie ihr hochmütiges Zurschaustellen eines glücklichen, sorgenfreien Lebens.

Die Industriegesellschaft verlangt einen schrecklichen Preis von ihren Mitgliedern, dachte Doyle bitter. Ist eigentlich einem von uns klar, wie wenige von unseren Ideen und Gefühlen wirklich und ursprünglich von uns selbst stammen? Nein, denn wenn wir ihren Mangel an Bedeutung anerkennen würden, könnten wir nicht Tag für Tag weitermachen, die gleichen Lebensrituale aufführen und die gleichen dumpfen Handlungen wiederholen. Ein Großteil unserer Überlebensfähigkeit basiert auf der bewußten Einschränkung unseres Geistes und unserer Sinne. Wir tragen die gleichen Scheuklappen wie der schwankende Gaul, der die Bierkutsche zieht. Wir schauen durch ein Fernglas in die Welt hinaus, das uns den Blick nach rechts und links verwehrt, ihn blockiert und unsere Wahl in der Sache begrenzt, weil man uns von Geburt an gelehrt hat, daß eine solche Beschränkung unsere Pflicht ist. Denn sollten wir jemals die Linse vor unseren Augen entfernen, würden wir mit dem Schmerz, der Qual und dem Kummer konfrontiert, den wir so emsig aus unserem Blickfeld verbannt haben. Doch das Elend rings um uns her bleibt dennoch bestehen; unaufhörlich, unveränderlich, wie ein beinamputierter Bettler am Straßenrand. Das Leid scheint der unvermeidliche Preis zu sein, der vom Geist gefordert wird, damit er in der Gestalt des Menschen existieren darf. Kein Wunder, daß die Tragödie den einzigen Hammer schwingt, der stark genug ist, die elastische Blase der Selbstzufriedenheit zu zerschlagen, die wir um unser läppisches Dasein errichten und die unsere Sicht auf die Furien verschleiert, die in den dunkleren Korridoren der Nacht patrouillieren. Krieg, Hunger, Katastrophen. Sie sind nötig, um uns aus dem Schlaf zu holen. Entsetzen und das plötzliche Losgelöstsein von allem, was uns vertraut ist, reichen allerdings auch aus, dachte Doyle, das kann ich nur bestätigen. Mir hat man die Scheuklappen zweifellos von den Augen gerissen.

Aber war ein solcher Verlust eigentlich so katastrophal? Doyle drehte und wendete die Frage gründlicher als eine sich über dem Feuer drehende Jagdbeute. Selbst wenn er nun hungrig war, so wußte er doch: der Hungertod war kein Schicksal, das ihm bevorstand. Irgendwo, irgendwann würde er unterwegs eine Mahlzeit zu sich nehmen können, und der Hunger würde sie ihm noch herrlicher schmecken lassen. Er hatte sein Zuhause und seine Habe verloren, aber ein Zuhause konnte man sich neu erschaffen, und die Dinge, derer er verlustig gegangen war, konnte man neu besorgen. Er hatte Grips; er war kräftig; er war relativ jung, hatte ordentliche Stiefel und Kleider am Leib und verfügte über den Mut seiner Überzeugungen. Er lebte im Mißgeschick und hatte einen imponierenden Gegenspieler, an dem er seinen persönlichen Wert messen mußte – und in Jack Sparks einen Kampfgefährten, neben dem er bestehen und mit dem er sich der Vielzahl der Probleme gemeinsam stellen konnte. Was brauchte er mehr?

Könnte man sich einer Sache doch nur so bewußt bleiben, wie sie mir jetzt bewußt ist, dachte Doyle. War er am Ende gar auf den geheimen Seelenfrieden gestoßen? Dann war es also so: Das Sein darf unser Bewußtsein nicht bestimmen, sonst reagieren wir lediglich auf die Umstände. Reaktionen müssen von uns beherrscht werden. Das Bewußtsein, es fing alles mit dem Bewußtsein an! Wie simpel das Ganze doch war! Der Gedanke kräftigte ihn mit einem Gefühl von Freiheit, das so ausgedehnt war wie kein anderes, das er kannte. Als sein Geist zu einem Höhenflug ansetzte, beschleunigte sich auch sein Schritt. Die offen vor ihm liegende Straße war eine Einladung für Entdeckungen, kein Weg in die Katastrophe. Er wollte sein Schicksal willkommen heißen, sich voranarbeiten und den vor ihm liegenden Gefahren mit Gleichmut und Seelenstärke trotzen. Der Teufel sollte die Dunkle Bruderschaft holen! Sollte der degenerierte Alexander Sparks doch seine übelsten Geschütze auffahren! Er würde sie alle der gleichen Verdammnis anheimfallen lassen, die er und seine Spießgesellen der Welt zugedacht hatten!

Eine schnelle Kutsche fuhr durch eine Wasserlache, und ein heftiger Schauer durchnäßte Doyle bis auf die Haut. Der Dreck troff in Klümpchen von seiner Stirn. Das Wasser lief an seinem Rücken hinab und in seine Stiefel. Eine plötzliche Windbö ließ ihn bis auf die Knochen erschauern. Es begann zu regnen. Es goß wie aus Kübeln, und der Regen stach ihn wie ein Schwarm vereister Bienen. Er nieste. Seine frisch gefundene Entschlußkraft floh vor ihm wie ein Starenschwarm.

»Ich bin in der Hölle!« schrie er verzweifelt.

Neben ihm hielt eine Kutsche. Larry saß auf dem Bock. Sparks stieß die Tür auf.

»Steigen Sie ein, Doyle«, sagte er, »sonst holen Sie sich da draußen noch den Tod.«

Gerettet!

Larry schüttete einen Kessel heißes Wasser in die Schüssel, in der Doyle seine Füße badete. Er saß, in eine Decke gewickelt, auf einem Stuhl und schüttelte sich heftig. Auf seiner Stirn klebte ein Pflaster. Larry stellte den Kessel auf das dürftige Kohlenfeuer zurück, auf das Drahtgitter, an dem Doyles Kleider zum Trocknen hingen. Sie befanden sich in einem schmutzigen Hotelzimmer in Holborn, dessen dürftiges Drum und Dran das Hotel Melwyn in der Erinnerung mit dem Savoy auf eine Stufe stellte.

»Es war nicht gerade eine erstklassige Idee, Doyle, Inspektor Leboux *schon wieder* zu rufen«, sagte Sparks, der sich auf dem einzigen Sofa des Zimmers ausstreckte und mit einem Garnfaden Fingertwist spielte.

»Ich war im Gefängnis«, sagte Doyle gereizt und kämpfte miesgelaunt seinen Schüttelfrost nieder, »und im Besitz dessen, was ich für eine Information hielt, die für unsere Sache von grundlegendem Wert war. Wir waren für heute mittag verabredet. Ich hielt es für meine dringendste Pflicht, so schnell wie möglich wieder freizukommen.«

»Wir hätten Sie schon rechtzeitig herausgeholt.«

»Mich herausgeholt? Wie denn? – Hat-schiii!«

»Gesundheit«, sagte Sparks. »Nun weiß man, daß wir uns wieder in London aufhalten.« Er hantierte mit dem Garn herum und ignorierte Doyles Frage. »Das ist ein beträchtlicher Nachteil. Jetzt sind wir gezwungen, viel schneller zu handeln, als ich eigentlich wollte.«

»Und woher weiß man, daß wir wieder in London sind? Ich vertraue Leboux nicht nur ohne weiteres, ich glaube auch, daß ich ihn sehr viel besser kenne als Sie.«

»Jetzt kränken Sie mich aber wirklich, Doyle«, sagte Sparks und hob sein Garngeflecht, um es in die Obhut von Doyles Händen zu legen.

Doyle streckte sie zögernd aus, und Sparks webte das kleine Kunstwerk fachmännisch über seine Finger. »Woher sollen sie es denn wissen, Jack?«

»Sie haben zwei Stunden in einer Zelle zugebracht, in der es von Männern wimmelte, die auf der Ehrenliste der Londoner Unterwelt stehen. Sie haben zudem eine große Sache daraus gemacht, sich freizukaufen. Alexander hat mit Sicherheit jedes ungewaschene Ohr in der Stadt veranlaßt, keinen Ihrer Schritte unbeobachtet zu lassen. Können Sie sich vorstellen, daß irgendeins Ihrer Worte nicht bis zu ihm vordringt?«

Doyle zog schnaubend die Nase hoch. Er wünschte sich nichts sehnlicher, als die Hände frei zu haben, um den Rotz daran zu hindern, aus seiner Nase zu fließen.

»Was ist mit Barry?« fragte er und kam wieder zur Sache.

»Machen Se sich um den mal keine Sorgen, Chef«, sagte Larry, der in der Ecke saß und fröhlich einen schottischen Mürbeteigkeks in seinen Tee tunkte. »Der hat schon härtere Sachen hinter sich. Diese Fatzken haben bis jetzt noch keine

Zelle konstru ... gebaut, die Kerle wie Bruder B lange festhalten kann.«

»Ihr Bruder redet nicht sehr viel«, sagte Doyle und wünschte sich für einen Moment, Larry würde diesen Charakterzug Barrys teilen.

»Barry gehört zu denen, die glauben, es is besser, wenn man die Klappe hält und für doof gehalten wird, statt sie aufzumachen und jeden Zweifel zu beseitigen«, sagte Larry heiter.

Sparks, der eine neue Variante aus dem Garn an Doyles Fingern flocht, pfiff *Rule Britannia*.

»Wenigstens haben wir Bodger Nuggins gefunden«, sagte Doyle zu seiner Verteidigung. »Und wir haben allerhand von ihm zu hören bekommen. Wenigstens das könnten Sie anerkennen.«

»Hmm. Und keine Sekunde zu spät, würde ich sagen.«

»Sie können mich doch nicht für seinen Tod verantwortlich machen.«

»Nein, dafür müssen wir wohl einer anderen Vereinigung danken. Schade. Und dabei hätte Bodger uns eventuell enthüllen können, welchem Zweck der Versand der Sträflinge nach Yorkshire gedient hat ...«

Doyle nieste so heftig, daß das Garn fast von seinen Fingern gerutscht wäre.

»Gesundheit«, sagten Larry und Sparks wie aus einem Munde.

»Danke. Jack, als ich Nuggins zum letzten Mal sah, hatten die Polizisten ihn ziemlich fest im Griff. Und eine Stunde später findet man ihn mit dem Gesicht nach unten in der Themse. Glauben Sie, die Polizei hat irgend etwas damit zu tun?«

»Was glauben Sie denn, warum ich Sie davor gewarnt habe, mit der Polizei zu sprechen?« sagte Sparks geduldig.

»Aber das würde doch heißen – unglaublicherweise –, daß Ihr Bruder außer auf sein verbrecherisches Imperium auch irgendwie Einfluß auf Scotland Yard ausübt.«

»Polizisten sind ebensowenig gegen den Einfluß seines Magnetismus gefeit wie der Mond gegen den der Erde.«

»Was soll ich Ihrer Meinung nach also glauben? Lansdown Dilks, die Polizei, entwichene Sträflinge, General Drummond, Lady Nicholson und ihr Bruder, das Land ihres Gatten, Ihr Bruder, die Vermummten, die Dunkle Bruderschaft: all dies deutet auf irgendeinen riesigen undefinierbaren Zusammenschluß hin, oder?«

»Ich glaube wohl, daß dies nie besonders in Frage gestellt wurde«, sagte Sparks, zutiefst auf sein zunehmend komplizierter werdendes Schnurwerk konzentriert.

»Und das Schweineblut in der Cheshire Street ... Darf ich fragen, was Sie davon halten?«

»Das war wirklich äußerst eigenartig. Zeig Dr. Doyle die Fotografie, Larry.«

»Zu Befehl, Sir.«

Larry entnahm seiner Manteltasche ein Foto und hielt es hoch, damit Doyle es betrachten konnte. Auf ihm war eine Frau abgebildet, die aus der Hintertür eines Gebäudes kam und eine Treppe hinabstieg. In der unteren linken Ecke des Bildes wartete eine schwarze Kutsche auf sie. Eine hochgewachsene Frau mit kräftigen Gesichtszügen und rabenschwarzem Haar. Doyle schätzte sie auf etwa dreißig Jahre. Sie war zwar nicht auf herkömmliche Weise attraktiv, doch sie wirkte stattlich und gebieterisch. Obwohl ihr Gesicht aufgrund der Bewegung leicht verschwommen war, wirkte ihre Haltung eindeutig verstohlen und heimlich.

»Erkennen Sie diese Frau, Doyle?«

Doyle musterte das Foto eingehend. »Sie sieht irgendwie wie Lady Nicholson aus. Sie sieht ihr sogar ziemlich ähnlich, aber dennoch ... diese Person hier ist irgendwie kräftiger und größer. Es ist eine andere Frau.«

»Gut beobachtet«, sagte Sparks.

»Wo haben Sie das Foto her?«

»Ganz einfach: Wir haben es heute morgen aufgenommen.«

»Wie ist das möglich?«

»Man braucht nur 'n gutes Auge und 'n biegsamen Finger«, sagte Larry und hob die Schachtel hoch, die Doyle an diesem Morgen in Sparks Tasche hatte verschwinden sehen.

»Ein Fotoapparat«, sagte Doyle. »Wie gerissen.« Er hätte ihn zwar liebend gern untersucht, aber seine Finger waren nun vollständig im Garn verheddert.

»Ja«, sagte Sparks und führte ein letztes Manöver mit der Schnur aus. »Äußerst nützlich. So konnten wir vor dem Hintereingang des Verlages in der Russell Street, der früher Lady Nicholsons Familie gehört hat, verborgen bleiben.«

»Aber wer ist diese Frau?«

»Das wird sich noch erweisen.«

Das Wasser im Teekessel fing an zu kochen. Sparks ließ von der Schnur ab, um sich darum zu kümmern, und ließ Doyle mit dem starren, um seine Hände gewickelten Netz allein. Das einzige im Raum, das noch verdrehter war, war das Chaos in seinem Geist.

»Aber was bedeutet es?« fragte Doyle.

»Es bedeutet, daß Sie uns zum fähigsten Medium Londons führen müssen, Doyle, und zwar auf der Stelle. Wie geht's Ihnen übrigens?«

»Miserabel.«

»Ärzte können sich doch selbst heilen«, sagte Sparks und schüttete heißes Wasser in Doyles Schüssel.

In Decken eingewickelt und die Erkältung ausschwitzend, die er sich zugezogen hatte, schlief Doyle bis tief in den Nachmittag hinein. Als er fiebrig und desorientiert erwachte, war Sparks verschwunden, und Larry saß aufmerksam mit einem Skizzenblock und einem Stück Holzkohle neben seinem Bett. Sparks hatte ihn angewiesen, sich von Doyle eine Beschreibung des Mediums geben zu lassen, das die mörderische Séance in der Cheshire Street geleitet hatte, und eine Zeichnung von ihr anzufertigen. Sie mühten sich eine Stunde lang – Larry zeichnete, Doyle fügte hier ein wenig hinzu, griff dort ein wenig korrigierend ein, und am Ende kam ein zufriedenstellendes Faksimile der pockennarbigen, abgrundtief häßlichen Hellseherin dabei heraus.

»Hat die 'n Gesicht«, meinte Larry grinsend, als sie das fertige Porträt begutachteten, »mit dem kann man glatt Eier abschrecken.«

»Ich glaube nicht, daß ich es je wieder vergessen werde«, sagte Doyle.

»Dann los, Doc, machen wir uns auf«, sagte Larry und steckte das Bild ein. »Woll'n wir doch mal sehen, ob wir die schmucke Lady nich irgendwo untern Lebenden finden können.«

Doyle erhob sich von seinem Krankenbett, zog frische, trockene Kleider an und hüllte sich in einen Mantel, den Larry – der Himmel mochte wissen, wie und wo – für ihn organisiert hatte. Als die Sonne der Welt den letzten Respekt zollte, verließen sie das Hotel und machten sich auf die Suche nach dem geheimnisvollen Medium.

»Machen Sie mal 'n Vorschlag, Chef«, sagte Larry und nahm auf dem Kutschbock ihres Wagens Platz. »Sie kennen sich doch bei den bunten Vögeln hier am besten aus.«

»Was würden Sie denn vorschlagen?«

»Rumkutschieren, allen Kristallkugelguckern, die Sie kennen, unser schönes Bild zeigen und aufpassen, welche Spuren sich eventuell dabei für uns ergeben.«

»Es gibt eine Menge Wahrsagerinnen in London, Larry«, brummte Doyle. »Es könnte uns beträchtliche Zeit kosten.« Er setzte sich in den Wagen. Seine Muskeln schmerzten, er sehnte sich ins Bett zurück.

»Detektivarbeit is halt kein Zuckerschlecken. Um die Wahrheit zu sagen, man latscht sich die Schuhsohlen ab und muß ständig wach bleiben.«

»Was für ein Gewerbe.«

»Besser als 'n Tritt vor'n Schädel mit'm harten Stiefel. Wo darf ich Sie hinfahren, Sir?« fragte Larry in einer Parodie auf die Kutscheretikette.

Doyle nannte ihm die Adresse einer gescheiten Wahrsagerin, die ihm für den Anfang ebenso angemessen schien wie jede andere. Larry tippte an seinen Hut und nahm die Peitsche, dann fuhren sie in den nebligen Abend hinein.

Medien neigten dazu, nachts zu arbeiten. Sie scheuten die kräftigende Wärme der Sonne. Kerzen und Mondschein waren diesen melancholischen Geschöpfen lieber, die eher von ihren ungewöhnlichen Talenten gesteuert wurden als umgekehrt. Obwohl Doyle hin und wieder auch der seltenen soliden Bürgerin begegnet war, die sich von der unerklärlichen Existenz ihrer unheimlichen Fähigkeiten nicht mehr verunsichern ließ als von einem Schüttelknie, waren Medien meist undefinierbare, substanzlose Seelen, die unsicher auf beiden Seiten der Großen Wasserscheide standen. Aufgrund ihres Talents schien ihnen eine wertvollere Fähigkeit zu fehlen: sich in der Welt der Lebenden zu Hause zu fühlen. Die meisten Medien lebten in relativer Armut und waren nicht einmal ansatzweise fähig, sich im Räderwerk der Gesellschaft zurechtzufinden. Obwohl ihre verwirrende Empfänglichkeit für die jenseitigen Bereiche sie manchen Menschen bisweilen sogar unheimlich erscheinen ließ, brauchte man die echten Praktiker nicht mehr zu fürchten als die der Gnade eines launischen Windes ausgesetzten Flügel einer Windmühle, die sie weder begriffen noch beherrschten. Das, was Doyle mit Vertretern dieser Art erlebt hatte, ließ sie ausnahmslos bemitleidenswert und traurig erscheinen.

Das heißt bis zum Tag seiner Begegnung mit der Anstandsdame in der Cheshire Street. Ihrer Beschwörung des *basso profundo*-Geistes hatte etwas Übelkeiterzeugendes und Mitschuldiges angehaftet. Auch wenn viel von dem, was danach passiert war, aus ausgeklügelten Varianten erprobter und glaubhaft wirkender Theatermechanik bestanden hatte – die eiskalte Präsenz des Bösen in dem Raum, als der Lenker sich selbst enthüllt hatte, war unbestreitbar gewesen. Sie hatte dem unheilvollen Geist nicht nur erlaubt, sich ihrer zu bedienen; man hatte das Ding eingeladen. Die Frau verfügte allem Anschein nach über eine gewisse *force majeure extraordinaire*, der Antithese des Göttlichen.

Die ersten Medien, die Doyle und Larry aufsuchten und befragten, fehlten nicht darin, sie zu enttäuschen. Nein, sie kannten diese Frau nicht. Sie hatten das Gesicht noch nie gesehen. Sie hatten auch noch nie von der neuen Konkurrentin gehört – trotz des ätherischen Drum und Dran war die Branche, in der man aktiv war, eine von großem Wettbewerb –, die ihr Talent auf dem örtlichen Markt anbot. Man wollte aber ein Auge auf sie haben und tun, was man tun konnte.

Bei näherer Befragung wußte freilich jede der Angesprochenen von in letzter Zeit zunehmend häufiger auftretenden unheimlichen Alpträumen und Wachvisionen zu berichten: undeutlichen, nur kurz währenden Ausblicken, die blendendes Entsetzen hervorriefen und dann verschwanden, bevor das Erinnerungsvermögen einen dauerhaften Eindruck von ihnen gewann. Jedes der fünf Medien, die sie bis jetzt aufgesucht hatten, beschrieb bemerkenswert ähnliche Erfahrungen. Darüber hinaus waren die Befragten nur höchst widerwillig dazu bereit, sie zu diskutieren, was in Doyle den Argwohn erweckte, daß sie sich an mehr erinnerten, als sie zugeben wollten.

Die Wohnung von Mr. Spivey Quince war der sechste Haltepunkt des Abends. Doyle war sich nie ganz schlüssig gewesen, ob Spivey mehr Betrüger oder Hellseher war. Als zurückgezogen lebender Meisterhypochonder – Doyle hatte beruflich seine Bekanntschaft gemacht – war er jedoch im großen und ganzen mit der Welt vertraut, da er sich täglich durch ein Dutzend Zeitungen fraß. Im Gegensatz zu den meisten seiner Zunft, die das Nachdenken einem Ehepartner oder Angestellten überließen, damit sich um die kleinen Dinge des täglichen Lebens gekümmert wurde, verfügte Spivey über ein erhöhtes Selbstbewußtsein. Er residierte in einem prächtigen Haus in Mayfair, wo ihn ein ständiger Strom von Laufburschen mit den besten Speisen, der besten Kleidung und den besten Waren versorgte. Spivey hatte Konten bei allen eleganten Schneidern der Stadt und kannte die Speisekarten der besten Restaurants in- und auswendig, ohne auch nur einen Fuß über ihre Türschwellen gesetzt zu haben. Und obwohl er sein Haus nie verließ, war es ihm dennoch gelungen, über jeden Aspekt der gesellschaftlichen Szene Londons auf dem laufenden zu bleiben.

Da Spivey seine Dienste nie annoncierte und allem Anschein nach über keine regelmäßige sich um ihn reißende Klientel verfügte, war seine Methode, seinen anspruchsvollen Lebensstil aufrechtzuerhalten, seit vielen Jahren ein Geheimnis, über das man sich das Maul zerriß. Doyle hatte eines Tages einen von Spiveys Burschen beim Verlassen eines wohlbekannten Buchmacherbüros erblickt – einen Tag nach dem Epsom-Derby, mit einem Rucksack voller Bargeld. Bei seinem nächsten Besuch in Spiveys Haus – als er sich um die neueste seiner imaginären Krankheiten hatte kümmern müssen – war Doyle aufgefallen, daß zwischen den vom Boden bis zur Decke reichenden Zeitungsstapeln, die sein Patient ordentlich gefaltet in seinem Wohnzimmer aufbewahrte, zwei Stapel alter Ausgaben der Rennzeitung *Racing Form* standen. Somit war ihm Spiveys Einkommensquelle klargeworden. Ob eine gewöhnliche Nase für das Plazieren von Wetten verantwortlich war oder die Pferde selbst die Objekte darstellten, an denen sein geistiges Talent auszuüben er beschlossen hatte, war die Frage, über der Doyle in bezug auf Spiveys angeborenen Charakter fortwährend brütete.

Doyle bat Larry, bei der Kutsche zu bleiben, denn er wußte, sein überraschendes Auftauchen würde Spivey dermaßen aus der Bahn werfen, daß er es wahrscheinlich nicht zuließ, daß ein Fremder ohne amtlich beglaubigtes und versiegeltes Gesundheitsattest sein Haus betrat. Quince kam selbst an die Tür – er beschäftigte kein Hauspersonal; der Geiz war ein weiteres Fundament seines Reichtums –, in dem üblichen, mit roten Monogrammen versehenen Seidenpyjama, einer dazu passenden Robe und bernsteinbetroddelten Bordellschleichern. Obwohl seine Schränke vor modisch-schicker Kleidung schier platzten, hatte Doyle ihn noch nie in einem anderen Aufzug erblickt.

»Nanu, was ist denn das?« sagte der schmächtige Quince, als er die Tür einen Spaltweit öffnete. »Dr. Doyle! Himmel, ich habe ganz vergessen, daß ich nach Ihnen geschickt habe!«

»Haben Sie nicht, Spivey«, sagte Doyle.

»Gott sei Dank. Ich dachte nämlich schon, ich litte an den Auswirkungen des schrecklichen Fiebers des Vergessens, an irgend etwas Tropischem, Amazonischem, das man nur mit Unmengen von Chinin heilen kann. Ist irgend etwas nicht in Ordnung? Bin ich krank?«

»Nein, Spivey, Sie wirken völlig in Ordnung ...«

Aus den Tiefen von Quinces Brustkorb dröhnte ein Widerspruch von tuberkulösen Ausmaßen. »Da, sehen Sie?«, sagte er, nachdem er sich erholt hatte. »Ich hab's schon den ganzen Tag gespürt. Sie sind keinen Moment zu früh gekommen.« Er warf einen vorsichtigen Blick auf den Nebel, der sich vor den Fenstern ausbreitete. »Es liegt am Wetterumschwung. Ich bin einfach nicht beieinander. Speziell ein Londoner Nebel wie dieser – so rasch nach einem ungewöhnlichen Hoch – könnte mich umbringen. Kommen Sie herein, kommen Sie herein. Ich hoffe, Sie haben Ihre ganze Apotheke mitgebracht. Gott allein weiß, was für eine Diagnose Sie stellen müssen ...«

Doyle trat ein, und da er wußte, daß Spivey nicht gern fremde Dinge berührte, befreite er sich selbst von Hut und Mantel und hängte beides an den Kleiderständer.

»Ich habe meine Tasche im Moment nicht dabei, Spivey«, erklärte Doyle. »Dies ist mehr eine gesellschaftliche als eine medizinische Visite.« Er bemühte sich, die Symptome seiner eigenen nagenden Erkältung im Zaum zu halten. Die geringste Möglichkeit einer Ansteckung würde Spivey sofort eine Flucht in die Quarantäne antreten lassen.

»Ich habe nämlich in den letzten Nächten nicht gut geschlafen«, sagte Quince, der Doyles Erklärung ignorierte, und schritt mit ihm durch den Korridor. »Und wenn ich meine Ruhe nicht bekomme, fühle ich mich immer so anfällig.«

»Hatten Sie irgendwelche bösen Träume?«

»Schreckliche! Schauderhaft. Ich kann mich aber, glaube ich, nicht so recht an sie erinnern. Wenn ich mittendrin bin, reißt mich immer irgend etwas aus dem Schlaf. Zweifellos trägt meine allgemeine Mattigkeit dazu bei, das ich mich so krank fühle.«

Quince geleitete Doyle in das Wohnzimmer beziehungsweise den Zeitungsfriedhof. Obwohl der Raum groß und geräumig war, waren die Möbel abgewetzt, fadenscheinig und altmodisch und taten ihre biedere Pflicht für jeden Arm und Rücken. Abgesehen von den sich auftürmenden, die Wände verdeckenden Zeitungsmonolithen war der Raum peinlich sauber. Ordentliche Reihen verschriebener Medikamente standen auf der Tischplatte, an der Quince Platz nahm. Er ließ ein erneutes krampfhaftes Husten ertönen und glättete das rebellische Strohdach seines ingwerfarbenen Haars, das sich in alle Richtungen aufzustellen drohte. Er hatte eine gesunde Gesichtsfarbe, seine Haltung war kräftig und korrekt. Spivey Quince wirkte auf jede ersichtliche Weise wie das Abbild eines sehr robusten und gesunden Menschen.

»Haben Sie noch nicht einmal Ihr Stethoskop mitgebracht?« fragte er ängstlich. »Jedesmal, wenn ich husten muß, spüre ich, daß etwas in meinem Brustkasten klappert. Vielleicht habe ich mir eine Rippe verstaucht, oder – Gott verhüte – es bildet sich irgendwo ein Blutklumpen. Man kann mit diesen Dingen gar nicht vorsichtig genug sein. Nicht im Januar.«

»Ich würde mir darüber keine Sorgen machen ...«

Quince schnaubte irgend etwas Unappetitliches in sein Taschentuch, das er dann eingehend untersuchte – wie ein Geistlicher eine alte Schriftrolle. »Und was halten Sie davon?« fragte er Doyle und hielt ihm das Taschentuch hin.

»Essen Sie mehr Orangen«, sagte Doyle nach einem kurzen Moment vorgetäuschten Scharfsinns. Aus Angst, jedes weitere Zögern könne ihn in ein prognostisches Fegefeuer stürzen, zog er das Porträt des Mediums aus der Jacke. »Was halten Sie davon?«

Quince mochte das Bild natürlich nicht anfassen – er berührte nur selten etwas, wenn es vermeidbar war, jedenfalls nicht ohne Handschuhe, und in diesem Moment hatte er keine an. Doch er studierte es sorgfältig. Doyle beschloß, ihm nicht zu sagen, wer diese Frau war und weswegen er sie suchte. Wenn Spivey wirklich über das Zweite Gesicht verfügte, sollte er sein Talent einsetzen, um es zu erfahren.

»Sie möchten, daß ich es für Sie deute«, sagte Spivey.

»Ja, wenn es Ihnen möglich ist.«

Spivey betrachtete das Bild noch eingehender. Sein Blick wurde schläfrig. »Nicht richtig«, sagte er nach einer Weile, es war fast ein Flüstern. »Nicht richtig.«

»Was ist nicht richtig, Spivey?«

Ein Beben nervöser Energie hatte sich über Spiveys Gesichtsausdruck gelegt. Seine Haut war angespannt, er zitterte vor pulsierender Energie. Dann riß er die Augen so weit auf wie eine Eule, sie zuckten hin und her, als sei sein Blick nach innen gerichtet. Doyle erkannte die Anzeichen der beginnenden Wachtrance. Spivey blickte nun wirklich in sich hinein.

Er ist so schnell im Trance, als würde er in einen Pyjama schlüpfen, dachte Doyle. Vielleicht war Spivey doch ernst zu nehmen.

»Können Sie mich noch hören?« fragte er nach einer angemessenen Zeitspanne.

Spivey nickte langsam.

»Was sehen Sie, Spivey?«

»Tageslicht ... eine Lichtung ... Da ist ein Junge.«

Er ist besser, als ich dachte, dachte Doyle. »Können Sie ihn beschreiben?«

Spiveys Augen blinzelten blind. »Keine Haare.«

Keine Haare? Klingt irgendwie falsch. »Sind Sie sicher, daß er nicht blond ist?«

»Keine Haare. Helle Kleidung. Blau. Pferde sind in der Nähe.«

Die Rennbahn. Offenbar verspürte Spivey keine Neigung, etwas anderes als Rennpferde zu beobachten, wenn er sich in Trance verlor. Vielleicht war der »Junge« ein Jockey in einem bunten Seidenanzug. »Ist er ... auf der Rennbahn?«

»Nein. Kurvenreiche Straße, draußen. Männer in Rot.«

Doyle dachte kurz nach. »Buckingham Palace?«

»Hohes Gebäude. Gras. Eisentor.«

Er beschreibt die Royal Mews, dachte Doyle. »Was macht der Junge dort, Spivey?«

Keine Antwort.

»Was ist das Besondere an diesem Jungen?«

»Der Anblick. Er *sieht*.«

Schön. Dafür und für drei Pence kann ich mir einen Biskuit kaufen. »Was Sie über den Jungen sagen, ist sehr hilfreich, Spivey. Können Sie zufällig auch etwas über die Frau auf dem Bild herauskriegen?«

Spivey runzelte die Stirn. »Einen Biskuit?«

»Einen Biskuit?« Doyle zuckte zusammen. Er hat meine Gedanken gelesen!

»Biskuitdose.«

Irgend etwas mit einer Biskuitdose macht ihm zu schaffen. Ja, jetzt fiel es ihm wieder ein: die Séance, in der Ecke der Projektion des Jungen – ein Zylinder mit den Buchstaben KUI. Natürlich, das war es, eine Biskuitdose. Doch wo sieht er sie, fragte sich Doyle, einfach aus dem Blauen heraus oder aus meiner unvollkommenen Erinnerung?

»Sie wissen wohl nicht zufällig, um welche Sorte es sich handelt, oder, Spivey?«

»›Mutters Hausgemachte‹.«

Diese Hilfe war unbezahlbar. »Mutters hausgemachte Biskuits«. Er konnte es kaum erwarten, Sparks zu erzählen, wie er das Problem im Alleingang geknackt hatte – wie eine Erdnuß mit weicher Schale.

»Ist da noch etwas anderes außer der Biskuitdose, Spivey?«

Spivey schüttelte den Kopf. »Kann nichts sehen. Mir ist etwas im Weg.«

»Was steht denn da im Weg?«

Quince hatte Schwierigkeiten beim »Sehen«. »Schatten. Großer Schatten.«

Eigenartig. Er war nicht der erste, der diesen Ausdruck verwendete. Spivey streckte plötzlich die Hand aus und nahm Doyle die Zeichnung aus der Hand. Als er sie hielt, zuckte sein Körper hin und her, als hätte er einen elektrischen Schlag bekommen. Doyle erwartete jeden Moment, daß Rauch aus Spiveys Augen aufstieg. Er war nicht geneigt, den Mann anzufassen, aus Angst, seine gefährliche Energie könne auf ihn überspringen.

»Der Durchgang! Schließt den Durchgang!« schrie Spivey plötzlich alarmiert. »Verbaut ihm den Weg! Der Thron! Der Thron!«

Das reicht, dachte Doyle und griff nach der Zeichnung – eigenartigerweise spürte er, daß so etwas wie ein beharrliches Summen durch das Blatt pulsierte –, doch Spivey umklammerte es fest. Als Doyle es ihm aus der Hand zerren wollte, zerriß das Papier. Dies schien den Strom zu unterbrechen, denn Spiveys Griff entspannte sich, die Fetzen der Zeichnung fielen zu Boden. Spivey sackte in seinem Sessel zusammen. Langsam klärte sich sein Blick. Er zitterte am ganzen Körper, auf seiner Stirn waren Schweißperlen.

»Was ist passiert?« fragte Spivey.

»Sie wissen es nicht mehr?«

Spivey schüttelte den Kopf. Doyle erzählte es ihm.

»Irgend etwas ist aus dem Bild der Frau auf mich zugekommen«, erinnerte sich Spivey und warf einen Blick auf seine zitternden Hände. »Etwas, das dafür gesorgt hat, daß ich mich ziemlich schlecht fühle.«

»Im Moment sehen Sie auch nicht besonders gut aus«, sagte Doyle. Zum ersten Mal, dachte er bei sich.

»Ich bin völlig durcheinander. Gütiger Himmel. Gütiger Himmel. Können Sie mir irgend etwas geben? Meine Nerven sind in einem schrecklichen Zustand.«

Doyle, der sich verantwortlich fühlte, Spivey in diesen kataleptischen Zustand versetzt zu haben, durchsuchte die medizinische Sammlung auf dem Tisch und braute rasch ein Mittel zusammen, das sein Unbehagen vertreiben würde. Sein Patient nahm die ihm empfohlene Dosierung unterwürfig entgegen.

»Deswegen bleibe ich nämlich lieber zu Hause«, sagte Spivey sanft. Er bemühte sich, wieder zu Atem zu kommen und das Zittern zu unterdrücken, das ihn befallen hatte. »Man kann nie wissen, was einem auf der Straße begegnet. Sie ist wie ein wilder Fluß. Gefährliche Strömungen. Klippen und Strudel. Ich könnte nicht ohne Schutz in diesen Gewässern überleben. Ich fürchte, mein Verstand könnte die Belastung nicht ertragen.«

Es war ihm anzusehen. Doyle empfand eine Woge des Mitgefühls für den Mann: *Er kann sich ebensowenig im Zaum halten wie eine Stimmgabel*, dachte er. *Jede Vibration aus der näheren Umgebung könnte etwas in ihm auslösen. Welch mißliche Lage. Wer würde an seiner Stelle nicht ebenfalls zu Hause bleiben?*

»Mein Vater wollte eigentlich, daß ich Arzt werde«, sagte Spivey mit vor Erschöpfung pfeifender Stimme. »Er war nämlich selbst Arzt. Chirurg. Das gleiche Leben hatte er auch für mich geplant. Als ich noch ein Junge war, hat er mich einmal mit ins Krankenhaus genommen. Als er mich dann mit auf diese Station nahm, habe ich ...«

»Ist schon in Ordnung«, sagte Doyle.

Spiveys Augen waren tränenfeucht. »Wie sollte ich ihm mein Entsetzen erklären? Ich entdeckte, daß ich die Krankheiten der Patienten schon erkannte, wenn ich sie nur anschaute. Ich sah, daß die Leute ... mit Geschwüren ... bedeckt waren ... die auf ihnen wuchsen ... Unkraut, das eine Landschaft auffraß ... Ich konnte sehen ... wie es sich Zentimeter für Zentimeter über sie hinweg ausbreitete ... Wie ihre Krankheiten sie ... bei lebendigem Leib auffraßen. Ich bin ohnmächtig geworden. Ich konnte ihm den Grund nicht nennen. Ich habe ihn angefleht, mich nie wieder an diesen Ort mitzunehmen. Was wäre gewesen, wenn diese Krankheiten auf mich übergesprungen wären? Da lag der Hase im Pfeffer. Was, wenn ich gezwungen gewesen wäre, mitanzusehen, wie diese Wucherungen vor meinen eigenen Augen eine Mahlzeit aus mir gemacht hätten? Ich wäre verrückt geworden. Eher hätte ich mich umgebracht.«

»Ich verstehe, Spivey.«

Das erinnert mich an Andrew Jackson, den Mystiker aus den Appalachen, dachte Doyle. Spivey hatte also wirklich eine Gabe; doch sie hatte sich für den armen Hund als zu viel erwiesen. *Die Beschwerden dieses hypochondrischen Menschen werde ich nie wieder auf die leichte Schulter nehmen.* Er formulierte eine sorgfältig ausgearbeitete Entschuldigung für sein unangemeldetes Eindringen und machte sich auf den Weg zur Tür.

»Bitte, Doktor«, sagte Spivey, »darf ich Sie wohl bitten, das da wieder mitzunehmen?« Er deutete mit geschlossenen Augen auf das zerrissene Bild, das auf dem Boden lag. »Falls Sie nichts dagegen haben. Ich möchte es nicht in meinem Haus haben.«

»Aber gewiß, Spivey. Es macht mir nicht die geringste Mühe.«

Doyle sammelte die Fetzen auf und steckte sie in die Tasche. Als er ging, saß Spivey zusammengesunken und erschöpft auf dem Sofa; seine linke Hand ruhte auf seinem Herzen, die rechte berührte mit der Handfläche leicht seine Stirn.

»An der Royal Mews treibt sich 'n kahlköpfiger Junge in hellen Kleidern rum. Hoffentlich haben Sie nich zu viele Mäuse für diese unbezahlbare Information geblecht. Und meine tolle Zeichnung is bei dem Handel auch noch in Fetzen gegangen.«

»Ich kenne Quince seit drei Jahren, Larry«, sagte Doyle. »Irgend etwas sagt mir, daß die Sache es wert ist, sich um sie zu kümmern.«

»Tja, ›Mutters hausgemachte Biskuits‹. Wissen Sie, was dem sein Problem is? Er hat Hunger. Sollte öfters ausgehen. Er hat Biskuits in der Hirnpfanne. Wie spät ham Sie's, Chef?«

»Viertel vor zehn.«

»Schön. Mr. Sparks möchte uns um Punkt zehn in seiner Wohnung sehen.«

Es war das erste Mal, daß Doyle von einer Londoner Residenz Sparks' hörte. »Wo wohnt er denn?«

»Rein zufällig in der Montague Street, neben der Russell Street.«

Larry ließ die Peitsche knallen und lenkte die Kutsche über die Oxford nach Osten zu einer Adresse auf der Montague, die dem Britischen Museum direkt gegenüberlag: Nummer 26, ein gekälktes, ordentliches, doch ansonsten wenig auffälliges georgianisches Stadthaus. Der Wagen wurde hinter dem Haus abgestellt, sie traten ein, und Doyle folgte Larry durch ein enges Treppenhaus nach oben.

»Komm rein, Larry, und bring Dr. Doyle mit«, rief Sparks durch die Tür, noch ehe sie angeklopft hatten.

Sie traten ein. Sparks war nirgendwo zu sehen. Das einzige menschliche Lebewesen, das Doyle in dem Zimmer sah, war ein pummeliger und rotwangiger presbyterianischer Geistlicher in den mittleren Jahren. Er saß auf einem Hochstuhl und führte gerade an einem langen, mit einer verblüffenden Anordnung von Apparaten bedeckten Chemie-Experimentiertisch einen Versuch durch.

»Kohlenstaub an den Fingern«, sagte der Pastor mit Sparks' Stimme. »Sie haben mir etwas Interessantes zu berichten.«

Wer nichts von seinen Verkleidungskünsten weiß, dachte Doyle, kann dies nur mit dämonischer Besessenheit erklären, und spulte seinen Besuch bei Spivey Quince für Sparks noch einmal herunter.

»Die Sache ist durchaus eine Untersuchung wert«, sagte Sparks.

Doyle unterdrückte den stolzen Impuls, Larry mit einem Blick zu beschämen und schaute sich im Raum um. Die Fensterläden waren zugezogen – die Luft war so dick und abgestanden, daß Doyle zweifelte, daß sie je geöffnet wurden –, und jeder Zoll verfügbare Wand wurde von über- füllten Bücherregalen eingenommen. Eine Ecke wurde von einer Reihe von Karteischränken eingenommen. Über ihnen hing eine Schießscheibe aus Stroh. Doyle sah die Buchstaben VR, sie waren mit Schußlöchern in die Wand geschrieben worden. Victoria Regina. Eine eigenartige Methode, der Königin seine Verehrung zu zollen, aber dennoch eine Art Tribut. Der größte Stadtplan von London, den Doyle je gesehen hatte, gespickt mit Legionen von roten und blauen Stecknadeln, nahm die Wand hinter dem Experimentiertisch ein.

»Was bedeuten die Stecknadeln?« fragte Doyle.

»Das Böse«, sagte Sparks. »Ein Muster. Verbrecher sind im allgemeinen dumm und neigen dazu, ihr Leben zu ritualisieren. Je höher ihre Intelligenz, desto weniger berechenbar ihr Verhalten.«

»Das Schachbrett des Teufels«, sagte Larry.

Eine hohe, mit gläserner Front versehene Kommode erregte Doyles Aufmerksamkeit. Sie stellte eine mannigfaltige Sammlung antiker und exotischer Waffen zur Schau; von primitiven Faustkeilen über Steinschloß-Musketen bis hin zu einem Haufen achteckiger Silbersterne.

»Ist irgend etwas dabei, was Sie einem Revolver vorziehen würden?« fragte Sparks.

»Ich bevorzuge das, was man vorausberechnen kann«, sagte Doyle. »Was sind das für kleine silberne Dinger?«

»*Shinzaku*. Japanische Kampfsterne. Absolut tödlich. Bringen einen in Sekunden um.«

Doyle öffnete den Schrank und nahm einen der Sterne heraus. Fachmännisch aus hochdehnbarem Stahl hergestellt, die Ecken wie Angelhaken gezackt. Dünn, bösartig, scharf. Er lag leicht in der Hand, wie ein Austernöffner.

»Eins muß ich sagen, Jack: Auch wenn es sich tückisch anfühlt – allzu gefährlich sieht das Ding aber nicht aus.«

»Man muß sie natürlich zuvor mit Gift präparieren.«

»Oh!«

»Wollen Sie ein paar haben? Man kann sie recht leicht verstecken. Man muß nur vorsichtig sein, damit man sich nicht selbst an ihnen verletzt.«

»Nein, danke«, sagte Doyle und legte den Stern schnell zurück.

»Ich habe diese liebreizenden Dinger auf der ganzen Welt gesammelt. Würde die Menschheit nur halb soviel Verstand aufwenden wie bei der Herstellung von Waffen, könnte sie möglicherweise Ziele erreichen, von denen sie nicht mal zu träumen wagt.«

»Vielleicht gibt's noch Hoffnung für die Scheißkerle«, sagte Larry, der auf der Ecke des Experimentiertisches saß und sich eine Zigarette drehte.

»Was ist in den Karteischränken?« fragte Doyle.

»Man sieht schon, meine Geheimnisse sind keinen Moment sicher, sobald Sie hier sind«, sagte Sparks und zwinkerte Larry zu.

»Das ist das Gehirn«, sagte Larry.

»Das Gehirn?«

»In diesem Schrank befindet sich ein sorgfältig geführtes, detailliertes Kompendium über jeden bekannten Verbrecher in London«, sagte Sparks.

»Ihre Strafakten?«

»Und eine Menge mehr«, sagte Sparks, ohne sein chemisches Experiment zu unterbrechen. »Alter, Geburtstag, Geburtsort, Familiengeschichte, Schul- und Arbeitszeugnisse;

bekannte Vorgehensweisen bei Straftaten; bekannte Komplizen, Zellengenossen, Bettgenossen und Behausungen. Körperliche Beschreibung, Decknamen, Festnahmen, Verurteilungen und die abgesessene Zeit. – Sie werden nicht einmal bei Scotland Yard eine enzyklopädischere Sammlung von Informationen finden, die man dazu nutzen kann, Tagediebe aufzuspüren. Und wenn ich so sagen darf, auch in keiner anderen Polizeiorganisation der Welt.«

»Aber gewiß hat die Polizei doch etwas Vergleichbares?«

»Daran hat man noch nicht gedacht. Der Kampf gegen das Verbrechen ist sowohl eine Kunst als auch eine Wissenschaft. Die Polizei betreibt ihn wie Fabrikarbeit. Schauen Sie es sich ruhig einmal an.«

Doyle öffnete willkürlich ein Dutzend Schubladen. Sie waren voll mit alphabetisch sortierten Karteikarten. Er nahm eine Karte aus der Lade und stellte überrascht fest, daß sie mit einem unleserlichen, handschriftlichen Gekritzel vollgeschrieben war.

»Aber wie können Sie das lesen?« fragte er.

»Heikle Informationen dieser Art haben ein Recht darauf, kodiert abgefaßt zu sein. Wir wollen doch nicht, daß dieses spezielle Wissen je in falsche Hände gerät, oder?«

Doyle musterte die Karte von allen Seiten. Die hier angewandte Chiffriermethode überstieg alles, was er je zu entziffern versucht hatte.

»Ich nehme an, Sie haben den Kode selbst erfunden«, sagte er.

»Es handelt sich um eine willkürliche Verschmelzung aus mathematischen Formeln, Urdu, Sanskrit und einer obskuren Variante der finnisch-ugrischen Ursprache.«

»Also ist all dies für jedermann völlig nutzlos – außer für Sie.«

»Und so soll es auch bleiben, Doyle. Schließlich bin ich keine Leihbibliothek.«

»Und was steht hier drauf?« fragte Doyle und hielt eine Karte hoch, damit Sparks sie sehen konnte.

»Jimmy Malone. Geboren 1855 in Dublin. Schulbesuch: Keiner. Fünftes von fünf Kindern. Vater Bergarbeiter, Mutter

Putzfrau. In Irland wegen Raubüberfall und Straßenraub gesucht. Ging mit seinen Brüdern bei einer herumziehenden Bande in die Lehre – den Rosties und Fins, im County Cork. Emigrierte 1876 nach Britannien. Erste Festnahme in London; Raubüberfall, 1878. Saß zweieinhalb Jahre in Newgate. Wurde als abgefeimter Verbrecher entlassen und begann als freiberuflicher Räuber. Arbeitet am liebsten mit einem Morgenstern. Verdächtig in wenigstens einem ungeklärten Mordfall. Letzte bekannte Adresse: East End, Adler Street, Ecke Greenfield Road. Größe einsachtzig, Gewicht siebenundsiebzig Kilo, grüne Augen, dünnes sandfarbenes Haar, schütterer Backenbart. Laster: Spielen, Trinken und Prostituierte. Mit anderen Worten: alle. Auch bekannt unter den Namen Jimmy Muldoon und Jimmy der Haken ...«

»Aha«, sagte Doyle und steckte die Karte sorgfältig in die Schublade zurück.

»Der Jimmy«, kicherte Larry kopfschüttelnd. »Was für 'n blöder Hund.«

»Haben Sie keine Angst, Sie könnten eines Morgens aufwachen und den Übersetzungsschlüssel für all diese Sachen vergessen haben?«

»Sollte mir irgend etwas Unvorhergesehenes zustoßen«, sagte Sparks, »die Dekodierungsformel liegt in einem Schließfach bei Lloyd's of London – zusammen mit der Instruktion, dieses Archiv der Polizei zu übergeben.« Er schüttete ein Gefäß mit einer dampfenden Substanz in einen größeren Behälter. »Was aber nicht zwangsläufig bedeutet, daß die Polizei etwas Nützliches damit anfangen kann.«

»Haben Sie keine Angst, jemand könnte hier einbrechen und alles stehlen?«

»Öffnen Sie die Tür«, sagte Sparks mit vollen Händen und deutete mit dem Kopf auf die gegenüberliegende.

»Zu welchem Zweck?«

»Machen Sie sie nur auf.«

»Die hier?«

»Ja, die«, sagte Sparks. »Immer emsig.«

Doyle zuckte die Achseln, packte den Knauf und zog daran. In dem Sekundenbruchteil, bevor er sie wieder zuschlug, überwältigte ihn der Anblick zweier wilder, rot geränderter Augen, einer langen Zunge und riesiger Reißzähne, bereit, nach seiner Kehle zu schnappen.

»Allmächtiger!« rief Doyle. Er drückte sich mit dem Rücken an die Tür und versuchte, die schreckliche Höllenbestie aufzuhalten, die auf der anderen Seite lauerte. Wie um seine Verärgerung noch zu steigern, begannen Larry und Sparks lauthals und schadenfroh zu lachen.

»Sie müßten Ihr Gesicht sehen«, sagte Larry, der sich die Seiten hielt und vor Freude jauchzte.

»Was, zum Teufel, war das?« verlangte Doyle zu wissen.

»Die Antwort auf Ihre Frage«, sagte Sparks. Er schob zwei Finger in den Mund und ließ zweimal ein durchdringendes Pfeifen ertönen. »Jetzt können Sie die Tür aufmachen.«

»Ich denke nicht daran.«

»Machen Sie schon, Mensch. Ich habe das Signal gegeben. Ich versichere Ihnen, er ist völlig harmlos.«

Doyle trat widerstrebend von der Tür zurück, öffnete sie und versteckte sich blitzschnell hinter ihr, als eine gewaltige Masse schwarzweißgescheckter Hundemuskeln sich durch den Spalt drängte. Der Kopf des Hundes war so groß wie eine Melone, er hatte Schlappohren und eine lange, feste Schnauze. Um seinen Hals schlang sich ein genietetes Lederband. Er blieb im Türrahmen stehen und schaute Sparks an, als warte er auf Instruktionen.

»Brav, Zeus«, sagte Sparks. »Sag Dr. Doyle ›guten Tag‹.«

Gehorsam erschnüffelte Zeus den regungslosen Doyle in seinem Versteck hinter der Tür. Dann nahm er vor ihm Platz, wobei sein Kopf ungefähr auf der Höhe von Doyles Taille war, schaute ihn mit ausgesprochen wachsamen und intelligenten Augen an und reichte ihm zur Begrüßung die Pfote.

»Na, los doch, Doc«, drängte Larry. »Sonst isser noch beleidigt, wenn Sie ihm die Hand nich geben.«

Doyle nahm die ausgestreckte Hundepfote und schüttelte sie. Zeus, nun zufrieden, ließ die Pranke sinken und schaute wieder zu Sparks.

»Nun, da du ordnungsgemäß vorgestellt worden bist, Zeus, warum gibst du Doyle keinen Kuß?«

»Das ist wirklich nicht nötig, Jack ...«

Doch Zeus hatte sich bereits auf die Hinterpfoten gestellt, hielt perfekt die Balance und schaute Doyle genau in die Augen. Er stützte sich mit seinen Tatzen auf seinen Schultern ab und drückte ihn sanft an die Wand. Dann streckte er mit wedelndem Schweif die Zunge heraus und schlabberte freudig über Doyles Wangen und Ohren.

»Brav, Zeus, brav«, sagte Doyle unbehaglich. »Bist ein gutes Hundchen. Liebes Hundchen. Braves Hundchen.«

»Ich würd' nich so mit ihm sprechen, Doc«, sagte Larry warnend. »Sie müssen in ganzen Sätzen mit ihm reden und grammatikalisch richtig, sonst denkt er noch, Sie halten ihn für 'n minderwertiges Geschöpf.«

»Na schön«, sagte Doyle. »Jetzt reicht es aber, Zeus.«

Zeus sank augenblicklich zu Boden, nahm seinen Platz zu Doyles Füßen wieder ein und schaute Sparks an.

»Wie Sie sich vorstellen können, wäre jeder Versuch, in diese Wohnung einzudringen, dank Zeus' Anwesenheit ein solcher, den man sich zweimal überlegen würde«, sagte Sparks und beendete sein Experiment mit einer schwungvollen Gebärde. Er goß seine Mixtur durch einen Trichter in drei Reagenzgläser und stellte sie zum Abkühlen in ein Gestell.

Ein stattliches und beeindruckendes Tier für diesen Zweck, dachte Doyle und griff nach unten, um Zeus hinter den Ohren zu kraulen.

»Hunde sind bemerkenswerte Geschöpfe«, sagte Sparks. »Kein anderes Tier auf Erden gibt so bereitwillig seine Freiheit auf, um dem Menschen zu dienen. Eine Treue, die den heuchlerischen Hütern des sogenannten menschlichen Glaubens völlig unbekannt ist.«

»Es ist hilfreich, wenn man sie füttert«, sagte Doyle.

»Wir füttern auch unsere Bischöfe und Vikare. Ich habe aber noch keinen kennengelernt, der sein Leben geben würde, um ein anderes zu retten.«

Doyle nickte. Als er sich umschaute, fiel ihm auf, wie sehr es dem Raum an Annehmlichkeiten mangelte. Außer dem Hochstuhl am Experimentiertisch gab es keine Sitzgelegenheiten. »Wohnen Sie hier, Jack?«

Sparks wischte seine Hände an einem Tuch ab und entledigte sich der angelegten Züge seiner falschen Identität, indem er zuerst einen Satz weißer Augenbrauen auf den Tisch legte. »Ich schlafe gelegentlich hier und verwende die Räume, wie Sie wohl schon vermutet haben, als Basis für meine Unternehmungen. Vielleicht sollte ich erwähnen, daß ich mich für einen Weltbürger halte. Deswegen bin ich immer dort zu Hause, wo ich mich gerade aufhalte. Und deswegen habe ich, genau gesehen, überhaupt kein Zuhause. Ich habe keines mehr, seit mein Bruder den einzigen Ort, den ich je so genannt habe, in Flammen hat aufgehen lassen. Ist das eine Antwort, die Sie zufriedenstellt?«

»So ziemlich.«

»Gut.« Sparks legte das Bäffchen ab, knöpfte seine Jacke auf und zog ein Kissen unter ihr hervor, das für seine Leibesfülle gesorgt hatte. »Falls Sie wirklich neugierig sind, woher diese Gesellschaft von Charakteren stammt, folgen Sie mir.«

Als Sparks den Raum betrat, in dem Zeus untergebracht gewesen war, folgte Doyle ihm. Von den Wänden der vollgestopften Kammer ragten Gestelle, auf denen so viele fantasiereiche Kostüme hingen, daß man damit das Ensemble einer Revue für ein Jahr hätte einkleiden können. Auf einem von Lampen gesäumten Schminktisch befanden sich alle nur erdenklichen Utensilien der kosmetischen Kunst. Eine Reihe gesichtsloser Holzköpfe, die einen Regenbogen an Perücken und Bärten trugen, standen in einer Ecke. Es gab Regale voller Hutschachteln, Schubladen mit katalogisierten Accessoires, Brieftaschen mit Dutzenden gefälschter Identitätsnachweise und ein Arsenal an Polstern, um jede gewünschte Körperform hervorzubringen. Eine Nähmaschine, Stoffballen und eine Schneiderpuppe – die die halbfertige, mit Blechknöpfen versehene Uniform eines Offiziers der Königlichen Füsiliere trug – deuteten an, daß Sparks' üppige Garderobe ausschließlich eigener Produktion entstammte. Er konnte diesen Raum betreten und praktisch als anderer Mann – beziehungsweise andere Frau – in die Straßen Londons hinausgehen.

»Haben Sie das alles selbst gemacht?« fragte Doyle.

»Ich habe nicht alle Spielzeiten in der Theaterbranche mit liederlichen Ausschweifungen zugebracht«, sagte Sparks und hängte das Pastorenjackett auf einen Bügel. »Entschuldigen Sie mich kurz, Doyle, während ich wieder ich selbst werde.«

Doyle ging in den Nebenraum zurück. Larry fütterte Zeus mit einer Tasche voller Suppenknochen, an denen der Hund knirschend und knackend seine Freude hatte.

»Erstaunlich«, sagte Doyle.

»Würd' mich an Ihrer Stelle geehrt fühlen, Chef. 's is das erste Mal, daß er einen Außenstehenden reinläßt. Hier ist Betreten verboten, und aus gutem Grund.«

»Verzeihen Sie meine Unwissenheit, Larry, aber ist Jack eigentlich in London bekannt?«

Larry zog bedachtsam an seiner Zigarette. »Um das zu beantworten ... 's gibt drei Sorten Menschen, die man verschieden klassifizieren muß. 's gibt Leute, die noch nie von ihm gehört haben – halt die Mehrheit der Londoner, die anständig sind, sich nur um ihre eigenen Dinge kümmern und nix von dem geheimen Untergrund ahnen, den man die Welt der Verbrecher nennt. Zur zweiten Gruppe gehörn die, die das große Glück hatten, Mr. Jacks Hilfe aus erster Hand zu erleben, weil er für sie gearbeitet hat. Nur wenige wissen von dem, was er im geheimen Regierungsdienst gemacht hat, die haben ihn hin und wieder auch privat kennengelernt. Dann gibt's 'ne dritte Kategorie: die quer durch 'n Garten laufenden Ganoven, Banditen, Gauner und Lumpen, die Mr. S. wegen ihrer Laster am besten kennen – und sein Name bimmelt in ihrem Herz wie die Glocke des Untergangs. Diese Bande ist größer und mehr auf das eigene Fortkommen aus, als die beiden anderen Kategorien glauben wollen. Das sind auch die, mit denen Sie, in Ihrem Leben als geachteter Arzt, wohl am wenigsten vertraut sind. Ich versteh' sehr gut, warum Sie fragen.«

Larry reichte Zeus die letzten Knochen und kraulte ihn am Hals.

»Zufällig isses auch die Kategorie, zu der Bruder Barry und ich uns gezählt haben, und das is noch nich lange her.

Nich daß wir besonders stolz drauf wären, aber so war's nun mal.«

»Wie haben Sie Jack kennengelernt, Larry? Falls ich die Frage stellen darf.«

»Ja, Sir, dürfen Sie. Und ich möchte diese Gelegenheit ergreifen, um zu sagen, daß es 'ne große Freude ist, bei der Arbeit, die wir machen, die Bekanntschaft von 'nem so netten und tüchtigen Gentleman zu machen, wie Sie einer sind.«

Doyle versuchte, das Kompliment abzuwinken.

»Ich mein's absolut ernst, Sir. Die einzige Chance, die ich sonst gehabt hätt', vor ihnen zu stehen, wär' nur gekommen, wenn Sie unerwartet mitten in 'nem fehlgeleiteten Versuch von uns, bei Ihnen einzubrechen, nach Hause gekommen wärn, oder wenn ich nach der Ausführung eines ähnlichen Verbrechens um Ihre medizinische Hilfe nachgesucht hätt'. Barry und ich waren armselige Burschen; wir wissen genau, daß keiner mehr dran schuld war als wir selber. Unser Papa war 'n guter, schwer arbeitender Eisenbahner, der so gut für uns gesorgt hat, wie er konnte. Auch wenn er allein war, sein schlimmster Anblick war verdammt viel besser als das meiste, was ich gesehen hab'. Es lag nämlich an der Anstrengung der Zwillingsgeburt. Unsere Mama war nämlich 'n zierliches Persönchen, hat er uns erzählt. Hier, ich hab' 'n Bild von ihr.«

Larry nahm ein Medaillon aus seiner Weste und öffnete es. Darin befand sich die Fotografie einer jungen Frau: eine verwaschene Nahaufnahme, ihr Haarschnitt seit zwanzig Jahren aus der Mode. Attraktiv auf übliche Ladenmädchenweise, doch selbst die schäbige, verblaßte Qualität des Fotos konnte nicht verhehlen, daß in ihrem Blick das gleiche fröhliche Licht tanzte, das man in den Augen ihrer Söhne erkennen konnte.

»Sie ist sehr hübsch«, sagte Doyle.

»Sie hieß Louisa. Louisa May. Auf der Hochzeitsreise warn sie 'n Tag und zwei Nächte in Brighton. Papa hat das Foto am Pier machen lassen.« Larry schloß das Medaillon und schob es in seine Tasche zurück. »Louisa May war siebzehn. Und im gleichen Jahr kamen dann Barry und ich und haben die Party gestört.«

»Dafür können Sie sich doch nicht die Schuld geben.«

»Man denkt aber über solche Sachen nach. Ich krieg' nur zusammen, daß Barry und ich irgend 'n unaufhaltbaren Grund hatten, zusammen auf die Welt zu kommen, und dagegen war nix zu machen. Ich möcht' es manchmal Schicksal nennen. Es hat uns unsere Mama gekostet, aber das Leben ist hart und kummervoll und voll mit Schwierigkeiten, und Ihr eigenes is da keine Ausnahme. Wenn unser alter Papa es uns übelgenommen hat, daß er sie verlorn hat, hat er's uns nie gezeigt. Aber weil er immer Eisenbahn fahren mußte und seine paar Verwandten genug mit den eigenen Blagen zu tun hatten und sich um zwei Teufel wie uns nich kümmern konnten, hat es nich lange gedauert, und wir waren auf der schiefen Bahn. Die Schule konnte uns nich halten. Wir warn zwei flinke Jungs, wir haben als Taschendiebe angefangen. Wie viele tausend Mal hab' ich mich gefragt: Larry, was hat dich und deinen Bruder B in so'n Leben und ins Verbrecherelend geführt? Nach jahrelangem Nachdenken glaub' ich, es war'n die Schaufenster.«

»Schaufenster?«

»Ging man früher in 'n Laden, wußte man erst, was da verkauft wird, wenn man drinnen war. Geht man heutzutage an 'nem ordentlichen Geschäft vorbei, liegt das ganze Zeug im Schaufenster, damit man es sehen kann, und zwar das Feinste vom Feinsten. So was verführt einen doch. Wenn man ins Schaufenster kuckt und all die schönen Sachen sieht, die man sich nicht *leisten* kann ... Das hat uns das Genick gebrochen, wie man so sagt. Als wir zehn wurden, hatte die Verlockung, mit Stibitzen Beute zu machen, unsere Fantasie angeregt. Und von dem Tag an haben wir geübt. Es gibt nur wenig Grenzen für zwei emsige Jungs vom Land, die 'n bißchen was wissen und das brennende Verlangen haben, in der Stadt ihr Glück zu machen, wenn sie sich drauf konzentrieren. Das heißt, bis wir den Meister persönlich kennengelernt haben.«

»Wie kam es dazu, Larry?«

Zeus, der die Knochen inzwischen abgenagt hatte, drehte sich zweimal im Kreise und rollte sich unter dem Experimentiertisch zusammen. Mit einem gewaltigen Gähnen legte er den Schädel auf eine Vorderpfote und behielt Larry wachsam im Auge – für den Fall, daß er noch andere Leckereien auspackte.

»Es war spät in der Nacht, gegen drei. Barry war in 'nem Pub – es war kurz nach seiner unglücklichen Begegnung mit dem Fischhändler. Wir hatten uns 'n Bart stehenlassen, um die Narbe zu verdecken. Ich war in 'n Haus in Kensington eingestiegen, um 'n großen Haufen schöner Sachen einzusacken. Wir sind also wieder in unserer Bude und fühlen uns saugut – hinter uns lagen nämlich 'n paar magere Wochen, weil Barrys Wunde erst heilen mußte –, als die Tür aufliegt und dieser Mann vor uns steht: wie der Zorn Gottes, 'n Unbekannter, in jeder Hand 'ne Pistole, was hieß, daß er es ernst meinte. Das Spiel war aus. Ein bißchen Tand isses nicht wert, zu sterben: Unser Motto war, laß dich wegen der Beute nich verletzen. Also hat der Gent zuerst, wie erwartet, unsere geklauten Sachen konfisziert. Aber dann kommt's zu der verblüffendsten Plauderei, die wir je gehört haben: Hört mit dem kleinkarierten Verbrecherleben auf, sagt er zu uns. Los, arbeitet mit mir im Dienst der Krone, sonst ... Sonst was? wollen wir wissen. Sonst wär's aus mit unserem Glück und wir würden 'ne schlimme Zukunft erleben. Natürlich sagt er uns nicht genau, wie das vonstatten gehn soll. Barry und ich denken, vor uns steht 'n Irrer – und unsere Gedanken sind oft so laut zueinander wie die Redner im Abgeordnetenhaus. Also stimmen wir dem Quatsch eilig zu, lassen ihn die Beute mitnehmen und sind fertig mit dem Blödmann. Der Mann fegt aus'm Haus wie 'n Juniregen. 'n Dieb bestiehlt Diebe. Wir haben keine Träne vergossen. Kommt vor in dem Milieu. Weil's massenhaft Stadtwohnungen in London gibt, fliegen wir am nächsten Tag aus und suchen uns 'ne neue Behausung auf der anderen Seite der Stadt.

Vier Tage vergehen. Wir kriegen allmählich mit, daß wir so nich reicher werden, also drehen wir 'n neues Ding. Barry steigt bei 'nem Silberschmied ein. Er war schon immer scharf auf Silber; is nützlich bei'n Damen. Er is kaum durch die Tür unserer neuen Bude, als der selbsternannte Rächer wieder reinstürmt und Barry den Sack gleich aus'n Pfoten reißt. Dies, macht er uns klar, is unsere zweite Chance. Hört auf mit'm gesetzlosen Rummachen und macht mit, sonst is das Ende nah. Er wartet nich mal auf 'ne Antwort; nimmt einfach die Klamotten und haut ab. Jetzt sind Barry und ich aber baff. Die Sache is uns unheimlich: Wieso hat der Kerl von allen Gaunern in der Stadt gerade uns auf'm Kieker. Wenn er so auf'm Trockenen sitzt, warum raubt er nich selber Häuser aus? Was genau meint er damit ›das Ende is nah‹; und wie, um alles in der Welt, halten wir uns den Kerl vom Hals, wenn wir wieder mal umziehen?

Verzweifelte Situationen tun verzweifelte Maßnahmen verlangen. Uns ging's saudreckig. Wir haben unsere Basis öfter gewechselt als unsere Hemden; viermal in einer Woche. Haben keinem was davon gesagt. Haben uns alle naselang umgesehen, ob wir seinen ärgerlichen Schatten irgendwo ausmachen können, aber nix. Drei Wochen gehen rum, uns hängt der Magen auf'n Knien. Wir nehmen an, daß wir jetzt sicher sind. Vielleicht hat der Kerl einen von uns in 'nem Pub beobachtet, is uns nach Hause gefolgt und hat uns so reingelegt. Also gehen wir diesmal zur Sicherheit beide auf'n Zug raus, damit's keine unliebsamen Überraschungen gibt. Wir suchen uns das Ziel vorsichtiger aus, als 'n Bluter sich rasiert. 'n Antiquitätengeschäft in der Portobello, weit weg vom Verkehr. Wir steigen durch 'n Luftschacht ein – 'ne Kleinigkeit – und wollen uns das Zeugs untern Nagel reißen.

Und da sitzt der gleiche Kerl auf'm Stuhl, so kühl wie Eistee mit 'ner Pistole in der Hand und liest uns unsere Rechte vor. Und nich nur das. Er hat auch noch 'n Bullen mitgebracht; der steht hinter uns, redet uns mit seinem Knüppel gut zu und hört sich unsere Beichte an. Dies ist eure letzte Gelegenheit, sagt der Mann. Er kennt unsere Namen, unsere neue Adresse und jeden Ort, an dem wir in unserem Leben gewesen sind.

Es ist das zweite Mal in meinem Leben, daß die Hand des Schicksals nach mir greifen tut und mir rechts und links 'n paar Ohrfeigen haut. Jetzt isses aus, Larry, sage ich mir. Das dritte Mal. Der Ofen is aus, sag ich zu Bruder B, der von Natur aus 'n bißchen weniger auf'm Kasten hat als meine Wenigkeit. Da stellt sich raus, das er 'n plötzlichen Anfall von Grips hat. Fremder, sagen wir, Sie sind uns über. Wir woll'n unser Bestes tun, um auf Sie zu hören. Der Gentleman zeigt sich als so gut wie sein Wort. Er macht 'n Zeichen, und der Bulle macht 'n Abmarsch, ohne daß wir von seinem Knüppel ins Kreuz geküßt werden. Der Fremde sagt also, kommt mit, Jungs – und so sind wir vor sechs Jahren zusammen mit Mr. John Sparks aus dem Antiquitätenladen auf die Portobello Road rausmarschiert, und unsere glänzende Verbrecherkarriere war zu Ende.«

»Hat er Sie mit Arrest bedroht?«

»Er hat was Besseres getan als zu drohen: Er hat uns nämlich *überzeugt*. Natürlich ham wir erst Monate später rausgekriegt, daß der Bulle einer von seinen verkleideten Regulären war.«

»Einer von seinen Regulären?«

»So nennt er uns; uns, die wir für ihn arbeiten«, sagte Larry bescheiden.

»Wie viele gibt es denn von euch?«

»Mehr als 'n paar, aber nie genug und so viele wie nötig. Kommt ganz drauf an, wie man's sieht.«

»Und alle sind ehemalige Verbrecher wie Sie?«

»Es gibt auch 'n paar Rekruten aus der zivilen Ecke. Sie sind in guter Gesellschaft, falls Sie Bedenken haben.«

»Hat er Ihnen gleich zu Anfang erzählt, daß er für die Königin arbeitet?«

»Er hat uns unheimlich viel erzählt …«

»Ja, aber auch speziell von der Königin?«

»Also, es wär' nicht gut, sich mehr Gedanken zu machen als der Chef, das kann ich Ihnen gleich sagen«, sagte Larry mit leichtem Vorwurf. »Ummodeln – das ist das Zehn-Pfund-Wort für das, was er macht. Und man muß sich der Sache eben unterordnen.«

»Worin besteht die Arbeit?«

»Ummodeln: Sie wissen doch, was das bedeutet, oder?«

»Die Umwandlung von Seelen.«

»So isses. Und ich bin hier, um Zeugnis abzulegen. Hat mir

'n Sinn für die schöneren Dinge gegeben, an denen's mir in meinem dummen Leben ernstlich gemangelt hat. Heutzutage geh' ich regelmäßig ins Theater und sitz in der Loge wie 'n feiner Pinkel. Ich hör' Musik. Hab auch gelernt, wie man richtig liest. Keine Groschenhefte mehr für meine Wenigkeit. Ich mag Li-tera-tur. Da gibt's diesen Franzmann, Balzsack, der gefällt mir besonders; schreibt irgendwie übers Leben, wie's wirklich is. Über normale Menschen und ihre mißliche Lage.«
»Balzac gefällt auch mir sehr gut.«
»Tja, eines Tages sollten wir vielleicht mal ordentlich über ihn reden; ich freu' mich schon drauf. Der Chef bringt einen nämlich dazu, daß man nachdenkt. Er hat nämlich 'ne Art, Fragen zu stellen, die einen auf der Leiter nach oben immer 'ne Sprosse höher bringen tut. Schwerstarbeit. Überraschend, wie wenig Leute je die Angewohnheit entwickeln. Hier muß man es haben, genau hier.« Larry tippte sich an die Schläfe. »Was also, fragen Sie, schulde ich Mr. S? Nur mein Leben. Nur mein Leben.«
Larry hielt inne, um sich eine Zigarette zu drehen, und nutzte die Ablenkung, um diesen Augenblick tiefer Ergriffenheit zu verschleiern. Genau in diesem Moment trat Sparks, nun wieder in seine übliche schwarze Kleidung gehüllt, aus dem anderen Raum. Zeus kam sofort unter dem Experimentiertisch hervor, um seine Hand zu schütteln.
»Lassen Sie uns gehen, Gentlemen«, sagte Sparks und kraulte Zeus herzlich. »Es ist schon spät, und vor uns liegt eine ganze Nacht voller Einbrüche und Heimlichkeiten.«
»Ich hol' das Werkzeug«, sagte Larry eifrig und eilte zur Tür.
»Jetzt kommt es darauf an, Doyle«, sagte Sparks, als er im Gesicht seines Gegenübers ein Zögern erblickte. »Sorry, Zeus, alter Junge, aber heute abend können wir dich nicht mitnehmen.«
Er schob eine Handvoll Phiolen aus dem Gestell auf dem Tisch in seine Tasche und verließ die Wohnung auf geradem Wege. Doyle biß sich auf die Zunge und folgte ihm hinaus. Zeus wurde bewundernswert mit seiner Enttäuschung fertig; er nahm seine einsame Wache wieder auf.

Abgesehen von einer gelegentlichen Droschke, die jemanden aus dem Theater nach Hause fuhr, war die Montague Street zu dieser Abendstunde verlassen, und eine weiche Masse von Nebelschwaden machte das Untertauchen noch leichter. Die klotzige Fassade des Britischen Museums präsidierte über der Straße wie eine Grabkammer aus alter Zeit. Als sie sich der Russell Street näherten, warf Doyle einen Blick nach oben zu Sparks' Wohnung und war überrascht, dort Licht brennen und die Silhouette eines Mannes vor dem Fenster zu sehen.

»Die Schneiderpuppe«, sagte Sparks, der sein Interesse bemerkte. »Einmal hat sie schon das Geschoß eines Scharfschützen auf mich abgefangen. Sie hat sich nie beschwert. Ist ein ausgezeichneter Kugelfang.«

Sie duckten sich über eine Pflasterstraße und erreichten die Rückseite eines Gebäudes, in dem Doyle das Haus erkannte, das er zuvor auf der Fotografie mit der Frau gesehen hatte. Es verschmolz mit der Finsternis. Dann, nach einem Nicken Sparks', schlich Larry leise durch die Gasse und über die Treppe zur Hintertür hinauf.

»Larry weiß jede Gelegenheit zu schätzen, sein Talent auszuüben«, sagte Sparks leise. »Barry ist nicht träge; er ist verflucht viel besser, wenn es gilt, eine Wand abzuklopfen, aber so wie Larry mit Schlössern umgeht – das macht ihm keiner nach.«

»Dann ist dies also ganz eindeutig ein Einbruch«, sagte Doyle, in dessen Tonfall sich der Anflug eines schwülstigen Unbehagens einschlich.

»Sie werden doch nicht nach der Polizei pfeifen, Doyle, oder?«

»Woher wollen wir überhaupt wissen, daß dies die richtige Firma ist?«

»Unser Freund, der presbyterianische Geistliche, hat heute auf der Russell Street die Runde und den Versuch gemacht, seine unsterblich gute Monographie über die fortschrittlichen Viehzuchtverfahren auf den Äußeren Hebriden bei diesem Verlag unterzubringen.«

»Ich wußte gar nicht, daß ich mich in Gesellschaft eines so hochgeschätzten Schriftstellers befinde.«

»Zufällig befand sich eine solche Monographie in meinen Unterlagen. Ich habe sie geschrieben, als ich vor ein paar Jahren dort Urlaub machte. Ich weiß nicht, wie es Ihnen geht, aber es fällt mir schwer, im Urlaub nichts zu tun. Ich denke ständig nur an die Arbeit.«

»Hm. Ich gehe ganz gern angeln.«

»Mit Netz oder Fliegen?«

»Fliegen. Meist Forellen.«

»Läßt den Fischen wenigstens eine Chance. Jedenfalls können Sie sich bestimmt vorstellen, wie überrascht ich war, als mir heute nachmittag einer der Verlage auf der Russell Street das Angebot machte, mein Pamphlet auf der Stelle zu erwerben.«

»Sie haben die Monographie verkauft?« fragte Doyle und verspürte das saure Tröpfeln schriftstellerischen Neides.

»Sie haben es mir aus der Hand gerissen. Ehrlich gesagt, es gibt keine Begründung für die Entscheidung dieser Leute. Ich war noch nicht einmal so weit, mir einen Namen für den Autor auszudenken. Presbyterianer, die Monographien schwenken, sind meist mehr als ausreichend, um auch den neugierigsten Geist zu verjagen. Ich habe sie dazu gebracht, den Honorarscheck auf die Wohlfahrt auszustellen. Armer Kerl: vier Stunden alt, und schon verwehrt man ihm die ihm zustehenden Tantiemen.« Sparks schaute über die Straße. Larry winkte ihnen zu. »Ah, ich sehe, daß Larry die Präliminarien abgeschlossen hat. Gehen wir, Doyle.«

Sparks ging durch die Gasse voran. Larry hielt die Tür auf, als sie hineinschlüpften, dann folgte er ihnen und schloß hinter ihnen zu. Sparks zündete eine Kerze an, die den Schatten des Gebäudeverzeichnisses an der Korridorwand reflektierte.

»Rathborne & Sons, Limited«, las er vor. »Um die Ecke befindet sich eine Lieferantentür, von der ich glaube, daß sie dir nützlich sein kann, Larry.«

Sie gingen durch den Korridor, bogen nach links ab und kamen zum Eingang, wo Sparks die Kerze hochhob und Larry sich erneut an die Arbeit machte.

»Ich habe noch eine Frage zu dieser Monographiensache«,

sagte Doyle, dem die Sache keine Ruhe ließ. »Hat man Sie wirklich auf der Stelle dafür bezahlt?«

»Es war zwar kein fürstliches Honorar, aber genug, um Zeus für eine Weile mit Suppenknochen zu versorgen.«

Larry schob die Tür auf, die zu den Büros führte.

»Danke für deine freundliche Mitarbeit, Larry. Behältst du den Korridor im Auge, während wir uns drinnen umsehen?«

Larry tippte an seine Mütze. Doyle fiel auf, daß er seit dem Verlassen der Wohnung keinen Mucks gesagt hatte. Barry hingegen wurde an beengten Orten eindeutig geschwätzig. Wie seltsam, daß ihre Sprachgewohnheiten so gegensätzlich waren.

Im mageren Licht der Kerze erforschten sie die Büros von Rathborne & Sons. Gedämpfte Empfangshalle. Die Schreibtischreihen der Angestellten: Rechnungsformulare, Verträge, Lieferscheine. Es schien ein sauberes und ordentliches Unternehmen zu sein, ansehnlich ausgerüstet und mit einem Minimum an Getue betrieben. Andererseits aber auch ohne eigenständiges Profil.

»Dies also ist der letzte Verlag, der Ihr Manuskript erhalten hat«, sagte Sparks. »Aber Sie erinnern sich nicht daran, eine Antwort bekommen zu haben?«

»Nein. Also müssen Lady Nicholsons Vater und ihr Bruder auf irgendeine Weise in die Sache verwickelt sein.«

»Von einem Bruder, dem verstorbenen George B., wissen wir. Aber sonst findet man nichts in den öffentlichen Unterlagen über die Familie Rathborne. Ich habe nicht den geringsten Hinweis auf einen Rathborne Senior gefunden.«

»Wie eigenartig.«

»Vielleicht auch nicht. Die Firma ist sechs Jahre alt. Weit entfernt von einer altehrwürdigen Tradition, die man seit Generationen weitergibt.«

»Soll das heißen, es gibt gar keinen Rathborne Senior?«

»Sie begreifen schnell, Doyle«, sagte Sparks. »Ich möchte mich mal dort drüben umsehen.« Er führte Doyle in den hinteren Bereich des Büros. »Unserem geistlichen Freund wurde nämlich der Zugang zu einem leitenden Angestellten ausdrücklich verwehrt.«

Sie gingen an einer Reihe geschlossener Türen vorbei. Als sie an eine verschlossene kamen, auf deren Rauchglasscheibe GESCHÄFTSLEITUNG stand, reichte Sparks Doyle die Kerze, zog zwei kleine Dietriche aus der Tasche und steckte einen von ihnen ins Schlüsselloch.

»Hier hatte man kein Interesse an Rinderzucht?«

»Nach allem, was ich während meines Besuches aufschnappen konnte, scheint man hier ganz allgemein nicht einmal sonderlich an Büchern interessiert zu sein.«

»Was soll das nun wieder heißen, Jack?«

»Ich habe mir einen Katalog der Bücher besorgt, die hier verlegt wurden«, sagte Sparks. »Bücher zu okkulten Themen scheinen die Spezialität des Hauses zu sein, dazu ein paar juristische Schriften – kaum genug, um ein dermaßen wohlbestalltes Unternehmen über Wasser zu halten – und nicht einen Roman.« Er hantierte mit den Dietrichen wie mit Eßstäbchen, dann wurde ein Klicken hörbar, und die Tür sprang auf. Sparks öffnete sie ganz.

»Jetzt fällt mir ein, es war ursprünglich das okkulte Interesse dieses Verlags, das mich dazu gebracht hat, mein Manuskript hierherzuschicken. In meinem amateurhaften Eifer habe ich mir nicht die Zeit genommen, herauszufinden, ob man hier überhaupt an Romanen interessiert ist.«

»Ich wollte es nicht so taktlos ausdrücken«, sagte Sparks, der die Kerze wieder an sich nahm und das Büro betrat.

»Geht schon in Ordnung. Jeder Schriftsteller, der einen Schuß Pulver wert ist, muß sich gegen Kritik abhärten. Aber wenn dieses Haus kein Interesse an Romanen hat, muß man sich natürlich fragen, warum ich das Manuskript nicht auf der Stelle zurückbekommen habe.«

»Ich vermute, der Titel – ›Die Dunkle Bruderschaft‹ – ist jemandem ins Auge gefallen.«

»Ipso facto müssen Rathborne & Sons der Schnittpunkt sein, von dem aus mein Werk, wie Sie es nennen, in die falschen Hände gelangt ist.«

»Genau so«, sagte Sparks.

Er durchquerte den Raum und durchwühlte die Schubladen des gewaltigen Schreibtisches, der die spärliche Möblierung des nüchternen, mit Eichenholz getäfelten Büros darstellte.

»Und falls ich Ihre Beobachtungen richtig interpretiere«, sagte Doyle, »haben Sie den Verdacht, daß Rathborne & Sons in der Hauptsache gar kein Verlag ist, sondern lediglich Fassade für einen viel bösartigeren Zweck.«

»Bösartig«, sagte Sparks. »Oder linkshändig.« Er zog ein Blatt mit einem gedruckten Briefkopf aus einer Schublade. »Sehen Sie sich das an, Doyle.«

Das Schreiben selbst war nicht von irgendwelchem Belang – ein Routinememorandum, das sich auf vertragliche Vereinbarungen mit einem Buchbinder bezog. Doch die Liste der Geschäftsführer des Unternehmens war ein Fall für sich.

RATHBORNE & SONS PUBLISHING, LTD
GESCHÄFTSFÜRER
Sir John Chandros
Brigadegeneral Marcus Drummond
Maximilian Graves
Sir Nigel Gull
Lady Caroline Nicholson
Bischof Caius Catullus Pillphrock
Professor Arminius Vamberg

»Gütiger Himmel«, sagte Doyle.

»Wollen wir doch mal nachdenken. Dieser Raum trägt nicht im mindesten den Stempel irgendeiner Persönlichkeit: keine Gemälde, keine persönlichen Gegenstände. Im geringsten Fall neigen leitende Angestellte dazu, die Merkmale ihrer Leistungen zur Schau zu stellen: Diplome, Ehrenurkunden. Dieses Büro dient nur der Täuschung, was auch für alles andere gilt, das wir gesehen haben. Und soweit wir es beurteilen können, hat es nie einen Rathborne Senior gegeben.«

»Was die Anwesenheit Lady Nicholsons im Gremium der Geschäftsführer erklärt.«

»Es ist ungewöhnlich genug, eine Frau in einer Position von solcher Verantwortung zu finden – auch wenn die Zeiten sich ändern. Ohne exakt zu wissen, was die Natur dieser Position ist, kann man mit Sicherheit annehmen, daß sie die wahre Macht hinter Rathborne & Sons darstellt.

»Oder dargestellt hat.«

»Ich werde sehr bald mehr darüber sagen können.« Sparks richtete Doyles Aufmerksamkeit wieder auf die Liste. »Welcher der restlichen Namen beunruhigt Sie besonders?«

»Besonders einer. Sir Nigel Gull war bis zur Pensionierung einer der beiden Leibärzte der königlichen Familie.«

»Ich glaube, seine Hauptpflicht bestand darin, sich um den jungen Prinzen Albert zu kümmern.«

»Ja, diese Aufgabe nimmt einen den ganzen Tag in Anspruch«, sagte Doyle spöttisch. Der Enkel der Königin war ein berüchtigter Lebemann, ein Einfaltspinsel von üblem Ruf und eine verläßliche Quelle für kleinere Skandale.

»Sehr unangenehm. Und ich kann Ihnen sagen: Gulls planmäßige Pensionierung – er ist nun um die sechzig Jahre alt – war bloß eine Irreführung der Öffentlichkeit. Er war in den letzten Tagen seines Dienstes von einem starken Ruch der Unschicklichkeit umgeben, deren Einzelheiten nun meine volle Aufmerksamkeit erfordern werden. Wen haben Sie sonst noch auf der Liste erkannt?«

»Der Name John Chandros kommt mir bekannt vor, aber ich weiß nicht, woher.«

»Ehemaliger Parlamentsabgeordneter, aus einem nördlichen Distrikt, Newcastle-on-Tyne. Landentwickler. Stahlwerke. Ungeheuer reich.«

»War Chandros nicht in der Gefängnis-Reform engagiert?«

»Er hat auch zwei Wahlperioden lang der Gefängniskommission vorgesessen. Sein Name ist auch bei meinen Ermittlungen in der Nicholson-Drummond-Transaktion aufgetaucht. Er verfügt über ansehnlichen Grundbesitz, der an den Besitz grenzt, den Nicholson an General Drummond verkauft hat.«

»Dann kann es kein Zufall sein, würde ich sagen.«

»Es gibt gar keine Zufälle: Wir haben nun eine doppelte Verbindung von Chandros zu Drummond zu Rathborne-Ni-

293

cholson. Wie Gull in dieses Netz hineinpaßt, müssen wir erst noch herausfinden.«

»Was ist mit den anderen, Jack?«

»Bischof Pillphrocks Name ist mir bekannt. Anglikanische Kirche. Seine Diözese liegt in North York, in der Nähe der Hafenstadt Whitby. Vamberg und Graves kenne ich nicht. Wo ist der Faden, der sie miteinander verbindet?« fragte Sparks forschend, um gleich darauf selbst zu antworten: »Reiche, mächtige, prominente Bürger. Vier mit Verbindungen nach Yorkshire, wohin angeblich die Sträflinge geschickt wurden. Chandros in der Strafkommission. Alle vereint unter dem Dach einer Scheinfirma ...«

»Besteht nicht die Möglichkeit, Jack, daß diese Firma genau das ist, was sie zu sein scheint? Ein kleiner, aber mit genügend Kapital ausgestatteter Verlag von bescheidenem Ehrgeiz, mit einer Geschäftsleitung aus Fachleuten, die ihn in den verschiedenen Disziplinen berät, in denen er aktiv ist? Drummond für militärische Publikationen, Gull für medizinische Fachbücher, Chandros für politische Perspektiven, Pillphrock für das Thema Theologie, und so weiter?«

Sparks nickte bedächtig. »Bei angemessener Erwägung der übrigen Variablen würde ich sagen, daß die Chance dafür zehn Prozent beträgt. Wenn nicht, besteht jeder Grund zur Annahme, daß wir nichts Geringeres in unserem Besitz haben als eine Liste des höchsten Rates der Dunklen Bruderschaft. Sieben Namen. Sieben ist sowohl eine ruchlose als auch eine heilige Zahl.«

»Kommt mir irgendwie wie ein Glaubenssprung vor«, sagte Doyle. Dann fiel eine dünne weiße Linie unter dem Tintenlöscher auf dem Schreibtisch in sein Blickfeld. Er hob den Löscher hoch, zog ein gefaltetes Quadrat aus glattem Papier hervor und entfaltete ein Plakat, das den Londoner Auftritt einer Theatertruppe bekanntgab. Die dort aufgelisteten Auftrittsdaten betrafen eine Woche im Oktober des vergangenen Jahres.

»*Die Tragödie des Rächers*«, las Doyle vor. »Das Stück kenne ich nicht.«

»Ein Gerichtsmelodram aus der späten elisabethanischen

Epoche. Wird Cyril Tourneur zugeschrieben. Er hat es von Seneca adaptiert. Ein ziemlich grausames Stück. Inhaltlich überfrachtet und jede Menge Bühnengewalt. Mit Recht nicht sehr bekannt. Ich kann mich an die Produktion nicht erinnern.«

»Sieht so aus, als wäre die Truppe schnell angereist und schnell weitergezogen«, sagte Doyle. »Die Manchester Players.«

»Ich kenne sie zwar nicht, aber es gibt Dutzende von Tourneetheatern, die ständig im Land umherreisen. Aber bleiben wir bei der Sache: Wieso liegt das hier herum?«

Doyle faltete das Plakat wieder zusammen und nahm den Löscher, um ihn wieder daraufzulegen. Dabei schob der Löscher einen Füllfederhalter beiseite, der zu Boden fiel. Sparks schob den Stuhl weg und ging mit der Kerze in die Knie, um ihn wiederzufinden. Dabei bemerkte er an den beiden Innenseiten des Schreibtisches eine Anzahl diagonaler Kratzer in Bodenhöhe.

»Würden Sie die bitte mal halten, Doyle?«

Doyle nahm die Kerze. Sparks inspizierte die Ränder des Schreibtisches dort, wo er schwer auf dem gebohnerten Holz ruhte. Er entnahm seiner Tasche eine kleine Phiole, entkorkte sie und schüttete deren Inhalt auf den Boden. Quecksilber.

»Was ist es, Jack?«

»Hier ist eine Fuge im Boden, wo keine hingehört.«

Das Quecksilber rollte über das Holz und verschwand dann in einem einzigen Rutsch zwischen den Bodenbrettern. Sparks beugte sich vor und ließ seine Hände rund um den Schreibtisch und unter ihn gleiten.

»Wonach suchen Sie denn?«

»Ich habe einen Haken gefunden. Ich werde daran ziehen. Gehen Sie lieber mal beiseite, Doyle.«

Doyle trat vom Schreibtisch zurück. Sparks betätigte den Haken. Die Dielen hoben sich an der verborgenen Fuge nach oben und glitten sauber unter den Schreibtisch, wobei sie dessen Furnier diagonal streiften und im Boden eine Öffnung von etwa zwei Quadratfuß freilegten – genau dort, wo der Stuhl des Verlagsleiters gestanden hatte.

»Unruhig sitzt der Kopf, der die Krone trägt«, paraphrasierte Sparks.

Doyle, der sich vorbeugte, um besser zu sehen, erkannte eine angeschraubte Eisenleiter, die so tief in einen gemauerten Schacht hinabführte, daß er im Licht der Kerze kein Ende ausmachen konnte. Die Luft, die von unten heraufwehte, war frisch und roch nach Wasser.

»Ich wage zu behaupten, daß durchschnittliche Verlagsunternehmen wenig Nutzen für Ausgänge dieser Art haben«, sagte Sparks aufgeregt.

»Jedenfalls fällt mir auf die schnelle keines ein.«

Sparks klatschte in die Hände. »Bei Gott, wir sind ihnen auf der Spur! Das Hauptquartier der Bruderschaft liegt keine halbe Meile von meiner Wohnung entfernt. Manchmal ist die Öffentlichkeit tatsächlich das beste Versteck.«

Er stieß ein leises Vogelzwitschern aus. Sekunden später stand Larry im Türrahmen.

»Ein Tunnel, Larry«, sagte Sparks. »Schaust du ihn dir mal an?«

»Aber sofort, Sir.«

Larry zog seine Jacke aus, zückte eine eigene Kerze, borgte sich von Doyle ein Streichholz und hüpfte gewandt an einer Hand die Leiter hinab.

»Vielleicht sollten Sie dies lieber auch mitnehmen«, sagte Doyle und hielt ihm seinen Revolver hin.

»Nein danke, Chef«, sagte Larry und schob seine Weste zur Seite, um ihm eine stattliche Ansammlung von in Scheiden steckenden Messern zu präsentieren. »Ich bin mehr für Klingen.«

Larry begann den Abstieg. Doyle und Sparks beobachteten, wie das warme Leuchten seiner Kerze schnell zu einem dünnen, schimmernden Heiligenschein wurde.

»Wie sieht's aus, Larry?« rief Sparks mit leiser Stimme in den Schacht hinab.

»Er is gleich zu Ende.« Larrys Stimme echote, begleitet von seinen Schritten auf der Leiter, metallisch zu ihnen hinauf. »Die Leiter is hier zu Ende. Unter mir is 'n offener Raum.

Wie groß, kann ich nich sagen. Da unten is was. Ich kann's sehen ... 'n Moment noch ... Gütiger Himmel ...«

Das Kerzenlicht erlosch. Schweigen. Sie warteten.

»Was ist denn, Larry?« fragte Sparks.

Von unten kam keine Antwort. Doyle schaute Sparks an, der nicht weniger besorgt schien. »Larry? Bist du da, Junge?«

Noch immer keine Antwort. Sparks ließ noch einmal das Pfeifen ertönen, mit dem er Larry in den Raum gelotst hatte. Wieder nichts. Sparks zog seine Jacke aus.

»Ich muß ihm nach, Doyle. Kommen Sie mit?«

»Ich weiß nicht, ob ich genügend ausgerüstet ...«

»Na schön. Wenn ich auch verschwinde, müssen Sie halt allein nach mir suchen.«

Doyle zog seinen Mantel aus. »Gehen Sie zuerst, oder soll ich?«

»Ich zuerst, aber mit Ihrem Revolver. Sie folgen mir dann mit der Kerze.«

»In Ordnung«, sagte Doyle. Er gab Sparks den Revolver. Sein Herz klopfte rasend. Er war nicht sonderlich vernarrt in Höhlen oder enge Räume, und der Schacht unter ihnen bot reichlich von beidem. Und wenn das, was sich da unten aufhielt – was immer es auch sein mochte – sich den ausgefuchsten Larry schon geschnappt hatte ... *Nun reicht's aber, Doyle, genug Gedanken dieser Art. Eine Sprosse nach der anderen. Jack vorneweg. Halte die Kerze fest und bleibe friedlich.* Sparks stieg hinab. Doyle hielt sich am Rand der Bodenöffnung fest und ließ sich hinunter, bis sein erster und dann sein zweiter Fuß Halt auf der Leiter fanden.

»Steigen Sie mir beim Klettern bloß nicht auf die Finger«, sagte Sparks, ein paar Sprossen unter ihm. »Und sprechen Sie nur, wenn es nicht anders geht.«

Atmen, Doyle. Vergiß nicht zu atmen. Doyle wurde schnell klar, daß er den Blick ständig nach unten richten mußte, um zu verhindern, daß er auf Jacks Hände trat, obwohl er liebend gern an die Wand gesehen hätte. Doch zum Glück war die Lichtmenge, die die Kerze abgab, so gering, daß die schier schwindelerregende Tiefe des unter ihm liegenden

Schachtes nur in seinem Verstand, nicht aber in seinem Blick sichtbar wurde. Unglücklicherweise erzeugte sein Geist in Ermangelung des Sichtbaren auf perverse Weise Bilder, die weitaus schrecklicher waren als das, was dort unten möglicherweise auf sie wartete.

Der Abstieg war mühsam. Die ersten dreißig Fuß dauerten fast zehn Minuten, doch sie erschienen ihm endlos. Um auch nur eine vage Vorstellung von dem zu bekommen, was vor ihnen lag, war Sparks gezwungen, nur wenige Sprossen unter Doyle und der Lichtquelle zu bleiben. Doyle, einhändig, weigerte sich, den nächsten Schritt nach unten zu tun, bevor sein freier Arm sich nicht sicher um die Leiter gewickelt hatte. Ein stetiges Rinnsal heißen Wachses lief auf die Hand, die die Kerze hielt. Seine Handflächen waren naß von Schweiß.

Was ist, wenn ich sie fallen lasse? dachte Doyle. Was ist, wenn ein Windstoß heranfegt. Wie soll ich das verdammte Ding dann je wieder anzünden?

»Anhalten«, sagte Sparks endlich.

»Wo sind wir?«

Als Doyle einen Blick nach oben warf, zeigte der Schacht keinen Hinweis mehr darauf, daß der über ihnen befindliche Einstieg sich in irgendeinem Verhältnis zu ihrer Position befand. Sie waren in eine durch die Begrenzung des Kerzenlichts präzise definierte Vorhölle gelangt.

»Reichen Sie mir bitte die Kerze, Doyle.«

Doyle schob das Licht vorsichtig in Sparks' ausgestreckte Hand und empfand unendliche Dankbarkeit dafür, daß er nun in der Lage war, die Leiter mit beiden Armen zu umklammern. Sparks, mit einer Hand von der Sprosse herabhängend, beugte sich vor und leuchtete, so weit es ihm möglich war, in die Schwärze hinein.

»Wie Larry es gesagt hat – die Leiter endet hier«, sagte er. »Da ist ein Seitengang.«

»Wie tief?«

»Kann ich nicht erkennen. Von hier aus hat er uns gerufen. Ich höre, daß unter uns irgendwo Wasser ist.«

»Was sollen wir Ihrer Meinung nach tun?«

Im gleichen Moment vernahmen sie von weit oben das

Reiben von Holz auf Holz und dann ein Geräusch, als werde eine Gruft versiegelt. Die dann eintretende Stille war ohrenbetäubend.

»Jack, ich würde sagen ...«

»Pssst!«

Sie lauschten. Doyle schwieg so lange, wie er es ertragen konnte.

»Ich glaube, jemand hat die Falltür zugemacht«, flüsterte er.

»Hören Sie über sich irgend jemanden auf der Leiter?« flüsterte Sparks zurück.

Doyle drehte sich langsam und schaute nach oben. »Ich ... glaube nicht.«

»Es ist möglich, daß die Falltür sich automatisch schließt. Daß sie über eine automatische Zeiteinstellung verfügt.«

»Nun ja, *alles ist möglich*, nicht wahr?«

»Wäre Ihnen der Gedanke lieber, daß uns gerade jemand in dieser vertikalen Hölle eingesperrt hat?«

»Es kann doch nicht schaden, die ganze Bandbreite der Möglichkeiten zu erwägen, Jack.« Doyles Herz hämmerte wie eine Kesselpauke. Er gab sich alle Mühe, es seiner Stimme nicht anmerken zu lassen. »Was schlagen Sie vor?«

»Ich schlage jedenfalls nicht vor, daß wir wieder hinaufsteigen. Selbst wenn wir es schaffen, die Falltür von innen aufzumachen – wenn da jemand auf uns wartet ...«

»Da bin ich ganz eindeutig Ihrer Meinung.«

Sparks schwieg und schaute in die unter ihnen liegenden stygischen Tiefen. »Sie werden mich an der Hand hinunterlassen müssen.«

»Sonst fällt Ihnen nichts ein?«

»Es sei denn, es ist Ihnen lieber, ich lasse Sie hinab. Ich brauche doch wohl nicht gesondert darauf hinzuweisen, daß Sie viel stämmiger sind als ich ...«

»Eins zu Null für Sie.«

»Können Sie Ihre Hosenträger abnehmen? Wir brauchen wahrscheinlich irgendeine Art Verstärkung.«

»Der Gedanke, daß meine Hose hier rutschen könnte, behagt mir ganz und gar nicht ...«

»Ohne diesen Punkt über Gebühr diskutieren zu wollen: Ihre Knöpfe sitzen so straff, daß ich darin, ehrlich gesagt, kein Problem sehe ...«

»Na gut, Sie kriegen sie«, sagte Doyle, dessen Irritation die Furcht kurzfristig abgelöst hatte.

Doyle schälte sich, eine Hand nach der anderen manövrierend, die Hosenträger von den Schultern, knöpfte sie von seinem Hosenbund und reichte sie Sparks. Der schlang die beiden Enden durch den oberen Teil seiner eigenen Hosenträger und reichte sie dann Doyle zurück.

»Haben Sie schon mal einen Berg bestiegen?« fragte Sparks.

»Nein.«

»Dann hat es auch keinen Zweck, wenn ich Ihnen im Fachjargon beschreibe, was wir jetzt tun. Wenn ich mich mit der Hand von der untersten Sprosse herabhängen lasse, wickeln Sie die Hosenträger zweimal um die letzte Sprosse. Halten Sie die Enden fest in der Hand. Wenn ich es sage, geben sie mir zusätzlich Leine.«

»Was ist, wenn sie nicht halten?«

»Das werden wir bald herausfinden, oder?«

»Was wollen Sie mit der Kerze machen?«

»Für den Moment nehme ich sie in den Mund. Jetzt aber zügig, Doyle.«

Sparks biß in die Kerze und ließ sich mit beiden Händen von der untersten Leitersprosse hinab. Doyle stieg vorsichtig zum letzten Haltepunkt der Leiter, schlang die Hosenträger, wie instruiert, zweimal um das Eisen und hielt sie fest.

»Alles klar, Jack.«

Sparks nickte, löste eine Hand von der Leiter und nahm die Kerze aus dem Mund.

»Also dann«, sagte er.

Er ließ die andere Hand los und sank nach unten. Die Kraft seines Gewichts dehnte die Hosenträger bis an die Grenze und zog Doyle fast von der Leiter, doch sie hielten. Sparks federte; schwang sanft unter ihm in der freien Luft und schob die Kerze in die Dunkelheit hinein.

»Da ist ein neuer Schacht«, sagte Sparks. »Er verläuft horizontal. Viel breiter. Unserer verliert sich in seiner Mitte. In seinem Zentrum fließt Wasser.«

»Ein Abflußrohr?« fragte Doyle, der sich bemühte, Sparks festzuhalten.

»Riecht tut er nicht so, oder?«

»Zum Glück nicht. Irgendeine Spur von Larry?«

»Noch nicht.«

»Wie weit ist es bis zum Boden?«

»Etwa zwanzig Fuß.«

»Was, glauben Sie, hat Larry gesehen?«

»Mit Sicherheit die große ägyptische Statue, die direkt unter mir steht«, sagte Sparks.

»Die große ägyptische Statue?«

»So, wie ich hänge, kann ich nicht genau erkennen, wen sie darstellt. Sieht aus, als hätte sie den Kopf eines Schakals ...«

»Haben Sie ›große ägyptische Statue‹ gesagt?«

»Ja. Wahrscheinlich Anubis oder Tuamutef – finstere Gottheiten, ähnliche Ziele. Beschäftigen sich damit, die Seelen der Menschen auszutarieren, wenn sie auf die andere Seite überwechseln ...«

Doyles Muskeln bebten heftig vor Anstrengung. »Könnten wir den Mythologieunterricht so lange verschieben, bis Sie beschlossen haben, ob Sie rauf- oder runtergehen? Ich weiß nämlich nicht, wie lange ich Sie noch halten kann.«

»Verzeihung. Ich glaube, wenn Sie mich langsam herunterlassen, Doyle, kann ich mich an der Statue festhalten, die Hosenträger lösen und den Rest des Weges nach unten klettern.«

»Schön.«

Doyle ließ Sparks hinunter, bis er mit einem Fuß in die Tiefe langen und sich auf die Schulter der Statue stützen konnte. Er schnallte seine eigenen Hosenträger ab, und beide Paare wurden in die Luft katapultiert. Doyle streckte die Hand aus, fing sie und ließ sich erleichtert gegen die Wand sinken. Die Verspannungen in seinen Armen lösten sich in einem einzigen, schmerzhaften Zucken.

»Ich glaube, es ist eindeutig Tuamutef«, ließ sich Sparks

vernehmen, dann rutschte er an der Statue zu Boden. »Ist außerhalb Ägyptens ziemlich selten. Bemerkenswert. Ich kann mich eigentlich nicht erinnern, je eine dieser Größe gesehen zu haben.«

»Wie interessant für Sie. Und was soll ich Ihrer Meinung nach jetzt tun, Jack?«

»Binden Sie die Hosenträger los und lassen Sie sich hinab. Sie sollten es wirklich nicht verpassen, Doyle.«

»Ich hätte es mir nie träumen lassen.«

Doyle konzentrierte sich, band die Hosenträger so fest um die Leiter, wie sein Wissen um Seemannsknoten es erlaubte, und ließ sich so vorsichtig wie möglich in die Arme des hundegesichtigen Tuamutef hinab.

»Tuamutef war der Helfer Anubis' bei der Vorbereitung der Toten auf die Mumifizierung und Bestattung«, sagte Sparks. Er ging mit der Kerze umher und inspizierte das Fundament der Statue, während Doyle eine schwierige, scheuernde Abwärtspassage an Tuamutefs unebenem Torso versuchte. »Sein Spezialgebiet war der Magen – und besonders die Entfernung und Konservierung der Eingeweide für die Reise in die Unterwelt.«

»Dies kann ich mit einiger Bestimmtheit versichern«, sagte Doyle, »ich hätte nie geglaubt, daß ich der Unterwelt einst so nahe kommen würde.«

»Die Eingeweide wurden mit einer Mischung aus Kräutern und Gewürzen in luftdichte Gefäße gelegt, die die Verwesung verlangsamten«, sagte Sparks, bis zur Blindheit beschäftigt. »Damit man die Organe herausnehmen und wieder an ihren ursprünglichen Ort zurücktun konnte, wenn man die andere Seite erreicht hatte.«

»Wahrlich faszinierend, Jack. Aber wenn meine Frage Ihnen nicht unbotmäßig erscheint: Falls uns wirklich jemand mit böser Absicht hier unten eingeschlossen hat – natürlich bin ich mir im klaren darüber, daß dies nur eine von vielen Möglichkeiten ist, aber wir müssen auch sie in Betracht ziehen –, würden Sie es nicht auch für eine gute Idee halten – offen gesagt, für eine Ia-Idee –, wenn wir so schnell wie möglich nach einem Weg suchten, der uns hier herausbrächte?«

»Aber ja.«

Sparks schaute in beide Richtungen. Doyle erkannte mit Schrecken, daß ihre Kerze immer kleiner wurde. Hinter der Statue erspähte er etwas, das nach einer Pechfackel aussah. Sie steckte in einem Halter an der Wand. Er nahm sie schnell an sich.

»Dies scheint mir eine alte römische Rohrleitung zu sein. Sieht so aus, als könnten wir diese hartnäckigen alten Knaben nicht abschütteln, was? In London wimmelt es von ihnen. Doch die hier hat man ziemlich umfassend renoviert. Abgesehen von denen, die für den Schachtbau verantwortlich sind, den wir gerade hinabgestiegen sind – und einem erst vor kurzem erfolgten Neuzugang –, hat wahrscheinlich niemand eine Ahnung von der Existenz des Tunnels hier unten. Und wenn die gebrauchte Fackel, die Sie mir gerade gegeben haben, irgendein Hinweis ist, haben gewisse Leuten sie irgendwann in den letzten Tagen benutzt.«

Sparks steckte die Fackel mit der Kerze in Brand, und sogleich war die Kammer mit der zwanzigfachen Menge Licht erfüllt. Tuamutef warf einen riesigen, vibrierenden Schatten bedrohlich an die gegenüberliegende Wand.

»Welchen Weg sollen wir nehmen?«

»Der Tunnel verläuft von Norden nach Süden.« Sparks deutete gen Süden, wo die Wände eine sanfte Kurve beschrieben und dann um eine Ecke führten. Plötzlich vernahmen sie aus dieser Richtung ein leises, gedämpftes Scharren.

»Was war das?« fragte Doyle.

Sie lauschten. Das Scharren wiederholte sich langsam und rhythmisch. Es schien sich ihnen zu nähern.

»Schritte?« sagte Doyle.

»Da scheint jemand verletzt zu sein. Zieht einen Fuß nach.«

»Larry?«

»Nein, der oder das dort hinten trägt keine Schuhe.« Sparks wandte sich nach Norden und untersuchte die Ziegelsteine zu beiden Seiten des Wassers. »Wenn wir den Wachsflecken, die Larry so aufmerksam für uns hinterlassen hat, in dieser Richtung folgen, werden wir viel schneller auf ihn stoßen.«

In dem gleichen, schleppenden Tempo schienen sich die Schritte hinter ihnen nun der nächsten Biegung zu nähern.

»Und was, glauben Sie, ist das da hinter uns?« fragte Doyle mit leiser Stimme.

»Ich stelle mir nie Fragen, deren Antworten ich im Grunde gar nicht wissen will. Machen wir uns davon.«

Sie planschten durch das seichte Wasser und hielten sich in Richtung Norden.

»Und was die Frage angeht«, sinnierte Sparks, während sie gingen, »was Tuamutef hier, hundert Fuß unter dem Büro von Rathborne & Sons, zu suchen hat ...«

»Sie haben vom Entfernen der Eingeweide gesprochen. Etwas Ähnliches hat man doch auch mit der Leiche der Hure gemacht, die Leboux mir gezeigt hat, oder?«

»Der Gedanke ist mir auch gekommen. Es deutet an, daß die Dunkle Bruderschaft einer altägyptischen Gottheit huldigt.«

»Sie meinen in Form irgendwelcher Opfer?«

»Diese Leute sind engagierte Heiden«, sagte Sparks. »Womit sie ihr Betätigungsfeld auch auf den kollektiven Pantheon ausgedehnt haben könnten. Und nach den Jahren, die Alexander in Ägypten verbracht hat, ist er, was Tuamutef angeht, sicher recht beschlagen. – Gerade ist mir bezüglich eines der sieben Namen auf der Liste etwas eingefallen.«

»Welchen?«

»Maximilian Graves. Woran erinnert er Sie?«

Doyle dachte angestrengt nach. »An gar nichts.«

»Er ist ein Alias, ein Wortspiel. Fällt es Ihnen nicht auf? Makes-a-Million Graves[*]. Das würde genau den geschmacklosen Scherzen entsprechen, die Alexander in seinen Briefen bis zum Exzeß getrieben hat. Seien Sie vor eingefleischten Witzbolden auf der Hut, Doyle. Es sind nicht selten latent Geistesgestörte.«

»Sie glauben, Alexander ist für Tuamotefs Hiersein verantwortlich?«

»Ja. Und wenn es stimmt, ist er auch für den Mord an der Frau verantwortlich.«

---

[*] Sinngemäß: Schaufelt eine Million Gräber

»Aber wenn es irgendein Ritual war ... Warum hat man ihre Organe am Tatort zurückgelassen? Sie hätten sie doch bestimmt hierhergebracht, in ihren Tempel.«

»Weil das Ritual vielleicht vor der Vollendung gestört wurde. Uns sollte es nicht beuteln. Am meisten verwundert mich allerdings, wie die Statue überhaupt hierhergekommen ist.«

»Sie steht aus Bequemlichkeit hier ... man steigt mal eben mit einer Schale Innereien für den alten Knaben die Leiter runter ... wann immer einem danach zumute ist ...«

»Nein, Doyle«, sagte Sparks leicht ungeduldig, »was den *Grund* für das Hiersein der Statue angeht, sind wir eindeutig einer Meinung. Ich versuche mir vorzustellen, wie man sie hier hineingebracht hat.«

Hinter der Biegung des vor ihnen liegenden Tunnels flackerte ein Licht. Sparks blieb stehen und stieß ein leises Pfeifen aus. Kurz darauf wurde es erwidert.

»Larry«, sagte Doyle.

»Etwas lebhafter, Doyle«, sagte Sparks, »wir werden noch immer verfolgt.«

Als sie etwa hundert Meter hinter der Biegung waren, wo der Tunnel abrupt endete, stießen sie auf Larry, der am Ende des Schachts im Licht seiner Kerze am Vorhängeschloß einer gewaltigen Flügeltür arbeitete.

»Tut mir leid wegen der Ungelegenheiten, Chef«, sagte Larry, als sie ihn erreichten.

»Sind Sie in Ordnung?« fragte Doyle.

»Is mir nie besser gegangen. Der Sturz nach unten war 'n bißchen steiler als erwartet, das kann ich Ihnen sagen. Mir is angst und bange geworden, als ich unten ankam. Als meine Lunge und die Kerze wieder funktionierten, habe ich 'n Blick auf den verfluchten Hundemensch geworfen, und da dacht' ich, Schweigen is wohl jetzt angeratener.«

»Die Falltür ist hinter uns zugegangen«, sagte Sparks und inspizierte die Tür.

»Ich hab' gedacht, es wär 'ne leichte Arbeit«, sagte Larry und richtete einen Zentrumsbohrer auf das Vorhängeschloß. »Sind 'n bißchen zu leicht reingekommen, was?«

»Warum haben Sie nichts gesagt?« sagte Doyle.

»Wär' nich ratsam gewesen, oder?«

Sparks klopfte an die Eisentür und erzeugte ein hohles, dröhnendes Echo.

»Hören Sie sich das an. Klingt kaum nach dem Ende eines Ganges, nicht wahr?«

»Bevor wir das rauskriegen, müssen wir erst das rostige alte Schloß hier knacken«, sagte Larry und schlug auf seinen Zentrumsbohrer ein. »Is verdammt hartnäckich.«

»Sagen Sie mal, Larry«, warf Doyle ein, »Sie sind wohl nicht zufällig in den anderen Tunnel gegangen, bevor Sie in den hier gekommen sind, was?«

»Nee, Sir. – Also wirklich!«

»Ich frage ja nur, weil wir etwas gehört haben, das so klang, als käme aus der anderen Richtung jemand auf uns zu.«

»Davon weiß ich nix – verfluchter Hundesohn!« Larry blies zur Attacke auf das Schloß.

»Sei mal einen Moment still, Larry«, bat Sparks.

Larry unterbrach seine Tätigkeit. Das Echo seines letzten Hiebes verklang, und in der sich nun breitmachenden Stille vernahmen sie das alte Schleichen, das sich aus Richtung Süden näherte. Nur waren es jetzt mehrere Variationen des vertrauten Rhythmus: drei, vier, fünf Tritte, vielleicht sogar mehr. Ob hier tatsächlich noch andere anwesend waren oder ob es sich nur um irgendeine akustische Besonderheit des Tunnels handelte, war unmöglich festzustellen.

»Mach weiter, Larry«, sagte Sparks und ging zur Biegung zurück.

»Kann ich Ihnen mit irgend etwas helfen, Larry?« fragte Doyle.

»Es is 'n Job für einen, oder?« sagte Larry gereizt.

Sparks verwendete das Licht, um die Wände abzusuchen. Er nahm eine weitere Fackel, die in einem anderen Eisenring an der Wand hing, zündete sie an und gab sie Doyle.

»Glauben Sie, es sind die Vermummten?« sagte Doyle leise.

»Im Gegensatz zu dem, was wir gerade hören, waren die zu Fuß doch beträchtlich schneller, meinen Sie nicht auch?«

»Ja.«

»Und wenn die Falltür in der Absicht geschlossen wurde, um uns hier einzuschließen, muß man eigentlich davon ausgehen, daß derjenige darauf vertraut hat, daß uns schon jemand an der Flucht hindern wird.«

Die Schritte waren nun so nah, daß man sie dann und wann durchs Wasser plätschern hören konnte. Ihr Tempo, und das war gar nicht gut, schien schneller zu werden.

»Es ist mehr als einer«, sagte Doyle.

»Es sind eher zehn.«

Doyle und Sparks zogen sich von der Biegung zurück.

»Nun mach mal, Larry«, sagte Sparks. »Jetzt ist Eile geboten.«

»Geschafft!« sagte Larry, als er das Schloß mit einem letzten Hieb durchbohrte und von der Klammer riß. »Fassen Sie mit an, Gentlemen.«

Die drei Männer packten eine Seite der Flügeltür und hoben sie an. Die vernachlässigten Scharniere protestierten heftig, doch dann gaben sie aufgebracht nach. Doyle, der während der Arbeit immer wieder hinter sich sah, erblickte plötzlich die Umrisse einer Reihe riesiger, schwarzer Gestalten, die fünfzig Fuß hinter ihnen aus der Dunkelheit heraustraten.

»Ziehen, verdammt!« drängte Sparks. »Ziehen!«

Da Sparks und Doyles Fähigkeit, nützliche Hebelwirkung hervorzurufen, von den Fackeln behindert wurde, die sie in den Händen hielten, öffnete sich der Spalt nur um lumpige sechs Zoll. Sie ließen die Fackeln fallen und widmeten sich mit aller Kraft ihrer Aufgabe, doch die Tür gab bei jedem Versuch nur um Zollbruchteile nach. Larry zwängte sich durch den Spalt und drückte von der anderen Seite gegen die Tür. Die Scharniere jammerten wie ein verletzter Ochse; der Spalt weitete sich um einen weiteren Zoll. Doyle riskierte einen erneuten Blick nach hinten. Die Gestalten bildeten nun eine Kette aus winkligen, undeutlichen, doch durchaus menschlichen Silhouetten, die schwerfällig, aber stetig näherkamen. Es waren eindeutig mehr als zehn. Die drei Männer waren für ihre Verfolger allem Anschein nach sichtbar, denn nun ließ die Horde ein abscheuliches, kehliges, gurgelndes Knurren vernehmen. Sie verdoppelten ihre Attacke gegen die Tür mit der beseelten Kraft von Engeln und gewannen weitere zwei Zoll Raum.

»Gehen Sie, Doyle, gehen Sie!« rief Sparks.

Doyle wandte sich um, schob sich seitlich durch den Spalt, zwängte die Schulter durch die Tür und drückte mit aller Kraft rückwärts, während Larry eine Hand ausstreckte und Sparks hindurchzog.

»Die Fackeln!« sagte Sparks.

Doyle griff durch den Spalt. Als er die Fackel erwischte, klammerte sich eine schwarze, fingrige Masse aus offenliegenden Sehnen, Muskeln und Knochen, von der verdorrte und zerfetzte Lumpen abfielen, wie ein Schraubstock um sein Gelenk. Doyle brüllte vor Schmerz und Schreck. Larry riß mit einer raschen Bewegung ein Messer aus einer Scheide und stach nach dem Arm des Angreifers. Die Klinge durchschnitt das Gewebe so mühelos, als wäre es aus Wachspapier. Ein abscheuliches Heulen zerriß die Luft, als das Glied vom Stumpf getrennt wurde. Doyle schüttelte die Hand panisch von seinem Gelenk ab, während Sparks ihn kurzentschlossen am Kragen packte und durch die Öffnung zurückzog, die Fackel noch in der Hand.

»Zuziehen, zuziehen!« schrie Sparks. »Helfen Sie uns, Doyle!«

Doyle rappelte sich auf und gesellte sich zu ihnen. Gemeinsam packten sie einen an der Innenseite der Tür befestigten Griff, zogen um ihr Leben und beschworen die Kraft ihrer Vorfahren und künftigen Nachkommen. Die Scharniere bewegten sich entgegenkommend in ihre Richtung, und der Spalt schloß sich schnell – nicht ohne noch einen letzten Blick auf die schmierige, fieberhafte Windmühle aus stinkenden Armen und Händen freizugeben, die jene Luft verpesteten, die sie gerade noch geatmet hatten. Wütende, frustrierte Schreie, der letzten Versuchung eines Heiligen würdig, schmerzten in ihren Ohren, und der Gestank von hundert geschändeten Grabstätten verhöhnte die Unschuld, bevor die Leere versiegelt war. Sie richteten sich schnell auf und schoben eine dicke Eisenstange, die für eben diesen Zweck geschaffen zu sein schien, durch die Zwillingsgriffe der Tür und sicherten so ihre Position wenigstens für den Augenblick. Das Klopfen, Scharren und Kratzen von Nägeln auf der anderen Seite der Eisentür, das daraufhin folgte, machte eine Unterhaltung unmöglich. Auf Sparks' Signal hin, der mit der Fackel in die Richtung deutete, in die sie gehen sollten, entfernten sich die drei Männer schnell und dankbar von der Tür.

Sie liefen immer der Nase nach, ohne einen Gedanken an die Richtung oder Entfernung zu verschwenden. Als sie wieder einigermaßen klar denken konnten und das Licht der Fackel ihre Umgebung erhellte, wurde ihnen klar, daß sie sich nicht in einer Fortsetzung des Tunnels befanden. Sie wurden vom matt beleuchteten Anblick einer bahnhofsgroßen Kammer begrüßt, in der Kisten und Kästen jeder vorstellbaren Größe, Form und Funktion wie Bauklötze aufeinandergestapelt standen und eine schartige Silhouette bildeten. Die drei Männer hielten an, um Luft zu holen und das schreckliche Hämmern ihrer Herzen einzudämmen. Hinter ihnen fuhr das Trommeln an der Tür fort, doch nun war es weit genug entfernt, um ihnen den Luxus einer kurzen Verschnaufpause zu gestatten.

»Gütiger Gott!« sagte Larry. »Himmel, Arsch und Zwirn! Was war das denn für 'ne Scheiße?«

»Er hätte mir den Gelenkknochen zerschmettert oder mir den Arm aus der Schulter gerissen«, sagte Doyle und suchte seine Umgebung nach einem weiteren Trauma ab.

»Satans Heerscharen, wie sie leiben und leben«, sagte Larry. »Der alte Beelzebub hätt' uns fast erwischt. Der kann mich mal am Arsch lecken!«

»Sachte, sachte«, suchte Sparks ihn zu beruhigen.

Larry, das Messer noch in der Hand, war freilich nicht zum Schweigen zu bringen. Er stieß wütend eine eloquente Reihe auserlesener Flüche in Richtung der Angreifer aus.

»Euch soll der Blitz beim Scheißen treffen, ihr blöden Affen! Haut wieder ab in die Hölle, wo eure Mutter auf euch wartet! Ich schnitz euch 'n Weihnachtspudding, ihr verlauste Bande! Ich schneid' euch die Eier ab, ihr mistigen Merdefresser! Ihr wollt mich abmurksen, ihr dämlichen Glubschaugen? Da müßt ihr aber früher aufstehen!«

Das Geklopfe an der Tür hörte schlagartig auf. Larry holte mehrmals tief Luft, dann ließ er sich erschöpft auf eine Kiste sinken. »Gott, jetzt brauch' ich was zu trinken«, sagte er und nahm den Kopf in die Hände. »Mir schlottern vielleicht die Knochen ...«

In der Sicherheit einer Kistenburg ruhten sie sich schließlich aus. Die Dinge gingen langsam wieder ihren normalen Lauf, und Doyles Aufmerksamkeit richtete sich auf den Ozean der sie umgebenden Kuriositäten. Er gesellte sich zu Sparks, der auf der größten Kiste stand und, die Fackel hochhaltend, ihre Position überschaute.

»Gütiger Gott ...«

Der Raum erstreckte sich, soweit das Auge blickte, in alle Richtungen. Die Umgebung war mit kleinen Fürstentümern aus Statuen bevölkert – mit Königen, Königinnen, Künstlern, Gelehrten, Infanteristen, berittenen Generälen, Helden und Schurken der Antike und Folklore, festgehalten im entscheidenden Augenblick ihres Triumphs oder ihrer Schande. Ganze Parlamente aus Halbgöttern und Göttinnen, deren weiße Marmorhaut in einem milchigen, leuchtenden Schein strahlte.

»Wo sind wir hier?« fragte Doyle.

»Ich glaube, wir sind in einem Unterkeller des Britischen Museums«, sagte Sparks.

»Dann gibt es also auch einen Weg hinaus – nach draußen«, erwiderte Doyle.

»Zuerst müssen wir eine Tür finden.«

»Jack, wer, in Gottes Namen, waren diese ...«

»Jetzt nicht, Doyle«, sagte Sparks und sprang behende von der Kiste. »Auf und weiter, Larry; wir sind noch nicht hier raus.«

Larry rappelte sich auf. Sie gingen hinter Sparks her.

»Sind Sie in Ordnung, Chef?« fragte Larry Doyle.

»Mir fehlt nichts, was ein paar anständige Scotch nicht heilen könnten«, sagte Doyle.

Sein stoisches Verhalten schien auch Larrys Schritte neu zu ermutigen. »Ganz meine Meinung. Einen Moment hab' ich wirklich gedacht, Sie würden den Löffel abgeben.«

»Wären Sie nicht so schnell mit dem Schloß gewesen, könnten wir uns jetzt alle die Radieschen von unten ansehen.«

»Das war doch nix. Hätt' es längst aufhaben sollen, als der Ärger um die Ecke kam.«

»Keine Sorge«, sagte Doyle. »Auf See ist mir Schlimmeres passiert.«

Sie beeilten sich, Sparks einzuholen, der sie im Licht der Fackel ziellos durch den gewaltigen Lagerraum führte. Es gab keine Wege, denen man folgen, keine Zwischengänge oder Säulen, an denen man einen Kurs festlegen konnte. Man schien die Wunder der Kaverne planlos verstreut zu haben, ohne Sinn oder irgendeinen erkennbaren Plan. Jede Wendung durch die Traumwelt führte in ein Lager neuer Wunder: eine Kolonie von Urnen, die einen so groß wie Frachtwagen, die anderen so zierlich wie Eicheln. Protzige Sarkophage aus Silber und Blei, mit kostbaren Steinen verziert. Barocke Krönungskutschen aus Alabaster und Blattgold. Offene Leichenwagen aus Ebenholz, Elfenbein und glänzendem Stahl. Kopflose Schaufensterpuppen in zeremoniellen Kostümen aus Afrika, Asien und vom Subkontinent. Enorme Baldachine, die von den Schlachten legendärer, untergegangener Königreiche erzählten. Eine umfassende Zoologie aus präparierten Raubtieren, zu passiver Zahmheit verdammt: Bären aus allen Ecken der Welt; Raubkatzen, beutegierige Wölfe, Rhinozerosse, Elefanten und Strauße, Krokodile und Emus; und eine Ansammlung seltsamer Nachttiere, die man nie zuvor erträumt oder gar gesehen hatte. Eine Galerie epischer Gemälde in vergoldeten Rahmen, die jede vorstellbare Szene zeigten: Schlachten, Verführungen, die Geburt und den Tod von Königen, idyllische Arkadien und alptraumhafte Völkermorde. An einer Kreuzung wanderten sie durch eine gespenstische Flotte bis auf die Rippen zerlegter skelettöser Schiffe, die auf ihre Wiederauferstehung warteten. Gigantische Kanonen, Kriegsmaschinen,

Sturmböcke, Katapulte und Belagerungsmaschinen. Eine Stadtlandschaft aus herausgerissenen Wällen, Hütten, Häusern, Grabstätten und rekonstruierten Tempeln. Riesige Steinköpfe. Flugmaschinen. Gefiederte Schlangen. Musik- und Folterinstrumente. In ihrer atemberaubenden Totalität fügte sich der Inhalt der Kammer zu nichts Geringerem als einer erschöpfenden Anthropologie der bekannten und unbekannten Welten zusammen. Und alles wurde vom dicken Staub der Mitleidlosigkeit und Vernachlässigung überlagert.

»Haben Sie so etwas schon mal gesehen?« fragte Doyle verblüfft.

»Nein«, sagte Sparks. »Aber ich habe schon vor vielen Jahren Gerüchte über einen solchen Raum vernommen.« Erneut blieben sie in einer Schneise stehen. Sie waren dem Ausgang noch keinen Schritt nähergekommen.

»Wie der Friedhof der Zivilisation«, sagte Larry.

»Die Siegesbeute des sich ausdehnenden britischen Weltreiches«, sagte Doyle.

»Möge Gott dem weißen Mann gnädig sein«, sagte Larry. »Sieht so aus, als hätten wir alles geklaut, was nich niet- und nagelfest ist, und uns dann aus dem Staub gemacht.«

»Genau das haben wir getan«, sagte Sparks. »Wir haben die Magazine der Menschheit geplündert und ihre Gräber ausgeräumt, und die Beute unserer Eroberungslust, die wir nicht oben ausstellen, verstecken wir verschämt vor den Blicken der Öffentlichkeit hier unten.«

»So wie es jede andere dominante Kultur während ihres Aufstiegs getan hat«, sagte Doyle.

»Ich finde, die Welt da oben is noch 'n ärmerer Platz dafür«, sagte Larry mit einer Trauer, die durch die intime Kenntnis seiner rechtswidrigen Gier noch verstärkt wurde.

»Wir sollten nicht darüber trauern«, sagte Sparks. »Bald wird es eine andere Zivilisation geben, die auf Eroberung aus ist, und die wird uns dann von dieser Last befreien.«

»Es sieht so aus, als wäre seit Jahren niemand hier unten gewesen«, sagte Doyle und wischte eine dicke Staubschicht von den Zehen einer kriegerisch aussehenden Athene.

»Außer einem«, sagte Sparks. »Er war zumindest so lange

hier, um Tuamutefs Statue zu stehlen. Wenn nicht sogar länger.«

»Wieso, Jack?«

»Obwohl die Anordnung der Gegenstände auf den ersten Blick völlig willkürlich erscheint, folgt sie doch einer bestimmten losen Methode. In fast jeder wertvollen Sammlung, der wir begegnet sind, haben signifikante Stücke gefehlt. Hier haben wir ein Beispiel ... Seht ihr?«

Sparks richtete ihre Aufmerksamkeit auf ein Quintett altgriechischer Statuen, die eine Szene lebhafter und sinnlicher Nymphen darstellten. »Kalliope, Klio, Erato, Euterpe«, sagte Sparks. »Und diese muntere Maid ist, glaube ich, Terpsichore.«

»Die neun Musen«, sagte Doyle.

»Ich hatte mal 'n Onkel«, sagte Larry, »der hat auch Kalliope* gespielt.«

»Aber nur fünf von ihnen sind noch hier. An diesen Streifen auf dem Boden sieht man ganz eindeutig, daß die vier fehlenden Damen – helfen Sie mir, Doyle: Polyhymnia, Melpomene ...«

»Thalia und Urania.«

»Danke. Man kann an diesen Streifen erkennen, daß die vier anderen ursprünglich neben ihren Schwestern gestanden haben.«

»Glauben Sie, sie sind gestohlen worden?«

»Ja. Ich habe hier überall ähnliche Muster selektiver Diebereien gesehen. Wie Ihnen aufgefallen ist, Doyle, haben die Verwalter dieses Zirkus sich lange nicht mehr hier blicken lassen. Die Angehörigen der Bruderschaft haben den Schacht zum Tunnel angelegt, um Zugang zu diesem Raum zu erhalten. Sie könnten bis zum Jüngsten Tag einen ständigen Strom von Schätzen aus diesem Fundus stehlen, ohne daß man auch nur einen Teelöffel vermissen würde.«

»Aber zu welchem Zweck?«

»Es gibt zwei Gründe: Entweder, um sie für sich selbst zu

---

* Kalliope: engl. Bezeichnung für Dampforgel

behalten, oder, um sie zu versilbern. All die Dinge, die sich hier befinden, sind mehr oder weniger unerschwinglich.«

»Ist das also das Ziel der Bruderschaft? Den Weg zum Antiquitätenmarkt abzukürzen?«

»Eine Eliteorganisation aus einflußreichen Persönlichkeiten wie jene Größen auf der Liste um sich zu scharen und dann einen – wie auch immer ambitionierten – Fechtverein zu gründen, erscheint mir nun doch etwas zu prosaisch, meinst du nicht auch, Larry?«

»Als würden sich alle Meisterköche Europas zusammentun um Frikadellen zu braten.«

»So ungefähr. Ich vermute, die Gründe hinter diesen Diebstählen dienen zwei Zwecken: dem Erwerb bestimmter und heiliger Gegenstände – zum Beispiel unser Freund Tuamutef –, von denen man glaubt, daß sie als Brücke zur mystischen Ebene notwendig sind. Und dem profitablen Verkauf der Dinge, die man selbst nicht braucht, auf dem Schwarzmarkt, um den Rest der Aktivitäten zu finanzieren.«

»Aber Sie haben doch gesagt, daß diese Leute alle steinreich sind«, sagte Doyle.

»Womit ich Sie mit der ersten, ehernen Regel aller Steinreichen bekanntmachen möchte: Gib niemals dein eigenes Geld aus.«

»Amen«, sagte Larry, in dessen Augen ein verräterisches Leuchten erstrahlte.

»Verzeihung, Larry. Dieses Prinzip ist zweifellos viel weniger klassenbewußt, als ich gerade behauptet habe.«

»Macht nix«, sagte Larry. »Ich glaub', ich geh' mal kukken.« Er steckte seine Kerze an der Fackel an und wanderte um die nächste Kistenansammlung.

»Eins steht fest«, sagte Doyle. »Wir können ihrer rücksichtslosen Dieberei ein Ende bereiten.«

»Wenn man den Tunnel zumauert, hört die Räuberei auf, aber ich fürchte, das Schlimmste ist längst geschehen und die Spur erkaltet: Das beweist wohl der verrostete Zustand des Vorhängeschlosses an der Eisentür.«

Doyle nickte.

»Ob wir der Firma Rathborne & Sons für ihre Verbrechen

eine erfolgreiche Klage anhängen können, ist allerdings noch unsicherer. Und vielleicht liegt es auch gar nicht in unserem Interesse.«

»Wieso, Jack?«

»Ohne einen Fetzen an greifbaren Beweisen, um eine Anklage zu untermauern, wird ein Angriff auf die in Ehren gehaltenen, unbefleckten Namen der Bruderschaft über den schwerfälligen Dienstweg der Justiz nur einen Freispruch herbeiführen und die Leute tiefer in den Untergrund treiben. Wir hingegen laden nur ihren unermeßlichen Spott auf uns. Wenn wir sie bis ins Herz ihrer Ziele verfolgen wollen, ist es das beste, wenn wir unsere Bemühungen vor den Augen der Öffentlichkeit verbergen, bis wir zum entscheidenden Schlag ausholen können.«

Auf der anderen Seite der Biegung stieß Larry ein leises Pfeifen aus. »Schaun Sie sich das mal an!«

Sparks und Doyle folgten dem Licht von Larrys Kerze und gesellten sich zu ihm. Sie bestiegen eine Barriere aus Kisten, die wie eine Abschirmung dessen wirkten, was sie dahinter entdeckten. Sparks hob die Fackel, und sie blickten auf einen festen, quadratischen Block aus identischen Mumiensärgen. Es waren wenigstens zwanzig an der Zahl, und sie waren nebeneinander aufgereiht wie Matratzen in einem überfüllten Nachtasyl. Die Deckel waren entfernt worden und standen gestapelt daneben. Zwei der Sarkophage enthielten noch ihre Insassen: hagere, geschwärzte, verwitterte Leichen, die in verrottenden Bandagen steckten. Die anderen waren leer.

»Herr im Himmel«, sagte Doyle, als sie weitergingen, um die Deckel zu untersuchen.

»Waffen, Verteidigungswerkzeuge«, sagte Sparks, der die Piktogramme studierte. »Es waren Gräber von Kriegern. Särge von ähnlicher Größe und Gestaltung, identische Hieroglyphen. Diese Leichen waren Leibwächter eines Königs, und man hat sie in Massen bestattet. Wenn ein Pharao starb, war es Sitte, seine Leibgarde umzubringen und neben ihm zu bestatten; als Eskorte ins Land der Ahnen.«

»Die haben aber wirklich 'ne Menge für ihre Könige getan«, sagte Larry.

Sie schauten einander an.

»Das gibt Ihnen zu denken, nicht wahr?« sagte Sparks mit einem eigenartigen Lächeln.

»Was sollen wir jetzt tun?« fragte Doyle.

Bevor Sparks antworten konnte, erbebte der Raum in der Ferne vom lauten Quietschen rostiger Eisenscharniere.

»Für den Augenblick«, sagte Sparks, der auf der Stelle wachsam wurde, »schlage ich vor, daß wir rennen.«

Und dann liefen sie so schnell und so weit von der Eisentür fort, wie ihre Beine sie trugen und das begrenzte Licht es ihnen erlaubte. Der sagenhafte Bestand des Lagerraums reduzierte sich auf einen verschwimmenden Hintergrund. Als sie sich an der Wand entlang bewegten und nach einem Ausgang suchten, fanden sie schließlich einen in der hinterletzten Ecke: doppelte Eichentüren, außergewöhnlich massiv. Larry steckte seine Kerze an und untersuchte die Schlösser.

»Sicherheitsschloß«, sagte er und gab auf. »Da komm' ich nich durch.«

Sie warfen sich gemeinsam gegen die Tür, doch das Holz bebte nicht einmal.

»Muß auf der anderen Seite mit Ketten verschlossen sein«, sagte Larry. »Schätze, man will nicht, daß die Touristen überall reingehen.«

»Verfluchtes Museum«, sagte Doyle.

»Soll ich mal 'n anderen Weg suchen?« fragte Larry.

»Keine Zeit«, sagte Sparks und schaute sich mit scharfen Blicken um. »Larry, wir brauchen loses Eisen. Steine, Stahl, Schrott, alles, was du finden kannst, und zwar eine ziemliche Menge ...«

»Bin schon unterwegs«, sagte Larry und verschwand.

»Wir sind vor einer Weile an Kanonen vorbeigekommen, Doyle. Wissen Sie noch, wo das war?«

»Ich weiß, daß ich sie gesehen habe. Ein Stück hinter uns, glaube ich.«

»Dann suchen Sie danach, als ob unser Leben davon abhinge. – Weil es nämlich wirklich davon abhängt.«

Sie eilten in den offenen Raum zurück und taten ihr Bestes, um den Weg durch die kunterbunte Sammlung zurückzuverfolgen. Der Durchgang wirkte frustrierend fremd auf sie. Ein neuer Aufschrei der rostigen Scharniere fand seinen Weg durch die geräumige Kammer, doch bis jetzt gab es noch keine Anzeichen von ihren Gegnern.

»Jack – angenommen, wir finden eine Kanone ... Was wollen Sie denn mit ihr machen?«

»Kommt darauf an, welches unserer Bedürfnisse sich als das dringendere erweist.«

»Unserer Bedürfnisse?«

»So sehr ich es auch verabscheue, Regierungseigentum zu beschädigen, wir werden uns einen Weg durch die Tür sprengen müssen ... oder uns umdrehen und uns verteidigen. Je nachdem, was als erstes ansteht.«

Doyle behielt seine Ansichten über die ihm liebere Alternative für sich. Jedes weitere Protestieren der Scharniere bohrte den Stachel der Furcht noch tiefer in sein Bewußtsein.

Ihre Suche schien zwar eine Ewigkeit zu währen, dauerte tatsächlich aber nur fünf Minuten, und inzwischen hatten die Scharniere ihr Gekreisch eingestellt. Abgesehen von den Echos der Schritte der beiden Männer wurde es in der Kammer unheimlich still. Sie fanden die Kanone, sie fanden sogar unzählige Kanonen. Die Schwierigkeit war nun, die eine auszuwählen, die ihren Zwecken dienen konnte: Sparks entschied sich rasch für einen türkischen Sechzehnpfünder, der auf einem Munitionswagen befestigt war. Gemeinsam hoben sie die beiden Seiten der Karre an, schleiften sie hinter sich her und durchquerten den Lagerraum, so schnell ihr willkürlicher Pfad und das plumpe Gewicht des Geschützes es gestattete.

»Wie erfahren wir, ob die Kanone noch funktioniert?« fragte Doyle während des Laufens.

»Überhaupt nicht.«

Doyle hätte sein letztes Hemd für ein wenig Schmiere gegeben, um das verräterische Quietschen der Munitionswagenräder zum Verstummen zu bringen, denn hinter ihnen, aus der Richtung der Eisentür, hörten sie, wie Kisten und Kästen umgeworfen wurden und zerbrachen. Die Verfolger waren mit ihnen im gleichen Raum. Sie schienen die Zwischengänge zu ignorieren und den kürzesten Weg zu ihrer Beute zu nehmen. Sparks blieb stehen und schaute sich um.

»Sind wir bis hierher gekommen?« fragte er.

»Ich bin Ihnen nur gefolgt. Ich dachte, Sie wüßten den Weg.«

»Na schön«, sagte Sparks. »Greifen Sie sich bitte ein paar von den Säbeln, die da rumliegen, Doyle?« Er deutete auf ein gewaltiges, in der Nähe befindliches Waffenlager.

»Glauben Sie wirklich, daß wir sie brauchen?«

»Ich weiß nicht. Wäre es Ihnen etwa lieber, sich in einer Situation wiederzufinden, in der Sie bedauern, sie nicht mitgenommen zu haben?«

Doyle nahm zwei der langen, gekrümmten Klingen, und sie schleiften die Kanone weiter hinter sich her. Bitte, Gott, betete er, laß ihn wissen, wohin wir gehen. Und daß wir nicht in die Hände oder Klauen derer fallen, die hinter uns her sind – *Falls* sie hinter uns sind und nicht vor uns – Bitte, Gott, laß sie weit hinter uns sein, und mach, daß sie sich noch schlimmer in diesem Irrgarten verlaufen als wir. Da war die Herkulesstatue, die einen Löwen tötete – eine der zwölf Arbeiten; die Ställe hatte er ebenfalls ausmisten müssen: Was für ein Augenblick, daran zu denken! Auf jeden Fall sind wir an Herkules vorbeigekommen, als wir zu den Kanonen gegangen sind ...

»Hier sind wir richtig!« gab Doyle bekannt.

Larry erwartete sie in der Nähe der Flügeltür neben einem Stapel gesammelter Trümmer. Er hatte Ziegel, zerbrochene Lanzen und Metallstücke organisiert.

»Fürchte, ich mußte 'n bißchen was kaputtmachen, um das Zeug hier zu beschaffen«, sagte Larry, dem man sein schlechtes Gewissen deutlich ansah.

»Dir ist vergeben«, sagte Sparks. »Faß mal mit an.«

Sie brachten die Kanone in Stellung: schnurgerade auf die zehn Fuß entfernte Eichentür.

»Doyle, suchen Sie etwas, um das Fundament zu verankern«, sagte Sparks. »Sonst neutralisiert der Rückstoß den Druck. Larry, füll das Rohr auf, pack alles dicht an dicht; die schwersten und spitzesten Gegenstände zuletzt, wir werden nämlich nur einen Schuß haben.«

Die Befehle wurden umgehend ausgeführt. Sparks nahm eine Phiole von seinem Experimentiertisch aus der Weste, stellte sie vorsichtig auf den Boden, zog sein Hemd aus der Hose und riß einen Streifen vom Saum ab. Doyle kehrte Augenblicke später zurück und schleppte eine rostige Kette und einen Anker hinter sich her.

»Reicht das?« fragte er.

»Ausgezeichnet, alter Knabe.«

Sie legten die Kette sicher um die Kanone, während Larry die Munition mit einer venezianischen Gondelstake in das Rohr stopfte.

»Ich bin fertig«, meldete er.

»Wie zünden wir sie?« fragte Doyle.

»Ich dachte, ich nehme Nitroglyzerin«, sagte Sparks, während er die Phiole entkorkte und vorsichtig in die Bresche der Kanone senkte.

»Sie haben während der ganzen Zeit Nitroglyzerin mit sich herumgeschleppt?« rief Doyle, dem noch im nachhinein das Herz in die Hose rutschte.

»Es ist völlig harmlos; eine Detonation erfordert eine Zündung oder einen direkten Stoß ...«

»Mein Gott, Jack! Stellen Sie sich vor, Sie wären im Tunnel gestürzt!«

»Dann bräuchten wir uns jetzt keine Sorgen mehr zu machen, oder?« sagte Sparks und stopfte den Leinenstreifen in das Luntenloch.

Hundert Meter hinter ihnen stürzten Kisten um.

»Da kommen sie«, rief Larry und zückte seine Messer.

»Zurücktreten«, befahl Sparks.

Larry und Doyle gingen in Deckung. Sparks zündete die Lunte an und gesellte sich zu ihnen. Sie duckten sich hinter einige Kisten, schlossen die Augen, hielten sich die Ohren zu und warteten auf die Explosion, während der Stoff in das Loch hineinbrannte. Nichts.

»Geht sie nicht los?« fragte Doyle.

»Bis jetzt noch nicht, oder?« erwiderte Sparks.

Weitere Kisten stürzten um. Sie kamen gnadenlos näher.

»Dann sollten wir uns lieber beeilen«, sagte Larry.

Sparks trat vorsichtig vor, um die Kanone zu inspizieren. Doyle packte seinen Säbel fester und schaute ihn sich zum ersten Mal genauer an. Er fühlte sich, als sei er in einem Traum gefangen, als hielte er eine Requisite aus *Die Piraten von Penzance* in der Hand. Sparks lugte ins Luntenloch, dann jagte er eilig zu ihrem Versteck zurück.

»Brennt noch ...« Er zog den Kopf ein.

Die Kanone explodierte gewaltig in einem Funkenhagel und einem riesigen Ausbruch weißen Rauches. Die Männer rannten sofort nach vorn. Der Munitionswagen war kaputt, die kleine Kanone neigte sich schief zu Boden, halb zerbrochen, aber sie hatte ihre Ladung tapfer gehalten und wirkungsvoll abgeliefert. Die Flügeltüren hingen schief und zersplittert in den Angeln. Und keinen Moment zu früh. Sie konnten bereits das pestilenzialische, eitrige Gurgeln der näherkommenden Kreaturen hören, die sie verfolgten.

»Jetzt aber nichts wie weg«, sagte Sparks.

Sie rannten auf die Tür zu, traten die restlichen Trümmer aus dem Weg und kletterten über die Ketten, die sie auf der anderen Seite gesichert hatten. Eine Treppenflucht führte nach oben und in die Freiheit hinaus.

»Lauft weiter«, sagte Sparks, der auf einem Treppenabsatz stehenblieb und einen weiteren Streifen von seinem Hemd abriß.

»Was haben Sie vor, Jack?«

»Ich bin nicht besonders wild darauf, daß diese Bande uns durch die Straßen von Bloomsbury jagt. Und Sie?«

Schattenhaft schwarze Gestalten kamen durch die sich auflösenden Rauchwolken auf sie zu.

»Laufen Sie, ich hole Sie schon ein«, sagte Sparks. Er entkorkte eine weitere Sprengstoffphiole und entleerte sie auf dem Boden.

»Er sagt, wir sollen gehen, Chef«, sagte Larry und zerrte an Doyles Ärmel.

Die ersten Verfolger hatten nun die Tür erreicht.

»Jack, meinen Revolver bitte«, sagte Doyle, der um keinen Zoll wich.

Sparks schaute Doyle an, als hätte er einen Irrsinnigen vor sich, dann zog er den Revolver aus dem Gürtel und warf ihn Doyle zu. Doyle legte ruhig an und leerte alle sechs Kammern auf die näherkommenden Gestalten, entlockte ihnen ein unmenschliches Heulen und streckte die Anführer der Meute ein paar Fuß vor der Öffnung nieder, was Sparks genügend Zeit gab, das Nitro auszuschütten und einen langen Streifen seines Hemdes von der Lache zur Treppe hinauf zu legen.

»Lauft!« schrie Sparks.

Als er den Stoff mit der Fackel in Brand setzte und hinter ihnen herrannte, zerrte Larry Doyle die Treppe hinauf. Auf dem nächsten Absatz angekommen, schaute Doyle zurück und warf einen kurzen Blick auf die Kreatur, die nun als erste am Fuß der Treppe in Sicht kam. Sie war hochgewachsen, unglaublich verfallen, dürr, hatte spinnenhafte, spasmisch zuckende Gliedmaßen, und die Haare und Zähne ihres zerfallenden Kopfes wurden nur noch von verrottetem Leinen zusammengehalten. Die glühend roten Augen leuchteten mit boshafter Intensität. All dies glaubte Doyle in dem Sekundenbruchteil zu sehen, bevor der gesamte Keller in einer Explosion verschwand, die ihm das Gleichgewicht raubte. Die Detonation machte ihn blind und taub. Die Wände bröckelten, und überall schoß alles verdeckender Qualm in die Höhe. Die Stufen unter seinen Füßen hoben und senkten sich wie die Tasten eines Klaviers.

Von der Druckwelle der Explosion angetrieben, stürzten sich die drei Männer durch die nächste Tür. Der Luftdruck blies die Fackel aus. Sie lagen in der Finsternis auf einem kühlen Marmorboden – gelähmt, mit tauben Ohren und bemüht, wieder zu Atem zu kommen. Ihnen war, als hätten sie mehrere Schläge auf Kopf und Solarplexus erhalten. Die Zeit verging. Sie rührten sich, zu Anfang vorsichtig. Jeder stieß ein leises Stöhnen aus, doch aufgrund des Klingelns ihrer Ohren konnten sie sich selbst nicht hören.

»Jemand verletzt?« rief Sparks schließlich.

Er mußte noch zweimal fragen, bevor man seine Frage registrierte. Die Männer blinzelten mehrmals und sahen einander daraufhin an, als hätten sie das Gedächtnis verloren. Dann überprüften sie ihre Gliedmaßen und stellten überrascht fest, daß sie noch funktionierten. Obwohl er sich eindeutig nichts gebrochen hatte, fand Doyle keinen Körperteil, der ihm nicht wie mit Fäusten bearbeitet vorkam. Das Ungeheuer tauchte immer wieder vor seinem geistigen Auge auf – als justiere jemand eine verstellbare Linse. Ihm wurde klar, daß er noch immer den entwendeten Säbel umklammerte. Seine Finger fühlten sich an, als wären sie mit dem Griff verwachsen; er mußte die andere Hand zu Hilfe nehmen, um sie von der Waffe zu lösen. Die Männer halfen sich gegenseitig auf die Beine, und es war ganz gut, daß sie das schmerzhafte Stöhnen, das die Anstrengung sie kostete, nicht allzu deutlich hören konnten.

Doyle warf einen vorsichtigen Blick auf die Flügeltür. »Ich glaube, das hat ihnen den Rest gegeben, was?«

»Wehe, wenn nicht«, sagte Larry in dem Bemühen, sich selbst Mut zuzusprechen. »Im Moment könnt' ich jedenfalls nich mal 'n bösartigen Säugling mit 'ner Rassel abwehren.«

»Wir haben sowieso kein Nitro mehr«, sagte Sparks.

»Haben Sie das Nitroglyzerin etwa in Ihrer Wohnung zusammengebraut, Jack?«

Sparks nickte.

»Ich bin froh, nicht Ihr Nachbar zu sein.«

»Ich fürchte, die letzte Ladung war, was die Verdampfung anging, wohl etwas zu stark.«

»Wenn's die verfluchten Lumpenköpfe ausradiert hat, werd' ich mich jedenfalls nich beschweren«, sagte Larry.

Sie tasteten in der Dunkelheit umher, bis sie die Fackel gefunden hatten. Larry, der einige Schwierigkeiten hatte, die Finger einzusetzen, kramte ein Streichholz hervor und riß es am Boden an. Die Fackel flammte auf und enthüllte ihren Aufenthaltsort. Ein leerer, marmorner Vorraum, der eher den öffentlichen Museumsräumen als der eigenartigen Umgebung ähnelte, aus der sie gekommen waren. Hinter ihnen drangen unter der noch immer schwingenden Tür neblige Rauchschwaden hervor.

»Suchen wir uns einen ordentlichen Ausgang«, sagte Sparks.

Sie wandten sich um und wollten gerade auf unsicheren Beinen das Weite suchen, als die Tür hinter ihnen aufschwang. Die Männer fuhren mit steifen Gliedern herum und spannten die Muskeln für einen Kampf. Doch das, was dort durch die Türe kroch, um sich ihnen zu stellen, war keine wütende Meute von Untoten. Es war auch kein einzelner intakter Opponent, sondern ein scharrender, verstümmelter Arm, der einen zerschmetterten Kopf sowie den dazugehörigen halben Torso einer der Kreaturen hinter sich herzog, eine Spur aus aschgrauem, schmierigem Satz hinter sich herschleifend. Das Wesen bewegte seinen losen, zerbrochenen Kiefer, als wolle es einen jahrtausendealten Fluch ausstoßen. In seiner Versehrtheit war das Ding eher abstoßend als furchterregend anzusehen, doch seine Augen waren noch immer vom gleichen feindseligen Feuer erfüllt.

»Gott!« rief Doyle aus und wich zurück.

»Hartnäckige Schweinehunde, was?« sagte Larry.

Sparks nahm Doyles Säbel, trat vor und köpfte die Monstrosität mit einem entschlossenen Hieb. Das Ding erstarrte, das Licht erlosch aus seinem Blick, Arm und Torso sackten zusammen, als der Kopf langsam wegrollte. Larry stürzte nach vorn und trat den Schädel wie einen Fußball durch die offene Tür.

»Tor!« brüllte er. »Wickam gegen Leicester, eins zu null in der Verlängerung! Wickam kriegt den Cup!«

Doyle kniete sich hin, um den Kadaver zu untersuchen; das wenige, das noch von ihm übrig war, verwandelte sich bereits in eine Quintessenz aus Staub. Nichts an den zerfallenen Überresten deutete darauf hin, daß in den Millennien seit dem Tode dieses Menschen irgendeine Kraft seine vertrockneten, verstaubten Zellen beseelt hatte.

»Was sehen Sie, Doyle?« fragte Sparks, der neben ihm kniete.

»Die Leiche ist völlig erschlafft. Welche Kraft oder welcher Geist dieses Ding auch gesteuert hat – sie ist fort.«

»Um welche Art Kraft könnte es sich gehandelt haben?«

Doyle schüttelte den Kopf. »Ich habe nicht die geringste Ahnung. Irgend etwas Lebendes, das aber dennoch nicht lebt. Ich erinnere an die Vermummten.«

»Eine vom Geist isolierte Kraft. Eine Lebensform ohne Willen oder Verstand.«

»Also Schwarze Magie, oder?« fragte der merkwürdig vergnügte Larry.

»Wir könnten es vielleicht so nennen«, sagte Doyle. »Um es zu kategorisieren, solange wir es nicht verstehen.«

»Bei allem Respekt, Chef – warum wolln Sie so 'n verfluchten Mist überhaupt verstehen? Ich für mein Teil bin froh, daß wir da rausgekommen sind und uns dünnemachen können.«

»Verschwinden sollten wir auf jeden Fall«, sagte Sparks und stand auf. »Die Explosion müßte sogar den Wächter mit dem gesündesten Schlaf im ganzen Empire aufgeweckt haben.«

Sparks ging voran. Sie verließen den Vorraum durch einen Trakt, der ihnen als Weg zu einem Ausgang am vielversprechendsten erschien.

»Ich möcht' kein Nachtwächter sein, der auf seiner Runde so 'nem Mist begegnet«, sagte Larry. »Ich glaub', dann würd' ich irre.«

»Wenn ich nicht bald einen Scotch kriege«, sagte Doyle, »werde ich ohnehin bald irre.«

»Kein Problem, Sir. Gehen wir zuerst nach Hause. Obwohl, *ausgebrochen* aus 'nem Museum bin ich übrigens noch nie«, sagte Larry, was die Frage aufwarf, wie oft es für ihn schon erforderlich gewesen war, in eines einzubrechen.

»Ich wette, Sie werden auch diese Arbeit mit Bravour erledigen«, erwiderte Doyle.

14
Joey

LARRY ERLEDIGTE DIE Aufgabe tatsächlich mit Bravour. Ein wohlüberlegt eingeschlagenes Fenster, und sie waren auf der Straße, die sie rasch überquerten, um in die Sicherheit von Sparks' Wohnung zu gelangen. Dort führten sie sich an Sparks' Experimentiertisch einen ordentlichen Humpen des hervorragenden Bierjahrgangs zu und bereiteten sich auf den Rest der Nacht vor. Doyle versorgte ihre Blessuren und diagnostizierte sie als relativ gesund beziehungsweise kaum mitgenommen sowie transportfähig. Und transportfähig mußten sie Sparks zufolge schon am nächsten Tag sein. Doyle, dem es an der Kraft mangelte, ihn zu fragen, wohin der morgige Tag sie führen sollte, sank rasch in einen tiefen und bleiernen Schlaf.

Am nächsten Morgen würden die Zeitungen voller aufsehenerregender Meldungen über den dreisten Versuch von Einbrechern sein, die unbezahlbaren ägyptischen Bestände des Britischen Museums zu stehlen. In ihrem Eifer, Zugang zu den Schätzen zu finden, hatten sich die Räuber offenbar zusammen mit der angepeilten Beute – einer seltenen Mumiensammlung aus der dritten Dynastie – in die Luft gesprengt. Warum die Diebe allerdings statt der unbezahlbaren, blattgoldbeschichteten Särge die Mumien entwendet hatten, die bei der Explosion ebenso vernichtet worden waren (eine von ihnen war erstaunlicherweise vom Luftdruck durch das Treppenhaus in einen Nebenraum geschleudert worden), gehörte zu jenen unerheblichen journalistischen Widersprüchen, die die leichtgläubigen, auf spektakuläre Schlagzeilen erpichten Leser der Revolverpresse nicht im geringsten interessierten. Zusammen mit der sensationslüsternen Beschreibung des über den Museumsfundus hereingebrochenen Blutbades würde man die unvermeidlichen Aufschreie der Parlamentarier und anderer, oft zitierter Säulen aus Kultur und Gesellschaft abdrucken, die die Schändung einer solch augenfälligen öffentlichen Einrichtung beklagten: Schuld daran waren einzig und allein die Verantwortlichen der viel zu liberalen Einwanderungspolitik. Dem würden abschließend die üblichen ernsten Patentrezepte für die Korrektur der sozialen Irrtümer folgen, die eindeutig die Ursache dieses Vandalismus seien: Der Mensch hat keinen Respekt mehr vor Gott, dem Vaterland, der Königin, etcetera, pp. Und die Berichterstattung würde an der üblichen Schlamperei kranken: Kein Wort über das angrenzende römische Viadukt oder die alles beweisende Statue Tuamutefs, auch keine Erwähnung des vertikalen Tunnels, der geradewegs ins Büro der Geschäftsleitung von Rathborne & Sons führte.

Doch lange bevor diese Zeitungen ihren Weg zum Leser fanden, noch bevor die Straßen von Polizeiinspektoren, händeringenden Ägyptologen und zahllosen halsreckenden Gaffern wimmelten und Doyle sich aus seinem todesähnlichen Schlaf erhob, kehrte John Sparks von einer Tätigkeit im Morgengrauen zurück, um seine beiden Mitstreiter zu wecken. Die drei Männer verabschiedeten sich von dem edlen Zeus, schlichen sich noch vor der Mittagsstunde über die Hintertreppe ins Freie, bestiegen ihre Kutsche und schlüpften durch ein klaffendes Loch des ermittelnden Netzes, das man in aller Eile um jene Häuserblocks geworfen hatte, die das Britische Museum umgaben.

Wie Sparks Doyle und Larry informierte, hatte dieser bereits einen geschäftigen Morgen verlebt. Er hatte in Gesellschaft eines ehemaligen Theaterkollegen, der nun als Intendant einer Londoner Bühne tätig war, gefrühstückt und sich nach dem momentanen Aufenthaltsort der Manchester Players erkundigt jener Truppe, deren Plakat sie auf dem Schreibtisch des Geschäftsführers von Rathborne & Sons gefunden hatten.

»Sie sind im Nordosten Englands auf Tournee«, sagte er. »Heute abend treten sie in Scarborough auf, wo sie drei Tage lang gastieren werden. Anschließend werden sie zu einem Engagement in den Norden weiterreisen. Nach Whitby.«

Whitby. Schon wieder York. Sei dies nicht, erkundigte sich Doyle, die Gemeinde, in der der ehrenwerte Bischof Pillphrock, der ebenfalls auf der Liste stand, seine Schäfchen weidete?

Nicht nur das, erklärte Sparks, denn durch einen Bekannten in der Wirtschaftsauskunftei habe er erfahren, daß Whitby zudem die Winterresidenz von Sir John Chandros sei, einer von Pillphrocks prominenten Listengefährten. Doyle begann Sparks' Bemerkung über die Nichtexistenz des Zufalls allmählich ernst zu nehmen.

Zum Beweis seiner neuesten Enthüllung händigte Sparks Doyle ein dünnes, in Leinen gebundenes Buch aus, auf das er in Hatchards Buchhandlung gestoßen war: *Mein Leben bei den Meistern im Himalaja*. Von Professor Arminius Vamberg.

Vamberg. Schon wieder ein Name von der Liste!

»Schauen Sie sich an, in welchem Verlag es erschienen ist«, sagte Sparks.

Doyle blätterte zum Frontispiz: Rathborne & Sons, Ltd. Er überflog rasch die abgedruckte Autorenbiographie. Sie beschrieb Vamberg als gebürtigen Österreicher, der im Laufe seines Lebens fast jeden Titel eingeheimst hatte, den es von seiten der europäischen Elfenbeinturm-Elite zu verleihen gab. Schließlich hatte ihn eine heftige Wanderlust gepackt und von den Westindischen Inseln bis ins tibetische Hochland geführt mit Zwischenaufenthalten auf dem Schwarzen Kontinent und in der australischen Wildnis.

»Es gibt kein Bild von ihm«, sagte Doyle.

»Ich wette, er trägt einen Bart«, sagte Sparks geheimnisvoll.

»Einen Bart?«

»Der Mann, der Bodger Nuggins aus dem Gefängnis von Newgate abgeholt hat, wurde Ihnen doch als Bartträger beschrieben.«

»Wie kommen Sie darauf, daß es Vamberg war?«

Sparks lächelte. »Riecher. Alles kann man natürlich nicht mit absoluter Sicherheit wissen.«

»Liefert uns das Buch irgendwelche Hinweise auf den Mann?«

»Obwohl der Titel den Leser glauben macht, daß er sich auf eine höchst persönliche Entdeckungsreise einläßt, kann man dem Buch über die Persönlichkeit seines Autors fast nichts entnehmen. Sein Stil ist freundlich, akademisch und journalistisch. Er unternimmt keinen Versuch, andere zu bekehren, zu überreden, und stellt keine unerträglichen Behauptungen über die Mächte der Geisterwelt auf.«

»Ich wette, mit so 'nem langweiligen Buch verdient er keinen Penny«, sagte Larry.

»Wie meinen Sie das?« fragte Doyle.

»Ohne Geister und Trolle, ohne behaarte Unholde, die in 'n Bergen hausen und sich wie 'n Nachtwind auf ihre Opfer stürzen? Davon verbimmelt man doch aufm offenen Markt keine zwei Exemplare. Die Leute wolln sich doch ordentlich gruseln, oder nich?«

»Es sieht so aus, als wäre Professor Arminius Vamberg genau das, als was er sich darstellt«, sagte Sparks. »Ein nüchterner, ernsthafter Wissenschaftler, der sich im akademisch nicht sanktionierten Bereich der Metaphysik betätigt.«

»Kein Wunder, daß ich nie von ihm gehört habe«, sagte Doyle.

»Lesen Sie es in Ihrer Freizeit, Doktor. Vor uns liegt eine lange Bahnfahrt.«

»Nach Whitby, nehme ich an.«

»Aber natürlich«, sagte Sparks.

Als sie sich durch die mittäglich bevölkerten Straßen schlängelten, erinnerte Doyle sich plötzlich an Leboux und das Versprechen, das er ihm gegeben hatte. War es erst gestern gewesen? Es kam ihm vor, als sei es Monate her. Er wollte London nicht verlassen, ohne ihm Bescheid zu geben. Trotz Sparks vermeintlicher Fähigkeit, sich innerhalb der Regierungskreise breitzumachen, war Doyles Pflichtgefühl gegenüber seinem alten Freund stark und bindend. Er bat Sparks, ihn kurz am St.-Bartholomew-Hospital abzusetzen, um einige persönliche Dinge abzuholen, die er dort aufbewahrte, und – da sie sich möglicherweise weiterer und größerer Gefahren näherten – außerdem seinen Arzneivorrat zu ergänzen. Doyle begegnete Sparks' unterschwellig fragendem Blick mit unbewegtem Gleichmut und war sicher, seine wahren Absichten nicht verraten zu haben. Auch Sparks' Antwort lieferte ihm keinen Grund, etwas anderes zu vermuten.

»Zum St.-Bartholomew-Hospital, Larry«, ordnete er an.

»Können wir anschließend an der Royal Mews vorbeifahren, um nach dem Jungen zu sehen, den Spivey beschrieben hat?« fragte Doyle.

»Das hatte ich ohnehin geplant«, sagte Sparks. Sein Blick war wieder verschlossen und undurchdringlich.

Vielleicht hat er mein Ersuchen durchschaut, dachte Doyle und wurde zunehmend nervöser. Vielleicht traut er mir nicht. Man wird einfach nicht schlau aus ihm! Nun, aber was geht es ihn an, wenn ich Leboux wissen lasse, wo ich bin? Muß ich, für den Fall, daß mir etwas zustößt, Jack Sparks' Erlaubnis einholen, wenn ich meine Familie informieren und unerledigte Dinge regeln will? Die Polizei ist doch auch zu etwas gut, in ihrer Schwerfälligkeit immerhin zuverlässig und, was ihr Verhalten angeht, mehr oder weniger berechenbar.

Der Rest der Fahrt verlief in unbehaglichem Schweigen. Als sie das Krankenhaus erreicht hatten, verließ Sparks mit Doyle die Kutsche und betrat gemeinsam mit ihm das Gebäude. Ich kann ihn wohl kaum bitten, draußen zu bleiben, dachte Doyle. Wie sähe das aus? Er sagte nichts. Und während Doyle die benötigten Dinge besorgte und seinen Spind überprüfte, nahm Sparks auf einer Bank vor dem Ärztezimmer Platz und wartete. Doyles Spind enthielt tatsächlich ein paar kostbare Gegenstände, doch zugleich wurde ihm in einer eigenartigen Mischung aus Bedauern und Erleichterung klar, daß sie nichts weiter waren als die Summe seiner weltlichen Besitztümer: eine silberne Bürste, ein Kamm, ein Rasiermesser, ein Rasierbecher – und das Kruzifix, das ihm sein Vater anläßlich der Kommunion geschenkt hatte. Doyle erwägte, es sich um den Hals zu hängen, doch dann steckte er es in eine Westentasche.

Nachdem er im Verauslagungsbüro seine Arzneivorräte erhalten hatte, ging er zur Tür zurück und warf einen Blick durch das Lukenfenster. Sparks saß nicht mehr auf der Bank. Doyle ging schnell zum Empfangstisch, nahm einen Bleistift und wollte gerade ein paar Zeilen an Leboux schreiben, als die Schwester vom Dienst ihn bemerkte.

»Oh, Dr. Doyle«, rief sie, »ich habe eine Nachricht für Sie.« Sie trat an die hinter ihr befindlichen Postfächer.

»Eine Nachricht?«

»Ist heute morgen gekommen. Ein Polizist hat sie gebracht.« Sie reichte ihm einen Umschlag.

»Danke«, sagte Doyle. Er öffnete ihn.

ARTHUR,
Mr. John Sparks ist ein entwichener Geisteskranker aus dem Irrenhaus in Bedlam. Gewalttätig und äußerst gefährlich! Melde Dich sofort bei mir!
LEBOUX

»Liebesbriefchen einer heimlichen Geliebten?«

»Was?« Doyle schaute überrascht auf. Sparks stand neben ihm und stützte sich auf den Schreibtisch.

»Der Brief, alter Knabe – ist er von einer Geliebten?«

»Ein alter Bekannter hat mich zum Raquetspiel eingeladen«, sagte Doyle. Er faltete den Brief zusammen und gab ihn der Schwester so beiläufig wie möglich zurück. »Lassen Sie den Gentleman bitte wissen, daß ich im Laufe der kommenden Woche leider nicht in der Stadt sein werde. Aber wenn ich zurück bin, werde ich mich sofort bei ihm melden.«

»In Ordnung, Doktor«, sagte die Schwester und brachte die Mitteilung sicher beiseite.

»Sollen wir jetzt gehen?« fragte Doyle, nahm seine Reisetasche und setzte sich in Bewegung. Sparks ging neben ihm her.

»Haben Sie alles gefunden, was Sie brauchten?« fragte er.

»Ja.«

Gütiger Gott. Gütiger Gott. Ich kann nicht weglaufen, dachte Doyle, und es sieht ganz so aus, als könnte ich nichts vor ihm verbergen. Nicht einmal meine Gedanken. Ich weiß nur zu gut, wozu er fähig ist. Er ist der letzte Mensch auf Erden, den ich zum Feinde haben möchte. War alles gelogen, was er mir erzählt hat? Kann ein Mensch denn so bösartig und durchtrieben sein? Wenn er irre ist, ja. Moment mal, Doyle, was ist, wenn es nicht stimmt? Was ist, wenn Leboux sich irrt? Nach allem, was wir zusammen durchgemacht haben ... Wie oft hat Sparks dir schon das Leben gerettet? Solltest du ihn nicht wenigstens so lange für unschuldig halten, bis das Gegenteil bewiesen ist?

»Alles in Ordnung, Doyle?« fragte Sparks gelassen.

»Hmm. Sie würden mir wohl kaum abnehmen, daß mir *nicht* eine Menge im Kopf herumgeht, was?«

»Bestimmt nicht.«

»Ich schätze, ich habe wohl das gleiche Recht, dann und wann vor mich hinzubrüten, wie jeder andere.«

»Das will ich nicht bestreiten.«

»Schließlich bin ich derjenige, dessen Leben ganz schön aus den Fugen geraten ist ...«

Ein Schrei hinter der Stationstür, an der sie gerade vorbeigingen, unterbrach ihn. Es war ein langgezogener Schrei, schrill und voller Schmerz. Eine Kinderstimme. Doyle drehte sich um und schaute in den Saal hinein.

Man hatte die Betten zur Seite geschoben. Er sah ein mechanisches Karussell und mehrere Kinder in Krankenhausnachthemden, die auf sechs Holzpferden saßen. Sie standen auf einer Seite des großen, L-förmigen Raumes. Drei stämmige Parterreakrobaten in roten Russenkitteln sprangen soeben von den Schultern ihrer Partner. Ein watschelnder, rotnasiger Clown hatte gerade damit aufgehört, seinen Leierkasten zu spielen, und drängelte sich hinter ein Schwesternquartett, das sich bemühte, das Kind zu beruhigen, dessen hysterischer Ausbruch den Raum zum Schweigen gebracht hatte. Es war ein kleiner, in einen seidigen Harlekinanzug aus zahlreichen Flicken gekleideter Junge. Die Flicken waren in der Mehrzahl von violetter und blauer Farbe. Der Knabe war etwa zehn Jahre alt. Sein Schädel war so bleich und kahl wie ein Hühnerei; die Hautfalten an seinem Nacken waren eigenartig gerunzelt.

Spiveys Vision! Männer in Rot. Pferde. Ein in helles Blau gekleideter Junge. Doyle verspürte einen unangenehmen Schlag im Rückgrat und bekam eine Gänsehaut. Sparks schob sich an ihm vorbei in den Raum. Doyle schritt rasch an ihm vorbei und ging auf den Jungen zu.

»Schwatzloch!« glaubte er den Jungen aufheulen zu hören. Seine Pupillen waren nach oben gerutscht. Seine Arme schlugen um sich, sein ganzer Körper wand sich in krampfartigen Zuckungen.

»Was ist passiert?« fragte Doyle die Oberschwester.

»Wir unterhalten die Kinder ...«, sagte sie resolut und bemühte sich im Verein mit den anderen, den um sich schlagenden Jungen festzuhalten. »Er gehört zu denen da. Er ist einer der Gaukler.«

Der weißgesichtige Clown drängte sich nach vorn. »Wat is mit ihm passiert?« fragte er, eher irritiert als besorgt.

»Schwatzloch! Schwatzloch!« schrie der Junge.

»Wat is 'n mit ihm los?« fragte der Mann erneut. Doyle stellte fest, daß sein Atem nach Rum und Pfefferminz roch.

»Bleiben Sie bitte weg«, wies die Schwester den Clown an.

Während das Personal noch immer damit beschäftigt war, den Jungen festzuhalten, fühlte Doyle dessen Puls und schaute ihm in die Augen. Das Herz des Jungen raste, seine Pupillen waren riesengroß. Dünne, klare Schaumbläschen bliesen sich in seinen Mundwinkeln auf.

»Schwarzer Lord! Schwarzer Lord!« Die Worte wurden nun deutlicher.

»Wat sacht er 'n da?« fragte der Clown und drängte sich erneut heran.

»Wie heißt der Junge?« fragte Doyle den Mann.

»Joey ...«

»Ist er Ihr Sohn?«

»Er is mein Lehrling«, erwiderte der Clown widerstrebend. »Ich bin Big Roger, er is Little Roger.«

Unter der weißen Schminke war das Gesicht des Mannes ölig und von Pockennarben übersät. Aus der Nähe betrachtet, betonte das breite, rote, künstliche Lächeln, das seinen

Mund überdeckte, nur die dünnlippige Häme, die eindeutig seine Alltagsmiene war.

»Hat er so etwas schon mal gehabt?« fragte Doyle.

»Nein, nie ... Au!« Der Clown schrie schmerzhaft auf, denn Sparks umklammerte seinen Nacken mit einem Würgegriff.

»Sie sollten dem Doktor lieber die Wahrheit sagen«, sagte er.

»Einmal! Is vielleicht sechs Wochen her! Wir war'n am Battersea unten, vorm Bahnhof, vormittags. Und mittendrin hat er's dann auch so gemacht ...«

»Schwarzer Lord! Schwarzer Lord!« schrie der kleine Junge wieder.

»Halten Sie ihn fest«, sagte Doyle zu den Schwestern.

Der Junge riß seine Hände mit einem durchdringenden, schrillen Schrei los und kratzte sich wild am Kopf. Seine Fingernägel schlugen in die Haut und rissen sie bis zum Knochen auf. Die anderen Kinder, die sich in einem ängstlichen Knäuel um sie herum versammelt hatten, stoben schreiend auseinander und rannten davon. Hysterie breitete sich aus wie ein durch die Luft übertragbarer Virus.

»Haltet ihn fest!«

Unter der zerrissenen Haut des Jungen wurden Haare sichtbar; ein voller sandfarbener Schopf kam zum Vorschein. Der Junge trägt eine Gummiglatze, erkannte Doyle, als der Schock abflaute, eine Maske wie die seines älteren Partners. Als die verständnislosen Schwestern vor Entsetzen zurückwichen, tat Sparks einen Schritt nach vorn, nahm den Jungen auf und trug ihn von der Menge fort hinter eine Reihe spanischer Wände.

»Schnell, Doyle«, sagte er. Er setzte den Jungen auf ein Bett.

Doyle kniete sich hin und schob sich an das Kind heran. »Joey, hör zu. Hör auf meine Stimme! Kannst du mich hören?«

Das Gesicht des Jungen war leer und ausdruckslos, aber er sagte kein Wort mehr. Doyles Stimme jedoch schien den dichten Nebel, der ihn umgab, zu durchdringen. Joey erlaubte ihm ohne Widerstand, seine Hände zu ergreifen.

»Kannst du mich hören, Joey?«

Sparks zog die Abschirmungen rings um das Bett, damit man sie nicht mehr sah, dann stellte er sich hinter Doyle und dem Jungen als Wache auf. Doch für die panische Menge, deren Geschrei noch immer den Raum erfüllte, schien die Ursache schon längst nicht mehr wichtig zu sein.

»Joey, du kannst mich hören, nicht wahr?« fragte Doyle.

Joeys Augen flackerten schwach hinter halbgeschlossenen Lidern. Nur das Weiße war sichtbar. Der Junge nickte langsam.

»Erzähl mir, was du siehst, Joey.«

Der Junge leckte über seine gesprungenen und ausgedörrten Lippen. Blut tropfte aus den gezackten Wunden an seinem Kopf, die er sich selbst beigebracht hatte. »Der Schwarze Lord ...«

»Ja, Joey. Erzähl's mir ...«

Joeys kleines, rundes Gesicht nahm stille Würde an. Seine Stimme, vormals hell wie ein Glöckchen, erklang nun in einer wohltönenden Reife, die sein unschuldiges Gesicht Lügen strafte. »Der Schwarze Lord ... sucht einen Durchgang. Durchgang auf diese Seite.«

Durchgang. Hatte nicht auch Spivey Quince in der Trance einen Durchgang erwähnt?

»Auf welche Seite, Joey?«

»Die körperliche.«

»Wo ist er jetzt?«

Joey hielt inne, seine Augäpfel flitzten hin und her, er sah etwas. Dann schüttelte er langsam den Kopf. »Nicht hier.«

»Welcher Durchgang, Joey?«

»Wiedergeburt.«

»Wiedergeburt ins körperliche Leben?« fragte Doyle.

Joey nickte schwach. Doyle fing Sparks' Blick auf. Er beobachtete sie über die Schulter hinweg und lauschte.

»Sie wollen ihm dabei helfen«, sagte Joey.

»Wer will das?«

»Die Sieben.«

Die Sieben. Gott im Himmel. »Wer sind die Sieben?«

»Sie dienen ... Sie haben ihm schon früher gedient.«

»Was wollen sie?«

»Den Weg vorbereiten. Sie sind auf dieser Seite.«

»Wer sind sie, Joey? Wer sind die Sieben?«

Es folgte eine lange Pause, dann schüttelte Joey erneut den Kopf.

»Was will er hier?«

»Er will den Thron. Er will König werden ... Tausend Jahre lang.«

Auch Spivey Quince hatte, die Zeichnung des Mediums in Händen, einen Thron oder eine Krone erwähnt.

»Was ist er, Joey? Was ist dieses Ding?« fragte Doyle. Er bemühte sich, mehr Kraft in den Körper zu bringen, von dem er spürte, daß er in seinem Griff erschlaffte.

Joeys Gesicht wurde noch bleicher. Er schien auf eine tiefere Ebene hinabzugelangen. Hellroter, lachsfarbener Schaum rann von seinen Lippen. Sein Brustkorb hob sich unter großer Anstrengung; seine Stimme wurde nun beträchtlich leiser.

»Er hat viele Namen. Es hat ihn immer gegeben. Er wartet draußen. Seelen nähren ihn ... Er mästet sich an ihrem Untergang. Aber er wird nie zufrieden sein ... Nicht einmal der Große Krieg wird ihn befriedigen ...«

Der Junge holte Luft, dann öffnete er die Augen. Sein Blick war klar, er war wieder bei sich. Er schaute, nun zum ersten Mal hellwach, zu Doyle auf und schien sich seiner eigenen Zerbrechlichkeit schrecklich bewußt zu sein.

»Joey?«

Joey schüttelte in einer glückseligen Aura der Akzeptanz den Kopf; doch als er dann an Doyle vorbeischaute, hob er zitternd eine Hand und deutete auf Sparks.

»Er ist ein ... *Arhanta*«, sagte er.

Sparks musterte den Jungen gespannt. Ein dunkler Rand des Entsetzens überschattete seinen gesenkten Blick. Dann ertönte ein scharfes Bellen, und Doyle wandte sich wieder zu Joey um. Unter einem explosivem Husten blutete sich der Junge innerlich zu Tode; ein Strom heißer, rosafarbener Flüssigkeit lief über sein Kinn, tropfte auf seinen Seidenblouson. Joeys Gewicht schien plötzlich zuzunehmen, um sich kurz darauf zu stabilisieren; dann brach der Junge in Doyles Armen zusammen. Er spürte, wie das Leben nun gänzlich aus dem kleinen Körper floh. Er ließ ihn langsam auf das Bett zurücksinken.

»Ist er tot?« fragte Sparks.

Doyle nickte.

»Wir müssen gehen«, sagte Sparks. »Schnell. Sonst gibt es zu viele Fragen.«

Er ergriff Doyles Arm, seine Finger packten fest zu und geleitete ihn wieder durch das sie umgebende Chaos auf die Tür zu. Schwestern, Ärzte und Aufseher versuchten noch immer, die Kinder zu beruhigen. Zwei Bobbys tauchten an der Tür auf, durch die Doyle und Sparks gekommen waren. Doyle spürte, daß sich der Griff um seinen Arm festigte, als Sparks ihn wegführte. Sie steuerten nun auf eine Tür am anderen Ende der Station zu. Hinter ihnen näherten sich die Gaukler der spanischen Wand, hinter der Joeys Leichnam lag. Sparks und Doyle wollten gerade am Rand der Menge vorbeigehen, als Big Roger, der Clown, ihnen in den Weg trat.

»Wat is denn mit meinem Jungen los, Mister? Hab doch wohl 'n Recht, dat zu wissen, oder? Hab 'n doch immerhin bezahlt. Der Junge is doch 'ne Investitjon ...«

Hinter den Paravents wurden erschreckte Schreie laut.

»Er is tot! Joey is tot!«

Big Roger hielt Doyle fest. »Wat ham'se mit ihn gemacht, häh?«

Die Bobbys schoben sich durch die Menge auf die Gaukler zu, die hinter der Abschirmung hervorgerannt kamen und sich auf der Station umsahen.

»Sie ham ihm umgebracht!« Das Gesicht des Clowns verzerrte sich in kalkweißer Wut. »Wat is mit meine Gage? Sie ham mein ...«

Sparks holte aus, kurz darauf krümmte Big Roger sich auf dem Boden, würgte stumm und griff sich an den Hals. Der Schlag war dermaßen schnell erfolgt, daß Doyle sich nicht daran erinnern konnte, ihn überhaupt gesehen zu haben.

»Gehen Sie weiter«, sagte Sparks. »Aber nicht rennen.«

Doyle setzte sich in Bewegung und schüttelte Sparks Griff ab. Sie schauten sich wütend an. Doyles Zwiespalt sickerte durch die einstudierte Maske der Passivität, und Sparks interpretierte sie nicht falsch.

»Da! Da drüben!«

Die Gaukler hatten sie nun ausgemacht und zeigten durch die Menge wild in ihre Richtung. Die Bobbys setzten sich in Bewegung.

»Doyle, das ist jetzt nicht die Zeit, um ...«
»Ich weiß nicht.«
»Ich kann Ihnen nicht erlauben hierzubleiben ...«
»Soll das heißen, ich habe keine andere Wahl?«
»Das würde ein längeres Gespräch erfordern.«
»Wir müssen es aber führen.«
»Nicht jetzt. Um Gottes willen, Mensch!«

Doyle schwankte, machte jedoch keine Anstalten, sich zu rühren. Die Bobbys kamen näher.

»Wie der Junge mich genannt hat«, sagte Sparks. »Wissen Sie, was ein *Arhanta* ist?«

Doyle schüttelte den Kopf.

»Es bedeutet ›Erretter‹.«

Die Bobbys waren nur noch wenige Meter entfernt.

»He, ihr beiden da«, sagte einer von ihnen. »Stehengeblieben!«

Doyle schob ihnen ein Bett in den Weg, was ihr Vorankommen behinderte, dann hechtete er zur Tür. Sparks eilte ihm hinterher. Sie fanden sich auf dem Krankenhausflur wieder. Eine Trillerpfeife ertönte, dann wurde die Verfolgung hinter ihnen intensiviert.

»Wohin?« fragte Sparks.

Doyle deutete nach links. Sie rannten los und wichen einer Reihe überraschter Patienten, Ärzte und Krankenpfleger aus. Doyle, der sein Wissen über die Krankenhausarchitektur dahingehend nutzte, daß er ständig die Richtung änderte, Stationen betrat, wieder verließ und Treppen hinauf- und hinabeilte, bis sie das Gebäude durch ein Parterrefenster verließen, führte sie schließlich zu dem Ausgang, an dem Larry wartete. Sechs Bobbys trafen gerade mit einer Mannschaftskutsche ein. Sparks betätigte eine silberne Pfeife, die er aus der Tasche gezogen hatte, und winkte die Gesetzeshüter gebieterisch zum Tor.

»Da rein, schnell!« rief er. »Sonst entwischen sie uns noch!«

Die Bobbys rannten zum Eingang, wo sie mit den Beamten und Aufsehern kollidierten, die aus dem Gebäude gestürmt kamen. Gleichzeitig kam eine kleinere Kutsche hinter dem Mannschaftgefährt zum Stehen, und Doyle sah, daß Inspektor Leboux gerade im Begriff war, aus dem Gefährt zu steigen.

»Doyle!« rief Leboux. Er hielt eine Pistole in der Hand.

Plötzlich lenkte Larry ihre Kutsche mit Hufgeklapper durch die halbmondförmige Einfahrt zwischen sie und Leboux, so daß der Schotter in alle Richtungen spritzte. Sparks packte Doyle und zog ihn mit sich auf die heranpreschende Droschke. Durch die Seitenfenster konnte Doyle beobachten, daß Leboux mit der Pistole auf sie anlegte und einen Schuß abzufeuern versuchte. Sparks und Doyle hingen an den Querstangen, während Larry wendete; die Fliehkraft ließ sie kurz auf zwei Rädern fahren, und es hätte nicht viel gefehlt, und sie wären umgestürzt. Dann rollte die Kutsche wieder auf allen vieren. Doyle und Sparks flogen hin und her, während sie sich am Rahmen festhielten und ihre Arme um das Kreuz des offenen Fensters schlangen.

»Nicht anhalten!« schrie Sparks.

Larry ließ die Peitsche knallen und raste geradewegs auf das vor ihnen liegende Krankenhaustor zu. Hinter ihnen, in der Einfahrt, nahmen Leboux' Kutsche und das Mannschaftsgefährt die Verfolgung auf. Mit heulender Handsirene kam in scharfem Tempo eine Krankenhausdroschke durch das Tor direkt auf sie zu. Selbst wenn beide Fahrzeuge mit normaler Geschwindigkeit fuhren, gab es kaum genug Platz für zwei Kutschen, um die Öffnung zu passieren. Eine Kollision schien unvermeidbar.

»Weiter!«

Sparks und Doyle preßten sich an die Außenwand der Kutsche, als die beiden Fahrzeuge einander um wenige Zoll verfehlten. Funken sprühten, als die Räder ineinandergriffen, doch ihre Naben verkeilten sich nicht. Als sie frei durch das Tor jagten, spürte Doyle, wie die Seitenwand der Krankenhausdroschke neben ihm vorbeistrich. Doch in der unmittelbaren Nachwirkung der Beinahe-Kollision hatte der Kutscher der Krankenhausdroschke weniger Glück: Als dieser sich dem Verfolgergefährt gegenübersah und bremsen wollte, drehte sich das Gefährt heckwärts um die eigene Achse. Die Pferde scheuten, die Ambulanz kippte zur Seite und blockierte die Einfahrt und jeden Zugang zum Tor. Leboux' Kutsche kam kurz vor dem Wrack zum Stehen. Bobbys ergossen sich aus dem Mannschaftsgefährt und eilten zu den gestürzten Pferden, doch jetzt war es bereits zu spät, um Larry noch verfolgen zu können. Der fuhr mit Sparks und Doyle, die sich noch immer an den Außenquerstangen der Kutsche festhielten, um eine Ecke und außer Sichtweite des Kankenhaustors in den tarnenden Strom des Londoner Verkehrs hinein.

15
Theatermimen

ZU DOYLES ÜBERRASCHUNG ging die Fahrt nach Norden; Larry führte sie auf geradem Kurs aus London heraus. Es war seine Annahme gewesen, daß sie nach Battersea zurückkehren und die Lok holen würden, die ihnen die Flucht aus Topping ermöglicht hatte. Larry behielt ein Tempo bei, das ausreichen sollte, jeden etwaigen Verfolger abzuschütteln, ohne gleichzeitig allzuviel Aufmerksamkeit auf sich zu ziehen. Es würde nicht mehr lange dauern, bis die Telegraphenleitungen das Lied ihres Entkommens sangen.

Während der Fahrt saß Doyle Sparks unbehaglich gegenüber. Sparks starrte aus dem Fenster. Zwar warf er Doyle gelegentlich einen Blick zu, doch er vermied jeden Augenkontakt.

Wem soll ich nun glauben? Doyle sah sich gezwungen, sich diese Frage mit solcher Dringlichkeit zu stellen, daß eine logische Vivisektion dieses Problems unmöglich wurde. Nur diese eine Frage war in seinem Geist, und sie hämmerte in seinem Hirn wie eine Kirchenglocke.

Ein Geistesgestörter aus Bedlam. War es möglich? Er war gezwungen, sich einzugestehen, daß diese Möglichkeit bestand. Ein Mensch, den eingebildete Verfolger drangsalierten, der in einem Schattenreich lebte, in dem es geheime Verbindungen bis hin zu den höchsten Stellen gab – und zu keiner Geringeren, als ausgerechnet der Königin –, konstruiert von einem verstörten Geist, der in der Beengtheit der Zelle eines Irren gefangen war. Aber Sparks hatte doch immer so klar, so überlegen vernünftig gewirkt! Doyle wußte natürlich, daß auch Irre zu anhaltender Klarheit oder deren makelloser Simulation fähig waren. Vielleicht war Sparks' bedingungsloser Glaube an die ungeheuerlichen Geschichten, die er erzählte, der bedeutendste Hinweis auf seinen Wahnsinn. Konnte er wirklich all das sein, das zu sein er behauptete? Zwar existierten da noch die unterstützenden Aussagen von Larry und Barry, die man nicht unbeachtet lassen durfte – aber immerhin waren die beiden in seinen Diensten stehende Spitzbuben, die man leicht übers Ohr hauen und beeinflussen konnte. Vielleicht waren sie in diesem Verwirrspiel sogar seine Komplizen. Doch welchem Zweck diente es? Welchen Zweck konnte es haben? Ihm fiel keiner ein. Wenn Sparks wirklich verrückt war, gab es vielleicht überhaupt keine erkennbaren Gründe für sein Tun. Der Mann handelte vielleicht ohne Konzept und schneiderte sich seine Geschichten so zurecht, wie seine Fantasie und der gerade aktuelle Handlungsablauf es erforderten.

Hinter Doyles besorgniserregenden Spekulationen tauchte plötzlich eine noch finsterere Frage auf: Was, wenn ein Alexander Sparks gar nicht existierte? War es möglich, daß sein Gegenüber selbst das verbrecherische Überhirn war, das er seinen Bruder zu sein beschuldigte? Er wies ganz eindeutig all jene Talente auf, die er dem anderen attestierte. Hatte er ihn je einen anderen Menschen beschreiben hören, der dem bekannten Profil Alexander Sparks' näherkam? Was, wenn dieses brütende Rätsel, das ihm gegenübersaß, beide Brüder gleichzeitig verkörperte? Fragmentierte Seelen, die im verwirrten Schmelztiegel der Fantasie eines einzelnen residierten, von denen jede sich für ein autonomes Einzelwesen hielt, wobei das eine auf der Pirsch war und töten wollte, während das andere sich aufgrund von Erinnerungen an üble Taten quälte, die es in den finsteren Niederungen einer heimlichen Geisteskrankheit selbst begangen hatte? Bedeutete dies nicht auch, daß Jack der Schänder und Mörder seiner Eltern gewesen war? Es tat zwar weh, diese Gedanken zu erwägen – aber konnte es nicht so gewesen sein daß gerade die Ausübung dieser Untaten seinen Geist irgendwie gespalten hatten, so daß er die Verantwortung für das Unfaßbare nun einer Phantomgestalt in die Schuhe schob, die er pausenlos jagte beziehungsweise von der er sich fortwährend verfolgt fühlte?

Die gelassenere Hälfte von Doyles Verstand raffte sich zu einem Protest auf. Wie, bitte schön, wollte er sich dann die

Gestalt in Schwarz erklären, der er inzwischen zweimal begegnet war – den Mann, den Jack als seinen Bruder identifiziert hatte? Dann waren da noch die Vermummten in Grau, die Séance, seine ruinierte Wohnung und der Wahnsinn in Topping. All das stimmte mit Sparks' Geschichte überein, so eigenartig es auch klang, und all das hatte er persönlich erlebt. Die Morde an der Petrovitch und an Bodger Nuggins, Spiveys Visionen und der zum Tode verurteilte Junge in Blau; die Beweise, die er nur allzu deutlich mit eigenen Augen gesehen und am eigenen Leib erlebt hatte. Er konnte noch jetzt die deutlichen Striemen an seinen Gelenken erkennen, wo die Kreatur ihn im Keller des Britischen Museums gepackt hatte. Selbst wenn John Sparks völlig durchgedreht war: Er war nur eine Gestalt in einer wimmelnden, verzerrten Landschaft, die längst die Form und den Geschmack des Alltäglichen verloren hatte.

Doyle teilte die Vorhänge, schaute aus dem Fenster und versuchte einen Eindruck davon zu gewinnen, wo sie waren. Links von ihnen war Coram's Fields; dann mußten sie also auf der Grey's Inn Road sein. Ja, die Kutsche hielt auf den Londoner Norden zu, Richtung Islington.

Sollte er Sparks seine abwegigen Gedanken mitteilen? Oder gab es eine listigere Möglichkeit, die Ehrlichkeit seines Charakters zu prüfen? Lag es nicht ebenso im Bereich des Möglichen, daß Leboux' Information auf einem Irrtum basierte? Hätte er doch nur eine Gelegenheit gehabt, mit ihm zu reden und mehr Einzelheiten aus erster Hand über die Quelle seines Wissens und über Sparks zu erfahren. Diese Gelegenheit war nun vielleicht unwiderruflich dahin; nachdem er vor den Augen seines Freundes aus dem Krankenhaus geflohen war, mochte Leboux' Geduldsfaden endgültig gerissen sein. Er war nun, um es simpel auszudrücken, auf der Flucht vor der Justiz, und seine Möglichkeiten hatten sich beträchtlich verringert: Er konnte entweder einen Versuch machen, vor Sparks zu flüchten, und sich der ungewissen Gnade der Polizei ausliefern – womit er unermeßliche Konsequenzen von Sparks' ernstzunehmendem Zorn riskierte – oder sich mit diesem Mann und seiner Außenseiterbande zusammentun, um ein ungewisses Ende zu erleben.

»Hat die Blavatsky irgend etwas über die Sieben oder den Schwarzen Lord geschrieben?« fragte Sparks.

»Wie? Was?« fragte Doyle verdutzt.

»Ich bin nicht so gut mit ihren Werken vertraut wie Sie. Erwähnt sie in ihren Schriften irgend etwas über die Sieben oder den Schwarzen Lord?« Sparks schien noch immer tief in Gedanken versunken; er würdigte Doyle kaum eines Blickes.

Doyle durchforstete seine verstreuten Erinnerungen an die Blavatsky. Es schien hundert Jahre her zu sein, seit er den letzten ruhigen Abend in seiner Wohnung verbracht und sich entspannt ihren Texten gewidmet hatte.

»Ich erinnere mich an irgendeine Entität – den Bewohner der Schwelle«, sagte Doyle und wünschte sich, das Buch bei sich zu haben. »Die Beschreibung entspricht in etwa der des Schwarzen Lords.«

»Was soll der Bewohner der Schwelle sein?«

»Ein Lebewesen ... Eine Entität von hohem spirituellem Ursprung, das sich als Teil seiner Wallfahrt bewußt vorgenommen hat, zur Welt hinabzusteigen ...«

»Um in menschlicher Gestalt zu leben?«

»Ja, wie laut Blavatsky auch alle anderen Seelen: um zu lernen und zu reifen.«

»Warum ist dieses Wesen andersartig?«

»In seinem körperlosen Zustand hat es angeblich einen Platz an der rechten Seite desjenigen innegehabt, den Sie meinetwegen Gott nennen können. Als es in die körperliche Welt eintrat, stürzte es ... Ich versuche, mich an die Wortwahl der Blavatsky zu erinnern, aber ich komme nicht genau darauf ... gab es den Verlockungen der materiellen Existenz nach.«

»Den Gelüsten des Fleisches«, sagte Sparks.

»Es widmete sich der Ansammlung irdischer Macht, der Befriedigung irdischer Gelüste und wandte sich von seinem gepriesenen spirituellen Erbe ab. Und so kam das bewußte Böse in die Welt.«

»Die Christen nennen ihn Luzifer.«

»Joey hat gesagt, er hätte viele Namen.«

»Der Mythos vom gefallenen Engel existiert in jeder uns bekannten Kultur. Wie ist man dazu gekommen, ihn als Bewohner der Schwelle zu beschreiben?«

»Am Ende jeder Periode körperlichen Daseins – es hat offenbar mehrere – zieht sich dieses Wesen laut Blavatsky, nachdem es die Erde verlassen hat, in eine Vorhölle am Tor zwischen den Welten zurück und sammelt die Seelen jener Menschen um sich, die sich im Leben seinem Einfluß ergeben haben und ihm blind in den Tod gefolgt sind ...«

»Sind das die Sieben?«

»Ich erinnere mich nicht an eine bestimmte Zahl, aber man spricht von ihnen als Kollektiv.«

»Dann sind diese verdrehten Jünger also die ersten, die aus dem *Purgatorium* ins körperliche Dasein zurückkehren«, sagte Sparks, dessen Geist einen Sprung zu machen schien, »wo ihr Ziel darin besteht, ihrem Schwarzen Lord, der ›auf der Schwelle zwischen der körperlichen und den mystischen Welten wohnt‹ und darauf wartet, wieder zur Erde zurückzukehren, den Weg zu bereiten.«

Doyle nickte. »Ja, so ungefähr drückt die BLavatsky es aus. Ich weiß jedoch nicht mehr, ob sie das Wesen und seine Jünger als Schwarzen Lord und die Sieben bezeichnet. Sie werden ganz einfach in der Rubrik Schwarze Bruderschaft zusammengefaßt.«

Sparks verfiel erneut in ein ernstes Schweigen. Die Kutsche ratterte unterdessen durch die fernsten Außenbezirke Londons, über unbefestigte Straßen und durch idyllisches Land. Wollten sie etwa den ganzen Weg nach Whitby mit Pferd und Wagen zurücklegen? Grob geschätzt würden sie in diesem Fall zwei bis drei Tage unterwegs sein.

»Viele Medien, mit denen Sie gesprochen haben«, sagte Sparks, »haben von beunruhigenden Visionen berichtet, nicht wahr?«

»Verschwommene Dinge. Eindrücke, Gefühle. Sie waren im besten Fall oberflächlich und kurzlebig.«

»Keine Besonderheiten?«

»Nur bei Spivey Quince. Und natürlich bei dem Jungen im Krankenhaus, den er vorhergesehen hatte.«

»War der Junge Ihrer Meinung nach ein echtes Medium?«

»Ich würde sagen, er war extrem empfänglich. Es ist zwar gefährlich, darüber zu spekulieren, ohne Joeys zugrundeliegenden körperlichen Zustand zu kennen, aber mir schien, daß die Wucht der über ihn hereinbrechenden Vision eindeutig zu seinem Tod beigetragen hat.«

»Als hätte sich die Vision gegen ihn gewandt und ihn angegriffen.«

»Und ihr schieres Gewicht hat ihn zerschmettert«, sagte Doyle zurückhaltend.

»Was sagt Ihnen das? Daß auch viele andere diese Visionen erleben?«

Doyle dachte kurz nach. »Auf der Ebene, aus der sie ihre Informationen ziehen, ist eindeutig etwas im Gange. Eine starke Unruhe – wie ein Sturm auf See, bevor er in Sichtweite der Küste kommt.«

»Das Äquivalent eines psychischen Barometers, das ansonsten unsichtbare Druckveränderungen registriert.«

Doyle rutschte auf seinem Sitz hin und her. »Ich muß zugeben, daß die Vorstellung mir Unbehagen bereitet.«

»Im Osten werden Hunde und Katzen unruhig, bevor ein Erdbeben ausbricht. Wir nehmen Kanarienvögel mit in die Bergwerke, um das Vorhandensein gefährlicher Gase festzustellen. Ist es da so schwer, sich vorzustellen, daß Menschen über ähnlich subtile Wahrnehmungsfähigkeiten verfügen?«

»Nein«, sagte Doyle geduldig. »Aber es beruhigt mich auch nicht gerade.«

»Die Aktivierung einer Entität, die so schrecklich ist wie der als Bewohner der Schwelle Beschriebene, könnte ein ziemliches Unwetter auf jeder Ebene erzeugen, auf der sie residiert.«

»Würde es ein solches Ding wirklich geben ...«

»Wenn die Rückkehr dieses Wesens wirklich das ist, was die Angehörigen der Bruderschaft – die Sieben – wollen, wie würden Schwarze Magier wie sie dann den ›Weg‹ für seine Wiedergeburt vorbereiten?«

»Das kann ich auch nicht sagen ...«

»Indem sie Blut verspritzen? Durch Ritualmorde?«

»Vielleicht«, sagte Doyle, der des Verhörs allmählich überdrüssig wurde. »Ich bin mit diesen Dingen nicht vertraut.«

»Aber dazu müßte er zuerst als Kind wiedergeboren werden, nicht wahr?«

»Vielleicht suchen sie gerade in Cheswick nach einem netten Ehepaar, um dessen kleines Balg zu adoptieren.«

Sparks ignorierte den Seitenhieb. »Ein Kind mit blondem Haar, wie man es in einer Vision gesehen hat? Das man seinem Vater gegen dessen Willen genommen hat, während seine Mutter eine unwissentliche Mitverschwörerin war?«

»Tut mir leid, Jack, aber das ist alles ein bißchen zuviel für mich. Also, die Blavatsky kann so etwas ungestraft sagen, aber der Leser nimmt natürlich an – zumindest habe ich es angenommen, daß dies alles lediglich metaphorisch gemeint oder zumindest nur archaische Mythologie ist ...«

»Haben nicht Sie genau darüber in Ihrem Buch geschrieben? Über den Mißbrauch eines Kindes?«

Doyle spürte, daß er erbleichte. Er hatte das verfluchte Buch schon fast vergessen.

»War es nicht so, Doyle?«

»Teilweise.«

»Und da fragen Sie sich, warum man so aggressiv hinter Ihnen her ist? Welche Bestätigung brauchen Sie denn noch?«

Die Frage hing zwischen ihnen in der Luft.

»Doyle ... Ich möchte Sie etwas fragen«, sagte Sparks. Sein Tonfall wurde gelassener. »Wenn man soviel über die Historie dieses Dings weiß wie Sie ... Was hat dieser Schwellenbewohner Ihrer Meinung nach vor, wenn er erst einmal auf der Erde ist?«

»Bestimmt nichts Gewöhnliches, könnte ich mir vorstellen«, sagte Doyle, der sich weigerte, sich gefühlsmäßig an die Antwort zu binden, von der er wußte, daß sie stimmte. »Weltherrschaft, die absolute Versklavung der menschlichen Rasse, etwas in dieser Art.«

»Wobei ihm diesmal eine Menge mehr an ausgeklügelten

Waffen zur Verfügung steht. Unser Talent für Massenblutbäder hat sich um das Hundertfache erhöht.«

»Da kann ich Ihnen nur zustimmen«, sagte Doyle, dem nun wieder einfiel, daß auch Drummond auf der Liste stand – einer der größten Munitionsfabrikanten Europas.

Zufrieden mit den Auswirkungen, die er hervorgerufen hatte, ließ sich Sparks in seinen Sitz zurücksinken. »Dann sollten wir dieser Sache auf schnellstem Wege ein Ende bereiten, meinen Sie nicht auch?«

»Hmm. An sich ja.«

Aber zuerst, dachte Doyle, muß ich in Erfahrung bringen, ob du nicht auch zu ihnen gehörst. Ich muß dich fragen, wieso ich glauben soll, daß du der bist, als der du dich ausgibst, und ich kann beides, jedenfalls im Moment, nicht fragen oder glauben, denn wenn du irrsinnig sein solltest, kennst du den Unterschied wahrscheinlich nicht, und wenn ich frage, setze ich vielleicht mein Leben aufs Spiel.

»Was ist ein *Arhanta?*« fragte Doyle.

»Ist Ihnen der Ausdruck noch nie begegnet?«

Doyle schüttelte den Kopf.

»*Arhantas* sind Adepten tibetischer Geheimorden. Verfügen über spirituelle Kräfte höchster Ordnung, eine Klasse von Elitekriegern. Das Außergewöhnlichste an ihnen ist wahrscheinlich der Grad an Opferbereitschaft, den man von ihnen erwartet.«

»Welche Art Opferbereitschaft?«

»Ein *Arhanta* setzt den Körper seines Lebens zur Entwicklung gewisser mysteriöser – Sie würden vielleicht psychischer sagen – Fähigkeiten ein. Auf der Höhe seiner Kraft, nach Jahren harten, undankbaren Studiums, bittet man den *Arhanta*, dem Einsatz und der Ausübung dieser Kräfte gänzlich zu entsagen und weit von den Zentren weltlicher Dinge entfernt ein Leben voller schweigsamer, anonymer, innerer Einkehr zu führen. Man sagt, daß zu jeder Zeit zwölf *Arhantas* eine körperliche Existenz führen – und daß allein die Ausstrahlung ihrer Präsenz und ihr selbstloses Dienen die Menschheit vor der Selbstvernichtung bewahren.«

»Dann dürfen sie diese angeblichen Kräfte nicht dazu verwenden, das Böse zu bekämpfen?«

»Die Lehren besagen, daß es noch nie passiert ist. Es wäre eine Verletzung ihres geweihten Glaubens, mit weitaus schmerzlicheren Konsequenzen.«

Diesen Gedanken mußte Doyle erst einmal verdauen. »Warum sollte der Junge Sie dann als solchen bezeichnen? Wenn man Sie so ansieht, verkörpern Sie nicht gerade den Typ, den Sie beschrieben haben.«

»Ich habe keine Ahnung«, sagte Sparks. Er schien ebenso mit sich im Widerstreit zu liegen und so verwirrt zu sein wie Doyle.

Eine ganze Weile rangen sie, jeder für sich, mit diesen heiklen Widersprüchen. Als die Kutsche über groben Boden ratterte, wurde Doyle aus seinen Gedanken gerissen. Larry lenkte sein Gefährt auf einen Karrenpfad, der durch ein dichtes Wäldchen führte. Als sie nach seiner Durchquerung auf eine Lichtung hinausfuhren, wurden sie von dem herzerwärmenden Anblick der Sterling 4-2-2 begrüßt, die sie in Battersea zurückgelassen hatten. Sie wartete auf einem nach Norden führenden Gleis. Aus ihrem Schornstein quoll Rauch, der Kessel war angeheizt und abfahrbereit. Hinter der Lok hingen ein voller Kohlentender und – was noch ermutigender war – ein Eisenbahnwaggon. Der Mann, der aus der Lok heraustrat, um sie in Empfang zu nehmen, war kein anderer als Barry, den Doyle zuletzt im Gefängnis von Pentonville gesehen hatte. Doch haftete ihrem Wiedersehen nichts Sentimentales an; was folgte, war verbissene, schnelle Arbeit, und man sprach kaum ein Wort. Ihre Habe wurde auf den Zug geladen, die Pferde ausgeschirrt, damit sie laufen konnten, und die Kutsche sorgfältig im Wald versteckt. Sparks und Doyle stiegen in den Waggon, und die Brüder übernahmen die Lokomotive. Kurz darauf waren sie wieder unterwegs. Die Sonne glitt langsam dem Horizont entgegen; den größten Teil der Reise nach Norden würden sie bei Nacht zurücklegen.

Obwohl spezialangefertigt, war der Waggon spartanisch eingerichtet: Vier Doppelsitze standen sich gegenüber, dazwischen waren herausnehmbare Tische angebracht, zwei Etagenbett-Schlafkojen in einem Abteil am Heck, Holzfußboden und Öllampen an den ansonsten kahlen Wänden und eine einfache Kombüse mit einem Kühlschrank, der mit Proviant für die Reise gefüllt war.

Sparks montierte einen Tisch und nahm Platz, um über einem Landkartenstapel zu brüten. Doyle setzte sich ihm gegenüber hin und nutzte die Stille, um seine medizinischen Vorräte zu ordnen sowie den Revolver zu reinigen und neu zu laden. Er gehorchte einem Instinkt und behielt die Waffe in seiner Nähe.

Als eine Stunde vergangen war, kam Barry zu ihnen und servierte eine Bauernmahlzeit aus Brot, Äpfeln, Käse, gesalzenem Kohl und Rotwein. Sparks aß allein an einem Tisch, machte sich Notizen und arbeitete mit den Landkarten. Doyle saß mit Barry in der Kombüse.

»Wie sind Sie rausgekommen?« fragte Doyle.

»Die Bullen haben mich gehen lassen. 'ne halbe Stunde nach Ihnen.«

»Wieso?«

»Weil sie mir folgen wollten. Haben wohl gedacht, ich führ sie zu Ihnen.«

»Aber Sie haben sie abgeschüttelt.«

»Und wie.«

Doyle nickte und biß in einen Apfel. Er wollte nicht allzu neugierig wirken. »Woher haben Sie gewußt, wo Sie uns treffen sollen?«

»Telegramm«, sagte Barry mit einem Nicken in Sparks' Richtung, um anzudeuten, wer es aufgegeben hatte. »Lag für mich am Güterbahnhof.«

Logisch. Sparks muß das Kabel abgeschickt haben, nachdem er heute morgen das Haus verlassen hat, dachte Doyle. Er leerte seinen Wein und schenkte sich noch ein Täßchen ein. Das Singen und Rattern der Gleise und die wärmenden Eigenschaften des Weins wirkten in seiner Verfassung wie eine angenehm stabilisierende Arznei.

»Barry«, sagte Doyle leise, ohne jedoch allzu heimlichtuerisch zu klingen, »haben Sie Alexander Sparks je gesehen?«

Barry runzelte die Stirn und schaute ihn von der Seite an. »Komische Frage.«

»Was ist an ihr komisch?«

»Das is doch der zweite Vorname vom Maestro, oder nich?« sagte Barry. Wieder deutete er mit dem Kopf in Sparks' Richtung. »Soweit ich weiß, heißt er doch Jonathan Alexander Sparks.«

In der Zuversicht, daß das Geratter des Zuges ihre Stimmen übertönen konnte, drehte Doyle Sparks beiläufig den Rücken zu, so daß er sich nun genau zwischen ihm und Barry befand. Er spürte, daß es ihm eiskalt über den Rücken lief.

»Wollen Sie damit sagen«, sagte er, »daß Jack in Ihrer Gegenwart noch nie einen Bruder namens Alexander erwähnt hat?«

»Selbst wenn«, sagte Barry. »Es hätt' nich viel zu bedeuten. Er spricht nich oft über sich. Jedenfalls nich, wenn ich dabei bin.« Barry biß in ein Stück Kautabak. »Larry is hier der Redner. Er könnt' 'nem Spiegel seinen Glanz abschwatzen und Ihnen dann den Rahmen verkaufen. 'zeihung, aber mir fällt grad ein, daß Larry auf sein Essen wartet.«

Barry tippte an seine Mütze, packte die Reste der Mahlzeit für Larry zu einem Bündel zusammen und kehrte auf die Lokomotive zurück. Doyle stand allein in der Kombüse und starrte Sparks quer durch den Waggon an. Seine schlimmsten Befürchtungen veranstalteten in seinem Geist einen Aufruhr und zertraten die Scherben der Sicherheit, an die zu klammern er sich bemühte. Als Sparks zu ihm aufsah, reagierte Doyle mit einem aufgesetzten, zu schnellen Lächeln und hob in blutarmer Jovialität sein Glas. Er kam sich so ertappt und reumütig vor wie ein in flagranti erwischter Taschendieb. Sparks wandte sich ohne eine besondere Reaktion wieder seiner Tätigkeit zu.

Doyle war verzweifelt. Was sollte er jetzt tun? Prangten seine verräterischen Gedanken nicht so deutlich lesbar auf seiner Stirn wie auf einer Reklametafel? Jeder Schritt, den er nun tat, konnte genau der falsche sein und ihn noch tiefer in stille, brackige Gewässer führen. Er setzte zu einem leisen, effektvollen Scheingähnen an und nahm die Reisetasche an sich.

»Ich glaube, ich lege mich hin«, sagte er.

»Schön«, erwiderte Sparks.

»War ein langer Tag. Ein sehr, sehr langer Tag.«

Sparks reagierte nicht. Doyles Füße scharrten über den Boden.

»Also, dann lege ich mich mal da hinten in die Koje«, sagte Doyle lächelnd und deutete überflüssigerweise auf das Heck des Waggons. Was redete er nur für ein lächerliches und durchschaubares Zeug zusammen?

»Nur zu«, sagte Sparks, ohne aufzuschauen.

»Der Zugrhythmus. Beruhigend. Müßte einem eigentlich gut beim Einschlafen helfen. Das Geruckel. Klicketi-klack, klicketi-klack.« Doyle konnte die Worte, die aus seinem Mund kamen, selbst kaum glauben. Er schwafelt vor sich hin wie ein geistesschwaches Kindermädchen.

Sparks maß ihn mit einem unsicheren Blick. »Sind Sie in Ordnung, alter Knabe?«

Doyles Possenlächeln erstrahlte wie ein Leuchtturm. »Ich? Tipptopp. Hab mich nie besser gefühlt!«

Sparks schüttelte sich leicht. »Dann lassen Sie lieber die Finger vom Wein.«

»Mach' ich. Auf ins Land der Träume!« Doyle konnte sein Grinsen nicht abschalten. Als könnte es sein Leben retten.

Sparks nickte und wandte sich wieder seinen Studien zu. Doyle überzeugte endlich seine Beine, sich in Bewegung zu setzen und marschierte in den hinteren Teil des Waggons. Auf ins Land der Träume? Was war bloß in ihn gefahren?

Als er vor den Kojen stand, debattierte er mit sich über die Frage, welche wohl die sicherste sei, um seine Ängste und Befürchtungen für die Nacht zu beruhigen. Dies dauerte einige Zeit. Als Sparks ihm einen Blick zuwarf, lächelte Doyle und winkte ihm zu, dann stieg er in das untere Bett, zog die Vorhänge zu und rollte sich in der Schlafnische zusammen.

Er starrte auf die Koje über sich, drückte die Reisetasche an die Brust und nahm den Revolver fest in die Hand. In seinem Geist jagte ein Szenarium des Untergangs das andere. Sollte er sich auf mich stürzen, dachte er, kriegt er mich jedenfalls nicht kampflos. Vielleicht sollte ich vorsichtshalber ein paar Kugeln in seine Koje ballern, wenn er schläft, dann könnte ich die Notbremse ziehen und in der Wildnis untertauchen ...

Doyle lugte verstohlen durch den Spalt zwischen den Vorhängen. Er konnte Sparks' Rücken sehen. Er saß noch immer über seine Arbeit gebeugt, las, schrieb, blickte durch ein Vergrößerungsglas. Sogar seine Haltung deutete eine bisher unbemerkte Manie an: Er wirkte verkrampft, nervös, zwanghaft. Wie deutlich er den Wahnsinn des Mannes nun sah. Wieso war ihm das bisher noch nicht aufgefallen? Ja, er war abgelenkt gewesen, und zwar mehr als einmal. Ganz zu schweigen davon, daß Sparks' unbestrittener Genius eine dermaßen undurchdringliche Abschirmung um ihn errichtet hatte, daß es nahezu unmöglich war, herauszufinden, wo die Erfindung endete und sein wahrer Charakter begann. Doyle tadelte sich; wenn seine Beobachtungsgabe ihn nicht trog, waren die Anzeichen der Sparksschen Instabilität immer da gewesen: sein launisches Schweigen, die Verkleidungen, der verschleierte Bombast – *Arhanta*, tatsächlich! –, seine Fixierung auf Geheimniskrämerei und globale Verschwörungen; der Aktenschrank, der ihm als Verbrecherkartei diente – vielleicht enthielten die Karteikarten nichts anderes als willkürliches Gekritzel. Irre bastelten sich ganze Welten zusammen, die lediglich von privater und verblendeter Bedeutung bevölkert waren. Und es bestand auch keine Frage mehr über das Talent des Mannes und seine Leistungsfähigkeit in Sachen Gewalt. Und er mußte die Nacht mit einem der gefährlichsten Menschen der Gegenwart in einem Raum verbringen, der nicht größer war als ein Überseekoffer.

Und so verging die Zeit. An Schlaf war nicht zu denken. Zur Ruhe kam er kaum. Doyle wagte kaum zu atmen oder einen Muskel zu rühren. *Es ist besser, er glaubt, daß ich schlafe, passiv bin und keinen Argwohn hege.* Sein Körper wurde von schmerzhafter Überempfindlichkeit geplagt. Sein Mund wurde trocken und faserig. Seine Beine fühlten sich an wie

Stelzen. Jede Bewegung seiner Lider erzeugte ein Klappern, das ihm so laut vorkam wie eine Kastagnette.

Doyle hörte, daß sich im Waggon etwas rührte. Er fragte sich verzweifelt, wie spät es war, doch ein Blick auf seine Uhr war eine viel zu komplizierte Prozedur, um sie durchzuführen. Er verlagerte langsam sein Gewicht, streckte einen Arm aus und teilte die Vorhänge. Sparks saß nicht mehr am Tisch. Er war völlig aus seinem Blickwinkel verschwunden, doch aus dem begrenzten Raum, in dem Doyle sich befand, konnte man ohnehin nur die Hälfte des Waggons überblicken. Er vernahm ein Geräusch an der Tür, die zur Lok hinausführte, doch er sah nichts. Ein Riegel wurde umgelegt. Die Tür war nun verschlossen. Sparks kehrte in Doyles Blickfeld zurück und tauchte wieder unter. Wiederholt klickte Metall auf Metall. Er zog die Vorhänge der Waggonfenster zu; das mußten die Ringe an der Vorhangstange sein. Dann ging Sparks von einem Wandbeleuchtungskörper zum nächsten und drehte die Dochte der Öllampen herunter. Der Raum verdunkelte sich. Die Tür war verschlossen, das Licht gedämpft. Entweder legt er sich hin, dachte Doyle – aber warum sollte er vor Barry und Larry die Tür verschließen? –, oder er bereitet die Bühne für seinen tödlichen Angriff vor.

Doyle schob den Revolver zum Rand des Vorhangs und spannte die Muskeln, doch Sparks machte keinen Schritt zum Heck des Waggons. Er ging noch immer auf und ab. Sein Schritt war rastlos, er faltete mehrmals die Hände, fuhr sich mit den Fingern durchs Haar, blieb stehen und drückte eine Hand fest gegen die Stirn. Dann nahm er den Schritt wieder auf. Er ringt um eine Entscheidung, dachte Doyle instinktiv, fragt sich, ob er mich umbringen soll oder nicht. Plötzlich wischte Sparks mit einer Armbewegung die Landkarten vom Tisch, zog einen kleinen Lederbehälter aus der Innentasche seines Jacketts, legte ihn auf den Tisch und öffnete ihn. Doyle sah das Glitzern von Licht auf Metall. Er gab sich alle Mühe, den Inhalt des Behälters auszumachen, doch Sparks bewegte sich zwischen ihm und dem Tisch, und das Licht im Raum war zu matt, um ihm Details zu zeigen.

Auf einmal wirbelte Sparks herum und warf einen Blick

auf die Schlafkojen. Doyle widerstand dem Impuls, den Spalt zwischen den Vorhängen zu schließen. Ich liege völlig im Dunkeln, redete er sich ein, er kann mich unmöglich sehen. Doyle rührte sich nicht, seine Hand erstarrte in der Luft und berührte ganz leicht den Vorhang. Sparks schaute lange und konzentriert in seine Richtung, dann wandte er sich, dem Anschein nach zufrieden, daß er nicht beobachtet wurde, wieder um. Seine Hand bewegte sich auf die Gegenstände zu, die auf dem Tisch lagen. Doyle hörte das Klicken von Metall auf Glas. Was hatte er da in dem Päckchen?

Sparks legte sein Jackett ab und vollführte eine komplizierte Abfolge von Handlungen, die vor Doyles Blicken abgeschirmt waren. Als er sich wieder umdrehte und im Profil zu sehen war – deutlich umrissen von der hinter ihm an der Wand hängenden Lampe –, erblickte Doyle in seiner Hand eine Injektionsspritze. Sparks betätigte den Kolben. Die Nadel entsandte einen feinen Strahl in die Luft.

Gütiger Gott, dachte Doyle, er will mich mit einer tödlichen Injektion umbringen! Sein Finger verengte sich um den Abzug. Er war bereit, Sparks dort, wo er stand, niederzuschießen. Doch Sparks wandte sich der Koje nicht zu. Er legte die Spritze auf den Tisch zurück, knöpfte den linken Ärmel seines Hemdes auf und krempelte ihn bis zum Ellbogen hoch. Er band einen dünnen Bindfaden um seinen Bizeps und zog ihn mit den Zähnen fest zusammen. Er spannte und entspannte die Muskeln seines linken Arms, blähte eine Vene in der Beuge des Unterarms auf, betupfte sie mit einem Antiseptikum, nahm die Spritze vom Tisch und bohrte sie ohne Zögern in seinen Arm. Er hielt inne, holte einmal, zweimal tief Luft, drückte den Kolben dann glatt nach vorn und entleerte den Inhalt der Spritze in seinen Blutkreislauf. Er zog die leere Nadel heraus, legte sie hin und löste den Strick von seinem Arm. Sparks wankte leicht, als die Substanz in der Nadel rasch zur Wirkung kam. Dann stöhnte er leise auf, ein gespenstischer Ton, voll abscheulichem Appetit, der seiner Befriedigung nahekam. Sein Körper schüttelte sich in schleichender Erregung, als er sich dem verführerischen Eindringling hingab.

Ein Morphiumderivat? dachte Doyle, der versuchte, die sichtbaren Auswirkungen der Droge zu beurteilen. Vielleicht Kokain? Trotz des Grauens, das er beobachtete, war es ihm eine wahre Freude, seine Fantasien mit einer Analyse abzulenken.

Sparks schloß die Augen und wankte, die Wirkung des Giftes trieb ihrem berauschenden Höhepunkt entgegen. Der Augenblick seiner Verzückung schien abscheulich ausgedehnt. Als er vorbei war, faßte er den Inhalt des Päckchens peinlich genau zusammen. Bevor der Behälter in Sparks Mantel verschwand, entdeckte Doyle neben der Nadel drei kleine Phiolen mit einer Flüssigkeit. Nachdem Sparks aufgeräumt hatte, ließ er sich auf einen Stuhl sinken und stöhnte erneut unwillkürlich. Doch diesmal wurde der pure Ausdruck sinnlicher Ekstase von einem Unterton schlechten Gewissens und jämmerlichen Selbstekels im Zaume gehalten.

Trotz seiner kürzlich erfolgten Mutmaßungen wurde Doyle fast von einem hippokratischen Impuls überwältigt, ihm mitleidig zu Hilfe zu eilen, doch der gesunde Menschenverstand ließ ihn an seinem Standort verharren. Eine heimliche Abhängigkeit von Narkotika verringerte die Möglichkeit, daß Sparks nicht recht bei Sinnen war, kaum. Im Gegenteil, sie machte sie sogar noch wahrscheinlicher. Es war nicht abzustreiten, daß Sparks sich seines Tuns schämte; er hielt es sogar vor seinen engsten Mitarbeitern geheim. Mochte Jack Sparks auch noch so ein großes Risiko für andere sein – es war eindeutig, daß er für sich selbst die größte Gefahr darstellte.

Sparks erhob sich erneut und verschwand aus Doyles Blickfeld. Wieder Geräusche. Verschlüsse klickten. Ein klimperndes Saitengezupfe. Er kam zurück und hielt eine Violine in Händen. Er prüfte den Bogen am Hals des Instruments, drehte die Wirbel und stimmte es. Schließlich lehnte er sich gegen den Rücken des Stuhls und begann zu spielen. Ein schwarzes, mißtönendes Geklimper erfüllte den Raum, aber es wies kalten und brutalen Verstand auf. Es war nicht wirklich eine Melodie und kein Beleg für ein Lied. Diese Abfolge von Noten konnte niemals auf Papier niedergelegt worden sein; sie schien eher der direkte Ausdruck einer schrecklichen Wunde: scharf, zerrissen und schartig, von Schmerz überspült. Doyle erkannte, daß dies der Klang von Sparks' wahrem Herzen war, und die Bürde, die er dem Verstand des Zuhörers auferlegte, war beinahe so schwer wie seine eigene, die er so eloquent beschrieb. Kurz darauf erreichte das Spiel eine unüberbrückbare Sackgasse. Es gab kein Crescendo, keinen Höhepunkt; es mußte ganz einfach enden. Sparks neigte den Kopf und sank erschöpft auf die Lehne des Stuhls; er ließ seine Arme sinken. Doyles Brustkorb bebte vor unterdrückter Regung; er war den Tränen nahe.

Dann nahm Sparks die Violine langsam wieder hoch und setzte zu einem neuen Stück an, das nun sowohl kohärenten Rhythmus als auch Harmonie aufwies. Eine leise, liebliche Totenklage, mit Trauer garniert, wie das Tröpfeln eines verdammten Ozeans aus ungeweinten Tränen. Es entließ eine Vibration aus fast unerträglicher emotionaler Resonanz in die Luft. Doyle konnte Sparks' Gesicht in der Finsternis nicht erkennen, nur den graziösen Bauch des Instruments und den Umriß seines Arms, der den Bogen bewegte. Er empfand Dankbarkeit für die relative Diskretion seines Gesichtsfeldes. Er wußte, daß er – wann und durch wessen Hand auch immer sie ihrem Ende gegenüberstanden – Sparks' Totenklage lauschte.

Das Stück endete. Viele Minuten vergingen, ohne daß Sparks sich rührte. Dann befreite er sich mit beträchtlicher Anstrengung aus der einschläfernden Umarmung des Narkotikums, verstaute das Instrument in seinem Koffer und kam langsam nach hinten. Sein Schritt war fahrig und unsicher. Die Bewegungen des Waggons warfen ihn aus dem Gleichgewicht, so daß er mehr als einmal gezwungen war, sich an die Wand zu stützen. Er blieb vor den Kojen stehen. Doyle wich vom Vorhang zurück, doch durch den Spalt konnte er sehen, daß Sparks' Oberschenkel zitterten. Er stellte ein Bein auf Doyles Koje und zog sich hoch. Dann hielt er inne und versuchte, die Balance zurückzugewinnen. Doyle sah die Spangen stumpf auf seinen Stiefeln glänzen. Ächzend zog Sparks nun den Rest seines Körpers nach und landete schwer auf dem dünnen Drillich der oberen Koje. Sein Körper rührte sich noch einmal, dann wurde es still. Er lag auf dem Rücken. Doyle lauschte dem Rhythmus seines Atems, der langsam ruhiger wurde, dann zunehmend flacher und erschöpfter.

Er hob die Pistole. Sein Herz schlug wild. Ich könnte jetzt feuern, dachte er. Die Waffe an die Matratze drücken, die Patronenkammern leeren und ihn töten. Er drückte den Lauf vorsichtig an das obere Bett und spannte den Hahn. Das Geräusch machte ihm Kummer, aber im Luftholen oben war keine hörbare Veränderung. Sparks war nicht mehr in dieser Welt. Doyle verlor jedes Zeitgefühl, wie er so dalag, die Pistole in der Hand, auf dem dünnen Grat einer schicksalsträchtigen Entscheidung. Irgend etwas in seinem Inneren hinderte ihn daran, den Abzug zu betätigen. Er konnte den Grund nicht nennen. Er wußte, es hatte etwas mit der Musik zu tun, die er gehört hatte, aber noch während er sich herauszufinden bemühte, was es war, schlief er ein.

Als Doyle erwachte, lag das Schießeisen zwar noch in seiner Hand, doch der Hahn war entspannt. Schmutziggraues Licht sickerte durch die Vorhänge des Außenfensters. Er streckte eine Hand aus, um hinauszusehen.

Der Zug jagte noch immer mit beträchtlicher Geschwindigkeit dahin. Sie waren während der Nacht in die äußere Zone eines Unwetters gelangt. Der Himmel war bedeckt. Eine frische Schneedecke verhüllte das flache, anonyme Land, und das Weiß fiel auch jetzt in flauschigen Flocken, die die Ausmaße von Pusteblumen hatten, zur Erde.

Doyle rieb sich den Schlaf aus den Augen. Er hatte Hunger und war aufgrund der emotionalen Strapazen der langen Nacht brummig und verkatert. Er schaute auf seine Uhr. Halb acht. Er roch Shagtabak und starken, aufgebrühten Tee, doch es war der unerwartete Klang von Gelächter erforderlich, um ihn aus seiner Koje in den vorderen Teil des Waggons zu locken.

»Ich bin reich!« hörte er Larry rufen.

»Der Blitz soll dich beim Scheißen treffen!« sagte Sparks.

Mehr Gelächter. Larry und Sparks spielten am Tisch Karten, ein Teeservice stand neben ihnen. Sparks rauchte eine langstielige Pfeife.

»Wie geht's denn immer?« sagte Larry. »Sehn Sie sich mal die schönen Neuigkeiten an.« Er warf einen Blick auf die Karten, die Sparks nun auf den Tisch legte. »Die streunenden Angehörigen der königlichen Familie, die Sie an Ihren Busen drücken, werden Sie die Apanage 'ner Königin kosten.«

»Spann mich nicht auf die Folter, du Halunke – ah, Doyle!« sagte Sparks gutgelaunt. »Wir haben gerade darüber debattiert, ob wir Sie wecken sollen. Hier steht 'ne frische Kanne Tee. Wollen Sie ein Täßchen Souchong?«

»Aber gern«, sagte Doyle, der keiner weiteren Einladung bedurfte, um sich zu ihnen zu setzen und sich sogleich auf den ihm angebotenen Teller mit Brötchen und hartgekochten Eiern zu stürzen.

Sparks schenkte den Tee ein, während Larry den Wert seiner Karten errechnete und das Ergebnis einer langen, unleserlichen Zahlenreihe hinzufügte, die er in ein abgeschabtes Notizbuch eintrug.

»So sieht's also aus, Chef, Pech für Sie«, sagte Larry. »Donnerkiel, jetzt stecken Sie aber gewaltig inner Klemme. Also ehrlich; das bricht Ihnen 'n Hals.«

»Was hast du jetzt insgesamt?«

»Also aufgerundet ... den kleinen Gefallen kann ich Ihnen doch wohl erweisen, oder etwa nich? Sie schulden mir jetzt ... fünftausendsechshundertvierzig Pfund.«

Doyle erstickte beinahe an seinem Tee. »Gott ...«

»Wir spielen das Spiel jetzt seit fünf Jahren«, erklärte Sparks. »Der Mann ist einfach nicht zu schlagen.«

»Irgendwann werden Sie schon auch mal Glück haben, Chef«, sagte Larry und mischte die Karten mit erschreckender Gesetzestreue. »Auch 'n blindes Huhn findet ja mal 'n Korn.«

»Das möchte er mir jedenfalls einreden.«

»Was isses denn anderes als die Hoffnung aufs Glück, die Sie jedesmal wieder an 'n Tisch zurücktreibt? Um zu leben, muß der Mensch hoffen können.«

»Ich bin überzeugt, daß er mich verschaukelt, Doyle«, sagte Sparks. »Ich bin ihm nur noch nicht auf die Schliche gekommen.«

»Ich sag ihm alle naselang, daß es kein Ersatz für die Gunst von Oma Glück gibt«, sagte Larry und zwinkerte Doyle theatralisch zu.

»Es hat sich aber auch noch keiner für mein Geld gefunden«, sagte Sparks heiter und erhob sich vom Tisch.

»Man muß doch das Recht haben, sich 'n bißchen was für die alten Tage auf die hohe Kante zu legen, oder? Man will doch 'n bißchen Muße und Klimpergeld haben, wenn einen das Zipperlein plagt, was uns ja unweigerlich allen blüht.« Larry legte die Karten vor Doyle hin, damit er abhob und lächelte breit. »Lust auf'n Spiel, Chef?«

»Doyle, bevor Sie jetzt irgendeine Entscheidung treffen, möchte ich Ihnen eins sagen: Es ist viel leichter, dem ersten Schritt auf dem Weg zum Ruin zu entsagen als einem der tausend, die danach folgen.«

»Vielen Dank, Larry«, sagte Doyle. »Ich meine: danke, nein.«

»Hoch sollen Sie leben, Doc«, sagte Larry fröhlich, breitete eine Handvoll Asse aus und steckte die Karten ein. »Man sieht doch gleich, daß Sie auf Ihrem schnieken College mehr gelernt haben als nur, wo man die Pumpe von 'nem Menschen findet.«

»Ich bin ein strenger Verfechter der Theorie«, sagte Doyle und warf Sparks einen beiläufigen Blick zu, »daß man, wenn man schon einem Laster frönen muß, sich nicht mehr als eins auf einmal zulegt.«

»Welches könnte wohl Ihr einziges Laster sein, Doyle?« fragte Sparks munter. Er lehnte mit verschränkten Armen an der Kombüse und saugte an seiner Pfeife.

»Der Glaube an das angeborene Gute im Menschen.«

»Ho, ho!« machte Larry. »Das is weniger 'n Laster als 'n Strick, der sich garantiert um Ihren Hals legt.«

»Nennen wir es doch Naivität«, sagte Sparks.

»Ein zynischer Geist würde es wohl so nennen«, sagte Doyle ruhig.

»Und Sie nennen es ...«

»Redlichkeit.«

Sparks und Doyle tauschten einen Blick. Doyle sah, daß Sparks' Augen sich leicht verengten. Hatte er irgendeine verletzliche Stelle in ihm beschämt, oder war es nur ein reuiger Reflex? Doch was es auch war: Sparks zog sich aus der Offenheit ihres Wortwechsels und der mit Larry aufgebauten Heiterkeit der Stimmung zurück und büßte damit ihren hellen Glanz ein.

»Mögen Sie lange gut damit fahren«, sagte Sparks.

»Wir vertrauen auf Gott«, sagte Larry. »Das gravieren die in Amerika auf ihre Münzen. Is auch der passende Ort für Redlichkeit, wenn Sie mich fragen.«

Sparks ging zu der Tür, die zur Lok führte. »Für ein Spiel habe ich genug von meinem schrumpfenden Vermögen an dich vergeudet, Larry. Es wird Zeit, daß du deinen Unterhalt verdienst und etwas Kohle nachlegst ...«

»Ganz Ihrer Meinung, Sir.«

»Sie sind mehr als willkommen, sich zu uns zu gesellen, Doyle.«

»Ein bißchen Bewegung und frische Luft könnten mir nicht schaden«, sagte Doyle.

Er folgte ihnen zur Tür hinaus, überquerte die rüttelnde Kettenkupplung und kletterte auf den Tender. Sparks winkte Barry in der Lokomotive zu, dessen Hand auf der Drosselklappe lag. Alle nahmen sich eine Schaufel und machten sich an die Arbeit, den Kessel mit Brennstoff zu füllen. Der kalte, peitschende Wind warf den Kohlenstaub in die Luft, der in ihre Haut biß; getriebene Schneeflocken detonierten bei der Berührung mit ihren Kleidern. Die Kristalle schmolzen in den wollenen Fäden, lösten sich im Schwarz des verwehenden Staubes auf.

»Wo sind wir?« rief Doyle.

»Noch eine Stunde bis York«, rief Sparks zurück. »Wenn das Wetter anhält, sind wir in drei Stunden in Whitby.«

Die Kälte trieb sie zu großen Anstrengungen an, damit sie sich schneller aus dem blendenden Licht der Luke entfernen konnten. Bald brannte das Feuer im Kessel heißer als im Gewissen eines Sünders.

Whitbys Geschichte hatte im sechsten Jahrhundert als Fischerdorf ihren Anfang genommen, das im Laufe der Zeit zu einer kleinen Hafenstadt herangewachsen war, einem Seebad für den kurzen Sommer Northumbrias, das jedoch im tiefsten Winter ein abschreckendes Ziel für alle außer jene war, die es entweder geschäftlich oder aufgrund eines Brauches aufsuchen mußten. Auf dem Weg zum Meer hatte der River Esk eine tiefe Schneise zwischen zwei Bergkuppen geschnitten; dort bildete er einen natürlichen, tiefen Hafen, in dessen engem Tal das dörfliche Leben zuerst erblüht war. Im Laufe der Jahrhunderte hatte sich die Gemeinde über beide Hügel ausgedehnt und sie vereinnahmt. Irgendeine Mischung aus Trübsinn und der rauhen Landschaft hatte hier eine fruchtbare Oase für ernste religiöse Gefühle und oftmals auch Inbrunst hervorgebracht. Demzufolge beherrschte die zerfallende keltische Abtei St. Hilda die hohe Landzunge im Süden des Ortes, wie schon zu jenen Zeiten, als es in England noch keine Könige gegeben hatte. Die Ruinen der uralten Abtei warfen einen langen Schatten über Goresthorpe Abbey, ihren weniger archaischen Nachfolger, die sich auf halbem Wege zwischen ihrem Vorgänger und der Ortschaft den südlichen Hügel mit ihr teilte. Ihr Turm war die erste Landmarkierung, die Doyle auffiel, als der Zug in den Bahnhof einfuhr. Es war noch nicht ganz Mittag, aber nur wenige Leute waren unterwegs. Jene, die es waren, bewegten sich wegen der bitteren Kälte des schlimmer werdenden Unwetters und des sinkenden Himmels in schwankender Unterwürfigkeit. Die Ortschaft schien in grauem, von Nebel umwaberten Winterschlaf zu liegen. Barry sorgte für die Aufstellung des Zuges, während Larry sich um ihr Gepäck kümmerte und es in eine nahe gelegene Taverne brachte, die der Bahnhofsleiter ihnen empfohlen hatte. Sparks rekrutierte Doyle auf der Stelle für einen Besuch in Bischof Pillphrocks Abtei.

Da am Bahnhof keine Kutsche zur Verfügung stand und alle Läden und Handwerksbetriebe in Erwartung des sich zusammenbrauenden Unwetters verrammelt waren, überquerten sie die Brücke und legten die Meile zum südlichen

Abhang zu Fuß zurück. Dichter Meeresnebel stieg aus dem Hafen in den Ort auf und reduzierte im Verein mit dem fallenden Schnee die Sichtweite auf Null. Gegen den Wind gestemmt, stiegen sie die steile, gewundene Treppe zum Hügel hinauf. Dicke Schals schützten ihre Gesichter vor dem zunehmenden Sturm, und je höher sie stiegen, desto lauter heulte er.

Als sie Goresthorpe Abbey, die neuzeitlichere Kirche des Pfarrbezirks, erreichten, stellten sie fest, daß der Schnee sich in dicken Wehen sammelte und die Türschwellen der Kirche und des Pfarrhauses nahtlos verschloß. Hinter den Fenstern brannte kein Licht; drinnen gab es kein Anzeichen von Leben. Sparks hob den dicken Eisenring an der soliden Holztür der Pfarrei und knallte ihn dreimal gegen die Platte. Der Klang wurde von der höher steigenden Schneedecke schnell erstickt. Sparks klopfte erneut. Doyle, dessen Geist von der Kälte benommen war, versuchte sich erfolglos daran zu erinnern, welcher Wochentag heute war: Hatte die Geistlichkeit etwa ihren freien Tag? Doch wo konnte sie stecken?

»Es ist niemand da«, sagte hinter ihnen eine tiefe und volltönende Stimme.

Sie fuhren herum. Vor ihnen stand ein riesiger Mann, der mindestens sechseinhalb Fuß maß. Obwohl er ebenso wie sie einen Umhang gegen die Kälte trug, hatte er keinen Hut auf dem Kopf. Ein löwenartiger roter Haarschopf krönte seinen massiven Schädel, sein Gesicht wurde von einem dichten roten Bart umrahmt, in dem sich Eisstückchen festgesetzt hatten.

»Wir suchen Bischof Pillphrock«, sagte Sparks.

»Ihr werdet ihn hier nicht finden, Freunde«, sagte der Fremde und kam näher. »Die Diözese ist verlassen.« Das musikalische Singen des Irischen schwang in seiner Stimme mit. Er hatte ein breites und gütig wirkendes Gesicht; seine körperliche Größe suggerierte zwar Stärke, aber keine Bedrohung. »Sie sind alle weg, und zwar seit mindestens drei Tagen.«

»Ob sie vielleicht in der anderen Abtei sind?« fragte Doyle.

»In der Ruine?« sagte der Mann und wandte sich in Richtung der uralten Abtei, wobei er mit einem schwarzen Zebraholz-Spazierstock mit silberner Spitze auf sie zeigte. »In diesem Gemäuer gibt es seit fast fünfhundert Jahren kein Obdach mehr.«

»Dies hier ist doch die Diözese von Bischof Pillphrock?« fragte Sparks.

»Soweit ich weiß, ja. Ich kenne den Mann aber nicht. Ich bin selbst fremd in Whitby. Ich nehme doch an, Sie sind es auch – oder vermute ich da zuviel?«

»Nicht im geringsten«, sagte Sparks. »Aber ich muß sagen, daß Sie mir bekannt vorkommen. Kennen wir uns?«

»Sind Sie aus London, Gentlemen?«

»Sind wir.«

»Kennen Sie sich ein bißchen in der dortigen Theaterszene aus?«

»Mehr als nur ein bißchen«, sagte Sparks.

»Das erklärt alles«, sagte der Mann und streckte seine Hand aus. »Abraham Stoker, Manager von Henry Irving und seiner Theaterproduktionsgesellschaft. Meine Freunde nennen mich Bram.«

Henry Irving! Mein Gott, dachte Doyle, wie oft hatte er schon stundenlang angestanden, um den legendären Mimen auf der Bühne zu sehen? Lear, Othello, neben Ellen Terrys Beatrice als Benedikt. Der größte Schauspieler seiner Generation, unter Umständen sogar dieses Zeitalters! Das Ausmaß seines Ruhms war dergestalt, daß Doyle sich in der Nähe eines Menschen, der auch nur entfernt mit ihm zu tun hatte, sprachlos fühlte.

»Ja, das erklärt natürlich alles«, sagte Sparks umgänglich. »Ich habe Sie bei vielen Gelegenheiten gesehen, bei Premieren und so weiter.«

Sparks und Doyle stellten sich ebenfalls vor.

»Darf ich fragen, Gentlemen, was Sie an diesem schrecklichen Winterabend in diese eiskalte Ecke der Welt verschlagen hat?« Ein Anflug vorsichtiger Zurückhaltung in Stokers Stimme machte aus der Anfrage etwas mehr als nur müßige Neugier.

Sparks und Doyle schauten sich an. »Diese Frage würden wir Ihnen auch gern stellen«, sagte Sparks ruhig.

Es folgte eine kurze Stille, in der sie einander abschätzten und in der Stoker das, was er in Sparks zu suchen schien, offensichtlich fand.

»Ich kenne einen Pub«, sagte er, »in dem wir uns ans Feuer setzen und etwas angenehmer über unsere beiderseitigen Interessen reden könnten.«

Ein halbstündiger Fußmarsch durch den sich verdichtenden Sturm brachte sie ins Rose und Thistle, ein Lokal im Zentrum der Ortschaft am Ufer des Esk. Der Schnee fiel nun so rasch, daß er zwischen den im Kanal liegenden Felsen verbindende Plätzchen schuf. Heißer Kaffee, mit irischem Whisky gewürzt, wärmte ihre Hände, als die drei Männer vor der Glut des endenden Nachmittags die Kälte von sich abschüttelten. In den ersten Minuten nach ihrer Ankunft im Lokal hatten sie zunächst eine Menge belanglosen Tratsch über diverse wohlbekannte oder anderweitig berüchtigte Theatermimen über sich ergehen lassen müssen. Welch ach so frevelhaftes, melodramatisches Privatleben diese Leute doch alle führen müssen, dachte Doyle bei sich. In dem Vakuum der ersten Gesprächspause kam Stoker, eingeleitet durch einen deutlichen Wechsel des Tonfalls, der nun leiser, vorsichtiger und hypnotisch wurde, zum Thema.

»Wie Sie sicher wissen, Mr. Sparks, ist die Welt des Theaters eine unheimlich kleine Gemeinschaft – in diesen Teich fällt kein Stein, ohne daß man auf der anderen Seite nicht sofort die Wellen bemerkt, die er erzeugt –, wobei das meiste, worüber man sich das Maul zerreißt, so vergänglich ist wie ein Eimer Garnelen in der Mittagssonne. Und da es immer irgendeinen sensationellen, aktuellen Tratsch als Mahlkorn für die Gerüchteküche gibt, erfordert es viel mehr als die übliche Kost, um das Interesse eines Menschen einzufangen, wenn es einen einzelnen Abend betrifft, geschweige denn, man will jemanden in den Zustand mehr oder weniger großer Aufregung versetzen. Theatermimen lieben ihren Klatsch, aber in der Regel ist der von gestern heute schon nicht mehr gefragt.«

Stoker hatte seine Bühnenjahre nicht als Müßiggänger verbracht: Es gelang seiner Vortragsweise, aus jeder Pause und Nuance maximale Effekte herauszuholen. Das Ergebnis fiel so spontan aus und war im Grunde genommen dazu angetan, daß man ständig etwas Wichtiges erwartete und der Zuhörer mühelos überzeugt wurde, sich selbst in die schlauen Hände des Geschichtenerzählers begeben zu haben. Doyle stellte fest, daß er es kaum erwarten konnte, den Mann mit Fragen zu traktieren, aber er fing eine Geste von Sparks auf, blieb geduldig und hockte sich in unruhiger Erwartung auf den Rand seines Stuhls.

»Vor etwa einem Monat machte in meiner kleinen Welt eine gewichtige Geschichte die Runde, und nicht viel später erreichte sie an einem Abend im grünen Raum des Lyceum Theatre meine Ohren. Selbst wenn man die Entstellungen und typischen Ausschmückungen abzieht, die jeder Geschichte anhaftet, die einen um mehrere Ecken erreicht, befand sich in ihrem Zentrum ein so beharrlicher, ursprünglicher Kern von geheimem Einverständnis und Ränke, daß sie die absolute Beherrschung meiner Aufmerksamkeit erforderte.«

»Was war es?« platzte Doyle heraus.

Sparks gestikulierte in Doyles Richtung, ohne ihn anzusehen; versuchte dessen Eifer sacht zu dämpfen.

»Mir kam zu Ohren«, nahm Stoker den Faden wieder auf, »daß ein gewisser Gentleman aus hohen Kreisen – der namentlich nicht genannt wurde – durch eine Reihe obskurer Mittelsmänner gewisse Angehörige eines Provinz-Ensembles – professionelle Schauspieler, die man ebensowenig kennt – in seinen Dienst genommen hatte, um ein neu inszeniertes Stück in einem Londoner Privathaus zu geben. Es handelte sich jedoch um kein Stück, das je auf der Bühne aufgeführt worden war; es war eine Neuschöpfung. Es sollte nur einmal gespielt werden und dann nie wieder – für ein Publikum, das nur aus einem Menschen bestand. Außer einer rein verbalen gab es keinerlei vertragliche Abmachung. Nun können wir uns fragen, was hat diese Schauspieler motiviert, einen dermaßen unorthodoxen Auftrag anzunehmen? – Man hat ihnen für die Vorstellung eine ungewöhnlich hohe Summe garantiert; die Hälfte wurde offenbar als Vorschuß entrichtet. Die andere Hälfte sollte nach der Aufführung gezahlt werden.

Welchem Zweck diese mysteriöse Vorstellung diente? Man hat es ihnen nie erzählt, doch alles deutet – und ich bin mir sicher, daß Sie sich daran erinnern – auf Hamlets Hartnäckigkeit im zweiten Akt auf den Schauspielerkönig hin: Wie bei Shakespeare sollte auch diese Wiederaufführung eines kaltblütigen Mordes dazu dienen, irgendeine Reaktion in dem einzigen Menschen, der sein Publikum war, hervorzurufen.«

»Mord«, sagte Doyle. Er spürte, daß seine Kehle sich empfindlich verengte. Ein Seitenblick auf Sparks zeigte ihm einen Ausdruck ähnlicher Intensität.

»Darüber, wer dieser Mensch war oder wie die ersehnte Reaktion ausfallen sollte, wurde kein Wort verloren. Trotz alledem endete diese Geschichte viel monströser als angenommen: Während der Vorstellung betraten plötzlich neue und unerwartete Charaktere die Bühne und trieben die Wanderschauspieler weit über die Vorstellung dessen hinaus, was sie so sorgfältig einstudiert hatten. Irgend etwas ist unheimlich schiefgegangen.« Stoker beugte sich zu ihnen vor, und seine Stimme wurde fast zu einem Flüstern. »Es wurde echtes Blut vergossen.«

Obwohl Doyle keineswegs sicher war, ob er sein Herz daran hindern konnte, aus seiner Kehle zu springen, gelang es ihm mit übermenschlicher Anstrengung, kein Wort zu sagen.

»Die Schauspieler zerstreuten sich«, fuhr Stoker fort. »Ein Akteur kam auf der Bühne um und hat das Bewußtsein nie wiedererlangt. Wahrscheinlich tot.« Stoker legte eine Pause ein und schaute sie der Reihe nach an.

Laß sie es nicht sein, dachte Doyle. Lieber Gott, wenn sie noch lebt, gebe ich mein Leben für das ihre.

»Ich brauche wohl nicht zu betonen, daß die Überlebenden nicht grundlos um ihr Leben fürchteten. Sie haben Schutz im Obdach des einzigen ihnen bekannten sicheren Hafens gesucht und sind zu ihrer Theatergruppe zurückgekehrt.«

»Zu den Manchester Players«, sagte Sparks.

Stoker zuckte mit keiner Wimper. »Ja. Zu den glücklosen Manchester Players.«

Er zog einen Handzettel aus der Jackentasche, der das von den Manchester Players produzierte Stück *Die Tragödie des Rächers* ankündigte. Er zeigte die gleiche Gestaltung wie jener, den sie auf dem Schreibtisch im Büro von Rathborne & Sons gefunden hatten. Die Daten kündigten die Aufführung in der vergangenen Woche in der naheliegenden Stadt Scarborough an. Man hatte einen kleinen Streifen über den Zettel geklebt, auf dem ABGESAGT stand.

»Als ich davon hörte, habe ich das Gerücht zu seiner Quelle zurückverfolgt. Ein einst bei mir angestellter Bühneninspizient hat es von einem Schauspieler gehört, der das Manchester-Ensemble aus familiären Gründen verlassen hatte, als es im letzten Herbst in London spielte. Ich machte verblüfft ein paar Anfragen und erfuhr von einem Produzenten ihren Reiseplan. Das war am achtundzwanzigsten Dezember. Am gleichen Tag erreichten die Manchester Players Nottingham, wo sie ein zweitägiges Engagement hatten. Am gleichen Tag stießen die beiden Schauspieler zu ihnen, die an der Aufführung teilgenommen hatten ...«

»Wie viele waren es insgesamt?« Verdammt seien der Mann und seine langatmigen Erklärungen. Doyle fühlte sich voll im Recht, seine Frage zu stellen.

»Vier«, sagte Stoker. »Zwei Männer und zwei Frauen.«

»Wer ist auf der Bühne umgekommen?«

»Doyle ...«, sagte Sparks.

»Ich muß es wissen: Wer?«

»Einer der Männer«, sagte Stoker. Er hielt nun inne, nicht gereizt, doch auf eine Weise, die Respekt verlangte – sowohl für den Ernst der Erzählung als auch für den Glauben an sein erzählerisches Können.

»Fahren Sie bitte fort«, sagte Doyle, dessen Herz nun noch schneller schlug.

»Am Abend des achtundzwanzigsten Dezember sind eben diese beiden Mitglieder des Ensembles aus ihrem Hotel in Nottingham verschwunden. Obwohl sie ihren Kollegen erzählt hatten, daß sie um ihr Leben fürchteten – und tatsächlich alle vernünftigen Vorkehrungen trafen, um für ihre Sicherheit zu sorgen; sie sicherten Fenster und Türen und ließen die Lichter brennen –, waren sie am nächsten Morgen nicht mehr in ihren Betten. Das Gepäck war noch da, es gab keine Spuren eines Kampfes. Angesichts ihres extrem erregten Zustandes erschien es den anderen Mitgliedern des Ensembles nicht gänzlich verwunderlich, daß die beiden während der Nacht ihre Flucht beschlossen haben konnten. Zumindest ging man solange davon aus, bis man während der Abendvorstellung die Entdeckung machte.« Stoker nahm einen großen Schluck aus seinem Glas. Er sah so aus, als brauche er ihn. »Sind Sie mit der *Tragödie des Rächers* vertraut, Mr. Sparks?«

»Ja«, sagte Sparks.

»Ein äußerst wüstes Grand-Guignol-Stück«, sagte Stoker. »Nicht eben ein erbauliches Spektakel. Man spielt es, wie man in der Branche so sagt, vor billigen Plätzen. Es besteht praktisch nur aus einem ständigen Strom unmotivierter Barbarei, aber sein Ausgang liefert eine besonders lebendige Guillotinenszene und führt einen Bühnentrick vor, den man nur als besonderes Kunststück des Ultrarealismus beschreiben kann. Als der Requisiteur sich an diesem Abend an seine Aufgabe machte, die Requisiten an die vorgeschriebenen Orte zu befördern, überprüfte er auch den verhüllten Korb, der vor der Schneide stand. In dem Korb befanden sich die Holzköpfe, die die Überbleibsel kürzlich Geköpfter simulierten. Als der Deckel später an diesem Abend, auf dem Höhepunkt der Vorstellung, gehoben wurde, um den Korbinhalt zu zeigen ... lagen in ihm die Köpfe der beiden vermißten Schauspieler.«

»Gütiger Gott«, sagte Doyle. »Gütiger Gott.« Unter den gemischten Gefühlen, die ihn durchpulsten, herrschte das schwindelnde Empfinden der Erleichterung vor: Jack Sparks war in der Nacht des 28. Dezember mit ihm zusammen gewesen – auf der Landstraße, auf dem Boot, zwischen Cambridge und Topping. Wenn diese Morde das Werk Alexander Sparks' waren – und sie trugen seine grausige und unmißverständliche Handschrift, dann war seine Befürchtung, daß die beiden Brüder ein und dieselbe Person waren, völlig aus der Luft gegriffen.

»Der Schauspieler, der die Entdeckung machte, wurde auf der Bühne ohnmächtig. Die Vorstellung wurde natürlich abgebrochen, und sämtliche nachfolgenden Engagements der Manchester Players noch am gleichen Abend per Telegramm abgesagt. Ich erfuhr erst am nächsten Morgen von den Morden und machte mich sofort nach Nottingham auf, wo ich am späten Nachmittag des neunundzwanzigsten ankam. Doch es scheint, als sei der Rest der Truppe, noch bevor irgendeine Untersuchung hinsichtlich ihrer Vorbereitungen durchgeführt werden konnte – die Rückgabe erhaltener Quittungen, das Verpacken und Versenden von Kostümen, Bühnenbildern und dergleichen –, untergetaucht, einfach verschwunden, ebenso wie die ersten beiden: Die Hotelrechnungen wurden nicht bezahlt, die Koffer und der persönliche Besitz blieben in den Zimmern zurück. Die örtliche Polizei war nur zu glücklich, ihren plötzlichen Aufbruch dem noch immer umgehenden Irrglauben zuschreiben zu können, daß Schauspieler opportunistische Zigeuner sind, die nicht nur vor ihren Gläubigern fliehen, sondern möglicherweise auch vor einer sträflichen Verstrickung in einen unappetitlichen Doppelmord, den diese stille Midlands-Gemeinde nie zu sehen gehofft hat.«

»Wie viele Köpfe umfaßte die Truppe insgesamt?« fragte Sparks.

»Achtzehn.«

Sparks schüttelte langsam den Kopf. »Ich fürchte, wir werden sie nie wiedersehen.«

Stoker schaute ihn lange an, dann sagte er: »Ich teile Ihre Befürchtung, Mr. Sparks.«

»Die beiden, die ermordet wurden«, sagte Doyle, »waren es ein Mann und eine Frau?«

»Ein Ehepaar«, sagte Stoker. »Und die Frau war im sechsten Monat schwanger.« Sein Widerwille über die Abscheulichkeit kam nun zum ersten Mal unter dem Glanz seines Auftretens zum Vorschein.

Das Paar, das ich bei der Séance gesehen habe, dachte Doyle. Das junge Paar, das neben ihm gesessen hatte. Der angebliche Arbeiter und seine schwangere Frau. Das bedeutete, daß das Medium und der dunkelhäutige Mann echt gewesen waren – kein Mietpersonal, sondern Mitarbeiter der Organisatoren. Was wiederum bedeutete, daß der Mann, der am Tatort umgekommen war, der Schauspieler gewesen war, der die Rolle von George B. Rathborne gespielt hatte.

»Verzeihung, Mr. Stoker«, sagte Doyle drängend. »Gibt es einen Bühnentrick, eine Methode, die realistisch simuliert, wie man die Kehle eines Menschen mit einem Messer oder Rasiermesser durchschneidet?«

»Das ist eine Kleinigkeit«, sagte Stoker. »Die Klinge hat eine hohle Schneide, und darin führt ein Schlitz zu einer Innenvertiefung, die mit einer Flüssigkeit gefüllt ist. Man verspritzt sie durch einen Knopf im Griff, den derjenige, betätigt, der es in der Hand hält, wenn er es über die Haut zieht.«

»Die Flüssigkeit wäre dann ...«

»Bühnenblut. Eine Mischung aus Farbe und Glyzerin. Manchmal ist es auch tierisches Blut.«

Schweineblut zwischen den Ritzen der Dielenbretter in der Cheshire Street 13.

Sie lebt. Sie ist noch am Leben, dachte Doyle. Ich weiß es.

»Vier Schauspieler waren engagiert; sie haben uns von dreien berichtet. Was ist aus der vierten geworden, der zweiten Frau?«

Stoker nickte. »Ich wußte, daß die bedauernswerte Truppe Nottingham nicht aus eigenem Antrieb verlassen hat – falls sie überhaupt je lebend aus der Stadt gekommen ist. So konfrontiert mit dem verwirrendsten Mysterium, dem ich in meinem Leben je begegnet bin, und angesichts des grundsätzlichen Desinteresses der Polizei, nahm ich mir vor, zu verfolgen, was ich über ihr Schicksal selbst in Erfahrung bringen konnte. Ich bin nämlich Romanautor, beziehungsweise bemühe ich mich, Romane zu schreiben. Meine familiären Verpflichtungen machen meine Tätigkeit im Theatermanagement zwar nötig, doch das Schreiben ist das Mittel, dem ich meine größte persönliche Befriedigung verdanke.«

Doyle nickte. Er war zwar ein wenig irritiert darüber, daß der Mann seine Privatangelegenheiten so unverhohlen darlegte, doch sich der Problematik durchaus bewußt, da seine eigene gute Natur oftmals mit dem Impuls kämpfte, im rohen Erz seiner Erfahrungen nach Gold zu graben.

»Meine erste Handlung bestand darin, ein Verzeichnis der Namen der Schauspieler von dem Hotel in Nottingham zu bekommen, dann den Terminplan der Manchester Players, um in den nächsten Städten ihrer Tournee nachzuforschen, da die Chance bestand, daß sie irgendeinen Plan hatten, sich unterwegs neu zu formieren, und daß sich einer oder mehrere von ihnen sich dort einfinden würden. Dies führte mich nach Huddlesfield, dann, am Silvesterabend nach York, weiter nach Scarborough und schließlich vor zwei Tagen hierher nach Whitby. Ich habe in allen Städten die Theater und Hotels überprüft, in denen sie Zimmer reserviert hatten. Ich habe an Bahnhöfen und Piers beobachtet, wer ankam und abreiste, und Restaurants und Pubs aufgesucht, von denen man weiß, daß Wanderschauspieler sie frequentieren. Ich habe mich mit Schneidern und Schustern unterhalten. Schauspieler auf Reisen haben ständig Kostüme und Schuhe zu reparieren. Doch trotz all meiner Bemühungen wurde mir in keiner dieser Städte irgendeine ermutigende Reaktion zuteil. Ich war gestern nachmittag tatsächlich mehr oder weniger bereit, nach London zurückzukehren – als ich in Whitby zufällig auf eine Wäscherin stieß, die tags zuvor das schwarze Seidenkleid einer Dame angenommen hatte, das durch einen besonders hartnäckigen roten Fleck verunziert war ...«

Sparks schoß hoch. Doyle schaute ihn an. Er zeigte den neugierigsten Ausdruck, den er je auf seinem Gesicht erblickt hatte. Doyle wandte sich um, um zu sehen, was diese Wirkung in ihm hervorgerufen haben konnte.

Sie stand im Türrahmen. Sie suchte Stoker, und als ihr Blick über seine Gefährten schweifte, zeigte ihr Gesicht den Anflug konzentrierter Befriedigung, ihn gefunden zu haben. Der Zusammenprall ihrer Blicke und das darauffolgende Wiedererkennen – es erschien Doyle, als ließe all dies ihre Kraft schwinden. Hektische rote Flecke färbten ihre Wangen, und sie hielt sich mit einer Hand an der Wand fest, um sich zu stützen. Doyle erhob sich sofort und ging zu ihr, doch später konnte er sich nicht mehr daran erinnern, sich überhaupt gerührt zu haben. Er sah nur ihr Gesicht, das blasse, zarte Oval, das in seinen Gedanken und Träumen gespukt hatte; die weichen schwarzen Locken, die ihre Stirn umrahmten, ehe sie sanft über ihre Schultern flossen, den edlen Blick, die vollen, rosigen Lippen. Die elegante, schwanenartige Grazie ihres weißen Halses war in jeder Hinsicht makellos.

Als er vor ihr stand, reichte er ihr seine beiden Hände, die sie in einem Gruß nahm. Obwohl sich etwas in ihrem Innersten voller Ergebenheit, Furcht und Abbitte – sie schien unsicher, wie er sie aufnahm – zurückzuziehen schien, trat sie auf ihn zu. Als das verzeihende Willkommen in seinem Blick ihr bewußt wurde, ließ sie sich sanft an die Tür zurücksinken. Es war eine unbedeutende Geste, doch für Doyle Ausdruck einer atemberaubenden Turbulenz ihrer Gefühle. Sie sah ihn an und schaute wieder weg – unfähig, seinen auf sie gerichteten Blick längere Zeit zu ertragen. Emotionen huschten über ihr Gesicht, sie waren so deutlich und schnell wie Elritzen in einem seichten Fluß. Vom Temperament her schien sie zu jeder vorsätzlichen Täuschung unfähig; ihre Schönheit unterstrich nur die quecksilbrige Transparenz zu ihrem innersten Spiegel. Als Doyle die warme, feuchte Berührung ihrer Hände spürte, wurde ihm schlagartig bewußt, daß sie nie ein einziges Wort miteinander gewechselt hatten. Plötzlich traten Tränen in seine Augen, und obwohl er nicht die geringste Ahnung hatte, wie er anfangen sollte, suchte er verzweifelt nach Worten.

»Sind Sie in Ordnung?« fragte er schließlich.

Sie nickte mehrmals und versuchte, ihre Stimme zu finden. Auch ihre Augen glitzerten feucht.

»Ich hatte die Hoffnung, daß Sie noch leben, schon längst aufgegeben«, sagte er leise, ließ ihre Hände los und bemühte sich, seine Gefühle zu verbergen.

»Ich auch«, sagte sie mit einer warmen Altstimme, »aber Sie, Sir, haben in mir durch Ihren Mut und Ihre Güte neue Zuversicht geweckt.«

»Aber Sie leben noch«, sagte Doyle. »Und das ist alles, was zählt.«

Sie schaute zu ihm auf, hielt seinem Blick stand und nickte erneut. Ihre Augen waren groß, durch dunkle, wohlgeformte Brauen unterstrichen, verlockend mandelförmig, ihre Farbe ein verblüffendes Meergrün.

»Sie können sich nicht vorstellen, wie oft ich an Ihr Gesicht gedacht habe«, sagte sie. Sie streckte eine tastende Hand aus, um ihn zu berühren, zog sie jedoch zurück, bevor es dazu kam.

»Wie heißen Sie?«

»Eileen.«

»Wir müssen uns dem Blick der Öffentlichkeit auf der Stelle entziehen«, ertönte auf einmal die Stimme von Sparks. Er war plötzlich neben Doyle aufgetaucht. »Wir nehmen Stokers Zimmer. Hierher, bitte, Madam.«

Sparks deutete auf Stoker, der an der Treppe auf sie wartete. Doyle war erstaunt über die Schroffheit, mit der er Eileen ansprach, und warf ihm einen vernichtenden Blick zu. Sparks reagierte jedoch nicht auf ihn. Doyle folgte Eileen durch den Raum. Sie nahm Stokers angebotenen Arm, und sie gingen die Treppe hinauf. Sparks führte sie in den zweiten Stock. Bevor sie Stokers Zimmer mit der Dachschräge und der niedrigen Decke betreten und die Tür hinter sich geschlossen hatten, sprach niemand ein Wort.

»Nehmen Sie bitte Platz, Madam«, sagte Sparks kühl. Er packte die Rückenlehne eines Stuhles und knallte ihn unzeremoniell in die Mitte des Raumes.

Eileen schenkte Doyle einen gequälten und verletzlichen Blick, dann trat sie an den Stuhl heran und setzte sich.

»Also wirklich, Jack«, begann Doyle. »Müssen Sie unbedingt diesen Tonfall ...«

»Seien Sie still!« befahl Sparks. Doyle war zu bestürzt, um etwas zu erwidern. Nie zuvor hatte er Sparks in einer so gebieterischen Art erlebt. »Oder muß ich Sie daran erinnern,

Doyle, daß diese Frau in den Diensten unserer Feinde stand und durch die trügerische Kunst ihres Auftritts einen grundlegenden Beitrag dazu leistete, daß man Sie in eine Falle gelockt, betrogen und fast ermordet hat?«

»Aber doch unwissentlich!« protestierte Eileen. »Ich versichere Ihnen ...«

»Vielen Dank, Madam«, erwiderte Sparks gallig. »Wenn Ihre Selbstverteidigung erforderlich ist, werden wir uns raschestens danach erkundigen.«

»Jack, also bitte ...«

»Doyle, ich würde es sehr zu schätzen wissen, wenn Sie so freundlich wären, Ihre fehlgeleiteten, verrückten Gemütsbewegungen so lange zu bezähmen, bis ich so etwas wie eine Gelegenheit hatte, die Wahrheit aus dieser Abenteurerin herauszuholen.«

Von Sparks' ungebrochenem Zorn getroffen, begann Eileen nun leise und hilflos zu weinen und sah Doyle um Beistand bittend an. Doch statt Sparks' Verärgerung zu bezähmen, diente ihre Gefühlsflut nur dazu, seine Streitlust anzuheizen.

»Ihre Tränen, Madam, sind augenblicklich reine Verschwendung. So überzeugend sie möglicherweise früher ausfielen – und so mühelos Sie sie aufgrund ihres einstudierten Geschicks auch erzeugen können: Ich versichere Ihnen, Sie werden mich sowenig beeinflussen wie der Regen einen Fluß. Sie werden mich nicht rühren. Ein Hintergehen solchen Ausmaßes, und sei es auch noch so ahnungslos erfolgt, verdient keine Annahme von Unschuld. Ich werde die Wahrheit aus Ihnen herausholen, Madam. Machen Sie sich keine falschen Hoffnungen. Und jeder weitere Versuch, den sanftmütigen Charakter meines Gefährten zu Ihren Gunsten zu manipulieren, wird Ihnen nicht das geringste nützen!«

Sparks hatte seine Stimme im Interesse der Diskretion kaum über die einer Konversation hinaus erhoben, doch die Stille, die im Raum lag, als er geendet hatte, schmerzte Doyle aufgrund der Heftigkeit seines Grolls in den Ohren. Stoker war an die Tür zurückgetreten. Er war überwältigt und sprachlos. Es fiel Doyle schwer, sich zu rühren; er schämte sich für den explosiven Ausbruch seines Freundes und die Brisanz der wenig anziehenden Wahrheit, von der er wußte, daß sie seiner groben Beurteilung innewohnte. Fast noch mehr verstörte es ihn, als er sah, daß Eileens Weinen fast augenblicklich abbrach. Sie saß aufrecht auf dem Stuhl, steif wie ein Zelluloidkragen und unglaublich gefaßt. Ihr Blick musterte den Fragesteller ohne Furcht und Verärgerung; er war klar, fest und zeigte immense Selbstbeherrschung.

»Wie lautet Ihr Name, Madam?« fragte Sparks, nun weniger aggressiv und offenbar beschwichtigt durch die Echtheit ihres gegenwärtigen Zustandes.

»Eileen Temple.« Ihre Stimme schwankte nicht die Spur. In ihr klangen Stolz und der Anflug von nicht ganz unausgesprochenem Trotz mit.

»Mr. Stoker«, sagte Sparks, ohne ihn anzusehen, »ich gehe davon aus, daß Sie Miß Temple nach der Entdeckung der hiesigen Wäscherin zu dieser Adresse zurückverfolgt und gestern abend aufgesucht haben.«

»Richtig«, sagte Stoker.

»Miß Temple, Sie haben wie lange als Schauspielerin im Solde der ehemaligen Manchester Players gestanden?«

»Zwei Jahre.«

»Als Sie im letzten Oktober in London engagiert waren – wurden Sie da von jemandem aus Ihrer Truppe bezüglich eines Auftritts am zweiten Weihnachtstag in der Cheshire Street 13 angesprochen?«

»Von Sammy Fulgrave. Er und seine Frau Emma gehörten zur zweiten Besetzung unserer Truppe. Emma war schwanger; sie waren in ziemlich großen Geldnöten.«

»Dann haben die beiden Sie also dem Mann vorgestellt, der ihnen das Engagement angeboten hatte – es war ein kleiner, dunkelhäutiger Mann, der ausländischen Akzent sprach – und der Ihnen daraufhin das gleiche Angebot unterbreitete.«

Der finstere Mann bei der Séance, dachte Doyle. Der Mann, dem er ins Bein geschossen hatte.

»So war es«, sagte Eileen.

»Was waren die Bedingungen dieses Angebots?«

»Wir sollten einhundert Pfund bekommen. Fünfzig hat er im voraus gezahlt. Er sprach übrigens österreichischen Akzent.«

»Dann engagierte er mit Ihrer Hilfe den vierten und letzten Akteur?«

»Dennis Cullen. Er sollte meinen Bruder spielen ...«

»Der sich zweifellos in einer vergleichbar prekären finanziellen Lage befand«, sagte Sparks, dem es noch immer nicht gelang, den Anflug von Zorn aus seiner Stimme zu verbannen. »Was hat der Mann für seine hundert Pfund von Ihnen verlangt?«

»Unsere Teilnahme an einer Privatvorstellung für einen seiner reichen Freunde, der sich für Spiritismus interessiere. Er sagte, eine wohlmeinende Gruppe seiner Freunde wolle ihm eine Art Streich spielen.«

»Was für einen Streich?«

»Er erzählte uns, dieser Mann, ihr guter Freund, sei in Sachen Spiritismus entschieden ungläubig. Er sagte, man wolle ihn zu einer Séance einladen, bei der man ihm jeden Grund zu der Annahme liefern wolle, daß sie echt sei, und ihm dann mit Hilfe mehrerer ausgeklügelter Bühnentricks einen ordentlichen Schreck einjagen. Die Vorstellung sollte sich in einer Privatwohnung abspielen, und um ihr die rechte Würze zu verleihen, wollte man unbedingt professionelle Schauspieler einsetzen. Menschen, die der Mann nicht kannte, und deren Verhalten ihm glaubhaft erscheinen sollte.«

»Und nichts an diesem Angebot hat Ihren Argwohn erweckt?«

»Wir haben unter uns darüber gesprochen. Um ehrlich zu sein, es klang nach einem netten, harmlosen Späßchen. Nichts am Verhalten des Mannes deutete etwas anderes an, und das Geld konnten wir, offen gesagt, alle gut gebrauchen.«

Sie blickte Doyle an. Dann schaute sie weg; irgendwie beschämt, wie Doyle fand.

»Was hat er sonst noch von Ihnen verlangt?«

»Damals noch nichts. Wir sollten am Heiligen Abend zu einem Treffen nach London zurückkehren, um die Vorstellung zu organisieren. Dabei hat er uns in die Cheshire Street geführt und uns den Raum gezeigt, in dem die Séance inszeniert werden sollte. Er teilte uns unsere Rollennamen mit, erklärte uns, welche Charaktere wir darstellen, und bat uns, die dazu passenden Kostüme selbst auszusuchen. Erst da habe ich erfahren, daß Dennis und ich Bruder und Schwester spielen sollten.«

»Hatten Sie den Namen Lady Caroline Nicholson je zuvor gehört?«

»Nein.«

»Haben Sie diese Frau schon einmal gesehen?« fragte Sparks und hielt ihr die Fotografie der Frau hin, die er vor dem Gebäude von Rathborne & Sons aufgenommen hatte.

»Nein, habe ich nicht«, sagte sie, nachdem sie das Bild einen Moment studiert hatte. »Ist das Lady Nicholson?«

»Ich nehme es an«, sagte Sparks. »Sie sind jünger als sie. Sie haben sich an jenem Abend so geschminkt, daß Sie älter wirkten.«

Sie nickte.

»Ich glaube, jemand hat Sie im Oktober während des Londoner Auftritts gesehen und für diese Arbeit ausgewählt, weil Sie Lady Nicholson ähneln. Die anderen Darsteller waren relativ belanglos. *Sie* waren der Schlüssel zu ihrem Plan.«

»Aber warum sollte man sich all diese Mühe machen?« fragte Stoker.

»Als Schutzmaßnahme gegen den Eventualfall, daß unser Freund Dr. Doyle die echte Frau irgendwann einmal gesehen hat. Ich versichere Ihnen, daß der Mann, der für all dies verantwortlich war, zu noch absoluterer Gründlichkeit fähig ist als dieser.«

»Aber was, in Gottes Namen, war seine Absicht?« platzte Stoker mit deutlicher Frustration heraus.

»Der Mord an Dr. Doyle«, sagte Sparks.

Stoker lehnte sich zurück. Eileen drehte sich um und sah Doyle erneut an. Er sah, daß sie Schmach empfand, und zwar seinetwegen. Allmählich verstand er, wie es um die seelische Kraft der Frau wirklich bestellt war.

»Hat der Mann Ihnen das Medium vor dem Séanceabend vorgestellt?« fragte Sparks.

»Nein. Wir sind wohl alle davon ausgegangen, daß sie ebenfalls eine Schauspielerin sei. Er sagte, auch er würde eine Rolle spielen. Er war an diesem Abend geschminkt. Sie haben ihn als dunkelhäutig beschrieben; in Wirklichkeit war er ziemlich blaß.«

»Es war wieder unser Freund Professor Vamberg, Doyle«, sagte Sparks beiläufig.

»Wirklich?« fragte Doyle emsig, er empfand eine fast elende Dankbarkeit, ein kameradschaftliches Wort von Sparks zu hören. »Man kann wirklich nicht sagen, daß wir es ihm nicht gegeben hätten.«

»Nein. Wenn wir ihn das nächste Mal sehen, müßte er deutlich hinken.«

Doyle verspürte innerlich einen entschieden unfreundlichen Ansturm von Befriedigung, als ihm einfiel, wie das Schießeisen in seiner Hand losgegangen war. Er erinnerte sich an das schmerzhafte Brüllen des Mannes.

»Was sollten Sie den Anweisungen des Mannes gemäß am Abend der Séance tun?«

»Er wollte, daß wir unsere Rollen schon auf der Straße spielten – für den Fall, daß sein Freund uns vor dem Haus sah. Wir haben uns ein paar Blocks von dem Haus entfernt mit ihm getroffen. Dennis und ich wurden von einer Kutsche mitgenommen. Ein anderer Mann, der unseren Kutscher Tim spielte, hat uns vor der Haustür abgesetzt.«

»Hieß der Mann wirklich Tim?«

»Wir kannten ihn nicht. Er hat auch nicht mit uns gesprochen. Kurz nachdem wir in die Kutsche gestiegen waren, und dieser Professor – so wie Sie ihn nennen – zur Séance ging, habe ich allerdings gehört, daß er ihn Alexander nannte.«

Gütiger Gott, er war es, dachte Doyle. Der Kutscher, mit dem er sich vor der Cheshire Street 13 unterhalten hatte, war Alexander Sparks gewesen! Er war dem Mann so nahe gewesen, wie nun seinem Bruder. Es lief ihm kalt über den Rücken. Der Mann war perfekt und vollendet in seiner Rolle aufgegangen.

»Miß Temple«, warf Doyle ein, »die Dinge, die wir während der Séance gesehen haben ... Hat man Ihnen vor der Vorstellung gezeigt, wie sie funktionieren?«

Eileen nickte. »Da war eines dieser Geräte ... Wie heißen sie doch gleich? Laterna Magica. Sie war hinter den Vorhängen versteckt und projizierte ein Bild in die Luft ...«

»Das Bild des kleinen Jungen«, sagte Doyle.

»Bei dem ganzen Rauch sah es so aus, als bewege es sich. Man konnte kaum sagen, wo es herkam ... Und von der Decke hingen Drähte herab, an denen die Trompeten und der Kopf der abscheulichen Bestie befestigt waren ...«

»Das haben Sie vor der Séance gesehen?«

»Nein, aber natürlich bin ich davon ausgegangen«, sagte sie und schaute sich rückversichernd um.

Doyle nickte zögernd.

»Welche genauen Anweisungen hat man Ihnen erteilt, wie Sie sich Dr. Doyle gegenüber verhalten sollten?« fragte Sparks. »Hat man seinen Namen erwähnt?«

»Nein. Mir wurde gesagt, es handele sich um einen Arzt, nach dem die Figur, die ich spielte, geschickt habe, um ihn um Hilfe zu bitten. Mein Sohn sei entführt worden, ich hätte mich zwar widerwillig an das Medium gewandt, um seinen Rat einzuholen, doch da ich unsicher über die Absichten der Frau sei, hätte ich dem Doktor geschrieben und ihn gebeten, uns dort zu treffen.« Sie blickte Doyle erneut an. »Doch als er eintraf – ich weiß nicht warum –, spürte ich plötzlich, daß irgend etwas nicht stimmte ... daß die Geschichten, die man uns erzählt hatte, Lügen waren. Ich habe es an Ihrem Gesicht gesehen. Die anderen haben weitergespielt. Ich weiß nicht einmal, ob sie es überhaupt bemerkt haben. Ich wollte irgend etwas zu Ihnen sagen, Ihnen irgendein Zeichen geben, aber als die Sache anfing, hat sie mich dermaßen umgehauen ...«

»Haben Sie das, was Sie sahen, für echt gehalten?« fragte Doyle.

»Ich hatte keine Möglichkeit, es zu beurteilen. Das heißt, ich wußte zwar, was man auf der Bühne alles machen kann, aber ...« Eileen schüttelte sich unwillkürlich und hüllte ihre

Schultern mit den Armen ein. »An der Berührung durch die Hand dieser Frau war etwas so Abscheuliches ... Irgend etwas ... Unsauberes. Und als die Kreatur im Spiegel erschien und mit grauenhafter Stimme zu reden begann ... Da hatte ich das Gefühl, den Verstand zu verlieren.«

»Ich auch«, sagte Doyle.

»Dann erfolgte der Angriff«, sagte Sparks.

»Ein Angriff sollte Bestandteil der Vorstellung sein. Wir hatten ihn einstudiert. Wir alle sollten unter den Händen der Eindringlinge sterben.« Dr. Doyle hätte dann eine Reaktion gezeigt, und wir wären alle wieder aufgestanden und hätten uns auf seine Kosten amüsiert. Doch als diese Männer in den Raum kamen ... Es waren nicht die, die wir zuvor gesehen hatten. Ich hörte den Schlag, der Dennis zu Boden sinken ließ ... Ich sah den Blick in seinen Augen, als er fiel, und ...«

Ihre Stimme versagte. Sie drückte eine Hand auf ihre Stirn, senkte den Blick und bemühte sich mit enormer Willensanstrengung, ihre Gefühle im Gleichgewicht zu halten.

»... ich wußte, daß er tot war und man die Absicht hatte, Dr. Doyle umzubringen. Man hatte dieses Ziel von Anfang an verfolgt. In diesem Moment fand ich zumindest im Geiste meine Stimme wieder und betete: Wenn sie mir das Leben für die Rolle nehmen wollten, die ich in diesem Stück gespielt hatte, wollte ich es für das Ihre geben. Dann spürte ich das Messer an meiner Kehle und das Blut, das an mir herunterlief ... Ich hatte keinen Grund anzunehmen, daß es nicht das meine war. Ich fiel hin. Ich glaube, ich habe die Besinnung verloren, und die nächsten Momente sind unklar ...«

Sie schloß die Augen und holte tief Luft. Als sie sie ausstieß, schüttelte sie sich und kämpfte erneut gegen die Tränen. Sie hat die Wahrheit gesagt, dachte Doyle; das größte Theatergenie der Welt könnte nicht so wirkungsvoll simulieren.

»Ich kam wieder zu mir, als Sammy und seine Frau mich aus dem Haus trugen. Sie waren zwar nicht verletzt, aber hinter uns hörten wir Stöhnen, Schreie, Schüsse und Chaos. Es war ein schrecklicher Schock, als mir klar wurde, daß ich noch lebte und daß alles, woran ich mich erinnerte, wirklich passiert war ... daß man Dennis umgebracht hatte.«

»Haben Sie den Kutscher vor der Tür gesehen?« fragte Sparks.

Sie schüttelte den Kopf. »Die Kutsche war nicht mehr da. Wir sind gerannt. Irgendwann begegneten uns dann auf der Straße Menschen. Emma schrie in einem fort. Sammy hat sich verzweifelt bemüht, sie zu beruhigen, aber sie ließ sich nicht zum Schweigen bringen. Er konnte sie nicht trösten. Er bestand darauf, es sei sicherer für uns, wenn wir uns trennten, also gingen wir unsere eigenen Wege. Er gab mir sein Taschentuch, damit ich mir das Blut von der Kehle wischen konnte. Ich habe sie nicht wiedergesehen. Mr. Stoker hat mir erzählt, was aus ihnen geworden ist ... Ich habe versucht, mich einigermaßen herzurichten. Ich wagte nicht, in das kleine Hotel zurückzugehen, in dem wir abgestiegen waren. Ich lief bis zum Morgen herum, dann nahm ich mir irgendwo in Chelsea ein Zimmer. Ich hatte meine Gage bei mir. Ich zog in Erwägung, zur Polizei zu gehen, doch meine Rolle in dem Spiel war mir unmöglich zu erklären. Ich hätte mich nur blamiert. Was hätte ich der Polizei denn sagen sollen?«

Doyle nickte verständnisvoll; er wollte ihr die Absolution erteilen. Es tröstete sie nicht, sie schüttelte, sich selbst tadelnd, den Kopf und senkte ihren Blick.

»Ich wollte nur noch eines: zum Ensemble zurückzukehren, um den anderen zu berichten, was passiert war. Ich hoffte, sie könnten mir raten, was ich tun sollte. Also versuchte ich mich daran zu erinnern, wo sie auftraten – ich wußte, es war irgendwo im Norden, aber ich war völlig durcheinander –, dann fiel mir Whitby ein. Ich erinnerte mich an Whitby, weil wir schon einmal dort aufgetreten sind, mitten im Sommer. Das Meer und der Hafen waren so wunderschön ... Ich wollte auf einer Bank an der Kaimauer sitzen und mir die Schiffe ansehen, wie damals, wollte mich nicht bewegen und so lange wie möglich nicht nachdenken. Dann, so hoffte ich, würde ich vielleicht vergessen können, was man meinem Verstand angetan hatte ...«

Tränen strömten über ihre Wangen, aber sie unternahm

nichts, um sie fortzuwischen. Ihre Stimme blieb gleichmäßig und stark. »Am nächsten Tag nahm ich den Zug hierher. Ich hatte zwar nur die Kleider, die ich auf dem Leibe trug, doch mein Umhang war lang genug, um die Blutflecken auf dem Kleid zu verbergen. Ich habe mit niemandem gesprochen. Ich habe die Reise ohne Zwischenfälle hinter mich gebracht, obwohl ich sicher bin, daß man über die seltsame Frau getuschelt hat, die ohne Gepäck und ganz allein reiste. Dann habe ich mir hier ein Zimmer genommen, wie eine an gebrochenem Herzen leidende Verliebte. Ich habe mir die armseligen Kleider gekauft, die ich nun trage, und mein Kleid zum Reinigen gebracht. Das Blut hatte die Seide zwar ruiniert, aber ich konnte mich einfach nicht von ihm trennen. Es war mein bestes Kleid, ich hatte es nur einmal getragen ... am Silvesterabend, im vergangenen Jahr. Ich war an dem Abend, an dem ich dieses Kleid trug, so unglaublich glücklich, daß ich glaubte, mein Leben finge erst an, und ...« Sie hielt erneut inne, überwältigt von der Erinnerung, dann sagte sie einfach: »... und so habe ich mir hier ein Zimmer genommen, geschlafen und darauf gewartet, daß das Ensemble eintrifft.«

Sie schaute zu Stoker, was wohl bedeuten sollte, das nächste Kapitel der Geschichte sei seine Ankunft gewesen, und daß sie die Geschichte bis zu ihrem gegenwärtigen Verlauf geführt hatte. Selbst Sparks schien von der schmucklosen Härte ihrer schweren Prüfung besänftigt. Doyle reichte ihr sein Taschentuch, das sie wortlos nahm.

Stoker war der erste, der das Gespräch leise weiterführte. »Miß Temple, Sie sollten ihnen erzählen, was in der Nacht geschah, bevor ich Sie fand.«

Eileen nickte und ließ das Taschentuch sinken. »Ich wurde mitten in der Nacht wach. Grundlos. Ich weiß nicht warum; ich habe mich nicht gerührt, ich habe einfach nur die Augen geöffnet. Ich wußte nicht genau, ich weiß es nicht einmal jetzt genau, ob ich träumte. Aber in der Dunkelheit meines Zimmers stand eine Gestalt in der Ecke. Ich habe sie sehr, sehr lange angeschaut, bevor ich mir dessen sicher war, was ich sah. Ein Mann. Er rührte sich nicht. Er sah ... unnatürlich aus.«

»Beschreiben Sie ihn«, sagte Sparks.

»Ein blasses Gesicht. Lang. Er war ganz in Schwarz gekleidet. Seine Augen ... Es ist schwer zu beschreiben ... seine Augen brannten. Sie absorbierten das Licht. Sie haben nie geblinzelt. Ich war so entsetzt, daß ich mich nicht rühren konnte. Ich konnte kaum atmen. Ich hatte das Gefühl, von etwas beobachtet zu werden, das ... irgendwie weniger war als ein Mensch. Da war ein Hunger. Wie ein Insekt.«

»Er hat sie nicht angerührt.«

Sie schüttelte den Kopf. »Ich habe sehr lange dort gelegen. Ich hatte kein Zeitgefühl mehr. Ich war wie gelähmt. Wenn ich die Augen schloß und wieder öffnete, war er noch immer da. Als das erste Morgenlicht hereinfiel, öffnete ich wieder die Augen, und er war weg. Ich bin dann aufgestanden. Die Tür und die Fenster meines Zimmers waren verschlossen – so wie sie es am Abend zuvor gewesen waren. Erst in diesem Moment wurde mir angst und bange ... Obwohl er mich nie angerührt und sich niemals bewegt hat, kam ich mir irgendwie ... attackiert vor.«

»Miß Temple hat die vergangene Nacht in meinem Zimmer verbracht«, sagte Stoker. »Ich habe die ganze Nacht dort auf dem Stuhl gesessen und hatte dies in der Hand ...« Er zog eine doppelläufige Schrotflinte hinter dem Toilettentisch hervor. »Niemand ist in diesen Raum gekommen.«

Doyle warf Sparks einen alarmierten Blick zu. »Wir werden Sie nicht mehr allein lassen. Keine Sekunde.«

Sparks antwortete nicht. Er setzte sich aufs Bett und schaute aus dem Fenster. Seine Schultern sackten leicht zusammen.

»Gehe ich fehl in der Annahme, wenn ich glaube, daß der Mann aus Miß Temples Zimmer der gleiche ist, der für die Verbrechen verantwortlich war, die wir diskutieren?« fragte Stoker.

»Nein«, sagte Sparks leise. »Sie irren sich nicht.«

»Welche Art Mensch mag das sein«, sagte Stoker, »der sich so lautlos durch die Nacht bewegen und durch Türen und Fenster in Zimmer einsteigen kann? Der Menschen im Schlaf niederstrecken und sie forttragen kann, ohne jemals gesehen zu werden?« Während er dies sagte, näherte er sich Sparks, ohne daß seine Stimme lauter wurde. »Welche Art menschliches Wesen ist es? Wissen Sie es?«

Sparks nickte. »Ich werde es Ihnen erzählen, Mr. Stoker. Doch zuvor müssen Sie mir sagen, was Sie vorhatten, als Sie uns an der Goresthorpe Abbey begegneten.«

Stoker, der vor Sparks aufragte, verschränkte die Arme vor der Brust und zupfte bedächtig an seinem üppigen Backenbart.

»Na schön«, sagte er. Er stützte sich auf die Fensterbank, zog Pfeife und Tabaksbeutel aus der Tasche, beschäftigte sich mit den kleinen, präzisen Ritualen des Rauchens und fing an zu sprechen. »Nachdem ich in Whitby angekommen war, habe ich mich mit vielen Menschen unterhalten, doch nur wenige konnten mir etwas von Wichtigkeit erzählen. Dann lernte ich unten an der Bay in einem Pub einen Mann kennen. Es war ein Walfänger, ein grauhaariger alter Seebär in den Siebzigern. Ist ein dutzendmal um die Welt gesegelt. Nun sitzt er im Hafen herum, schaut sich um und trinkt vom Mittag bis zur Sperrstunde sein Bier allein. Der Gastwirt und seine Stammgäste halten ihn für einen Säufer und harmlosen Irren. Kurz nachdem ich in das Lokal kam, rief der Seemann mich zu sich. Er war ziemlich aufgeregt und sehr darauf bedacht, mir etwas zu erzählen, von dem er genau wußte, daß es ihm niemand glaubte – das heißt, er hatte es schon unzählige Male zu erzählen versucht, ohne daß ihm jemand geglaubt hatte.

Er sagte, er schliefe nie sehr viel. Hatte wohl mit dem Alkohol und dem Alter zu tun. Deswegen verbrächte er viele lange Nächte beim Spazierengehen am Strand und auf dem Hügel, Richtung Abtei, wo man seine Frau vor zehn Jahren beerdigt hat. Manchmal, so sagte er, spricht sie zu ihm, er hört ihre Stimme in späten Nächten, die ihm wie der Wind in den Bäumen über dem Friedhof etwas zuflüstert. Eines Nachts, vor drei Wochen, als er wieder zu den Grabsteinen unterwegs war, rief sie ihn. Er sagte, ihre Stimme sei lauter gewesen als je zuvor.

›Schau aufs Meer‹, sagte sie. ›Schau auf den Hafen.‹ Der

Friedhof verläuft direkt über dem Hafen entlang einer Steilwand. Es war eine stürmische Nacht, und die Flut stand hoch. Er schaute nach unten und sah ein Schiff, das mit den Wellen hereinkam. Es kam auf das Ufer zu – zu schnell –, mit knatternden Segeln und losen Leinen. Es sah so aus, als würde es gleich auf Grund laufen. Der alte Seemann machte sich, so schnell er konnte, auf den Weg zum Strand hinunter, auf den das Schiff zueilte. Wenn es dort auf die Felsen schlug, würde es eine Katastrophe geben. Er wollte also Alarm schlagen.

Als er an die Tate-Hill-Pier kam, einer kleinen Bucht, die man von der Kaimauer aus nicht einsehen kann, sah er, daß das Schiff fünfzig Yards vor der Küste den Anker geworfen hatte. Es war ein aufgetakelter Schoner, der hoch und leicht im Wasser lag. Von ihm aus kam ein Skiff zum Strand. Er sah überrascht, daß am Ufer Menschen mit Laternen warteten, die das Skiff einwinkten. Er ging näher an sie heran, blieb aber versteckt, weil er beschlossen hatte, sich nicht zu zeigen. Unter den Leuten sah er auch den Bischof.«

»Bischof Pillphrock?« fragte Sparks.

Stoker nickte. »Die anderen kannte er nicht. Das kleine Boot legte an. An Bord waren zwei Männer, einer davon ganz in Schwarz. Die Fracht bestand aus zwei Kisten in der Größe und Form von Särgen. Sie wurden schnell ausgeladen. Der Mann schwor, er habe auch einen großen schwarzen Hund aus dem Boot springen sehen. Der Schoner hat nicht auf die Rückkehr des kleinen Bootes gewartet; der Anker war bereits gelichtet. Er lavierte gegen den Wind, aufs offene Meer zu. Die an Land befindliche Gruppe schulterte die Kisten, die nicht allzuschwer zu sein schienen, und ging den Hügel hinauf, zur Abtei. Sie kamen kaum zehn Fuß am Versteck des alten Seemannes vorbei. Er hörte den Bischof etwas über ›die Ankunft unseres Herrn‹ sagen – jedenfalls glaubt er, es sei der Bischof gewesen –, woraufhin der Mann in Schwarz ihn mit grober Stimme angeschrien hat, still zu sein. Der Seemann ist ihnen gefolgt. Er sagt, er hat beobachtet, daß sie die Särge nicht nach Goresthorpe, sondern in die Ruinen der alten Abtei gebracht hätten, weiter den Hügel hinauf. Und er schwört, er hat den schwarzen Hund auf den Friedhof rennen und sich dort in Luft auflösen sehen. Seitdem hat er seltsame Lichter gesehen, die spät nachts in der Ruine leuchten. Doch am meisten hatte ihn die Tatsache verstört, daß seine verstorbene Frau seit dieser Nacht nie wieder zu ihm gesprochen hat.«

»Wir müssen mit diesem Mann reden«, sagte Sparks.

»Er wurde am nächsten Morgen auf dem Friedhof gefunden. Mit zerrissener Kehle – als sei er von einem Tier angefallen worden. Der Bestattungsunternehmer sagt, er hätte in der Nacht zuvor einen Wolf heulen hören.«

Sparks und Doyle tauschten einen Blick. Eileen zog ihren Schal enger um die Schultern und starrte den Boden an. Sie zitterte. Die Wände erschienen plötzlich einerseits zu klein, um das aufzunehmen, was sie empfanden, als auch zu unmaßgeblich, um die Kräfte in Schach zu halten, die sich gegen sie aufgeboten hatten.

»Was ist das?« fragte Sparks und deutete auf ein Paket, das auf dem Toilettentisch lag.

»Mein Frühstück von heute morgen«, sagte Stoker. »Offenbar aus einheimischer Produktion.«

Sparks hob die Packung hoch; es handelte sich um Kekse der Marke »Mutters hausgemachte Biskuits«.

»Ich denke, es ist an der Zeit, daß wir Ihnen nun den Rest der Geschichte erzählen.«

16
Prediger

ABGESEHEN VON SPARKS' angeblicher Verbindung zur Regierung und Doyles nachklingenden Vorbehalten gegen seinen Verbündeten – Leboux' Nachricht lag noch immer wie ein eiserner Schlagbaum über seinen Gedanken – ersparten sie Stoker und Eileen keine Einzelheiten. Als sie endlich mit allem fertig waren, herrschte draußen dunkler Abend. Während des ganzen Nachmittags war Schnee gefallen. Die Straßen waren längst von einer frischen Schicht bedeckt, und der Sturm gab mit keinem Zeichen zu erkennen, daß er sich legen wollte. Sie ließen sich ein leichtes Mahl – Suppe, kaltes Hammelfleisch und Brot – aus der Küche bringen, das sie in Stokers Zimmer verzehrten und das alle ordentlich stärkte und erquickte. Eileen sprach während des Essens wenig; sie wich Doyles Blicken aus und zog sich in sich selbst zurück – in irgendeinen befestigten Zufluchtsort. Sparks, der der Meinung war, daß sie Verstärkung brauchen könnten, entschuldigte sich, um Larry und Barry aus der Herberge am Bahnhof zu holen, wo die beiden am Anfang dieses langen Tages Zimmer genommen hatten. Eileen legte sich aufs Bett, um auszuruhen. Stoker nutzte die Gelegenheit, um Doyle zu einer privaten Unterhaltung auf den Flur zu ziehen, wobei er die Tür nur angelehnt ließ, um einen Blick ins Zimmer werfen zu können – besonders auf die Fenster.

»Unter uns Gentlemen«, begann Stoker ruhig. »Es ist meine inbrünstige Hoffnung, daß die momentane Situation nicht unschicklich wirkt.«

»Wie meinen Sie das?« fragte Doyle.

»Ich bin ein glücklich verheirateter Mann, Dr. Doyle. Meine Gattin und ich haben ein kleines Kind. Miß Temple – Sie können es unmöglich überhört haben – hat die letzte Nacht in meinem Zimmer verbracht.«

»Sie haben ihr Leben beschützt ...«

»So ist es. Miß Temple ist Schauspielerin, und – es dürfte Ihnen nicht entgangen sein – eine äußerst attraktive Frau. Sollte je ein Wort über diese Sache in London in Umlauf geraten ...« Stoker zuckte auf eine Weise die Achseln, wie es in den Privaträumen der exklusivsten Herrenclubs Londons üblich war.

»Angesichts der Umstände wäre so etwas unvorstellbar«, sagte Doyle, ohne seine Verwunderung zu zeigen. Würde die fanatische Beschäftigung mit der Moral in dieser Gesellschaft denn niemals enden?

»Dann verlasse ich mich auf Ihre Diskretion«, sagte Stoker, dem ein Stein vom Herzen zu fallen schien. Er hielt Doyle die Hand hin. »Ich hole mir einen Brandy; wollen Sie auch einen?«

»Nein, danke«, sagte Doyle. Er wollte nichts zu sich nehmen, was seinen Geist in der kommenden Nacht benebeln konnte.

»Miß Temple hat gestern abend, bevor sie zu Bett ging, um einen Brandy als Schlafmittel gebeten. Vielleicht sollte ich ihr einen mitbringen.«

Stoker deutete eine Verbeugung an und ging. Doyle kehrte ins Zimmer zurück. Eileen saß hellwach auf dem Bett und drehte sich aus einem Beutel mit Shagtabak geschickt eine Zigarette. Doyles Augen weiteten sich vor Verwunderung.

»Haben Sie Feuer?« fragte sie.

»Ja, ich glaube schon. Augenblick. Das haben wir gleich.« Er durchwühlte seine Taschen, fand ein Streichholz und steckte ihr die Zigarette an. Um sein Zittern zu dämpfen – die Folge von nichts Komplizierterem als der Tatsache, mit ihr allein im Zimmer zu sein –, hielt sie seine Hand fest, als er sie ihr entgegenstreckte.

»Glauben Sie wirklich, daß man uns angreift, obwohl hier so viele Menschen sind?« fragte sie mit einer Beiläufigkeit und Vertrautheit, die er zuvor in ihrer Stimme nicht vernommen hatte.

»Oh, und ob es möglich ist! Ja, ich kann nur sagen, daß sie es wagen würden.« Warum kam ihm seine Muttersprache plötzlich für eine Konversation so ungeeignet vor?

»Sie sollten sich hinsetzen. Sie sehen schrecklich müde aus.« Eileen schlug die Beine übereinander und blies den Rauch in die Luft.

»Wirklich?« sagte Doyle steif. »Danke, ich bin wirklich müde. Ich werde mich also setzen.« Er sah sich umständlich nach einer Sitzgelegenheit um. Schließlich wählte er den Stuhl mit der geraden Rückenlehne – auf der anderen Seite des Raumes, der am Fenster stand. Er ergriff die Schrotflinte, nahm Platz und bemühte sich, einen geschäftigen Eindruck zu erzeugen.

»Sie sehen so aus, als wüßten Sie, wie man schießt«, sagte Eileen ohne die Spur eines Lächelns, nachdem sie ihn einen Moment beobachtet hatte.

»Ich hoffe inständig, daß ich nicht in die Lage komme, es Ihnen zu zeigen, während Sie mir so, äh, nahe sind.« Er spürte, daß er errötete. Errötete!

»Und ich zweifle nicht daran, daß ich höchst angemessen beeindruckt wäre, wenn dieser Fall doch eintreten sollte.«

Doyle nickte und lächelte wie ein mechanischer Blechvogel. Es fiel ihm schwer, sie anzusehen. Spielt sie mit mir? fragte er sich. Womöglich, weil ich mich wie ein Blödmann aufführe?

»Behandeln Sie viele Frauen, Dr. Doyle?« fragte sie und zeigte ihm erneut ihr Gioconda-Lächeln.

»Wie? Was?«

»In Ihrer Praxis. Haben Sie auch weibliche Patienten?«

»Oh, gewiß doch, ja. Das heißt, ich habe meinen Anteil. Gut die Hälfte; mindestens, würde ich sagen. Das heißt, etwa die Hälfte von allen.« Die Hälfte von acht, in der Blütezeit meiner Praxis, um der Wahrheit die Ehre zu geben. Doch die habe ich nun alle verloren. Und nicht eine war darunter, die unter fünfzig gewesen war. Keine mit einem Schwanenhals, einer Haut wie Rosenblüten und …

»Sie sind nicht verheiratet?«

»Nein. Und Sie?«

Sie lachte leise. Es erinnerte ihn an das Klirren kristallener Pokale bei einem prunkvollen Dinner. »Nein, ich bin nicht verheiratet.«

Doyle nickte aufmerksam, betrachtete das Schießeisen in seinen Händen und rieb mit höchster Konzentration einen imaginären Schmutzfleck von dessen Lauf.

»Ich habe mich noch immer nicht richtig bei Ihnen bedankt«, sagte sie, nun nüchterner.

»Nicht nötig«, erwiderte er mit einem beiläufig lässigen Abwinken.

»Trotzdem. Ich verdanke Ihnen mein Leben. Ihnen und Mr. Sparks.«

»Es gibt keinen Grund, daß Sie sich auch nur im geringsten in unserer Schuld fühlen sollten, Miß Temple«, sagte Doyle und fühlte sich ermutigt. »Wenn ich die Möglichkeit hätte, würde ich das gleiche gern noch einmal für Sie tun – und mehr als nur einmal.« Diesmal hielt er ihrem Blick stand, bis sie wegschaute.

Sie brauchte etwas für die Zigarettenasche. Auf dem Nachtschränkchen stand kein Aschenbecher. Doyle warf einen Blick um sich, kam dann mit der Biskuitverpackung und hielt sie für Eileen über den Tisch, damit sie die Asche abklopfen konnte. Ihre Finger berührten sich mit einem elektrischen Kitzeln, von dem er nicht glauben konnte, daß es nur eingebildet war.

»Ich möchte Ihnen helfen«, sagte sie mit leiser, kehliger Stimme. »Und zwar auf jede mir mögliche Weise. Das müssen Sie Mr. Sparks übermitteln. Weil ich nämlich so etwas wie eine gewisse Verantwortung empfinde.«

»Aber Sie haben doch lediglich aus Not so gehandelt. Aus finanzieller Bedrängnis. Sie konnten doch nicht wissen, was passiert. Sie haben es doch nicht ahnen können.«

Als sie die Zigarette zu Ende geraucht hatte, schaute sie auf. Ihre Gesichter waren nur wenige Zentimeter voneinander entfernt.

»Trotzdem«, sagte sie. »Wollen Sie es ihm übermitteln? Vielleicht gibt es eine Möglichkeit. Ich kann sehr erfinderisch sein.«

»Daran zweifle ich nicht im geringsten.«

Ihre Zunge beförderte einen winzigen Tabakkrümel von der Unterlippe. Ihre Blicke trafen sich, und der ihre war alles andere als entmutigend. Doyle spürte ein scharfes Ziehen im Brustkorb, als sei er in einem starken Schwerkraftfeld gefangen. *Schönheit ist das Versprechen von Glück.* Der Satz sprang aus irgendeiner längst vergessenen Quelle in sein Hirn. Er ertappte sich dabei, daß er sich vorbeugte, um sie zu küssen, als sich die Schritte mehrerer Personen der Tür näherten. Nach einem kurzen, heftigen Klopfen trat Sparks ein. Doyle zog sich erschrocken zurück und schaffte die Biskuitverpackung beiseite. Larry und Barry bauten sich zu beiden Seiten der Tür auf.

»Ich habe mir die andere Herberge angesehen«, sagte Sparks. »Wir müssen sofort dorthin umziehen. Das Gebäude ist weitaus schwieriger anzugreifen, und wir können uns dort bei Nacht viel wirkungsvoller verteidigen als hier.«

»Ich hoffe, Sie führen diese Maßnahme nicht nur deswegen durch, weil Sie mich für unfähig halten«, sagte Eileen und erhob sich energisch. »Ich bin nämlich sehr wohl in der Lage, mich selbst zu verteidigen, wenn nicht gar ein gut Teil besser als die meisten Männer.«

»Miß Temple, nach dem Schicksal, dem Ihre Kollegen anheimgefallen sind, ist Ihnen doch gewiß klar, daß Sie zu einem Ziel von außerordentlicher Dringlichkeit und Wichtigkeit für unsere Feinde geworden sind«, sagte Sparks ausgesprochen ruhig.

»Eines ist mir allerdings klar, Sir«, erwiderte Eileen, ohne mit der Wimper zu zucken. »Daß Ihnen nicht im geringsten bewußt ist, über welche Fähigkeiten ich verfüge, um Ihnen in dieser Angelegenheit Beistand zu leisten.«

»Wir haben jetzt keine Zeit für …«

»Und falls Sie erwarten, daß ich mich wie ein Köder an einem Angelhaken in einem Raum festhalten lasse, um darauf zu warten, daß sich mir die Probleme nähern, während Sie und Ihre Männer tun und lassen können, was Ihnen behagt, sind Sie schief gewickelt …«

»Miß Temple, bitte …«

»Ich werde mir diesen Schuh nicht anziehen. Ebensowenig werde ich auch Ihre antiquierten Vorstellungen über das, was Frauen können oder nicht können, unterstützen. Allmählich glaube ich, daß Sie es ebenso geringschätzen, daß die Frauen das Wahlrecht bekommen ...«

»Was, um alles in der Welt, hat *das* damit zu tun, daß wir in eine andere Herberge ziehen?« protestierte Sparks. Doyle konnte sich nicht erinnern, ihn je so gequält gesehen zu haben. Barry und Larry musterten ihre Stiefelspitzen. Sie gaben sich alle Mühe, nicht zu grinsen.

»Ich bin seit meinem zehnten Lebensjahr Expertin im Schießen: Jeder Mann, der die Hand gegen mich erhebt, tut dies auf eigene Gefahr. Einen habe ich schon erschossen. Ich würde nicht zögern, es wieder zu tun ...«

»Seien Sie nicht närrisch ...«

Eileen riß Doyle mit einer einzigen raschen Bewegung die Schrotflinte aus der Hand, spannte die Hähne, schwang das Schießeisen gewandt herum, legte auf den in der Ecke stehenden Hutständer an, drückte ab und schoß Stokers Bowler in tausend Fetzen. Larry und Barry warfen sich zu Boden. Stoker wählte den unglücklichen Augenblick, um mit zwei vollen Kognakschwenkern im Türrahmen zu erscheinen. Eileen machte aus den Augenwinkeln die Bewegung aus und wirbelte herum, um ihn mit dem zweiten Lauf aufs Korn zu nehmen. Stokers Hände flogen hoch, die Kognakschwenker fielen zu Boden.

»Gott, nein!« schrie Stoker.

»Wie nachdrücklich wünschen Sie, daß ich Ihnen meine Ansichten darlege, Mr. Sparks?« fragte Eileen gelassen.

»Ihre Ansichten«, sagte Sparks, dessen Gesicht vor Wut verzerrt war, »haben Sie schon bestens dargelegt.«

Eileen ließ die Flinte sinken. Andere Gäste, die der laute Knall aufgeschreckt hatte, tauchten draußen im Flur auf.

»Es ist alles in Ordnung«, sagte Doyle zu den Leuten, nahm Stokers Arm und zog ihn ins Zimmer hinein. »Kümmern Sie sich um Ihre eigenen Angelegenheiten. Hier ist nichts passiert.«

»Was, um alles in der Welt, geht hier vor?« sagte Stoker bebend, als Doyle die Tür hinter ihm schloß. »Bitte, Miß Temple – dies sind doch unsere Freunde.«

Eileen knickte die Flinte ein, zog die übriggebliebene Patrone heraus und reichte Doyle die Waffe. »Mr. Stoker, ich schulde Ihnen einen neuen Hut.«

Larry und Barry saßen auf dem Boden und bemühten sich ohne allzu großen Erfolg, nicht in Gelächter auszubrechen. Doyle konnte nicht verhindern, daß er in ihr Lachen einfiel.

»Ich bin mir sicher, daß alles nur ein schreckliches Mißverständnis sein kann«, sagte Stoker, als er die Reste seines Bowlers in die Hand nahm. »Können wir denn nicht vernünftig darüber reden?«

»Falls der Plan, in eine andere Herberge umzuziehen, also aufgegeben wurde, Mr. Sparks«, sagte Eileen. »Welche Pläne haben Sie sonst noch?«

Sparks bedachte sie mit einem finsteren Blick, aber sie ließ sich nicht ins Bockshorn jagen. Als Doyle schnaubend ein Lachen zu unterdrücken versuchte, musterte Sparks auch ihn ausgesprochen giftig.

»Verzeihung«, sagte Doyle und verwandelte sein Lachen in ein Husten. »Vielleicht ist es doch keine so schlechte Idee hierzubleiben, Jack.«

»Sie werden schon noch die Gelegenheit bekommen, etwas beizutragen, Miß Temple«, sagte Sparks, ohne Doyle auch nur anzusehen. »Allerdings nur unter der Bedingung, daß ich mich ganz und gar von der weiteren Verantwortung für Ihre Sicherheit freispreche.«

»Einverstanden«, sagte sie und streckte ihm die Hand entgegen. Sparks schaute sie einen Moment lang an, als handele es sich um die Klaue eines Hummers, dann nahm er sie und schüttelte sie fest.

»Was also machen wir statt dessen, Jack?« fragte Doyle.

»Die Brüder haben im Verlauf des Nachmittags höchst interessante Entdeckungen gemacht«, sagte Sparks und trat ans Fenster.

Larry und Barry waren inzwischen aufgestanden und hielten ihre Mützen in der Hand. Barry hatte, wie Doyle bemerkte, größte Schwierigkeiten, den Blick von Eileen abzuwenden.

»Punkt drei Uhr is 'n Zug in den Bahnhof eingefahren«, sagte Barry und versprühte seinen Charme. »Eine Webb-Lok mit'm Waggon. Sonderzug aus Balmoral. Mit'm königlichen Siegel.«

»War jemand aus dem Königshaus an Bord?« fragte Doyle alarmiert.

»Nur einer. Prinz Albert ...«

»Der junge Eddy?« fragte Stoker entgeistert.

»Höchstpersönlich. Er wurde von 'ner Kutsche abgeholt, die dann nach Südosten gefahren is.«

»Wie Sie wissen, steht Sir Nigel Gull, der ehemalige Arzt des Prinzen, auf der Liste der Sieben«, erinnerte Sparks Stoker.

»Was könnte er hier wollen?« fragte Stoker. »Wollen sie ihn etwa umbringen?«

»Das wäre doch reine Verschwendung von Munition«, sagte Eileen.

»Sind Sie persönlich mit dem Prinzen bekannt, Miß Temple?« fragte Sparks.

»Offen gesagt, ja«, erwiderte sie und drehte sich eine neue Zigarette. »Ich habe im vergangenen Jahr einen Abend in Eddys Gesellschaft verbracht, nachdem er mich in Bristol in *Was Ihr wollt* auf der Bühne sah.«

»Seinen Geschmack kann man ihm aber nich verübeln«, sagte Barry galant.

»Der Mann hat das Hirn eines Ochsen«, sagte Eileen. »Schenkt man ihm ein Glas ein, wachsen ihm mehr Arme als einem Oktopoden ...«

»Vielen Dank für diesen erbaulichen Bericht«, sagte Sparks.

»Nicht der Rede wert«, sagte Eileen und hielt ihre fertige Zigarette hoch. Sogleich hechteten Barry und Larry mit brennenden Streichhölzern vor, noch bevor Doyle auch nur eines aus seiner Weste gezogen hatte.

»Larry, würdest du uns wohl erzählen, was du heute herausgefunden hast?« sagte Sparks im mißbilligenden Tonfall eines ungeduldigen Schulmeisters.

»Gewiß, Sir«, sagte Larry und blies sein Streichholz aus, da Barry ihm bei Eileen zuvorgekommen war. »Goresthorpe Abbey is geheimnisvollerweise verlassen, da war seit drei

Tagen keiner mehr, wie Mr. Stoker so scharfsinnig erkannt hat. Wie also kriegen wir raus, wo der ehrenwerte Bischof Pillphrock hin is? 'n Gemüsehändler und seine Waren sind das Lebensblut von jedem Haushalt. Ich hab' den Tag damit verbracht, die Puppen in den Läden hier zu beschwatzen. Naja, ich bin nich Barry, aber ich komm auch irgendwie durch – und als ich draußen so an den Waren langschlendre, erfahr' ich, daß der Bischof sich zu 'nem abgelegenen Stück Paradies unten an der Küste zurückgezogen hat, wo er, nach dem Umfang an bestelltem und geliefertem Proviant zu urteilen, für 'ne beträchtliche Anzahl von Gästen, wie wir so sagen, den Krautjunker spielen muß.«

»Auf seinem eigenen Landsitz?« fragte Doyle.

»Nein«, sagte Sparks. »Auf dem von Sir John Chandros.«

»Genau, Sir, und zufälligerweise befindet sich auf dem gleichen Grund und Boden 'ne Fabrik, die ...«

»... ›Mutters hausgemachte Biskuits‹ herstellt«, sagte Doyle.

»Sie sind mir um Meilen voraus, Sir«, sagte Larry bescheiden.

»Wie ist der Name des Landsitzes?« fragte Doyle.

»Er wird Ravenscar genannt, Sir.«

»Und er liegt im Südosten, hinter den alten Ruinen«, sagte Doyle.

»Wieder korrekt«, sagte Larry.

»Wohin man Prinz Eddy wahrscheinlich vom Bahnhof aus gebracht hat«, fügte Sparks hinzu. »Und an Ravenscar grenzt auch das Grundstück, das General Drummond von Lord Nicholson erworben hat.«

»Wir müssen sofort dorthin, Jack«, sagte Doyle.

»Das erledigen wir morgen«, sagte Sparks und schaute durch das Fenster auf den fallenden Schnee. »Heute nacht statten wir der Ruine von Whitby Abbey einen Besuch ab.«

»Das kann doch nicht Ihr Ernst sein«, protestierte Stoker. »Doch nicht bei diesem Wetter!«

»Ihre Anwesenheit ist dabei nicht erforderlich, Mr. Stoker«, sagte Sparks und nahm die Schrotflinte an sich. »Ich würde mir jedoch gern Ihr Schießeisen ausleihen.«

Barry, der inzwischen die Gelegenheit genutzt hatte, Eileen, während sie ihre Zigarette rauchte, abzuschätzen, ragte nun gut fünf Zoll über seine normale Größe auf.

»Habe ich Sie nich schon mal irgendwo gesehen?« sagte er mit einem vertraulichen Grinsen.

Eileen legte den Kopf schräg und schaute den kleinen Mann mit einer hochgezogenen Braue amüsiert an. Vielleicht ist an Barrys Ruf doch etwas dran, dachte Doyle.

Mit Laternen, einer Schrotflinte, einer Pistole und fünf Paar Schneeschuhen aus der Herberge bewaffnet, machten sich Sparks, Doyle, die Brüder und Eileen – Stoker war auserwählt worden, das Fort zu halten – in der Dunkelheit auf den Weg von Whitby Abbey zur Ruine. Der ärgste Sturm war vorüber, und der Wind hatte sich gelegt. Der Schnee fiel nun gerade und sanfter zu Boden und war im schlimmsten Fall nur mehr eineinhalb Fuß tief. Dicke Wolken verhüllten den Mond. Dichter Rauch stieg einförmig aus den Schornsteinen der sich zusammendrängenden Häuser auf, an denen sie vorbeikamen. Die meisten Vorhänge waren zugezogen, Licht drang nur spärlich auf die dunklen, kaum auszumachenden Straßen. Die Nacht wurde lediglich vom leisen Knirschen der Schneeschuhe auf dem frischem Pulver und den dunstigen Säulen ihres Atems gestört. Die Orientierung war äußerst problematisch; die Wandernden fühlten sich von einer stummen, hermetischen weißen Sphäre eingehüllt.

Der Aufstieg auf den Hügel erforderte Geduld und Ausdauer, und Sparks mußte bald einen Kompaß zu Rate ziehen, um ihre Richtung vor den kahlen Steilfelsen zur Linken beizubehalten. Barry und Larry bildeten mit ihren Laternen die Nachhut, Doyle hielt sich zusammen mit Eileen in der Mitte. Sie trug Hosen, Stiefel und einen Mantel aus Sparks' Gepäck. Sie schritt weit, fest und zügig aus, und die Ersteigung schien für sie bestürzend weniger mühsam als für Doyle, für den jede Pause, die Sparks einlegte, eine willkommene Gelegenheit war, wieder zu Atem zu gelangen.

Nach einer halben Stunde kam die kalte, dunkle Silhouette

von Goresthorpe Abbey in Sicht. Nichts deutete darauf hin, daß die Abtei wieder bewohnt war, doch das vor ihnen liegende Schneefeld war mit einer Formation eigenartiger rechteckiger Gebilde übersät. Doyle erkannte, daß es sich um die Kopfteile der Grabsteine des Friedhofes handelte, die aus den Schneewehen herausragten. Sie folgten der Biegung des Pfarreigeländes, kamen durch ein Wäldchen und standen kurz darauf vor den spitzen, schwarzen Umrissen der uralten Ruine, die vor ihnen auf dem Hügel aufragte. So bar von Leben wie ihr tieferliegendes Schwestergebäude strahlte die alte Begräbnisstätte jedoch eine innere Fährnis aus, die viel bedrohlicher war als das bloße Nichtvorhandensein von Leben.

»Sie sieht wirklich abscheulich aus«, sagte Doyle leise.

»Um so besser kann sie in den Herzen der armen, unwissenden Bewohner dieser Gemeinde Furcht erzeugen, mein Lieber«, erwiderte Eileen freundlich.

Sparks winkte sie voran, und sie nahmen das letzte Stück des Hügels in Angriff. Der Hang war hier noch steiler, und es bedurfte mehr als einmal ihrer gemeinsamen Bemühungen, einander über die scharfkantigsten Abhänge zu ziehen. Nachdem sie die letzten Felsbänke überwunden hatten, fanden sie sich vor der Ruine auf einer flachen Ebene wieder. Ihre Lampen warfen blasses Licht auf die schwarzen und vom Alter gepeinigten, zerbröckelnden Mauern. Die Türen und Fenster hatte man im Laufe der Zeiten herausgerissen, und an vielen Stellen war das Dach eingestürzt, doch der Gesamteindruck dessen, was von der Abtei noch übrig war, sprach von ungeheurer Robustheit und Macht. Eine langsame Umwanderung des Gebäudes enthüllte seine beeindruckenden Ausmaße und die fantastische Leidenschaft seiner Erbauer für Details. Jeder Vorsprung, jeder Sims und jeder Fenstersturz war mit alptraumhaften gotischen Statuen verziert, die jede nur vorstellbare Nachtwesenart darstellten: Kobolde, Incubi, Basilisken, Hydren, Riesen, Hippogryphen und Wasserspeier. Die furchterregende Menagerie hatte in den vorangegangenen Jahrhunderten weit weniger Beleidigungen erlitten als die Wälle, an denen sie in großer Zahl vorhanden waren. Jeder von ihnen umgab sich nun geduldig mit einem Mantel aus Schnee, der nicht vermochte, ihr bedrohliches Aussehen zu beeinträchtigen. In den Geschichtsbüchern stand, sie sollten Dämonen abwehren, erinnerte sich Doyle; nicht, sie willkommen heißen. So hatten die Erbauer jedenfalls gehofft. Doch er konnte nicht anders, er mußte regelmäßig einen Blick über seine Schulter werfen, um zu überprüfen, ob ihn nicht der tote Blick irgendeines dieser Ungeheuer verfolgte.

Sparks führte sie um die Ruine zu ihrem Ausgangspunkt zurück, wo sie den Kreis ihrer Schritte, der sich nun in beide Richtungen erstreckte, im Schnee schlossen.

»Sollen wir mal einen Blick hineinwerfen?« fragte Sparks.

Niemand antwortete, doch als Sparks durch den offenen Eingang schritt, blieb keiner zurück. Aufgrund der zum Teil intakten Dachbalken hatte sich der Schnee im Inneren nicht ganz so hoch aufgetürmt. Sie legten ihre Schneeschuhe ab und lehnten sie an eine Wand. Sparks führte sie in den nächsten Raum, eine große, gewölbte, rechteckige Halle mit uniformen Reihen aus zerbrochenen Steinen, die sich über den Boden erstreckten. Eine erhöhte Plattform am anderen Ende verriet die ursprüngliche Funktion der Halle.

»Dies war die Kirche«, sagte Sparks.

Er näherte sich dem Altar. Larry und Barry verteilten sich mit ihren Laternen, und der Raum wurde gleichmäßiger beleuchtet. Durch das offene Dach fiel pausenlos Schnee zu ihnen hinab. Die Luft war so dicht und schwerfällig wie die Oberfläche eines gefrorenen Sees.

»Früher haben sich hier Hexen getroffen«, sagte Larry.

»Du meinst wohl Nonnen«, korrigierte Barry ihn.

»Hat uns 'n Kumpel in 'ner Kneipe erzählt«, sagte Barry zu Doyle und Eileen – hauptsächlich zu Eileen.

»Hat er wirklich gesagt. Ganze Klöster, hat er gesagt, sind verrückt geworden und übergelaufen. Zuerst warn sie gegen den Prinzen der Finsternis, und dann am nächsten Tag auf seiner Seite. Deswegen haben die Leute das hier auch angesteckt.«

»Die Leute aus dem Ort?« fragte Doyle.

»Ja, die«, sagte Larry. »Haben die Sache in die eigene Hand genommen. Haben getötet und gefoltert und den Nonnen sonstwie den Teufel ausgetrieben. Genau hier drin, das haben wir jedenfalls gehört.«

»Blödsinn«, sagte Eileen.

»Is bestimmt alles Quatsch«, stimmte Barry ihr zu. »Der Kerl, der's erzählt hat, war auch blau wie 'n Veilchen.«

»Ich sag' ja nich, daß es das Evangelium der Jungfrau is, ich sag' nur, daß er's so erz …«

»Bringt die Laternen her!« schrie Sparks.

Barry und Larry eilten mit den Lampen in den vorderen Teil der Kathedrale. Doyle und Eileen folgten ihnen schnell. Sparks stand vor einer geschlossenen, von Wind und Wetter mitgenommenen Kiste, die in Altarnähe auf einem Erdhügel lag.

»Was is das denn?« fragte Larry.

»Es is 'n Sarg, nich?« sagte Barry.

Doyle erinnerte sich an Stokers Geschichte von dem alten Seemann und an die nächtliche Fracht, die vom Schiff aus an Land gebracht worden war.

»Die Nägel, mit denen der Deckel einmal verschlossen war, sind herausgezogen worden«, sagte Sparks und kniete sich mit einer Laterne hin.

»Hat der Alte nicht gesagt, daß man die Särge hier hinaufgetragen hat?« sagte Doyle.

»Ja«, sagte Sparks und musterte das Holz.

»Was also ist in dem verfluchten Ding?« fragte Eileen.

»Es gibt nur eine Möglichkeit, es herauszukriegen, nicht wahr, Miß Temple?« sagte Sparks und griff nach dem Deckel.

Als seine Hand das Holz berührte, ertönte von draußen ein Heulen, das ihnen das Blut in den Adern gefrieren ließ. Mit hoher Wahrscheinlichkeit ein Wolf – doch sein Timbre war tiefer und kehliger als alles, was Doyle zuvor gehört hatte. Sie erstarrten, und das Geräusch verstummte.

»Das war sehr nahe«, hauchte Doyle.

»Äußerst nahe«, sagte Sparks.

Von der anderen Seite der Abtei antwortete ein fast identisches Heulen. Dann ein drittes, aus größerer Entfernung.

»Wölfe?« fragte Barry.

»Nach Dackeln klingt das nicht gerade, oder?« sagte Eileen.

»Drehen Sie sich langsam um«, sagte Sparks, »und blicken Sie in den Raum.«

»Hat keinen Sinn, sich langsam umzudrehen, Chef«, sagte Larry, der sich bereits umgewandt hatte und in den Kreuzgang der Kathedrale deutete.

Ein schwindelerregender Wirrwarr blauer Funken drehte sich rings um einen stillen Punkt, zwei Fuß über dem Boden, in einem losen Kreis. Während dies geschah, dehnte sich der Umfang des Kreises aus – zuerst horizontal, dann vertikal, bis er die Dimensionen einer zerbrochenen Stein-Kirchenbank annahm. Die Luft knisterte vor schädlicher Energie. Doyle spürte, daß sich seine Nackenhaare aufrichteten.

»Was, zum Teufel ...«, murmelte Eileen.

Die blauen Funken verblaßten, als ein aus ihnen hervortretender Umriß sichtbar wurde: Fünf nebulöse, in Kutten gekleidete, im Gebet kniende Gestalten. Ihre Knie ruhten einen Fuß über dem Boden, als würden sie von einer gespenstischen Fußraste hochgehalten. Woher sie kamen, war unmöglich zu bestimmen, doch der Raum war plötzlich von einem Chor leiser, flüsternder Stimmen erfüllt. Die Worte waren unverständlich, doch der schroffe, inbrünstige Tonfall des unsichtbaren Chorals durchdrang scharf das Ohr des Zuhörers – ein schwerer, beunruhigender Hieb auf den bewußten Ordnungssinn des Verstandes.

»Lateinisch«, sagte Sparks, der konzentriert lauschte.

»Gespenster?« hörte Doyle sich fragen.

»Da hast du deine Nonnen«, sagte Barry, den der Anblick nicht im geringsten aus der Ruhe zu bringen schien.

Und tatsächlich, bei eingehenderer Betrachtung wirkten die Gestalten fast feminin, und die hohen, schmeichlerischen Stimmen, die sie umwirbelten, trugen nicht dazu bei, diesen Eindruck zu korrigieren. Eileen packte Larrys Laterne, verließ furchtlos die Altarplatte und lief geradewegs auf die Erscheinungen zu.

»Miß Temple ...«, protestierte Doyle.

»Also schön, meine Damen«, schleuderte Eileen ihnen mit lauter Stimme entgegen, »für heute abend reicht es. Sie haben Ihr Abendgebet aufgesagt, jetzt können Sie genausogut wieder verschwinden. Gehen Sie gefälligst in die Hölle zurück, aus der Sie gekommen sind!«

»Barry«, sagte Sparks befehlend.

Barry setzte sich in Bewegung und folgte ihr. Larry zückte seine Messer und trat nach rechts, während Sparks die Schrotflinte anlegte.

»Verschwindet, ihr dämlichen Geister, haut ab! Löst euch auf, oder ihr kriegt unsere Wut zu spüren ...«

Der Singsang brach ab. Eileen blieb zehn Fuß vor den bußfertigen Erscheinungen stehen.

»Das ist schon besser«, sagte sie anerkennend. »Und jetzt könnt ihr euch davonmachen, meine Damen. Also bitte.«

Die Gestalten ließen ihre Hände sinken. Barry trat langsam hinter Eileen, er war nun nur noch wenige Schritte von ihr entfernt.

»Miß Temple«, rief Sparks laut und vernehmlich, »verlassen Sie bitte die Mitte des Raumes.«

»Wer im Theater ständig Geistern gegenübersteht ...«, sagte sie.

»Bitte, tun Sie, was ich sage.«

Sie drehte sich zu Sparks um, um einen Einwand zu machen. »Es gibt keinen Grund zur Sorge, sie sind absolut harmlos ...«

Die geisterhaften Gestalten schlugen ihre Kapuzen zurück und enthüllten scheußlich deformierte, haarlose Schädel, die halb menschlich und halb raubvogelhaft wirkten. Dann stießen sie ein schrilles, lähmendes Kreischen aus, erhoben sich über Eileen in die Lüfte und schienen sich auf sie stürzen zu wollen. Im gleichen Augenblick sprangen zwei große, bösartig knurrende Wölfe von beiden Seiten der Apsis in das Kirchenschiff und jagten geradewegs auf Eileen zu. Als die Bestien zum Sprung ansetzten, hechtete Barry nach vorn und riß Eileen zu Boden. Sparks feuerte beide Läufe der Schrotflinte ab und warf den ersten Wolf im Flug nach hinten. Er schlug, zerfetzt und blutend, mit einem unangenehmen Klatschen auf dem Boden auf und rührte sich nicht mehr. Im gleichen Moment ließ Larry seine Messer durch die Luft fliegen. Ein lautes Jaulen ertönte, als das zweite Tier sich auf Barry stürzte. Messergriffe ragten aus seinem Hals und seinem Brustkorb. Das Höllenvieh hatte dennoch genug Kraft und Instinkt, um Barry zu verletzen; die Hand, die er gehoben hatte, um es abzuwehren, griff in seine reißenden Kiefer. Barry fuhr herum, zog das Messer aus der Seite des Wolfes und jagte es fest in den Hinterkopf der Bestie. Sie zuckte, fiel zurück, war tot, ehe sie den Boden berührte.

»Unten bleiben!« schrie Sparks.

Doch Eileen sprang auf, ergriff eine Laterne und schleuderte sie auf die Phantomgestalten, die noch immer über ihr schwebten. Sie explodierte beim Aufprall; die Kreaturen fingen Feuer und lösten sich in einen Schauer silberner Funken und rotem Rauch auf.

»Ich kann Nonnen nicht ausstehen!« schrie Eileen.

Doyle vernahm ein leises, wildes Knurren in seinem Rücken und drehte sich vorsichtig um. Ein dritter Wolf stand neben der Kiste, einen Fuß hinter Sparks, der dem Tier schutzlos zugewandt war.

»Jack ...«, sagte Doyle.

»Meine Waffe ist nicht geladen«, sagte Sparks ruhig und ohne sich zu bewegen. »Wie sieht's mit Ihrer aus?«

»Ich muß sie erst ziehen.«

»Dann machen Sie das mal.«

Doyle knöpfte seinen Mantel auf. Seine Hand glitt tastend nach innen. Der Wolf schaute mit wilden und intelligenten Augen langsam von ihm zu Sparks. Er war bei weitem die größte der drei Bestien, siebzig Zentimeter hoch und mindestens siebzig Pfund schwer. Als das Tier sich nun langsam vorwärts bewegte, zückte Doyle die Pistole. Doch anstatt anzugreifen, machte der Wolfskönig zwei schnelle Sätze und sprang im hohen Bogen durch ein offenes Fenster hinter dem Altar. Doyle gab einen fehlgeleiteten Schuß ab und wollte ihm nachsetzen. Doch als er nach unten blickte, sah er, daß die Entfernung vom Fenster zu den darunter befindlichen Schneewehen mehr als zwanzig Fuß betrug. Er hielt eine Laterne ins Freie, doch das Tier war bereits aus seinem Blickfeld verschwunden.

Eileen und Larry kümmerten sich um Barry, dessen linker Unterarm die Hauptlast des Wolfsangriffs getragen hatte. Als sie seinen Arm behutsam aus dem Ärmel zogen, lief Blut an seiner Hand herab.

»Ist doch wohl nich schlimm, Barry, oder?« fragte Larry.

»Der Mantel hat das meiste abgefangen«, sagte Barry und versuchte, seine Finger zu bewegen.

»Gespenster«, sagte Eileen mit dem Gleichmut einer erfahrenen Krankenschwester. »Das muß man sich mal vorstellen!«

»Hab schon Schlimmeres gesehen«, sagte Barry stoisch.

»Ich kann Nonnen nicht ausstehen«, wiederholte Eileen. »Ich habe sie noch nie ausstehen können.«

»Unsere pelzigen Schafsfresser sind aber wohl echt«, sagte Larry. »Oder nich oder doch? – Die sind doch kein Hokuspokus.« Er beugte sich hinüber, trat einem der Kadaver in die Rippen und zog seine Messer aus dem Tier.

»Alles in Ordnung, Barry?« fragte Sparks. Er lud die Schrotflinte mit Patronen nach, die er aus der Tasche zog.

»Unkraut vergeht nich, Sir«, sagte Barry. Er bedachte den hilfreichen Engel, der die Bißwunden an seinem Unterarm untersuchte, mit einem breiten Grinsen.

Doyles Herzschlag wollte sich gerade wieder normalisieren, als er einen erneuten Blick aus dem Fenster warf.

»Schauen Sie doch mal, Jack«, sagte er.

Sparks gesellte sich zu ihm. Fern im Süden war eine Reihe heller, roter Lichter zu erkennen, die sich auf ihre Stellung zubewegten.

»Fackeln«, sagte Doyle.

»Sind irgendwohin unterwegs«, sagte Sparks. »Zu uns. Könnte sein.« Er deutete auf die Kiste. »Behalten Sie sie im Auge.«

Doyle schätzte, daß sie noch eine gute Meile entfernt waren. Sparks trat an die Kiste und kniete neben ihr nieder, um die Erde zu untersuchen, auf der sie ruhte. Er zerrieb sie zwischen den Fingern und beschnupperte sie. Dann öffnete er den Deckel. Er sagte keinen Ton, doch als Doyle sich erneut zu ihm umdrehte, sah er einen entsetzten Ausdruck auf Sparks' Gesicht.

»Was ist es, Jack?«

»Spiele«, murmelte Sparks finster. »Er spielt mit uns.«

Doyle trat an seine Seite und sah in die Kiste. In ihr lag eine Leiche; eigentlich kaum mehr als ein Haufen Knochen unter dem verrotteten Totenhemd und den verfilzten Klumpen versengten Haars und Fleisches. Einer Parodie habsüchtigen Besitzstrebens gleich lag eine Fotografie in einem vergoldeten Rahmen zwischen den skelettierten Händen: das Porträt eines Mannes und einer Frau; nach Form und Stil beurteilt ein englisches Ehepaar der Oberschicht.

»Was ist das?« fragte Doyle.

»Meine Eltern«, sagte Sparks und deutete mit dem Kopf auf die Fotografie. »Das sind meine Eltern.«

»Gütiger Himmel ...«

»Und das ist der Leichnam meines Vaters.«

Die in Doyle aufwallende Empörung machte ihn sprachlos. Sämtliche noch vorhandenen Zweifel, die er gegen Alexanders Monstrosität und Jacks Unschuld gehegt hatte, wichen nun endlich und unabänderlich von ihm.

»Seelenloses Ungeheuer«, stieß Doyle schließlich hervor.

Sparks holte mehrmals tief Luft und ballte die Fäuste, öffnete und schloß sie rhythmisch und bemühte sich, seine stürmischen Emotionen unter Kontrolle zu bringen. Als Doyle ans Fenster zurückging, sah er, daß die Lichter näherkamen; es waren mindestens sechs, und vor dem Hintergrund des unter ihnen liegenden Schnees konnte er dunkle Umrisse ausmachen. Eine beachtliche Anzahl. Sie waren noch eine Viertelmeile entfernt und kamen schnell näher.

Als Eileen Barrys Arm mit einem Leinenstreifen verarztet hatte, gesellte Larry sich zu Doyle ans Fenster.

»Was sollen wir jetzt tun?« fragte Doyle.

»Auf 'n Kampf können wir uns hier nich einlassen, Chef. Nich gegen so viele. Hier is keine Deckung und kein Land zu gewinnen. Zu viele Türen. Zu schwer zu verteidigen.«

»Sagen Sie's ihm«, sagte Doyle und deutete auf Sparks.

»Er weiß es«, sagte Larry. »Geben Sie ihm noch 'ne Minute.«

»Mehr haben wir aber wirklich nicht.«

Larry zwinkerte ihm zu. »Mehr brauchen wir auch nich.«

Er nahm die Schrotflinte und stieß einen leisen Pfiff aus. Barry sprang auf die Beine und küßte Eileen auf die Wange. Dann entfernten sich die Brüder rasch aus der Kathedrale und stellten sich den Angreifern entgegen. Doyle konnte nun einzelne der Gruppe ausmachen. Die Meute bestand aus wenigstens zwei Dutzend. Eileen trat auf die Altarplatte. Um sie daran zu hindern, Sparks zu stören, gab er ihr zu verstehen, daß sie sich zu ihm ans Fenster gesellen sollte.

»Stehen wir nur hier herum und warten auf sie?« fragte Eileen.

»Nein«, sagte Doyle. Er brachte seine Pistole auf dem Fensterbrett in Position und zielte auf einen der ersten Fackelträger. Bevor er abdrücken konnte, hörte er zu seiner Linken den rollenden Donner der Schrotflinte. Schreie ertönten; zwei Gestalten der Gruppe gingen zu Boden. Der Mann mit der Fackel blieb stehen und schaute in die Richtung, aus der es geknallt hatte. Doyle feuerte, die Gestalt fiel um, die Fackel wurde vom Schnee gelöscht.

»Hierher! Hierher, ihr Lumpenpack!«

Weitere höhnische Schreie folgten. Doyle sah Barry die Laternen schwenken, der versuchte, die Gruppe von der Abtei abzulenken.

»Kommt doch her! Schwingt die Hufe, wir haben nicht die ganze Nacht Zeit!«

Sechs der Angreifer liefen hinter Barry her; der Rest ging weiter auf die Ruine zu. Doyle leerte seine Pistole auf die näherrückende Marschsäule und erledigte einen weiteren Mann. Als er nachlud, hörte er wieder das Krachen der Flinte und sah, daß ein Mann, der sich den Brüdern näherte, lautlos umfiel.

Das Scharren des rutschenden Kistendeckels richtete seine Aufmerksamkeit wieder auf den Raum. Sparks schüttete das Öl aus seiner Laterne in die Kiste, dann steckte er sie in Brand, indem er die Laterne auf ihr zerschlug. Die Kiste entflammte wie trockener Zunder. Sparks trat zurück, sagte etwas, das Doyle nicht verstand, und sah zu, wie das Feuer die Kiste auffraß. Er übergab seinen Vater der allerletzten Ruhe.

»Wir sollten jetzt wirklich gehen, Jack«, sagte Doyle. Er gewahrte einen anständigen Abstand, als er die Pistole aufs neue lud.

Sparks wandte sich von den Flammen ab und hob den Sargdeckel an seinen Griffen hoch. »Hierher«, sagte er und ging auf das Ende des Kirchenschiffs zu, durch das sie hereingekommen waren.

»Was hat er damit vor?« fragte Eileen und deutete auf den Deckel.

»Ich habe nicht die geringste Ahnung«, sagte Doyle. Sie holten Sparks ein und liefen in den Vorraum, in dem sie ihre Schneeschuhe zurückgelassen hatten.

»Die werden wir brauchen«, zischte Sparks.

Als Eileen sie an sich nehmen wollte, kamen drei Vermummte durch den Haupteingang. Einer hob einen Morgenstern, um Sparks niederzuschlagen.

»Jack!«

Sparks wirbelte herum, senkte den Deckel und stieß ihn gegen die Brustkörbe der drei Vermummten. Seine Beine stampften heftig, als er die Angreifer zurückschob und an die Wand drückte. Doyle trat vor und feuerte methodisch zwei Schüsse auf jeden Vermummten ab, der sich hinter dem Holz krümmte.

»Hinter Ihnen!« schrie Eileen.

Zwei weitere Vermummte fielen sie aus dem Inneren der Kathedrale an. Doyle fuhr herum und drückte ab, doch die Pistole war leer. Als Sparks den Sargdeckel losließ und sich umdrehte, um sich den neuen Angreifern zu stellen, sackten die drei Erschossenen schlaff zu Boden. Eileen packte einen Schneeschuh an seinem Ende, schlug dem zweiten Angreifer damit fest ins Gesicht und riß ihn von den Beinen. Der Keulenhieb des ersten anstürmenden Vermummten traf Sparks am Arm; er duckte sich, fing den Schwung mit der Schulter ab, wuchtete sich hoch und schleuderte die Kreatur gegen die Wand. Eileen drosch beherzt auf den zu Boden gegangenen Vermummten ein, der versuchte, wieder auf die Beine zu kommen. Doyle drehte die Pistole in der Hand und schlug mit dem Kolben auf dessen Rücken, bis er sich nicht mehr rührte. Sparks trat mit dem Stiefel in das Genick des zweiten Angreifers, das knackte wie ein hohler Ast.

Helles Licht und die Geräusche zahlreicher Schritte drangen in die Kathedrale. Sparks hob den Deckel auf und lief ins Freie.

»Beeilung!«

Doyle und Eileen sammelten die Schneeschuhe ein und eilten hinter ihm her. Sparks warf den Deckel zu Boden, so daß er über den Rand des Abhangs hinausragte, der steil vor der Ruine abfiel, und hielt ihn mit einem Fuß fest.

»Sie zuerst, Doyle«, sagte er. »Packen Sie die Griffe, und halten Sie sich fest.«

Die Hauptstreitmacht der Verfolger stürmte nun aus der Abtei hervor und näherte sich ihrer Stellung. Angeführt wurde sie von einer Gestalt mit schwarzem Umhang. Doyle steckte seine Waffe ein und sprang an Bord. Sparks schlang einen Arm um Eileens Taille und zog sie auf die Mitte des Deckels, dann folgte er ihr und setzte sein Gewicht ein, um sie über die Kante zu hieven. Als die Meute den Rand erreichte, rutschten sie vorwärts und schossen in hohem Tempo den Abhang hinunter. Zwei der Vermummten stürzten hinter dem Behelfsschlitten her; einer streifte mit seiner Hand Sparks' Rücken und hätte ihn beinahe heruntergerissen, doch dann wurden sie für ihre stolpernden Angreifer zu schnell. Als sie in der Dunkelheit den Erddamm hinabsausten, nahm der Schlitten noch mehr Tempo auf; jede Bodenwelle und jedes Hügelchen warf sie hoch in die Luft, und wenn sie wieder auf den Schnee aufsetzten, krachten sie schwer zu Boden.

»Können Sie steuern?« rief Sparks.

»Ich glaube nicht!« antwortete Doyle. Er konnte sich praktisch nur festhalten und mußte ständig an die kahlen Steilfelsen, die irgendwo rechts von ihnen zum Meer hin abfielen, denken.

»Können Sie etwas sehen?« fragte Eileen.

»Ein bißchen!«

Das nächste, was er sah, waren zwei Gestalten, die bis zur Taille vor ihnen im Schnee standen und ihnen aufgeregt zuwinkten. Für den Bruchteil der Sekunde, glaubte Doyle, es seien Larry und Barry, doch dann sah er ihre Kapuzen und die Waffen in ihren Händen. Er warf sein ganzes Gewicht nach rechts, so daß der Deckel sich leicht drehte – genug, um die Vermummten wie Kegel umzuwerfen und über den Abhang zu verstreuen. Der Zusammenstoß raubte Doyle den Atem, veränderte ihren Kurs und verringerte ihre Geschwindigkeit leicht. Er rang nach Luft und bemühte sich zu erkennen, wo sie waren. Als er das Gefühl hatte, daß sie ins Schleudern zu geraten drohten, warf er einen Blick nach rechts und erstarrte. Genau vor ihnen endete die weiße Ausdehnung der Schneefläche abrupt in absoluter Schwärze.

»Der Steilfelsen!« schrie Sparks.

Doyle warf sein gesamtes Gewicht nach links, und Sparks benutzte seinen rechten Fuß als Kufe, um sie vom Rand wegzusteuern. Panik ergriff ihn, als sein Bein Sekunden später in der dünnen Luft über dem Abhang ruderte. Sie schrien, als der Schlitten kaum zwanzig Yards vom Rand des Steilfelsens entfernt entlangsauste, sich am Gestein rieb und durch junge Bäume peitschte, die über den Rand gewachsen waren, dann manövrierte sie Doyles primitive Kurskorrektur vom Abgrund weg und brachte sie wieder auf festen Schnee. Links von ihnen konnte Doyle nun den Umriß der neuen Abtei erkennen, doch er hatte kaum eine Sekunde, um Erleichterung zu empfinden und sich müßig zu fragen, was diese grauen Klötze waren, die da vor ihnen aus dem Schnee ragten, als ihm klar wurde, daß sie genau auf den Friedhof zuhielten.

»Grabsteine!« rief Doyle.

Er steuerte sie durch die erste Steinreihe und auch durch die nächste, doch als sie sich der Friedhofsmitte näherten, wurde das Feld dichter und die Steine größer und bombastischer. Es gab keine Möglichkeit zu bremsen, und ein massives Mausoleum, das plötzlich genau vor ihnen auftauchte, ließ ihm keine Möglichkeit zum Manövrieren. Doyle riß an den Griffen, drehte sie seitwärts; sie gerieten ins Schleudern, schlugen gegen eine Bodenwelle, flogen in die Luft. Unter ihnen zersplitterte der Sargdeckel. Doyle krachte in den Schnee und klammerte sich an die zerbrochenen Griffe, die er noch immer umschlossen hielt. Eileen und Sparks wurden hoch in die Luft geschleudert und landeten außerhalb seines Gesichtsfeldes.

Doyle blieb einen Moment still liegen, bemüht, wieder klar im Kopf zu werden. Er war zwar nicht fähig, sich von den abgerissenen Griffen zu lösen – seine Finger waren an ihnen festgefroren –, aber er konnte alles andere bewegen, denn er war ohne irgendwelche schwerwiegenden Verletzungen in einer Schneewehe gelandet.

»Jack?« fragte er zaghaft. Das erste Geräusch, das er vernahm, hörte sich an wie ein Schluchzen. War es Eileen? »Sind Sie in Ordnung?«

Dann sah er, daß Eileen kicherte. Sie erhob sich, von Kopf bis Fuß in Weiß gehüllt, aus einer nicht weit entfernten Schneewehe und schüttelte sich in einem ansteckenden Gelächter. Dann ertönte das Lachen von Sparks, der, von dem gleichen erleichternden Impuls gefesselt, jetzt hinter dem Mausoleum hervortrat, das ihre Bruchlandung beschleunigt hatte. Ihr gegenseitiger Anblick und das Geräusch ihres Gelächters ließen sie nur noch lauter prusten. Jack mußte sich vor Lachen auf den Rand des Monuments aufstützen, Eileen fiel quietschend in den Schnee zurück. Das gerade überstandene Entsetzen war so vollständig überwältigend gewesen, daß es im Moment offenbar keine sensiblere Reaktion darauf gab. Als Doyle spürte, daß das Kichern auch ihn überkam, gab er ihm nach.

»Ich habe gedacht, ihr seid tot«, sagte er.

»Ich habe viermal gedacht, ich wäre tot«, sagte Eileen.

Doyles ganzer Körper fing an zu beben. Sie wankten aufeinander zu, legten sich die Arme um die Schultern und ließen der heilenden guten Laune ihren Lauf. Mehr konnten sie nicht tun, um zu Luft zu gelangen. Als das Gelächter verebbte, zeigte Doyle auf die immer noch an seinen Händen klebenden Griffe, und sie prusteten erneut los.

»*JONATHAN SPARKS!*«

Die Worte donnerten von der über ihnen liegenden Ruine den Abhang hinunter. Die Stimme zischte schroff, doch gleichzeitig war sie auch kräftig und volltönend. Sie konnte Glas zerschneiden, ohne auch nur den geringsten Splitter zu hinterlassen. In ihrem Tonfall war keine Wut, nur verhaltener Hohn, der keine Enttäuschung über ihr Entkommen verriet, sondern eher die Befriedigung andeutete, daß dies das ersehnte Ergebnis war.

»Ist er das?« fragte Doyle.

Sparks nickte und schaute zum Hügel hinauf.

»*HÖR NUR ZU!*«

Stille. Man hätte eine Nadel fallen hören können.

Dann ertönte ein grauenhafter Schrei, schwoll zu einem abscheulichen Crescendo an und verebbte zu einem erschöpften, bemitleidenswerten Wimmern.

»O Gott«, sagte Eileen. »Die Brüder.«

Ein weiterer Schrei, noch gequälter als der vorherige. War es die gleiche Stimme?

»Schweinehund!« entfuhr es Doyle, und er stürzte vor. »*SCHWEINEHUND!*«

Sparks legte eine zügelnde Hand auf seine Schulter. Er hatte die Zähne fest zusammengebissen, doch seine Stimme blieb maßvoll und ruhig. »Das will er doch nur.«

Der Schrei brach abrupt ab. Die nachfolgende Stille war noch viel schlimmer.

»Wir müssen gehen«, sagte Sparks. »Sonst kommen sie vielleicht noch hinter uns her.«

»Sie können die beiden doch nicht allein ...«, protestierte Eileen.

»Sie sind Soldaten«, sagte Sparks und hob seine Schneeschuhe auf.

»Er bringt sie um ...«

»Wir wissen nicht, ob sie es sind. Und selbst wenn sie es wären ... Was sollen wir Ihrer Meinung nach tun? Unser Leben wegwerfen? Sentimentaler Irrsinn.«

»Trotzdem, Jack, Sie sind Ihnen treu ergeben ...«, sagte Doyle in dem Versuch, den Streit zu schlichten.

»Sie kannten die Risiken.« Sparks wollte keine weitere Diskussion. Er ging fort.

»Sie haben das Blut Ihres Bruders in sich, Jack Sparks«, sagte Eileen, seinem Rücken zugewandt.

Sparks blieb stehen, spannte seine Muskeln an, doch er drehte sich nicht um. Dann ging er weiter.

Eileen wischte sich die Tränen aus den Augen.

»Er hat recht«, sagte Doyle. »Das müssen Sie doch einsehen.«

»Ich aber auch«, sagte sie und beobachtete Sparks beim Weitergehen.

Sie schlüpften in ihre Schneeschuhe und schleppten sich hinter ihm her vom Friedhof fort. Den Rückweg zur Herberge verbrachten sie schweigsam.

An Stokers Zimmertür war ein Zettel befestigt. Sparks riß ihn ab und überflog ihn.

»Stoker hat sich eine Kutsche gemietet und ist nach London zurück«, sagte er zu den anderen. »Er sagt, er muß an seine Familie denken.«

»Ich kann es ihm nicht verübeln«, sagte Doyle.

»Er stellt uns die Benutzung seines Zimmers anheim.« Sparks steckte den Zettel ein und öffnete die Tür. Eileen trat ein. Doyle schaute auf seine Uhr: Es war halb zwei Uhr morgens.

»Entschuldigen Sie uns einen Moment, Miß Temple«, sagte Sparks, hielt Doyle im Korridor zurück und schloß die Tür. »Bleiben Sie bei ihr. Wenn ich im Morgengrauen nicht zurück bin, versuchen Sie sich nach London durchzuschlagen.«

»Was haben Sie ...«

»Für heute nacht war das möglicherweise alles, aber halten Sie sicherheitshalber die Pistole geladen und bereit«, sagte Sparks und ging durch den Korridor fort.

»Jack, was haben Sie vor?«

Sparks winkte ab, ohne sich umzudrehen, dann ging er schnell nach unten. Doyle warf einen Blick auf die Tür und drückte sie auf. Eileen lag auf der Tagesdecke des Bettes und wandte ihm den Rücken zu. Er wollte die Tür gerade schließen ...

»Gehen Sie nicht«, sagte sie, ohne sich zu rühren.
»Sie sollten sich ausruhen.«
»Dazu besteht keine große Chance.«
»Aber Sie brauchen wirklich Ruhe ...«
»Hören Sie um Himmels willen auf, den Arzt zu spielen.« Sie drehte sich um und sah ihn an. »Ich habe nämlich keine besondere Lust, meine letzte Nacht auf Erden allein zu verbringen. Sie etwa?«
»Wieso glauben Sie ...«
»Kommen Sie rein und schließen Sie die Tür, ja? Wie deutlich muß ich denn noch werden?«
Doyle gehorchte, blieb jedoch auf der anderen Seite des Zimmers und verharrte steif neben der Tür. Sie schenkte ihm einen schiefen Blick, schüttelte leicht den Kopf, setzte sich aufrecht und erhaschte ihr Bild im Spiegel auf dem Toilettentisch. Ihr Haar war zerzaust, ihr heller Teint vom Wind gerötet.
»Grauenhaft«, sagte sie.
»So schlimm ist es nun auch wieder nicht«, sagte Doyle und bedauerte seine Worte in der gleichen Sekunde.
Ein weiterer sardonischer Blick ihrerseits festigte seine Reue. Sie trat an einen Stuhl beim Frisiertisch und musterte sich leidenschaftslos.
»Ich nehme an, eine Haarbürste wäre wohl ein zu anspruchsvoller Wunsch«, sagte sie.
»Rein zufällig«, sagte Doyle, »gehört eine zu den wenigen Habseligkeiten, die mir noch geblieben sind.« Er entnahm seiner Tasche, die am Fuß des Schranks stand, sein Reisenecessaire.
»Sie sollten wirklich lächeln, Doktor«, sagte Eileen mit glänzenden Augen. »Dem edlen Gemüte verarmt die Gabe mit des Gebers Güte.«
»Ich wollte nicht ungütig sein ... Ophelia«, erwiderte er, sich des Zitats erinnernd.
Eileen legte die Männerjacke ab, löste ihr Haar und ließ ihre weiche schwarze Mähne auf die Schultern sinken. Sie nahm die Bürste zur Hand und kämmte sich mit langen, sinnlichen Streichen. Der Anblick hatte auf Doyle eine Wir-

kung von atemberaubender Intimität und war Balsam für seinen angeschlagenen Geist. Seit sie die Schreie auf dem Hügel vernommen hatten, war er mit seinen Gedanken zum ersten Mal woanders.

»Haben Sie mich je auf der Bühne gesehen, Doktor?« fragte sie.

»Ich hatte leider nie das Vergnügen«, sagte Doyle. »Ich heiße übrigens Arthur.«

Sie nickte leicht, billigte die erneute Steigerung an Vertrautheit. »Es gab gute Gründe dafür, daß unsere Anstandswauwaus viele hundert Jahre lang nicht zulassen wollten, daß Frauen öffentlich auftreten.«

»Welche Gründe es wohl waren?«

»Manche meinten, es sei gefährlich, Frauen auf der Bühne zu sehen.«

»Auf welche Weise gefährlich?«

Sie zuckte leicht die Achseln. »Vielleicht gelangt man zu einfach zu der Annahme, Schauspielerinnen seien genauso wie die Rolle, die sie an bestimmten Abenden verkörpern.«

»Aber genau das ist doch die ersehnte Wirkung. Uns von der Wahrhaftigkeit des Charakters zu überzeugen.«

»So sollte es sein, ja.«

»Und wieso stellt es dann eine Gefahr dar? Und für wen?«

»Für jemanden, der Frauen hinter der Bühne begegnet und Schwierigkeiten hat, Schauspielerinnen und die von ihnen verkörperte Rolle voneinander zu trennen.« Sie blinzelte ihm unter einer Lockenwelle hervor im Spiegel zu. »Hat deine Mutter dich etwa nie vor Schauspielerinnen gewarnt, Arthur?«

»Sie war wohl der Meinung, daß anderswo viel offensichtlichere Gefahren lauern.« Doyle hielt ihrem Blick stand. »Ich habe Sie auf der Bühne gesehen, nicht wahr?«

»Ja, hast du. So lala.«

Eine lange Pause folgte. »Miß Temple ...«

»Eileen.«

»Eileen«, sagte Doyle. »Ist das ein Versuch, mich zu verführen?«

»Wer weiß ...« Sie stellte das Kämmen ein und runzelte

die Stirn. Sie schien sich nicht weniger unsicher als er selbst. »Ist das wirklich dein Eindruck?«

»Ja. Ich würde sagen, das ist es.« Doyle fühlte sich zu seiner Überraschung äußerst ruhig.

Ein schwebender Gedanke flog wie der Schatten eines Taubenschwarms über die Glätte ihres Gesichts. Sie legte die Bürste sorgsam auf den Tisch und drehte sich, um ihn anzusehen. »Was, wenn es stimmt?«

»Tja«, sagte Doyle, »dann müßte ich sagen: Wenn sich wirklich erweist, daß dies der letzte Abend unseres Lebens ist und ich mich, aus welchem Grund auch immer, deinem Charme widersetzen würde, es gewiß das sinnloseste Bedauern zur Folge hätte, das mich später ins Grab begleiten würde.«

Sie schauten einander offen in die Augen.

»Dann solltest du vielleicht die Tür abschließen, Arthur«, sagte sie einfach, ohne den geringsten theatralischen Unterton in ihrer Stimme.

Und er tat, worum sie gebeten hatte.

17
Mutters Hausgemachte

DOYLE VERLIESS DAS Schlafzimmer vor dem ersten Lichtstrahl. Eileen schlief noch. Bevor er aufgestanden war, hatte er sanft ihren auf seiner Schulter ruhenden Arm angehoben und ihren lieblichen Nacken geküßt. Als er sich anzog, murmelte sie leise etwas vor sich hin, aber wahrscheinlich war es nur die Reaktion auf einen Traum. Sie rührte sich nicht noch einmal.

Doyle war überrascht, daß er innerlich keine Scham empfand. Immerhin, eine katholisch bedingte Reaktion auf Freuden aller Art – von den fleischlichen ganz zu schweigen – war nie ganz ausgerottet worden. Vielleicht würde dieses Mal die Ausnahme bleiben. Sie hat es gewollt, sagte er sich – und damit ich's nicht vergesse, ich natürlich auch. Oft genug hatte er erlebt, wie Chirurgen in der Umgebung von Toten und Sterbenden auf ähnliche Weise den Drang verspürten, sich rückzuversichern, daß sie selbst noch lebten. Was bedeutete dies im Hinblick auf eine andauernde Beziehung zu ihr? Keine Ahnung. Nachdem das körperliche Verlangen des Augenblicks befriedigt war, verlangte es ihn mit fast ebensolcher Dringlichkeit danach, einen kleinen Schritt zurückzutreten, um die Auswirkungen auf seine Gefühle zu beurteilen.

Doyle schloß leise die Tür und steckte den Schlüssel ein. Er schaute auf die Uhr. Es war fast fünf. Er wollte Sparks allerhöchstens bis neun Uhr Zeit zur Rückkehr geben; weit über das Morgengrauen hinaus, vielleicht auch länger, auch wenn er dessen Anweisungen damit klar sabotierte. Er ging hinunter, um nachzuschauen, ob er eine Tasse Tee auftreiben konnte.

In der Küche war niemand, im Parterre war nicht der geringste Laut zu vernehmen. Die Herberge war ruhig und still und verbreitete genau die Atmosphäre, die man vor dem ersten Tageslicht erwartete. Die Dielenbretter ächzten bedeutungsschwanger. Als er aus dem Fenster schaute, stellte er fest, daß die Wolken sich gehoben hatten. Wenn der Morgen kam, würde er hell, klar und kalt sein.

Sie war süß und nachgiebig gewesen, und – ja, auch erfahren. Zweifellos erfahrener als er, was eine noch größere Verlockung war, schlechte Gefühle zu entwickeln, die er aber resolut von sich wies. Es hatte ihn am meisten bewegt – und es bewegte ihn auch jetzt noch –, wie real, greifbar und faßbar sie ihm in jener Stunde erschienen war. Wie *nah*. Keine List oder Schranke zwischen ihm und der unmittelbaren Erfahrung dessen, wer sie war. Einmal hatte sie leise geweint und sich die Tränen abgewischt, doch ihre Berührungen und Bewegungen hatten ihm signalisiert, nicht darauf zu achten, hatten ihn gebeten, nicht aufzuhören. Er hatte sich gefügt. Was empfand er jetzt? Sein Wissen darum entglitt. Warum humpelten seine Gefühle nur immer so aufreizend langsam hinter seiner Einsichtsfähigkeit hinterher?

Doyle empfand leichten Schwindel. Er öffnete die Tür und trat auf den von Mauern umgebenen Hof hinter der Gaststube hinaus. Schnee lag auf den Ziegeln, die eine knorrige, kahle Eiche umsäumten. Die Kälte drang durch sein Hemd, doch sie fühlte sich rein und erfrischend an. Er sog die Luft tief und gierig ein und versuchte, seine Lunge über die Grenzen ihrer Aufnahmefähigkeit hinaus zu füllen.

»Frische Luft ist ein wahres Tonikum«, sagte eine Stimme hinter ihm. Eine Stimme, die er erst kürzlich woanders vernommen hatte.

Alexander Sparks stand im Schutz der Eiche. Er war in einen schwarzen Umhang gehüllt und rührte sich nicht. Seine Hände waren nicht zu sehen. In dem fahlen Licht, das aus den Fenstern drang, konnte man nur sein Gesicht erkennen. Es war lang und schmal, im Aufbau so wie das seines Bruders – doch da endete die Ähnlichkeit auch schon. Er sah keineswegs so aus wie der Mann, dem er vor der Cheshire Street 13 begegnet war, und doch wußte Doyle sofort, daß die beiden ein und dieselbe Person waren. Alexanders Haut lag straff an den Knochen an; sie glänzte und war pergamentweiß, als hätte eine unbändige innere Hitze alle Vertiefungen und jegliche

Labsal – alles außer dem Notwendigen – fortgebrannt. Seine Augen waren hell und lagen ebenmäßig unter dunklen Brauen, seine langen, schwarzen Wimpern waren von überraschender Zartheit. Dichtes braunes Haar hing bis auf seine Schultern hinab, aus der hohen, glatten Stirn zurückgekämmt, die unter den Falten seines Umhangs zum Vorschein kam. Nur sein Mund verriet die geometrische Härte der Anordnung; seine Lippen waren voll, rosenrot und feucht.

Wenn er sprach, zuckte hinter den kleinen, gepflegten Reihen seiner Zähne eine sich schlängelnde Zunge hervor – die einzige sichtbare Konzession an seinen unersättlichen Appetit, der sein Inneres so hell erleuchtete wie eine Kerze das Innere eines Kürbisses. Seine Anwesenheit auf dem Hof erzeugte ein Gefühl von Magnetismus und Paralyse, aber irgendwie auch von Schwerelosigkeit; er schien den Raum weniger einzunehmen, als in ihm zu schweben. Doyle fühlte sich daran erinnert, welch große Kraft der absolute Stillstand erzeugte.

»Gefällt Ihnen diese Zeit der Nacht auch so sehr, Doktor?«

Alexanders Stimme wurde von einer trügerischen Schwingung übermittelt, die sich in Zwillingsmodulationen spaltete. An der Oberfläche seines gänzlich aus dem Bauch kommenden sonoren Baritons schwang ein zweiter Ton mit, ein Summen oder Klingeln, das unterhalb der wahrnehmbaren Schwelle lag und sich heimtückisch wie ein Dieb in das Ohr des Zuhörers schlich.

»Nicht besonders.«

Doyle ließ die Hände sinken und berührte leicht seine Taschen.

»Ich glaube, Sie haben Ihr Schießeisen im Zimmer gelassen«, sagte Alexander. »Bei Miß Temple.« Er lächelte auf eine Weise, die man eigentlich als freundlich beschreiben konnte.

Doyle spannte seine Hände. Das Adrenalin, das in seinen Blutkreislauf gepumpt wurde, erhöhte seinen Herzschlag rapide. Er fühlte sich wie unter einem Mikroskop und bemühte sich, seine Beunruhigung hinter einem Pokergesicht zu verbergen. In dem Bewußtsein, daß sein Gegenüber über ungeheuer starke hypnotische Fähigkeiten verfügte, blinzelte er und wich Alexanders Blick für eine lange Zeitspanne aus.

»Ich muß gestehen, daß es recht eigenartig ist, Ihnen auf diese Weise zu begegnen, Dr. Doyle«, sagte Alexander, nicht ohne einen Anflug von Charme. »Ich habe den Eindruck, daß wir uns schon lange kennen. Sind Sie nicht auch dieser Meinung?«

»Wir sind uns schon einmal begegnet.«

»Wenn auch unwissentlich.« Alexander nickte leicht; es war die erste Bewegung, die er machte.

Doyle warf einen beiläufigen Blick über den Hof. Sein einziger Fluchtweg war die hinter ihm liegende offene Tür. Doch wenn er die Treppe erklomm, würde er ihm für die Dauer dieser Aktion den Rücken darbieten.

»Was wollen Sie?« fragte er.

»Ich fand, es ist für uns an der Zeit, daß wir uns etwas genauer kennenlernen. Ich fürchte, Doktor, daß mein jüngerer Bruder John Ihnen möglicherweise hinsichtlich meiner Person einige schlimme und perfide Fehlwahrnehmungen vermittelt hat.«

Ich will es gar nicht hören, dachte Doyle instinktiv. Ich brauche ihm nicht zuzuhören. Er reagierte weder mit Worten noch mit Gesten auf Alexanders Worte.

»Ich dachte, es wäre von entschiedenem Wert, wenn wir uns bemühen, einander kennenzulernen. Es könnte vielleicht als verspätetes Korrektiv auf die allerschlimmsten Fantastereien Johns wirken.«

»Habe ich denn eine Wahl?«

»Man hat immer eine Wahl, Doktor«, sagte Alexander mit einem strahlenden Lächeln, das Doyle an langsam auf dunkles, poliertes Holz tropfende Säure erinnerte.

Doyle hielt sein Schweigen so lange wie möglich aufrecht.

»Vielleicht sollte ich meinen Mantel holen. Mir ist sehr kalt.«

»Sicher.«

Doyle wartete. Alexander machte keine Bewegung.

»Nun?« fragte Doyle.

»Wenn Sie sich zu Tode frieren, werden wir nicht weit kommen.«

»Er ist in meinem Zimmer.«

»Wo sollte er auch sonst sein?«

»Dann hole ich ihn also jetzt.«

»Ich werde auf Sie warten«, sagte Alexander.

Doyle nickte und eilte ins Haus zurück. Alexander beobachtete ihn, ohne sich zu rühren. Doyle drehte sich um, dann ging er durch die Gaststube und die Treppe hinauf.

Was hat er vor? fragte er sich. Wie überlegen zuversichtlich – oder arrogant – dieser Mann doch war. *Er verfolgt mich gnadenlos mehrere Tage lang, und wenn ich vor ihm stehe, läßt er mich einfach gehen.* Doyle wußte sehr gut, daß die Sensibilität, die der Mann bekundete, nur eine geschickte und trügerische Simulation war. Doch was war sein Ziel?

Er schob den Schlüssel leise ins Schloß und öffnete die Tür. Die Vorhänge und Fenster waren geschlossen, wie zuvor. Man schien nichts angerührt zu haben. Doch Eileen war nicht mehr da.

Das war es also. Er hat mich so lange aufgehalten, damit seine Leute sie holen konnten. Doyle ging zu seinem Mantel. Die Pistole war nicht in der Tasche, in der er sie zurückgelassen hatte, aber auch in keiner anderen. Seine Tasche stand noch auf dem Boden. Er öffnete sie, kramte in den Arzneivorräten und suchte nach einer Handvoll Phiolen und zwei Spritzen. Er setzte die Nadeln in die Spritzen ein, füllte sie, riß neben der inneren Brusttasche des Mantels ein kleines Loch ins Futter und deponierte dort die restlichen Phiolen. Dann schob er je eine Spritze seitlich in seine Stiefel hinein.

In dem Bewußtsein, durch sein langes Ausbleiben Argwohn erweckt zu haben, hastete er die Treppe hinunter. Alexander erwartete ihn in der offenen Haustür. Er war so gefaßt und reglos wie zuvor.

»Wo ist sie?« fragte Doyle.

Alexander deutete mit dem Kopf nach draußen.

»Wenn Sie ihr etwas getan haben ...«

»Bitte, keine Drohungen.« Alexander klang erheitert; auf seinen feuchten Lippen zeigte sich beinahe so etwas wie ein Lächeln. »Sie ist völlig sicher.«

»Ich will sie sehen.«

»Warum nicht?«

Alexander hob eine lange, hagere Hand und deutete zur

Tür hinaus. Eine große schwarze Kutsche mit vier Pferden stand in der Einfahrt. Wenn es nicht das gleiche bedrohliche Fahrzeug war wie zuvor, war es ein ihm äußerst ähnlich sehendes Faksimile. Die Pferde schnaubten rauh und scharrten mit den Hufen. Doyle näherte sich dem unheimlichen Gefährt. Der auf dem Bock hockende Kutscher drehte sich nicht zu ihm um. Vorhänge verdeckten die Fenster.

»Sie ist drin.«

Doyle zuckte zusammen. Alexander stand genau hinter ihm. Er hatte den Mann die Herberge weder verlassen sehen noch ihn gehört. Doyle öffnete die Tür und stieg ein. Schwaches Licht kam von den Laternen, die auf das Chassis montiert waren. Eileen lag an der Wand auf dem Rücksitz. Sie war bewußtlos und trug den geliehenen Hut und ihre Kleider. Doyle überprüfte ihren Puls und ihren Atem. Beides war gleichmäßig, wenn auch schwach. Als er sich über sie beugte, bemerkte er den Geruch einer betäubenden Chemikalie: wahrscheinlich Äther oder irgendeine noch stärkere Verbindung.

Die Kutschentür schloß sich. Doyle drehte sich um. Alexander saß ihnen gegenüber. Mit einem lauten Krack fuhren die Klinken hinab und verschlossen mechanisch die Tür. Die Kutsche fuhr an. Doyle hielt Eileen in den Armen. Alexander lächelte leidenschaftslos.

»Falls das Kompliment Sie nicht beleidigt, Doktor«, sagte er freundlich: »Sie geben ein ausnehmend attraktives Paar ab.«

So abscheulich die Vorstellung auch war, daß der Mann von ihrer vor kurzem erfolgten Intimität wußte – Doyle hielt seine Zunge im Zaum. Er bettete Eileen näher an sich und spürte die sanfte Wärme ihres Nackens an seiner Hand.

»Wohin fahren wir?«

Alexander antwortete nicht.

»Ravenscar?«

Alexander zeigte den Anflug eines Lächelns. Sein Gesicht wirkte in dem dämmerigen Licht skelettaft, bar jeglicher Spuren einer Persönlichkeit und auf den nackten Kern reduziert.

»Es gibt etwas, das Sie über meinen Bruder erfahren müssen, Doktor: Als Jonathan noch ein ziemlich kleiner Junge war, sind unsere Eltern tragischerweise bei einem Brand ums Leben gekommen. Da er ein so frühreifes und glückliches Kind war, wie man es sich nur vorstellen kann, hat er schrecklich gelitten. Ich hatte das Alter der Volljährigkeit bereits erreicht, doch Jonathan wurde unter die Aufsicht eines Vormundes gestellt und bedauerlicherweise der Obhut eines Freundes unserer Familie anvertraut: einem Arzt, der zwar radikal fortschrittlichen Ideen, doch willkürlichen Methoden folgte. Nach Monaten ohne erkennbare Besserung unterzog der Arzt Jonathans hysterische Veranlagung einer Behandlung mittels einer Reihe von Drogeninjektionen. Die Behandlung war anfangs erfolgreich und unterdrückte seine Krankheit. Es dauerte nicht lange, bis sein Geist wieder auf das Niveau anzusteigen schien, dessen er sich vor seiner Krise erfreut hatte – falls er es nicht gar übertraf.

Leider lehnte der Arzt es ab, die Behandlung zeitweilig aufzuheben; er fuhr viele Monate mit den Injektionen fort. Auf diese Weise erzeugte er in Klein-Jonathan ein lebenslanges heftiges Verlangen nach dieser Droge, von der er sich bis zu diesem Tag nicht mehr hat lösen können. Dies hat ihn, besonders in Zeiten gefühlsmäßiger Verwirrtheit, zu periodischen Anfällen übermäßigen Genusses geführt – und dies wiederum zu Phasen akuten Irrsinns, was es erforderlich machte, ihn in Anstalten einzuweisen, die auf die Behandlung Geistesgestörter spezialisiert sind.«

»Wie zum Beispiel Bedlam«, sagte Doyle.

»Traurigerweise ja«, sagte Alexander mit einem weltmüden Kopfschütteln. »Ich habe alles versucht, um mich während seiner schrecklichen Qualen um ihn zu kümmern. Doch wie so oft, wenn man für jemanden in diesem bedauernswert reduzierten Stadium die Hand liebenden Trostes erhebt, ist die Anziehungskraft der Droge so dominant, daß jemand, der sich in ihren Klauen befindet, den Helfer als verschworenen Feind sieht, der ihn von dem trennen möchte, von dem er glaubt, es sei seine einzige Hilfe. Als Arzt sind Sie mit solchen Phänomenen gewiß vertraut.«

Doyle hatte erst vor kurzer Zeit mit eigenen Augen gesehen, wie Sparks diesen Hunger gestillt hatte. Außerdem wußte er, welch verderbliche Wirkungen Süchte dieser Art im menschlichen Geist hervorriefen. Alexander erzählte die Geschichte mit einer solch leidenschaftslosen Offenheit, daß Doyle momentan nicht mehr wußte, wieviel er ihm glauben sollte. Doch nichts von dem, was er ausgesprochen hatte, stand unbedingt im Widerspruch zu dem, was Jack über Alexander berichtet hatte – und bisher hatte Doyle ihn noch mit keiner der Beschuldigungen Jacks konfrontiert. Es war ihm, wenn auch nur im Augenblick, mehr oder weniger unmöglich, die von Alexander angebotene Alternative nicht als plausibles Szenarium zu erwägen. Doch andererseits – falls Alexander nur über einen Bruchteil der Macht verfügte, die Jack ihm zuschrieb – mußte diese Art routinierter Heuchelei für ihn eine solche Kleinigkeit sein wie eine Multiplikationstabelle für ein mathematisches Wunderkind. Wenn er lügt, dachte Doyle, dann aus welchem Grund?

»Warum wurde Ihr Bruder in Bedlam eingewiesen?« fragte er so ruhig wie möglich.

»Angriff auf einen Polizeibeamten. Er hat versucht, sich gewaltsam Zutritt zum Buckingham Palace zu verschaffen. Eine von Johns beharrlichsten Wahnvorstellungen besteht in dem Glauben, er habe irgendeine Verbindung zu Königin Victoria.«

»Was soll das für eine Verbindung sein?«

»Er behauptet nicht selten, unter dem direkten und geheimen Befehl Ihrer Majestät zu arbeiten, daß er in diversen Verschwörungen ermittelt, die den Fortbestand der Dynastie bedrohen. In aller Regel soll ich dafür verantwortlich sein. Folglich stellt er mir überall nach und versucht, sich in meine Geschäfte einzumischen. Es geht schon seit Jahren so. Meist geht die Sache harmlos aus. Doch in diesem Fall ist es bedauerlicherweise nicht so.«

»Warum sollte er all diese Dinge tun?«

»Wie Sie wissen, kann man sich bei Fällen von geistiger Verwirrung nie sicher sein. Einer meiner Bekannten, ein Wiener Nervenarzt, den ich in der Angelegenheit konsultiert hatte, ist der Meinung, Jonathan werde von dem Zwang getrieben, den verheerenden Verlust unserer Eltern ständig neu zu erleben – wobei die Königin eine Art Mutterersatz ist –, und daß er sie, indem er ihr Leben vor einer eingebildeten Gefahr ›rettet‹, irgendwie wiedererwecken kann.«

»Ach so.«

»Was hat er Ihnen hinsichtlich dieser Sache erzählt, Doktor?« fragte Alexander offen heraus.

Er will herauskriegen, was ich weiß, wurde Doyle klar. Nur deswegen zieht er diesen Firlefanz ab. Er will wissen, wieviel Schaden schon angerichtet ist.

»Jonathan stand Ihrer Mutter sehr nahe, nicht wahr?« fragte Doyle.

»Er hat sehr innig an ihr gehangen, ja«, sagte Alexander.

Doyle vermied es sorgfältig, etwas mit den Augen zu verraten. »Und waren Sie ihr ebenso nahe?«

Alexander lächelte und zeigte die milchweißen Reihen seiner makellosen Zähne. »Jeder Junge steht seiner Mutter nahe.«

Als sie eine lange, zunehmend steilere Steigung hinauffuhren, verlangsamte die Kutsche. Eileen bewegte sich leicht in Doyles Armen.

»Und Ihr Vater, Mr. Sparks?«

»Was ist mit ihm?« Alexander lächelte noch immer.

»Wie sah Ihre Beziehung zu ihm aus?«

»Ich glaube, es sind Johns Beziehungen, die wir hier zu prüfen haben.« Sein Lächeln blieb, doch Doyle merkte, daß es ihn beträchtliche Anstrengung kostete, es aufrechtzuerhalten.

»Ich streite es nicht ab«, sagte Doyle, die Offensive scharfsinnig aufrechterhaltend. »So vertraut Sie mit den Grundlagen der Psychologie zu sein scheinen, müssen Sie doch wissen, daß eine ihrer hauptsächlichen Gebiete die familiären Beziehungen betrifft.« Alexander zeigte keine sichtbare Reaktion. »Wie würden Sie zum Beispiel Jonathans Beziehung zu Ihnen charakterisieren?«

Alexanders Lächeln erschien nun zu erstarren. »Wir waren ... nicht zusammen. Ich habe den Großteil seiner Kindheit in einem Internat verbracht.«

»Hatte er während dieser Zeit irgendwelchen Kontakt zu Ihnen? Gab es Besuche? Korrespondenz?«

Alexander rutschte kaum merklich auf seinem Sitz hin und her.

»Nichts Außergewöhnliches.«

»Sie haben ihm also geschrieben?«

»Gelegentlich.«

»Und Sie haben ihn natürlich immer dann getroffen, wenn Sie nach Hause kamen.«

Alexander zögerte. »Sicher.«

Es behagt ihm nicht, darüber zu reden, dachte Doyle, aber er möchte auch keine Aussage machen, die meinen Argwohn erregt. Er weiß nicht, was ich weiß. Der Gedanke traf ihn hart: Er hat mich unterschätzt.

»Gab es in Ihrer Beziehung zu Jonathan irgendwelche Schwierigkeiten?«

»Schwierigkeiten welcher Art?«

»Rivalitäten.«

Alexander lächelte. »Aber nein ...«

»Jungs tun sich doch oft gegen Menschen zusammen, die Autorität ausüben. Gab es irgendwelche Vorkommnisse dieser Art, gegen die Ihre Eltern etwas gehabt haben könnten?«

»Warum fragen Sie?«

»Ich versuche zu bestimmen, ob sich in Jonathan irgendwelche unaufgelösten Feindschaften gegen Ihre Eltern gebildet haben«, sagte Doyle, der sich so schnell herausredete, wie er nur sprechen konnte. »Oder anders ausgedrückt: Gibt es irgendeinen Grund für die Annahme, daß der verhängnisvolle Brand mehr gewesen sein könnte als ein Unfall?«

Diese Andeutung schien Alexanders Widerstand zu besänftigen. »Wie interessant. Um ehrlich zu sein, Doktor, ich habe mir sehr oft die gleiche Frage gestellt.«

»Hmm. Ja«, sagte Doyle. »Können Sie sich erinnern, ob Jonathan irgendwelche Totems oder kleine Gegenstände besaß, die ihm besonders wichtig waren?« Er schwelgte nun bewußt in der affektierten Mimik und der mühsamen Deduktion des aufgeblasenen Akademikers. »Alltägliche Gegenstände dieser Art – man bezeichnet sie manchmal auch als Fetische – liefern oftmals einen Anhaltspunkt für die grundlegenden Ursachen einer Geisteskrankheit ...«

»Was für Gegenstände meinen Sie?«

»Es könnte fast alles sein: Steine, Tand, wertlose Schmuckstücke oder Halsketten. Sogar Haarlocken.«

In Alexanders Augen flackerte ein Blitz der Unsicherheit auf. Hatte er den Bluff durchschaut? Doyle wartete mit Unschuldsmiene ab – ganz der besorgte Onkel Doktor, der mit pingelig gerunzelter Stirn kooperativ ermittelte.

»Ich kann mich an solche Gegenstände nicht erinnern«, sagte Alexander. Er teilte die Vorhänge, um einen Blick ins Freie zu werfen.

Doyle nickte nachdenklich. »Hat er je irgendeine Neigung zur Gewalttätigkeit gezeigt? Anderen, besonders jüngeren Kindern gegenüber?«

»Nein«, sagte Alexander und drehte sich wieder zu ihm um. Ein Anflug von Verärgerung war in seiner Stimme.

»Irgendwelche Gewalttätigkeiten Frauen im allgemeinen gegenüber, besonders als Heranwachsender?«

»Nicht, daß ich wüßte.«

»Wann haben Sie gespürt, daß Jonathans Feindseligkeit sich gegen Sie richtete?«

»Ich habe nicht gesagt, daß er sich mir gegenüber feindselig verhalten hat.«

»Ach so. Sie streiten also ab, daß es je ...«

»Ich habe nicht gesagt ...«

»Also gab es doch Feindseligkeiten zwischen ihnen.«

»Er war ziemlich durcheinander ...«

»Vielleicht war er neidisch auf Ihre Beziehung zu Ihrer Mutter ...«

»Kann sein ...«

»Vielleicht begehrte er die Zuneigung Ihrer Mutter für sich allein ...«

»O ja. Ich weiß, daß er ...«

»Und vielleicht war er ebenso eifersüchtig auf die Beziehung, die Ihr Vater zu ihr hatte ...«

»*Natürlich* war er ...« Alexanders Stimme überschlug sich vor Gewißheit.

»So sehr, daß er sich gezwungen fühlte, seine sämtlichen Rivalen aus dem Weg zu räumen, um ihre Aufmerksamkeit ...«

»Richtig ...«

»Und so gab es schließlich nur noch eine Möglichkeit, dieses Ziel zu erreichen, nicht wahr?«

»Ja ...«

»Deswegen haben Sie das Feuer gelegt ...«

»Ja!«

Doyle schwieg. Schon bevor Alexander dieses Wort ausgesprochen hatte, war er nahe daran gewesen, sich zu verraten. Eine reptilienhafte Kälte ließ sein Gesicht zu einer Maske brutaler Geringschätzung erstarren.

»Sie glauben also *wirklich*, daß Jonathan Ihre Eltern umgebracht hat«, sagte Doyle in einem kühnen Versuch, die Arglosigkeit seines Verhörs aufrechtzuerhalten.

»Ja«, sagte Alexander glatt. Seine Oberlippe kräuselte sich in unwillkürlichem Hohn, seine Nasenlöcher blähten sich auf, seine Lider hingen schlaff herab. Er wirkte tierisch. So sieht er wirklich aus, dachte Doyle. Das ist sein wahres Gesicht.

»Aha«, sagte Doyle. Er nickte erneut. »Das ist alles sehr interessant, Mr. Sparks. Ich werde Ihre Analyse bestimmt ernsthaft in Erwägung ziehen.«

»Habe ich Sie überzeugt?« Alexanders Stimme war barsch und kratzig, ein bedrohlicher Unterton wurde deutlich.

»Und ob«, sagte Doyle. Er schluckte seine Furcht hinunter. »Wenn es stimmt, was Sie sagen, und ich habe wenig Grund, daran zu zweifeln, war Ihr Bruder wahrscheinlich mehr als nur eine Gefahr für sich selbst. Ich muß Ihnen in aller Ehrlichkeit sagen, daß ich glaube, daß er mindestens eine ebenso große Gefahr für Sie darstellt.«

Doyle lächelte selbstzufrieden, lehnte sich in den Sitz zurück und tat so, als dächte er über das Unbestimmte nach. Bitte, Gott, laß ihn annehmen, daß ich ein harmloser Pedant bin, dachte er. Er wagte nicht, Alexander wieder anzusehen, doch er spürte, daß sich die Hitze im Blick des Mannes in ihn hineinbohrte. War er zu weit gegangen? Es war noch zu früh, um es zu sagen. Obwohl er ihm eine angemessene Provokation an den Kopf geworfen hatte, war der Mann ihm nicht an die Kehle gesprungen. Die Tatsache blieb, daß er Alexander kurzfristig hereingelegt hatte. Wenn es etwas

Wahrscheinlicheres gab, ihn in mörderische Rage zu versetzen, war es schwierig zu bestimmen. Und wenn seine sture Vorstellung Alexanders prüfenden Blick standgehalten hatte, hatte Doyle ihm nicht einmal die Befriedigung der Erfahrung verschafft, ob er ihn *bewußt* in die Falle gelockt hatte – was Alexanders Zorn wahrscheinlich eher nach innen gerichtet hätte, auf sich selbst. Stolz. Auch daraus hatte Luzifers Versagen bestanden. Jeder Mensch hat eine Schwäche, es gehört einfach zur menschlichen Natur. Doch auch wenn es ihm gelungen war, auf die Schwäche Alexander Sparks' zu stoßen, hatte Doyle nun keinen Zweifel mehr daran, daß er sich in der Gesellschaft eines Menschen aufhielt, der in jeder Faser so gefährlich war, wie Jack ihn beschrieben hatte. Eileen und er lebten nur noch aus einem Grund: Weil ihr Feind nicht genau wußte, was Jack ihnen berichtet hatte und wem sie es ihrerseits erzählt hatten.

Eins stand fest: In Sachen Jack Sparks gab es zahllose Fragen, die erst noch zu beantworten waren, doch wenigstens sprach Alexanders unabsichtliches Geständnis, seine Eltern umgebracht zu haben, Jack ein für allemal von diesem widerlichen Verbrechen frei. Die quälende Musik, die er ihn hatte spielen hören, war aus dem Kummer heraus geboren und nicht aus schlechtem Gewissen. Und wenn Alexander verantwortlich war, wie Jack versichert hatte, war auch der Rest seines Berichts viel glaubhafter.

Doyle sah aus dem Fenster. Die Straße, über die sie fuhren, verlief parallel zum baumlosen, windgepeitschten Meer über einen hohen Steilfelsen. Im Osten erhellte sich der Himmel über der fernen See. Das Morgengrauen mußte in wenigen Minuten einsetzen.

Eileen rührte sich erneut. Sie atmete nun tiefer. Die Wirkung der Droge nahm ab. Gab es irgendeine Möglichkeit, sie aus allem herauszuhalten? Eines mußte Doyle sich eingestehen: Alles, was jetzt noch getan werden konnte, mußte er sehr wahrscheinlich allein tun. Über das Schicksal der Brüder bestand kaum ein Zweifel, und so wie es aussah, war auch Jack verschollen. Doch Klagen war ein Luxus, den er sich nicht leisten konnte. Das Gewicht der Verantwortung für das Leben in seinen Armen sorgte für ein Aufwallen von Beharrlichkeit und Entschlußkraft. Doyle warf Alexander einen Blick zu und spürte den Druck der Spritzen in seinen Stiefeln. Noch nicht, dachte er. Nicht, solange Eileen so nahe ist.

Als die Räder auf Pflaster trafen, verlangsamte sich die Kutsche zum Schrittempo. Augenblicke später rollte sie durch einen hufeisenförmigen Bogen, der von den Granitstatuen zweier gewaltiger Raubvögel flankiert wurde.

»Ravenscar«, sagte Alexander. Sein Gesicht hatte wieder die Maske freundlicher Förmlichkeit angenommen.

Doyle nickte. Als die Kutsche anhielt, hörte er, daß sich hinter ihnen das Tor schloß. Die Geschwindigkeitsveränderung sorgte dafür, daß Eileen wieder zu sich kam. Sie erkannte Doyles Gesicht, fand sich in seinen Armen, stieß einen leisen, überraschten Laut aus und drängte sich näher an ihn. Er hielt sie fest und streichelte ihr Haar. Als Doyle ein Geräusch bei der Tür vernahm, schaute er auf und stellte fest, daß Alexander Sparks verschwunden war.

Ein livrierter Diener öffnete den Wagenschlag auf ihrer Seite. Dann tauchte in der Türöffnung ein breites, gerötetes, lächelndes Gesicht auf, verziert mit zwei konischen Büscheln wollig weißen Haars, die von beiden Seiten eines glänzenden Schädels abstanden. Dicke Brillengläser vergrößerten die verwaschenen blauen Augen des Mannes auf die Größe von Rotkehlcheneiern.

»Sie sind also Dr. Doyle?«

»Ja?«

»Ähem, Sie sind in Ravenscar angekommen, und es ist mir eine Ehre, Sie bei uns willkommen zu heißen«, sagte der Mann in einer gefälligen, dünnen schottischen Hochlandmundart.

Eileen, die auf den Klang der fremden Stimme reagierte, wollte sich aufrichten. Doyle beugte sich vor und schüttelte die Hand, die der Mann ihm energisch hinhielt.

»Bischof Pillphrock«, mutmaßte Doyle, als er den Kragen und den Gehrock seines Gegenübers sah.

»Ähem, in eigener Person, Doktor. Es geht Ihnen gut?«

»Miß Eileen Temple«, sagte Doyle und richtete seine Begleiterin in eine sitzende Stellung auf.

»Nun ja, ich bin höchst erfreut, Sie kennenzulernen, Miß Temple«, sagte der Bischof mit einem breiten Lächeln, das eine Reihe schlechter Zähne entblößte, und umfaßte ihre Rechte mit seinen niedlichen Handschuhen.

Eileen hatte offensichtlich zwar noch erhebliche Schwierigkeiten, den Mann klar zu erkennen, doch als ihr gesellschaftlicher Instinkt erwachte, machte sie gute Miene zum bösen Spiel.

»*Enchantée*«, sagte sie mit einem zuckersüßen Lächeln.

»Wie bezaubernd!« sagte der Bischof. »Ähem, kommen Sie bitte rein, kommen Sie rein.« Er trat von der Tür zurück und machte eine graziöse Geste. »Wir haben ein heißes Bad für Sie eingelassen, damit Sie sich von den Strapazen der Reise erholen können. Und warme Betten, wenn Ihnen der Sinn nach Ausruhen steht. Und ein kräftiges Frühstück, um Ihren Geist neu zu beleben. Hierher.«

Doyle half Eileen aus der Kutsche. Sie stützte sich schwer auf ihn und war unsicher auf den Beinen. Doyle musterte ihre Umgebung: ein kreisförmiger, gepflasterter Innenhof, von hohen, dicken Mauern umgeben. Das frühe Grau des Morgens überschwemmte alles mit dichter, bleierner Düsterkeit. Das Tor, durch das sie gekommen waren, bestand aus gesprenkeltem schwarzem Holz und war mit Eisen beschlagen. Zwei Reihen formell gekleideter Diener – viele hielten Laternen – standen am Eingang des vor ihnen liegenden Gebäudes Spalier, das eher einer mittelalterlichen Festung glich: Anbauten, Strebepfeiler, massive Rundtürme und im Dunst verschwindende Banner. Im schmutziggrauen Licht sah Doyle, daß auf den Burgwällen Kanonen standen.

»Sie sind herzlich willkommen«, sagte der Bischof mit einem glückseligen Lächeln. »Sie sind sogar sehr herzlich willkommen. Gehen wir doch hierher, Doktor und Miß Temple.« Er lief geschäftig vor ihnen her, klein und feist, mit einer plattfüßigen Lässigkeit, die eher zu einem viel jüngeren Mann gepaßt hätte. Doyle stützte Eileen mit einer Hand, die andere schlang er um ihre Taille, und sie folgten ihm.

Als sie zwischen den Lakaien hergingen, musterte Doyle die Männer zu beiden Seiten. Sie waren ausnahmslos von beeindruckender Größe und kräftig gebaut. Ihre Gesichter wirkten hart, kalt und unbeteiligt. Gesichter, die vielleicht noch vor ein paar Stunden, als man sie durch den Schnee gejagt hatte, hinter Kapuzen verborgen gewesen waren.

»Wo sind wir, Arthur?« flüsterte Eileen.

»An einem ziemlich üblen Ort«, sagte Doyle.

»Was tun wir hier?«

»Das ist mir ganz und gar nicht klar.«

»Nun, denn ... Wenn ich schon nicht sagen kann, daß ich hier glücklich bin, so freue ich mich zumindest, daß du bei mir bist.«

Er zog sie an sich. Ein paar Männer scherten aus dem Verband aus, um ihnen durch die riesige Flügeltür zu folgen, durch die der Bischof sie führte. Das Innere der Burg wurde ihrer großartigen Fassade gerecht. Eine Unzahl heraldischer Banner verzierte Wände und Decken. Der geräumige Mittelgang strotzte von Rüstungen, die kriegerische Posen einnahmen. Ein langer, schmaler Tisch aus poliertem Holz beanspruchte einen großen Teil der Raummitte. Am anderen Ende befand sich ein tiefer, breiter Kamin, in dem Doyles altes Schlafzimmer bequem Platz gefunden hätte. Darin brannte ein Holzstapel von der Größe eines Ruderbootes.

»Ich fürchte, für unsere Gäste ist es zwar noch etwas sehr früh, um schon aufzustehen«, sagte der Bischof und geleitete sie zu einer breiten Steintreppe, »aber ich kann Ihnen versichern, daß sie geradezu darauf brennen, Ihre Bekanntschaft zu machen.«

»Der Gentleman, der mit uns in der Kutsche gekommen ist ...«, sagte Doyle.

»Ja?« sagte der Bischof strahlend.

»Mr Graves? Mr. Maximilian Graves?«

»Ja?« Der Bischof lächelte hilfsbereit, als sie die Treppe hinaufgingen.

»Ihr Partner. Im Vorstand von Rathborne & Sons.«

»Ja, ja. Rathborne & Sons, ja.«

»Also das war dieser Gentleman?«

»Wer, hat er gesagt, sei er?«
»Er hat nichts gesagt.«
»Ah«, sagte der Bischof. »Ja.« Er grinste wieder.
Doyle vermochte nicht zu sagen, ob der Mann bewußt unverständlich redete oder einfach ein Idiot war.
»Nein«, beharrte Doyle, »ich versuche nur herauszufinden, ob er tatsächlich Mr. Maximilian Graves war.«
»Oh, ich würde mir nie erlauben, für Mr. Graves zu sprechen.«
»Es war also *dcch* Mr. Graves.«
»Hat er Ihnen das erzählt?«
Eileen und Doyle schauten sich mit großen Augen an. Die schwachsinnige Fröhlichkeit des Bischofs drang sogar bis in Eileens noch umnebelten Geist vor.
»Er hat gesagt, sein Name sei Alexander Sparks.«
»Nun, denn«, sagte der Bischof, »er sollte es eigentlich wissen, nicht wahr? Ähem, und schon sind wir da.«
Als sie näherkamen, öffnete ein im Korridor stehender muskulöser Diener eine Tür für sie, und der Bischof winkte sie übertrieben hinein. Die Möblierung und Ausstattung des Raumes war verschwenderisch und bot einen lebhaften Kontrast zu dem spartanischen Militarismus, den sie im Rest des Hauses gesehen hatten. Dicke Perserteppiche bedeckten den Boden, Gaze-Baldachine überspannten zwei Betten, Sessel und schwere Diwane strömten verschwenderische Schönheit aus. Gobelins bedeckten die Wände, konnten aber die Rundungen nicht verbergen und deuteten an, daß der Raum sich behaglich in einen der vielen Türme Ravenscars schmiegte. Ein einzelnes schmales Fenster schaute nach Nordwesten, wo der Himmel sich im Grau des Morgens zunehmend erhellte.
»Das Bad ist hier«, sagte der Bischof. Er öffnete die Tür zu einem Nebenraum und enthüllte eine schwarz-weiß gefliese Kammer, in der gerade einige Diener damit beschäftigt waren, Eimer mit dampfendem, heißem Wasser in eine erhöhte Messingwanne zu entleeren.
»Tun Sie sich keinen Zwang an«, sagte der Bischof: »Erfrischen Sie sich, bevor Sie sich zu uns gesellen. Unsere Gäste sind uns lieb und teuer. Und falls Sie noch etwas brauchen

sollten ... Was es auch sei ...« Er griff nach einer Samtkordel, die von der Decke herabhing. »Auf ein Klingeln hin wird Ihnen sofort geholfen.«

Doyle und Eileen dankten ihm, und der Bischof verließ nach einem schier unendlichen Strom wohlwollender Geistlosigkeiten den Raum. Die Tür fiel fest ins Schloß. Doyle legte einen Finger auf seine Lippen, trat vorsichtig an sie heran und packte den Knauf. Verschlossen. Er öffnete die Klappe, um durch den Türspion nach draußen zu schauen, und erblickte die steinernen Augen eines dort postierten Dieners. Er schloß die Klappe und trat ans Fenster. Eileen ließ sich auf einen Diwan sinken und versuchte, sich ihrer Stiefel zu entledigen.

»Ein Bad weiß ich wirklich zu schätzen«, sagte sie. Ihr war noch immer leicht schwindlig.

Das Fenster schaute geradewegs auf den Burghof hinab. Der Ein- und Ausgangsverkehr an dem schweren Tor, durch das sie hineingekommen waren, verlief stetig; es waren hauptsächlich Planwagen, doch auch eine ganze Anzahl von zu Fuß gehenden Männern – mit Flinten bewaffnete Patrouillen, und auf den Wällen paradierten zahlreiche Wachen.

»Wenn sie uns wirklich umbringen wollen«, sagte Eileen, die sich, immer noch benebelt, mit den Knöpfen ihres Hemdes abmühte, »scheinen sie wohl auf saubere und ausgeruhte Leichen Wert zu legen.«

Als das erste Sonnenlicht die flache Ebene im Westen durchflutete, konnte Doyle ein noch größeres Terrain überblicken; das mußten die Moore von North Yorkshire sein, falls seine geographischen Kenntnisse stimmten. Und irgendwo dort lagen die Ländereien, die General Marcus McCauley Drummond Lord Nicholson abgepreßt hatte. Wenn man von den Torfsümpfen absah, hatten sie nicht viel Wert. Vielleicht besteht ihr Wert darin, daß sie so nahe an Ravenscar liegen, sinnierte Doyle. Als der Dunst sich hob, konnte er in der Ferne schwach Umrisse ausmachen, die aus dem frisch gefallenen Schnee und dem Moor in die Höhe emporragten: niedrige, von Menschenhand geschaffene Gebäude, möglicherweise Lagerhäuser für die Torfballen.

»Wenn du nichts dagegen hast, Arthur, gehe ich zuerst«,

sagte Eileen. Sie schälte sich aus der Bluse, und ihre Hose rutschte auf ihre Fußknöchel, als sie zum Bad humpelte.

»Ja, schön«, sagte Doyle, mehr oder weniger, wenn auch nicht unbotmäßig tief in Gedanken versunken, um von ihrem Körper nicht abgelenkt zu sein, als sie verschwand. Augenblicke später hörte er ein leises Plätschern. Dann folgten ein kurzer, lauter Ausruf, ein Kichern und ein entspannter Seufzer.

Als Doyle seine Beobachtung wieder aufnahm, sah er, daß die Ausdehnungen Ravenscars den südlichen Teil dessen voll ausfüllten, was von diesem Fenster aus sichtbar war. Vor den Mauern erkannte er in dieser Richtung ein hohes, weitläufiges Gebäude, auf das von Westen her ein Bahngleis zulief, sowie Gestalten, die durch das riesige Gebäudetor ein und aus gingen. Auf dem Abstellgleis warteten Waggons. Aus zwei hohen Schornsteinen, die im Herzen des Gebäudes in die Luft ragten, quoll schwarzer Rauch. Unter den Rauchfängen war eine reichverzierte, sentimental anmutende Reklamewand zu sehen: eine Mutter in einer Küche, die einem kleinen Jungen einen Biskuit reichte. Darüber stand in großen Lettern: MUTTERS HAUSGEMACHTE.

»Arthur?« Doyle vernahm das Schwappen sich träge bewegenden Wassers.

»Ja, Eileen?«

»Könntest du bitte einen Moment hereinkommen?«

»Ja, Eileen.«

Doyle legte seinen Mantel ab, zog die versteckten Arzneiphiolen und Spritzen aus den Stiefeln und legte sie unter die Kissen einer Couch. Dann trat er ins Bad.

Eileen lag – die Arme vor dem Busen verschränkt, die Augen geschlossen – an den gerundeten Rand der Wanne gelehnt, die einem Messingdrachen mit vier Klauenfüßen nachempfunden war. Ihre Haut schimmerte wie Alabaster. Auf ihrer Oberlippe glänzten feine Perlen. Ihr Haar war locker auf ihrem Kopf aufgetürmt, und ein paar feine Strähnen berührten leicht die Wasseroberfläche. Doyle fand sich auf der Stelle in einem Wachtraum wieder: die unerträgliche Faszination von Frauenhaar. Woher wußten Frauen eigentlich in jeder x-beliebigen Situation, was sie mit ihrem Haar anstellen mußten? Wie legten sie es trotz der Schwerkraft so graziös und mühelos um ihren Kopf?

»Ich komme mir fast wie im Himmel vor«, sagte Eileen verträumt.

»Wirklich?«

»Ich nehme an, man hat mir irgendeine Droge verabreicht.«

»Ja, Liebling.«

»Es fällt mir schwer, klar zu denken.« Sie gab sich alle Mühe, sich deutlich auszudrücken. »Meine körperliche Reaktion auf all das ist wohl leicht ... übertrieben.«

»Was wir, glaube ich, ebenfalls der Droge zuschreiben können.«

»Dann geht das Gefühl also bald vorbei.«

»Ja.«

»Hmm. Schade. Tut mir leid, aber ich bin dir wohl keine große Hilfe.«

»Du bist sicher. Und darum geht es doch.«

Sie legte eine einladende Hand auf den Wannenrand. Er nahm sie und beobachtete, wie das Wasser über ihre ineinander verhakten Finger lief.

»Mr. Jack Sparks ist nicht zurückgekommen?« fragte sie.

»Nein.«

»Das ist sehr beunruhigend.«

»Ja.«

»Wir beide sind in ziemlichen Schwierigkeiten, was?«

»Ja, Liebling, ich fürchte, so ist es.«

»Dann möchte ich«, sagte sie leise, »daß du mich, wenn ich mich ein paar Minuten eingeweicht habe, zu Bett bringst. Wäre dir das recht, Arthur?«

»Ja, Liebling. Es wäre mir sehr recht.«

Sie lächelte und hielt seine Hand. Er ließ sich auf dem Wannenrand nieder und wartete.

Vertraulichkeit gebiert außer Geringschätzung nur wenige Gefühle, dachte Doyle, als er auf dem ihn umhüllenden Federbett lag und sich mit wohlüberlegten Schritten dem vollen Gewicht seiner Ermüdung hingab. Leidenschaft zum Beispiel. Ob als Ergebnis der Droge in ihrem Blutkreislauf oder inspiriert durch die Unsicherheit ihrer Lage – die Heftigkeit, mit der sie sich ihm hingegeben, war trotz seiner begrenzten Erfahrungen nach deutlicher ausgefallen als in der vergangenen Nacht. Nun hatte sie sich glatt und weich in seinen Armen zusammengerollt und schlief fest, ihr pechschwarzes Haar, ein exotischer Fleck auf milchweißem Leinen. Zu seiner Überraschung hatte er keine Schwierigkeiten, dieses eher zärtliche Gefühl mit dem drängenden, animalischen Feuer in Einklang zu bringen, das sie erst wenige Minuten zuvor einander in die Arme getrieben hatte. Kein einziger Akt in seinem Leben war ihm je aufrichtiger erschienen. Er schlief ein und dankte seiner Mutter, weil sie es versäumt hatte, ihn vor Schauspielerinnen zu warnen.

Als Doyle aus dem Schlaf hochschreckte, flohen seine Träume wie ertappte Einbrecher. Das Licht im Zimmer war matt, eine Spur von Dunkelrot drang in einem spitzen, steilen Winkel durch das Fenster. Sein Instinkt sagte ihm, daß jemand, während er geschlafen hatte, hier gewesen war. Er richtete sich auf. Seine hastig zu Boden geworfenen Kleider waren nirgendwo zu sehen. Auf dem anderen Bett lagen ein Abendanzug für einen Gentleman und ein schwarzes Damensamtkleid. Eileen lag schlafend neben ihm. Ein scharfer Schmerz in der Magengegend machte ihm klar, daß er schrecklichen Hunger hatte.

Doyle stellte fest, daß sein Chronometer ordentlich auf der Tasche des Dinnerjacketts lag. Er öffnete es. Vier Uhr. Der Tag war fast vorbei! Er schlüpfte in die perfekt sitzenden Hosen, zog die Träger über seine Schultern und schlich auf leisen Sohlen zum Fenster. Die Sonne näherte sich im Westen schon dem Horizont. Auf dem Hof herrschte nach wie vor Aktivität, und auf den Wällen patrouillierten noch immer Bewaffnete. In der nahe liegenden Fabrik war die Arbeit offenbar beendet, die Schornsteine stießen keinen Rauch mehr aus. Doch von einem der kleineren, tiefer im Moor liegenden Häuser stieg eine dünne Rauchfahne zum Himmel auf.

Doyle schob eine Hand unter das Sofakissen, stellte fest, daß die Phiolen und Spritzen noch an Ort und Stelle waren, und ging ins Bad, um sich seiner Körperpflege zu widmen. Ein Glas heißes Wasser, ein Rasierbecher und ein Rasiermesser standen zusammen mit einem Becher adstringierenden Lorbeers neben einer Keramikschüssel vor dem Spiegel.

Frisch gewaschen kehrte Doyle fünf Minuten später ins Schlafzimmer zurück. Eileen saß auf der Bettkante, hatte ein Laken um sich geschlungen und drückte einen Handballen gegen ihre Stirn.

»Hast du mir gegen den Kopf getreten oder mich nur mit einem Knüppel verdroschen?«

»Wenn du erst einmal aufstehst und dich bewegst, wird es dir besser gehen. Sie haben uns Kleider gebracht; feine Sachen. Allem Anschein nach kleiden wir uns zum Dinner an.«

»Essen.« Das Wort traf sie wie eine Offenbarung und schien ihr Unbehagen zu dämpfen. Sie schaute zu ihm auf, wie um den unvorstellbaren Gedanken mit ihm zu teilen. »Essen.«

»Die Idee ist nicht ohne Reiz«, sagte Doyle, küßte sie und trat an das andere Bett.

»Ich komme mir vor, als hätte ich seit Monaten nichts mehr gegessen.«

»Laß dir Zeit«, sagte Doyle. »Ich werde mich mal ein wenig umsehen.« Er schlüpfte schnell in die restlichen Kleider.

»Ich habe zwar noch eine vage Vorstellung von Nahrung«, sagte Eileen, die, das Laken hinter sich herziehend, ins Bad schlenderte, »aber ich glaube, ich kann mich nicht mehr erinnern, wie so etwas schmeckt.«

Doyle knotete seine Krawatte, überprüfte seine Erscheinung im Spiegel, steckte das Tuch in die Brusttasche und ging zur Tür. Sie war unverschlossen.

Getragene Kammermusik wehte von irgendwo aus dem Erdgeschoß zu ihm hinauf. Als er das Schlafzimmer verließ, erhoben sich im Korridor zwei Männer von ihren Stühlen. Sie schienen beide Anfang Fünfzig zu sein und trugen ähnliche Abendkleidung. Jeder hielt ein Glas in der Hand. Der kleinere, ein adretter, pedantisch wirkender Bursche mit schütterem Haar und einem gestutzten schwarzen Bart, rauchte einen Stumpen. Der größere hatte die breiten Schultern und die aufrechte Haltung eines Soldaten. Sein schlohweißes Haar war zu einem groben Bürstenschnitt gestutzt; ein dichter, weißer Walroßschnauzbart zierte sein vierkantiges, kompromißloses Gesicht. Er blieb einen Schritt zurück, als der kleinere Mann sofort mit ausgestreckter Hand auf Doyle zuging.

»Wir haben gerade etwas diskutiert – vielleicht können Sie den Streit für uns entscheiden, Doktor«, sagte der Kleine gesellig. Er sprach einen leichten, irgendwie amerikanisch klingenden Akzent und zeigte ein strahlendes, zahnlückenhaftes Grinsen. »Mein Freund Drummond behauptet nämlich, man könne den Kopf eines Menschen – vorausgesetzt, man verfügt über die dazugehörige Ausrüstung für den Kreislauf – unbegrenzt am Leben und Funktionieren erhalten, wenn man ihn von seinem Körper trennt.«

»Das hängt alles davon ab, an welcher Stelle man die Trennung vornimmt«, sagte Drummond, dessen Oberklassenstimme so steif und gezügelt war wie seine Haltung. Seine Augen, die etwas zu weit auseinanderstanden, um in der breiten Kiste seines Gesichts symmetrisch zu wirken, schauten fortwährend an seiner Nase entlang.

»Wohingegen ich weiterhin der Ansicht bin, daß der Körper viel zu viele wesentliche, für das Gehirn notwendige Funktionen übernimmt«, sagte der andere Mann, als diskutiere er über die Postzustellung. »Auch wenn man die Frage der Aufrechterhaltung außer acht läßt, bin ich entschieden der Meinung, daß das Trauma aufgrund der Trennung von Kopf und Torso sich überhaupt auf jeden Teil des Hirns als viel zu schädlich auswirkt, um es weiterleben zu lassen.«

»Ich gehe sogar noch einen Schritt weiter, John«, sagte der General. »Ich behaupte sogar, wenn der Schnitt an einer ausreichend niedrigen Stelle erfolgt, ist es dem Kopf sogar möglich, die Kraft der Sprache beizubehalten.«

»Wie Sie sehen, stimmen wir auch hier nicht überein«, sagte Sir John Chandros, der Besitzer von Ravenscar. »Woher soll die Atemluft kommen, Marcus? – Selbst wenn der Hals in all seiner unbehinderten Herrlichkeit erhalten bleibt, fehlt der Blasebalg, der die Luft durch die Stimmbänder leitet. Ich bitte dich, mein Lieber! – Welches fachmännische Urteil können Sie uns anbieten, Doktor? Vom rein medizinischen Standpunkt aus betrachtet?«

»Ich fürchte, ich habe über dieses Thema noch nicht sehr viel nachgedacht«, sagte Doyle.

»Aber Sie müssen doch zugeben, daß es ein Thema von äußerst großem Reiz ist, nicht wahr?« fragte Chandros, der offenbar die Meinung vertrat, es sei unnötig, sich einander näher vorzustellen.

»Es ist in der Tat eine zu Kopfe steigende Angelegenheit«, sagte Doyle.

Chandros lachte, er war wirklich erheitert. »Ja, eine zu Kopfe steigende Angelegenheit. Sehr gut! Findest du nicht auch, Marcus?«

Doyle bemerkte mißbilligend, daß Drummond ein Schnauben von sich gab.

»Marcus hat seit mindestens dreißig Jahren nicht mehr aus vollem Herzen gelacht«, sagte Chandros. »Und allmählich wird es Zeit.«

Drummond schnaubte erneut; offenbar bestätigte er diese Ansicht.

»Für einen bekannten Zyniker und ziemlich berüchtigten Mann von Welt gelingt es meinem Freund, dem General, eine bemerkenswerte Naivität aufrechtzuerhalten.« Bevor Doyle etwas sagen konnte, nahm Chandros seinen Arm und geleitete ihn durch den Korridor. »Allerdings glaube ich – ungeachtet dessen, was die Unwahrscheinlichkeit unserer vorherigen Diskussion betrifft – fest daran, Doktor, daß unsere Rasse vor einer so weitreichenden Umwälzung auf zahlreichen wissenschaftlichen Gebieten steht, daß sie das Leben, wie wir es bisher gekannt haben, völlig umkrempeln wird.«

Drummond schnaubte schon wieder. Sein Gegrunze enthielt allem Anschein nach Färbungen und Nuancen des Ausdrucks, zu deren Interpretation man Monate brauchen würde.

»Drummond wird Sie vor mir warnen, weil ich ein unverbesserlicher Anhänger der Zukunft bin. Schuldig im Sinne der Anklage! Ich glaube nämlich, daß der Mensch, welcher der Hoffnung bedarf, lediglich ins Morgen zu schauen braucht, um sie zu finden. Ja, ich war in Amerika, ich habe dort viele Jahre verbracht: New York, Boston, Chicago. Das sind Städte: stark, zäh und rauh wie der Wind. Hab 'ne Menge Geschäfte dort getätigt. Die Amerikaner verstehen was von Geschäften, ist ihre zweite Natur. Vielleicht haben sie mich auch mit ihrem Optimismus angesteckt, aber ich sage noch immer: Wenn jemand, der die richtige Idee hat, den Menschen mit dem richtigen Geld trifft, können sie die Welt aus den Angeln heben. Ja, zum Teufel, nicht nur verändern, sondern sie umkrempeln. Gott hat dem Menschen die Herrschaft über die Erde geschenkt. Es ist höchste Zeit, daß wir sie packen und mit dem Pflug bearbeiten, mit dem der Herr uns versorgt hat. Hab's in der Politik versucht. War nichts für mich. Ist von zu vielen Scheiß-Kompromissen abhängig, um irgend etwas zustande zu bringen. Die Großen Pyramiden wurden auch nicht von Komitees erbaut. Der Pharao hat es getan. Was ich damit sagen will? Das Geschäft des Lebens ist ein Geschäft. Lassen Sie mich Ihnen ein Beispiel geben.«

Als sie an einem Treppengeländer vorbeikamen, das zur Eingangshalle hinunterblickte, sah Doyle, daß der lange Tisch für das Abendessen gedeckt war. Vor dem Kamin hielten sich gut gekleidete Gäste auf. Während der unheilvolle Schatten General Drummonds hinter ihnen herzog, führte Chandros Doyle neben dem Treppenabsatz durch eine Tür, die auf einen hohen Balkon hinausführte. Im Westen, wo die Sonne genau auf der Horizontlinie balancierte, eröffnete sich ein ausgedehntes Panorama.

»Wer ist das größte Hindernis im Leben eines Menschen?« fragte Chandros, der seine Zigarre paffte. »Der Mensch selbst. Da liegt der Hase im Pfeffer! Es ist seine eigene verfluchte animalische Natur. Er befindet sich fortwährend im Krieg mit der höheren Macht in seinem Inneren. Kann sich nicht ergeben. Da lebt ein Genius Wange an Wange im gleichen Knochensack mit einem Untermenschen zusammen – und lassen Sie sich gesagt sein, Sir, dieser Untermensch ist nichts anderes als ein Höhlenmensch, ein halbgescheiter Dummkopf, ohne den gesunden Menschenverstand, den man zum Leben braucht. Aber es kommt noch schlimmer: Dieser dämliche Trottel glaubt nämlich, er sei der seit langem verschollene Sohn Gottes; es sei nur eine Frage der Zeit, bis die Welt ihn wieder auf den Thron setzt, auf den er gehört. Bis dahin arbeitet er wie ein blöder Ochse, säuft, spielt, hurt und verpißt sein Leben. Er stirbt, indem er nach Gott schreit, der ihn alleingelassen hat, er möge seine elende Seele retten, die keinen Penny wert ist. Ich möchte Ihnen eine Frage stellen: Welche Gottheit, die auch nur alle Sinne beisammen hat, würde eine Sekunde ihrer kostbaren Zeit dazu verschwenden, einem jämmerlichen Wicht dieser Art zuzuhören?«

»Ich habe nicht die geringste Ahnung«, sagte Doyle. Die kalte Selbstsicherheit des Mannes ließ ihn zurückschrecken.

»Ich sag's Ihnen: keine Gottheit, die auch nur einen Pfifferling wert ist.« Chandros verschränkte die Arme vor der Brust, lehnte sich an die Wand und schaute über das Land. »Nun haben die Christen allen etwas voraus. Fraglos. Einen toten Juden mit ein paar feinen Tricks im Ärmel, der von ein paar fanatischen Jüngern wie ein Haarwuchsmittel angepriesen wird. Einen konvertierten Kaiser später haben sie ein heiliges Reich, neben dem jedes andere der Geschichte verblaßt. Es hält sich zweitausend Jahre. Wie haben sie es hingekriegt? Das Geheimnis ihres Erfolges war Einfachheit: Konzentriere die Macht. Verpacke sie in Rätsel. Die versteckst du im größten Bauwerk der Stadt. Schreibe ein paar Gebote nieder, damit die Tölpel nicht aus der Reihe tanzen. Stelle Regeln auf, wie Geburt, Tod und Ehe zu sein haben. Erzeuge Angst vor der Verdammnis, bringe etwas Rauch und ein bißchen Musik ins Spiel. Dann hast du das erste Gebot: Biete ihnen eine gute Schau, dann kommen die Kunden zu den Brosamen des Festes der Heiligen auf den Knien angekrochen. Und das ... das war schon alles.«

Drummond schnaubte erneut. Doyle wußte nicht genau, ob es ablehnend oder zustimmend gemeint war.

Chandros saugte an seiner Zigarre und kaute auf ihr herum. Seine verblüffend blauen Augen funkelten in eingebungsvollem Eifer. »Also: Wie macht man aus halb verblödetem, geilem Nutzvieh ein zahmes, produktives Werkzeug, das bereit ist, die Ärmel hochzukrempeln und sich auf ein besseres Leben einzustimmen? Das ist das Rätsel, das jeder lösen muß, der die Absicht hat zu herrschen, sei es nun die Religion, die Regierung, die Geschäftswelt oder wer auch immer. Und dies war die simple und doch so geniale Lösung der Christen: Überzeuge deine Wähler von einer großen Lüge. Wir besitzen den Schlüssel zum Himmelstor! Wenn du die Reise antreten willst, Bruder, mußt du es unter unserer Schirmherrschaft tun. Klar, die Werbung dafür, wie es im Paradies aussieht, hat geholfen, um den Handel zum Abschluß zu bringen: Furcht zwingt die armen, unwissenden Tölpel auf die Knie, und sie entzünden Kerzen, als gäbe es kein Morgen. Und wollen wir doch offen sein: der Gottseibeiuns war stets ihre beste Abschreckung – er ist derjenige, den man gern haßt; der einen so in Angst versetzt, daß man in seine langen Unterhosen schifft. Und doch kann man den Blick nicht von ihm abwenden. Er ist derjenige, der die Damen einseift, nicht der einfältige Messias mit dem Rehblick. Bringt man den Teufel ins Gespräch, um die Suppe zu würzen, hat man die makellose Formel für religiöse Hegemonie. Funktionierte wie eine Schweizer Uhr. Unvergleichlich.

Doch der Fortschritt, der sich, wie Sie wissen, unabhängig von unseren lumpigen Taten entwickelt – da haben Sie das Rätsel –, verlangt, daß sich die Machthaber im Laufe der Zeit ebenfalls ändern. Wir sitzen jetzt am großen Tisch, Jungs, und spielen mit völlig neuen Karten: Schwerindustrie, Massenproduktion, internationale Konzerne; Waffen, von denen keiner je geträumt hat. Moralpredigten und weicher Käse, der von der Kanzel herunter an die spirituellen Tugenden appelliert, machen aber den Kohl nun mal nicht fett. Die Christen haben, wie man in Kentucky so sagt, einfach eine beschissene Pechsträhne. Verzeihen Sie meine direkte Sprache.«

Als die Sonne hinter dem Horizont versank, tauchten ihre ersterbenden Strahlen Chandros und die Sandsteinmauer hinter ihm in einen feurig-roten Glanz.

»Schauen Sie nach unten, Doktor«, sagte Chandros und

deutete auf ein Gehege an der Außenmauer. »Was sehen Sie dort?«

Eine Gruppe von Männern in identischen, grau gestreiften Hosen und Jacken aus grobem, knotigem Material passierte soeben ein Tor zu dem Gelände, das zur Biskuitfabrik führte. Ihr Haar war millimeterkurz geschoren. Bewaffnete Wächter beobachteten jede ihrer Bewegungen und bellten Befehle in ihre Richtung. Die Männer formierten sich und reagierten mit rhythmischen Gesängen, die den Balkon schwach erreichten.

»Arbeiter«, sagte Doyle. »Fabrikarbeiter.«

Chandros schüttelte den Kopf, beugte sich vor und tippte Doyle mit Nachdruck auf die Brust. »Die *Antwort*«, sagte er. »Die Männer, die Sie dort unten sehen, repräsentierten bis vor kurzem die niedrigste Form menschlichen Abschaums, die man sich vorstellen kann. Sträflinge: tückisch, boshaft, sture Unverbesserliche. Rekrutiert aufgrund eben dieser Eigenschaften. Die Schlimmsten von ihnen, zusammengezogen aus den übelsten Gefängnissen und Straflagern des Landes und der Welt. Hierhergebracht – und glauben Sie mir, die Gefängnisse sind überglücklich, sie los zu sein –, um an einem Programm teilzunehmen, das unsere Erlösung von der blinden Sklaverei hin zur menschlichen Kernnatur beweisen wird. Schauen Sie sie an.«

Die Bewegungen der Gruppe auf dem Hof wirkten bestens einstudiert und diszipliniert, doch nicht enthusiastisch und beinahe schwerfällig, obwohl niemand unter irgendeiner Art von Zwang zu handeln schien.

»Vor nicht allzulanger Zeit waren diese Männer kaum imstande, einen gemeinsamen Lebensraum mit anderen Menschen zu teilen, ohne sinnlose Gewaltakte zu verüben. Das Problem des Verbrechens. Das Problem der Intoleranz. Das Problem der Gewalt. Verstehen Sie? Sie stammen alle aus der gleichen Urquelle. Hier und jetzt, zum ersten Mal überhaupt, sind sie vollständig rehabilitiert. Sie werden versorgt und sind bereit, einem ehrlichen Tagewerk nachzugehen.«

So also ist es zur Entlassung von Bodger Nuggins gekommen, dachte Doyle. Die Motive erschienen durchaus anerkennenswert – sie unterschieden sich in ihrem Grundgedanken kaum von dem, was Jack Sparks mit den Männern aus der Londoner Unterwelt zu erreichen versuchte, wenn auch in kleinerem Maßstab. Doch nach welcher Methode ging man hier vor?

»Wie?« fragte Doyle. »Wie machen Sie es?«

»Durch direkten Eingriff«, sagte Chandros.

»Was meinen Sie damit?«

»Einer unserer Kollegen hat das Problem lange Jahre studiert. Er ist zu dem Schluß gekommen, daß die grundlegenden Aspekte einer Persönlichkeit ihren Anfang im Gehirn nehmen. Das Gehirn ist ein Organ wie die Lunge oder die Leber, und man kann es auf eine Weise umerziehen, die wir eben erst zu verstehen beginnen. Sie sind Arzt. Wir glauben, daß diese menschliche Unterschicht – wollen wir sie so nennen? warum nicht? – lediglich ein medizinisches Problem darstellt; eine Krankheit wie Cholera oder Meningitis. Diese Schicht muß wie ein rein physischer Defekt betrachtet und dementsprechend behandelt werden.«

»Auf welche Weise behandelt?«

»Ich bin mit der exakten Fachterminologie nicht vertraut. Der Professor wird sich freuen, Ihnen die genaue ...«

»Chirurgische Behandlung?«

»Mich interessieren Ergebnisse, Doktor. Sie sehen hier die mehr als ermutigenden Resultate, die wir mit diesem Programm zu erreichen begonnen haben. Doch nicht nur die Fabrikarbeiter, auch das gesamte Haushaltspersonal Ravenscars profitiert von unseren erfolgreichen Bemühungen – sie sind, wenn Sie so wollen, unsere Graduierten. Ich möchte Ihnen eins versichern: Geben Sie dem Menschen eine zweite Chance zum Leben, und er wird wie ein dankbarer Hund zu Ihren Füßen liegen.«

Eine zweite Chance zum Leben. Doyle spürte, daß ihm schwindelig wurde. Die Vermummten. Die Kreaturen im Museum. Willenlose Automaten. Er nickte Chandros zustimmend zu, drehte sich um und griff nach dem Geländer, um seinen wahren Ekel nicht zu offenbaren.

Dafür haben sie das Land gebraucht, dachte Doyle. Diese

scheußliche Arbeit erfordert Isolation. Bodger Nuggins hatte Wind von dem bekommen, was ihn erwartete, und war geflohen. Sie hatten ihn aufgespürt und umgebracht. Irgend etwas sagte Doyle, daß Nuggins' Schicksal wahrscheinlich die bessere Alternative gewesen war. Welchem Grauen mochte man die Elenden dort unten ausgesetzt haben? Die wahren Ungeheuer befanden sich hier bei ihm, auf dem Balkon.

Die letzten Sonnenstrahlen verblaßten rasch. Die Sträflinge im Gehege setzten sich zu einem anderen Geländeteil in Marsch. Doyle schaute auf den Haupthof hinab. Sein Blick fiel auf ein einzelnes Fuhrwerk, das zu einer Art Lieferanteneingang dirigiert wurde. Als der Kutscher abstieg und zwei Diener vortraten, um die Lieferung abzuladen, rollte ein am Fahrgestell klammernder Körper unter dem Karren hervor und tauchte in der Dunkelheit unter. Keiner der Wächter oder Bediensteten hatte den Eindringling gesehen. Doyle hatte das Gesicht zwar nicht erkennen können, aber die Bewegungen der Gestalt hatten für ihn etwas eindeutig Vertrautes.

Jack!

Irgendwo im Haus wurde eine Glocke geschlagen.

»Ah, das Essen wird gleich serviert«, sagte Chandros. »Schauen Sie doch mal nach, ob Ihre reizende Begleiterin schon fertig ist, um sich zu uns zu gesellen, Doktor.«

»Ja, gut«, sagte Doyle.

»Dann sehen wir uns bei Tisch.«

Doyle nickte. Er hörte, wie sich die Tür hinter ihm öffnete. Chandros und Drummond gingen hinein. Doyle warf noch einen Blick auf den Hof und hielt nach dem Eindringling Ausschau, doch er war spurlos verschwunden. Er wartete ein paar Sekunden, dann folgte er den anderen ins Haus.

Doyle suchte rasch sein Zimmer auf, vor dem wieder der unheimliche Diener postiert war. Bevor er eintrat, fing er einen Blick aus dessen leeren, ausdruckslosen Augen auf. Sie waren so kalt und tot wie ein Fisch auf einem Teller. Leise fiel die Tür hinter ihm ins Schloß.

18
Es ist angerichtet

EILEEN SASS AN dem Toilettentisch vor dem Spiegel, um ihren Lippen einen rötlichen Glanz zu verleihen. Sie trug das Haar in einem sorgfältig hergerichteten Knoten. Um ihren Hals schlang sich ein Kollier mit gefaßten Steinen, die nach Diamanten aussahen. Das figurbetonte, schulterfreie schwarze Samtkleid, das ihre Gastgeber ihr zur Verfügung gestellt hatten, erhöhte ihren angeborenen Zauber auf klassisches Niveau.

»Es ist nur gerecht, daß sie mir ein Kleid geschenkt haben«, sagte sie, »nachdem sie mein eigenes ruiniert haben. Würdest du es bitte hinten schließen, Arthur?«

Doyle beugte sich über ihren Rücken. Sie hatte ein feines berauschendes Parfüm aufgelegt. Er küßte sanft ihre Schulter.

»Selbst Kosmetik und Juwelen haben sie bereitgelegt.« Sie berührte die Diamantohrringe, die sie trug. »Die sind nicht aus Glas. Was, in aller Welt, haben sie mit uns vor?«

»Vielleicht sollten wir es erkunden«, sagte Doyle. Er trat aus ihrem Blickfeld, ging zur Couch und nahm die Spritzen an sich. Er verstaute sie sorgfältig in seiner Brusttasche, wobei er darauf achtete, daß sie keine verräterische Ausbuchtung verursachten.

»Sind viele Leute unten?«

»Mehr als sie erwartet haben«, sagte Doyle mit gedämpfter Stimme. »Jack ist hier irgendwo.«

Sie schaute ihn an. »Gut. Kampflos ergeben wir uns jedenfalls nicht.«

»Ich werde mein Möglichstes tun, um dich aus allen Schwierigkeiten herauszuhalten.«

»Arthur, die Schweinehunde haben achtzehn meiner Freunde umgebracht ...«

»Ich werde nicht zulassen, daß sie dir etwas tun ...«

»... darunter auch meinen Verlobten. Er hat während der Séance meinen Bruder gespielt.«

Doyle riß sich zusammen. »Dennis?«

»Ja, Dennis.«

»Ich hatte keine Ahnung. Es tut mir schrecklich leid.«

Eileen nickte und drehte sich um. Kurz darauf nahm sie eine kleine schwarze Handtasche an sich und führte sich vor. »Kann ich so gehen? Lüg mich an, wenn es nicht anders geht.«

»Prächtig. Ehrenwort.«

Ihr kurzes Lächeln erhellte den Raum. Er bot ihr seinen Arm an, und sie traten auf den Gang hinaus. Als sie zur Treppe gingen, trat der Diener zur Seite. Die heraufdringende Musik wurde von Stimmengemurmel begleitet.

»Ich habe eine Vierzoll-Hutnadel im Haar«, flüsterte Eileen. »Sag mir, wenn es losgeht. Ich hätte keine Bedenken, sie zu benutzen.«

»Zögere nicht, sie dort einzusetzen, wo sie den größten Schaden anrichtet.«

»Bin ich dir je zögerlich vorgekommen, Arthur?«

»Nein, Liebling.«

Eileen schlang ihren Arm fest um den seinen, und sie gingen die breite Treppe hinunter. Der Anblick, der sich ihnen bot, war köstlich und opulent zugleich. Die von riesigen Kandelabern beleuchtete Tafel war mit feinstem Silber und Kristall gedeckt. In einer Ecke spielte ein Streichquartett. Acht Stühle waren besetzt. Die Gäste waren herausgeputzt wie bei einem Empfang bei Hofe. Sir John Chandros nahm den Kopf des Tisches ein, der Ehrenplatz zu seiner Rechten war frei. Als Doyle und Eileen auf der Treppe auftauchten, erstarben schlagartig sämtliche Gespräche, und die Aufmerksamkeit richtete sich ausschließlich auf sie.

»Lächeln, Liebling«, flüsterte Doyle.

»Gefährlich ist's, den Leu zu wecken, verderblich ist des Tigers Zahn«, murmelte Eileen leise. »O mein Gott ...«

»Was ist denn?«

»Schau mal, was uns ins Haus geschneit ist«, sagte sie und deutete mit dem Kopf zum Ende der Tafel, Chandros gegenüber.

Auf Veranlassung des silberhaarigen Herrn zu seiner Rechten erhob sich nun ein Mann in den Zwanzigern, um sie zu begrüßen. Er war mittelgroß, korpulent und blaß, und sein verquältes, aufgedunsenes Gesicht kündete von Ausschweifungen. Sein kümmerlicher, dick eingewachster Schnauz und das Spitzbärtchen, das einen verwegenen Eindruck hervorrufen sollte, ohne jedoch überzeugen zu können, deuteten vielmehr auf große Unreife. Der Mann war mit Orden, Auszeichnungen und einer Schärpe behängt, frische Flecke zierten seine makellos gestärkte weiße Hemdbrust. Als Doyle und Eileen die Treppe hinter sich gelassen hatten, geleitete Bischof Pillphrock sie im hochanglikanischen Chorrock sofort zu dem jungen Mann, der geduldig und wie ein dressierter Affe auf sie wartete.

»Ich möchte Ihnen Seine Königliche Hoheit Prinz Albert Victor Edward, Herzog von Clarence, vorstellen«, sagte der Bischof äußerst salbungsvoll. »Dr. Arthur Conan Doyle.«

»Wie geht's?« sagte der Herzog ausdruckslos. In seinen Augen, die so dicht zusammenstanden wie die eines überzüchteten Meerschweinchens, regte sich nichts.

»Hoheit ...«, sagte Doyle.

»Miß Eileen Temple«, sagte der Bischof.

»Wie geht's?« Nichts in seinem Blick deutete darauf hin, daß er sie wiedererkannte. Der Mann muß krank sein, dachte Doyle; Eileen vergißt man nicht so schnell, auch dann nicht, wenn man sie nur kurz gesehen hat. Und der Herzog hatte einen ganzen Abend damit zugebracht, ihrer Schürze nachzujagen.

»Hoheit ...«, sagte Eileen.

»Das Wetter war heute ungewöhnlich mild«, sagte der Herzog mit der spontanen Lebhaftigkeit eines aufgezogenen Spielzeugs.

»Ein ungewöhnlich klarer Tag für diese Jahreszeit«, sagte Doyle, überwältigt von dem sauren Wein, den der Atem des Prinzen ausströmte.

»Ein solcher Tag ist für uns alle ein wahrer Segen«, fügte der Bischof hinzu und setzte ein öliges Grinsen auf. »Man kann dies herrliche Glück nur der Gesellschaft Seiner Hoheit zuschreiben.«

»Die Gesellschaft Seiner Hoheit erzeugt zahlreiche Zufälle«, sagte Eileen galant. »Ich weiß von wenigstens einem vom Vater ererbten Talent, das die Frauen im ganzen Land wiederholt beschenkt hat.«

Der Bischof stand wie vom Donner gerührt – es war eine kaum verschleierte Anspielung auf die bekannte Promiskuität des unverheirateten Herzogs und die Gerüchte um seine Geschlechtskrankheit. Prinz Eddy runzelte kaum merklich die Stirn. Verwirrung schien für ihn ein zu komplexer Geisteszustand zu sein.

Der älteste Sohn des ältesten Sohnes der Königin, dachte Doyle, der zweite in der Thron-Anwartschaft. Wenn es ein überzeugenderes Argument gegen die fortwährende Inzucht der königlichen Familien Europas gab ...

Der Thron.

Spivey Quinces Worte und der blau gekleidete Junge ...

Der Thron. Die Öffnung des Durchganges.

Wir haben versucht, die Warnungen metaphorisch zu interpretieren ... »Er will auf den Thron. Er will König werden.«

»Hoheit waren so großzügig mit der Verteilung Seiner Freigebigkeit, daß es schwierig sein muß, sich daran zu erinnern, wo man sie zurückgelassen hat«, fügte Eileen hinzu und lächelte freundlich. Lebhafte rote Flecke erleuchteten ihre Wangen.

Bischof Pillphrock war wie ein Gespenst erbleicht. Sein Mund stand offen. Es mangelte ihm im Moment ganz offensichtlich an seinem sonst so reichlich vorhandenen Schmiermittel. Seine Hoheit blinzelte in einem fort und bewegte stumm die Lippen wie ein kaputtes Spielzeug.

»An heißen Nachmittagen«, sagte er plötzlich schüchtern, »bin ich ganz vernarrt in Eiskrem mit Erdbeeren.«

Der Irrsinn seines Gestammels brachte sogar Eileen zum Schweigen. Eine einsame Träne entwich dem trüben, hellblauen Auge des Prinzen und versickerte in seinem strähnigen Bärtchen.

»Ich will«, sagte der Prinz mit einer quengeligen Stimme, die in der königlichen Kinderstube bestens bekannt sein mußte, »doch nur ein bißchen Ruhe und Frieden und etwas Spaß.«

Nun kam Bewegung in den silberhaarigen Mann zu seiner Rechten; er nahm Hoheit an den Arm. »Und das werdet Ihr auch bekommen. Eure Hoheit sind von den Terminen dieses Tages ordentlich gebeutelt worden«, sagte er und schob den Herzog wieder auf seinen Stuhl zurück, »und müssen nun dringend etwas zu sich nehmen, um Euren Geist wieder aufzufüllen.«

»Mehr Wein«, sagte der Prinz, den Blick nach unten gerichtet und mürrisch in sich selbst versinkend.

»Mehr Wein!« bellte der Bischof. »Danke, Sir Nigel. Das Wohlergehen Seiner Hoheit ist natürlich das, was uns allen am Herzen liegt.«

»Das möchte ich auch meinen«, sagte Sir Nigel Gull, der Mann mit dem Silberhaar und ehemalige Leibarzt des Prinzen. Als er wieder Platz nahm, warf er Eileen einen vernichtenden Blick zu. Ein Frauenhasser, dachte Doyle sofort, und er erinnerte sich, daß die üppigen Gerüchte über die Ausschweifungen des Prinzen sich nicht ausschließlich auf das schöne Geschlecht bezogen.

»Bitte, nehmen Sie doch Platz«, sagte der Bischof, der allmählich wieder in Form kam. »Miß Temple, wären Sie bitte so freundlich? Unser Gastgeber bittet Sie an seine Seite.«

Der Bischof zog einen Stuhl zurück, und Eileen nahm rechts von Chandros und gegenüber von Alexander Sparks Platz. Der aufrechte Klotz von General Marcus McCauley Drummond stand links von Sparks.

»Und Ihr Platz ist hier, Dr. Doyle.« Pillphrock deutete auf den Stuhl zwei Plätze rechts von Eileen. »Seien Sie alle willkommen. Willkommen. Willkommen.«

Pillphrock läutete mit der Servierglocke und ließ seine Leibesfülle zwischen Eileen und Doyle nieder, der seinen Platz genau gegenüber der zweiten Frau am Tisch einnahm, einer dunkelhaarigen, stattlichen Dame, in der er Lady Caroline Nicholson erkannte. Schwarzes Haar, behaubt, ein kräftiges Gesicht. Ihre Züge wirkten raubvogelhaft und unversöhnlich, doch sinnlicher, als das Foto es wiederzugeben verstanden hatte. Ihre schwarzen Augen glitzerten in animalischer Hitze. Sie lächelte geheimnisvoll.

Der Mann, der direkt rechts von Doyle saß, hatte Schwierigkeiten, seinen Platz einzunehmen; er krümmte sich vor Schmerzen. Sein rechtes Bein war ausgestreckt und steif wie ein Brett, sein Hosenbein wurde durch die Ausbuchtung eines Verbandes rund um sein Knie aufgebläht. Schmächtig, glattrasiert, blaß und pockennarbig. Selbst ungeschminkt und mit der Brille, die er nun trug, erkannte Doyle in ihm den finsteren Mann von der Séance – den Mann, dem er ins Bein geschossen hatte. Professor Arminius Vamberg.

Sie waren alle da, alle Sieben, zusammen mit dem Enkel von Königin Victoria als Dreingabe. Doyle blickte auf und schaute in die eigensinnigen, hypnotischen Augen von Alexander Sparks. Sein komplizenhaftes Lächeln ging ihm auf die Nerven. Als ob er ungehindert in das private Bewußtsein eines jeden, den er ansah, eindringen könnte. Da Doyle keinen Sinn darin sah, ihn offen zu provozieren, wandte er seinen Blick ab.

Eine Schwadron von Bediensteten, die ausnahmslos den gleichen stumpfen Blick und den leeren, jedoch aufmerksamen Gesichtsausdruck zur Schau stellten, trug die Suppe auf, die sich, wie der heißhungrige Doyle feststellte, als dünne, klare Consommé entpuppte.

»Ich habe die Entdeckung in den Jahren gemacht, die ich in der Karibik verbrachte«, sagte Professor Vamberg, ohne darum gebeten worden zu sein, mit dem barsch akzentuierten Rasseln, das Doyle lebhaft an den Abend in der Cheshire Street 13 erinnerte.

»Wie meinen?« fragte Doyle.

»Haben Sie schon einmal einige Zeit unter primitiven Kulturen verbracht, Doktor?«

»Wenn man die französische außer acht läßt, nicht«, sagte Doyle. Er bemühte sich, seinen Hunger zu bezähmen, indem er sein Glas nahm und einen Schluck trank.

Vamberg lächelte freundlich. »Der bemerkenswerteste Unterschied, finde ich, ist der, daß die unterentwickelten Völker, denen es an der polierten Tünche mangelt, die wir Europäer arroganterweise ›zivilisiert‹ nennen, eine direkte Beziehung zur natürlichen Welt aufrechterhalten haben. Demzufolge erfreuen sie sich eines ursprünglicheren Erlebens jenes Teils der Natur, der uns verborgen bleibt: der spirituellen Welt; besonders der Welt der *Deva* oder Urwesen, die die physische Welt, die wir für die Begrenzung der Existenz halten, schulen und bewohnen. Unsere Kollegen von der medizinischen Fakultät halten diese Völker für töricht, primitiv, abergläubisch und der Gnade irrationaler Fantasien und Schrecken ausgeliefert. Im Gegensatz zu ihnen bin ich nach Jahren der Forschung geneigt, sie für klug und wissend zu halten – sie leben im Einklang mit der Welt, die sie umgibt, und zwar zu einem Grad, von dem wir nicht einmal geträumt haben.«

Doyle nickte aufmerksam und warf einen Blick auf Chandros, der tief in ein einseitiges Gespräch mit Eileen versunken war. Sie schien mit ihrer Suppe ebenso beschäftigt zu sein wie er mit der seinen.

»Was mich betrifft«, sagte der Bischof zwischen lauten Schlürfern, »so war ich von ihrer Existenz lange Zeit nicht überzeugt. Wie man sich vorstellen kann ... die Schule, die Kirche, und dann war ich schon Vikar ...«

»Von wessen Existenz?« fragte Doyle.

»Nun, der von Urwesen natürlich«, strahlte der Bischof. Es war ihm gelungen, Fleischbrühe über seine Brillengläser zu verspritzen. »Erst als ich Professor Vamberg kennenlernte, fiel es mir wie Schuppen von den Augen – wie die Blätter im Herbst!«

»Man kennt sie in den einzelnen Kulturen unter verschiedenen Namen«, sagte der durch die vergnügte Einmischung des Bischofs deutlich irritierte Vamberg. »Sie sind doch irischer Abstammung, Doktor, nicht wahr?«

Doyle nickte. Sein Teller war leer, und er fühlte sich verlockt, Vamberg, der gerade erst seinen Löffel befeuchtet hatte, zu bitten, ihm den seinen herüberzureichen.

»In Irland nennt man sie Leprechauns – oder das kleine Volk. Hier in Britannien nennt man sie Brownies oder Elfen, und es gibt zahlreiche regionale Varianten: Knockers in

Cornwall, Pixies in Schottland, Trows auf den Shetlands und Orcadia. Die Deutschen nennen sie Kobolde ...«

»Die Mythologie ist mir vertraut«, sagte Doyle, verärgert über die herablassende Pedanterie des Mannes.

»Ah, aber es geht dabei um mehr als bloße Mythologie, Doktor«, sagte Vamberg. Er schwenkte voller Nachdruck seinen Löffel.

Der nächste Gang wurde serviert. Gott sei Dank, dachte Doyle. Es reicht ihnen nicht, einen auszuhungern, sie müssen einen gleichzeitig auch noch zu Tode langweilen.

»Gebratenes Rebhuhn auf Kohlblatt«, gab der Bischof bekannt.

Rebhuhn? Das muß ein Irrtum sein, dachte Doyle. Vor ihm lag ein einzelner Flügel, doch er hatte die Größe eines Truthahns. Das Kohlblatt bedeckte den gesamten Teller. Sie befanden sich im Norden Englands: Wo fand man mitten im Winter Erzeugnisse dieser Art? Einem geschenkten Gaul, dachte Doyle, schaut man nicht ins Maul. Er kostete ein Stück vom Flügel; das Fleisch war saftig und zart und schmeckte – zugegebenermaßen – besser als alles, was er je zuvor gegessen hatte.

»Die Legendengestalten, die uns aus Märchen und Kindergeschichten wohl vertraut sind, sind in Wahrheit die unsichtbaren Architekten und Erbauer der natürlichen Welt«, fuhr Vamberg unbeirrt fort. Er schien an dem Rebhuhn ebenso desinteressiert wie zuvor an der Suppe. »Waldnymphen, Wassernymphen, Luftgeister ... Es gibt einen Grund, warum diese Traditionen in jeder Kultur weiterbestehen, auch in einer angeblich so weit entwickelten wie der unserigen ...«

»Welcher Grund könnte das sein?« sagte Doyle, der nicht widerstehen konnte, den Flügel in die Hände zu nehmen und hineinzubeißen.

»Weil sie wirklich existieren«, sagte Vamberg. »Ich habe sie gesehen. Mit ihnen gesprochen, mit ihnen getanzt.«

Sicherlich nicht in letzter Zeit, dachte Doyle. »Wirklich?«

»Es sind scheue Geschöpfe; äußerst zurückhaltend, aber wenn man erst einmal Kontakt zu ihnen hat – und dazu war ich dank der anfänglichen Hilfe eines karibischen Stammes in der Lage –, erfährt man schnell, wie sehr sie an einer Zusammenarbeit mit uns interessiert sind.«

»Schrecklich interessant«, sagte Doyle und verspeiste den Rest des Flügels.

»Nicht wahr?« flötete der Bischof. Die Fettflecken um seinen Mund und sein Kinn glänzten wie Talmi.

»Und wie genau wollen sie zusammenarbeiten?« fragte Doyle.

»Nun ja«, sagte Vamberg, »indem sie das tun, was sie am besten können: Dinge wachsen zu lassen.«

»Dinge wachsen zu lassen.«

Vamberg spießte das gewaltige Salatblatt auf, das auf seinem Teller lag. »Was würden Sie sagen, wenn ich Ihnen erzählen würde, daß der Kohlsamen, der dieses Blatt hat wachsen lassen, vor drei Wochen in trockenen Sand gepflanzt wurde, dem man alles Wasser und alle Nährstoffe entzogen hat, und daß es heute morgen geerntet wurde?«

»Ich würde sagen, Professor Vamberg«, sagte Doyle, »Sie haben zu viel Zeit damit verbracht, um Fliegenpilze herumzutanzen.«

Vamberg lächelte trocken und hob den Flügel von seinem Teller. »Und wenn ich Ihnen erzählen würde, daß dieser Vogel erst zwei Wochen alt war, als er heute morgen geschlachtet wurde?«

Die Bediensteten räumten ab und servierten den nächsten Gang. Zwei Mann rollten einen silberbehaubten Servierwagen herein.

»Dann haben die Urwesen, wie Sie sie nennen, also nichts anderes zu tun, als Ihnen zu helfen, Rebhühner von Adlergröße zu züchten?« fragte Doyle.

»Forelle mit Zitrone!« sagte der Bischof.

Die Hauben wurde abgehoben und enthüllten einen einzelnen Fisch am Stück, der auf einer Garnierung aus Zitronen und Petersilie lag. Färbung und Hautmusterung zeigten, daß es sich um eine braune Forelle handelte, doch das Ding war so groß wie ein Stör. Das Personal zerlegte und servierte ihn. Doyle fing Eileens Blick auf. Sie schien lediglich verwundert, während sich in ihm ein gründliches Unbehagen rührte.

Vamberg grinste wie die Katze aus »Alice im Wunderland«. »Ach, Sie Kleingläubiger!«

Vor Doyle wurde ein Teller mit Forelle abgestellt. So lecker es aussah und roch – er verlor allmählich den Appetit. Der Gedanke an das geheimnisvoll denaturierte Fleisch verursachte ihm Übelkeit. Als er sich umschaute, bemerkte er, daß auch Alexander Sparks sich mit dem Essen zurückhielt und statt dessen unverwandt Eileen anstarrte. Am anderen Ende verschlang Seine Hoheit, der Herzog von Clarence – die Serviette wie ein Schlabberlätzchen in den Kragen geschoben –, seinen Fisch mit gierigen, gefräßigen Happen und spülte ihn mit nachlässigen Schlucken Wein hinunter. Dabei gab er, seiner Umgebung völlig entrückt, ein pausenloses Geleier infantiler Zufriedenheit von sich.

»Lecker!« ließ der Bischof sich vernehmen. Neben ihm stand ein hübscher, blonder Meßdiener. Der Bischof flüsterte ihm etwas ins Ohr, wobei seine feisten Finger besitzergreifend durch die Locken des Knaben fuhren.

»Ein weiterer Nutzen, an den niemand gedacht hatte«, sagte Vamberg, »ergab sich aus dieser Begegnung – sie fand übrigens auf Haiti statt –, als die Priester mich mit einem Elixier aus verschiedenen Kräutern, Wurzeln und organischen Extrakten bekannt machten, von dem sie sagten, die Urwesen hätten es ihnen enthüllt. Die haitianischen Priester wenden dieses Elixier klugerweise schon seit Jahrhunderten an: Sie haben entdeckt, daß es, wenn es in der richtigen Dosierung verabreicht wird, in Verbindung mit bestimmten medizinischen Praktiken jedem Menschen den eigenen Willen nimmt.«

»Wie bitte?« fragte Doyle.

»Sie verlieren ihren Willen. Es macht sie unterwürfig und gefügig. Obwohl sie ganz normal aussehen, stehen sie vollständig unter dem Befehl der Priester, die sie dann als Feldarbeiter oder Haushaltshilfen beschäftigen. Selbst die störrischsten Subjekte werden gehorsam. Vertrauenswürdig. Und benehmen sich ordentlich.«

Sklaven. So stumm und blind wie Marionetten servierten die Bediensteten einen neuen Fleischgang. Doyle bemühte sich, nicht daran zu denken, von welchem abscheulich manipulierten Tier diese fetten Bissen stammen mochten.

»So hat man auf Haiti das Personalproblem gelöst«, mischte sich der Bischof mit einem leutseligen Zwinkern ein. »Wie schön, wenn man vor der Dienerschaft so offen reden kann.«

Vamberg bedachte den Bischof mit einem giftigen Blick, dann fuhr er fort: »Die Priester sind eine geschlossene Bruderschaft. Sie beschützen ihr Wissen mit ihrem Leben. Ich war einer der wenigen Außenseiter – der einzige Europäer –, der je Zutritt zu diesem Schatz erhalten hat. Und ich habe die Wirkung mit einem simplen chirurgischen Verfahren sogar weiterentwickelt – in Verbindung mit dem Elixier.«

Kein Wunder, daß Bodger Nuggins das Weite gesucht hat, dachte Doyle. Lieber mit dem Gesicht nach unten in der Themse treiben, als, wie diese bewegliche Leiche namens Lansdown Dilks, in irgendeinem Keller wie ein Kartoffelsack eingelagert zu werden ...

»Wunderbar!« sagte der Bischof.

»Erst Jahre später, während meiner Reisen im tibetischen Hochland, lernte ich einen Mann kennen, der sich vorstellen konnte, auf welche Weise dieses Verfahren vielleicht eines Tages in einer breiteren, für die Gesellschaft nützlicheren Weise verwertbar sein könnte.« Vamberg nickte Alexander Sparks zu.

So hat es also mit Sparks und Vamberg angefangen. Die Begegnung zweier schwarzer Seelen, sie hatten die Saat in englischen Boden gebracht, wo sie ihre Verderbtheit zur vollen Blüte entfalten sollte ...

Lautes Geschepper ließ Doyle zusammenfahren. Ein Diener an der anderen Tischseite hatte einen Teller fallen lassen. Der Mann bückte sich, seine Bewegungen waren fahrig und träge, als er den Versuch machte, die Porzellanscherben und das verstreute Essen mit den Händen zusammenzukratzen.

»Ungeschickter Tölpel«, murmelte General Drummond.

Doyle zuckte zusammen. Der Nacken des Mannes war erst kürzlich ausrasiert worden, und eine große, eiternde, dreieckige Narbe verlief quer darüber. Grober blauer Zwirn hielt die Hautlappen der Wunde unzureichend zusammen. Ein anderer Diener ging zu ihm und zog den armen Teufel hoch.

Doyle war wie vom Donner gerührt.

Es war Barry.

Sein Blick war tot. Licht und Leben waren ganz und gar aus ihm verschwunden.

»He, du da«, sagte Alexander. »Wie heißt du Trottel?«

Barry schwenkte langsam herum und starrte ihn verständnislos an. In seinem Mundwinkel sammelte sich ein dünner Streifen von Speichel.

Alexander sprang auf und versetzte ihm eine feste Ohrfeige. Barry nahm den Schlag hin wie ein erschöpfter Packesel. Doyle krallte sich in die Lehnen seines Stuhls, um sich daran zu hindern, Alexander an die Gurgel zu gehen.

»Rede gefälligst, wenn du angesprochen wirst!«

Ein schwacher Anflug von Wahrnehmung tauchte im Brunnen seines gebrochenen Geistes auf. Barry nickte. Den leisen Ton, der über seine Lippen kam, konnte man kaum als Wort bezeichnen.

»Da du bewiesen hast, daß du für diese Arbeit nicht taugst, kannst du uns vielleicht unterhalten, du blöder Hund«, sagte Alexander. »Du tanzt jetzt für uns. Wir wollen einen Jig sehen – also los!«

Er klatschte in die Hände, ermunterte die anderen am Tisch zum Mitmachen und legte einen beständigen Rhythmus fest. Auf sein Drängen hin fiedelte das Streichquartett einen irischen Jig. Alexander ohrfeigte Barry erneut, versetzte ihn in eine Drehung und stach ihn dann mit dem Ende seines Spazierstocks.

»Tanz, Junge. Tu, was man dir sagt.«

Doyle erkannte, daß die Musik allmählich zu dem, was noch von Barry übrig war, durchdrang. Er bemühte sich, die Füße zu schütteln, doch das Ergebnis war kläglich. Jede noch so geringe Bewegung war teuer erkauft und entsetzlich schmerzhaft. Die Arme schwangen schlaff umher; ein größer werdender Fleck wurde im Schritt seiner Hosen sichtbar.

Für die Gesellschaft der Sieben und ihren adeligen Gast war die Zurschaustellung köstlich und unterhaltsam. Prinz

Eddy schien kurz davor, auf die Beine zu springen und mitzutun. Der Bischof lachte so laut, daß er sich die Seiten halten mußte, er klappte in seinem Stuhl nach vorn, und sein Gesicht war vor Anstrengung gerötet.

Doyle schaute nach links. Eileen war bleich und kämpfte mit ihren Gefühlen. Tränen waren in ihren Augen. Er gab ihr ein Signal: Nimm dich zusammen.

Barry, unfähig die Anstrengung noch länger zu ertragen, fiel schwer auf die Knie und rang nach Atem; ein trockenes Rasseln kam aus seiner Brust, aus seiner Wunde lief ein dünnes Rinnsal milchigroter Flüssigkeit an seinem Hals hinunter. Alexander warf den Kopf in den Nacken und lachte, dann entließ er Barry mit einer Geste. Die Musikanten legten eine Pause ein. Zwei Bedienstete zogen Barry an den Armen auf die Beine und führten ihn, wie einen gebrechlichen Pensionär mit Inkontinenz, sanft aber fest aus dem Raum.

»Entzückend!« sagte der Bischof.

Sie haben ihn eingesetzt, damit wir ihn sehen, dachte Doyle wütend. Damit wir sehen, was sie aus seinem Verstand gemacht und wie sie ihn seiner Seele beraubt haben. Hier war nicht nur Vambergs Droge am Werk gewesen. Sie hatten Barry verletzt, ihm brutal in den Hinterkopf geschnitten und ihm etwas genommen, das für sein Menschsein wesentlich gewesen war.

Doyle hätte sie am liebsten dafür umgebracht.

Alexander grinste boshaft, als er seinen Platz wieder einnahm. Er ließ seinen Blick langsam zwischen Doyle und Eileen hin und her wandern und entblößte seine Zähne – die enthüllendste Zurschaustellung von Gefühl, die Doyle bei ihm bisher gesehen hatte.

Es gefällt ihm, unsere Angst zu sehen, erkannte er plötzlich. Er nährt sich von ihr.

»Sie hatten das Wort, Professor«, sagte Alexander.

»Ja«, fuhr Vamberg fort. Er beugte sich so dicht zu Doyle hinüber, daß dieser beim Klang seiner Stimme zusammenzuckte. »Nachdem ich diesen von der Vorsehung bewirkten Bund geschlossen hatte, setzten mein neuer Freund und ich unsere Wanderschaft um die Welt fort – doch mit einem neuen Ziel.«

»Ziel?«

»Wir suchten die Bekanntschaft der Kräfte der Urwesen anderer Länder und anderer Kontinente. Zu unserer Verblüffung entdeckten wir, daß sie mehr als bereit waren, uns im Tausch für einen Dienst, den wiederum nur wir ihnen erweisen konnten, ihre Geheimnisse zu enthüllen. Und dazu, Doktor, zählen Wunder: das Leben an sich!«

Doyle nickte. Er wollte nichts sagen, wußte nicht, ob er fähig sein würde, sein wachsendes Grauen zu verbergen. Da sie Barry auf diese entsetzliche Weise entweiht hatten, war es wahrscheinlich, daß sie das gleiche auch mit seinem Bruder getan hatten. Die Schlußfolgerung, daß Eileen und ihn das gleiche Schicksal erwartete, war unvermeidlich.

»Die Urwesen der Erde waren einst unter der Herrschaft eines gemeinsamen Geistes vereint«, fuhr Vamberg fort. »Eine mächtige Entität, die von den primitiven Völkern im Verlauf der gesamten Geschichte in einer Vielfalt von Gestalten angebetet wurde. Ein Wesen, das von unseren religiös-intoleranten westlichen Vorfahren tragischer- und brutalerweise mißverstanden wurde. Ich will nicht die Namen derjenigen nennen ...«

Der Bischof gluckste zustimmend.

»... die sich systematisch in einer sinnlosen und brutalen Verfolgung dieser Entität und der Legionen ihrer Anbeter engagiert haben. Die Überlegenheit des westlichen Menschen mit seinen wertlosen, egoistischen Geschäften und kleingeistigen monotheistischen Obsessionen war schließlich erfolgreich darin, dieses Wesen gänzlich aus der physischen Welt in eine zwielichtige, fegefeuerhafte Existenz zu vertreiben.«

»Sie meinen den Teufel«, sagte Doyle.

»Ja, so stellen die Christen ihn dar. Nun, ihr Vorschlag war folgender: Im Tausch für das immerwährende Geschenk ihres gütigen Genius erbaten sich die Urwesen unsere Mitarbeit bei der Rückkehr dieses großen Geistes in die Welt, wo er unter ihnen seinen rechtmäßigen Platz einnehmen kann. Dies war die Gegenleistung, die sie von uns einforderten – es scheint, daß nur Menschen einen solchen Dienst leisten können. Und dazu haben wir uns mit Hilfe unserer versammelten Kollegen zur größeren Glorie des Menschen und der Natur bereit erklärt.«

Der Rest der am Tisch versammelten Personen schwieg und maß Doyles Reaktion mit forschendem Blick. Irrsinnig, dachte Doyle. Einer wie der andere. Unheilbar.

»Sie sprechen vom Bewohner der Schwelle«, sagte er.

»Oh, er hat viele, viele Namen«, sagte der Bischof freudig.

Prinz Eddy packte den Henkel der Weinkaraffe, warf sie erfolgreich um und überschwemmte das Tafelleinen mit einem schockierenden Strom rotschwarzen Burgunders. Er begann weibisch zu kichern. Alexander und Dr. Gull, der daraufhin aufstand, tauschten einen finsteren Blick.

»Seine Hoheit drückt sein tiefstes Bedauern aus«, sagte Gull unverblümt, »aber es war ein äußerst erschöpfender Tag. Bevor er sich zur Ruhe begibt, wird er den Rest der Mahlzeit auf seinem Zimmer einnehmen.«

Prinz Eddy gestikulierte und meldete Einwände an. Gull flüsterte dem völlig betrunkenen Mann etwas ins Ohr und zog ihn auf die Beine. Der Prinz widersetzte sich störrisch und riß den Arm zurück; sein Ellbogen knallte gegen den Stuhl, der zu Boden krachte. Gulls Gesicht wurde knallrot.

»Guten Abend, Eure Hoheit«, sagte Alexander Sparks. Seine Stimme durchschnitt die Stille wie ein Skalpell. »Schlafen Sie gut.«

Der Gesichtsausdruck des Prinzen wurde sanftmütig und unterwürfig. Er nickte Alexander demütig zu. Dr. Gull nahm ihn fest am Arm, führte ihn zur Treppe und flüsterte erneut auf ihn ein. Der Prinz blieb stehen, raffte seine ramponierte Würde zusammen und sagte zu den Gästen am Tisch: »Ich danke Ihnen allen ... und gute Nacht.«

Die Anwesenden antworteten ihm mit Höflichkeiten ähnlicher Art, und Gull führte den Prinzen in einem weiten Bogen zur Treppe. Der Prinz stolperte, Gull richtete ihn auf, und sie stiegen vorsichtig die Stufen hinauf, wobei sie jedesmal nur eine nahmen. Prinz Eddy wirkte so ohnmächtig und zahnlos wie ein altersschwacher Bär auf einem Volksfest.

Während Doyle ihm nachsah, klatschte vor ihm etwas Schweres auf den Tisch. Sein Manuskript.

»Vielleicht können Sie sich meine Überraschung vorstellen, Dr. Doyle, als Ihr ... Manuskript mir bei Rathborne & Sons in die Hände fiel.« Lady Nicholson hatte nun das Wort ergriffen. Ihre Stimme war leise, kehlig und lebenserfahren und enthielt wollüstig anmutende Pausen.

Das kann ich in der Tat, dachte Doyle.

»Als Professor Vamberg und Mr. Graves – das heißt, Mr. Sparks – sich uns vorstellten ...«

»Das ist nun elf Jahre her«, sagte der Bischof.

Die pedantischen Erläuterungen des Klerikers schienen bei Lady Nicholson nicht besser anzukommen als bei Vamberg.

»Vielen Dank, Eminenz. Sir John, General Drummond und ich hatten das okkulte Wissen schon seit vielen Jahren studiert: Wir sind vom gleichen Geiste. Von dem Augenblick an, als der Professor und Mr. Sparks nach England kamen und sich uns bekannt machten, widmeten wir uns unseren ... gemeinsamen Interessen ... Absolute Geheimhaltung war stets unsere wichtigste Erwägung. Also stellen Sie sich meine Überraschung vor, als das ... Dokument ... auf meinem Schreibtisch auftauchte. Geschrieben von einem jungen, unbekannten und bisher noch nicht veröffentlichten Arzt. Einem ... verzeihen Sie mir ... Jemand, der uns, so schien es anhand der auf diesen Seiten niedergelegten Beweise, offenbar belauscht ... und seit vielen Jahren über die Schulter gespäht hatte.«

Aber es war doch nur ein Zufall, wollte Doyle protestieren. Ich habe die Hälfte von diesem Käse doch aus den Werken der Blavatsky geklaut; der Rest war pures, dämliches Glück. Doch er wußte, daß dies nicht das war, was sie von ihm hören wollten, und daß es ihm nichts nützen würde, diese Erklärung abzugeben.

»Deswegen sind ...«, schnurrte Lady Nicholson, »und waren wir, seit einiger Zeit äußerst neugierig darauf ... eine Erklärung ... hierfür zu bekommen.« Sie deutete träge auf sein Manuskript.

Doyle nickte langsam. Ihr Blick krabbelte über seinen Körper wie ein Insekt.

»Ich verstehe, Lady Nicholson«, sagte er. »Zuerst möchte ich einfach sagen, wie sehr mich das, was Sie und die anderen erreicht haben, beeindruckt.« Er nahm nun wieder die spießige Haltung des Akademikers ein, die er Alexander schon in der Kutsche vorgeführt hatte. »Ihr Werk ist wirklich riesig und kühn. Es ist in der Tat visionär. Bravo! Äußerst beeindruckend.«

»Wie haben Sie«, fragte Lady Nicholson, »von unserem ... Werk erfahren?«

»Ich sehe ein, es hat keinen Sinn, so zu tun als ob«, sagte Doyle beiläufig und betete darum, daß seine Findigkeit ihn jetzt nicht im Stich ließ. »Deswegen kann ich es ebensogut zugeben. – Die simple Wahrheit ist ... Ich habe Sie sorgfältig studiert.«

»Studiert«, wiederholte Lady Nicholson und hob eine Augenbraue.

Heimliche, diskrete und besorgte Blicke wurden unter den am Tisch sitzenden Personen ausgetauscht.

»O ja«, fuhr Doyle vergnügt fort. »Angebliche und feierlich gelobte Geheimhaltung ist das eine und auch schön und gut – der Himmel verhüte, daß es angesichts dessen, was Sie erreicht haben, anders wäre –, und man sollte annehmen, daß man keine irgendwie gearteten Schwierigkeiten hat, die Aktivitäten dermaßen begnadeter Individuen vor den Augen und Ohren eines bescheidenen Verehrers geheimzuhalten. Vor einem Niemand, wenn Sie so wollen. Doch ein Verehrer, der ein solch tiefgründiges Verlangen verspürt, Ihren Zielen zu dienen ... Nun, das ist wieder eine völlig andere Sache.«

Eine ganze Weile herrschte Stille.

»Wie haben Sie es erfahren?« wollte Drummond wissen.

Doyle rang sich ein fröhliches Lachen ab. »Da könnte ich Sie, General Drummond – bei allem gebotenen Respekt – ebenso bitten, freimütig Ihre wichtigsten militärischen Geheimnisse preiszugeben. Nein, nein, meine Ermittlungsmethoden sind nicht das Thema, das ich zu diskutieren beabsichtige. Das Warum allerdings doch. Ja, dies ist die passende Frage: Warum? Und die Antwort darauf, meine

Herren und meine Dame, ist etwas, das ich nur allzugern mit Ihnen teilen möchte.«

Doyle lehnte sich zurück, trank einen Schluck Wein und lächelte unverfroren. Er fing kurz Eileens Blick auf und sah, daß sie sich stumm fragte, ob er den Verstand verloren hatte. Dann bemerkte sie, daß dies nicht der Fall war, und deutete an, daß er auf ihre improvisatorische Unterstützung zählen konnte, falls nötig. Er nickte kaum merklich, um ihr zu zeigen, daß er einverstanden war.

»Warum also?« fragte Alexander Sparks. Sein Blick war finster und wölfisch, doch auf seinem Gesicht zeigte sich so etwas wie Unsicherheit.

Es ist das zweite Mal, daß ich ihn verblüfft habe, dachte Doyle. Aus irgendeinem Grund kann er die lächerliche, schludrige Fassade nicht durchschauen, die ich um mich errichtet habe. Der Mann hat einen toten Winkel.

»Ja, warum, Mr. Sparks«, sagte Doyle und beugte sich vertraulich zu ihm vor. »Nun, hier sitze ich, zwischen Ihnen. Zugegeben – gemessen an dieser erhabenen Gesellschaft, bin ich ein Mensch mit geringen Möglichkeiten und unbestreitbar bescheidenen Fähigkeiten. Ich nehme in der Welt keine Stellung ein, die sich auch nur im entferntesten mit der aller anderen an diesem Tisch vergleichen ließe. Was ich mit Ihnen gemeinsam habe, ist die leidenschaftliche Sympathie für Ihre Ziele. Ich teile mit Ihnen das heiße Verlangen zu sehen, daß Ihre Pläne Früchte tragen. Und ich habe in mir den wahrscheinlich unbekümmerten Ehrgeiz genährt, ich könnte durch die Inszenierung einer Gelegenheit persönlich mit Ihnen zusammentreffen, um Sie zu überzeugen, mir zu erlauben, bei der Erfüllung Ihrer Pläne, an die ich fest und inbrünstig glaube, irgendeine Rolle zu spielen – und sei sie auch noch so gering.«

Durch Doyles Verstand lief ein Blitztelegramm: Je länger sie mich salbadern lassen – und je länger ich dieses Netz aus sinnlosem Quatsch spinne –, desto länger lassen sie uns leben, und desto mehr Zeit kann ich für Jack, wenn er im Haus ist, herausholen.

»Also deswegen haben Sie diese ... Geschichte ... verfaßt?« fragte Lady Nicholson, als finde sie es schon geschmacklos, das Wort nur auszusprechen.

»Das ist genau der Grund, aus dem ich meine Geschichte geschrieben habe, und deswegen habe ich sie Ihnen auch zugeschickt«, sagte Doyle. Er breitete die Hände aus, als enthülle er ein Pokerblatt. »So war es. Und Sie haben mich gefunden.«

Weitere verstohlene Blicke wurden getauscht. Doyle sah, daß ernsthafte Zweifel zurückgeblieben waren. Drummond und Chandros schienen, wenn auch in geringerem Maße, besonders wenig überzeugt.

»Sie haben das Manuskript aber nicht nur an Rathborne & Sons geschickt«, sagte Chandros berechtigterweise, »sondern auch an eine Reihe anderer Verleger.«

»Das habe ich, Sir John, aus einem einfachen Grund getan«, sagte Doyle in der simplen Annahme, der Grund dazu werde ihm gleich einfallen. »Man dringt nicht in die Höhle eines Löwen ein, ohne ein Ablenkungsmanöver zu veranstalten. Meine Methode erforderte Scharfsinn. Eine offene Annäherung hätte nach meinem Empfinden wenig gebracht, und da ich fest annahm, daß Sie meine Bemühungen nicht eben mit Enthusiasmus begrüßen würden, schickte ich das Manuskript zusätzlich an andere Verleger – für den Fall, daß Sie beschließen sollten, vor Ihrer Reaktion meine Absichten zu überprüfen, um den Ihren einen Anschein von Rechtmäßigkeit zu verleihen. Wie sich ergab, habe ich bei dem Geschäft dessen ungeachtet fast das Leben verloren, und zwar bei mehr als einer Gelegenheit.«

Am Tisch brach Schweigen aus. Doyle spürte, daß die Mehrheit ihm geneigt war. Er raffte die letzten Reserven an Lauterkeit zusammen und verlegte sie an die Front.

»Verzeihen Sie mir bitte, aber ich muß deutlich werden. Wenn Sie wirklich angenommen hätten, daß ich wertlos für Sie sei, hätten Sie sich bei der Séance nicht die Mühe gemacht, mich zu prüfen. Wenn Ihrer Einschätzung zufolge Entschlußkraft, Opferbereitschaft und Hartnäckigkeit wichtiger sind als alles andere – und ich weiß, daß Sie es so sehen, sonst hätten Sie mich schon längst getötet –, glaube ich fest daran, daß Sie mir wenigstens irgendeine formelle Gelegenheit einräumen, mich Ihnen zu beweisen, und mir erlauben – wie auch immer Sie es für passend halten –, mich Ihnen anzuschließen, um Ihnen zu helfen, Ihren großen Plan auf dieser Erde zur Vollendung zu bringen.«

»Was ist mit meinem Bruder?« fragte Alexander.

»Ihr Bruder?« Doyle hatte sich auf diesen Seitenhieb vorbereitet. »Ihr Bruder, Mr. Sparks, hat mich zweimal gegen meinen Willen entführt und war noch öfter nahe daran, mich umzubringen. Ich habe in Erfahrung gebracht, daß er aus Bedlam entsprungen ist. Falls sein Verhalten auf irgend etwas hindeutet, ist seine Internierung dort keinesfalls ungerechtfertigt erfolgt.«

»Was will er von Ihnen?«

»Wie dechiffriert man das Geschwafel eines Irren?« sagte Doyle geringschätzig. »Ebenso könnte man versuchen, das Geheimnis der Sphinx zu lösen. Offen gesagt, ich bin schon dankbar, ihn los zu sein.«

Sparks und Lady Nicholson tauschten einen abschätzenden Blick. Sie sind die wirkliche Macht in diesem Schlangennest, dachte Doyle.

»Was wissen Sie über ... unseren Plan?« fragte Lady Nicholson mit einem vorbehaltlichen, aber eben deswegen merklichen Maß an Respekt.

»Ich verstehe ihn so, daß Sie einen Versuch machen, das Wesen, von dem Professor Vamberg gesprochen hat, auf die physische Ebene zurückzuholen. Das Wesen, das ich in meinem Manuskript als Bewohner der Schwelle bezeichne.«

Und nun leitete Doyle seine riskanteste Offensive ein.

»Sie bereiten gegenwärtig einen zweiten Versuch vor, da Ihre erste Bemühung – bei der es um die Geburt Ihres Sohnes ging, Lady Nicholson, des blonden Jungen, den ich während der Séance dargestellt sah – trauriger- und tragischerweise fehlgeschlagen ist.«

Doyles Worte ließen die Frau erschreckt zusammenzucken. Ihr Schock übertrug sich auf alle, die am Tisch versammelt waren. Eileen riß bei dieser Enthüllung die Augen auf. Doyle hatte einen Schuß ins Blaue abgegeben und getroffen. Von einem kaum wahrnehmbaren Zeichen Sparks' beseelt, baute Lady Nicholson ihr Vertrauen in ihn um eine weitere Stufe aus.

»Das physische Vehikel war nicht stark genug«, sagte sie ohne eine Spur von Trauer. »Der Junge war nicht fähig, das ... Gewicht zu tragen.«

Das physische Vehikel. Gütiger Gott, sie redet über ihr eigenes Fleisch und Blut, als ginge es um eine läppische Partie Dart, die sie verloren hat.

»Wir schreiben es seinem Vater zu«, sagte Bischof Pillphrock andächtig. »Ein schwacher Mensch. Ein sehr schwacher und zu nichts dienlicher Mensch.«

»Es scheint, daß gewisse Gebrechen ... vererbt wurden«, sagte Lady Nicholson.

»Ich habe Lord Nicholson kennengelernt«, sagte Doyle. »Und ich muß sagen, es überrascht mich nicht. Nicht im geringsten. Man kann nur hoffen, daß der nächste Wirt sich körperlich als so vorteilhaft erweist wie seine Stellung in der Welt.«

»Und wer sollte es sein?« fragte Chandros sanft.

»Nun, natürlich Prinz Eddy«, sagte Doyle und gab einen weiteren, diesmal weniger riskanten Schuß ins Blaue ab.

Wieder ein Blick zwischen der Nicholson und Alexander. Er hatte erneut ins Schwarze getroffen.

Das also war der Grund für Nigel Gulls Anwesenheit in ihrer Mitte: Er war die kurze Leine am Hals des Kronprinzen. Doyle hatte kaum Zeit, den Schock zu verdauen. Sie glaubten, sie könnten das zwielichtige Phantom – den Schwarzen Lord, den Bewohner der Schwelle, man konnte ihn auch als Teufel bezeichnen – wieder als mutmaßlichen Thronerben Englands in die Welt zurückholen.

»Wir sind der ... Überzeugungskraft und Genialität Ihrer Worte ... gegenüber nicht immun, Doktor«, sagte Lady Nicholson.

»Und ebenso beeindruckt sind wir von Ihrer Ausdauer«, fügte Sparks hinzu. »Die Séance war wirklich eine Prüfung. Wir wollten bestimmen, was und wer Sie sind. Und was Sie wußten.«

»Doch angesichts der Risiken, um die es geht, ist es, wie Sie selbst angedeutet haben, insgesamt nur passend und angebracht, daß wir um einen zusätzlichen ... Beweis Ihrer ... Eignung ersuchen«, sagte Lady Nicholson.

Doyle nickte. Sie haben den Köder geschluckt, jetzt ziehe ich den Haken an. »Das ist äußerst vernünftig, Lady ...«

Doyle wurde von etwas abgelenkt, das vor ihm auf dem Tisch landete. Obwohl er es nicht gesehen hatte, wußte er, daß Sparks ihm den Gegenstand zugeworfen hatte.

Ein glattes Rasiermesser funkelte mit aufgeklappter Klinge im Kerzenschein.

»Wir möchten, daß Sie Miß Temple töten«, sagte Sparks. »Hier und jetzt.«

In Doyles Hirn blieb die Zeit stehen.

»Miß Temple töten«, wiederholte er.

»Bitte«, sagte Sparks.

Du darfst nicht zögern, Doyle. Blinzle nicht. Wenn Eileen überhaupt eine Chance bekommen soll ...

Wo war Jack?

Doyle schaute in die Runde. Alexander grinste. Pillphrock kicherte nervös. Lady Nicholsons Atem war schneller und flacher geworden; diese Frau war von dem, was sie hoffte, nun zu sehen, wie berauscht.

Sie verlangten, daß er den Mord auf der Séance nachstellte; nur würde es diesmal keine Simulation sein.

Doyle wagte nicht, sich zu Eileen umzudrehen.

»Ja, in Ordnung«, sagte er ruhig.

Er nahm das Rasiermesser, erhob sich von seinem Stuhl und packte die Rückenlehne, um ihn aus dem Weg zu räumen. Als er einen Schritt auf Eileen zumachte, sah er, daß sich hinter dem Tisch fünf starräugige Diener bewegten.

Eileen drehte sich um und sah ihn an. Doyle signalisierte ihr mit den Augen:

Jetzt.

Er fuhr auf seinem Fußballen herum und nutzte den Schwung der Drehung, um das Messer auf Vamberg heruntersausen zu lassen, dessen Augen hinter der Brille aufblitzten. Vamberg stieß einen Schrei aus und hob den linken

Arm, um den Hieb abzuwehren. Das Messer durchschnitt die Jacke und verletzte ihn am Arm und an der Hand. Aus einem durchtrennten Gefäß spritzte pulsierendes Karmesinrot auf den Tisch und besudelte das Manuskript.

Doyle griff in seine Tasche, riß schnell wie ein Taschenspieler die Spritzen heraus und wirbelte herum. Sein erster Blick registrierte den sich vorbeugenden Chandros, der Eileens Linke auf die Lehne ihres Stuhls preßte, während der Bischof sich auf seinem Sitz drehte, um ihre Rechte unten zu halten. Eileen richtete sich halb auf, entschlüpfte dem Griff des Bischofs und ließ ihre rechte Faust in Chandros' Gesicht krachen.

»Schweinehunde!« schrie sie.

Als ihre Hand sein Fleisch traf, schrie Chandros laut und explosiv auf, schlug die Hände vor sein Gesicht und tastete nach seinem rechten Auge. Als Eileens Faust zurückschoß, sah Doyle, daß sie die riesige Hutnadel fest in ihrer Hand hielt – sie hatte sie tief in die Augenhöhle des Mannes gestoßen. Hellrotes Blut quoll zwischen Chandros' zuckenden Fingern hervor.

Bevor der Bischof Eileen packen konnte, festigte Doyle seinen Griff um die erste Spritze und stach sie in Pillphrocks fleischige Kehle. Er ließ das Rasiermesser fallen, drückte fest mit beiden Händen auf den Kolben der Spritze und pumpte ihren Inhalt in die Halsschlagader des Mannes. Der Bischof kreischte wie ein angestochenes Schwein, dann erstarb der Schrei jäh, von der Lähmung stranguliert. Pillphrocks Augen quollen hervor, sein Gesicht wurde dunkelrot und verhärtete sich, als die Droge – eine Überdosis Digitalis – in seinen Kreislauf gelangte, um sein Herz Sekunden später zum Stillstand zu bringen.

»Lauf!« schrie Doyle.

Von der Plötzlichkeit des Angriffs wie gelähmt, bewegten sich die Bediensteten erst jetzt von beiden Seiten des Tisches auf sie zu. Drummond richtete sich auf. Lady Nicholson stieß ihren Stuhl vom Tisch zurück.

Alexander Sparks war nicht mehr neben ihr. Doyle hatte ihn aus dem Blick verloren.

Eileen rannte zur Treppe. Chandros' Schreie erstarben; seine Hände sanken von seinem verwüsteten Auge herab, und geronnenes Blut sickerte in dicken roten Klumpen aus der Höhle. Die Nadel hatte sein Gehirn durchbohrt, und obwohl die Botschaft noch nicht bei seinen Gliedern angekommen war, war Sir John Chandros bereits tot. Pillphrock saß wie vom Donner gerührt da, die verkrampften Hände an der Kehle. Sein Gesicht wurde schwarz, er stieß ein stummes, protestierendes Bellen aus. Auch er war dem Tode nah.

Ein Stöhnen Vambergs – er hatte einen Schock und umklammerte seinen verletzten Arm – ließ Doyle wieder nach links blicken. Er bückte sich, um das Messer aufzuheben: Eileens Röcke huschten auf Bodenebene an ihm vorbei, als sie sich vom Tisch entfernte.

Als seine Hand den Stahl berührte, spürte Doyle, daß eine heiße Flüssigkeit auf seine Wange tropfte – Blut, doch nicht das seine –, dann wurde sein Nacken mit einem Zangengriff umklammert. Mit einem heiseren Kreischen krallte Vamberg mit dem verletzten Arm nach ihm. Nägel schlugen sich in Doyles Haut und ließen Blut fließen. Doyle, unfähig, den Kopf unter dem Druck von Vambergs überraschend festem Griff zu heben, brachte die zweite Spritze in Position, jagte sie hart in den linken Oberschenkel seines Gegners und drückte den Kolben. Die Hälfte des Inhalts leerte sich rasch in Vambergs Oberschenkelarterie, bevor Vamberg wild zuckend von ihm abließ und die Nadel in seinem Bein abbrach. Nun funktionierte die Nadel umgekehrt, und eine dicke Blutfontäne spritzte aus ihr heraus.

Doyle hechtete zur Treppe. Ein Diener warf sich ihm in den Weg. Doyle holte mit dem Rasiermesser aus und schlug ihn zurück.

»Eileen!«

Eine Gruppe Diener kam im obigen Korridor um eine Ecke gerannt und jagte die Treppe hinunter auf sie zu.

»Dort!« schrie Doyle und zeigte auf eine Tür, die vom Treppenabsatz wegführte.

Ein Schuß krachte und wirbelte den Staub um das Einschußloch auf den Marmorstufen vor ihren Füßen auf. Doyle fuhr herum und sah Drummond, der sich an der Spitze einer Dienerhorde mit einem Revolver in der Hand der Treppe näherte. Doyle warf mit dem Rasiermesser nach ihm. Drummond wehrte es mit einem Arm ab.

»Fahrt zur Hölle!« schrie Drummond und hob erneut den Revolver.

Eine Ritterrüstung krachte irgendwo von oben auf die Diener nieder, die sich Doyle näherten. Auch Drummonds zweiter Schuß ging weit daneben.

»Arthur!« rief Eileen.

Doyle fuhr herum. Hinter ihm stand ein Diener mit erhobener Keule. Doyle vernahm ein hohes Pfeifen, dann bohrte sich ein silberner Kampfstern in die Stirn des Mannes. Er fiel um wie ein gefällter Baum. Doyle schaute auf; ein dunkler Schatten fegte über die Balustrade und stürzte sich auf die Diener, die auf der Treppe waren. Aufgrund der Wucht, mit der er auf die Stufen knallte, flogen die Eileen umringenden Angreifer in alle Richtungen. Doyle rannte zu ihr auf den Absatz. Die als Diener verkleidete Gestalt kam auf die Beine und warf mit den bewußtlos auf der Treppe liegenden Kerlen um sich.

»Geht weiter, Doyle«, rief Jack Sparks und deutete auf die Tür des Treppenabsatzes.

Doyle riß ein Breitschwert aus dem Rüstungswirrwarr, um damit einen der Männer zu erledigen, und schwang es danach wild, um die anderen am Näherkommen zu hindern.

»Los, Doyle!«

Eine weitere Kugel pfiff an ihren Ohren vorbei. Drummond zielte erneut und mühte sich, durch die Reihen der Männer, die sich in der Rüstung verklemmt hatten, ein freies Schußfeld zu bekommen.

Eileen probierte es an der Tür. »Abgeschlossen!«

Doyle und Jack warfen sich mit der Schulter gegen das Holz. Das Schloß zersplitterte beim zweiten Versuch. Doyle griff nach einer Fackel, die an der Innenwand in einem Halter steckte, und nahm Eileens Hand. Sie eilten eine kahle, enge Personaltreppe hinunter. Sparks warf eine Phiole auf den Treppenabsatz, die einen dicken, übelriechenden Rauchpilz erzeugte.

»Weiter, weiter, so schnell ihr könnt!«

Sie rannten, und Sparks folgte ihnen. Sie bogen um eine Ecke. Im Gang hinter sich hörten sie Geschrei und Schritte, als die von Drummonds kriegslüsternen Befehlen angetriebenen Diener dem Rauch trotzten.

»Bist du in Ordnung?« fragte Doyle Eileen.

»Hätten wir sie doch nur alle umgebracht«, sagte sie wütend.

»Ich habe Sie unter dem Wagen hervorklettern sehen«, sagte Doyle über die Schulter zu Sparks.

»Ich habe eine Stunde gebraucht, um so weit ins Haus zu kommen; hier sind bestimmt hundert Mann postiert.«

»Haben Sie gesehen ...«

»Ja. Als Sie angriffen, war ich gerade auf der Treppe. Ich brauchte eine Ablenkung ...«

»Wir verstehen, Jack«, sagte Eileen. »Wo sind wir?«

Gütiger Gott, dachte der verblüffte Doyle, sie steckt es leichter weg als ich.

Sie hielten an einer Gabelung an. Die rechte Abzweigung des Ganges führte tiefer ins Gebäude hinein, die andere führte nach unten.

»Hierher«, sagte Sparks und führte sie nach links.

»Wie kommen wir hier raus?« fragte Doyle.

»Wir finden schon einen Weg.«

Je tiefer sie kamen, desto grober wurden die Wände im Gang. Aus Holzverkleidung wurde Mauerwerk, und aus Mauerwerk rohes Gestein. Die Geräusche der Verfolger hinter ihnen blieben beruhigend fern.

»Sie haben Barry umgebracht«, sagte Doyle.

»Noch schlimmer«, sagte Eileen.

»Ich weiß.«

»Dann haben Sie Larry auch«, sagte Doyle.

»Nein. Er lebt.«

»Wo ist er?«

»In Sicherheit.«

Sie wanderten fast eine halbe Meile in die Tiefe. Die Temperatur nahm zu. Die Wände schwitzten Feuchtigkeit aus. Nach einer weiteren Biegung blockierte eine schwere

Eichentür ihren Weg. Sparks lauschte konzentriert, dann griff er zu und drückte die Klinke. Sie war offen.

Die aus der Erde geschlagene Grotte, in die sie nun kamen, erstreckte sich ins Unendliche und war so breit wie lang. Eine Lage Stroh bedeckte den Boden. Von irgendwoher wehte Wind herein und speiste die Flamme. Die Fackel verursachte auf dem über ihnen befindlichen Gestein schwarze Streifen. Die Luft war ungewöhnlich warm und strömte einen unangenehm scharfen Geruch aus – wie ein überreifer Obstgarten. Doyle wußte, daß er diesem Geruch schon einmal begegnet war; er wußte nur nicht mehr, wo.

Als sie vorwärts gingen, entdeckten sie, daß sich unter dem Stroh seichtes Wasser befand; an manchen Stellen war es bis zu einem Fuß tief. Als sie vorsichtig voranwateten, wurde die Tür hinter ihnen vom Luftzug erfaßt, knallte zu und ließ sie zusammenzucken.

»Ist Larry mitgekommen?« fragte Doyle.

»Nein. Ich habe ihn beim Zug gefunden. Sie haben Barry an der Abtei erwischt.«

Dann waren es also Barrys Schreie gewesen, die sie von der Höhe hatten herabwehen hören. Doyle hoffte, daß er nicht zu lange hatte leiden müssen. Aber vielleicht litt er sogar jetzt noch. Wer wollte es wissen?

Sie hatten die riesige Kammer halb durchquert. Ihr Vorankommen wurde von dem eigenartigen Bodenbelag aus Stroh und Wasser behindert.

»Wo waren Sie gestern nacht, Jack?« fragte Doyle.

»Eine Kompanie der Marineinfanterie und zwei Kavallerieschwadronen sind von Middlesbrough aus in Marsch gesetzt worden. Sie werden im Morgengrauen hier sein.«

Doyle hatte ihn nie bereitwilliger beim Wort genommen. »Warum haben Sie nicht auf sie gewartet?«

»Eileen war bei Ihnen«, sagte Sparks, ohne die beiden anzusehen.

Doyle trat auf etwas Weiches und Nachgiebiges und rutschte ab, doch bevor er hinfiel, gewann er das Gleichgewicht zurück. Er wurde den unbestimmten und unerfreulichen Eindruck nicht los, daß sich das, worauf er getreten war, bei der Berührung bewegt hatte.

»Jack, sie haben Prinz Eddy ...«

»Ich weiß ...«

Unter Eileens Fuß knackte etwas laut.

»Was war das?« fragte Doyle.

Sie zuckte die Achseln. Als Sparks das Stroh unter ihren Füßen beiseite schob, hielt Doyle die Fackel.

»O Gott«, sagte sie.

Ihr Fuß hatte den Brustkorb eines halb im Wasser liegenden menschlichen Skelettes zertreten. Die Knochen wirkten ausgebleicht und abgenagt. Im Stroh glitzerte eine schleimige Substanz. Spuren silbriger Exkremente verliefen im Kreis und führten von den Überresten fort.

»Das haben wir doch schon mal gesehen«, sagte Doyle, »in Topping.«

»Keine Bewegung«, sagte Sparks und blickte über Doyles Schulter.

Unter dem Stroh bewegte sich etwas wellenförmig auf sie zu. Es war eine langsame, sich schlängelnde Bewegung. Der Geruch wurde plötzlich deutlicher, er stach ihnen in die Augen.

»Ammoniak«, sagte Doyle.

Er schaute nach links; auch von dort kam etwas auf sie zu.

»Da«, sagte Eileen und deutete geradeaus, wo sich unter dem Stroh noch mehr bewegte.

»Was ist das?« fragte Sparks.

»Wenn sie Kohlköpfe wachsen lassen können«, sagte Doyle, »die so dick sind wie Globen, und Forellen von Delphingröße ...«

»Ich glaube, wir wollen es gar nicht so genau wissen«, sagte Eileen.

Rings um sie her wurde das Stroh so lebendig und aktiv wie Meeresgischt. Das, was darunter war, kam aus allen Richtungen näher, doch vor ihnen klaffte eine Lücke.

»Geht«, sagte Sparks und hob das Schwert. »Geradeaus.«

Doyle lief los und schwang die Fackel. Er spürte, daß sich etwas an seinem Stiefel rieb und trat schnell beiseite, um ihm auszuweichen.

Ein schwarzer Umriß schoß rechts von ihnen aus dem Stroh und erhob sich auf eine Höhe von fünf Fuß. Seine gliederlose, zylindrische Form endete in einer flatternden, von pulsierenden Saugern eingefaßten Öffnung, die drei knirschende Rachen umsäumte. Jeder von ihnen war mit symmetrischen Reihen scharfer weißer Zähne versehen.

Links von ihnen richtete sich eine ebensolche Gestalt auf. Ihr rudimentärer Geruchssinn zog sie an. Dahinter erhob sich eine dritte. Was sie rochen, war Blut.

Es waren Egel.

Jack duckte sich unter den schwankenden Kopf des Egels zu ihrer Rechten und fetzte das Schwert quer durch seinen Körper. Ein Beutel platzte und verspritzte eine stinkende schwarze Flüssigkeit. Die Kreatur stürzte in das sumpfige Wasser zurück.

Doyle schwenkte die Fackel und hielt die Bestien vor ihnen in Schach. Ihre faltigen schwarzen Leiber zogen sich instinktiv vor dem Feuer zurück. Feuchtigkeit brutzelte auf glitzernder Haut.

»Zünden Sie das Stroh an!« sagte Sparks.

Hinter ihm richtete sich ein weiteres Ungeheuer auf und stieß aggressiv nach vorn. Bevor Sparks mit dem Degen herumfuhr und das Ding in zwei Hälften trennte, schlugen messerscharfe Zähne in seine Schulter. Die noch lebenden Hälften suchten panisch das Weite.

Doyle entzündete das sie umgebende Stroh mit der Fackel. Die trockene obere Schicht fing rasch Feuer, das sich in einem regelmäßigen Flammenteppich quer durch die Kammer ausbreitete. Die Egel, die ihnen am nächsten waren, entzündeten sich und platzten auseinander.

»Hierher!« rief Doyle laut.

Sie hetzten über das brennende Heu. Als die Kreaturen vor der Hitze flohen, hörten sie Wasser plätschern. Lautes Knallen erfüllte die Luft, als die Flammen unerbittlich einen Großteil der abscheulichen Würmer vernichteten. Sparks erledigte die Überlebenden, die sich ihnen in den Weg stellten. Dann endete die Kammer, und das Feuer brannte ihnen auf dem feuchten Stroh zischend entgegen. Doyle hielt die Fakkel hoch und entdeckte in der vor ihnen befindlichen Wand eine Tür. Sparks hob den schweren Riegel, und sie waren draußen.

Vor ihnen lag eine Böttcherei. Überall waren Fässer aufgestapelt und begrenzten ihr Blickfeld. In der Nähe waren Hufschlag, Kutschen und aufgeregte Stimmen zu hören. Über ihnen, hoch am Nachthimmel, leuchtete der Vollmond. Doyle löschte die Fackel.

»Ich muß mich übergeben«, sagte Eileen leise.

Sie zog sich zurück. Doyle begleitete sie und hielt sie sanft fest, als sie das verderbte Mahl, das man ihnen vorgesetzt hatte, wieder von sich gab. Als die Übelkeit nachgelassen hatte, hängte sie sich fröstelnd bei ihm ein, schloß die Augen und nickte als Bestätigung auf den fragenden Blick, ob sie wieder in Ordnung sei. Doyle vermutete, daß der Grund, warum sie keine Lust verspürte, über den gerade erlebten Alptraum zu reden, der war, daß sie ihn zu verdrängen beabsichtigte. Er fragte sich, wie viele Skelette wohl noch in der teuflischen Brutstätte lagen. Eine bequeme Methode, um mit Disziplinproblemen fertig zu werden oder Gegner vor Angst in den Wahnsinn zu treiben. Er dachte an das verstreute Salz in den Fluren von Topping. Es hatte Lord Nicholson, wenn auch nur für eine kurze Zeit, unbestreitbar vor dem Schlimmsten bewahrt.

Waren diese Ungeheuer ein Beweis für Vambergs Geschwätz über die Geister der Finsternis und seine Beziehungen zu den Urwesen? Hatte man den Sieben irgendwelche fundamentalen Geheimnisse des Geistes und der Materie enthüllt?

Als Sparks zu ihnen kam, brach sein Gedanke ab.

»Wie viele haben Sie umgebracht?« fragte er leise.

»Chandros. Den Bischof. Wahrscheinlich auch Vamberg.«

»Alexander?«

Doyle schüttelte den Kopf.

»Warten Sie hier«, sagte Sparks. Er klopfte Doyle auf die Schulter und verschwand aus ihrem Blickfeld.

»Ich habe Chandros umgebracht«, sagte Eileen, die Augen noch immer geschlossen. »Diesen schrecklichen Menschen.«

»Ja, das hast du.«

»Gut.«

Sie lag still in seinen Armen. Minuten später kehrte Sparks mit zwei Dienerlivreen und warmen Wollmänteln zurück, die ihnen noch willkommener waren. Während er Wache hielt, zogen Doyle und Eileen sich hinter den Fässern um. Eileen versteckte ihr Haar unter einem breiten Stirnband.

Durch eine Lücke zwischen den Fässern schauten sie geduckt in den Hof, in dem Doyle Jack zuvor unter dem Karren gesehen hatte. Diener und Sträflinge rannten in alle Richtungen. Aufgeregte Pferde bäumten sich auf, als man sie vor Fuhrwerke und Kutschen gespannt am Zügel hielt. Wachzüge formierten sich und wurden, von Offizieren befehligt, in Marsch gesetzt.

»Sie evakuieren«, sagte Sparks leise. »Die Soldaten werden pünktlich hier sein, um den größten Teil dieser Bande auszulöschen.«

»Sie werden nicht kämpfen?« fragte Doyle.

»Nicht ohne Befehl. Und wir haben ihre Kommandokette unterbrochen.«

»Was ist mit Drummond?«

»Er wird sich ohne Alexander nicht verschanzen.«

»Vielleicht ist er noch hier.«

»Es gibt auf der ganzen Welt keinen Grund, warum er sich opfern sollte. Er ist inzwischen meilenweit von hier entfernt.«

»Wohin wird er gehen?« fragte Eileen.

Sparks schüttelte den Kopf.

»Was wird aus Prinz Eddy?« fragte Doyle.

»Ich könnte mir vorstellen, daß Gull ihn längst von hier fortgebracht hat.«

»Wohin?«

»Zu seinem Zug. Zurück nach Balmoral. Er kann ihnen im Moment nicht viel nützen.«

»Wahrscheinlich verschläft er ohnehin alles«, sagte Eileen.

»Sie werden ihn nicht als Geisel nehmen?« fragte Doyle.

»Zu welchem Zweck? Man würde sie wie Hunde jagen. Als Zeuge kann er ihnen nicht schaden. Warum sollten sie riskieren, ihn einzuweihen? Er war doch nur der Wochenendgast einiger vornehmer Bürger auf dem Land.«

»Wenn es so ist, haben wir sie geschlagen, Jack. Dann geben sie auf.«

»Vielleicht.«

Dann kam Doyle ein besorgniserregenderer Gedanke. »Warum hat man uns nicht verfolgt?«

»Sie haben doch im Moment ein paar schwierigere Probleme, oder nicht?« sagte Eileen.

»Sie werden uns verfolgen«, sagte Sparks leise. »Wenn auch nicht heute oder morgen nacht. Aber sie werden uns verfolgen.«

Ein langes Schweigen folgte.

»Wie kommen wir hier raus?« fragte Doyle.

»Durch das Tor da«, sagte Sparks und deutete auf einen Ausgang, der zur Fabrik führte.

»Wie sollen wir das schaffen?«

»Ganz einfach, mein Lieber. Indem wir gehen.«

Sparks stand auf und trat hinter den Fässern hervor. Doyle und Eileen folgten ihm mit gesenktem Kopf und mischten sich unter das heillose Wirrwarr auf dem Hof. Niemand hielt sie auf oder stellte eine Frage. Es dauerte nicht lange, dann lag das offene Tor hinter ihnen und ebenso die Wälle von Ravenscar.

Der Pfad führte genau zur Biskuitfabrik. Gelbsüchtige elektrische Lampen beleuchteten die Eingänge. Eilige Gestalten kamen und gingen durch offene Türen. Hinter dem klotzigen Gebäude, im Westen, lag das Moor, und was vom gefallenen Schnee noch übrig war, leuchtete matt im Mondschein. Dort, wo sich die Bahngleise auf dem Verladebahnhof der Fabrik gabelten, blieb Sparks stehen.

»Sehen wir uns doch mal um«, sagte er.

Sie folgten den Gleisen zu einem riesigen Flügeltor, durch das die Bahnlinie ins Gebäude verlief. Verschlossene Güterwagen standen auf den die Hauptstrecke flankierenden Nebengleisen.

Hinter dem Tor erinnerte nichts an eine Biskuitfabrik. Die Luft roch nach Schwefel, erstickte in Rauch, Kohlenstaub und fließender Schlacke. Förderbänder transportierten Roherz zu Tiegeln, die über zischenden Schmelzöfen hingen. Massiv geränderte Kessel schwebten über Eisengußformen von Hausgröße. Ein Gewirr von Kabeln, Treibriemen, Haken, Schwungrädern und Kolben, die in einem Tanz aufwühlender, fortwährender Bewegung miteinander verbunden waren, erstreckte sich bis hoch unter das geneigte Dach. Ein industrieller Turm zu Babel. Feuerzungen zuckten rhythmisch aus rotierenden Ventilen und mißförmigen Zubehörteilen, der Rauch verunreinigter Farben quoll aus schwingenden Kammern und Schläuchen. Das Heer der hemdlosen Zwangsarbeiter wimmelte, von der verpesteten Atmosphäre geschwärzt, zwergenhaft zwischen den monolithischen Maschinen hin und her. Und ihre Anwesenheit erschien absolut überflüssig. Sie konnten sich des Eindrucks nicht erwehren, daß, sollten die Männer je ihre Stationen verlassen, die Maschinerie mit beängstigender Einmütigkeit bis in alle Ewigkeit weitermahlen würde.

Was letztendlich in dieser Fabrikhölle hergestellt wurde, war mehr als ungewiß. Die sperrigen Umrisse auf den Draisinen, die im Freien zu den Gleisen führten, deuteten die Silhouette einer Kanone an, doch von einer Abmessung, die weitaus größer war als alles, was sie je gesehen hatten. Kriegsmaschinen für einen Krieg, den man noch nicht einmal flüchtig erblickt, geschweige denn erwartet hatte. Offensichtlich waren in der despotischen Fabrik emsige, abschließende Bemühungen im Gange. Während unaufhörlich heißer Stahl floß, wurden in höchster Eile Güterwagen von Arbeitern beladen, die von bewaffneten Aufsehern angetrieben wurden.

Niemand sprach, denn man hätte in der infernalischen Hölle ohnehin nichts gehört. Sparks gestikulierte. Sie zogen sich vom Tor zurück in die relative Stille bei den Güterwagen.

»Was ist das? Wozu dient es?« Doyle war fassungslos.

»Der Zukunft«, sagte Sparks.

»Seht«, sagte Eileen. »Dort!«

Sie deutete auf einen in den Schnee getrampelten Pfad. Er kam von Ravenscar und verlief neben den Gleisen her, wo zwei bewaffnete Gestalten, die Laternen mit sich führten, eine menschliche Marschsäule in Richtung Moor eskortierten. Die Handgelenke der geführten Männer waren in Eisen gelegt und durch eine lange Kette miteinander verbunden. Nach der Unbeholfenheit ihrer schleppenden Schritte zu urteilen, waren ihre Fußknöchel ebenfalls gefesselt. Manche von ihnen trugen schmutziggraue Sträflingskleidung, andere die vertrauten Kleider der Bediensteten.

Kann es sein, daß mir der Gang eines der Gefesselten vertraut erscheint? dachte Doyle.

»Wo gehen sie hin?« fragte er.

»Wir folgen ihnen und finden es heraus«, sagte Sparks.

Sie marschierten los. Das Gleisbett ragte über dem sumpfigen Erdreich auf einem Damm aus Erde und Schlacke auf. Sie blieben im Schutz des gegenüberliegenden Abhangs, verloren das Laternenlicht nicht aus den Augen und hielten mit der Marschsäule Schritt. Kurz darauf sahen sie ein helles Leuchten. Es kam von einem finsteren Bauwerk, das südlich der Gleise auf einer schmalen Anhöhe stand. Doyle identifizierte es als eines der Gebäude, die er in Ravenscar von seinem Fenster aus gesehen hatte. Aus dem Innern drang etwas an ihr Ohr, das wie Gewehrfeuer klang. Einzelne Schüsse und Salven. Als die Gleise mit dem Gebäude auf einer Höhe waren, wurde die Truppe von der Bahnlinie fort über einen kleinen Hügel auf das finstere Haus zugeführt.

»Was ist da drin?« fragte Doyle.

Jack ließ seinen Blick über die Bahnlinie nach Westen schweifen. Er schien etwas zu suchen.

»Schauen wir nach«, sagte er.

Mondschatten geleiteten sie von den Gleisen zu dem darunterliegenden Pfad. Der Boden unter ihren Füßen fühlte sich weich an; er war mit Moos und Flechten bedeckt und glatt vom schmelzenden Schnee. Hundert Meter vor ihnen hatte die Marschsäule gerade das Haus erreicht.

Sie krochen den Hügel hinauf, duckten sich, soweit dies die spärliche Flora erlaubte, und umrundeten das Lager. Zwei einfache Ziegelbauten standen auf einem ebenen Landflecken, durch einen schmalen, ummauerten Durchgang miteinander verbunden. Auf dem Dach des zweiten Gebäudes ragten sechs kurze Schornsteine in den Himmel, Rauch und sengende Hitze ausstoßend – die Ursache für das Glühen, das sie aus der Ferne beobachtet hatten.

Der sich drehende Wind wehte den Rauch in ihre Richtung. Ein übelriechender Gestank, der sie fast in die Knie zwang, fegte über sie hinweg. Doyle kämpfte gegen die Übelkeit. Sparks reichte Eileen ein Taschentuch, mit dem sie dankbar Mund und Nase bedeckte. Doyle und Jack tauschten einen grimmigen Blick. Sparks bat Eileen mit einer Geste, hier auf sie zu warten, dann eilten die beiden Männer den kleinen Hügel hinauf und arbeiteten sich bis auf zwanzig Meter an das Lager heran.

Die Reihe der Männer, die sie verfolgt hatten, stand reglos vor dem ersten Gebäude – hinter einer zweiten Gruppe von Gefesselten, die durch eine Tür hindurchgetrieben wurde. Die Bewaffneten, die die Marschsäule begleitet hatten, standen abseits. Zwei weitere flankierten den Eingang.

Doyle deutete auf eine Gestalt, die er inmitten der letzteren Gruppe erkannt hatte. Sparks nickte.

Aus dem Haus ertönte eine Gewehrsalve. Ihr Echo wurde weit über das Moor getragen. In die beiden Wächter vor dem Eingang kam Bewegung. Der eine richtete sein Gewehr auf die Wartenden vor der Tür, der andere schloß ihre Ketten auf. Die ihrer Fesseln entledigten Männer rührten sich nicht; reglos harrten sie, den Blick zu Boden gerichtet, ihres Schicksals.

Die Eisentür des Gebäudes wurde von innen geöffnet, und die erste Männergruppe wurde hineingestoßen. An einer der Innenwände erkannte man eine Reihe von Schützen, die ihre Gewehre nachluden. Im Hintergrund wurden mehrere Karren, auf denen sich Leichen türmten, von graugekleideten Männern durch die Passage zum zweiten Gebäude gefahren.

Zu den Öfen.

Die Tür knallte zu. Die beiden Wächter mit den Laternen wechselten einige Worte mit den Aufsehern an der Tür – wahrscheinlich ging es um die Übergabe. Dann machten sie kehrt und stiegen den Pfad zu den Gleisen wieder hinunter.

Sparks wartete, bis sie außer Sichtweite der Gebäude waren. Das Genick des zweiten Mannes war gebrochen, ehe er einen Laut von sich geben konnte. Als der erste Wächter sich umdrehte, brachte ihn der Kolben der Waffe seines Kollegen zum Schweigen. Sparks und Doyle schlichen den Abhang hinauf, zum Krematorium.

Es waren weder Heimlichkeiten noch Vorwände vonnöten. Sparks erledigte die beiden Wächter an der Tür, bevor auch nur einer von ihnen das Gewehr heben konnte.

Doyle nahm ihnen die Schlüssel ab und befreite die Männer der zweiten Gruppe von ihren Eisen. Niemand regte sich. Alle trugen sie den traumatischen Stempel von Vambergs abscheulicher Manipulation. Diese Männer waren seine Fehlschläge, und hier schaffte man sich den Abfall vom Hals.

Im Haus ertönten Schüsse Doyle packte den Mann, dessentwegen sie gekommen waren, nahm Barrys Hand und zog ihn fort. Er widersetzte sich nicht und folgte ihm so brav wie ein Kind. Er erkannte sie nicht ... Sparks gab Doyle mit einer Geste zu verstehen, Barry schnell den Pfad hinabzuführen. Er selbst blieb an der Tür zum Schlachthof zurück.

Doyle war mit Barry gerade außer Sichtweite der Tür, als er hörte, wie sich ihre Scharniere quietschend öffneten. Dann vernahm er eine Gewehrsalve und Schreie aus dem Haus. Doyle blieb stehen. Barry starrte mit leerem Blick zu Boden. Kurz darauf kam ihnen Eileen entgegen und gesellte sich zu ihnen; gemeinsam beobachteten sie das Haus und warteten.

Auf einmal wurde das Feuer eingestellt. Nichts rührte sich mehr. Die plötzliche Stille, die über das Moor hereinbrach, erschien ihnen so überwältigend wie die Sterne über ihnen.

Dann erschien Sparks auf dem Hügelkamm und schleuderte sein Gewehr weit von sich. Als er näherkam, erkannten sie, daß sein Gesicht und seine Kleider voller Blut waren, das im Mondschein schwarz wirkte. Doyle erschrak zutiefst; er hatte noch nie einen solchen Ausdruck in einem menschlichen Gesicht gesehen: Mitleid, Erschütterung, Wut. Sparks wirkte wie ein Gott, der gerade eine Welt seiner eigenen Schöpfung vernichtet hatte, weil sie wahnsinnig geworden und außer Kontrolle geraten war. Hinter ihm schoß eine Flammensäule in den Himmel. Sparks hatte den Ort des Grauens in Brand gesteckt.

Er kam rasch zu ihnen, nahm Barry sanft auf und trug ihn zu den Bahngleisen hinunter. Eileen schluchzte leise auf, und Doyle legte einen Arm um sie. Sie folgten den beiden.

Als sie sich dem Gleis näherten, bot sich ihnen ein kurioser Anblick: Eine Lok mit zwei Waggons rollte langsam aus Richtung Westen auf sie zu.

»Es ist unser Zug«, rief Doyle. »Es ist unser Zug.«

Sie beeilten sich, mit Jack Schritt zu halten, der den Bahndamm hinaufhastete, sahen Larry in der Ferne von der Lok springen und Sparks entgegenlaufen, der seine Last sanft zu Boden sinken ließ. Larry fiel auf die Knie. Der schmerzvolle, langgezogene Schrei, den er ausstieß, als er seinen gepeinigten Bruder sah, durchdrang die Stille der Nacht wie eine Lanze.

Doyle und Eileen eilten den Hang hinauf. Larry kauerte auf der losen Schlacke, hielt Barry in den Armen, strich ihm eine störrische Locke aus der Stirn.

»O Gott, o Gott, nein, Barry, oh, mein Junge, was haben sie nur mit dir gemacht ... Was haben sie nur mit dir gemacht ... O Jack, schaun Sie, was sie mit ihm gemacht haben ... Mein armer Junge, mein armer Junge.«

Sparks stand mit gesenktem Blick neben den beiden, das Gesicht im Dunkel verborgen. Eileen wandte sich ab, um sich an Doyles Schulter auszuweinen.

Larry rührte sich, ein Strahl des Mondlichts fiel auf Barrys Gesicht. Doyle sah, daß Barry seinem Bruder in die Augen schaute und sein Blick dort verharrte. Es war, als erhielte nur diese Verbindung Barry noch am Leben.

Barrys Lippen bewegten sich, formten einen Laut und dann einen zweiten.

»M-m-mach ... E-e-ende ...«

Dann tauchte er wieder zurück in die Leere, die von ihm Besitz ergriffen hatte.

Larry, aus dessen Augen Tränen strömten, schaute zu Jack auf, der eine verhaltene Handbewegung machte. Larry schüttelte langsam den Kopf. Sparks nickte, schaute Doyle an und ging beiseite. Doyle legte beide Arme um Eileen und führte sie vom Gleis fort.

Er warf einen Blick über seine Schulter. Larry beugte sich vor, um Barrys Wange zu küssen, flüsterte ihm etwas ins Ohr und legte dann behutsam seine Hände um den Hals seines Bruders. Doyle wandte sich ab. Eileen zitterte heftig in seinen Armen.

Eine kurze Zeit verging. Doyle und Eileen sahen sich an, doch die Intimität ihrer beiderseitigen Qual erschien ihnen unerträglich. Sie schaute weg. Doyle spürte, daß sie sich aus der Not heraus in das sichere Gebiet ihres Inneren zurückgezogen hatte. Er fragte sich plötzlich, ob sie die daraus entstandene Kluft zwischen ihnen je wieder überbrücken konnten.

Larry schloß Barrys Augen und wiegte den Körper seines Bruders langsam hin und her, als schaukelte er ein Kind in den Schlaf. Sparks stand unweit der beiden auf einer Anhöhe und blickte nach Ravenscar zurück. Tanzende Lichter – Laternen – bewegten sich in großer Zahl an den Gleisen entlang auf sie zu.

Doyle brachte Eileen an Bord des Zuges. Sie brach auf einem Sitz zusammen. Durch die Fenster sah Doyle, daß Sparks sich zu Larry hinunterbeugte und auf ihn einredete. Dann nickte Larry langsam, hob den Leichnam seines Bruders auf und trug ihn außerhalb seiner Sichtweite zur Lok.

Doyle hörte Schüsse, ging zum Heck des Waggons und trat auf die Plattform hinaus. Die Laternen waren nur noch eine Viertelmeile entfernt. Kugeln pfiffen durch die Luft und prallten vom Stahl ab. Doyle brachte sein Gewehr auf dem Geländer in Position und feuerte auf die Lichter, bis das Magazin leer war.

Die Räder der Lok setzten sich ächzend in Bewegung, der Zug nahm Geschwindigkeit auf und vergrößerte rasch den Abstand zwischen ihnen und ihren Verfolgern. Die Laternen schrumpften zu leuchtenden Stecknadelköpfen, um kurz darauf gänzlich in der Dunkelheit zu verschwinden.

19
Victoria Regina

DEN BRANDY, DEN Doyle ihr anbot, lehnte Eileen ab. Sie legte sich erschöpft in die Koje am Heck, drehte das Gesicht zur Wand und verharrte dort schweigend und reglos. Ob sie schlief, war schwer zu sagen.

Doyle schenkte sich ein Glas ein und leerte es mit zwei Zügen. Im Spiegel über der Bar erhaschte er einen Blick auf sich selbst. Die eingefallene, beschmutzte, blutbefleckte Visage, die ihm entgegensah, ähnelte keinem menschlichen Wesen, an das er sich erinnern konnte. Schock, Erschöpfung und Kummer, dachte Doyle, haben bestimmte bedauerliche Vorteile; wenn man den Punkt erreicht hat, an dem man nicht mehr fähig ist, irgend etwas zu fühlen.

Er öffnete die Verbindungstür und bewegte sich vorsichtig am Handlauf des Tenders in Richtung Lok. Barrys Leichnam lag auf dem Boden. Jacks Umhang diente ihm als Leichentuch. Ein Stiefel lugte darunter hervor und bewegte sich beiläufig im Rhythmus des Zuges. Larry stand an der Drosselklappe und starrte geradeaus, auf die Gleise.

»Wir sind zehn Meilen von der Hauptstrecke entfernt«, übertönte Sparks das Brüllen der Maschine. »Das Gleis vor uns ist frei.«

»London?« fragte Doyle.

Sparks nickte.

Doyle blickte über das trostlose, flauschige Moor; es wirkte fremd und unbarmherzig wie die Oberfläche des Mondes und so leblos wie der Körper unter dem Leichentuch. Der kalte Biß des Fahrtwindes, der durch die offene Lok peitschte, fühlte sich reinigend an.

»Ich gehe rein.« Sparks begab sich zum Waggon zurück.

Doyle schaufelte Kohlen aus dem Eimer ins Feuer, füllte ihn aus dem Tender wieder auf und blieb dann schweigend neben Larry stehen. Er war zum Zugreifen bereit, falls es nötig sein sollte.

»Sie haben ihn nie singen hören«, sagte Larry nach einer Weile, ohne ihn anzusehen.

»Nein.«

»Der Junge konnte singen wie 'n Engel. Hatte 'ne Stimme zum ...«

Doyle nickte. Er wartete geduldig.

»Er hat gesagt, daß ich abhaun soll.«

»Wann, Larry?«

»Wir haben sie von der Ruine abgelenkt. War seine Idee. Die Hälfte von den Schweinehunden lag am Boden, bevor sie in unsere Nähe kamen. Aber 'n paar haben kehrtgemacht und sind zurückgekommen. Haben uns in die Zange genommen. War nix mehr zu machen. Er hat gesagt, hau ab. Ich hab' gemeint, kommt nich in Frage, Mann. Aber er hat gesagt, Jack braucht wenigstens einen von uns, um den Zug zu fahren. Ich hab' gesagt, dann soll er's machen. Aber er hat gemeint, er ist der Ältere; ich soll gefälligst tun, was er mir sagt.«

»War er der Ältere?«

»Drei Minuten. Er hat das Schießeisen behalten. Und ich bin von dem Hügel runter ...« Larry wischte sich mit dem Ärmel über die Augen. »Er hat 'ne Menge von den Arschlöchern mitgenommen, was?«

»Ja, hat er.«

»Wir haben nämlich hin und wieder drüber gesprochen, wer von uns als erster geht. Er hat immer gesagt, er wird es sein. Barry hat nämlich immer aufs Risiko gesetzt. Und wir hatten keine Angst vorm Ende, keine Spur. Nach dem, was Mr. Sparks uns beigebracht hat, hat er immer gesagt, is der Tod vielleicht nur der Anfang von was anderem. Was meinen Sie, Chef?«

Larry schaute ihn zum ersten Mal seit langem an.

»Ich halte es für sehr wahrscheinlich, daß der Tod der Anfang von irgend etwas ist«, sagte Doyle.

Larry nickte, dann blickte er auf den Körper seines toten Bruders unter dem flatternden Umhang.

»Mr. Sparks sagt, Sie haben den Mann umgebracht, der ihm das angetan hat.«

Doyle nickte.

»Dann, Sir, bin ich ... für immer in Ihrer Schuld«, sagte Larry mit brüchiger Stimme.

Doyle schwieg. Er war sich nicht sicher, ob er sprechen konnte. Die Zeit verging. Larry wischte sich wieder über die Augen.

»Wenn Sie nix dagegen haben«, sagte er entschuldigend, »möchte ich jetzt 'ne Weile mit ihm allein sein.«

»Sicher.«

Doyle streckte eine Hand aus. Larry schüttelte sie, ohne ihn anzusehen, dann wandte er sich wieder der Drosselklappe zu. Doyle machte sich auf den Rückweg zum Waggon.

Sparks saß am Tisch, die Brandykaraffe war offen; zwei Gläser standen bereit. Doyle nahm ihm gegenüber Platz. Sparks füllte die Gläser. Sie tranken. Die Wärme des Alkohols breitete sich wohltuend in Doyles Magen aus und entfernte ihn ein Stück von dem Grauen.

Doyle berichtete, wie Alexander im Hof der Herberge aufgetaucht war, wie sie nach Ravenscar gelangt waren und warum es im Saal zur Konfrontation gekommen war. Sparks lauschte konzentriert seiner ausführlichen Zusammenfassung und stellte nur gelegentlich Fragen über Alexander und den Eindruck, den er von ihm gewonnen hatte. Als Doyle geendet hatte, blieben sie eine Weile schweigend sitzen.

»Sind sie alle einfach nur verrückt?« fragte Doyle schließlich mit leiser Stimme. »Glauben sie wirklich, sie könnten dieses ... Wesen wieder zum Leben erwecken?«

Sparks dachte eine Weile nach. »Was war mit den Dingern im Museumskeller? Haben Sie dafür eine Erklärung?«

»Kann man Lebenskraft erklären?«

»Man kann doch eine Meinung dazu haben.«

»Aber eine Erklärung wäre vielleicht etwas, das über unser Vorstellungsvermögen hinausgeht.«

Sparks nickte. Sie tranken.

»Die Geschichte, die der alte Fischer Stoker erzählt hat, als er sie von dem Schoner aus hat an Land kommen sehen«, sagte Sparks.

»Sie haben einen Sarg mitgebracht. Die Gebeine Ihres Vaters.«

»Er hat von zwei Särgen berichtet. Was war in dem anderen?«

»Wir haben ihn nie gefunden.«

»Wenn das Wesen, von dem sie gesprochen haben, wirklich schon einmal gelebt hat ... Nehmen wir doch mal an, es wäre ihnen möglich gewesen, die Person ausfindig zu machen, die es verkörpert hat. Ist es undenkbar, daß Alexander und die Sieben glauben, daß sie die Überreste dieser Person brauchen, um es zu einem neuen Leben zu erwecken?«

»Ich glaube nicht.«

»Der Grund für Alexanders Streifzüge durch den Osten war dann möglicherweise die Aufdeckung der Identität dieser Person und der Erwerb ihres Leichnams.«

»Das ist schlüssig.«

Sparks nickte bestätigend. »Dann wird der zweite Sarg zum Schlüssel des ganzen Unternehmens. Ich nehme an, daß Alexander ihn, wo immer er sich auch gerade befinden mag, nun in seinem Besitz hat.«

Doyle sah das silberne Abzeichen in Sparks' Hand, der es drehte und musterte, als läge das Rätsel seines Bruders darin wie ein Skarabäus in einem Bernstein.

»Aber was war ihr Plan?« fragte Doyle. »In der Praxis. Wie hätte ein solches Vorhaben funktionieren können?«

»Um dahinterzukommen«, sagte Sparks mit einem leichten Lächeln, »bedarf es der Simulation der Gedanken eines Irren.«

Doyle spürte, daß eine Woge von Scham ihn erröten ließ.

»Dem Herzog von Clarence sollte ein Kind geboren werden – vorausgesetzt, man hätte eine Frau gefunden, die die königlichen Grundvoraussetzungen erfüllt und ihn geehelicht hätte.«

»Was keine geringfügige Aufgabe ist.«

»Nein, aber mal angenommen. – Ein Kind, ein Sohn, der infolge eines von den Sieben beschworenen Rituals nicht mehr ist als ein leerer Behälter, in dem die inkarnierte Seele dieser Bestie lebt. Was folgt logischerweise daraus?«

»Die Beseitigung der Hindernisse, die der Erbfolge im Wege stehen«, sagte Doyle.

»Genau. Da der Junge einige Jahre zum Heranreifen bräuchte, wären sie nicht sonderlich in Eile und würden keinen übermäßigen Argwohn erwecken. Die Königin nimmt den Thron nun seit fast fünfzig Jahren ein – man weiß, daß sie nicht ewig leben wird.«

»Dann wäre also der Prince of Wales an der Reihe.«

»Der Großvater des Jungen; er ist in der Erbfolge der nächste. Doch es ist wahrscheinlich, daß man ihn im Moment verschonen wird. Warum sollte man den mutmaßlichen Erben aus dem Weg räumen und die Regentschaft ins Chaos stürzen? Nein, man kann sich Geduld leisten. Victoria wird irgendwann sterben – vielleicht zu dem Zeitpunkt, wenn unser blonder Knabe erwachsen ist. Und dann wäre Eddy, inzwischen ein Mann in den mittleren Jahren, an der Reihe, die Thronfolge anzutreten. Wer also steht zwischen dem Jungen und der Krone?«

»Nur sein Vater.«

»Und niemand, der seine fünf Sinne beisammen hat, wird diesem verkorksten Trunkenbold je erlauben, das Zepter aufzunehmen. Prinz Eddy muß also beseitigt werden, und zwar dann, nehme ich an, wenn sein Sohn geboren ist. Man wird Eddys Tod den Anschein einer natürlichen Ursache geben. Es wäre nicht schwer zu arrangieren. Nicht bei seiner Krankenakte.«

Doyle stimmte ihm zu.

»Bleibt also nur noch sein Sohn, der Kronprinz, eine Halbwaise, von allen geliebt, um Großvaters Thron zu übernehmen. Dann ist alles andere ganz einfach: König Bertie und sämtliche unbequemen Erben werden abserviert, und Prinz Soundso ist in der Krönungskutsche nach Windsor unterwegs.«

»Aber das könnte zwanzig Jahre dauern.«

»So lange dauert es ohnehin, um ein Kind zu erziehen. Bis dahin festigen unsere Freunde von den Sieben ihren Einfluß auf die königliche Familie. Vor der Machtübernahme wird man dem jungen König vorsichtig seine Abstammung vom linkshändigen Pfad zur Macht bewußtmachen und ihn in den Schoß der Familie zurückholen. Und dies wird der Beginn seiner tausendjährigen Herrschaft sein – an der Spitze der mächtigsten Nation der Erde.«

Sparks lehnte sich zurück. Doyle war verblüfft, daß ein Szenario derart praktikabel und gleichzeitig absolut irrsinnig klingen konnte.

»Warum sollten sie das tun, Jack?«

»Könige können Kriege führen. Die Sieben sind in der Waffenentwicklung tätig. Sie haben einen pragmatischen Grund. Vielleicht ist es der einzige, mit dem wir uns im Moment beschäftigen sollten.«

Doyle nickte. Die Kaltblütigkeit von Sparks' Vernunft war so erfrischend wie Quellwasser. »Und das Land. Die Sträflinge. Vambergs Droge.«

»Menschen als formbarer Rohstoff«, sagte Sparks achselzuckend. »Sie spielen Gott.«

»Sie müßten aber einer praktischeren Verwendung dienen.«

Sparks dachte nach. »Sie bauen eine Privatmiliz auf.«

»Zu ihrer Verteidigung?«

»Oder für einen aggressiveren Zweck.«

»Aber das Verfahren funktioniert nicht«, sagte Doyle. »Jedenfalls ist es nicht zuverlässig.« Er dachte an die zugrunde gerichteten Männer, die man in das Todeshaus geführt hatte.

»Der Mensch ist ein Geschöpf, das man nur sehr schwer versklaven kann. Und wenn man sich noch so viel Mühe gibt.«

Doyle leerte sein Brandyglas. Er wartete, scharrte leise mit den Füßen.

»Jack ... Als wir zuletzt in London waren ... habe ich von der Polizei erfahren, Sie seien aus Bedlam entsprungen.«

»Sie haben ihnen meinen Namen verraten?«

Doyle nickte. »Es heißt, Sie seien verrückt.«

Sparks neigte den Kopf zur Seite und schaute ihn schief an. Lächelte er etwa?

»Was haben Sie der Polizei erzählt, Doyle?«

»Sonst nichts. Aber ich muß zugeben, daß es Augenblicke gab, in denen diese Vermutung nicht gänzlich von der Hand zu weisen war.«

Sparks nickte ruhig und schenkte sich einen weiteren Brandy ein.

»Ich war in Bedlam eingesperrt. Vor einem halben Jahr, sechs Wochen lang.«

Doyle hatte den Eindruck, daß seine Augen so groß wie Teetassen wurden.

»Gegen meinen Willen. Die Einweisung wurde von einem bekannten Arzt veranlaßt; von einem Mann, über den ich Material sammelte: Dr. Nigel Gull. Ich stellte mich ihm im Zuge meiner Ermittlungen als Patient vor. Wir freundeten uns an. Eines Abends wurde ich zum Essen in sein Haus eingeladen. Ich akzeptierte, da ich eine Gelegenheit sah, an Informationen über ihn zu gelangen, die mir nur in seinem Haus zugänglich waren. Ich war wohl unvorsichtig. Als ich ins Haus kam, wurde ich von einem Dutzend Männer – unter anderem auch von Polizisten – erwartet. Ich wurde betäubt, in eine Zwangsjacke gesteckt und ins Bedlam-Hospital gebracht.«

»Gütiger Gott!«

»Nach dem, was wir gegenwärtig wissen, Doktor, ist es doch nicht schwierig, sich vorzustellen, wer diesen Arzt angeleitet hat, oder?«

»Nein.«

»Ich kam in eine stockdunkle Einzelzelle. Die Zwangsjacke wurde mir nie abgenommen. Ich habe regelmäßig gespürt, daß ich beobachtet wurde. Es war jemand, den ich kannte. Dann wurde mir klar, daß Alexander der Mann war, den ich seit langem verfolgte.«

Es gab noch eine Last, derer sich Doyle liebend gern entledigt hätte. »Jack, ich hoffe, Sie verzeihen mir. In der Nacht, als wir nach Whitby fuhren ... Mit diesem Zug. Ich habe beobachtet, wie Sie sich eine Spritze setzten.«

Sparks rührte sich nicht, doch die Worte ließen ihn vor Scham erröten. Seine Wangen fielen ein und ließen sein hageres Gesicht noch ausgemergelter und müder erscheinen.

»In der ersten Nacht in Bedlam wurde mir ein Sack über den Kopf gestülpt. Ich wurde mit der Zwangsjacke an die Wand gekettet. Dann bekam ich Injektionen – rund um die Uhr, und jede wurde gesetzt, bevor die vorherige abgeklungen war.«

»Vambergs Droge?«

Sparks schüttelte den Kopf. »Kokain-Hydrochlorid. Nach einer Woche war ich dann ... körperlich davon abhängig.«

»Wie sind Sie entkommen?«

»Kurz darauf verlor ich jegliches Zeitgefühl. Ein ganzer Monat verging, ehe es zu einer Veränderung in meiner täglichen Routine kam: Meine Häscher nahmen inzwischen an, ich hätte die Kraft der Wahrnehmung ebenso verloren wie die meiner Muskeln. Sie irrten sich. Ich hatte mich dazu konditioniert, der Wirkung der Droge in einem höheren Grad zu widerstehen, als mein Verhalten sie anzunehmen verleitete. Und genau an diesem Tag wurde ich nach der morgendlichen Injektion aus meiner Zelle geführt und fortgebracht. Als wir uns unserem Bestimmungsort näherten, nahm man mir die Zwangsjacke ab. Die drei Männer, die mich eskortierten, lebten nicht lange genug, um das zu bedauern. Ich bin aus der fahrenden Kutsche gesprungen. Obwohl ich vom Tageslicht halb blind war, konnte ich fliehen.«

»Was hatte man mit Ihnen vor?«

»Die Kutsche fuhr durch Kensington. Zum Palast. Ich nehme an, es war ihre Absicht, mich – nachdem sie die Sucht in mir erzeugt hatten – in die Ausführung irgendeines abscheulichen Verbrechens zu verwickeln.«

Sparks leerte sein Glas und schaute in die Ecke.

»Was Sie also in der Nacht gesehen haben, als wir nach Whitby fuhren ... Nun, trotz meiner äußersten Anstrengungen in den vergangenen Monaten ist es mir nicht gänzlich gelungen, mich von dieser ... Abhängigkeit zu lösen.«

»Kann ich irgend etwas für Sie ...«

»Nachdem ich Ihnen dies alles erzählt habe ... muß ich Sie als Freund und Gentleman ansprechen und darauf bestehen, daß wir nie wieder ein Wort über diese Sache verlieren.«

Sparks' Kinnmuskeln strafften sich. Sein Blick war hart, seine Stimme klang heiser und verhalten.

»Natürlich, Jack«, sagte Doyle.

Sparks nickte. Er stand abrupt vom Tisch auf, und bevor Doyle reagieren konnte, war er aus der Tür. Das Gewicht des neuen Wissens trug zu Doyles bedrückender Müdigkeit bei. Er wankte ans Ende des Waggons und warf durch die zugezogenen Vorhänge einen Blick auf Eileen, die noch immer in der unteren Koje lag. Sie hatte die Position, die sie zuvor eingenommen hatte, nicht verändert. Ihr Atem ging langsam und regelmäßig. So leise, wie es Doyle möglich war, und das ihn verwirrende Wissen verdrängend, daß seine Entscheidung möglicherweise von größerer Bedeutung war, als er dachte, kletterte er in die obere Koje. Der Schlaf – eine resonante, schwarze, besinnungslose Tiefe – überwältigte ihn schnell.

Doyle öffnete die Augen. Kein Gefühl von Bewegung. Der Zug stand. Tageslicht drang in die Koje. Er schaute auf die Uhr – Viertel nach zwei am Nachmittag –, teilte die Vorhänge und blinzelte in die Helligkeit hinaus: ein Bahnhof; derjenige, den sie schon zuvor in Battersea, im Süden der Stadt, benutzt hatten. Er schwang seine Beine über den Kojenrand und stieg hinab. Die untere Koje war so leer wie der Rest des Waggons. Er stieg aus.

Lok und Tender waren verschwunden. Abgekoppelt. Der Waggon stand allein auf einem abgelegenen Gleis. Doyle blickte sich um, sah aber kein Anzeichen, daß Lok und Tender sich irgendwo hier befanden. Er eilte zum Büro des Stationsvorstehers. Am Fenster stand ein alter, schnauzbärtiger Lokführer.

»Die Lok, die den Waggon da gezogen hat«, sagte Doyle und deutete hinaus. »Wo ist sie hin?«

»Ist heute früh abgefahren«, sagte der Mann.

»Es war eine Frau im Zug ...«

»Hab keine gehen sehen, Sir.«

»Jemand muß sie doch gesehen haben.«

»Kann schon sein. Ich jedenfalls nicht.«

»Wen kann ich fragen?«

Der Alte sagte es ihm. Doyle befragte die Arbeiter, die bei der Ankunft des Zuges hier gewesen waren. Sie erinnerten sich daran, daß er eingefahren war, aber niemand hatte jemanden zu Fuß fortgehen sehen. Und schon gar keine Frau; daran würde man sich doch erinnern.

Ja, ihr hättet euch an sie erinnert, dachte Doyle.

Als er nach einer Visitenkarte suchte, um sie zurückzulassen, fiel ihm ein, daß der Rest seiner Habe in Ravenscar verlorengegangen war. Doch seine Jackentasche war nicht leer. Er fand darin eine dicke Rolle Fünf-Pfund-Noten und Sparks' silbernes Abzeichen. Er mußte sie ihm im Schlaf zugesteckt haben. Doyle zählte das Geld. Es war mehr, als er in einem Jahr verdiente, mehr, als er jemals auf einmal gesehen hatte.

Er ging zum Waggon zurück und suchte methodisch nach irgendeinem Zeichen oder einem Brief, den man für ihn hinterlassen hatte, doch wie er schon vermutet hatte, fand er nichts. Er holte seinen Mantel, sprang von der Plattform und verließ den Bahnhof.

Der Himmel war bedeckt, aber es war nicht sehr kalt, denn der Wind hatte sich gelegt. Doyle betrat einen Pub und stillte seinen nagenden Hunger mit einem Shepherd's Pie. Er dachte an Barry. Er kaufte sich an der Kasse eine Zigarre, verließ den Pub und zündete sie an, als er auf der Lambeth Bridge war. Auf halber Strecke blieb er stehen, blickte in die aufgewühlten, grauen Fluten der Themse und versuchte zu entscheiden, wohin er gehen sollte.

Das alte Leben wieder aufnehmen? Falls seine Patienten, so wie er sie kannte, ihn überhaupt noch haben wollten. Die großzügige Summe, die man ihm hinterlassen hatte, war mehr als ausreichend, um ihm eine Wohnung zu verschaffen und die verlorenen Besitztümer neu zu erwerben.

Nein. Nein, noch nicht.

Die Polizei? Stand außer Frage. Nur ein Gedanke ergab einen dauerhaften Sinn. Er brachte den Rest des Weges hinter sich, bog nach rechts in die Tower Gardens ab, ließ das Parlament hinter sich und ging dann Richtung Norden, am Victoria Embankment entlang. Das Verkehrsdurcheinander und die Geschäftigkeit, die er nur vage wahrnahm, erschienen ihm so unwirklich wie Geistererscheinungen. Endlich erreichte er Cleopatra's Needle. Wieviel Zeit war vergangen, seit er mit Jack hier gestanden und sich die Geschichte seines Bruders angehört hatte? Kaum zwei Wochen. Es kam ihm wie ein Jahrzehnt vor.

Doyle wandte sich nach links, fort vom Fluß, und hielt auf den Strand zu. Beim ersten Herrenausstatter, auf den er stieß, erstand er eine Ledertasche, ein Paar robuste Schuhe, Socken, Hemden, Hosenträger, zwei paar Hosen, Unterwäsche und Rasierzeug. Bei einem Schneider auf der gleichen Straße bestellte er einen teuren Maßanzug. Die Änderungen würden etwa einen Tag erfordern, falls der Gentleman nichts dagegen habe. Der Gentleman erwiderte, daß er es nicht besonders eilig habe.

Er verstaute seine Kleider in der neuen Tasche und mietete sich ein Zimmer im Hotel Melwyn. Er zahlte für fünf Tage und Nächte im voraus und erbat sich eine Suite an der Treppe im zweiten Stock. Ins Gästebuch trug er sich als »Milo Smalley, Esquire« ein. Der Angestellte, der ihn von seinem vorherigen Besuch nicht wiedererkannte, nahm ihn nicht besonders zur Kenntnis.

Doyle badete, rasierte sich, kehrte in sein Zimmer zurück und zog die neuen Kleider an. Die Polizei war sicher noch immer an ihm interessiert – falls sie ihn nicht gar aktiv suchte –, doch all das kümmerte ihn nicht. Er verließ sein Zimmer und ging in den Abend hinaus. An einem Kiosk in Hotelnähe kaufte er sich zwei Bücher: *Die Abenteuer des Huckleberry Finn* und ein aus dem Sanskrit übersetztes Exemplar des *Bhagavad-Gita*. Er dinierte im Gaiety Restaurant, sprach mit niemandem, kehrte ins Hotel zurück und las Twain, bis der Schlaf ihn übermannte.

Am nächsten Tag ging er über die Drury Lane zur Montague Street. Sparks' Wohnung war fest verschlossen; es gab nirgendwo ein Lebenszeichen, nicht einmal die Geräusche eines Hundes. Nachbarn, die man hätte befragen können, waren nicht zugegen. Auf dem Rückweg erstand er bei einem Herrenausstatter in der Jermyn Street einen Bowler und einen Regenschirm. Seinen neuen Anzug holte er am späten Nachmittag beim Schneider ab.

Doyle hatte den grauen Kammgarnanzug kaum angezogen – es war der beste, den er je besessen hatte –, als es an der Tür klopfte. Ein Page brachte ihm eine Nachricht: Vor dem Hotel wartete eine Kutsche auf den Gentleman. Doyle gab dem Jungen ein Trinkgeld und bat ihn, dem Kutscher zu sagen, daß der Gentleman gleich käme.

Er setzte den Bowler auf, schlüpfte in den Mantel, nahm den Schirm – es sah nach Regen aus – und ging zum Droschkeneingang hinunter. Der Kutscher war ihm unbekannt, doch im Inneren des zweirädrigen Gefährts saß Inspektor Claude Leboux.

»Claude.«

»Arthur«, sagte Leboux mit einem kurzen Nicken.

Doyle nahm ihm gegenüber Platz. Leboux gab dem Kutscher ein Zeichen, und sie fuhren los. Leboux war nicht geneigt, ihm in die Augen zu sehen. Er erschien wütend und nachdenklich zugleich, war aber eindeutig nicht in der Stimmung für eine Konfrontation.

»Ist's dir gut ergangen?« fragte Doyle.

»War schon besser.«

Die Fahrt dauerte zwanzig Minuten, wobei Leboux zweimal auf seine Uhr schaute. Als die Kutsche ihre Fahrt verlangsamte, hörte Doyle, daß sich Tore öffneten, dann vernahm er das Echo von Hufschlägen, als sie durch eine Toreinfahrt fuhren. Die Kutsche hielt. Leboux stieg vor Doyle aus und führte ihn durch eine offene Tür, an der sie von einem stattlichen, würdigen Mann in den mittleren Jahren empfangen wurden. Er wirkte wachsam und intelligent, doch von zutiefst persönlicher Verantwortung belastet. Er kam Doyle irgendwie bekannt vor, aber er wußte nicht mehr, woher. Er nickte Leboux sowohl dankend als auch bestätigend zu und geleitete Doyle weiter.

Sie durchquerten einen matt beleuchteten Vorraum, gingen durch einen engen, getäfelten Korridor und kamen in einen bequem eingerichteten Salon. Die Möbel waren auserlesen, doch unpersönlich. Der Mann deutete auf eine Couch und lud Doyle zum Platznehmen ein.

»Warten Sie bitte hier«, sagte er. Es waren die ersten Worte, die er sprach.

Doyle nickte, nahm den Hut ab und setzte sich. Der Mann verließ den Raum.

Zuerst vernahm Doyle ihre Schritte – einen langsamen, würdevollen Fersenrhythmus auf dem Parkett, dann ihre gebieterische, goldene Stimme, die den Mann, der Doyle begleitet hatte, etwas fragte. Doyle hörte, daß sein Name fiel.

Die Tür ging auf. Als sie eintrat, erhob er sich. Es war ein Schock, sie leibhaftig und aus dieser Nähe zu sehen. Sie war kleiner, als er sich vorgestellt hatte, kaum mehr als fünf Fuß groß, aber sie strahlte eine unerschrockene Präsenz aus, die durch den Raum floß und die Entfernung zwischen ihnen verringerte. Das vertraute Gesicht – schlicht, unbeugsam, jedem englischen Schulbuben so bekannt wie das der eigenen Mutter – war nicht im geringsten so ernst und unerbittlich, wie er es so oft gehört hatte. Der graue Haarknoten, ihr einfaches, matronenhaft schwarzes Wollkleid, das weiße Leinen ihres Kragens und die Mantille waren ihm so vertraut wie die Rückseiten der eigenen Handflächen. Als sie ihn sah, lächelte sie mit einer Lebhaftigkeit, die man auf Gemälden nie zu sehen bekam. Ihr Lächeln war verwirrend, ein Diamant in einem Feld von Sträußchen.

»Dr. Doyle«, sagte Königin Victoria, »ich hoffe, ich habe Ihnen keine Ungelegenheiten bereitet.«

»Nein, Eure Majestät«, sagte Doyle, vom Klang seiner eigenen Stimme überrascht, und verbeugte sich in der Hoffnung, dem Protokoll wenigstens in Ansätzen gerecht zu werden.

»Es ist sehr freundlich von Ihnen, daß Sie gekommen sind«, sagte sie und nahm ohne großes Aufheben Platz. »Bitte.«

Sie deutete auf den Sessel zu ihrer Rechten, und Doyle setzte sich. Ihm fiel ein, daß er irgendwo gelesen hatte, daß sie auf dem linken Ohr fast taub war. Sie wandte sich dem Mann zu, der Doyle in den Raum geführt hatte. »Danke, Ponsonby.«

Henry Ponsonby – daher kenne ich ihn also, dachte Doyle, aus den Zeitungen –, der Privatsekretär der Königin, nickte und ging hinaus. Die Königin wandte sich wieder zu Doyle, und er spürte, wie sich die Willensstärke in ihren blaßgrauen Augen nun ganz auf ihn richtete. Sie glitzerten vor Herzlichkeit, aber wehe dem, dachte Doyle, der ihren Zorn zu spüren bekommt.

»Es scheint, wir haben einen sehr guten gemeinsamen Freund«, sagte die Königin.

»Tatsächlich?«

»Einen wirklich sehr guten Freund.«

Sie meint Jack, dachte er. »Ja. Ja, so ist es.«

Sie nickte wissend. »Unser Freund hat uns kürzlich besucht. Er hat mir erzählt, daß Sie sich ihm in einer Angelegenheit als sehr, sehr hilfreich erwiesen haben, die für mich und meine Familie von nicht geringer Wichtigkeit war.«

»Ich hoffe, er hat nicht übertrieben ...«

»Unser Freund ist im allgemeinen nicht dafür bekannt, daß er ungenau ist. Ich würde sogar sagen, er ist äußerst vernarrt in die Präzision. Sind Sie nicht auch dieser Meinung?«

»Gewiß. Ganz gewiß.«

»Dann hätte ich also keinen Grund, seine Worte nicht ernst zu nehmen, oder?«

»Nein, Ma'am – Eure Majestät.«

»Und ebensowenig hätte ich einen Grund, meine tiefempfundene Dankbarkeit in Abrede zu stellen.«

»Nicht im geringsten, Eure Majestät. Vielen Dank. Ich danke Ihnen sehr.«

»Ich danke *Ihnen*, Dr. Doyle.«

Sie nickte. Doyle neigte wohlerzogen den Kopf.

»Man hat mir zu verstehen gegeben, daß Sie als Ergebnis Ihrer großzügigen Hilfe einige Schwierigkeiten mit der Londoner Polizei bekommen haben.«

»Ja, leider ...«

»Dann möchte ich Ihnen versichern, daß Sie dieser Sache keinerlei Beachtung mehr zu schenken brauchen.«

»Ich ... Ich weiß es wirklich sehr zu schätzen.«

Sie nickte erneut und schwieg einen Moment. Dann betrachtete sie ihn mit einer Art gütiger Zuneigung, wenn nicht gar mit Koketterie.

»Sind Sie Ehemann, Doktor?«

»Nein, Eure Majestät.«

»Wirklich nicht? Ein kräftiger, stattlicher junger Mann wie Sie? Und zudem noch Arzt? Das ist ja unvorstellbar.«

»Ich kann nur sagen, daß sich die passende ... Situation noch nicht für mich ergeben hat.«

»Merken Sie sich meine Worte«, sagte sie, beugte sich vor und hob einen königlichen Finger. »Irgendwann wird Ihnen jemand begegnen. Der Ehestand ist zwar nicht immer das, was wir von ihm erwarten, aber wir entdecken bald, daß er genau das ist, was wir benötigen.«

Doyle nickte freundlich und versuchte, sich ihre Worte zu Herzen zu nehmen. Sie lehnte sich zurück und kam ohne Übergang zum nächsten Thema ihrer Tagesordnung.

»Was halten Sie vom Gesundheitszustand meines Enkels? Ich meine den Herzog von Clarence.«

Nachdem Doyle so mühelos entwaffnet worden war, erschien ihm die Direktheit dieser Frage ein wenig unangenehm. »Ohne eine Gelegenheit gehabt zu haben, ihn gründlich zu untersuchen ...«

»Bitte, nur Ihre Meinung, Doktor.«

Doyle zögerte und wägte seine Worte sorgfältig ab. »Ich würde Eurer Majestät respektvoll raten, den Herzog von nun an unter enger, wenn nicht gar ständiger Beobachtung zu halten.«

Die Königin nickte und verdaute die volle Implikation seiner Aussage. Dann fuhr sie fort: »Nun ... Wir werden von Ihnen verlangen, Doktor, daß Sie schwören, keiner Seele gegenüber ein Wort über das verlauten zu lassen, was Sie gehört haben oder dessen Zeuge Sie geworden sind – solange Sie leben.«

»Ich schwöre es hiermit feierlich.«

»Und natürlich auch kein Wort über unseren gemeinsamen Freund und das, was ihn mit uns verbindet. Auf diese beiden Punkte müssen wir leider hundertprozentig bestehen.«

»Ja. Bei meinem Leben.«

Sie schaute ihn an, fand Befriedigung in der Aufrichtigkeit seiner Antwort und entspannte ihren forschenden Blick. Doyle spürte, daß die Audienz zu Ende war.

»Ich finde, Sie sind für Ihr Alter ein äußerst beeindruckender Gentleman, Dr. Doyle.«

»Eure Majestät sind zu gütig.«

Sie stand auf. Doyle war schneller, streckte eine Hand aus, die sie nahm, und fürchtete im selben Moment, einen schrecklichen Fauxpas begangen zu haben. Doch wenn es so war, brachte ihr kurzer, fürsorglicher Händedruck sein Gewissen zur Ruhe.

»Es steht Ihnen zu, daß man Sie im Auge behält. Wir werden Sie im Auge behalten. Und wenn wir einen Grund finden, uns erneut an Sie zu wenden. seien Sie versichert, daß wir nicht zögern werden, es zu tun.«

»Ich kann nur hoffen, daß ich Sie nicht enttäusche.«

»Das, junger Mann, glaube ich kaum.«

Königin Victoria lächelte noch einmal – die unerwartete Ausstrahlung verblüffte ihn erneut – und wandte sich zum Gehen. In diesem Moment schien das Gewicht der Welt wirklich auf ihren unglaublich schmalen Schultern zu ruhen. Sie hatte noch keine zwei Schritte getan, als Ponsonby – telepathisch herbeigerufen, wie es schien – im Türrahmen auftauchte.

»Wenn ich so unverblümt sein darf, eine Frage zu stellen ...«, sagte Doyle.

Die Königin blieb stehen und sah ihn an.

»Hat unser gemeinsamer Freund Eurer Majestät irgendeinen Hinweis gegeben, wohin er gegangen sein könnte?«

Er wußte nicht genau, ob seine Frage – oder seine Dreistigkeit – irgendeine unsichtbare Barriere der Schicklichkeit übertreten hatte.

»Mit Rücksicht auf die Beweggründe unseres gemeinsamen Freundes«, sagte die Königin in wohlüberlegtem Tonfall, »haben wir es für ratsam befunden ... uns nie danach zu erkundigen.« Victoria hob listig eine Augenbraue: Dank Jack verging zwischen ihnen ein Moment nie dagewesener Intimität. Doyle lächelte und verbeugte sich leicht, als sie den Raum verließ. Ponsonby ging neben ihr her wie ein Schleppkahn, der einen Clipper eskortierte.

Ich bin ein Mensch, dachte Doyle, der auf einem Kometen geritten ist. Ich weiß zwar, daß ich jetzt wieder festen Boden unter den Füßen habe, aber was auch immer geschehen mag, irgendwie werde ich nie wieder so sehen oder empfinden.

Ponsonby kam kurz darauf zu ihm zurück, und sie gingen durch die privaten Korridore des Buckingham Palastes wieder zurück zur wartenden Kutsche. Der Sekretär öffnete ihm die Tür, wartete, bis er Platz genommen hatte, und reichte ihm dann ein kleines, rechteckiges Päckchen.

»Mit freundlicher Empfehlung Ihrer Majestät«, sagte er.

Doyle dankte ihm. Ponsonby nickte, dann schloß er die Tür, und Doyle fuhr allein zu seinem Hotel zurück. Erst als er in seinem Zimmer war, öffnete er das Päckchen.

Es enthielt einen Füllhalter. Einen schlanken, schwarzen Füllhalter, und er lag so zart im Gleichgewicht seiner Hand wie eine Feder.

20
Brüder

ER BLIEB NOCH weitere Tage im Melwyn und verbrachte die Morgenstunden, indem er gemächlich von einem Geschäft zum anderen schlenderte und nach Ersatz für die wichtigsten seiner verlorenen Besitztümer suchte. Was ihn dazu zwang, eine äußerst willkommene Frage zu erwägen: Was braucht man wirklich?

Nachdem Doyle sein Mittagessen allein eingenommen hatte, kehrte er gewöhnlich in die Privatsphäre seines Zimmers zurück, wo er den Nachmittag damit verbrachte, Briefe an Eileen zu schreiben; all jene Dinge, von denen er sich wünschte, er hätte sie ihr gesagt, und von denen er hoffte, er würde eines Tages die Gelegenheit dazu bekommen.

Als er an seinem letzten Tag in London vom Essen nach Hause kam, wartete am Empfang ein Brief auf ihn. Der Umschlag war ihm erschreckend vertraut; er war mit dem identisch, den er einst – vor nicht allzulanger Zeit, und doch Welten her – in seiner Wohnung erhalten hatte: eine cremefarbene Hülle. Die Worte stammten ebenfalls von femininer Hand, doch diesmal nicht in Druckbuchstaben, sondern in makelloser, flüssiger Schreibschrift, aber unmißverständlich von der gleichen Person verfaßt.

LIEBSTER ARTHUR,
wenn Du diesen Brief erhältst, werde ich England verlassen haben. Ich hoffe, Du kannst mir eines Tages aus vollstem Herzen verzeihen, daß ich vor meinem Fortgehen nicht mit Dir gesprochen habe, wie auch jetzt, bevor ich abreise. Als wir uns kennenlernten, waren mein Herz und meine ganze Seele so gebrochen und die Umstände danach so extrem, daß ich nie einen Moment erlebte, der mich entweder mit der Zeit oder mit dem Luxus versehen hätte, trauern zu können. Diese Zeit ist nun gekommen.

Ich habe Dir nie ausführlich von ihm erzählt und werde es auch jetzt nicht tun, außer daß ich sage, daß ich in ihn verliebt war. Wir wollten im Frühjahr heiraten. Ich bezweifle sehr, daß ich je wieder einen Mann so lieben kann. Vielleicht wird die Zeit dies ändern, aber es ist noch viel zu früh, um das mit Bestimmtheit zu wissen.

Ich weiß, keiner von uns, der diese Tage und Nächte durchlebt hat, wird das Leben je wieder mit den gleichen blinden und flüchtigen Augen sehen, mit denen die meisten in die Welt hinausschauen. Vielleicht haben wir zuviel gesehen. Ich weiß nur, daß Deine Güte, Dein Anstand, Deine Zärtlichkeit mir gegenüber und Deine Courage ein Leuchtfeuer sind, das mich durch das geleiten wird, was von dieser dunklen Passage übriggeblieben ist.

Bitte, sei versichert, mein Lieber, daß Du für immer in meinen Gedanken sein wirst, daß Du auf ewig meine Liebe hast, wohin die Gezeiten Dich auch treiben werden. Sei stark, Arthur, mein Liebling. Aber in meinem Herzen weiß ich es längst und glaube fest daran, daß Dein Licht, auch wenn unsere Fußabdrücke im Sand bereits fortgespült sein werden, noch lange zum Nutzen dieser Welt brennen wird.

Ich liebe Dich.
DEINE EILEEN

Er las den Brief dreimal, versuchte Trost in ihren Worten zu finden. Er wußte durchaus, daß er ihm angeboten wurde. Vielleicht würde er ihn sogar an irgendeinem fernen, sonnenbeschienenen Morgen finden. Aber nicht heute. Er steckte den Brief in den Umschlag zurück und schob ihn vorsichtig zwischen die Seiten eines Buches.

Wo ich ihn, dachte er mit verblüffender Hellsichtigkeit, durch irgendeinen Zufall in vielen, vielen Jahren wiederfinden werde. Und dank der zuverlässigen Erosion der Zeit werde ich nicht mehr in der Lage sein, mich mit verläßlicher Präzision an den feinen und doch heftigen Schmerz dieses schrecklichen Augenblicks zu erinnern.

Doyle packte seine Sachen zusammen – sie füllten nun zwei Reisetaschen, er begann wieder ganz von vorn – und nahm am gleichen Nachmittag den Zug nach Bristol.

Und so vergingen zwei Monate: Er fuhr mit der Eisenbahn an einen neuen Ort, irgendwo in Britannien. Nahm sich anonym ein Zimmer. Sammelte, was ihm in die Hände fiel, über die neue Umgebung und ihre Geschichte – in Bibliotheken und bei vorsichtigen Gesprächen in Gasthäusern, bis seine Neugier gestillt war. Dann zog er willkürlich weiter, ohne irgendein Muster oder einen Plan. Jedes neue Ziel wurde am Morgen nach der Abreise ausgewählt. Man hatte ihm versichert, daß die Polizei ihn nicht mehr suchte; dies war seine Methode, anderen an ihm interessierten Gruppierungen auszuweichen, die weniger verläßlich waren.

Er las alle Zeitungen, die ihm unterwegs in die Hände fielen und suchte die Seiten nach Zeichen ab. Eines Tages, im nördlichen Schottland, stieß er in einer zwei Tage alten Londoner Zeitung auf einen Nachruf: Sir Nigel Gull, der ehemalige Leibarzt der königlichen Familie. Man hatte ihn tot im Arbeitszimmer seines Landhauses gefunden. Allem Anschein nach Selbstmord.

Es war Zeit.

Ende März kehrte er nach London zurück, nahm sich wieder ein Zimmer im Hotel Melwyn und verfiel in die gleiche Routine, derer er sich zuvor befleißigt hatte. Er wußte, daß sein Leben nicht weitergehen konnte, ehe er nicht irgendeine Nachricht von Jack erhalten hatte, und ebenso sicher war er, daß sie nicht mehr lange auf sich warten ließ.

Eines späten Abends, nach einem Gewitter, als er die kleiner werdenden Lichtblitze am Himmel vor dem Fenster beobachtete, klopfte es an Doyles Tür.

Es war Larry. Zeus, der Hund, war bei ihm. Beide waren bis auf die Haut durchnäßt. Doyle ließ sie herein und reichte Larry Handtücher. Dann legte dieser seinen Mantel ab und nahm am Kamin Platz. Doyle schenkte ihm einen Brandy ein. Zeus lag zu seinen Füßen. Larry starrte in die Flammen und leerte das Glas mit einigen Schlucken. Er wirkte kleiner, als Doyle ihn in Erinnerung hatte, sein Gesicht war härter und abgehärmter. Doyle wartete darauf, daß er etwas sagte.

»Wir haben Sie einfach am Bahnhof zurückgelassen. Hat mir nich gefallen. Aber der Chef hat gesagt, sie wärn fertig.

Hätten mehr als genug getan. Kein Grund, Sie noch weiter zu bemühen, hat er gesagt. Er ist schließlich der Boß, oder?«

»Ich nehme es Ihnen nicht übel, Larry.«

Larry nickte, dankbar für die Absolution. »Zuerst mußten wir nämlich meinem Bruder 'n ordentliches Begräbnis verschaffen. Haben ihn nach Hause gebracht. Haben ihn neben unserer Mama beerdigt. Das war gut so.«

»Ja.«

»Dann hatte Mr. Sparks was in London zu erledigen. Er hat gesagt, ich soll nach Brighton runter fahren. Da hab' ich dann gewartet. Wochenlang. Einen Monat. Hab jedes Spiel auf der Strandpromenade gemacht, wirklich. Dann kommt er eines Abends mit 'ner Neuigkeit. Die Fahrten von so 'nem Schoner. Da is nämlich einer aus'm Hafen von Whitby ausgelaufen, in der ersten Woche im neuen Jahr. Is nach Bremen gefahren. Und da wollen wir jetzt auch hin, hat er gesagt.

Wir nehmen also den nächsten Frachter über'n Kanal. Fahren nach Bremen. Fragen in der Stadt rum; Jack spricht Deutsch, is also kein Problem.«

»Nein.«

»Wir suchen nach 'nem Paar; 'nem Mann und 'ner Frau, die in Whitby an Bord gegangen und den Schoner in Bremen verlassen haben. Scheint, daß sie im Frachtraum 'ne Kiste mitgebracht haben. 'n verstorbener Verwandter, haben sie dem Käpt'n erzählt; wollen ihn zurückbringen, damit er in der Heimat begraben wird. Das Paar verläßt Bremen mit der Bahn nach Süden. Da wird die Spur dann kalt. Jeder Bahnhof, jeder dämliche Pfeifenstopp zwischen Bremen und München. Hab mehr von Preußen gesehen als die Preußen. Anstrengend. War schon ziemlich wild drauf, wieder den Boden der Heimat unter die Füße zu kriegen, aber der Chef, der hatte so 'ne Ahnung ...«

»Salzburg.«

»Genau, Sir, wo die Brüder, wie Sie wissen, zur Schule gegangen sind. Österreich: Da fahr'n wir also hin und suchen die alte Stadt mit 'ner Läuseharke ab. Stoßen auf'n Kutscher, der sich dran erinnert, 'n Paar gefahren zu haben, auf das unsere Beschreibung paßt. Hat sie zu 'nem Ort gebracht, der zwei Stunden nördlich liegt. 'n kleines Städtchen am Inn.

Scheint, das Paar hat sich dort 'n Haus genommen und bar dafür bezahlt. Wir haben Glück – daneben wohnt 'ne neugierige alte Schachtel, und 'ne alte Frau hat nichts Besseres zu tun, als 'n ganzen Tag und die ganze Nacht durch ihre Spitzenvorhänge zu schielen.

Ja, sie hat sie ankommen sehen, aber sicher. Und sie haben 'ne große Holzkiste aus'm Wagen geladen. Das einzige Gepäck, das sie mitgebracht haben, außer dem, was sie in der Hand hatten, und das hat die Alte beschäftigt. Hat nämlich 'ne komische Lebensart, das Paar. Im Haus brennt die ganze Nacht das Licht. Sind zwei Monate geblieben, haben aber nie 'n Wort mit ihr gesprochen. Nicht sehr nachbarschaftlich, was?«

»Wo waren die beiden, als Sie dort ankamen?«

Larry schüttelte den Kopf. »Waren seit 'ner Woche weg, sagt die Alte. Wir gehen also selbst ins Haus. Wenn man's innen als 'n Schlachtfeld beschreiben würde, wär's untertrieben: Es war, als hätt' jemand 'n Fegefeuer angefacht, das Ganze halb zusammenschmelzen und dann abkühlen lassen. Alles war butterweich, die Mauern wie Aspik ... Ich hab' keine Ahnung, wie die noch stehen konnten.«

Doyle kannte diese Auswirkungen nur zu gut: die Blavatsky hatte es als etwas beschrieben, das von der anderen Seite aus durchbrach. »Hat das Paar irgend etwas zurückgelassen?«

»Die Kiste. Was noch davon übrig war. Versengt, zu Zahnstochern zersplittert. Leer. Stand auf 'nem Haufen Dreck, wie die, die wir in der Abtei von Whitby gesehen haben.«

»Und es war nichts mehr drin?«

»Nein, Sir.«

Larrys Gesichtsausdruck gefiel Doyle nicht. Er kündigte etwas Schlimmes an.

»Was ist dann passiert, Larry?«

»Wir haben uns bemüht, ihre Spur wieder aufzunehmen, so frisch sie war, erst 'ne Woche alt. Führte nach Südwesten, in 'n kleinen Ort in der Schweiz, zwischen Zürich und Basel.

'n Erholungsgebiet, die Leute gehn da hin, um das Wasser zu trinken. Da gibt es auch 'n Wasserfall, den man sich anschauen kann. Die Reichenbach-Fälle. Fünf Stück. Über zweihundert Fuß hoch.«

Larry bat um einen weiteren Brandy. Zeus schaute aufmerksam zu, als Doyle einschenkte und Larry ihn trank.

»Wir kommen also an. Überprüfen das Hotel am Wasserfall. Ja, das fragliche Paar is seit zwei Tagen hier. Wir schaun' uns ihr Zimmer an. Anzeichen von Leben, aber niemand is da. Jack sagt, ich soll an der Tür warten, er geht mal eben auf die andere Seite. Etwas Zeit vergeht. Ich krieg 'n komisches Gefühl im Nacken, also renn' ich raus. Da ist 'n Pfad, der zum Berg führt, da geht man rauf, wenn man sich den Wasserfall ansehn will. Und da seh' ich, wie Jack den Pfad raufläuft. Und ich renn' ihm hinterher, so schnell ich kann.

Ich hab' ihn grad aus'n Augen verloren, als ich vor mir 'n Pistolenschuß hör'. Ich renn' weiter, komm um 'ne Ecke, und da oben, auf der nächsten Serpentine, die über den Berg geht, keine fünfzig Fuß vor mir, seh' ich Jack, wie er mit 'nem Mann in Schwarz ringt, und ich weiß sofort, das is Alexander. Hab keine Ahnung, wer geschossen hat, aber beide sehn unverletzt aus. Ich hab noch nie gesehen, daß sich zwei Männer so voller Haß an die Kehle gingen. Sie sind beide gleich stark, schlagen sich, beide haben blaue Flecken und bluten, aber keiner hört auf oder gibt Fersengeld. Ich schäm' mich, wenn ich sagen muß, daß mich der Anblick gelähmt hat, aber ich konnt' mich nich von der Stelle rühren.

Wie ich also zuschaue, seh' ich, daß Jack 'n kleinen Vorteil kriegt, 'n so dünnen Spielraum, daß man ihn nich messen kann. Und das Blatt wendet sich leicht zu seinen Gunsten. Alexander macht 'n Schritt zurück, will seine Hacken am Rand in die Erde drücken, aber der Boden unter ihm gibt nach, 'n Schauer von Gestein und Erde bricht ab, und er verliert das Gleichgewicht. Er hängt für 'n unendlichen Augenblick am Steilfelsenrand. Und dann fällt er.

Grad' als er in dem schwarzen Schlund verschwinden will, streckt er 'n Arm aus und packt Jack am Stiefel. Jack strauchelt und hält sich fest, aber Alexanders Gewicht zieht ihn über den Rand, und ich seh', wie sie fallen, Sir, nach unten, die ganze weite Strecke. Nach unten, bis der Wasserfall sie ganz und gar verschluckt ...«

Ein heißer Tränenstrom lief nun über Larrys Gesicht. Doyle saß wie erstarrt da.

»Hat man ... Hat man ihre Leichen gefunden?«

»Ich weiß nich, Sir, weil im nächsten Moment 'n Schuß vor mir in den Boden gekracht is. Ich schau' auf und seh, wie die Höllenkatze über mir auf'm Pfad steht und wieder anlegt ...«

»Lady Nicholson?«

»Ja, Sir. Da bin ich weggelaufen, und ich glaub', ich hab' erst angehalten, als ich am Bahnhof war und in den nächsten Zug gestiegen bin. Sie sehen also, ich weiß nich, Sir, ob man die Leichen gefunden hat. Aber es war 'n schrecklich tiefer Sturz, Sir, und ich hab die Felsen gesehen, zweihundert Fuß darunter, und ich fürchte sehr, daß Mr. Jack Sparks schon lange vor seiner Zeit von uns gegangen is; lange bevor das Gute, das 'n Mensch so wie er tun konnte, auch nur halb getan war.«

Larry vergrub sein Gesicht in den Händen und weinte bitterlich. Doyle holte tief Luft, sein Brustkorb verkrampfte sich, ein feuchter Schleier in seinen Augen nahm ihm die Sicht. Er legte eine Hand auf die Schulter des armen Kerls, und dann weinte er, weinte, weil Jack gegangen war und sie nun beide in so kurzer Zeit ihre einzigen Brüder verloren hatten. Und dort, vor dem Feuer, verharrten die beiden Männer und verbrachten die längste aller Londoner Nächte.

In den darauffolgenden Wochen, nachdem Doyle die Ereignisse an den Reichenbach-Fällen verdaut hatte, sehnte er sich allmählich nach der starren Behaglichkeit der nüchternen täglichen Routine. Er suchte sich eine Arbeitsstelle und nahm einen unbedeutenden Arztposten in der provinziellen Hafenstadt Southsea bei Portsmouth an. Er begann ein neues Leben und begrub seinen Kummer und seine Bestürzung unter einem Berg aus Einzelheiten und Routine, die für Aufrechterhaltung des Gesundheitswesens der verschlafenen Gemeinde nötig waren. Die unglaubliche Normalität der Beschwerden seiner Patienten erwiesen sich für ihn als Tonikum. Schrittweise und so allmählich, daß sein Verstand es kaum wahrnahm, fiel das überwältigende Gefühl von Entsetzen und Verwirrung, das ihn fast an den Rand des Wahnsinns getrieben hatte, von ihm ab.

Als er eines Morgens vor einem kleinen, strohgedeckten Kotten stand, in dem er ein Kind gegen Koliken behandelt hatte, und auf die üppigen, grünen Felder und den kristallklaren Ozean hinabblickte und die Sonne durch eine sensationelle Zirruswolke brach, wurde ihm schlagartig klar, daß er seit mehr als einem Tag nicht mehr an Jack, Eileen oder die grauenhafte Nacht im Moor gedacht hatte.

Es geht aufwärts mit dir, diagnostizierte Doyle.

Gegen Ende des Sommers zog sich ein junger Knecht aus der Ortschaft, Tom Hawkins, ein starker und vitaler Bursche, der sehr beliebt war, eine Hirnhautentzündung zu. Doyle reagierte auf die ernsthafteste Herausforderung seiner medizinischen Laufbahn, indem er den jungen Mann in sein eigenes Haus holte, um sich gründlich um ihn zu kümmern. Toms Schwester Louise, eine stille, attraktive Frau von Anfang Zwanzig, die ihrem Bruder entschieden zugetan war, zog mit ihm ein. Die gemeinsame Zuneigung zu Tom und seine immense Würde gegenüber dem unausweichlichen Tod, dem schon bald nichts mehr entgegenzusetzen war, brachten Doyle und Louise einander näher; näher, als jeder für sich je einer anderen Person gekommen war. Als Tom drei Wochen später in ihren Armen starb, bestand seine letzte Tat darin, Louises Hand zu nehmen und sie sanft in die Doyles zu legen. Noch im gleichen Sommer heirateten sie. Im folgenden Frühjahr wurde ihr erstes Kind geboren, die Tochter Mary Louise.

In einem unübertroffenen Gefühl von Zufriedenheit und Sicherheit in Sachen Privatleben fand sich Doyle erstmals in der Lage, mit einiger Zuversicht über die Zeit nachzudenken, die er in Jacks Gesellschaft verbracht hatte. Er wußte, daß keiner der Adeligen oder Regierungsbeamten, denen

Jack gedient hatte, je öffentlich über seinen Beitrag sprechen durfte, aber schließlich hatte er auch nie eine persönliche Belohnung gesucht oder erwartet.

Nachdem Doyle dies erkannt hatte, wurde ihm nach vielen langen Diskussionen mit seiner geliebten Louise endlich klar, daß das, was ihn am meisten belastete und seine wachen Stunden quälte, der Gedanke daran war, daß dieser muntere, ritterliche und außergewöhnliche Mensch, der sein Leben selbstlos für Königin und Vaterland geopfert hatte, der Vergessenheit anheimfallen könnte, ohne daß man ihm dafür auch nur einen Moment der Anerkennung zollte. Dies war eine fundamentale Ungerechtigkeit. Obwohl Doyle der Königin in dieser Angelegenheit seinen persönlichen Dienst und seine Verschwiegenheit geschworen hatte und sie ihn in den vor ihm liegenden Jahren wiederholt um Beistand bitten würde, ersann Doyle schließlich einen Weg, dem geschworenen Eid Genüge zu tun und dem Angedenken des verstorbenen Jonathan Sparks dennoch Tribut zu zollen.

Als seine Gattin und das Kind an diesem Abend sicher in ihren Betten lagen, griff Doyle nach dem Federhalter, den die Königin ihm geschenkt hatte. Und dann begann er, eine Geschichte über ihren gemeinsamen, geheimnisvollen Freund zu schreiben.

Epilog

»DA ... DA UNTEN an den Felsen ist der Fluß tief. Und die Strömung darunter auch. Und schnell. Die Leichen, die findet man nicht immer.«

Doyle steht auf dem hölzernen Plankenweg am Abgrund und schaut auf die Reichenbach-Fälle, während der Schweizer Führer, ein breitgesichtiger, herzlicher junger Mann, auf den Katarakt unter ihnen deutet.

»Manche Leute springen nämlich hier runter«, erklärt der Führer. »Meist sind es Frauen. Liebeskummer. Es waren viele in den letzten Jahren.« Der Mann schüttelt in einer ernsten Zurschaustellung von Verzweiflung den Kopf.

»Ach so«, sagt Doyle.

»Sehr trauriger Ort.

»Ja. Sehr traurig.«

Es ist ein heller Morgen im April des Jahres 1890. Nachdem schriftstellerische Erfolge sein Leben für immer verändert haben, erfreuen sich Dr. Doyle, Louise und ihre dreijährige Tochter einer ersten Auslandsreise.

»Hat es schon einmal jemand überlebt?« fragt Doyle.

Der Führer runzelt die Stirn. »Eine Frau, ja. Sie kam raus, sieben Kilometer flußabwärts. Ich weiß ihren Namen nicht mehr.«

Doyle nickt und läßt den Blick über das schlammige Wasser schweifen.

Weiter unten am Plankenweg, wo sie mit ihrer Mutter herumschlendert, ist Klein-Mary Louise vom Anblick eines Kindes in einem vorbeikommenden Kinderwagen fasziniert.

»Mami, guck mal, das Baby«, ruft sie und beugt sich über den Wagenrand, um das Kind anzusehen.

Auch diese Eltern, ein gewöhnliches Ehepaar aus der unteren Mittelschicht, verleben seit der Geburt ihres Sohnes vor einem Jahr ihren ersten Urlaub. Der Vater, Alois, ist Zollbeamter; die Mutter, Klara, ein einfaches bayerisches Mädchen vom Lande.

»Schau mal die Augen, Mami«, sagt Mary. »Hat er nicht wunderschöne Augen?«

Die Augen des Säuglings sind tatsächlich schön. Verlockend. Durchdringend.

»Ja, tatsächlich, Liebling. – *Die Augen ist ... sehr schön*«, sagt Louise zu den jungen Eltern, denn sie hat Deutsch in der Schule gelernt.

»Danke«, sagt Klara freundlich.

»*Wo kommen Sie heraus?*« fragt Louise.

»Wir kommen aus Österreich«, erwidert Alois, der sich in Gesellschaft von Ausländern unbehaglich fühlt, speziell in der von englischen Damen.

Doyle, der mit dem Führer vierzig Fuß entfernt am Geländer steht, bekommt von ihrem Gespräch nichts mit.

»Aus Braunau«, fügt Klara hinzu. »Braunau am Inn.«

»Wir müssen gehen«, sagt Alois. Mit einem schroffen Abschiedsnicken zu Louise nimmt er Klara beim Arm und dreht sie in die andere Richtung.

»*Auf Wiedersehen*«, sagt Louise.

»*Auf Wiedersehen*«, sagt Klara und schenkt Mary ein liebevolles Lächeln.

»Sag jetzt Good-bye, Mary«, sagt Louise.

»Bye-bye.«

Mary erblickt ihren Vater und läuft auf ihn zu, um ihm von dem Kind mit den außergewöhnlichen Augen zu berichten, doch als sie bei ihm ist, ist der Gedanke schon wieder fort – wie der aufsteigende Dunst aus den Fällen unter ihr.

Klara dreht den Kinderwagen herum und beugt sich vor, um das Bettzeug ihres Sohnes zu richten. Und sie lächelt ihn an, als sie leise sagt: »Gleich geht's weiter, Adolf.«

Das Thriller-Quartett
••••••••••••••••••••••••

01/9095

01/8822

01/9114

01/8615

JOHN GRISHAM

Heyne-Taschenbücher

» *Einfach teuflisch gut!* «
(Hamburger Morgenpost)

Die mit Spannung erwartete Fortsetzung des erfolgreichen Okkult-Thrillers SIEBEN.

Das Spiel geht weiter...

vgs verlagsgesellschaft